中国语言文学专业原典阅读系列教材

丛书主编◎曹顺庆

U0646265

文学概论

（第2版）

曹顺庆◎主编

李金正　张莉莉◎副主编

WENXUEGAILUN

北京师范大学出版集团
BEIJING NORMAL UNIVERSITY PUBLISHING GROUP
北京师范大学出版社

图书在版编目（CIP）数据

文学概论/曹顺庆主编．—2版．—北京：北京师范大学出版社，
2024.4

（中国语言文学专业原典阅读系列教材）

ISBN 978-7-303-28609-6

Ⅰ.①文… Ⅱ.①曹… Ⅲ.①文学理论－教材 Ⅳ.①I0

中国国家版本馆 CIP 数据核字（2023）第 000194 号

图书意见反馈 gaozhifk@bnupg.com 010-58805079

出版发行：北京师范大学出版社 www.bnupg.com
　　　　　北京市西城区新街口外大街 12-3 号
　　　　　邮政编码：100088
印　　刷：鸿博睿特（天津）印刷科技有限公司
经　　销：全国新华书店
开　　本：787 mm×1092 mm 1/16
印　　张：19.75
字　　数：410 千字
版　　次：2024 年 4 月第 2 版
印　　次：2024 年 4 月第 1 次印刷
定　　价：46.00 元

策划编辑：周劲含　　　　　　　责任编辑：陈佳宵
美术编辑：焦　丽　李向昕　　　装帧设计：焦　丽　李向昕
责任校对：张亚丽　　　　　　　责任印制：马　洁

总 序

曹顺庆

《光明日报》2014 年 9 月 24 日第 1 版刊登了叶小文的《民族文化基因是中国梦的魂与根》一文，文章指出：

> 在观摩北师大"国培"计划课堂教学后，习近平总书记强调要学习古代经典，语重心长。讲的虽是教材编辑要保留必要的中国文化经典，却涉及"把根留住"——民族复兴中国梦的文化根基和价值支撑……
>
> 纵览世界史，一个民族的崛起或复兴，常常以民族文化的复兴和民族精神的崛起为先导。一个民族的衰落或覆灭，往往以民族文化的颓废和民族精神的萎靡为先兆。文化是精神的载体，精神是民族的灵魂。

我认为，当代中国文化面临的最为严峻的问题，是中国古代文化经典面临失传的危险：现在许多大学生基本上无法读懂中国文化原典，甚至不知"十三经"究竟为何物。这种不读中国古代经典原文的现象，已经大大地伤害了学术界与教育界，直接的恶果，就是学风日渐浮躁，误导了大批青年学生，造就了一个没有学术大师的时代，造成了中国文化的严重失语，造成了当代中国文化创新能力的衰减。

造成这种局面的原因固然很多，但其中重要的一条是，我们在教育体制、课程设置、教学内容、教材编写等方面都出现了严重的问题。以教材编写为例，编写内容多为"概论""通论"，具体的"原典阅读"少，导致学生只听讲空论，只看"论"，不读经典；只读文学史，而很少读甚至不读经典作品就可以应付考试，以致空疏学风日盛，踏实作风渐衰。另外，许多教师所用的读本基本是以"古文今译"的方式来组织的，而并非让同学们直接进入文化原典文本、直接用文言文阅读文化经典与文学典籍，这样的学习就与原作隔了一层，因为古文经过"今译"之后，已经走样变味，不复是文化原典了。我认为应当要求学生直接阅读中外文原著，不用今译汉译，这也许是改变此种不利局面的有效途径之一。

正是基于以上的考虑，多年来，我大力倡导用古文（不用今译）读中国文化与文学典籍。我在本科生中开设了"中华文化原典阅读"课程，在研究生中开设了"中国文化原典：十三经"课程，要求学生阅读原汁原味的中国文化原典，教材直接用经典原文，不用今译本。开始时，同学们都读得很艰难，但咬牙坚持下来，一年后都基本能够自己查阅古代典籍，学术功底大大加强，不少学生进入毕业论文写作阶段后，才真正尝到原典阅读的甜头。我还开设了"中国古代文论"课程，要求同学们背诵《文心雕龙》《文赋》等中国文论典籍，同学们开始皆感到"苦不堪言"，但我要求严格，每个学生都必须过此关，结果效果非常好，无论是写文章，还是开会发言，同学们对中国文论典籍信手拈来，文采斐然。我也进一步加强了对西方文化与文学原典的教学，从1998年开始，我直接用英文教材给研究生开设"文学研究方法论：当代西方文论导读"课程，通过抽读的方式要求每位同学在课堂上用英文阅读西方文论著作。经过一番艰苦磨炼，虽然同学们感到太苦，但收获良多。我的用心，就是试图做一个教学改革尝试，让同学们能读到经典原文，读原汁原味的东西，学通中西，获得实实在在的知识与智慧，而不是大讲空论，凌空蹈虚，不是在岸上大讲游泳理论，而是让同学们跳下水去学游泳，教师只是从旁边给予必要的指导与点拨。

由此我发现，原典阅读是培养和训练学生文化根底、文化原创力的最重要、最具本原意义的途径。在专业学习中，对经典文本的研读和探讨能有效开阔视野并促进深度探究能力的形成，从而使学生真正成为适应性强的高素质人才。但在目前的中国语言文学教学中，原典阅读的缺席已成为一个培养优秀人才的明显障碍。长期占主导地位的教学方式，让学生始终同原典存在隔膜。针对这种情况，在教学中增加学生接触、研读、探讨原典的机会，就成了课程和教学改革的当务之急与必由之路。

针对现有的学生只听教师空讲"概论"，而不读经典原文，不会背文学作品的现状，我萌生了编写一套适应21世纪人才培养需要的高质量原典阅读教材的想法。我认为，编写一套好的教材也是学者的责任和使命。一位合格的学者，除了做好学术研究外，还负有传承文明、培养人才的神圣使命，一套优秀教材的影响力可能比学术专著的影响力还要大。目前，一些高校推行百本大学生必读经典书目的举措，立意甚好，但收效甚微，原因就在于学生课外不一定抽时间去读，所以必须将经典阅读和阅读评测放在课堂上进行。编写原典阅读教材，或许是课堂教学改革的有效举措。

本系列教材坚持体现"回到原典"这一总体思路，倡导读原典、讲段子，即课堂上抽查学生课外阅读原典的情况，进一步讲解原典，并且要讲精华，讲得有趣味，让学生由衷地喜欢经典原文。教材基本构架为理论概述加经典作品选讲。本系列教材一共10本，涵盖了高等学校汉语言文学专业的核心课程。它的特点是名家主编、点面结合、深入浅出，倡导特色鲜明、体例创新、名家把关、质量第一。非常感谢学界同人的大力支持，本次参加编写的主编皆为名家，其中有教育部长江学者特聘教授多名，还有国家级教学名师、国际国内重要学会会长等。为推进中国教育改革探索路径，教材的编写结构不以知识体系的完整性为唯一标准，而是以实际的课程时间和授课重点来安排内容和篇幅。每部教材均为知识面介绍与重点讲授的结合，原则上每部教材既有概述阐释，又有原典选读，概述阐释能让学生较为全面系统地掌握知识要点，而原典选读则为讲授重点。

作为"中国语言文学专业原典阅读系列教材"的主编，我认为这个工作是有重要意义的，要培养真正具有深厚文化底蕴、有大智慧、有审美感受力和创新能力的人，最重要的一条路就是返回文化的根，重新审视原典阅读对于青年学子的价值，为同学们打下坚实的学术基础，提高学生的学习积极性，巩固中国文化根底，增强学生的创新能力，加强中国文化自信。

党的十八大以来，习近平总书记在多个场合提到文化自信的问题，并多次将其认定为"一个国家、一个民族发展中更基本、更深沉、更持久的力量"。文化自信的一个重要方面就是要回到原典，回到民族文化的"轴心时代"，只有用文化传统的源头活水不断泽被精神家园，才能使国家、民族源远流长，生生不息。正如习近平总书记在文艺工作座谈会上的讲话所言："求木之长者，必固其根本；欲流之远者，必浚其泉源。"本系列教材以"原典阅读"为要旨，正是对文化自信的积极响应，同时也试图通过对世界各国原典著作的呈现、对比和解读，让中国学子真正认清民族文化的根脉所系，为每一位青年读者种下华夏文明的种子。

本系列教材在整体规划上坚持马克思主义理论指导，积极推进习近平中国特色社会主义思想进教材，全面贯彻落实党的教育方针，通过原典再现充分展示中华文明的独特魅力和中国文化的软实力，并力求通过经典阐释和理论建构推动中华优秀传统文化的创造性转化，促进社会主义文艺事业繁荣发展。

感谢北京师范大学出版社马佩林先生的鼎力支持。本系列教材虽然立意甚高，但尚需教学实践的检验，希望学界及教育界广大师生不吝赐正。

前　言

　　文学概论是文学专业本科生的必修课程，这门课程素以"难读"著称。造成难读的原因，一方面在于它理论来源广泛，举凡哲学、美学、艺术学、社会学、政治学、心理学及时兴的文化研究等都可以被纳入其知识视野中来，让初学者如行山阴道中，应接不暇，另一方面就国内的文学概论教材本身来看，也存在很多问题，其中最值得关注的是"经典"的流失。比如，最常见的是，通篇大谈刘勰、黑格尔、伊格尔顿，但是书中既没有附文以参证，也没有明确标注具体的阅读范围，让学生难得一睹经典的真容。其实，所谓文学概论，无论编者持什么样的观点，也无论如何组织材料，从根本上来说，它们都必然从经典中来，一旦失去背景资料的支撑，只剩下被"概述"出来甚至难免失之偏狭的理论观点，对于刚接触的读者来说，这样的学习就显得有些勉为其难了。

　　经典缺失会对学习的效果带来很多负面的影响。比如，接受的浮浅化。很多学生学了文学概论不知道它到底说了什么，能够说上来的，大概也就是意识形态、情感、语言、文本、语境等几个关键词而已。学生只知其一而不知其二，没有深刻领悟到文学真正的意蕴、功能和价值。不得不说，这样的文学概论反倒成了经典传播的一道屏障。再比如，学完文学概论，无法形成自己的看法和观点，缺乏创见，其根源也在于经典的匮乏。这一点刘勰在《文心雕龙》中讲得明白："三极彝训，其书言'经'。'经'也者，恒久之至道，不刊之鸿教也"（《宗经》篇）；而"夫青生于蓝，绛生于茜，虽逾本色，不能复化"，"故练青濯绛，必归蓝茜；矫讹翻浅，还宗经诰"（《通变》篇）。刘勰还特别提醒："夫才有天资，学慎始习，斫梓染丝，功在初化，器成彩定，难可翻移。故童子雕琢，必先雅制，沿根讨叶，思转自圆。"（《体性》篇）可见，对于初次接触文学概论的大学生来说，学习和了解文学理论经典不仅能够加深理解，还可以通过这种经典教育，奠定深厚的创造力的根源。

　　考虑到以上问题，本书在编写过程中特别强调读经典、用经典、选经典，尤其注重节选经典文献中的经典篇目和经典段落，在体例上基本遵循了概论和经典"一加一"的模式。这样做就是为了让更多的学生走进经典，学习经典，理解经典。

　　如果说，"文学概论"可以分为"概"和"论"两个方面，那么本书在编写体例上的具体思路可以包括以下两个方面。

　　首先，在"概"的方面，既尽可能宽泛地"概述"文学理论体系的各个板块，又尽量

"涵盖"相关知识点的经典对照阅读，旨在给每个关键知识点指明其"源头活水"。

其次，在"论"的方面，以经典理论为"立论"基础，强调从经典中抽绎观点，在观点中寻绎经典；反之，对于那些过于时髦花哨、还没有经过时间考验的理论，本书可以用以参证，但不会不假思索地接纳。

基于这样的体例安排，本书各章节的主要内容见于以下七个部分。

第一章本质论部分，主要围绕"文学是什么"这个问题展开，以系统梳理东西方文学本质论的传统脉络为起点，总结提炼出本书对文学本质的基本理解，即文学本质由形象、情感和形式三个基本的要素构成，三者相辅相成、不可或缺，共同构造了文学的本质特点。这种界定打破了传统文论话语中"社会—历史主义"和"形式—结构主义"的二元论偏见，同时也兼顾了文学思维的基本特点。

第二章价值论部分，主要论述文学的价值和功能。本书认为不存在完全中立的、零度的文学观念，文学不是科学，它必然具有一定的价值和意识形态偏向，文学也因此具备了特殊的价值和功能。本章分为三个部分，分别论述文学的审美价值、认知价值和教育价值。

第三章文学作品论部分，分别论述文学作品的起源，也就是文学发生学问题，根据中西方文论资源分为社会历史起源和精神起源两个方面；文学作品的文本结构，它与文学作品的存在方式之间有着密不可分的重要关系；文学作品的语言问题，它与意义的关系问题也非常值得关注；文学作品的风格问题。

第四章创作论部分，包括文学创作的本质，可以理解为一种艺术生产活动；文学创作的过程，一般分为起兴、构思、物化三个阶段，这三个阶段都是高度的情景交融、物我合一的过程；文学创作的形式表达问题，牵涉到文学形式表达与情感的关系、文学创作的一般技巧规律等重要问题。

第五章作家论部分，包括作家的个性和心理特点；作家与天才的关系，其中种群问题以及有血缘关系的家族作家群的问题值得关注，但作家的先天因素不得不受制于各种客观环境的影响；作家与外部环境如文化、自然、社会等之间的关系，强调一个成功的作家是上述各种因素合力塑造的结果。

第六章文体论部分，首先论述文体的概念及文体学问题，探究文体的形成、流变、以及文体类型及其划分原则等；其次分为四个部分来探讨几种常见的文学文体，包括诗歌、小说、散文、剧本和报告文学等，以上每种文体都要关注其基本特点、类型、流派及经典文本等，基本上涵盖文学文体的最重要问题。

第七章接受论部分，分为四个小节，其中前两节论述文学接受问题，后两节论述作为特殊接受类型的文学批评问题。在文学接受部分，重点论述文学接受的性质、特点、基本方式以及接受过程等；在文学批评部分，首先论述文学批评的价值和影响，尤其关注它在文学创作和文学流派形成中的重要作用，然后总结提炼出文学批评的基本类型及其原理，包括社会历史批评、形式结构批评以及形而上学批评三种模式。

　　本书倾力论述的这七个部分即一般文学理论的基本研究内容，主要包括文学的本质特点，文学的价值和功能，文学作品的起源、存在方式和结构层次，文学创作的本质和一般过程，作家个性、素养及其后天养成，文体学及文体的基本类型，文学接受及文学批评的特点、类型、功能和原理等。这些内容基本上涵盖了文学理论最经典、最重要的问题，体现了"概论"应有的广度和深度。

　　古人称文学为"经国之大业，不朽之盛事"，其实文学的重要性对于一个现代民族国家来说，就是其无论以何种方式自我呈现，总离不开作家和理论家自身所在文化传统的根与魂。我们倡导"概述＋经典"的文学概论写作模式，也正是要回归经典，返本开新，提升中国传统文化的生命力，不断激发传统文论在现代世界的创新活力。正如习近平总书记 2023 年在文化传承发展座谈会上所说，"中国文化源远流长，中华文明博大精深。只有全面深入了解中华文明的历史，才能更有效地推动中华优秀传统文化创造性转化、创新性发展"。因此，回归经典，重释经典，是继承和发展中华优秀传统文化的必经之路，也是提升大学生文化自信，贯彻落实立德树人根本任务的重要途径。

　　当然，由于本书独特的编写体例和思路，以及参编者有限的阅历和理论水平，疏漏、不周之处在所难免，希望各位同行方家不吝批评指正，以共勉进学！

2014 年 12 月 6 日

改于 2023 年 10 月 24 日

目 录

第一章　本　质　论

所谓"文学本质论"，是对文学普遍本质问题的一种理论探讨。它有一个基本的发问方式，即"文学是什么"。对于这个问题，东西方文论都给出了繁复而驳杂的回答。为了更好地厘清这些答案的重点和演变轨迹，本书拟采取"以时序为经，以类型为纬"的框架思路，即以实际的历史发生和演化路径为主线，同时兼顾基于这条主线的支系和横向要素。这种思路比较有利于整体呈现东西方文论史上关于文学本质论的主要观点。

为此，我们还需要大体上划定出文学本质论的基本层次和类型。历史地来看，对"文学是什么"这个问题的回答可以分为三个层次，这同时也意味着它的三种形态：首先，答案得自哲学本体论，属于"世界是什么"的一部分，即通过回答世界和文学之间的同一性来解释文学的本质问题，这就造成了依附于哲学的文学本质论。其次，答案得自艺术总体或其他艺术类型，属于"艺术是什么"的一部分，即通过解答文学和艺术之间的同一性来回答文学的本质问题，这就造成了依附于艺术的文学本质论。最后，落实到文学自身，探究文学的自我同一性或自我指涉性问题，也就是现代意义上所谓"文学性"问题，造成了立足于文学自身的文学本质论，这三种本质论在文论史上都大量出现。

当然，这种划分只是一种相对性的界定，它比较接近于马克斯·韦伯意义上的"理想类型"（ideal type）。其中的有些要素可能会涉及两个甚至三个层面，但通过事实材料的考证还是不难发现其根源或侧重点。这种划分至少还说明，历史上对文学本质问题的追问总体上是逐渐缩小的，即从哲学到艺术，以至于文学，最终才趋近于文学的自本自根性，尽管这期间可能已经有过不同程度的触及。这种情况显然跟文学理论的自觉过程有着密不可分的关系。

最后还需要说明的是，从逻辑上区分哲学和艺术的本质是有其必要性的，因为将两者混同往往会"遗忘了艺术自身的本质特性和存在规律"①。进一步区分艺术和文学的本质同样如此。我们的目的就是要通过层层过滤，最后析出"文学性"的最基本内核，从而发现文学自身的"独特规律"。

---

① 刘成纪：《重谈中国美学意境之诞生》，《求是学刊》，2006(5)。

第一节　东方传统文论中的文学本质论

东方传统文论同时也是世界文论史上对文学本质问题的最早理解，可以追溯到古埃及的"模仿说"。这是基于其原始宗教哲学的一种延伸。"在古代埃及的铭文中，可以看到最早在美学史上关于'模仿'概念的阐释：在古王国时期孟菲斯的希拉孔波利斯的神话《创世纪》（公元前 22 世纪）中写道，人是太阳神'自己的形象，来自他的身体的一部分'。"①这种观念认为，人本身是神的一部分，艺术创造就是"模仿"或"仿照"，它从神那里得到启示，因此人只能模仿并再现神和神的世界，即便是现实世界的一切——从神的人间代理法老到草木山川、人间万象——也无不来自神的创造，它们同神本身一样不容侵犯。这样，艺术创造就被赋予了特别崇高的地位，"在埃及人那里，智慧和用文字与造型艺术把智慧固定下来的本领是密切联系在一起的"②。智慧意味着模仿和创造，创造即模仿，这种观念在后来的古希腊文化和艺术中也能听到回响，因此它也成了欧洲文学艺术本源论的间接源头。

东方传统文论中另一个关于文学本质论的源头是古印度的"大梵论"。"大梵"义近于"梵""梵天"等，它属于印度《吠陀》及其衍生文献中最高的哲学范畴。"吠陀"是梵文"veda"的音译，意为"知识""启示"，一般指最早可以追溯至公元前 15 世纪的四部上古典籍③，广义上还包括后来相继出现的解释这四部典籍的《吠陀本集》《梵书》《森林书》和《奥义书》④，其主要内容涉及赞美诗、祈祷文、神话、咒语等。它们都是婆罗门教和现代印度教的基本经典。正如黑格尔所言："在古代东方，宗教与哲学是没有分开的，宗教的内容依然保持着哲学的形式。……在波斯和印度的宗教里有许多很深邃、崇高、思辨的思想被说出了。"⑤可见，宗教和哲学繁杂纠结、信仰和理性矛盾统一正是东方上古文献的重要特征。埃及铭文如此，印度的吠陀经典也不例外。在这些典籍中，"大梵"被视为最高的存在实体，它不生不灭，不增不减，无性无相："大梵，遍是者也，至上之乐也。"（《摩诃那罗衍拿奥义书》）"彼（意指人梵）也，无手无足，无眼无耳，尤舌，尤身，不可摄持，无可演说。……彼，一而已，无第二者。如空，遍无不入。"（《商枳略奥义

---

① 邱紫华：《东方美学史》，208 页，北京，商务印书馆，2003。

② ［俄］奥夫相尼科夫主编：《中近东美学》，王家瑛译，14 页，北京，中国人民大学出版社，1992。

③ 四部《吠陀》分别是：《梨俱吠陀》《娑摩吠陀》《夜柔吠陀》和《阿闼婆吠陀》。

④ 梵语"奥义书"意为"近坐"，引申为"私密传授"，它是解释《吠陀》文献的一类著作的总称，以哲学思辨见长，也是《吠陀》文献的最后一部分，普遍认为这些著作对《吠陀》真理的阐释已达到成熟状态。《奥义书》现存两百部左右，国内引进版代表作为徐梵澄翻译的《五十奥义书》。

⑤ ［德］黑格尔：《哲学史讲演录》，卷一，贺麟、王太庆译，64 页，北京，商务印书馆，1959。

书》》同时，它还是万有之有，包容一切，创生一切："汝为大梵，原是一而二，而为三。"（《阿他婆顶奥义书》）这跟中国道家"道生一，一生二，二生三，三生万物"（《道德经》第四十二章）的宇宙发生学颇为接近。在这个意义上，文学和艺术当然也被大梵创生，它贯穿着《吠陀》的真谛，并以其特殊的形象再现喻示着梵天的无限和永恒："圣歌无上言，宇宙万形色。源出《吠陀》语，永生自无极。"（《泰迪黎耶奥义书》）不仅宇宙万物莫不是由大梵创造，而且作为艺术的圣歌、颂诗等也都源自《吠陀》中的大梵。这就在一切美的世界中划分出了两个层次：本体美（"梵"）和现实美。而艺术美就作为对现实美的模仿而存在。而且，由于艺术美具有幻象、夸张、怪诞等特点，不能够准确而完满地再现吠陀真理，这三种美之间就呈现出了层级等差。[①] 这种观点跟柏拉图对艺术本质的理解颇为相似。

中国的"大象论"是东方文论对文学本质的另一种重要解读，它来自老庄的道论思想。"道"作为哲学范畴，一般被认为最早出现于春秋时期。在本体论意义上，道是生成万物并潜存于其间的终极真理："有物混成，先天地生。寂兮寥兮，独立不改，周行而不殆，可以为天下母。吾不知其名，字之曰'道'。"（《道德经》第二十五章）道先于天地万物而生，它不依靠任何外力独立运行，且从不倦怠，因而被称为天地之母。而且，道的运行遵循知雄守雌、虚实相生的辩证法原理，所以老子又说："大音希声，大象无形。"（《道德经》第四十一章）当然，这里所谓"大音""大象""并非仅仅指美学范畴的'音'与'象'，而是指天地万物的一切形色声貌"，但这种不可见闻的"音"和"象"尤其适合于最高境界的艺术，它们"实质上与柏拉图所追求的'美本身'一样，都是对于美的普遍规律，美的本质的探索"[②]。继老子之后，庄子讲述了"咸池之乐""解衣般礴"等典故，其中贯穿了这种思想。庄子还说："有成与亏，故昭氏之鼓琴也；无成与亏，故昭氏之不鼓琴也。"（《庄子·齐物论》）具体演奏出来的音乐只是音乐的一部分。它还不是音乐的最高境界。在此意义上，昭文无须鼓琴，正如郭象所注："彰声而声遗，不彰声而声全。"（《庄子注》）后来陶渊明所谓"但识琴中趣，何劳弦上声"（《宋书·隐逸传》）以及司空图的"以全美为工"（《与李生论诗书》）的思想都源于此。大象通于天道的思想表达了中国文艺本质的最高境界，对意境论有深刻影响。

"文气论"是另一种依附于哲学的文学本质论。老子最早阐述了"气"的哲学内涵。老子一方面说道生万物，另一方面又说"万物负阴而抱阳，冲气以为和"（《道德经》第四十一章），万物皆由阴阳二气冲荡和合而生。庄子更明确地指出："通天下一气耳。"（《庄子·知北游》）"气"在这里已经被提升到形而上的高度了。东汉王符说得更明白："道者，气之根也；气者，道之使也。必有其根，其气乃生；必有其使，变化乃成。"（《潜夫论》）

[①]　邱紫华：《东方美学史》，692～698 页，北京，商务印书馆，2003。

[②]　曹顺庆：《中西比较诗学》，84～85 页，北京，北京出版社，1988。

可见，气也是生成万物的根源和本体，因此气也就是道，"道气如一"。而且，古人还认为，人和天地万物皆是秉自不同的气而生："凡物之精，此则为生，下生五谷，上为列星。流于天地之间，谓之鬼神；藏于胸中，谓之圣人。"（《管子·内业》）"人之生，气之聚也，聚则为生，散则为死。"（《庄子·知北游》）气已经成为万物生命之本源，它贯通了自然、人体和精神，也必然在文学和艺术作品中充盈流动。这就形成了中国古代文论特有的"文气论"传统。历史地来看，这个传统有两个支系。首先是孟子的"知言养气说"。孟子说："我知言，我善养吾浩然之气"，这种气"至大至刚，以直养而无害，则塞于天地之间"，而养气的具体方法是"配义与道""集义所生"（《孟子·公孙丑上》）。可见，孟子所谓浩然之气是"人的仁义道德修养达到很高水平时所具有的一种正义凛然的精神状态"①，这无疑是在用儒家思想来解释气。这种观点到唐代韩愈那里进一步发展为"气盛则言之长短或声之高下皆宜"的"气盛言宜说"。其次是曹丕的"先天文气说"。曹丕指出："文以气为主，气之清浊有体，不可力强而致。……虽在父兄，不能以移子弟。"（《典论·论文》）这里的气主要是指作家禀赋不同的先天阴阳之气而形成的独特个性，它与作家的才情有直接关系，并充溢于作品之间。这种观念显然承自老庄的自然元气论，它重在先天禀赋，因此就排斥了儒家的伦理规范，为魏晋时代中国文学的自觉发出了先声。

　　一般认为，中国文论史上关于文学本质的最早论述来自"诗言志说"，这其实是一种误解。"诗言志"的最早提出见于《左传·襄公十二年》赵文子所说的"诗以言志"。至战国，"诗言志"的说法已蔚然成风。根据朱自清的解释，这里的"志"主要是指"政教怀抱"，跟政治教化的关联十分紧密。这种观点后来被儒家思想吸收，逐渐形成"诗教"和"载道"的文论传统。不过，这里所谓"诗"，并不是现代意义上纯粹作为语言艺术的诗，它是一种配乐甚至伴有舞蹈的综合艺术。古代文论中直至《墨子·公孟》篇还有"诵诗三百，弦诗三百，歌诗三百，舞诗三百"的说法。而且，其中的乐占有更重要的地位，至少比诗的地位高得多，因为在儒家思想中，"乐是和礼联系在一起的，礼乐是治国之本"②。在这样的前提下，所谓"诗言志"实际上是针对艺术整体的一种本质观。

　　"物感说"也是依附于艺术的文学本质观。"物感说"最早可以追溯至《周易》中"咸卦"的卦辞："咸者交感也，天地感而万物生，故有萌芽出土之象也。"在艺术上公认的表述最早见于《礼记·乐记》："凡音之起，由人心生也。人心之动，物使之然也。"从外物到人心再到音乐，"物感说"提供了一个清晰的艺术发生路线图，但它也还是对音乐本源的一种论述。当然，它与文学之间也具有实质上的同一性。这种思想后来在陆机的《文赋》中才开始被用以解释文学现象。到了刘勰的《文心雕龙》已经有成熟的表达："人禀七情，应物斯感。感物吟志，莫非自然。"（《明诗》篇）"物色之动，心亦摇焉。""诗人感物，联类

　　① 张少康：《中国文学批评史》，40 页，北京，北京大学出版社，2005。
　　② 张少康：《中国文学批评史》，19 页，北京，北京大学出版社，2005。

不穷。"(《物色》篇)关于"物感说"还有两点需要注意：其一，"物感说"的"感"，已经指涉人的"心""性灵"等，这说明情感开始被指认为艺术的重要特质。其二，尽管"物感说"的"物"还没有上升到哲学本体论的高度，但它的提出已证明中国古代的文学本质观开始有客观化的倾向，这就跟古希腊的"模仿说"之间搭建起了对话的桥梁。

"诗缘情说"是中国文论史上第一个真正立足于文学本身的本质论观点。这个观点的提出正处于中国"文学自觉的时代"（鲁迅语），因此它能够非常准确地切中文学的本质。从历史上来看，《楚辞》中已经提到"发愤以抒情"（《惜诵》篇）的观点，但观乎全书并没有否定"言志"。"情"和"志"在中国古代文论中是既对立又统一的一对概念。西晋陆机在《文赋》中正式提到了"诗缘情"的观点：

诗缘情而绮靡，赋体物而浏亮。碑披文以相质，诔缠绵而悽怆。铭博约而温润，箴顿挫而清壮。颂优游以彬蔚，论精微而朗畅。奏平徹以闲雅，说炜晔而谲诳。

这里有两点需要注意：（1）"诗缘情"是诗歌在与其他文类的比较中得出的结论，明确与其他文类区分开来，这显然是"文学自觉"的"自觉"体现。由于诗和赋是当时最重要的两种纯文学形式，所以"缘情""体物"是对纯文学本质的重要规定。（2）"诗缘情"是要说明诗歌所表现的一切无不深深浸透在情感之中，这比先前出现的"诗言志"更加真确地切中了文学的情感本质。后者实质上更近于一种工具论，即将诗歌作为表达政教宣化的媒介，虽然其中也不可避免地蕴含着情感的因素，但并没有足够的凸显。还需要注意的是，尽管在今人看来，情感是所有艺术的普遍本质，但它在中国艺术史上的成熟表达却最早见于文学领域。从历史上来看，直到明代汤显祖的戏剧理论才将"情"视为综合艺术的最重要范畴。此外，刘勰的"诗者持也"的观点、李贽的"童心说"、袁枚的"性灵说"等都是重视诗歌情感本质的重要文论思想。

关于文论本质的另一个重要表述是刘勰的"文道论"思想。前文指出，老子最初提出了道论，庄子进一步做了发挥，但无论是老子还是庄子，他们的时代都还远没有达到文学的自觉。历史上第一个将老庄的道论思想用于系统解释文学本质的是南朝梁代的文论家刘勰，他提出了非常完备的文道论思想。在其传世经典《文心雕龙》一书中，刘勰开宗明义："文之为德也大矣，与天地并生者，何哉？"（《原道》篇）所谓"文之德"，就是天道的具体显现，而且它本质上"与天地并生"，这就将文学的本质提升到了哲学本体论的高度。接下来，刘勰就从"天地之文""动植之文""万物之文"一直论述到"人之文"，其间都体现了"自然之道"，本质上也都属于"道之文"。但"人之文"又具有不同于其他事物的自身独特传统，这个传统"肇自太极"，并在孔子那里达到了最完满的表述。这就进一步把儒家文化，尤其是作为儒家经典的"五经"也纳入了文学的基本内核中来。刘勰的文论思想体现了以儒释道、儒道合一的历史趋势，这一点始终是中国古代文论传统的主流。

　　"意象"是《文心雕龙》的另一个重要概念，这个概念跟后来出现的"意境"一样，本来只是创作论的范畴，但是随着其重要性的日益凸显，逐渐成了本质论，而且两者的解释范围也都不限于文学。一般认为，"意象"有两个源头，一个是《周易》的"立象以尽意"（《系辞上》篇）思想，另一个是老庄的道论。老子曾这样描述"道"："道之为物，惟恍惟惚。惚兮恍兮，其中有象；恍兮惚兮，其中有物。窈兮冥兮，其中有精，其精甚真，其中有信。"（《道德经》第二十一章）这里的"象"和"物"都是道的具体显现，已经有精神与形象相统一的萌芽，尽管前者主要指客观精神。后来，刘勰在《文心雕龙》中正式提出了"意象"的概念："玄解之宰，寻声律而定墨；独照之匠，窥意象而运斤。"（《神思》篇）这里的"意象"当然还不完全具备后来阐发的含义，但通观全书，它的内涵还是非常丰富的。后又经过王廷相、陆时雍等逐步完善，到王夫之那里被具体理解为诗中的"情""景"关系："王夫之认为，诗歌意象就是'情'与'景'的内在统一。'情''景'的统一乃是诗歌意象的基本结构。"① 因此，"'意象'乃是诗的本体"②。

　　与"意象"紧密相关的"意境"也被有些文论家视为文学艺术的本质。比如，王国维就认为："文学之事，其内足以摅己而外足以感人者，意与境二者而已。上焉者意与境浑，其次或以境胜，或以意胜。苟缺其一，不足以言文学。"意境与意象有所同也有所不同。同在都是对情景、心物关系的艺术再现，不同的是后者比前者更强调"韵外之致""味外之旨"（司空图《与李生论诗书》），它其实是"象外之象"，要求"超以象外"。在美学诉求上，意境更注重虚实相生、韵味无穷的诗意氛围，而且它的形成过程更多地受到印度佛教哲学思想的影响，因此，它与印度文论中的"味论""韵论"思想颇有相通之处。另外，意境强调主客交融、以少总多、以个别见一般，与西方文论中的"典型说"之间具有对话的潜质。

　　"神思"也是出自《文心雕龙》的重要范畴。跟"意象"一样，它也从创作论被逐渐提升到了本质论的高度，不过它重在表述"形象思维"，即文学想象问题。陆机在《文赋》中对文学想象已有深刻探讨，认为它有"精骛八极，心游万仞"的自由性特点，而且在此过程中情感的逐渐鲜明和艺术形象的形成是同步演进的。刘勰在《神思》篇中对此做了进一步总结论证："文之思也，其神远矣。故寂然凝虑，思接千载，悄焉动容，视通万里；吟咏之间，吐纳珠玉之声，眉睫之前，卷舒风云之色；其思理之致乎？故思理为妙，神与物游。"神思的关键之处就在于"神与物游"，即主观想象与客观物象能够交融为一。这种观点依然重在心物关系，本质上来说也还是"意象"的一个变体。后来，叶燮对此又做了进一步完善，他在《原诗·内篇》中说："必有不可言之理，不可述之事，遇之于默会意

---

　　① 叶朗：《中国美学史大纲》，456 页，上海，上海人民出版社，2005。
　　② 叶朗：《中国美学史大纲》，453 页，上海，上海人民出版社，2005。

象之表，而理与事无不灿然于前者也。"艺术中的理和事都不能实录，必须通过艺术家的审美创造，成为主客交融的审美意象之后，才能真正成为艺术，即需要"幽渺以为理，想象以为事，惝恍以为情"。

"声律论"是南朝齐武帝永明年间由沈约、谢朓、王融等人提出的对五言诗创作的一种形式规范，他们在《文镜秘府论》、佛教音韵学等理论的基础上总结性地提出了"四声八病说"，即将带有平、上、去、入四种声调的不同文字按一定的规则排列起来，使诗歌产生抑扬顿挫的声韵美，同时要避免平头、上尾、蜂腰、鹤膝、大韵、小韵、旁纽、正纽八种声病。这种要求催生了中国古代文论史上形式派诗歌的典范"永明体"。南朝梁代萧绎对文学的定义将这一点总结得很好："至如文者，惟须绮縠纷披，宫徵靡曼，唇吻遒会，情灵摇荡。"（《金楼子·立言》）"肌理说"是清代文论家翁方纲的诗论主张。"理"兼指"义理"和"文理"，要求诗歌在内容上要"言有物"，即以义理为本；在形式上要"言有序"，注重声律、结构、章法、词采等。这跟美国新批评的早期代表兰色姆的"构架—肌质说"颇为相像，只不过前者更加注重考据、训诂，有以学问为诗的倾向。

"诗庄严论"和"曲语论"，这两个术语都是印度古典诗学的重要范畴。"诗庄严论"是7世纪婆摩诃的一部诗学著作的名字。"庄严"在梵语中的本义是装饰、修整的意思。诗之"庄严"既是指诗的修辞方式，也指由它所带来的诗的魅力要素或"灵魂"。这部书除了讲述诗的性质、功能外，还大量涉及修辞、诗病、语汇等"庄严"问题，是印度古典诗学的重要总结。书中还对诗下了一个著名的定义："诗是音和义的结合。"并进一步说："理想的语言庄严是音和义的曲折表达。"这个定义不仅是印度古代诗学本质观的重要表述，而且深刻影响了它的另一个形式派学说"曲语论"。11世纪，曲语论最重要的代表恭多罗的《曲语生命论》问世，书中指出："诗是经过安排的音和义的结合，体现诗人的曲折表达，使知音欢愉。"（第一章）这就是说，诗人的文字表达方式不同于科学著作和日常语言，它要有曲折性，通过改变惯常的用法给人以审美的愉悦感。这种观念跟俄国形式主义的"陌生化"手法颇有异曲同工之妙。

除上述内容以外，东方文论中关于文学本质的论述还有很多，如"文采论"，它"在先秦就已提出，以后经过历代的不断补充完善，形成了独具特色的文艺本质论"①。"文采论"认为文学艺术的本质特征在于形式的杂多与统一，"物相杂，故曰文"（《周易·系辞上》），文学的形式美必须交错杂陈而不失其序，唯其如此，才能"青黄杂糅，文章烂兮"（《楚辞》）。此外，印度的"味论"思想，以及日本基于其原始神道教的艺术自然观等，也都是东方文学本质论的重要参照。

---

① 曹顺庆：《中西比较诗学》，66页，北京，北京出版社，1988。

📖 原典选读

一、黑格尔论原始宗教和哲学的关系

科学是通过形式的独立的知识一般地与哲学有关联，而宗教虽由于内容与科学相反，却通过内容与哲学相关联。宗教的对象不是地上的、世间的，而是无限的。哲学与艺术，尤其是与宗教，皆共同具有完全普遍的对象作为内容。艺术和宗教是最高的理念出现在非哲学的意识——感觉的、直观的、表象的意识中的方式。由于在文化发展的过程中，依时间次序，宗教的现象总是先行于哲学的出现，所以主要地必须对这种关系加以讨论。而且这与决定哲学的起始是密切关联着的，——因为哲学史必须指出那些属于宗教的成分，并把这些成分从它里面排除开，而哲学切不可从宗教开始。

在宗教里各民族无疑地业已表示出他们对于世界的本质，对于自然的和精神的实体，以及人与这本质的关系的看法。这里，绝对本质就是他们的意识的对象。这对象是外在于他们的，是超越于他们的，是或近或远、或友或仇甚或可畏的。在默祷或崇拜的仪式中，人就取消了这种对立，进而意识到他与这绝对存在——他的绝对本质——的统一，提高到对神的依赖之感或对神恩的感谢之忱，并感觉到神是可以接受人同它相和合的。像这种对神的观念，例如像古希腊人那样，这种绝对的本质已经是对人非常友好，所以崇拜神灵的仪节愈成为对于这种神人合一的狂欢与享乐。这个绝对本质一般说来就是那独立自存的理性，那普遍具体的实体，那客观地意识到它自己的根源的精神。因此绝对本质不仅是对于一般合理性的观念，而又是对于普遍无限的合理性的观念。正如上面提到过的，我们首先必须认识宗教，像认识哲学一样，这就是说，必须确认并承认宗教是合理性的。因为宗教是理性自身启示的作品，是理性最高和最合理的作品。认为宗教只是教士们虚构出来以欺骗人民，图谋私利的东西，乃是可笑的说法。同样认宗教为出于主观愿望和虚幻错觉也是浅薄和颠倒事实的看法。教士们诚然常有滥用宗教的事实，——这种可能性乃是宗教的外在关系和时间存在的一个后果。由于它是宗教，它诚不免这儿那儿受这些外在联系的牵制。但本质上它是坚决地反对有限的目的和与之相关的纠纷，并形成一崇高的领域超出世俗目的之上。这种精神领域就是真理的圣地，在这圣地里，所有一切感官世界的幻觉，有限的观念和目的——意见和任性的场所皆消失了。

这种理性的成分既是宗教的主要内容，似乎可以抽引出来，并依历史次序排列成一系列的哲学命题。哲学与宗教站在同一基础上，有一共同的对象：普遍的独立自存的理性。但精神要使这对象成为自己的一体，譬如在宗教里就有默祷和礼拜的仪式以期达此目的。但宗教与哲学内容虽同，而形式却异，因此哲学的历史必然与宗教的历史有区别。默祷只是虔诚地默念着那对象，而哲学便要通过思维的知识实现这种神人和合（Versöhnung），因为精神要求回复到它自己的本质。哲学通过思维意识的形式与它的对

象相联系。宗教便不采取这种形式。但两个领域的区别又不可抽象地去看，好像只有哲学里才有思想，而宗教里却没有。殊不知宗教亦有表象和一般的思想。由于宗教与哲学是如此密切关联着，所以哲学史里有一个旧传统，常常列举出一个波斯哲学，印度哲学之类，——这个惯例一直尚部分地保持在整个哲学史里。因此有一个很流行的传说，说毕泰戈拉的哲学是从印度和埃及传授过来的。这些民族的智慧是有古老的声誉的，而这智慧据了解是包括有哲学在内。又如在罗马帝国时期浸透了西方的东方思想和宗教仪式也得到东方哲学的名称。在基督教世界内，基督教与哲学是更明确地分别开的，反之，在古代东方，宗教与哲学是没有分开的，宗教的内容仍然保持着哲学的形式。由于宗教与哲学不分的看法流行，为了要使哲学史与宗教观念的关系有一更明确的界限，对于足以区别宗教观念与哲学思想的形式略加以确切考察，应该是很适合的。

（［德］黑格尔：《哲学史讲演录》，卷一，贺麟、王太庆译，

北京，商务印书馆，1959）

二、老庄论道

道可道，非常道；名可名，非常名。无，名天地之始；有，名万物之母。故常无，欲以观其妙；恒有，欲以观其徼。此两者，同出而异名，同谓之玄。玄之又玄，众妙之门。

（《道德经》第一章）

孔德之容，惟道是从。道之为物，惟恍惟惚。惚兮恍兮，其中有象；恍兮惚兮，其中有物。窈兮冥兮，其中有精，其精甚真，其中有信。自古及今，其名不去，以阅众甫。吾何以知众甫之状哉！以此。

（《道德经》第二十一章）

视之不见名曰夷，听之不闻名曰希，搏之不得名曰微。此三者不可致诘，故混而为一。其上不皦，其下不昧，绳绳兮不可名，复归于无物。是谓无状之状，无物之象，是谓惚恍。迎之不见其首，随之不见其后。执古之道，以御今之有，能知古始，是谓道纪。

（《道德经》第十四章）

古之人，其知有所至矣。恶乎至？有以为未始有物者，至矣，尽矣，不可以加矣！其次以为有物矣，而未始有封也。其次以为有封焉，而未始有是非也。是非之彰也，道之所以亏也。道之所以亏，爱之所以成。果且有成与亏乎哉？果且无成与亏乎哉？有成

与亏，故昭氏之鼓琴也；无成与亏，故昭氏之不鼓琴也。昭文之鼓琴也，师旷之枝策也，惠子之据梧也，三子之知，几乎皆其盛者也，故载之末年。唯其好之也，以异于彼，其好之也，欲以明之。彼非所明而明之，故以坚白之昧终。而其子又以文之纶终，终身无成。若是而可谓成乎？虽我亦成也；若是而不可谓成乎？物与我无成也。是故滑疑之耀，圣人之所图也。为是不用而寓诸庸，此之谓"以明"。

今且有言于此，不知其与是类乎？其与是不类乎？类与不类，相与为类，则与彼无以异矣。虽然，请尝言之：有始也者，有未始有始也者，有未始有夫未始有始也者；有有也者，有无也者，有未始有无也者，有未始有夫未始有无也者。俄而有无矣，而未知有无之果孰有孰无也？今我则已有谓矣，而未知吾所谓之其果有谓乎？其果无谓乎？

天下莫大于秋豪之末，而太山为小；莫寿于殇子，而彭祖为夭。天地与我并生，而万物与我为一。既已为一矣，且得有言乎？既已谓之一矣，且得无言乎？一与言为二，二与一为三。自此以往，巧历不能得，而况其凡乎！故自无适有，以至于三，而况自有适有乎！无适焉，因是已！

夫道未始有封，言未始有常，为是而有畛也。请言其畛：有左，有右，有伦，有义，有分，有辩，有竞，有争，此之谓八德。六合之外，圣人存而不论；六合之内，圣人论而不议；春秋经世先王之志，圣人议而不辩。

（《庄子·内篇·齐物论》）

夫道，有情有信，无为无形，可传而不可受，可得而不可见；自本自根，未有天地，自古以固存；神鬼神帝，生天生地；在太极之先而不为高，在六极之下而不为深，先天地生而不为久，长于上古而不为老。狶韦氏得之，以挈天地；伏戏氏得之，以袭气母；维斗得之，终古不忒；日月得之，终古不息；堪坏得之，以袭昆仑；冯夷得之，以游大川；肩吾得之，以处大山；黄帝得之，以登云天；颛顼得之，以处玄宫；禺强得之，立乎北极；西王母得之，坐乎少广，莫知其始，莫知其终；彭祖得之，上及有虞，下及五伯；傅说得之，以相武丁，奄有天下，乘东维，骑箕尾，而比于列星。

（《庄子·内篇·大宗师》）

三、刘勰论文学之"道"

文之为德也大矣，与天地并生者何哉？夫玄黄色杂，方圆体分，日月叠璧，以垂丽天之象；山川焕绮，以铺理地之形：此盖道之文也。仰观吐曜，俯察含章，高卑定位，故两仪既生矣。惟人参之，性灵所钟，是谓三才。为五行之秀，实天地之心，心生而言立，言立而文明，自然之道也。傍及万品，动植皆文：龙凤以藻绘呈瑞，虎豹以炳蔚凝姿；云霞雕色，有逾画工之妙；草木贲华，无待锦匠之奇。夫岂外饰，盖自然耳。至于林籁结响，调如竽瑟；泉石激韵，和若球锽：故形立则章成矣，声发则文生矣。夫以无识之物，郁然有彩，有心之器，其无文欤？

人文之元，肇自太极，幽赞神明，《易》象惟先。庖牺画其始，仲尼翼其终。而《乾》《坤》两位，独制《文言》。言之文也，天地之心哉！若乃《河图》孕乎八卦，《洛书》韫乎九畴，玉版金镂之实，丹文绿牒之华，谁其尸之？亦神理而已。自鸟迹代绳，文字始炳，炎皞遗事，纪在《三坟》，而年世渺邈，声采靡追。唐虞文章，则焕乎始盛。元首载歌，既发吟咏之志；益稷陈谟，亦垂敷奏之风。夏后氏兴，业峻鸿绩，九序惟歌，勋德弥缛。逮及商周，文胜其质，《雅》《颂》所被，英华日新。文王患忧，繇辞炳曜，符采复隐，精义坚深。重以公旦多材，振其徽烈，剬诗缉颂，斧藻群言。至夫子继圣，独秀前哲，镕钧六经，必金声而玉振；雕琢性情，组织辞令，木铎启而千里应，席珍流而万世响，写天地之辉光，晓生民之耳目矣。

爰自风姓，暨于孔氏，玄圣创典，素王述训，莫不原道心以敷章，研神理而设教，取象乎《河》《洛》，问数乎蓍龟，观天文以极变，察人文以成化；然后能经纬区宇，弥纶彝宪，发辉事业，彪炳辞义。故知道沿圣以垂文，圣因文而明道，旁通而无滞，日用而不匮。《易》曰："鼓天下之动者存乎辞。"辞之所以能鼓天下者，乃道之文也。

赞曰：道心惟微，神理设教。光采玄圣，炳耀仁孝。龙图献体，龟书呈貌。天文斯观，民胥以效。

（刘勰：《文心雕龙·原道》）

四、司空图论"韵外之致""味外之旨"

文之难，而诗之难又难。古今之喻多矣，而愚以为辨于味，而后可以言诗也。江岭之南，凡足资于适口者，若醯，非不酸也，止于酸而已；若鹾，非不咸也，止于咸而已。华之人以充饥而遽辍者，知其咸酸之外，醇美者有所乏耳。彼江岭之人，习之而不辨也，宜哉。诗贯六义，则讽谕、抑扬、渟蓄、温雅，皆在其间矣。然直致所得，以格自奇。前辈诸集，亦不专工于此，矧其下者耶！王右丞、韦苏州澄澹精致，格在其中，岂妨于遒举哉？贾浪仙诚有警句，视其全篇，意思殊馁，大抵附于蹇涩，方可致才，亦为体之不备也，矧其下者哉？噫！近而不浮，远而不尽，然后可以言韵外之致耳。……盖绝句之作，本于诣极，此外千变万状，不知所以神而自神也，岂容易哉？今足下之诗，时辈固有难色，倘复以全美为工，即知味外之旨矣。勉旃。某再拜。

（司空图：《与李生论诗书》）

五、严羽论"空中之音，相中之色，水中之月，镜中之象"

夫诗有别材，非关书也；诗有别趣，非关理也。然非多读书，多穷理，则不能极其至。所谓不涉理路，不落言筌者，上也。诗者，吟咏情性也。盛唐诸人惟在兴趣，羚羊挂角，无迹可求，故其妙处透彻玲珑，不可凑泊，如空中之音，相中之色，水中之月，镜中之象，言有尽而意无穷。近代诸公乃作奇特解会，遂以文字为诗，以才学为诗，以议论为诗。夫岂不工，终非古人之诗也。盖于一唱三叹之音，有所歉焉。且其作多务使事，不问兴致；用字必有来历，押韵必有出处，读之反复终篇，不知着到何在。其末流甚者，叫噪怒张，殊乖忠厚之风，殆以骂詈为诗。诗而至此，可谓一厄也。然则近代之诗无取乎？曰：有之，吾取其合于古人者而已。国初之诗，尚沿袭唐人：王黄州学白乐天，杨文公、刘中山学李商隐，盛文肃学韦苏州，欧阳公学韩退之古诗，梅圣俞学唐人平淡处。至东坡、山谷始自出己意以为诗，唐人之风变矣。山谷用工尤为深刻，其后法席盛行，海内称为江西宗派。近世赵紫芝、翁灵舒辈，独喜贾岛、姚合之诗，稍稍复就清苦之风；江湖诗人多效其体，一时自谓之唐宗，不知止入声闻、辟支之果，岂盛唐诸公大乘正法眼者哉！嗟乎！正法眼之无传久矣。唐诗之说未唱，唐诗之道或有时而明也。今既唱其体曰唐诗矣，则学者谓唐诗诚止于是耳，得非诗道之重不幸邪！故予不自量度，辄定诗之宗旨，且借禅以为喻，推原汉、魏以来，而截然谓当以盛唐为法。虽获罪于世之君子，不辞也。

（严羽：《沧浪诗话·诗辨》）

第二节　西方传统和现代文论中的文学本质论

一、西方传统文论中的文学本质论

西方传统文论中的文学本质论是现代文学本质观得以形成的一块非常重要的基石，也是世界文论史上不容抹煞的精彩华章。

西方文论中最早的本质论是古希腊毕达哥拉斯学派的"和谐说"。亚里士多德曾对其基本观点有过很好的总结："数是一切事物的本质，整个有规定的宇宙的组织，就是数以及数的关系的和谐系统。"[1]这实际上是把事物的属性看成独立的精神实体，进而建立了"数一元论"。根据这种本体论，毕达哥拉斯认为"美就是和谐统一"，一切事物和艺术的美无不体现了比例、对称、黄金分割等和谐的形式法则。他特别看重音乐，认为"音

---

[1]　转自[德]黑格尔：《哲学史讲演录》，卷一，贺麟、王太庆译，218页，北京，商务印书馆，1959。

乐是对立因素的和谐的统一，把杂多导致统一，把不协调导致协调"①。他还进一步发现了雕塑、绘画、建筑乃至人体的和谐美，强调它们各部分之间的对称和适当比例。毕达哥拉斯甚至对天体运动也做了"和谐说"的解释，认为各天体之间的距离是和谐的，因此能够演奏出和谐的宇宙乐章；人体也是如此，它有一个内在的"小宇宙"，并与天体"大宇宙"之间发生和谐共鸣。这种观点被称为现代物理学"弦理论"的滥觞。毕达哥拉斯所在的时代，西方文学远没有进入自觉状态，因此他没有直接论述文学现象，不过根据他的本体论和美学观，不难推断其重在形式的文学本质观。就整个西方文论传统来说，毕达哥拉斯的"和谐说"可谓影响深远：它的最直接的影响者是亚里士多德的形式美学观，后者甚至将"形式因"标举为第一实体。除此之外，欧陆理性主义美学非常注重形式的完满，这种观念在康德那里达到了比较集中的哲学表述。后来唯美主义、形式主义等文论流派对文学艺术本质的理解也都可以在此找到源头。

"模仿论"是西方文论史上最源远流长的一种文学本质观。它一般可以分为两个截然不同的源头。

其一，柏拉图的"理念说"。"理念"是柏拉图哲学的最高实体，它先于并独立于可感事物而存在。柏拉图还提出了"美本身"的概念，所谓"美本身"，是指美的理念、本质和根源，它是最高的美、绝对的美，它不依赖于任何美的事物而存在，却能创造并统摄一切美的事物。《会饮篇》中第俄提玛的启示对此做了很好的描述："这种美是永恒的，无始无终，不生不灭，不增不减的。……它只是永恒地自存自在，以形式的整一永与它自身同一。"②由于美本身是永恒绝对的美，世间其他事物便只能由它派生，对它模仿，而艺术又是对这些事物的模仿，所以柏拉图说艺术是"模仿的模仿""影子的影子"，"和真理隔着三层"。这种观点深刻影响了西方的文学本质观，尤以中世纪的"流溢说"为代表。"流溢说"认为文学艺术本质上是神的流溢、分有或对其模仿的结果，它并不来自艺术家的创造。其他新柏拉图主义者和教父哲学在文艺本质论上也大都是这种学说的变种，它们几乎统治了整个中世纪，甚至在海德格尔的艺术本质观上还能听到它的回响。黑格尔虽然不否认艺术家的创造，但他还是把美和艺术理解成了"绝对精神"的形象显现，实质上还是它的"外化"或"自我创造"，而且"绝对精神"最终还是要穿透艺术和哲学，在宗教那里才达到完满。

另外值得一提的是，柏拉图贬低艺术的观念更明确地反映在他的"理想国"构想中。他在理想国给诗人定下了"说谎"和"败坏理性"两条罪名，因此下令将他们驱逐出境。"驱逐诗人"或者贬低艺术其实在他的老师苏格拉底那里早有先兆。苏格拉底的美学观认为，只要在功能方面能实现其目的就是美的，也就是善的。以此来看，文学艺术的功能

---

① 北京大学哲学系美学教研室编：《西方美学家论美和美感》，14 页，北京，商务印书馆，1980。
② ［古希腊］柏拉图：《文艺对话集》，朱光潜译，272 页，北京，人民文学出版社，1980。

就是其本质。从这种彻底实用主义的观点出发，诗人的地位显然岌岌可危。柏拉图只不过将乃师的观点政治化罢了。他们的理论在19世纪后期法国理论家泰纳的艺术本质观中还可以找到呼应，车尔尼雪夫斯基的"代用品说"可谓紧步后尘。此外，柏拉图的文艺政治化思想还为后世政治功利主义的文艺本质观提供了口实。

其二，亚里士多德的"实体论"。亚里士多德关于哲学本体论的看法与他的老师决然不同。他认为，根本不存在超然于个别事物而独立存在的精神实体，只有客观的、具体的、能被专名表达的"这一个"实体，即"第一实体"，以及作为其共相的种和属，即"第二实体"。即使是后者同样不能脱离个别事物而存在，因为普遍必然被包含在个别之中，没有既脱离个别实在又统摄个别实在的外在共相。这种看法断然否弃了"美本身"，也让模仿论找到了客观真实的依据。亚里士多德据此提出了关于诗和历史谁更真实的著名论断："写诗这种活动比历史更富于哲学意味，更被严肃的对待；因为诗所描述的事带有普遍性，历史则叙述个别的事。"[①]亚里士多德还明确指出艺术的本质就在于模仿，而且模仿是"人的天性"。此后绵延一千多年的古典主义和新古典主义，从贺拉斯、朗基努斯一直到布瓦洛，依然坚持模仿说，不过他们所谓模仿对象是古希腊经典；其间只有达·芬奇（提出了"镜子说"）、莱辛、伏尔泰、狄德罗等为数不多的理论家主张艺术模仿自然和社会，这是向亚里士多德看齐的做法。

"修辞论"是亚里士多德在文学本质观上的另一个重要贡献。如果说文学是一门语言艺术，修辞就是这门艺术的核心。但修辞问题在古希腊远没有针对文学，而是"艺术"，而且这种"艺术"也远没有接近它的现代含义。亚里士多德在《修辞学》中开篇即说："修辞术是论辩术的对应物。"修辞术和论辩术都是"艺术"，但后者在"智者派"那里变成了一种谋求政治地位和个人生存的专门技巧，苏格拉底严厉指责过它们只是蛊惑人心、偏离真理的"政治诈骗术"。亚里士多德将修辞术定义为"在每一事例上发现可行的说服方式的能力"，强调以事实为基础，以寻求真理为目的，这就将修辞看成了一种能够通过培养得来的探求知识的语言能力。它虽然跟文学和写作还没有太大关系，但亚里士多德毕竟还是讲到了文学中的修辞，比如，他说有些"恰当的演说方法""在悲剧和史诗朗诵的艺术中，早已就用上了"，修辞"可以使语言显得格外堂皇美丽"[②]。此后，朗基努斯大量论述了修辞问题。他的《论崇高》基本上就是一部修辞学著作，而且他所谓"崇高"主要是指语言风格的崇高，并以"掌握语言的能力"作为创作崇高的基本前提，然后才有其他五个来源。修辞问题此后在西方文论中渐入沉寂，最后还是在文学艺术中，尤其在唯美主义和形式主义那里大放异彩。

"想象"是西方文学本质论的另一个重要范畴。亚里士多德最先在诗中发现了想象。

① ［古希腊］亚里士多德、［古罗马］贺拉斯：《诗学·诗艺》，罗念生等译，29页，北京，人民文学出版社，1962。

② 伍蠡甫等编：《西方文论选》，上卷，88、90页，上海，上海译文出版社，1979。

他认为诗人的职责不在于描述已发生的事，而是描述按照可然律或必然律可能发生的事，① 这样的观点为艺术想象提供了适宜的理论温床。此后，西塞罗、贺拉斯、朗基努斯等都对想象做过零星的论述，但比较系统的观点见于 18 世纪中后期休谟的论著。休谟一方面认为想象是艺术家自由创造的表现，另一方面又指出，想象"不外乎是将感官和经验提供我们的材料加以联系、置换、扩大或缩小而已"②。他还对逻辑思维和形象思维做了比较研究，形成艺术思维的重要理论来源。别林斯基也对艺术思维做过经典论述。他追随黑格尔，将艺术和哲学的思维方式加以区别，认为"哲学家用三段论法，诗人则用形象和图画说话，然而他们说的都是同一件事"③。别林斯基不仅将形象思维运用于诗歌的论述，而且认为诗歌中也必须包含思想，只是表达方式必须具体化、形象化，这已成为现代文学本质观的一个重要论断。

西方文论基于文学自身的本质论是从 19 世纪后半期的浪漫主义运动开始的。毋庸讳言，浪漫主义作为对古典主义的反拨不仅涉及文学，还广泛包括其他艺术形式，但这场运动蕴含着一个极端重要的东西，这就是文学的独立。根据乔纳森·卡勒的考证，"literature"这个词一直以来都泛指各类"著述"或"书本知识"，它的现代意义的产生只是两百多年前的事，这个时期大体上就是浪漫主义运动时期。当然，文学独立并不意味着它不再与哲学和美学发生关系，而是说作为一种事实，它将吸引更多专门关注文学、研究文学的人，从而逐渐趋近于"文学性"本身，尽管从哲学和艺术来探讨文学的情况依然不可避免。

浪漫派的"表现说"就是一个例证。在西方文论史上，虽然情感、想象、表现等概念早已出现，但真正将它们提升到文学本质论高度的是浪漫主义诗学。值得一提的是，以施莱格尔兄弟为主要发起人的浪漫主义诗学正是以重新反思哲学、美学、艺术和文学之间的关系为发端的。他们事实上已经发出了文学独立的先兆。奥·施莱格尔在《关于美的文学和艺术的讲座》中指出，在文学和美学之前加上"美的"一词完全多余，而且"美学"一词问题重重，"现在该是彻底废除它的时候了"④。浪漫主义诗学的很多文学观念都已经成了文学本质的不可磨灭的内核。比如，他们歌颂自由和天才，强调情感和想象，要求运用"真挚单纯的语言"，等等，尤其第一次将自我表现放置到了文学本质的高度，给后来的表现主义、意识流、象征主义等现代文学和文论都带来了重要影响。当然，浪漫主义的哲学基础还是非常明确的，它们主要以康德的主观唯心主义，尤其是费希特的

① ［古希腊］亚里士多德、［古罗马］贺拉斯：《诗学·诗艺》，罗念生等译，28 页，北京，人民文学出版社，1962。

② 北京大学哲学系外国哲学史教研室编：《西方哲学原著选读》，上卷，518 页，北京，商务印书馆，1981。

③ ［俄］别林斯基：《别林斯基选集》，第二卷，满涛译，429 页，上海，上海时代出版社，1953。

④ 转自蒋孔阳主编：《十九世纪西方美学名著选读（德国卷）》，304 页，上海，复旦大学出版社，1990。

"自我"哲学作为根基，不过在费希特那里"自我"还有"非我"的对立限制，德国浪漫主义的耶拿派则取消了"非我"，将主观自我视为艺术表现的唯一本质。此外，强调主观自我的表现主义、意识流等现代文学主要以克罗齐的精神哲学、柏格森的生命哲学和弗洛伊德的精神分析为理论基础。克罗齐尽人皆知的公式是"直觉即表现、即艺术"，而它们共同的基础却在于情感，艺术的直觉的表现即情感的表现。弗洛伊德的精神分析理论强调无意识从根本上决定了人的思考和行动，尤其梦境、白日梦等被认为是文学创作的基础和来源，甚至认为作家是不同程度的精神病患者。这些观点都属于非理性哲学的不同形态。

现实主义的"反映论"也是现代文学本质论的重要来源。现实主义与浪漫主义一样并非限于文学，但它也是奠定现代文学本质论的另一块重要基石，文学本身的很多特点在此都得到了进一步发掘，特别将"反映论"认定为模仿论的进一步完善。"反映论"不仅突出了模仿中的创造性，而且强调必须创造"典型形象"，即文学艺术不仅要反映现实，还要"把现实理想化"，"通过个别的、有限的现象来表现普遍的、无限的事物"①，文学形象塑造的结果是使形象成为"熟悉的陌生人"。在哲学基础上，现实主义主要以唯物主义哲学作为理论根基，凸显文学艺术是对客观现实的真实反映和发挥主观能动性的积极创造的结合，文学典型就是客观必然性和主体创造性的统一。

二、西方文学本质论的语言转向

西方现代文论在本质论上有一个非常重要的变化，这就是语言转向。根本上来说，它是现代哲学的转变在文学理论领域的一种延伸。

文学理论中的语言转向可以分为两条路线，一条是现象学路线，另一条是语言学路线。前者以海德格尔为主要代表，包括伽达默尔、英加登以及姚斯、伊瑟尔等。海德格尔将语言从工具论提升到了本体论的高度，将其视为"存在的家园"。不过他所谓"存在"（being）并不是实体之在，而是意义之在，表示的是主语和谓词之间的意义关系，因此存在只能在语言表达关系中确立起自身。海德格尔甚至认为语言的发生乃"存在之天命"。但他又感到资本主义日常的堕落的语言已经不能承担起这种天职，于是他将目光投向了诗性语言。在此意义上，海德格尔表达了他的诗论。他认为本真的艺术是诗，而诗的语言即本质性的语言，存在借此确立，并展开原初的意义化活动。因此诗人并没有言说的权利，他只能回应存在，看护世界和大地的冲突。现象学的其他代表人物沿着这条路线都有各自的理论进展。他们基本上都转向了不同程度的语义学，并根据现象学的意向性理论对文学本质的发问方式进行了革命性的改造：从"文学是什么"变成了"文学如何存

---

① ［俄］别林斯基：《别林斯基选集》，第二卷，满涛译，102页，上海，上海译文出版社，1979。

在"。这一点海德格尔已经有所触及，但作为现象学运动组成部分的接受美学走得更远，该学派认为，脱离作者之后的文学文本已经跟作者没有任何关系，变成了未完成、具有很多未定点的意向客体，只有读者将文本中空缺的意义图式"具体化"，才能最终完成作品的存在。这就将读者的地位前所未有地提升到了决定性的位置。

语言学路线可以追溯到维特根斯坦，此后经由俄国形式主义到新批评，再到符号学和结构主义乃至于后结构主义。这条路线真正发现了"文学性"的最基本内核，其中最重要的代表是俄国形式主义和英美新批评。

俄国形式主义的代表人物之一雅各布森最先提出了"文学性"问题，并最早解释了它的基本内涵："使一部作品成为文学作品的东西。"①而这种"东西"就是"必须把'手段'看作是它唯一的'主角'"②。雅各布森的具体做法是认定"诗的功能在于指出符号和指称不能合一"，也就是打破能指符号和所指意涵的稳固的、惯常的连接，使符号向自身折叠，以便突出语言本身。他在著名的"六要素和六功能说"中对此做了进一步注解：只有当语言交际侧重于信息或意义本身时，语言的诗性功能才能被凸显出来。什克洛夫斯基的"陌生化"理论，更将"手段"发挥到了极致。他说："艺术的技巧就是使对象陌生，使形式变得困难，增加感觉的难度和时间长度，因为感觉过程本身就是审美目的，必须设法延长。"③因此诗的语言必须是受到阻碍的、扭曲的、反常的语言。美国新批评的几位主将则通过"意图谬误"和"感受谬误"将文本彻底封闭起来，并主张通过"封闭阅读"（close reading，一译"细读"）来发现文本中的张力、悖论、反讽、复义、矛盾情感等结构要素，认为只有它们才能真正抵近诗歌的本质。结构主义文论也是如此，只不过它把研究的侧重点转移到叙事作品上来，并把"意义单位"扩展到更加宏观的文本构造、神话结构、社会形态乃至人的深层无意识罢了。形式主义诸流派对"文学性"的界定代表西方文论对文学理解的新高度。如果说浪漫主义诗学意味着文学的自觉，那么形式主义则可以说是文论的自觉。

从形式主义到结构主义对文本意义尤其确定意义愈演愈烈的苛求，逐渐引起了越来越多研究者的不满，这就导致了"后结构主义"的出现。后结构主义认为所谓"确定意义"是语音中心主义的集中体现，后者将语音视为直传主体经验的御用工具，而作为语音媒介的文字不过是符号的符号、媒介的媒介，永远等而下之。这种固定观念还造成了二元对立的思维模式，严重限制了西方哲学和文化的发展。其领军人物雅克·德里达由是指出，必须要颠覆这种二元论的等级秩序，打破逻各斯中心主义对意义的垄断。德里达号召建立起"原文字学"，为文字正名并通过延异、撒播、踪迹等概念工具将文本意义解释

---

① ［法］托多罗夫选编：《俄苏形式主义文论选》，蔡鸿滨译，24页，北京，中国社会科学出版社，1989。

② ［英］安纳·杰弗森、戴维·罗比：《西方现代文学理论概述与比较》，陈昭全等译，9页，长沙，湖南文艺出版社，1986。

③ 转自朱立元主编：《当代西方文艺理论》，45页，上海，华东师范大学出版社，1997。

为似近实远、旋生旋灭、永远处在延宕过程中的语言游戏。对于文学性，德里达明确指出："没有任何文本实质上是属于文学的。文学性不是一种自然本质，不是文学的内在物。"①他认为文学性的发问方式预设了一种实体论的内在逻辑，而任何实体都有形而上学和逻各斯中心主义的深刻烙印，因此他在解构哲学的同时也要解构文学的本质规定，认为不存在真正的文学，文学和哲学之间具有深刻的互文性关联，两者没有实质性的区别。德亚达的激进观点也意味着文学理论自身的终结，甚至不仅是文学理论的终结，也是一切理论的终结，正如有些德里达的追随者所说，理论死了，文学研究也由此进入了反实在论和反本质主义的"后理论"（Post-theory）时代。

原典选读

一、亚里士多德论"摹仿"②

第 1 章

关于诗艺本身和诗的类型，每种类型的潜力，应如何组织情节才能写出优秀的诗作，诗的组成部分的数量和性质，这些，以及属于同一范畴的其他问题，都是我们要在此探讨的。让我们循着自然的顺序，先从本质的问题谈起。

史诗的编制、悲剧、喜剧、狄苏朗勃斯的编写以及绝大部分供阿洛斯和竖琴演奏的音乐，这一切总的说来都是摹仿。它们的差别有三点，即摹仿中采用不同的媒介，取用不同的对象，使用不同的、而不是相同的方式。

正如有人（有的凭技艺，有的靠实践）用色彩和形态摹仿，展现许多事物的形象，而另一些人则借助声音来达到同样的目的一样，上文提及的艺术都凭借节奏、话语和音调进行摹仿——或用其中的一种，或用一种以上的混合。阿洛斯乐、竖琴乐以及其他具有类似潜力的器乐（如苏里克斯乐）仅用音调和节奏，而舞蹈的摹仿只用节奏，不用音调（舞蹈者通过揉合在舞姿中的节奏表现人的性格、情感和行动）。

有一种艺术仅以语言摹仿，所用的是无音乐伴奏的话语或格律文（或混用诗格，或单用一种诗格），此种艺术至今没有名称。事实上，我们没有一个共同的名称来称呼索弗荣和塞那耳科斯的拟剧及苏格拉底对话；即使有人用三音步短长格、对句格或类似的格律进行此类摹仿，由此产生的作品也没有一个共同的称谓。不过，人们通常把"诗人"一词附在格律名称之后，从而称作者为对句格诗人或史诗诗人——称其为诗人，不是因为他们是否用作品进行摹仿，而是根据一个笼统的标志，即他们都使用了格律文。即使有人用格律文撰写医学或自然科学论著，人们仍然习惯于称其为诗人。然而，除了格律

---

① ［法］雅克·德里达：《文学行动》，赵兴国等译，11 页，北京，中国社会科学出版社，1998。
② 本书正文用"模仿"，此处引文中用"摹仿"，为保留引文原貌，此处也用"摹仿"。

以外，荷马和恩培多克勒的作品并无其他相似之处。因此，称前者为诗人是合适的，至于后者，与其称他为诗人，倒不如称他为自然哲学家。同样，如果有人在摹仿中用了所有的诗格——就像开瑞蒙在他的叙事诗《马人》中混用了所有的诗格一样——我们仍应把他看作是一位诗人。关于上述区别，就谈这些。

还有一些艺术，如狄苏朗勃斯和诺摩斯的编写以及悲剧和喜剧，兼用上述各种媒介，即节奏、唱段和格律文，差别在于前二者同时使用这些媒介，后二者则把它们用于不同的部分。艺术通过媒介进行摹仿，以上所述说明了它们在这方面的差异。

第2章

既然摹仿者表现的是行动中的人，而这些人必然不是好人，便是卑俗低劣者(性格几乎脱不出这些特性，人的性格因善与恶相区别)，他们描述的人物就那么比我们好，要么比我们差，要么是等同于我们这样的人。正如画家所做的那样：珀鲁格诺托斯描绘的人物比一般人好，泡宋的人物比一般人差，而狄俄努西俄斯的人物则形同我们这样的普通人。

上文提及的各种摹仿艺术显然也包含这些差别，也会因为摹仿包含上述差别的对象而相别异。这些差别可以出现在舞蹈、阿洛斯乐和竖琴乐里，也可以出现在散文和无音乐伴奏的格律文里，比如，荷马描述的人物比一般人好，克勒俄丰的人物如同我们这样的一般人，而最先写作滑稽诗的萨索斯人赫革蒙和《得利亚特》的作者尼科卡瑞斯笔下的人物却比一般人差。这些差别同样可以出现在狄苏朗勃斯和诺摩斯里，因为正如提摩瑟俄斯和菲洛克塞诺斯都塑造过圆目巨人的形象一样，诗人可以不同的方式表现人物。此外，悲剧和喜剧的不同也见之于这一点上：喜剧倾向于表现比今天的人差的人，悲剧则倾向于表现比今天的人好的人。

第3章

这些艺术的第三点差别是摹仿上述各种对象时所采的方式不同。人们可用同一种媒介的不同表现形式摹仿同一个对象：既可凭叙述——或进入角色，此乃荷马的做法，或以本人的口吻讲述，不改变身份——也可通过扮演，表现行动和活动中的每一个人物。

正如开篇时说过的，摹仿的区别体现在三个方面，即它的媒介、对象和方式。所以，从某个角度来看，索福克勒斯是与荷马同类的摹仿艺术家，因为他们都摹仿高贵者；而从另一个角度来看，他又和阿里斯托芬相似，因为二者都摹仿行动中的和正在做着某件事情的人们。

有人说，此类作品之所以被叫作"戏剧"是因为它们摹仿行动中的人物。根据同样的理由，多里斯人声称他们是悲剧和喜剧的首创者(这里的麦加拉人声称喜剧起源于该地的民主时代，西西里的麦加拉人则认为喜剧是他们首创的，因为诗人厄庇卡耳摩斯是他们的乡亲，而他的活动年代比基俄尼得斯和马格奈斯早得多。伯罗奔尼撒的某些多里斯人声称首创悲剧）。他们引了有关词项为证：他们称乡村为 kōmai，而雅典人称之为 dēmoi——他们的看法是，喜剧演员这一称谓不是出自 kōmazein，而是出自如下原因：这些人因受人蔑视而被逐出城外，流浪于村里乡间。他们还说，他们称"做"为 dran，而雅典人却称之为 prattein。

关于摹仿的鉴别特征以及它们的数量和性质，就谈这么多。

第 4 章

作为一个整体，诗艺的产生似乎有两个原因，都与人的天性有关。首先，从孩提时候起人就有摹仿的本能。人和动物的一个区别就在于人最善摹仿，并通过摹仿获得了最初的知识。其次，每个人都能从摹仿的成果中得到快感。可资证明的是，尽管我们在生活中讨厌看到某些实物，比如最讨人嫌的动物形体和尸体，但当我们观看此类物体的极其逼真的艺术再现时，却会产生一种快感。这是因为求知不仅于哲学家，而且对一般人来说都是一件最快乐的事，尽管后者领略此类感觉的能力差一些。因此，人们乐于观看艺术形象，因为通过对作品的观察，他们可以学到东西，并可就每个具体形象进行推论，比如认出作品中的某个人物是某某人。倘若观赏者从未见过作品的原型，他就不会从作为摹仿品的形象中获取快感——在此种情况下，能够引发快感的便是作品的技术处理、色彩或诸如此类的原因。

由于摹仿及音调感和节奏感的产生是出于我们的天性（格律文显然是节奏的部分），所以，在诗的草创时期，那些在上述方面生性特别敏锐的人，通过点滴的积累，在即兴口占的基础上促成了诗的诞生。诗的发展依作者性格的不同形成两大类。较稳重者摹仿高尚的行动，即好人的行动，而较浅俗者则摹仿低劣小人的行动，前者起始于制作颂神诗和赞美诗，后者起始于制作谩骂式的讽刺诗。我们举不出一首由荷马以前的作者所做的此类作品，虽然在那个时候可能已经有过许多讽刺诗作者。但从荷马及荷马以后的作者的作品里，我们却可以找出一些例子，例如荷马的《马耳吉忒斯》和其他类似的作品。短长格亦由此应运而生，因为它是一种适合于此类作品的诗格。由于人们在相互嘲讽时喜用短长格，这种格律至今仍被叫作讽刺格。这样，在早期的开拓者中，有的成了英雄诗诗人，另一些则成了讽刺诗人。

荷马不仅是严肃作品的最杰出的大师（唯有他不仅精于作诗，而且还通过诗作进行了戏剧化的摹仿），而且还是第一位为喜剧勾勒出轮廓的诗人。他以戏剧化的方式表现滑稽可笑的事物，而不是进行辱骂。他的《马耳吉忒斯》同喜剧的关系，就如他的《伊利亚特》和《奥德赛》同悲剧的关系一样。当悲剧和喜剧出现以后，人们又在天性的驱使下做出了顺乎其然的选择：一些人成了喜剧、而不是讽刺诗人，另一些人则成了悲剧、而不是史诗诗人，因为喜剧和悲剧是在形式上比讽刺诗和史诗更高和更受珍视的艺术。

就悲剧本身及其与观众的关系来看，它的成分是否已臻完善，此乃另一个论题。不管怎样，悲剧——喜剧亦然——是从即兴表演发展而来的。悲剧起源于狄苏朗勃斯歌队领队的即兴口诵，喜剧则来自生殖崇拜活动中歌队领队的即兴口占，此种活动至今仍流行于许多城市。悲剧缓慢地"成长"起来，每出现一个新的成分，诗人便对它加以改进，经过许多演变，在具备了它的自然属性以后停止了发展。

埃斯库罗斯最早把演员由一名增至两名，并削减了歌队的合唱，从而使话语成为戏剧的骨干成分。索福克勒斯启用了三名演员并率先使用画景。此外，悲剧扩大了篇制，从短促的情节和荒唐的言语中脱颖出来——它的前身是萨图罗斯式的构合——直至较迟的发展阶段才成为一种庄严的艺术。悲剧的格律也从原来的四音步长短格改为三音步短长格。早期的诗人采用四音步长短格，是因为那时的诗体带有一些萨图罗斯剧的色彩，并且和舞蹈有着密切的关连。念白的产生使悲剧找到了符合其自然属性的格律。在所有的格律中，短长格是最适合于讲话的，可资证明的是，我们在相互交谈中用得最多的是短长格式的节奏，却很少使用六音步格——即使偶有使用，也是因为用了不寻常的语调之故。

至于场次的增加以及传闻中有关悲剧的其他成分的完善，就权当已经谈过了，因为要把这一切交待清楚，或许是一件工作量很大的事情。

（［古希腊］亚里士多德：《诗学》，陈中梅译注，北京，商务印书馆，1996）

二、休谟论浪漫主义和古典主义

我要坚持说，在一百年的浪漫主义之后，我们面临着一种古典主义的复兴，这种新古典主义精神的特殊武器，应用于韵文中，将是幻想。在这种意义上，我是指幻想的优越性——不是一般的或绝对的优越，因为，那样会成为显然的无稽之谈，而是指在这样的意义上的优越，正如我们在经验伦理学中用"善"字一样，我们说对某事而言是善的，对某事而言有其优越性。那么，我必须证明两件事：第一，一种古典主义的复兴来临了；第二，幻想对于其特殊的目的而言将比想象更优越。

"想象"、"幻想"这些术语已经变得如此陈腐，以至我们认为它们自古就已存在在语言中了。在文学批评的辞汇中，它们被当作两个不同的术语来看待的历史是比较短的。最初，当然它们意味着同一事物；第一次开始把它们区分开的是十八世纪德国的美学家。

我知道在用"古典的"和"浪漫的"这些词时，我是干着一桩危险的事情。它们代表着五六种相反的含义，而当我在这种意义上用它们时，你很可能用另外一种意义来解释它们。在现在这篇文章里，我是在一种完全确切而有限的意义上应用它们。我确实应当制造一对新词，然而，我宁愿用我过去用过的词，因为，这样我就遵从了那群参加过论战的作家们的习惯，在今日他们最常用这些词，并且几乎把它们变成政治性的时髦语了。我指的是莫拉斯、拉赛尔和所有与法兰西行动有关的那群人。

在现在，对这个特别的一群人来说，这两个词的区别是最关紧要的。因为它已经变成了一个党派的象征。假如你询问某一派的一个人他选择古典主义还是浪漫主义，由此你就可以推论出他的政治主张是什么。

逐步转入谈论我的术语的固有的定义的最好办法，是首先从那群准备好为它战斗的人开始——因为他们是不会含糊的（别的人都采取具有一般的鉴赏力的人的那种二者皆取的不名誉的态度）：

大约一年以前，有个我想是叫福肖阿的人，在奥台昂作了一次关于拉辛的演讲，在演讲中，他对拉辛的枯燥无味、缺乏创造和其他一切进行了毁谤性的批评。这事当时就引起了骚动：满屋各处展开了殴斗；好几个人被逮捕监禁了，随后几次的演讲，都是在四周布满数百名宪兵与侦探的情况下进行的。这些人打断了演讲，因为对他们来说古典主义的理想是一件活生生的东西，而拉辛就是伟大的文豪。这就是我所谓的文学中的一种真正重要的兴趣。他们把浪漫主义看成一种可怕的疾病，法国刚把这种病症治愈不久。

这件事由于以下事实显得情况复杂：即是浪漫主义造成了革命。他们憎恨革命，所以他们憎恨浪漫主义。

我并不为了在这里把政治拉进来而表示歉意；因为在英国和在法国，浪漫主义都是与某一些政治见解有关联的；并且只有举一个具体的例子说明一个原则如何在行动中展开，你才能了解它的最恰当的定义。

在1789年的所有其他原则的背后的积极的原则是什么呢？在这里我谈到革命是把它仅当作一种思想；我撇开那些物质原因不谈（它们只能产生暴力）。那些很容易抵抗或引导这些暴力的制裁手段早已被这些思想破坏殆尽。在成功的转变中似乎永远有这种情况；特权阶级被打倒只有在它对自己失去信心的时候，也就是当它本身为反对它的思想所渗透的时候。

那不是人的权利——这是一个很好的、可靠的、实际的口号。但是引起热情，使革命实际上成为一种新的宗教的那种东西，比这个口号更积极。所有阶级的人、支持这个口号而失利的人们都对自由的思想抱着热切激动的心情。一定有某种思想能使他们认为在一个本质上极为消极的事物中会出现某种积极的东西。在这里我找到了我给浪漫主义下的定义。他们曾被卢梭教导说人天生是善良的，只是不好的法律和不好的风俗习惯压抑了他。消除了这一切以后，人的无限的可能性可以得到发展的机会。这就是使他们认为在骚乱中能出现某种积极的东西的理由，这就是产生宗教热情的根据。一切浪漫主义的根子就在这里：人，个人是可能性的无限的贮藏所；假若你们能摧毁那些压迫人的法律，这样重新整顿社会，那么这些可能性便会得到一种发展的机会，那么你们就会进步。

与此恰恰相反，人们能很清楚地给"古典的"下个定义说：人是一种非常固定的和有限的动物，它的天性是绝对不变的。只是由于传统和组织才使他有任何合乎礼仪的表现。

（[英]托·欧·休姆①：《论浪漫主义和古典主义》，刘若端译，《二十世纪文学评论》，

上册，葛林等译，上海，上海译文出版社，1987）

三、伊格尔顿论俄国形式主义

实际上，这就是俄国形式主义者提出的"文学"定义。俄国形式主义者的队伍中包括维克多·斯克洛夫斯基，罗曼·雅各布逊，奥西普·布里克（Osip Brik），尤里·图尼雅诺夫（Yury Tynyanov），鲍里斯·艾钦包姆（Boris Eichenbaum）和鲍里斯·托马舍夫斯基（Boris Tomashevsky）。形式主义者出现于 1917 年布尔什维克革命之前的俄国。他们在整个 20 年代都很活跃，直到斯大林主义有效地使其沉默。作为一个富有战斗和论争精神的批评团体，他们拒绝此前曾经影响着文学批评的神秘的象征主义理论原则，并且以实践的科学精神把注意转向文学作品本身的物质实在。批评应该使艺术脱离神秘，关心文学作品的实际活动情况：文学不是伪宗教，不是心理学，也不是社会学，而是一种特殊的语言组织。它有自己的特殊规律、结构和手段（devices），应该研究这些事物本身，而不应该把它们化简为其他事物。文学不是传达观念的媒介，不是社会现实的反映，也不是某种超越真理的体现；它是一种物质事实，我们可以象检查一部机器一样分析它的活动。文学不是由事物或感情而是由词语制造的，因此，将其视为作者心灵的表现是一个错误。奥西普·布里克曾经戏言，即使没有普希金（Pushkin）这个人，普希金的《欧根·奥涅金》（*Eugene Onegin*）也会被写出来。

形式主义实际上就是将语言学运用于文学研究；而这里所说的语言学是一种形式语言学，它关心语言结构而不关心一个人实际上可能说些什么。因此，为了研究文学形式，形式主义者也忽视文学"内容"（在这里一个人可能总是会被诱入心理学和社会学）的分析。他们不仅不把形式视为内容的表现，而且将这一关系头足倒置；内容只是形式的"动因"（motivation），是为某种特殊的形式运用提供的一种机会或一种便利。《堂·吉诃德》与以之命名的人物无关；这个人物仅仅是集拢各种不同叙述技巧的手段。《畜牧场》（*Animal Farm*）在形式主义看来并不是关于斯大林主义的寓言；相反，斯大林主义不过为这篇寓言的创作提供了一个有用的机会。正是这种一反常理的强调，使形式主义者在其反对者那里得到形式主义这一贬称；而且，尽管他们并不否认艺术与社会现实的关系——他们之中确有一些人与布尔什维克有密切联系——他们却挑衅地宣称，研究这种关系不是批评家的事情。

---

① 编者注：休姆与休谟为同一人，译法不同所致。

　　开始时，形式主义者把文学作品视为一组多少有些随意性的"手段"集合，后来他们才逐渐将这些手段视为一个总体本文系统（a total textual system）之内的相关元素或"功能"。"手段"包括声音、意象、节奏、句法、音步、韵脚、叙述技巧，等等，实际上它包括了文学的全部形式元素；这些元素的共同之处是，它们具有"疏离"（estranging）或"陌生"（defamiliarizing）效果。文学语言的特殊之处，即它有别于其他话语的东西是，它以各种方法使普通语言"变形"。在文学手段的压力下，普通语言被强化、凝聚、扭曲、缩短、拉长、颠倒。这是受到"陌生化"的语言；由于这种疏离，日常世界也突然被陌生化了。在日常语言的俗套中，我们对现实的感受和反应变得陈腐、滞钝，或者——如形式主义者所说——被"自动化"了。文学则迫使我们对语言产生强烈的意识，从而更新那些习惯反应，而使对象更加"可感"。由于我们必须更努力更自觉地对付语言，这个语言所包容的世界也被生动地更新了。杰拉德·曼利·霍普金斯（Gerard Manley Hopkins）的诗可能为此提供了一个非常形象的例证。文学话语疏离或异化普通言语；然而，它在这样做的时候，却使我们能够更加充分和深入地占有经验。平时，我们呼吸于空气之中但却意识不到它的存在：像语言一样，它就是我们的活动环境。但是，如果空气突然变浓或受到污染，它就会迫使我们警惕自己的呼吸，结果可能是我们的生命体验的加强。我们读到一个朋友草写的便条时并不怎么注意它的叙述结构；但是，如果一个故事突然中断又重新开始，如果它不断从一个叙述层次转到另一叙述层次，并且推延其高潮以保持悬念，我们就会鲜明地意识到它的结构方式，同时我们与它的接触也可以被强化。故事——如形式主义者所说——使用"阻碍"或"延迟"手段以吸引我们的注意；在文学语言中，这些手段是"显露"的。正是这些促使维克多·斯克洛夫斯基对斯特恩（Laurence Sterne）的小说《商第传》（*Tristram Shandy*）——一本经常阻碍自己的故事线索，以致使它几乎无法有任何进展的小说——做了一个恶作剧式的评论，他说这是"世界文学中最典型的小说"。

　　因此，形式主义者把文学语言视为对于一种语言标准的一组偏离，即一种语言的扭曲：与我们一般使用的"普通"语言相比，文学是一种"特殊"语言。不过，发现一种偏离就意味着能够确认被偏离的那一标准，虽然"普通语言"（ordinary language）是某些牛津哲学家喜爱的概念，但是牛津哲学家的普通语言与格拉斯韦根（Glaswegian）码头工人的普通语言却不会有多少共同之处。这两个社会集团用以写情书的语言通常也不同于他们与地区牧师的谈话。以为存在着一种单一的"标准"语言，一种由所有社会成员同等分享的通货，这是一种错觉。任何实际语言都由极为复杂的各种话语所组成。这些话语由于使用者的阶级、地区、性别、身份等等的不同而互有区别。它们不可能被整整齐齐地结合成一个单独的、纯粹的语言共同体。一个人的标准可能是另一个人的偏离；用"里巷"代替"胡同"在布赖顿（Brighton）也许很有诗意，但在巴恩斯利（Barnsley）它可能就是普通语言。甚至公元5世纪最"平淡无奇"的作品，今天在我们听来也可能由于其古意盎然而具有"诗意"。如果我们偶然碰到某一产生于久已消失的文明的断篇残简，我们单凭察看并不能断定它是不是"诗"，因为我们可能无法接近那个社会的"普通"语言；不过，即使进一步的研究将揭示出它是"偏离的"，这也仍然不能证明它是诗，因为并非一切语言的偏离都是诗。例如，俚语就不是。如果没有关于它如何在特定社会中作为一件语言作品实际发挥作用的大量材料，我们不可能仅仅看它一下就能认定它不是一篇"现实主义的"文学作品。

俄国形式主义者并非没有意识到上述这一切。他们承认，标准和偏离在各个社会和历史关系中是变动不居的；就此而论，"诗"取决于你这时恰好占据的地位。一段语言可能是"疏离的"，但这并不保证它将永远而且到处如此；它的疏离性仅仅相对于某种标准的语言背景而言；如果这一背景改变，那么这件作品也许不再成其为文学。如果每个人都在普通酒馆谈话中使用"你这尚未被夺走童贞的安静的新娘"这样的说法，那么这种语言可能不再成其为诗语。换言之，对于形式主义者来说，"文学性"(literariness)是由一种话语与另一种话语之间的区别性关系(differential relations)所产生的一种功能；"文学性"并不是一种永远给定的特性。他们一心想要定义的不是"文学"，而是"文学性"——即语言的某些特殊用法，这种用法可以在"文学"作品中发现，但也可以在文学作品之外的很多地方找到。任何一个相信可以根据这类特殊的语言用法来定义"文学"的人都必须面对下述事实：曼彻斯特(Manchester)人使用的隐喻比马威尔(Marvell)作品中的隐喻还多。没有任何一种"文学"手段——换喻法、举隅法、间接肯定法、交错配列法，等等——没有在日常话语中被广泛运用。

（［英］特雷·伊格尔顿：《二十世纪西方文学理论》，伍晓明译，

西安，陕西师范大学出版社，1986）

四、海德格尔论"艺术作品的本源"

本源一词在这里指的是，一件东西从何而来，通过什么它是其所是并且如其所是。使某物是什么以及如何是的那个东西，我们称之为某件东西的本质。某件东西的本源乃是这东西的本质之源。对艺术作品的本源的追问就是追问艺术作品的本质之源。按通常的理解，艺术作品来自艺术家的活动，通过艺术家的活动而产生。但艺术家又是通过什么成其为艺术家的？艺术家从何而来？使艺术家成为艺术家的是作品；因为一部作品给作者带来了声誉，这就是说，唯作品才使作者以一位艺术的主人身份出现。艺术家是作品的本源。作品是艺术家的本源。两者相辅相成，彼此不可或缺。但任何一方都不能全部包含了另一方。无论就它们本身还是就两者的关系来说，艺术家和作品都通过一个最初的第三者而存在。这个第三者才使艺术家和艺术作品获得各自的名称。那就是艺术。

正如艺术家以某种方式必然地成为作品的本源而作品成为艺术家的本源，同样地，

艺术以另一种方式确凿无疑地成为艺术家和作品的本源。但艺术竟能成为一种本源吗？哪里和如何有艺术呢？艺术，它还不过是一个词，没有任何现实事物与之对应。它可以被看作一个集合观念，我们把仅从艺术而来才是现实的东西，即作品和艺术家，置于这个集合观念之中。即使艺术这个词所标示的意义超过了一个集合观念，艺术这个词的意思恐怕也只能在作品和艺术家的现实性的基础上存在。或者事情恰恰相反？唯当艺术存在而且是作为作品和艺术家的本源而存在之际，才有作品和艺术家吗？

无论怎样决断，艺术作品的本源问题都势必成为艺术之本质的问题。但由于艺术究竟是否存在和如何存在的问题必然还是悬而未决的，因此，我们将尝试在艺术无可置疑地起现实作用的地方寻找艺术的本质。艺术在艺术作品中成其本质。但什么和如何是一件艺术作品呢？

什么是艺术？这应从作品那里获得答案。什么是作品，我们只能从艺术的本质那里获知。任何人都能觉察到，我们这是在绕圈子。通常的理智要求我们避免这种循环，因为它与逻辑相抵触。人们认为，艺术是什么，可以从我们对现有的艺术作品的比较考察中获知。而如果我们事先并不知道艺术是什么，我们又如何确认我们的这种考察是以艺术作品为基础的？但是，与通过对现有艺术作品的特性的收集一样，我们从更高级的概念作推演，也是同样得不到艺术的本质的；因为这种推演事先也已经有了那样一些规定性，这些规定性必然足以把我们事先就认为是艺术作品的东西呈现给我们。可见，从现有作品中收集特性和从基本原理中作出推演，在此同样都是不可能的；在哪里这样做了，也是一种自欺欺人。

因此我们必得安于绕圈子。这并非权宜之计，亦非缺憾。走上这条道路，乃思之力量；保持在这条道路上，乃思之节日——假设思是一种行业的话。不仅从作品到艺术的主要步骤与从艺术到作品的步骤一样，是一种循环，而且我们所尝试的每一个具体的步骤，也都在这种循环之中兜圈子。

······

那么，艺术的本质就应该是："存在者的真理自行设置入作品"。可是迄今为止，人们却一直认为艺术是与美的东西或美有关的，而与真理毫不相干。产生这类作品的艺术，亦被称为美的艺术，以便与生产器具的手工艺区别开来。在美的艺术中，艺术本身无所谓美，它之所以得到此名是因为它产生美。相反，真理倒是属于逻辑的，而美留给了美学。

可是，艺术即真理自行设置入作品这一命题是否会使已经过时的观点，即那种认为艺术是现实的模仿和反映的观点，卷土重来呢？当然，对现存事物的再现要求那种与存在者的符合一致，要求去摹仿存在者；在中世纪，人们称之为符合；亚里士多德早已说过肖似。长期以来，与存在者的符合一致被当作真理的本质。但我们是否认为凡·高的画描绘了一双现存的农鞋，而且是因为把它描绘得惟妙惟肖，才使其成为艺术作品的呢？我们是否认为这幅画把现实事物描摹下来，把现实事物转置到艺术家生产的一个产品中去呢？绝对不是。

艺术作品决不是对那些时时现存手边的个别存在者的再现，恰恰相反，它是对物的普遍本质的再现。但这普遍本质何在，又如何在呢？艺术作品又如何与其符合一致呢？一座希腊神庙竟与何物的何种本质相符合呢？谁敢断言神庙的理念在这建筑作品中得到表现是不可能的呢？只要它是一件艺术作品，在这件艺术作品中，真理就已设置入其中了。想一想荷尔德林的赞美诗《莱茵河》吧。诗人事先得到了什么，他如何得到的，使他能在诗中将它再现出来？要是荷尔德林的这首赞美诗或其他类似的诗作仍不能说明现实与艺术作品之间的描摹关系，那么，另一部作品，即迈耶尔的《罗马喷泉》一诗，似可以最好地证明那种认为作品描摹现实的观点。

（［德］海德格尔：《林中路》，孙周兴译，上海，上海译文出版社，1997）

第三节　文学本质的界说

文学本质的界说关乎本书对"文学是什么"的基本理解。这种理解奠基于前述东西方文学本质论广博而深厚的历史积淀，并力求"反本以开新"，总结提炼出一个能够跨越不同时代和文类的本质论观点。

一、"三要素说"的提出

本书在前两节大体上勾勒出了东西方文学本质论的基本轮廓，通过论述我们可以得出以下几个基本结论。

第一，文学本质总体上具有历时性、变易性的特点。这不仅表现在文学的本质经历过一个从哲学到文学、从普遍规律到特殊规律的被逐渐发现的过程，而且历史地来看，原先确定下来的文学本质在不同的语境下也会发生变化，成为文学的一个次要特点；反过来，曾经被认同的文学的某些次要特点，也有可能会变成文学的本质。比如，"模仿"一直是西方文学本质论的一个重要范畴，尤其在人类文明的童年期，就像儿童需要在模仿中学习长大一样，哲学对模仿做了大量的论证，文学也被视为对自然和社会的模仿，而个人的情感表达则处于被压抑的状态，柏拉图对"感伤癖"和"哀怜癖"的警惕尤可佐证。但是在19世纪中后期的浪漫主义运动中，个体主观的情感、想象得到了极大的解放，文学作品不仅要毫无顾忌地宣泄、抒情、表达内在经验，而且"感伤主义"反倒成了浪漫主义文学的重要标志，这个时期的文学模仿俨然变成了明日黄花。到了形式主义和新批评时期，无论是模仿还是情感都被斥为无关乎"文学性"的细枝末节，它们一律被关在"意图谬误"和"感受谬误"的两扇大门之外，这时语言、形式、结构等原本处于次要地位的元素又成了文学本质的最基本内核。再比如，新中国成立前后我们始终以苏俄的政治功利主义原则来规范和要求文学艺术，但是到了20世纪80年代，随着文学自律意识的强化，语言、形式、结构等形式主义元素开始主导中国的文论话语，而到了90年代中后期，由于文化研究的介入，文学又重新回到了与权力、政治、商品消费等夹缠不清的历史境遇之中。这也是文学本质跟随时代语境而不断变化的一个典型缩影。

第二，文学本质具有共时性和不变性的特点。也就是说，文学本质的某些最重要内核在一定意义上可以跨越时代，保持最基本的、最低限度的稳定性。这可以从以下三点看出：首先，文学本质是艺术和哲学本质的一部分，即便文学独立了，它的特殊本质之中依然蕴含着普遍性和共通性，尽管它们从严格意义上来说只能被无限趋近。其次，文学和文学性之间并非绝对的、一成不变的对应关系，在文学诞生之前已经有关于文学性的论述，在"文学终结"以后，文学性依然有存在的可能性。这一点提出"文学性"概念的雅各布森已经有明确提示："正如一部诗作不是它的美学功能所能穷尽一样，美学功能也不局限于诗作。演说家的演讲、日常交谈、新闻、广告、科学论文——全都可以具体运用各种美学设想，表达出美学功能，同时经常运用各种词语来表现自身、肯定自身，而不仅仅作为一种指称手段。"[1]诗的文学性的表达不限于诗本身，雅各布森一语成谶，在半个世纪后的当前语境下，各种铺天盖地的新闻、广告、影视作品等无不想方设法调用文学性手段来"表现自身、肯定自身"。对此，乔纳森·卡勒认为，文学可能失去了其作为特殊研究对象的中心性，但文学模式已经获得胜利：在人文学术和人文社会科学中，所有的一切都是文学性的。国内学者将这种现象总结为"文学的终结与文学性的蔓延"[2]。可见，文学性对其他文化形态具有强大的穿透力，能够与其他文化艺术打破时空和类型的壁垒而谋求"共在"。至于后结构主义的"互文性"理论，更将这一点发挥到了极致。最后，文学的有些本质要素虽然在历史上不断变化，但它的基本内涵却可以穿越时代，保持最基本的稳定性。比如，"模仿"，在古希腊，德谟克利特最初将它理解为人类对动物行为的模仿，后来柏拉图把它理解为对理念和实在的不真实的模仿，亚里士多德进一步认为模仿是真实可信的，而且必然包含着创造过程，后来绵延一千多年的古典主义将模仿的对象指向了希腊经典，其间达·芬奇提出了"镜子说"，将对象转移到自然和社会，莱辛、伏尔泰、狄德罗等又一步步肯定了模仿的创造本质，到了巴尔扎克和别林斯基，模仿则变成了反映，目的在于创造"典型"。再比如，中国的"象"范畴，它最初来源于哲学上的"易象"和"大象"，之后进入艺术领域成为"艺象"，后来又提炼出"意象"，再然后

① 赵毅衡选编：《符号学文学论文集》，任生明译，10页，天津，百花文艺出版社，2004。

② 余虹：《文学的终结与文学性的蔓延——兼谈后现代文学研究的任务》，《文艺研究》，2002(6)。

又凝定为"意境"。这些都说明，文学的某些本质要素只要具有历史的合理性，它就会随着历史的进展而进展，不断被赋予新的含义，作为一个概念范畴永远充满活力，生生不息。

总之，通过以上总结我们不难看出，任何有生命力的文学本质要素都具有历史和当下、变与不变的双重特点，这也是历时性和共时性的统一、变易性和不变性的统一。在这个意义上，从历时中发现共时、在变易中寻求不变，就是文学本质论最重要的任务。因此我们认为，在方法论上只有打通东方和西方，统观传统和现代，通过层层过滤，披沙拣金，才能最终抓住文学本质论的最基本内核。这种归纳提炼的方法，在人文科学的研究中也并不少见，比如亚里士多德的"四因说"正是通过对古希腊哲学史草蛇灰线的系统梳理，最终才抽绎出实体存在的四种最基本的原因。

本书通过对东西方文学本质论主要观念的论述，已经为这样的工作提供了大量的观念材料。这些观念材料还可以被进一步总结提炼：它的最底层即文学层上有"缘情""神思""声律""庄严""曲语""文采""表现""典型""修辞"等范畴，在其上的第二层即艺术层上有"言志""感物""意象""意境""模仿""语言""想象""直观""和谐"等范畴，最高层次上矗立着"梵""道""气""数""理念""实体""物质""自我""无意识""存在"等形而上的范畴。这些范畴体系基本上涵盖了文学本质论的各个层面。如果以发现文学的"独特规律"为旨归，它们还可以被进一步提炼分析。这当然要从最底端的文学层开始。

首先，在文学层上，"声律""庄严""曲语""修辞"等范畴都涉及不同层次和方面的形式表达，属于文学的"形式"问题。它们在第二层次上连通于"语言"，除文学外，古希腊的论辩术，中国的相声、书法，日本的落语、漫才等也同为语言艺术。在第三层次上它们归属于"梵""数"和"存在"范畴。印度哲学从来不排斥惊艳华美的形式，这跟中国的美学诉求非常不同；毕达哥拉斯的"数的和谐"奠定了形式美的一个重要哲学基础；海德格尔的"存在"只能在诗性语言的意义上确立自身。

其次，"缘情""表现"等范畴总的来说属于文学的"情感"问题。它在第二层次上跟"言志"范畴比较接近，根据前述，"言志说"最初并非专门用于诗歌领域，直到《毛诗序》才真正将情志并举。它们在第三层上归属于"意志""理念""绝对自我"和"无意识"范畴。"意志"和"无意识"领域都涉及主体的情感和欲望表达；柏拉图的"理念"是西方浪漫主义传统的渊源，也为经验主体的精神世界提供了最高范本；费希特的"绝对自我"观念更为浪漫主义的主体表现提供了最直接的哲学基础。

最后，"神思"和"典型"，一个侧重于主观心理，一个侧重于客体塑造，但都属于文学"形象"问题。二者在艺术层次上跟"感物""意象""意境""模仿""想象"等比较接近，它们最终都落实为形象的塑造。在哲学层次上二者都归属于"道""实体"和"物质"范畴。老子"其中有象""其中有物"的道论思想为中国意象论的最重要来源；亚里士多德的"实体"概念第一次使模仿客观真实化，它同唯物主义哲学一道，为形象塑造和典型说提供了最有力的理论基础。

这样看来，纵观东西方的文学本质论，最终可以总结提炼出三个不同的基本要素，即"形式""情感"和"形象"，它们真正构成了文学的本质。这样的本质论，显然跟传统的本质学说存在巨大差异，其中最重要的一点是以多重构造取代了单一本质，或者说以多元本质论取代了传统的一元本质论。① 我们认为，这种差异同时是其优势之所在。

首先，三要素说关注现代意义上的"文学性"，即形式要素问题，同时不放弃文学的传统本质，对情感和想象要素有足够的重视。事实上，所谓"文学性"，从无（原始宗教哲学）到有（雅各布森）用了五千年的时间，而从有到无（德里达）只用了不到四十年。这说明尽管它不可或缺，但绝不是唯一。因此，只有将其他的本质要素吸纳进来，才能形成完整的文学本质观。这同时也说明，三要素说力求打破时间距离，尽可能总结提炼出能够跨越不同历史和语境的本质内涵。

其次，三要素说的多重构造并非铁板一块，要素之间可以变动组合，从而更适于解释文学的各种文类。比如，以文学流派来看，可以根据三要素的"同质异构"，将其分为三种类型：（1）偏重于形象再现型，如古代朴素的现实主义、古典主义、自然主义、现代现实主义、社会主义现实主义、意象主义等。（2）偏重于情感表现型，如中国古典表现主义、西方浪漫主义、象征主义、表现主义、意识流、超现实主义、观念主义等。（3）偏重于形式文采型，如中国南朝永明体及历代宫体、古希腊晚期形式主义、唯美主义、现代形式主义、抽象主义、极简主义等。

这样的本质构造显然更适宜说明古今中西不同的文类，它不像"文学性"对形式结构的苛求，造成其只适合于解释诗歌艺术，也不像浪漫主义只注重内心情感的发抒，跟现实主义对典型论的偏执诉求也大异其趣。三要素说打破了各种文类之间的隔阂，力求从中抽绎出不变的本质，这就进一步契合了上述文学本质的基本特点。

最后，三要素说"形式—情感—形象"的构造模型只是针对文学最基本的、最底层的规定性，它们实质上是文学的"文本—主体—客体"三个方面在本质论层次上的内化。后者还可以被进一步放大，比如，在广义的艺术层面上，可以被放大为"艺术—经验—社会"三部分，在文化层面上还可以被放大为"文化—精神—世界"三部分，等等。在这逐步放大的过程中，非文学性的因素将逐渐注入文学中来。这也就是说，事实上存在着距离文学的基本要素远近不同的文学形态：如果将完全契合于三要素的文学形式定义为"纯文学"或"小文学"，那么随着三要素的不断放大，将会出现"准文学""大文学"等，直至哲学层面的"元文学"。也正是在这个意义上才可以说，处在特定历史语境下的文学必然会受到社会、文化、哲学等各种外在因素不同程度的影响和制约，它甚至会变形或扩

---

① 曹顺庆、文彬彬：《多元的文学本质——对本质主义和建构主义论争的几点思考》，《文艺争鸣》，2010(1)。

散，但它的内在规定性和基本内核必须保持不变，否则只能成为"非文学"，甚至"反文学"，这样的例子在历史上并不少见。

总之，文学的本质是形式、情感、形象三种要素内在构造的结果，这种构造受制于特定的历史文化条件，也正是由于存在不同条件下的内部构造，才造就了人类历史上五彩缤纷、千姿百态的文学作品。

下面，我们将针对文学本质的这三种基本要素做进一步的阐述说明。

二、文学的形式要素

所谓文学形式是指文学的声律、语言、修辞、文采、结构、秩序等艺术表现规律或法则，它规范并服务于文学的情感表达和形象塑造，极端情况下，尤其是在"纯诗"中，它本身就是目的。

众所周知，文学艺术并不是现实生活形象的翻版，"艺术不能提供原物"（雨果）。艺术之所以是艺术，首先体现在它要经过人的审美意识加工制作，这就是说，文学艺术必须具备不同于生活原样的形式文采特征。所以，韦勒克指出："每一种艺术作品都必须给予原有材料（包括上述的语源）以某种秩序、组织或统一性。"[1]否则无法称之为艺术。西方文论中的"美在和谐说"，就是针对文学艺术形式文采特征探索的理论结晶。这种理论认为，文学艺术的本质存在于多样化统一的形式文采中，美存在于形式的比例、对称、秩序、结构之中，成功的艺术"要依靠许多数的关系"[2]。"美的主要形式"是"秩序、匀称与明确"[3]，西方对艺术形式美奥秘的探索从古至今长盛不衰。古希腊、文艺复兴时期、古典主义时期都信奉"和谐说"，将形式美视为文学艺术的本质特征之一。

当代西方文论更是专注于文艺形式美，尤其试图从语言符号及其结构形态中寻求文艺的本质特征。所谓俄国形式主义、法国结构主义、英美新批评以及符号学等莫不如是。奠定当代西方"文学性"理论基础的俄国形式主义认为，文学的本质既不是对外在世界的模仿，也不是所谓"形象思维"，更不是主观思想情感的表现，文学的本质存在于使艺术成为艺术的"形式"之中。一旦将文学视为表现或再现的一种工具，就很可能忽视文学特质的特殊之处。例如，把文学作品看作作者个性的表现，将有可能转向传记和心理学；而把文学作品视为特定社会历史条件下某个或某类形象的再现，又会转向历史学、政治学和社会学。因此，形式主义批评家专注于作品的文学性，"把'手段'看成唯一的主角"，认为"艺术是技巧"，是语言形式。由俄国形式主义发端，捷克和法国的结构主义在形式主义这条路上越行越远，更加深入细致地探讨了文学的形式本质问题。结构主

---

① ［美］雷·韦勒克、奥·沃伦：《文学理论》，刘象愚等译，14 页，北京，文化艺术出版社，2010。
② 北京大学哲学系美学教研室编：《西方美学家论美和美感》，14 页，北京，商务印书馆，1980。
③ ［古希腊］亚里士多德：《形而上学》，吴寿彭译，265～266 页，北京，商务印书馆，1959。

义批评家认为，诗的功能集中于语言符号本身，艺术性正在于形式结构之中。与此相似，英美新批评也走向了这一条道路，它们专注于文本，专注于作品的形式文采美，认为"只谈内容就根本不是艺术，而是谈经验"，只有谈使艺术品成为艺术品的形式时，才是批评家在说话。因此，"内容即经验与完成了的内容即艺术之间的差别，就在技巧"[①]。

对于文学艺术的形式文采美特征，中国古代文论亦早有发现和认识。中国古代文人一般认为，文学的本质正在于它的文采之美，这种文采包括形式（语言、结构、声律、色彩）的对称、比例和多样化的统一。所以古人说"物相杂，故曰文"（《周易·系辞下》），"五色成文而不乱"（《礼记·乐记》）是优秀作品的标记。刘勰在《文心雕龙》中专辟《情采》章，其中讲道："故立文之道，其理有三：一曰形文，五色是也；二曰声文，五音是也；三曰情文，五性是也。五色杂而成黼黻，五音比而成韶夏，五情发而为辞章。"甚至可以说，中国古代对文学本质的认识正是从文采开始的。无论是先秦的"声一无听，物一无文"，还是后来的"文学""文章"及"文""笔"之分，都将文采视为文学的基本特征之一。而在"文学自觉的时代"，也是从情感与文采美的角度去深入认识文学的本质特征的，曹丕的"诗赋欲丽"（《典论·论文》）最能说明古人对文学本质的看法。所以萧统的《文选》不选那些没有文采的作品，而只选那些讲究文章辞采的"文"和"综辑辞采""错比文华"的"赞""论""序""述"。在他看来，文学就是要"事出于沉思，义归乎翰藻"（《文选序》）。从这个角度出发，我们就比较容易理解刘勰的文论专著为什么要取名为《文心雕龙》：所谓"文心"就是"为文之用心"，所谓"雕龙"意即"古来文章以雕缛成体"，故"取驺奭之群言雕龙也"（《序志》篇），也就是说文章要像雕刻龙纹一样，讲究文采之美。

总之，中国与西方的文学实践都充分说明，没有形式文采美，实际上也就谈不上什么文学艺术。可见形式文采正是文学最基本的特征之一。

三、文学的情感要素

文学情感是指作者因各种主客观因素触发而倾注到文学作品中去的一种审美情怀或情愫，它被深深灌注于作品的形式结构和艺术想象之中，使作品充满了作者的个性气息。

情感同样是文学的最基本要素之一。在任何情况下，情感总是与文学相形相携、形影不离。中国古代文论很早就发现了情感在文学，尤其在诗歌中的重要价值地位。"诗言志说"虽然没有直接讲到情感，但不仅《诗经》中感情充沛、酣畅淋漓之作俯拾皆是，而且根据前述，"言志"本身已经包含浓烈的感情成分，只不过它还没有在语言表述上自觉罢了。到了《楚辞》，这种迹象已经非常明显。一方面《楚辞》表达了诗人虽"屈心而抑志"（《离骚》）却又"坚志而不忍"（《九章·惜诵》）的坚定志向；另一方面诗人又不满足于

---

① ［美］马克·肖莱尔：《作为发现的技巧》，《哈德孙评论》，1984(1)。

现状，所以"发愤以抒情"（《九章·惜诵》），出现了大量直接描述情感的句子，比如，"心郁邑余侘傺兮，又莫察余之中情"（《九章·惜诵》），"不吾知其亦已兮，苟余情其信芳"（《离骚》），等等。这一点《楚辞》本身已经做了精确的表述，称之为"抚情效志"（《九章·怀沙》）。情志关系在此已经近之又近了。从上述中国古代诗歌的两大源头来看，情感的重要性已经被日益突出和发掘出来。到了汉代，《毛诗序》明确将"情""志"并举，西晋陆机的《文赋》又进一步淡化了"志"的成分，自此"情"就被标举为中国古代文论中一个极端重要的本质论范畴。而且，中国古代文学重情的传统经久不息，唐代大诗人杜甫以"情圣"（梁启超语）著称，明代汤显祖更是明确提出了"情生诗歌论"（《耳伯麻姑游诗序》）。到了清代，诗人袁枚还说："且夫诗者，由情生者也。有必不可解之情，而后有必不可朽之诗。"（《答蕺园论诗书》）不仅在中国，古老东方的很多其他民族也都非常重视诗中之情，比如，作为印度文论重要范畴的"味论"，它的基础就在于情，《舞论》指出："味产生于别情、随情和不定情的结合。"又说："情使这些与种种表演相联系的味出现。"（第六章）所以味论实质上就是"以'情'为核心的'情味论'"①，这一点无论是美学家商古迦还是后来的新护都没有否认。

　　情感在西方文论中同样重要。柏拉图认为无论是悲剧还是喜剧都能引发人的不良情感，滋养人的欲念，因此都要禁绝，理想国因此必须对诗人下逐客令。但这其实正是从反面认证了艺术中情感的巨大感染力，所以在对话集中他又认为儿童性格的形成需要艺术的陶冶。亚里士多德在这个问题上更进一步，提出了"净化说"（katharsis），他认为悲剧不仅没有败坏人的理性，相反，它能够"使某种过分强烈的情绪因宣泄而达到平静，因此恢复和保持住心理的健康"②，这就为艺术情感奠定了牢固的价值论根基。这个根基在浪漫主义时代终于开枝散叶，长成了参天大树。一般来说，古典主义强调规则、秩序和模仿，浪漫主义则反其道而行，强调感情、表现和浪漫想象，尤其强调个体在时代困境下内心情感的自由表达，所以"感伤主义"一度成为浪漫主义的主潮，后者还有另一种称呼，叫"主情主义"，情感的重要性可见一斑。英国浪漫派诗人华兹华斯也指出："诗是强烈情感的自然流露。"因此他认为诗人应该"具有更强烈感受力、更多热情"，要"对于人性有着更多的知识"，"比任何人还要喜爱自己内心的精神生活"③。这样看来，诗人区别于其他人的最重要标记，就在于是否具有强烈的感受力、对生活和人性的洞察力，以及对自己内心生活的喜爱程度。柯勒律治也认为："如果诗人不是首先为一种有力的内在力量、一种情感所推动，他将始终是一名蹩脚的不成功的艺坛耕耘者。"④西方文论史上强调情感本质的思想在克罗齐的表现主义美学中达到了顶峰。克罗齐的著名公式是

　　① 曹顺庆：《中外比较文论史·上古时期》，102～103 页，济南，山东教育出版社，1998。
　　② 朱光潜：《西方美学史》，上卷，87 页，北京，人民文学出版社，2004。
　　③ 章安祺编：《缪灵珠美学译文集》，第三卷，11、19 页，北京，中国人民大学出版社，1990。
　　④ 转自伍蠡甫：《欧洲文论简史》，222 页，北京，人民文学出版社，1985。

"直觉即表现、即艺术"，这不仅否认了艺术的物理实在性，也否认了创造过程。但他又认为："是情感给了直觉以连贯性和完整性；直觉之所以真是连贯和完整的，就因为它表达了情感，而且直觉只能来自情感，基于情感。"①这种观点将文学艺术的情感本质提高到了从来未有的高度，与汤显祖的"唯情论"可谓东西方两大主情理论的高峰。

综上可见，文学艺术中的情感要素必不可少，它是感染力最重要的来源，也是区分作家与其他人物的重要标志，在任何文学形式中都必须有所包含。

四、文学的形象要素

文学形象是指呈现在文学文本中具体可感的社会、人文、自然或精神图景，它按照一定的形式技巧进行概括提炼，并凝结着作者深厚的审美情感。

文学作品的形象是其本质论要素的基本构成之一，任何文学作品都必须再现出具体可感的形象才能诉诸接受者的感官经验，被接受者真切地感受到。在这个意义上，如果缺少了形象，文学就不能称为文学。文学的形象本质在东西方文论思想中都可谓史不绝书。前文已经指出，在古代中国，"象"的概念从《老子》和《周易》发端，逐步形成了脉络分明的意象论传统。这个传统更加注重作家内心的经验和体悟，因此"意""象"并举，强调"神与物游"（刘勰《文心雕龙·神思》），"思与境偕"（司空图《与王驾评诗书》），这跟西方侧重于外在形象刻画的典型说有所不同。其实，看重心象关系一直是中国文学形象论的重要特点。正是由于重视内在经验，所以中国古代文学艺术的形象塑造向来都重"神似"而不重"形似"，在绘画上强调"以形写神"（顾恺之《摹拓妙法》），在文学上同样强调"离形得似"（司空图《二十四诗品·形容》），明鉴"化工"和"画工"之别（李贽《焚书·杂说》），而且还以"大象"和"兴象"作为最高的艺术追求。西方文论对形象问题也给予了高度的重视，不过基于模仿论传统，他们比较注重对外在形象的自然描画和概括提炼，尤其在早期，比如，贺拉斯就认为人各有各的类型，而且这些类型中各有其不变的性格，因此"不要把青年写成个老人的性格，也不要把儿童写成个成年人的性格，我们必须永远坚定不移地把年龄和特点恰当配合起来"②。布瓦洛在此基础上稍有进步，在《诗的艺术》一书中他写道：

> 人人巧妙地被画在这新的明镜里，
> 不是看着无所谓，便以为不是自己：
> 对着忠实的肖象，守财奴笑守财奴，

---

① ［意］克罗齐：《美学原理·美学纲要》，朱光潜译，227页，北京，外国文学出版社，1983。
② ［古希腊］亚里士多德、［古罗马］贺拉斯：《诗学·诗艺》，罗念生等译，146页，北京，人民文学出版社，1962。

却不知道所笑的正是他依样葫芦；

常常诗人精妙地画出个糊涂大王，

大王却不识尊荣，反问谁这般狂妄。①

　　这已经依稀可辨别林斯基"熟悉的陌生人"的影子，它是强调对生活原型进行加工提炼的结果。不过，布瓦洛的形象论依然没有摆脱贺拉斯的影响，他还是认为不同类型的人物性格一成不变，甚至还写下了著名的"年龄诗"，这其实是对古典主义作家提出了"依样画葫芦"的要求。这些问题直到巴尔扎克等现实主义作家和俄国的革命民主主义美学理论家那里才逐步得到成熟完善的表达，他们总结提炼出的"典型环境中的典型人物"理论，已经成为西方文论在形象本质论方面的经典表述。可见，东西方文论在文学形象问题上一个侧重内在的"神思"，另一个侧重外在的"典型"，虽然侧重不同，但在同一个问题上却有着共同的诉求。

　　综上，形式、情感和形象是文学本质论的三个不可磨灭的基本要素，它们缺一不可，共同奠定了文学基本属性的鼎力之"三足"。但是，这并不是说文学本质的三个要素之间是各自独立、互不相干的松散关系，相反，它们相辅相成、彼此渗透，具有深刻的内在关联，主要表现在以下三个方面。

　　第一，在情感和形象之间，任何丰满活泼的文学形象都有作家浓烈的情感注入，反之亦然，任何情感如果不能以活生生的形象再现于作品中，都不可能称为完满的文学情感。中国古代文论对"情""景"关系的高度重视有力地证实了这一点。正如王夫之所说："情不虚情，情皆可景；景非滞景，景总含情。"（《古诗评选》）"景中生情，情中含景，故曰，景者情之景，情者景之情也。"（《唐诗评选》）事实上，"情"与"景"之间的这种相互包含、彼此融入的关系，在中国文论中已经凝结成了固定的概念，这就是本书反复指出的"意象"概念。这说明，任何文学作品都是主体经验和客体形象的统一，也就是"情"和"景"的统一、"意"和"象"的统一、情感和形象的统一。

　　第二，在情感和形式之间，两者也是相互统一、相辅相成的关系。正如德国著名哲学家卡西尔所言："艺术使我们看到的是人的灵魂最深沉和最多样化的运动……使我们的情感赋有审美形式，也就是把它们变为自由而积极的状态。"②所谓"灵魂最深沉和最多样化的运动"就是指复杂的情感活动，卡西尔认为这些活动往往不是静止的、单纯的，而是表现为复杂的、动态的两极化过程。他的女弟子苏珊·朗格发展并深化了这种观点，其代表作的名字就叫《情感与形式》。在书中，她把艺术定义为"人类情感的符号形

---

① ［法］布瓦洛：《诗的艺术》，任典译，54 页，北京，人民文学出版社，1959。
② ［德］恩斯特·卡西尔：《人论》，甘阳译，189 页，上海，上海译文出版社，1985。

式的创造"①。总之，任何文学艺术都必须具备情感和形式这两种基本要素，而且只有它们被有机统合在一起，才能真正使作品富有生命活力。

第三，形式和形象之间同样密不可分，只有充分把握文学的形式功能才能创造出丰满的文学形象，反过来，任何完满的文学形象都见证了作家精湛的形式表达技巧。比如，巴尔扎克在典型人物的形象塑造上就指出："为了塑造一个美丽的形象，就取这个模特儿的手，取另一个模特儿的脚，取这个的胸，取那个的肩。艺术家的使命就是把生命灌注到他所塑造的这个人体里去，把描绘变成真实。"②要赋予形象以生命，就必须通过选择和熔炼各种形象特点，这样的表达技巧是勾画出一个真实可信的文学典型的必备素质。在这方面，中国古代文论也给予了高度重视，不过它发明了另一套形式表达体系。正如清代美学家刘熙载所说："学书者始由不工求工，继由工求不工，不工者，工之极也。"（《书概》）又说："极炼如不炼，出色而本色。"（《词曲概》）因此，中国古人在形象塑造上强调"妙造自然"，不露人工斧凿痕迹，这是"天人合一"思想在文学创作上的集中体现，当然也是对形象刻画技术体系的更高要求。但无论哪一种形式法则，它们在形象塑造上的重要价值都是被充分肯定了的，这一点也是东西方文论的共同诉求。

总之，文学本质的三个要素之间相辅相成、密不可分，在任何文学类型中都必须具备，它们共同确立了文学艺术的基本属性。当然，根据上述文学本质论的构造论思想，这三者在不同的文类中将会有所偏重，但偏重不等于偏废，否则就不足以称为文学；反言之，也正是因为有所偏重，才形成了各种各样、缤纷多彩的文学类型。

📖 原典选读

一、乔纳森·卡勒论文学的本质

文学是什么？你也许会认为这是文学理论的中心问题，但事实上，它并没有太大的关系，这是为什么呢？

看来主要原因有两点。首先，既然理论本身把哲学、语言学、历史学、政治理论、心理分析等各方面的思想融合在一起，那理论家们为什么还要劳神看看他们解读的文本究竟是不是文学的呢？如今对于搞文学研究的学生和教师来说有那么多的批评项目和课题可读可写——比如"20 世纪早期的妇女形象"——在这个题目之下，你既可以研读文学作品，又可以接触非文学作品。你可以研究弗吉尼亚·吴尔夫（Virginia Woolf）的小说，

---

① ［美］苏珊·朗格：《情感与形式》，刘大基等译，51 页，北京，中国社会科学出版社，1986。
② ［法］巴尔扎克：《〈古物陈列室〉、〈钢巴拉〉初版序言》，《古典文艺理论译丛》，1965(10)。

又可以钻研弗洛伊德的病案史，或者二者都读，从方法论的角度看，也没有什么至关重要的不同。这倒不是说各种文本都差不多。可以说，由于不同原因，有些文本内涵更丰富、更有影响力，或者说更具有典范作用、更具有可争辩性，或者更具有支配性。但文学作品和非文学作品还是可以同时研读的，并且研读方法也是相似的。

第二点，二者之间的区别并不显得十分重要的原因是理论著作已经在非文学现象中找到了"文学性"——可以用这个最简洁的字眼称呼它。人们通常认为属于文学的特性其实在非文学的话语和实践中也是必不可少的了。比如说，关于如何理解历史的本质的讨论就一直把理解一个故事应该包括什么作为模式。明显的特点是：史学家不会对历史做出像科学领域中的那种具有预言性的解释。他们无法说明当 x 和 y 出现时，肯定会出现z。他们所能做的只是说明一件事是如何导致另一件事的，说明第一次世界大战因何而爆发，而不能说明它为什么一定要爆发。所以，解释历史的模式也就是故事发展逻辑的原理：故事怎样表明事情因何而发生，怎样把最初的情景，后来的发展和结果用合情合理的方法联系起来。

总而言之，使历史清晰可知的模式也就是文学叙述的模式。我们会听故事、读故事的人都善于评判一个故事的情节是否合乎情理，是否紧凑，这个故事是否已经讲完。如果使情节发展合情合理，能成为故事的模式具有与历史叙述的模式相同的特点，那么把二者区分开就不是一个很重要的理论问题了。同样，理论家们也越来越强调修辞手法，比如比喻在文本中的重要性了——不论在弗洛伊德的心理分析案例的解释中，还是在一些哲学论证的著作中都可以见到这种观点——修辞手法通常被认为对文学是至关重要的，而在其他类型的话语中则纯属装饰。为了说明修辞手法在其他类型的话语中同样可以塑造思想，理论家们论证了在非文学性文本中文学性的重要作用，这就使文学和非文学的区分变得越发错综复杂了。

不过，我用在非文学现象中发现了文学性来描述当前的局面，这本身正说明文学的概念仍然起着一定的作用，因而也就需要讲一讲。

于是我们又回到了那个关键的问题上，"文学是什么?"不过，这个问题属于哪一种类型呢？如果是一个五岁的孩子提出这个问题，那就很容易。你可以回答他说："文学就是故事、诗歌和戏剧。"但如果提问人是一位文学理论家，如何对待这个问题就困难得多了。他的问题也许是关于这个研究对象的一般性质的问题，是你们双方都已经非常了解的问题。是问它是一种什么类型的研究对象，或者说它是哪种类型的活动？文学是干什么的？它的目的是什么？如果这样理解"文学是什么"的话，那么这个问题所要求的就不是一个界定，而是要做出分析，甚至要论证一下一个人为什么可能会对文学感兴趣。

但是，"文学是什么"也可能是一个关于被认为是文学的那些作品有什么突出特点的问题。是什么使文学作品区别于非文学作品？是什么使文学区别于人类其他活动，或者其他娱乐？人们问这个问题也许是因为他们想知道如何判断哪些书是文学作品，哪些不是。不过，更有可能的是，他们已经对什么属于文学有了一个概念，而想了解一些别的东西。也就是说，是否有些根本的、突出的特点是文学作品所共有的呢？

这是个很难回答的问题。理论家们一直在努力探讨解决这个问题，但成效甚微。究其原因也不难：文学作品的形式和篇幅各有不同，而且大多数作品似乎与通常被认为不属于文学作品的东西有更多的相同之处，而与那些被公认为是文学作品的相同之点反倒不多。以夏洛蒂·勃朗特的《简·爱》为例，它更像是一篇自传，与十四行诗很少有相似之处；而罗勃特·彭斯（Robert Burns）的一首诗"我的爱就像一朵红红的玫瑰"则更像一首民谣，与莎士比亚的《哈姆雷特》也很少有共同之处。那么，诗歌、剧本、小说是否有一些共同的特点使它们与歌谣、对话的文字记录，以及自传区别开来呢？

再稍微加上一点历史的视角，这个问题就变得更复杂了。因为，如今我们称之为literature（著述）的是二十五个世纪以来人们撰写的著作。而literature的现代含义：文学，才不过二百年。1800年之前，literature这个词和它在其他欧洲语言中相似的词指的是"著作"，或者"书本知识"。即使在今天，当一个科学家说"关于进化论的著述（literature）浩如烟海"时，他不是讲关于进化论有许多诗歌或小说，而是说在这方面已经有许多著作。而如今，在普通学校和大学的英语或拉丁语课程中，被作为文学研读的作品过去并不是一种专门的类型，而是被作为运用语言和修辞的经典学习的。它们是一个更大范畴里的作品和思想的实际范例，包括演讲、布道、历史和哲学。不要求学生们去解释这些范例，像我们现在解释文学作品一样去找出它们"到底是关于什么的"。相反，学生要能背出这些范例，要研究它们的语法，要能够辨别它们所运用的修辞手段和论证的结构，或者过程。比如维吉尔（Virgil）的作品。《埃涅阿斯纪》（Aeneid），如今我们把它作为文学来研究。而在1850年之前的学校里，对它的处理则截然不同。

现代西方关于文学是富于想象的作品这个理解可以追溯到18世纪末德国浪漫主义理论家那里。如果我们想得到一个确切的出处，那就可以追溯到1800年，一位法国的斯达尔夫人（Madame de Stael）发表的《论文学与社会建制的关系》（*On Literature Considered in its Relations With Social Institutions*）。不过，即使我们把自己限定在近两个世纪之内，文学的范畴也变得十分不明确：如今我们算作文学作品的——那些看上去不过是从日常对话中记录下来的只言片语，既无韵律，也没有清楚的音步的诗，在斯达尔夫人看来是否具有成为文学作品的资格呢？而且，一旦我们把欧洲之外的文化也考虑进来，那么关于什么可以称得上是文学这个问题就变得更加困难了。于是我们不想再去推敲这个问题了，干脆下结论说：文学就是一个特定的社会认为是文学的任何作品，也就是由文化来裁决，认为可以算作文学作品的任何文本。

当然，这样的结论是绝对不会令人满意的。它只是把问题搬了家，而没有解决它。也就是不去问"什么是文学"，而用"是什么让我们（或者其他社会）把一些东西界定为文学的？"这个问题取而代之。尽管在别的范畴里这样的做法也是有的。指出的不是具体的特性，而只说明不同的社会群体对它不断变化的标准。举"什么是杂草？"这个问题为例，有没有什么要素能够表明"杂草状态"呢？也就是杂草所共有的那些特征，那些让"我们知道是什么"可以把杂草和非杂草区别开的东西。所有帮助在花园里锄过草的人都知道区分杂草和非杂草有多么困难，而且也想知道有没有什么诀窍。会有什么诀窍吗？你怎样识别一棵杂草呢？嗨，其实这诀窍就是没有诀窍。杂草就是花园的主人不希望长在自己园里的植物。假如你对杂草感到好奇，力图找到"杂草的状态"的本质，于是就去探讨它们的植物特征，去寻找形式上或实际上明显的、使植物成为杂草的特点，那你可就白费力气了。其实，你应该做的是历史的、社会的，或许还有心理方面的研究，看一看不同的地方、不同的人会把什么样的植物判定为不受欢迎的植物。

文学也许就像杂草一样。

（［美］乔纳森·卡勒：《当代学术入门：文学理论》，李平译，

沈阳，辽宁教育出版社，1998）

二、伊格尔顿论文学的本质

导言：文学是什么？

如果存在着文学理论这样一种东西，那么，看来显然就应该存在着某种叫做文学的东西，来作为这种理论的研究对象。因此，我们可以用这样的问题来开始本书：文学是什么？

有过各式各样定义文学的尝试。例如，你可以从虚构（fiction）的意义上把它定义为"想象性的"（imaginative）作品——一种严格说来并不真实的作品。但是，只要稍微想一想人们通常用文学这一标题所概括的东西，我们就会发现这个定义行不通。17世纪英国文学包括莎士比亚（Shakespeare），韦伯斯特（Webster），马维尔（Marvell）和弥尔顿（Milton）；但是它也延伸到培根（Francis Bacon）的论文，邓恩（John Donne）的布道词，班扬（Bunyan）的精神自传以及托马斯·布朗（Thomas Browne）所写的无论叫做什么的东西。在必要时，人们甚至可能用文学包括霍布斯（Hobbes）的《利维坦》（*Leviathan*）或克拉仁登（Clarenden）的《反叛的历史》（*History of the Robellion*）。17世纪的法国文学除了高乃依（Corneille）和拉辛（Racine）以外，还包括拉罗什富科（La Rochefoucauld）的箴言，博絮埃（Bossuet）的悼词，布瓦洛（Boileau）的诗学，塞维尼太太（Madame de Sévigné）写给女儿的书信和笛卡尔（Descartes）与帕斯卡（Pascal）的哲学。19世纪英国文学通常包括兰姆（Lamb）［但不包括边沁（Bentham）］，麦考莱（Macaulay）［但不包括马克思（Marx）］，穆尔（Mill）［但不包括达尔文（Darwin）或斯宾塞（Herbert Spencer）］。

因此，"事实"（fact）与"虚构"（fiction）的区分对于我们似乎并无多少帮助，因为这一区分本身经常是值得怀疑的。例如，有人已经论证，我们把"历史"真理与"艺术"真理对

立起来的做法就根本不适用于早期冰岛传说(Icelandic sagas)。在16世纪末与17世纪初的英国文学中，"小说"(novel)一词似乎同时被用于真实的和虚构的事件，而且，甚至新闻报道也很少被认为是事实。小说和新闻报道既非全然事实，也非全然虚构：我们对这些范畴的明确区分在此根本不适用。吉本(Gibbon)无疑会认为他所写下的是历史真相，《创世纪》(Genesis)的作者对他的作品可能也会这样认为；但是现在它们被一些人读作"事实"，又被另一些人读作"虚构"；纽曼(Newman)肯定认为他的神学沉思是真实的，但是现在对于很多读者来说，它们是"文学"。而且，如果"文学"包括很多"事实"作品的话，它也排斥了相当一批虚构作品。《无敌超人》连环漫画和流行小说是虚构的，但是一般不被视为文学，当然更不会被视为"纯文学"。如果文学是"创造性的"或"想象性的"作品，这是否就意味着，历史、哲学与自然科学就是非创造性的和非想象性的作品呢？

也许，我们需要一种完全不同的方法。也许文学的可以定义并不在于它的虚构性或"想象性"，而是因为它以特殊方式运用语言。根据这种理论，文学是一种写作方式，用俄国批评家罗曼·雅各布逊(Roman Jakobson)的话来说，这种写作方式代表一种"对于普通言语的系统歪曲"(organized violence committed on ordinary speech)。文学改变和强化普通语言，系统地偏离日常言语。如果在一个公共汽车站上，你走到我身边，嘴里低吟着"Thou still unravished bride of quietness"(你这尚未被夺走童贞的安静的新娘)，那么我立刻就会意识到：文学在我面前。我知道这一点是因为，你的话的肌质(texture)、韵律和音响大大多于从这句话中可以抽取的意义——或者，按照语言学家更为技术性的说法，这句话的能指(signifier)与所指(signified)之间的比例不当。你的语言吸引人们注意其自身，它炫耀自己的物质存在，而"你知道司机们正在罢工吗？"这样的陈述并不这么做。

（[英]特雷·伊格尔顿：《二十世纪西方文学理论》，伍晓明译，

西安，陕西师范大学出版社，1987）

三、雅克·德里达对文学本质的解构

你说"使自己适合"，任何文本、任何话语，不论属于什么类型——文学的、哲学的、自然科学的、新闻学的，还是谈话式的——在任何时间不都是使自己适合这种阅读吗？就我刚刚列举的这些话语的类型(不过还可能有别的类型)来说，这种使自己适合的形式是不同的，每一种都得用特别的方法进行分析。反过来说，这些类型中没有一种是情愿地追求这种阅读。在这一方面，文学也没有纯粹的独创性。一篇哲学的或新闻学的、自然科学的话语，能够用"非超验"的方式进行阅读。"超验"在这里表示超越对能指、形式、语言(注意我并没有说"文本")在含义或对象方面的兴趣(这正是萨特给散文所下的简要而又合宜的定义)。人们可以对任何类型的文本做非超验的阅读，而且，没有任何文本实质上是属于文学的。文学性不是一种自然本质，不是文本的内在物。它是

对于文本的一种意向关系的相关物，这种意向关系作为一种成分或意向的层面而自成一体，是对于传统的或制度的——总之是社会性法则的比较含蓄的意识。当然，这并不意味着文学完全是以像描述的或主观的——那种经验主义主观性或每个读者的异想天开。这种文本的文学特性记录在意向客体的一边，可以说，是在其知性结构之中，而不仅是在纯理性行为的主观性一边。文本之"中"存在着召唤文学阅读并且复活文学传统、制度或历史的特征。这种知性结构(作为"非真实的"，胡塞尔语)包含在主观性之中，但这是一种非经验主义的主观性，它与一种主观间的超验的共性联系在一起。我认为这种现象学式的语言是必要的，即使在一定情况下——在写作与阅读尤其是文学写作与阅读中——它必须屈从于将现象学以及制度或传统之概念本身置于危机中的东西(不过这个问题使我们离题太远了)。不中止超验阅读，但改变一下对于文本的态度，人们总是可以在文学的空间里重记任何陈述——一篇新闻、一条科学法则，或一段谈话的片断。因此就存在一种文学的作用和文学的意向，它是一种经验，而非文学的本质(天然的或与历史无关的)。文学的本质——如果我们坚持本质这个词——是于记录和阅读"行为"的最初历史之中所产生的一套客观规则。

　　然而，处理文学问题、将一篇文本作为文学文本来阅读，靠中止超验阅读是不够的。人们把兴趣放在语言的作用之中，放在记录的各种结构之中，不中止提示(那是不可能的)，而是中止与意义或概念的武断的联系，而全然不顾构成文学客体的一切。这就是促成文学意向性之特异性的东西让人费解的地方。总而言之，一个文本自身无法避免使自己适合"超验"阅读。这种"超验"的要素是压制不住的，但它能够复杂化或被折叠包笼；而正是在这种折叠的游戏中，记录着文学之间、文学与非文学之间、不同文本类型或非文学文本各要素之间的差异。不要匆忙地划分阶段，不要说现代文学更加抵制这种超验阅读这类话，而是必须用历史来代替类型学。有一些类型的文本、一篇文本中的有些要素，与其他的相比更加抵制这种超验阅读，这一点对现代意义上的文学是正确的。在前文学的诗歌或史诗之中(《奥德赛》与《尤利西斯》同样)，这种提示及这种无法缩减的意向性也能够中止对意义与概念的"武断"、天真的信念。

　　即使诗歌与文学永远是不均等地、有差异地处于这种状况，它们也还有一个共同的特点，即中止超验阅读"武断"的天真行为。这也证明了这些经验的哲学力量，一种促使人们思考现象、意义，客体的诱发力——即便如此，它至少也是一种潜在的力量，一种哲学动力。不过它只能在感应中、在阅读的经验中得到开发，因为它不像本质那样隐含在文本之中。诗歌与文学提供或者促成"现象学"的门径，以接近将一个命题解释为这一命题的东西。在拥有哲学内容之前、在是或带有如此如此的"命题"之前，文学经验——写作或阅读——是一种"哲学"的经验，就它允许人们思考这种命题来说，它是中性的或中性化的。它是命题的、信念的、见解的、天真行为的以及胡塞尔所说的"自然态度"的一种非武断的经验。注视的现象学转换、胡塞尔所推荐的"超验的缩减"，大概正是文学的品质（我不是说其天然品质）。然而，极端地对待这一主张，我确实很想说（像我在别处已经说过的），我用来陈述这些内容的现象学语言最终要在它的确定性（绝对超验意识或不容置疑的我思的自我存在等）中被驱逐，而且恰恰是被文学的、甚或只是虚构与语言的极端经验所驱逐。

你还问到，"你是否注意到以对抗或破坏这一主要传统的方法重读属于文学名下的一切的种种可能性呢？还是说，这一点只适用于某些文学文本……"

再做一个"经济主义"的回答：假设有了设立并从而构成文本的那种传统的与意向的空间，人们永远能够在文学中记下某种最初并不注定属于文学的东西。传统与意向性是能够改变的，它们总是诱导某种历史的不稳定性。然而，假如人们能够重读作为文学的一切，那么，有些文本其事件比其他文本更能够使自己适合于这种超验的阅读，它们的潜力更丰富、更密集。经济的观点就在于此。但这种财富本身并不引发绝对的评价——绝对稳定的、客观的及固有的评价。将这种机制理论化的困难正在于此。即使某些文本好像具有较大的形式化的可能，更有可能成为文学作品以及大量讲述文学因此也讲述自己的作品，即那些从某种意义上说其实现性在最小空间内有最大的可能的作品，那么，这也只能引发记录在语境中的评价，引发其本身就是形式化的、实行的定位阅读。潜能不像内在属性那样隐含在文本之中。

（[法]雅克·德里达：《文学行动》，王逢振译，北京，中国社会科学出版社，1998）

四、克罗齐论直觉、表现及其与情感的关系

[直觉的知识]知识有两种形式：不是直觉的，就是逻辑的；不是从想象得来的，就是从理智得来的；不是关于个体的，就是关于共相的；不是关于诸个别事物的，就是关于它们中间关系的；总之，知识所产生的不是意象，就是概念。

在日常生活中，我们常用到直觉的知识。人们说，有些真理不能下界说，不能用三段论式证明，必须用直觉去体会。政治家每指责抽象的理论家对实际情况没有活泼的直觉；教育理论家极力主张首先要发达学童的直觉功能；批评家在评判艺术作品时，以为荣誉攸关的是撇开理论和抽象概念，只凭直接的直觉下判断；实行家也每自称立身处世所凭借的，与其说是理智，不如说是直觉。

直觉的知识在日常生活中虽然得到这样广泛的承认，在理论与哲学的区域中却没有得到同样应得的承认。理性的知识早就有一种科学去研究，这是世所公认而不容辩论的，这就是逻辑；但是研究直觉知识的科学却只有少数人在畏缩地辛苦维护。逻辑的知识占据了最大的份儿，如果逻辑没有完全把她的伙伴宰杀吞噬，也只是悭吝地让她处于侍婢或守门人的卑位。没有理性知识的光，直觉知识能算什么呢？那就只是没有主子的奴仆。主子固然得到奴仆的用处，奴仆却必须有主子才能过活，直觉是盲目的，理智借

眼睛给她，她才能看。

[直觉知识可离理性知识而独立] 现在我们所要切记的第一点就是：直觉知识并不需要主子，也不要倚赖任何人；她无须从旁人借眼睛，她自己就有很好的眼睛。直觉品固然可与概念混合，但是也有许多直觉品毫没有这种混合的痕迹；这就足见混合并非必要。画家所给的一幅月景的印象，制图家所画的一个疆域的轮廓，一段柔美的或是雄壮的乐曲，一首嗟叹的抒情诗的文字，或是我们在日常生活中发疑问，下命令，和表示哀悼所用的文字，都很可以只是直觉的事实，毫不带理智的关系。但是不管你对这些事例怎样看，并且姑且承认文明人的直觉品有大部分含着概念，也还有一个更重要更确定的论点须提出：混化在直觉品里的概念，就其已混化而言，就已不复是概念；因为它们已失去一切独立与自主；它们本是概念，现在已成为直觉品的单纯原素了。放在悲喜剧人物口中的哲学格言并不在那里显出概念的功用，而是在那里显出描写人物特性的功用。同理，画的面孔上一点红，在那里并不代表物理学家的红色，而是画像的一个表示特性的原素。全体决定诸部分的属性。一个艺术作品尽管满是哲学的概念，这些概念尽管可以比在一部哲学论著里的还更丰富，更深刻，而一部哲学论著也尽管有极丰富的描写与直觉品；但是那艺术作品尽管有那些概念，它的完整效果仍是一个直觉品的；那哲学论著尽管有那些直觉品，它的完整效果也仍是一个概念的。例如《约婚夫妇》一书含有许多伦理的议论，但它并不因此在全体上失去一个单纯故事或直觉品的特性。同理，一部哲学著作，例如叔本华的著作，里面有许多片段故事和讽刺隽语，这也不使它失去说理文的特性。一个科学作品和一个艺术作品的分别，即一个是理智的事实，一个是直觉的事实。这个分别就在作者所指望的完整效果上面见出。这完整效果决定而且统辖各个部分；这各个部分并不能一一提出而抽象地就它本身去看。

· · · · · · · · · · ·

从理论上说还是能在下列公式中继续使用这些经验及这些批评性判断，即：是情感给了直觉以连贯性和完整性。直觉之所以真是连贯的和完整的，就因为它表达了情感，而且直觉只能来自情感，基于情感。正是情感，而不是理念，才给艺术领地增添了象征的那种活泼轻盈之感：即包含在再现（即艺术）范围内的灵感；在艺术中，灵感不仅通过再现，再现也不只通过灵感。所谓叙事诗与抒情诗，或戏剧与抒情诗，那是对本来不可分类的东西所搞的学术分类：艺术永远是抒情的——也就是饱含情感的叙事诗和戏剧。在真正的艺术作品中，我们所赞美的就是灵魂的某种状态所采取的那种完善的幻现形式；而我们把这个称为艺术作品的生命、完整性、严密性和丰富性。在虚假的、不完善的形式中，使我们不高兴的正是灵魂尚未统一的几种状态之间的斗争，它们的分层或混合，它们那摇摆不定的方式。这些是靠作者的意愿来获得表面统一的，作者为此目的，则利用抽象的计划或思想，利用超审美的激烈感情。一系列单独看来似乎很有力的意象，却使我们感到受了欺骗并使我们无动于衷，因为我们并没有看到这些意象从灵魂的某种状态里，即从（画家所谓的）"试画"中，从乐旨中滋生出来；这些意象排列、堆积在一起时，没有那种来自心底的、确切的语调和腔调。把一个人从某幅画的背景上取下，或把他移置到另一背景上去，那么这个人成了什么呢？戏剧或小说中的人物如果摆脱与其他人物的关系、摆脱与总的活动的关系，那么这个人物成了什么呢？如果这种总的活动不是作者心灵活动的一部分，那么它还有什么价值呢？有关戏剧统一的长期争论，在这点上是有趣的；当这些争论在关于时间和地点的表面定义中产生时，这些争论首先在"动作"的统一中得到应用。最后，"动作"的统一也应用于兴趣的统一，而这种兴趣应融合在被理想所激励起来的诗人的心灵兴趣之中。古典派与浪漫派大争论的反面结果是有趣的，因为它最终否定了两种艺术：一种艺术用抽象的情感，用对情感的实践的侵越，用已变成认识的情感竭力在意象不足上迷惑和欺骗人们；另一种艺术则用意象的表面清晰，用使用得当的错误图画言词或貌似正确而实际错误的言词，来掩饰其审美理由的缺乏，目的是在所追求的情感之不足上为它的形象和示形辩解。

（［意］克罗齐：《美学原理·美学纲要》，朱光潜等译，

北京，外国文学出版社，1983）

五、别林斯基论文学的形象思维

诗歌是直观形式中的真实；它的创造物是肉身化了的概念，看得见的、可通过直观来体会的概念。因此，诗歌就是同样的哲学，同样的思索，因为它具有同样的内容——绝对真实，不过不是表现在概念从自身出发的辩证法的发展形式中，而是在概念直接体现为形象的形式中。诗人用形象思索；他不证明真理，却显示真理。可是诗歌在自身以外没有目的——它本身就是目的；因此，诗的形象对于诗人不是什么外在的，或者第二义的东西，不是手段，而是目的；否则，它就不会是形象，只是象征了。呈现于诗人心中的是形象，不是概念，他在形象背后看不见概念，而当作品完成时，比起作者自己来，更容易被思想家看见。所以诗人从来不立意发挥某种概念，从来不给自己设定课题：他的形象，不由他做主地发生在他的想象之中，他被它们的光彩所迷惑，力求把它们从理想和可能性的领域移植到现实中来，也就是说，使本来只被他一个人看见的东西变得大家都能看见。最高的现实就是真实；诗歌的内容既然是真实，所以诗歌就是最高的现实。诗人不装饰现实，不是按照应该有的样子，而是按照原来的样子来描写人。有一些人（仍旧是浪漫主义的古典派）全心全意地相信，诗歌是幻想，不是现实，在我们这个积极的和工业的时代，不可能有诗歌。标准的无知！天字第一号的愚蠢！什么是幻想？就是幻影，无内容的形式，错乱想象、空虚头脑、迷惘心灵的产物！根据这样的幻想，人们把拉马丁们视为自己的诗人，把多愁善感的长篇小说诸如《亚巴董娜》之类视为诗情作品。可是难道拉马丁是诗人，而不是幻想，难道《亚巴董娜》是诗情作品，而不是

幻想吗？……讲到我们时代的积极性和工业性云云，仿佛这些东西和艺术是势不两立的死对头似的，这是多么可怜、陈腐的思想啊！难道拜伦、司各特、汤玛斯·摩尔、华兹华斯、普希金、果戈理、密茨凯维奇、海涅、贝朗瑞、厄楞士雷革、泰格纳及其他等人不都是在我们的时代出现的吗？难道席勒和歌德不是在我们的时代发生作用的吗？难道我们的时代没有欣赏了、理解了古典主义艺术和莎士比亚的作品吗？难道这些不都是事实吗？工业性不过是方面众多的十九世纪的一面罢了，它并不妨碍诗歌通过上述的诗人，音乐通过它的莎士比亚——贝多芬，哲学通过费希特、谢林和黑格尔，达到最高度的发展。诚然，我们的时代是幻想的敌人，可是正因为这样，它才是一个伟大的时代！在十九世纪，幻想也像感伤一样，是可笑的、庸俗的和腻人的。现实——这才是我们时代的标语和口号，现实包含在一切里面——在信仰中，科学中，艺术中，生活中。雄伟的、刚勇的时代，不能忍受任何虚假的、捏造的、软弱的、软绵绵的东西，却仅仅爱好强大的、牢固的、实在的东西。它勇敢无畏地倾听拜伦的凄凉的歌，并且和阴郁的诗人在一起，宁愿抛弃任何欢快和希望，却不想陶醉在前世纪贫乏的欢快和希望中。它保存了康德的理性批判，费希特的理性命题；它和席勒一同忍受了通过否定而向现实突进的、内部的、主观的精神的一切病痛。另一方面，它在谢林身上看到了无边现实的曙光；这现实，在黑格尔的学说里，像华美而庄严的白日之光一样照亮了世界；在这两位大思想家以前，作为未被了解的东西，它已经直接地出现在歌德的创作中……只有在我们的时代，艺术，作为基督教内容和雕塑性古典主义形式的调和，作为概念和形式的均衡的新因素，才获得了它的充分的意义。我们的时代是调和的时代，它和浪漫主义艺术不相干，也正像和古典主义艺术不相干一样。中世纪是不完整、不坚实而又抽象的瞬间；我们在里面只看到浪漫主义的因素，那是人类为将来生活储藏起来的，直到现在才出现在其坚实的现实性中，渗透着我们生活的私人的、家庭的、甚至是实际的方面，这样，就使一方面并不否定另一方面，而是互相渗透在对方里面，一同出现在不间断的统一之中。中世纪的现实里不曾有过这种坚实的统一，中世纪的浪漫主义因素是表现在抽象的特殊性里面的。这说明了为什么骑士一猜疑到妻子不贞，就要无情地亲手杀死她，或者活活地把她烧死，——她以前曾经是他灵魂的沉思与幻想的女皇，他卑怯地跪在她面前，几乎不敢抬头望她一眼，他无私地向她献出无穷的勇敢，铁腕的威力，不安的、漂泊不定的意志……总之，他找到了妻子之后，就把那个理想的、虚灵的、天使似的存在失掉了。在人类的新时期里，情形恰恰相反：莎士比亚的朱丽叶拥有一切浪漫主义的因素；爱情是她的处女心灵的宗教和神秘；她和她心上人会晤，是那个忽然认识了自己、长成到了现实阶段的她的灵魂的伟大庄严的行动；同时，她这个人不是腾云驾雾的，烟雾弥漫的，却彻头彻尾是地上的——是的，地上的，然而是整个儿浸透着天上的气味。浪漫主义艺术把地上的东西搬到天上，它的追求总是朝向现实和生活的另一面，我们的新艺术则是把天上的东西搬到地上，用天上的东西来照亮地上的东西。在我们的时代，只有软弱、病态的心灵才把现实视为充满苦难和灾厄的婆娑世界，借幻想之力，躲到烟雾弥漫的领域里去，以冥想作为生活和欢乐；正常、健全的心灵，认为认识生动的现实就是幸福，在他们看来，大千世界是美丽的，苦难本身只是幸福的一种形式，幸福则是无边无际的生活。幻想只有在人类的青年时期才是最高的现实；那时候，诗歌的形式消失在祈祷的熏香里面，爱情陶醉和离情别绪的叹息里面。人类成年时期的诗歌，我们的新诗歌，用思想的以太令人感触得到似的照亮着美学形式，清醒地生活在现实中，而不是沉酣在幻想的梦里，它打开着神圣的灵魂庙堂的神秘之门。简单地说，正像浪漫主义诗歌是幻想的诗和漫无羁束的向往理想领域的冲动一样，新诗歌是现实的诗，生活的诗。

（［俄］别林斯基：《智慧底痛苦》，《别林斯基选集》，第二卷，满涛译，

上海，上海译文出版社，1979）

六、日尔蒙斯基论文学的"形式化方法"

在"形式化方法"这个一般的、笼统的名称下，通常包括了极其不同的工作，它们研究广义的诗歌语言和风格，历史诗学和理论诗学，即研究韵律学、诗歌选音学和旋律学，修辞学、结构学和情节结构，文学体裁史和文学风格史等等。这里列举的不能说很系统、很全面，但已可见与其说这是一种新方法，还不如说是新的研究任务、新的科学问题领域，这样说原则上要更正确些。

科学视野向着形式问题方面发展，这在近十几年来表现得异常明显。确实，现在对一些特殊问题的兴趣，把当前许多独立工作在文艺科学领域中的年青学者联合起来了。这些问题与广义上的诗学风格问题相联系，就是说，一方面是与作为艺术的诗歌研究相联系，另一方面与作为文学创作材料的语言研究相联系。无论他们在一般哲学、历史、语言学等问题上的分歧如何，换言之，无论他们在解决当前存在的科学问题的方法上有多么的不同，但共同的兴趣把他们联合起来了。在德国，瓦尔采尔（Валъцель）、季那里马斯（Дибелиус）、赛赛特（Зеифет）、萨兰（Сараи）、施皮特策尔（Щитцер）等人的著作首先证明了科学兴趣的相同转变。

研究文艺科学的未来历史学家可能会评价这些意向的成效性。在我看来，它独立于"对方法的追求"，而在于对一系列俄国科学全然不曾研究、西方科学也涉猎甚少的问题进行研究的具体结果中。由于特别注意作为艺术的诗歌，这些结果逐年积累起来，从而证明了对待文学现象采取新方法的成效性。至于读者对刺目的新事物的轻率迷恋以及同样轻率的失望（后者近似于排斥形式主义者），它们与科学发展中的这些事实相比，就显得不那么重要了。事实上，对韵律学、旋律学、修辞学、结构学等方面的研究能给知识界的庸人们以什么呢？很遗憾，由于没有专门的科学出版物，这些著作刊登在可有大量读者的刊物上，引起了读者们公正的误解，而某些形式主义者在一些关于艺术问题的学

术讨论会上的多次发言，像是有意地邀请庸人们当专业科学问题的审判官似的。但是，难道不应当由此得出结论：与其说所谓形式化方法的科学性很差，提出形式审美问题毫无结果，还不如说科学该和庸人们分手了，不要指望在知识界读者当中取得很大的成功，同时，也不要害怕他们的不赞同和不理解，因为科学研究的价值既不由一般读者的通俗性、趣味性所决定（可以使爱因斯坦的相对论既通俗又有趣味吗？），甚至也不由其对社会的实际效益来决定的（一个老问题：什么更有用，"是莎士比亚还是靴子"？），而是由一定科学理论、体系和学科所包含的客观真理与真实知识的量来决定的。在这种作为抽象知识体系的科学真理的自我评价之否定中，我看到俄国读者表现出一种天生的卢骚主义，而其天才代表就是当时的列夫·托尔斯泰。在德国，谁都不会对歌德的韵律学著作的科学价值或社会效益展开争论；在我国，唯一一位对普希金韵律学进行完善研究的专家在这一问题上所写的著作几年来都找不到出版者。一位青年语言学家在被人遗忘的三十年代杂志中第一次查明了果戈理的《鼻子》这篇小说的未为人知的来源，他所写的文章在周围引起了一场笔伐，人们甚至激烈地否定提出这类问题的合法性。

当然，当谈到科学知识本身的价值时，我绝不认为它在实践方面毫无用处。例如，作为关于艺术的完整科学的诗学，可以在艺术教育中起到重要的实际作用，因而，诗学对文学评论家、教育学家，如果需要的话，也能对"知识界"的读者们给予支持，培养他们关注文学作品的艺术性，使他们的艺术敏感性更强、更深刻。然而，在批评或教育善于使某些专业科学结论变成日常文化生活中通俗有用的东西之前，应该经过一段足够长的时间，在这段期间内，与其说是成果的直接效益或兴趣，还不如说是对真理的追求，是科学工作的唯一动力。十分清楚，这一论点也同样适用于"形式化方法"，适用于相对性原则。

比这些毫无结果的争论更为重要的是另一个被及时提出来的问题，即关于运用"形式化方法"的界限问题，形式审美问题与文学科学其他可能涉及的问题的相互关系问题。现在，在热衷于卓有成效的新工作时，对于某些新潮流分子来说，"形式化方法"就成为唯一可用的科学理论了。它不仅是一种方法，而且也是一种世界观，我以为，与其称这种世界观为形式化世界观，还不如称之为形式主义世界观。我曾不止一次地就这个问题，——就 P. O. 雅可布逊、B. 什克洛夫斯基、Б. M. 埃亨巴乌姆等人的著作，阐述过自己的观点。现在，我认为应及时对这些问题展开更广泛的讨论。我把这里所出现的分歧归结为下列四个问题：1）作为程序的艺术；2）历史诗学与文学史；3）选题与结构；4）文字艺术与文学。

（[俄]维克托·日尔蒙斯基：《论"形式化方法"问题》，《俄国形式主义文论选》，

方珊等译，北京，生活·读书·新知三联书店，1989）

第二章 价值论

社会功能是文学的特性，这一特性通过社会价值来实现。不同于文学本质论，文学价值需要回答"文学何为?"的问题。根据文学研究的一般理解，文学不是科学，不存在完全中立的、零度的文学观念，它必然具有一定的价值和意识形态偏向。文学是集合多种属性的精神文化产品，也因此具备了特殊的价值和功能。萨特说："一切文学作品都是一种吁求。写作就是向读者提出吁求，要他把我通过语言所作的启示化为客观存在……艺术作品是一种价值，因为它是一种吁求。"[①]文学价值是多种价值的综合体，主要包括审美价值、认识价值和教育价值等，其中审美价值居于文学价值体系的核心地位，文学的认知价值和教育价值建立在审美价值的基础上、统一于审美价值之中，它们都以审美价值为前提，如果离开文学的审美价值，其他价值就无法立足。文学的这三种价值相互交融，不可断然割裂开来。

第一节　文学的审美价值

文学是一种审美方式，文学的审美作用不是现实的社会作用，而是能够为人们提供美感和愉悦，使人们暂且摆脱生活世界的利欲纷扰，到达精神家园的彼岸。但文学审美具有功利性和非功利性的二重性特点，后者尤其随着网络文学、新媒体写作等的涌现而变得更加明显。如果没有审美需要，那么文学价值犹如无源之水、无根之木，只会失去生命活力。

一、文学是一种审美方式

文学是人类精神活动方式和文化活动方式之一，必须具备独立的审美价值，审美这一特性将文学与其他同属意识形态的政治、法律、哲学、宗教等区分开来。审美是文学

---

① ［法］萨特：《为何写作?》，《现代西方文论选》，198～200 页，上海，上海译文出版社，1983。

更深层的本质特征，是文学走向自觉的标志。文学被赋予特殊审美性质，这种历史性转变，中国大致完成于魏晋时期（3—6世纪），西方完成于16—18世纪。[1] 中国在魏晋之前，文学的主要功能是以道德教化为主的教育功能，在这之后，文学获得了独立的发展，教育功能减弱，审美功能增强；同样，西方在16—18世纪之后，文学的审美观念才被正式确立下来，文学的审美价值才占据了主要位置。别林斯基认为文学与哲学等其他人文社会科学的不同之处在于："哲学家用三段论法，诗人则用形象和图画说话，然而他们说的都是同一件事。政治经济学家被统计材料武装着，诉诸读者或听众底理智，证明社会中某一阶级底状况，由于某一种原因，业已大为改善，或大为恶化。诗人被生动而鲜明的现实描绘武装着，诉诸读者底想象，在真实的图画里面显示社会中某一阶级底状况，由于某一种原因，业已大为改善，或大为恶化。"[2]文学是人对现实的审美观照，它用具有审美意义的形象来反映现实生活。

文学是一种审美活动和审美形式。文学具有审美特性，离开了审美，也就没有了文学的意识形态性，所以文学是一种特殊的审美意识形态。"审美行为本身就是意识形态的，因此，审美形式或叙述形式的生产就应被视为一种意识形态行为，它具有对不可解决的社会矛盾创造出想象的或形式的'解答'功能。"[3]作家通过捕捉审美对象，按照美的规律来创作文学作品，通过塑造艺术形象追求文学的美感，发挥审美作用。文学具有审美特性最根本的表现在于文学具有很强的艺术感染力和思想魅力，犹如李渔所描述的："列之案头，不观则已，观则欲罢不能；奏之场上，不听则已，听则求归不得。"（《闲情偶寄·意取尖新》）与科学论著不同的是，文学是直观的、感性的、形象的，一部伟大的文学著作（如《红楼梦》）被读者喜爱的原因就在于此："有的看见了政治，有的看见了史传，有的看见了家庭与社会，有的看见了明末遗民，有的看见了晋朝名士，有的看见了恋爱婚姻，有的看见了明心见性，有的看见了讥伪奇书，有的看见了金丹大道……"[4]一些历史久远的文学作品，虽然已经失去了教育价值和认识价值，但它们仍然保留着丰富的审美价值，今天的人们可以从这些文学作品中吮吸美的乳汁，从对它们的欣赏中获得精神愉悦和美的享受，所以它们能够历经时间的考验。

文学通过语言建构了一个非现实的、虚拟的、可供审美观照的形象世界。语言将文学与其他艺术门类区分开来，它承载着鲜明的文化意蕴，是思想的外壳和直接现实，它突破了其他媒介，如线条、节奏、色彩等物质性的束缚，打通了精神领域与现实世界的隔膜，开拓了文学表现的广阔疆土，正如黑格尔所说："语言的艺术在内容上和在表现

---

① 童庆炳主编：《文学理论教程》，73页，北京，高等教育出版社，1998。

② ［俄］别林斯基：《一八四七年俄国文学一瞥》，《别林斯基选集》，第2卷，满涛译，429页，上海，上海译文出版社，1979。

③ F. Jameson, *The Political Unconscious*, London：Methaun，1981，p. 79.

④ 周汝昌：《红楼梦与中华文化》，4页，北京，华艺出版社，1998。

形式上比起其他艺术都远较广阔，每一种内容，一切精神事物和自然事物，事件，行动，情节，内在的和外在的情况都可以纳入诗，由诗加以形象化。"①比如，月亮是文学作品中永恒的主题，不同的诗人面对同一轮月亮抒发的却是不同的情怀。杜牧感慨："烟笼寒水月笼沙，夜泊秦淮近酒家。商女不知亡国恨，隔江犹唱后庭花。"苏轼写道："人有悲欢离合，月有阴晴圆缺，此事古难全。但愿人长久，千里共婵娟。"张继叹息："月落乌啼霜满天，江枫渔火对愁眠。"由此可见，语言具有较大的表达自由，准确生动地传达了作家的审美意象，触发着读者的审美情感和想象。语言是审美意识的载体，体现了人与现实之间的审美关系。文学艺术用审美的方式来表达人类的情感体验，把握人类自身以及人类与外在世界的关系背后隐秘复杂的内心世界。文学是人们审美的产物，马克思曾说过："整体，当它在头脑中作为被思维的整体而出现时，是思维着的头脑的产物，这个头脑用它所专有的方式掌握世界，而这种方式是不同于对世界的艺术的、宗教的、实践—精神的掌握的。"②艺术地掌握即掌握世界的三种方式之一，换句话说，也就是审美地掌握世界。文学成为审美地掌握世界的一种特殊方式，它充分发挥了审美的特性，创造出真正蕴含审美价值的作品。

二、文学审美的特点

文学活动满足了人的审美需要，具有自身的审美特性，通过审美化的方式来实施和体现社会的所有功用。具体来说，文学审美的特点主要表现在以下几个方面。

首先，从审美主体来看，文学审美具有情感性，表现了作家的审美意识。

中国古代文论中的"诗言志"，便是强调文学艺术的情感性，表达作者的主观情志，如赞美或讽刺、喜爱或憎恶等。西方 19 世纪的浪漫主义文学相当重视文学的情感表达，认为文学是为了抒发作家内心的浓烈情感，张扬心灵的悸动。华兹华斯主张："诗是强烈情感的自然流露。它起源于在平静中回忆起来的情感。"③批判现实主义的文学也强调情感的重要性，列夫·托尔斯泰认为："艺术是这样的一项人类活动：一个人用某种外在的标志有意识地把自己体验过的感情传达给别人，而别人为这些感情所感染，也体验到这些感情。"④作家以特殊的情感化的眼光去认识外在的世界，加以选择和提炼，然后构思并完成他的创作，这种文学过程也可以说是他独特情感体验的认识和表现过程。文学中的情感始终是被作家的审美理想观照的情感，渗透着作家的评价与倾向性。所以，

---

① ［德］黑格尔：《美学》，第 3 卷下册，朱光潜译，10～11 页，北京，商务印书馆，1981。

② 《马克思恩格斯选集》，第 2 卷，104 页，北京，人民出版社，1972。

③ ［英］华兹华斯：《抒情歌谣集(1800 年版序言)》，《西方文论选》，下卷，17 页，上海，上海译文出版社，1979。

④ ［俄］列夫·托尔斯泰：《艺术论》，47～48 页，北京，人民文学出版社，1958。

情感是文学创作活动的内在动力，贯穿于整个艺术创作过程。

文学作品是作家独特的审美活动的外化形式，作家用艺术审美的眼光赋予表现对象美的特征，他们所有的感觉、知觉、意识、感情、想象、幻想，甚至包括潜意识等心理活动都被激发了出来。袁枚说过："且夫诗者，由情生者也。有必不可解之情，而后有必不可朽之诗也。"①在文学作品的创作过程中，作家也会体验到自己想象和表现的美并产生快感，而通过描写，又把自己创造的美呈现给读者。巴金这样描述他的文学创作感受："每天每夜热情在我的身体内燃烧起来，好像一根鞭子在抽我的心，眼前是无数惨痛的图画，大多数人的受苦和我自己的受苦。它们使我的手颤动。……我的手不能制止地迅速在纸上移动，似乎许多、许多人都借着我的手来倾诉他们的痛苦。"②这说明作家强烈的创作欲望使得他完全沉浸在自己的创作世界里，暂时切断了同外在现实世界的联系，将自己的价值观念、审美理想、情感逻辑全部倾注在文字里，现实世界中所受到的各种局限性在这里一一被化解、消融。一个真正伟大的作家，用自己敏锐的洞察力和文学预见揭示着人性的奥秘，他不仅能抒发反映个体的"小我"，更能站在全人类的高度，描绘具有普遍意义的"大我"。

其次，从审美客体来看，文学审美具有形象性。

文学以诗意的、感性的形式来把握世界，创造出栩栩如生的艺术形象，这也是文学与其他艺术类别的明显区别。形象性是文学艺术最为鲜明的审美特征，艺术形象不仅具有生活形象的具体可感性，同时也渗透着作家独特的审美情感和理性判断。在叙事性文学作品中，形象性最强烈的是人物形象，它与人物相关的环境、场面、情节等交织构成一个复杂完整的社会画面，富有情感色彩和文学感染力。如中国古典名著《西游记》里塑造的孙悟空这一形象，作者通过描写师徒四人的交往，以及孙悟空在去往西天取经的路上与各路妖魔鬼怪的斗争，将他那种疾恶如仇、正直勇敢、忠诚热心的性格品质都一一展现了出来。在抒情性文学作品中，也能找出美妙的形象，正如艾略特所说："一套客观物体，一个场景，一连串事件，它们将成为构成某种特殊情感的配方（formula）；这样，一旦这些最终将落实到感觉经验上的外在事实给定，那种情感便会立即被召唤出来。"③情景共生的意境所营造的审美画面也是一种艺术形象，如元曲代表作家马致远的《天净沙·秋思》："枯藤老树昏鸦，小桥流水人家，古道西风瘦马。夕阳西下，断肠人在天涯。"短短的五行，枯藤、老树、昏鸦、小桥、流水、人家、古道、西风、瘦马、夕阳，这些具体可感的景物形象便跃然纸上。秋日黄昏的气氛是悲凉的，这么多名词连缀成一幅细笔勾勒的书画，天衣无缝地集合在一起，为最后那句"断肠人在天涯"做铺垫；

---

① （清）袁枚：《答蕺园论诗书》，《小仓山房文集》，4 页，台北，文海出版社，1981。
② 巴金：《巴金论创作》，107 页，上海，上海文艺出版社，1983。
③ ［英］T. S. 艾略特：《汉姆雷特与他的问题》，《二十世纪美国文论》，73 页，北京，北京大学出版社，1994。

浪迹天涯的游子孤身漂泊，只留下一个犹如那些景物般孤寂的背影。这种情感体验也是富有形象性的，需要读者自己慢慢去咀嚼、感悟，才能感受到艺术形象的审美感染力。

最后，从读者的审美需求来看，文学审美具有精神愉悦性。

文艺欣赏的审美是一种比较复杂的心理活动，它与情感、记忆、联想、想象等诸多心理因素杂糅在一起，《乐记》中有："凡音之起，由人心生也。人心之动，物使之然也。感于物而动，故形于声。"①这就指出了音乐是人的主观情感的表现，有满足情感愉悦需要的特征。这种精神上的愉悦能满足欣赏者的需要和兴趣，从而引起欣赏者在生理上从适度紧张到舒缓的变化，获得一定程度上的感官快感。但是，美感在本质上不是生理快感，而是一种精神效应。正如斯托洛维奇所说："审美感知和审美体验必须要人的一切精神力量，他的认识能力，评价能力和创造能力——感觉、情感，或感情、意志、理智、想象——参与其中。主观审美关系的特征不在于它依靠某种单独的人的能力，而在于它在统一的精神紧张和振奋中联合起人的所有能力和力量。"②这说明文艺欣赏中蕴含着理性与感性、认识与情感的统一，文艺作品诱导着欣赏者的审美感受，从而使其找到美感的内涵和特点。

人们之所以对文学作品表现出浓厚的兴趣，很大的原因在于文学具有美感功能与价值。"愉快感是审美经验中基本的东西"③，作品所创造的艺术美实现了读者的审美愉悦体验，这也是文学作品社会价值的体现。在阅读过程中，读者的自我意识在逐渐萌发、提升："通过系统地阐述这一整体，使我们能够系统地阐述我们自己，发现我们至今仍未意识到的内在世界。"④文学阅读的审美体验使人感到美、兴奋、快乐，文学的情感特征和理想品质，刚好满足了人们的情感补偿需要，而且会使人们获得心理上的满足和审美的升华。比如说悲剧，朱光潜说："和一般艺术一样，悲剧也是被人深切地体验到、得到美的表现并传达给别人的一种情感体验。强烈情感的经验本身就是快乐的源泉，表现的美和同感的结果更能增强这种快乐。"⑤同样，审丑也能给读者带来间接的快感和愉悦，丑和美在文学作品中是相生相伴的，既然表现了美就必然要面对丑，这种丑是以语言为载体的想象的、虚拟的丑，不会给人带来直接的伤害。文学的丑也具有文学价值，人物外在的丑如《巴黎圣母院》中的加西莫多，内在的丑如《水浒传》里的高俅，还有表现社会政治伦理道德的丑陋腐败等，这些丑是按照一定审美原则"化丑为美"的结果的呈现。

---

① 郭绍虞主编：《中国历代文论选》，第一册，61 页，上海，上海古籍出版社，1979。

② ［苏联］列·斯托洛维奇：《审美价值的本质》，凌继尧译，142 页，北京，中国社会科学出版社，1984。

③ ［美］托马斯·门罗：《走向科学的美学》，石天曙等译，389 页，北京，中国文联出版公司，1985。

④ ［德］沃尔夫冈·伊瑟尔：《阅读活动——审美反应理论》，金元浦、周宁译，181 页，北京，中国社会科学出版社，1991。

⑤ 朱光潜：《悲剧心理学》，253～254 页，北京，人民文学出版社，1983。

三、文学审美的功利性和非功利性

审美也称为审美活动，"在欣赏和创造美的过程中，人感受、体验、判断、评价美的复杂的心理活动，是人的社会实践活动尤其是情感活动的一个重要方面"①。文学审美的功利性和非功利性是文学理论中的一个复杂话题。文学是一种审美方式，是一种能完全超然于利害之外的自由之物，这说明了文学往往是非功利性的；然而，文学又是一种特殊的审美意识形态，创作者借助创作抒发、宣泄情感，欣赏者通过审美体验品尝快乐、感受痛苦等，又决定了它具有明显的功利性。

首先来看文学审美的功利性。功利性指的是实用性，是精神上的社会功利，人与审美对象之间必然会建立起一种有预期目的的联系。从艺术的起源来看，审美是功利性的，"原始民族的大半艺术作品都不是纯粹从审美的动机出发，而是同时想使它在实际的目的上有用的，而且后者往往还是主要的动机。审美的要求只是满足次要的欲望而已"②。功利的审美观成为中西方审美价值取向的主流。柏拉图在《理想国》中把文艺是否具有政治教育功能当作艺术的审美标准，认为艺术的好坏首先取决于其政治影响力，艺术是为政治服务的。苏格拉底认为衡量艺术美的标准就是是否效用，有用的就是美的，有害的就是丑的，美具有相对性，所以文学审美有着一定的社会功用。而中国的传统文化也凸显了文学审美的功利性，"文学教化说"一直贯穿于整个中国古代文学理论。孔子将艺术审美与伦理道德放在一起，提出"兴于诗，立于礼，成于乐"（《论语·泰伯》），明确体现了艺术审美的道德教化作用。普列汉诺夫说："功利毕竟是存在的；它毕竟是审美的享受的基础；如果没有它，对象看起来就不会是美的。"③在艺术活动中，作为审美主体的欣赏者自觉地对审美对象进行审美判断，这种自觉的审美活动便具有明显的个人功利性，因为欣赏者将自我的审美感受和审美趣味投射于审美客体上，从中进行审美评价。随着后工业社会的来临，日常生活趋向通俗化、平民化，审美活动不再是精英们的专利，普通民众积极参与到审美活动中来，使审美更具有功利性色彩。人们不再专注于阅读文学作品，没有时间慢慢品味其中的美，快餐文化大行其道，"标题党""段子手"成为热门话题，经典的传统文化被肆意解读，甚至显现出娱乐化的低俗趣味。

其次来看文学审美的非功利性。审美本质派坚称文学是非功利性的，是"为艺术而艺术"的，艺术既不能表达作者的真情实感，也无法反映社会生活，更无须道德说教。唯美主义作家王尔德主张艺术是为了创造美，艺术本身具有独立的价值，"唯独美的东

---

① 蒋孔阳：《哲学大词典·美学卷》，547页，上海，上海辞书出版社，1991。
② ［德］格罗塞：《艺术的起源》，蔡慕晖译，234页，北京，商务印书馆，1984。
③ ［俄］普列汉诺夫：《普列汉诺夫美学论文集》，曹葆华译，497页，北京，人民出版社，1983。

西是四季皆宜的乐趣，永恒的财富"①。康德在《判断力批判》中提出审美超功利论，推崇审美的无功利性，文学审美的非功利性思想自此成为西方美学的主流思想，布洛的"距离说"、克罗齐的"艺术即直觉说"等都在很大程度上推动了这一思想的发展。康德在揭示审美意识特殊性的同时把美感的特点绝对化，他把审美意识看成一种不涉理性、非功利的主观意识。但不是所有的文学都是意识形态的工具，所以不能要求所有的文学活动和文学作品都具有意识形态性。伽达默尔对18世纪以来以康德为代表的"审美无功利性"观点提出批判，认为强调审美无功利性，实际上使美学失去了与真理的联系，因而他充分肯定文学与真理的关系。中国明清时期，李贽的"童心说"、王士祯的"神韵说"、公安派的"性灵说"、汤显祖的"唯情说"等都体现了文学审美的非功利性。近代的王国维提出："美之性质，一言以蔽之曰：可爱玩而不可利用者是已。虽物之美者，有时亦足供吾人之利用，但人之视为美时，决不计及其可利用之点。其性质如是，故其价值亦存于美之自身，而不存乎其外。"②可见，文学审美能将人们从现实世界的各种利益关系中解救出来，使人暂时抛却欲望纷争，置身于审美的想象世界。

当前，随着新媒体时代的到来，网络小说、微博等写作纷纷涌现，写作载体多媒体化，创作者拥有更广阔的文学空间，更注重作品的情感特征和个人的情绪表达，体现了写作目的的非功利性，文学活动获得了前所未有的自由。与传统的文学写作相比，网络写作的语言表达更新颖、更单纯，但是网络写作良莠不齐，一部分文学被功利性束缚，写作者刻意迎合商业诉求，审美的非功利性特征大大减弱。

另外，文学审美的功利性和非功利性并非水火不容，审美的功利性和非功利性相互渗透、互为统一。审美的功利性让我们认识文学的各种社会价值，审美的非功利性使我们从中获得审美愉悦，享受美带来的巨大效用，不断提升和完善自我。西方的审美观包含着二元对立互补，即便西方的模仿说占据着西方文化的主要地位，非功利的审美观也一直伴随左右。与之不同的是，中国古代包含"礼仁为美""羊大为美""尽善尽美"的文学审美观呈现出很强的功利性，功利的文学审美观是绝对的主流，非功利的审美观通常不被重视，甚至遭到排斥和遗忘。但是纵览中国古代文论，"文以载道"与"发愤著书""不平则鸣"，"诗言志"与"诗缘情"，皆是文学审美的功利性和非功利性对立与互补的显现。

---

① ［英］王尔德：《英国的文艺复兴》，《外国文学流派研究资料丛书·唯美主义》，98页，北京，中国人民大学出版社，1988。

② （清）王国维：《古雅之在美学上之位置》，《王国维学术文化随笔》，171页，北京，中国青年出版社，1996。

📖 原典选读

一、敏泽等人论文学的审美特性

审美的特性，是一切文学艺术的生命力及其价值的安身立命之所。离开了审美的特性，也就失却了文学艺术，遑论其价值？

实践总是先于理论的。如果说把 A. 鲍姆加通在 1750 年才开始提出的"美学"(Aesthetics)这个名词作为美学的开端，那么它的历史自然是很短的，不过两个多世纪。但是，人类在远古时代实际上就已开始了对于这一问题的探讨。无论是在古希腊还是中国古代都是如此。而且也不仅是讨论一般美的问题，同时在不断地探讨艺术美的问题，例如古希腊的柏拉图和亚里士多德，中国春秋战国时代的晏婴、医和、史伯、季札等。美并不限于艺术，美学也并非只是关于艺术的学科。但是，人类美学史在其发展过程中表现出了一个最基本、最重要的趋势，就是美和艺术这两个领域逐渐合流(并非合一)的趋势。时至今日，在许多美学问题上存在着分歧，但作为人类精神心理文化结晶的艺术是美学的主要研究对象之一，却并无实质性的歧义。各种不同种类的艺术美学的研究，为文学美学(甚至进而析之小说美学、诗歌美学)、戏剧美学、音乐美学、绘画美学等等，也越来越受到人们的重视，不仅极大地丰富着美学的整体性研究，而且促进着关于文学艺术的特点和规律的日益深入的探讨。

新中国建立以后，我国关于文学的本质的讨论一直在进行着。从整体上看，在"文化大革命"前的 17 年间，关于文学的本质问题，主要是从政治的、意识形态的现象，以及它的认识功用三个方面被强调、被研究的，虽有其积极意义，但也带来了许多消极的后果，过分的、不恰当的政治要求，甚至在一定程度上把艺术当作了政治的奴婢，导致了文学创作中的公式化概念化和理论批评中的庸俗社会学的流行。文学当然是上层建筑，而且是悬浮在空中的上层建筑，但在过分的、不恰当的政治要求下，是不可能充分揭示文学作为上层建筑之一的独特性的。认识功能，当然是文学作为人类精神现象之一的重要功能，但文学的功能又不仅仅是认识的功能。在"文化大革命"之后，一方面，前面提到的关于文学本质的研究方法还被少数人传承着、继续着，但从整体上看，越来越多的人在付出了沉重的代价之后，通过反思，已经认识到这类看法中的严重弊端和片面性。人们开始开拓视野，调整角度，总结经验教训，从新的角度探索、研究文学的本质，提出了各种各样的新见解，并力图把当代自然科学和人文科学的各种新见解、新思路运用到文学本质的研究上，如艺术即符号，艺术即信息，艺术是系统存在等等，不一而足。应该说这类提法中的大部分对人们是有启示意义的，但它们本身又存在着局限性。如艺术即符号，却并非一般的符号(这一点在前章关于价值中介的语言中已简单论及)；艺术即信息，却并非一般的信息，也并非全属信息；艺术是系统存在，但任何事物，包括人本身在内，哪一个是孤立存在、而非系统存在？可见这些都不足以揭示艺术的底蕴。倒是一种并不太"新"的见解，即艺术的根本特性是审美，为学术界和文艺界的多数人所首肯，并且具有持久的生命力，而非瞬间的"轰动效应"，而这一点却正是一个时期内一些学人们在浮躁的心理驱动下热衷追求的。

当然，艺术的特性在审美，尽管这是多数人所首肯的，但对其解释上却存在着一些原则的分歧，这一点我们要在以后的论述中加以分析，这里且不论。

所谓艺术的根本特性在于审美，是从艺术之所以为艺术，在根本上不同于科学和哲学，以及人类的其它精神心理现象或创造形式而说的，是一种比较切中肯綮的理论概括，并且足以涵盖文学价值主、客体，文学的价值中介，以及文学作品的全部实际。

文学的审美特性，牵涉的方面很广，但其最基本的特色就是具有很强的艺术魅力或很强的思想艺术感染力，使人或沉思嗟叹，或心旷神怡，或感激愤悱，或冥思幽想，而又处于被吸引、被驱使的不能自已的状态。用《诗大序》的话说就是："情动于中而行于言，言之不足故嗟叹之，嗟叹之不足故永歌之，永歌之不足，不知手之舞之，足之蹈之也。"文学或戏剧作品有那么大的磁石般的吸引力："列之案头，不观则已，观则欲罢不能；奏之场上，不听则已，听则求归不得。"这是许多人都体验过的心理状态。不少人把《红楼梦》读了几十遍，情节细节可以说尽皆知之，但是"不观则已"，已观则仍旧是"欲罢不能"。杰出的或伟大的文学作品之所以具有这样强的吸引力和感染力，最根本的原因，用中国古代文论的话说就是"不务胜人，而务感人"，它的直观、感性、形象的特殊表现形式，是它和一切以理论形态出现的人类精神心理现象的各种科学论著的根本不同之处。鲁迅在《摩罗诗力说》中，曾对艺术与科学的不同，作过精辟而形象的论述，他认为：文学的根本特性是以"微妙幽玄"的直观、形象为特点的。它虽"理密不如学术"，但它的短处恰恰又是它的长处，它的"直语"、"直示"，并使读者"直解无可疑阻"的特点，又是"科学家所不能言"的。而科学的长处在艺术面前，恰恰又是它的短处。

文学艺术的这一根本特性，及其与科学相较的己之所长，就要求文学创作主体从对客观生活的感受、体验、选择、提炼，到布局谋篇、立意遣词等过程中，努力遵循文学的规律，对之进行充分生命化和艺术化的处理和表现。

正是在这个意义上，我们说：审美的特性是文学的根本特性。离开了这一规律和特性，任何美好的追求、寄托、理想等等，都不仅不能很好地实现，而且甚至会竹篮打水一场空。

艺术反映生活的领域是非常广阔的，艺术追求也不仅仅是审美的追求，它还可以是思想的、哲理的、政治的、道德的、娱乐的等等，但是对于艺术来说，审美的追求应该是最基本的追求。它不仅为区别审美价值与非审美价值之间的不同划定了界限，而且，文学价值主体的各种价值期待和追求，如果不是以充分的艺术的或审美的形式体现出来，那么，他的各种价值期待和追求，就会无所附丽、无所依托，因此，文学的审美价值实际上是、也不能不是艺术的其它价值的安身立命之所。

（敏泽、党圣元：《文学价值论》，北京，社会科学文献出版社，1997）

二、梅内尔论审美价值的本性

我一直把我们对优秀艺术品所产生的情感或综合情感称作"愉悦"，这是因为还找不到更合适的字眼。"娱乐"一词在很多情况下并不总是恰当的。能说一个人从《李尔王》或卡夫卡的《变形记》中获得娱乐吗？这种情感类似于取得成就时的感觉，克服困难的感觉，或解决了某一理论问题时的感觉和肉欲满足时的感觉。这种感情是对以前所做的极大努力之确认。我们思考优秀艺术品时，常常进入角色去欣赏它，放在心里把握它，并把它与同类的其他东西相比较。我们进一步发现，它也会对我们常新的观赏予以回报，而且我们不会因此而厌恶它。当然，这并不是说，过分的偏爱不会损害伟大艺术的效果。

尤尔·温特斯认为好的艺术品是那有助于人类本性真正实现的东西，这种本性的实现正好构成与精神病的心理失调相反的一极。I. A. 理查兹谈到艺术家生活的有意识状态时说，阅读他们的作品对我们是有益的，在这些作品中，"日常的狭隘兴趣或模糊意识被一种复杂而冷静的情思所代替。"他在谈到与二流文学或差文学不同的一流文学的效果时说：

> 人们都会知道自由、放松和意静神旺时的感受，这就是在任何超离日常秩序和日常本性的阅读中会带给我们的感受。我们似乎感到我们对生活的要求、我们对生活的洞察力和我们对生活可能性的辨别被提高了，即使在阅读很少或与阅读主题无关的情况下也是如此。……与此相反，人们也都知道精力不足、烦乱、无能为力的感觉，这些感觉在阅读一本写得糟糕、粗俗或杂乱无章的书中或演技很差的戏剧中将会出现，除非诊断性的批评工作能恢复其镇定和沉着。

同样情况也适用于一般艺术，正如其适用于文学。

我想说明，从特征上讲，审美愉悦来自构成人类意识能力的锻炼和扩大的愉悦。就最一般的概念来说，我们在这些意识能力的锻炼与扩大中得到满足，但什么是这些意识能力的本质呢？人类意识可以被理解为经验、理解、判断、决定四个层次的运作，所有的人类行为不只是反射性的，严格地讲，人类行为综合表现为经验的积累和经验的缺乏，理解和不理解，判断和不能判断，有结论和不能做出结论。为便于现在的讲法，在经验中我是指包括感觉、知觉、情绪等意识的这些因素，对此我们可以提到或没能提到，也可以提出或不提出问题。我所说的理解是指把握意识因素之间的关系以及意识因素之间的意义的活动。例如，从天空所观察到的情况看出可能要有天气的变化，或从一个想引起我注意的邻居态度的改变中看出可能有变化。我所说的判断是指确定哪一种可能性是可能的，以及通过实际的理解或可能的理解来说明一些现象的心灵活动。（我们做出对感觉事物的可能回答的能力是一回事；我们确定哪一种是实际的回答、哪一种是可能的回答的能力是另一回事。许多具有前一种能力的人却缺乏后一种能力，反之亦然。）结论是由对目前的状况和通过我们所为它有可能产生什么结果的判断所确定。

人类的意识就由这四种能力构成。我认为，它们由归谬法方式的讨论所显明。假设一个人通过在讲演和写作中否认他自己或别人有经验、理解、判断和结论，那他是否注意到有助于他的经验的事实？他是否理解了一种或多种能够说明经验的方式？他是否能判定他所理解的一种可能性可以由事实而不是由其他东西得到证实？他是否决定根据真实的或值得向别人推荐的判断来说或写？如果少了这些步骤中的任何一个，那么他所说的就不值得我们认真对待。但如果它们都存在，那么他就在否认它们存在的同时发挥了经验、理解、判断、决定的意识作用。

为什么培养和增强这些能力使我们感到愉悦呢？人类生活一直在这样进步，即他们能认识周围环境的真实情况，并能适应生活，所以他们能够生存。就一个人培养这些能力来说，他能够逐步认识真理，并会据此支配行为。生活在丛林中的原始人，在面对来自庞大的食肉动物和敌对的人类部落的不断威胁时，要想生存下去他们就要注意一片叶子的意外抖动或一个细枝的断裂，这对他来说可能是危险的信号。根据这样的事实他做出判断，根据这个判断他决定行动。我们不能相信，这些能力会随着文明的发展而变得不太重要。显然，关于这些能力的训练的愉悦已具有人类社会的生存价值，于是它在人类中的存在从进化论的角度可得到说明。

我认为，通过训练我们的经验、理解、判断和决策能力，好的艺术可使我们得到愉悦，它的作用是要解除我们的肉体和社会环境对意识的限制，这就是好艺术存在的理由。差艺术当它不只是技术上不够格时，它就要最大限度地强化这些限制，它要通过尝试性的方式在尝试性的主题上唤起尝试性的感觉，做出尝试性的判断。差的艺术品从不唤起人们通过感知和感悟把握形式的统一性，或培养道德判断来努力体验。它从不探索它根本不赞成的意识观点，即使当它这样做时，它也从不理解。

我在这里所要论证的实质问题或许可以通过与科林伍德的比较或对照来加以说明，他在许多方面与我相似。根据科林伍德的观点，艺术是情感的表现，对成功的艺术品的创造或充分观赏，也就是要体验一种与另一种情感的表现相一致的情感。例如，感到愤怒是一回事，而体验要充分表现某人的愤怒是另一回事。按照这里提出的观点来说，所要讨论的与其说是情感表现的情感问题，倒不如说是培养和增强人的意识能力的愉悦问题。不可否认，一个艺术品的欣赏涉及一种确定的情感，人们在某种意义上喜欢经验，无论把这种经验叫作"愉快"是多么会使人误解，也无论艺术品所描写、表现或回忆的经验是多么令人痛苦。引起这种欣赏或愉悦的倒常常不是情感的表现，它可以是种感觉，一种感觉方式，一种理智关系的把握，或一种对做出一定判断或决定的欣赏。例如，可以说对一个中国花瓶和一幅佛罗伦萨建筑物绘画的愉悦之处是它所表现的情感，但另一方面，这种东西一定会提高我们的认识，这是通过向我们提供一种新的线条、形状、画面结构之间可能存在的和谐关系来进行的。另外，许多绘画的真谛也在于以与我们所习惯的不同的方式来组织我们的视觉印象，使我们在新的环境中，并以新的希望来看待我们周围的事物。我的分析似乎比科林伍德对这类问题的分析要令人满意得多，虽然他的理论对有些问题作了公正的评价。科林伍德认为好的艺术，与心理分析观点类似，对"谬误意识"起着批评作用，这在我看来还是相当正确的。但我本人的解释要比他的解释更为一致，因为这不仅是我们可以歪曲、没能认出或没能接受的感情和情绪，而且我们的感觉，我们判断和决定的机能也会由于它们是好艺术而得到展现。

（［英］H. A. 梅内尔：《审美价值的本性》，刘敏译，北京，商务印书馆，2001）

三、斯托洛维奇论艺术价值

究竟什么是艺术价值，它和审美价值相互关系怎样呢？对于这个问题美学上有意义不同的回答。而这是可以理解的，如果考虑到对审美范畴本身的解释远非意义相同的话。确实，有一点是没有疑义的：艺术价值必定同艺术相联，是艺术品的属性。但是，对艺术本质及其艺术价值的标准的理解，是至少长达两千五百年的讨论的对象。

我们把一幅壁画或一首交响乐确定为艺术品时，直觉大概是不会欺骗我们的。不过有时候，例如在建筑艺术品和普通建筑物之间，在实用装饰艺术品和只有实用功能而不讲究艺术性的物品之间，却不容易划出一条明确的界限来。有多少"边缘学科"能划分出以艺术为一方，以科学、技术和运动为另一方的交界处啊！科普著作或电影，现在已经完全自办地进入了艺术领域。冰上舞蹈和艺术体操也享有这种权利。

与此同时不能把艺术本身仅仅理解为一种消极的事物，仅仅理解为其他强有力的近邻学科加以干预的对象。在本世纪可以观察到德国画家和艺术理论家于尔根·克劳斯称之为"艺术扩张"的现象。外国画廊中的某些展览很像实验室，在这里观众有时成为实验用的兔子，有时又受到实验员的任务的吸引。当然，见到每种新奇的技术成就就立即给它艺术的称号是幼稚的。但是也勿须以悲观主义的预言来看问题。我们不能忘记，当今最令人喜爱的艺术形式——艺术电影，就是从技术成就中产生出来的。

毫无疑义，由于科学技术的进步和社会关系的发展，审美的范围，即具有感性形象和思想情感的特征、并从精神上使人在世界中得到确证的那种价值关系的范围也在扩大。在生产发展的影响下，审美的这种扩展规律已由马克思主义创始人加以说明："工业的历史和工业的已经产生的对象性的存在，是一本打开了的关于人的本质力量的书，是感性地摆在我们面前的人的心理学。"

但是艺术领域中情况如何呢？从艺术上掌握的领域是日趋扩大还是日趋缩小呢？例如，开辟了创作活动新领域的工业品艺术设计的产品的明显美化，远不是所有的人把它看作是总的艺术发展中的进步。

本世纪艺术文化的危机现象周期性地引起关于科技革命高潮中艺术命运的激烈争论。1972年在布加勒斯特举行的第七届国际美学会议不就在一个专门小组里讨论过"艺术衰亡"的问题吗？

现在每个人都已经认识到"审美"概念与"艺术"概念之间的区别。但是两者的相互关系问题仍然引起争论，这取决于对审美本质和艺术创作本质总的阐述。

一切与艺术现象以及艺术对象的创作、存在和感知（艺术创作、艺术作品和艺术欣赏）有关的东西都可以称为"艺术的东西"，而"艺术"概念的产生则指人所创造的东西和在这种意义上有别于自然的东西。因此，很难同意美国美学家杰克·格里克曼的见解，他在第七届国际美学会议的报告论纲里断言："我们没有充分的理由认为自然物（例如漂浮的木头）不能被评定为艺术品。"的确，在水里漂浮的大木头或者无论其他什么物品和自然现象可能具有某种审美价值，可能成为某种审美关系的对象（虽然这并不意味着现存的大自然本身不取决于人和社会，就是这种价值的源泉），但是艺术价值是人类劳动所产生的。

显然，如果艺术一词表示特殊的艺术创作及其成果的话，那么并非人所创造的一切东西都是艺术。如同我们所知道的那样，艺术概念具有较广的意义。艺术所规定的每种创造活动都必须具有以普通原则为基础解决具体任务的能力，必须以技巧和才能为前提（正是在这种意义上我们才谈论旋工或教师的艺术、飞行员或外科医生的艺术）。这里我们可以注意到，在每个领域中出现的凡是值得称为艺术的活动，都必定具有审美意义，都能够产生美的成果，创造审美价值，因为它是"按照美的规律"完成的。艺术价值只在艺术活动过程中产生。

审美关系在下述情况下是非艺术的关系。首先这种关系旨在获得自然现象的审美价值，或者在社会历史实践中自发产生的社会现象的审美价值。其次，这种关系具有的审美价值虽然在人有意识的行动过程中产生，但却是这种行动的某种次要产品，这种行动的主要任务是创造另外的价值形式——实用价值．道德价值等。

然而审美价值仍然可能是人类活动的主要目标。这种创造活动的成果客观地反映了世界的审美价值财富，并且概括了主体对世界的审美关系，它们乃是艺术价值。艺术活动的产生，是因为必须把审美关系从其他关系中分离出来，使之凝聚和客体化。得到这样解释的艺术性质的范畴作为一种审美性质而出现。而艺术关系就是产生并具有艺术价值的审美关系。

（［苏联］列·斯托洛维奇：《审美价值的本质》，凌继尧译，

北京，中国社会科学出版社，1984）

第二节　文学的认知价值

文学的认知价值指的是通过文学可以了解社会和人生。文学是反映社会生活的一面镜子，折射出一定时期的历史生活。马克思说过："现代英国的一批杰出的小说家，他们在自己的卓越的、描写生动的书籍中向世界揭示的政治和社会真理，比一切职业政客、政论家和道德家加在一起所揭示的还要多。"①文学的认知价值通过读者的审美观照得以产生，作品里的美与丑、恶与善，都能够给人知识和道德判断，但它所提供的知识内容及认知方式，都有一定的特殊性，尤其是文学认知的真实性问题及文学与真理的关系问题值得关注。

一、文学认知的主要内容

文学的认知作用指的是，文学通过生动形象而真实可信的描绘帮助人们了解特定时代生活的现象和本质，并把握其内在发展规律。它可以帮助人们了解过去、认识现在、推知未来。古今中外的一切优秀文学作品，由于它们用艺术的手段真实地再现了彼时彼地社会生活的某些本质方面，从而可以使读者知道作品中人物的生活和当时的社会风貌，以及政治、经济、文化、习俗和人们的思想、情趣等各个方面。

首先，通过文学能够认识社会，文学是社会的史料库和百科全书。

透过文学作品描写的社会生活的林林总总，我们能够认识社会历史的本质，了解历史，观照现实。恩格斯认为古代文学作品具有重要的史料价值，可以从中了解到古代社会的生活状况。他这样评价文学大师巴尔扎克的《人间喜剧》："汇集了法国社会的全部历史，我从这里，甚至在经济细节方面(诸如革命以后动产和不动产的重新分配)所学到的东西，也要比从当时所有职业的史学家、经济学家和统计学家那里学到的全部东西还要多。"②《人间喜剧》全面反映了 19 世纪法国的社会生活，是一部法国社会风俗的浓缩史。作者巴尔扎克不愧为 19 世纪西方现实主义文学的一面旗帜，他以清醒的现实主义笔触，宏大的文学构架系统，通过贵族衰亡、资产者发迹、金钱罪恶这三大主题，再现了从"王政复辟"到"七月王朝"期间广阔的社会图景。

中国古代文论强调文学的认知价值，早期着重于对民俗风情的考察，孔子用简单的一句"诗可以观"对当时文学的认知价值做出了最简明扼要的总结。"观风俗之盛衰"，波诡云谲、光怪陆离的世间百态尽收眼底，可以通过查阅那些远古的神话、传说、诗歌来解析人类社会制度礼仪的变迁。这一点在先秦的文学作品中表现得比较明显。《诗经》是我国最早的一部诗歌总集，里面有大量口口相授流传下来的各地民谣，为社会各个阶层所作，从中反映出从远古神话传说时代至春秋时期的风俗习尚、精神信仰和社会生活变迁。其中有些诗，如《大雅》中的《生民》《公刘》《绵》《皇矣》《大明》等，记载了从后稷降生到武王伐纣的历史生活，是周部族起源、发展和立国的历史叙事诗。《国风》中的《七月》，是一篇极古老的农事诗，与《周颂》中的农事诗不同，它以相当长的篇幅，叙述农夫一年四季的劳动生活，并记载了当时的农业知识和生产经验，在社会学、历史学、农业学方面是极为可贵的资料。

其次，通过文学能够认识人，包括认识自我和他人，文学揭示复杂隐秘的人性思想。

人的内心世界犹如一个黑匣子，科学的方法难以破解其中的奥秘，而意图破解人类自身的"斯芬克斯之谜"成为文学永恒的主题。鲁迅很是赞赏陀思妥耶夫斯基在作品中深挖人性："他写人物，几乎无须描写外貌，只要以语气，声音，就不独将他们的思想和感情，便是面目和身体也表示着。又因为显示着灵魂的深，所以一读那些作品，便令人发生精神的变化。"（《集外集·穷人小引》）《罪与罚》中的主人公拉斯柯尔尼科夫身上有着非常复杂的两面性：一方面他认为自己不过是个庸常之辈；另一方面他又野心勃勃地想做一个非同寻常的人，因为世界是由这样的人来统治和主宰的，普通人只不过是被奴役者和被控制者罢了。于是，他狠心杀死了放高利贷的老太太，以此来证明这一点。但是事后他始终处在痛苦的边缘，内心的两种观念不断地相互较量，最后，一方战胜了另一方，拉斯柯尔尼科夫投案自首。陀思妥耶夫斯基的作品中其他的人物，如《卡拉马佐夫兄弟》中的卡拉马佐夫父子两代人、《穷人》中的小人物杰弗什金、《双重人格》中的高略德金都有着陀思妥耶夫斯基关于人性的哲理思考和对人性的深层拷问。

反观鲁迅的作品，他塑造了一系列家喻户晓的主人公形象，如阿Q、祥林嫂、孔乙己、闰土等。鲁迅洞悉人性的弱点和国民性，并毫不犹豫地予以猛烈批判。勤劳、善良、顽强的祥林嫂是旧中国农村劳动妇女的典型形象，但在旧社会她从未获取作为一个人的最基本的尊严，被人肆意践踏、鄙视，最终被封建礼教和封建迷信所吞噬。她临终时希望死后能见到儿子，又希望没有地狱，死后不被锯成两半，这种悲剧性的反抗展现了底层小人物的绝望和悲凉。可笑又可悲的孔乙己也是底层人物形象的代表，他是一个典型的旧知识分子，深受科举制度的毒害，坚信"万般皆下品，唯有读书高"，成为封建社会和科举制度的牺牲品。地位卑微的阿Q，连名字都是一个代号，谁也不知道他的真实姓名，他虽然不甘于生活的艰难，努力挣扎，包括投机革命，但每一次均以失败告终，所以他只得用"精神胜利法"来麻木自己的灵魂，自欺欺人。

陀思妥耶夫斯基和鲁迅的作品使我们深刻地反省自己的灵魂，警醒并检讨自己，通过自我批判进行自我救赎。所以文学作品所展示的形象能够成为自我的化身，把对象认知转变为自我认知，把外在认知转变为内在体验，人在这时是作为物而不是人被把握的，因此对人的理解是最深刻的。在文学认识活动中，我们既认识了他人，也认识了自我。

二、文学认知的基本特点

文学通过具体生动的形象来反映现实生活，它主要通过对艺术形象的审美感知和体验而获取。文学认知绝不是文学的终极追求，但不可否认的是，文学本身确实呈现出无数客观存在的内容。文学呈现出广阔的社会生活，包容万千生活信息，它反映的生活和世界越广阔，我们对社会、人生、世界的认识就越丰富。文学形象中的丰富细节和广阔领域足以使人们从中发现多样的生活内容，它具有以下特点。

其一，文学认知是具象的、感性的。文学是一种感性认识，它细致具体地展示世界，特别是现实主义作品，描绘特定历史时期的生活画面，使读者身临其境地感受文学的魅力。丹纳认为："凡是从前的笔记、宪法和外交文件的缺漏，我们都用文学作品补足。文学作品以非常清楚非常明确的方式，给我们指出各个时代的思想感情，各个种族的本能与资质，以及必须保持平衡才能维持社会秩序，否则就会引起革命的一切隐蔽的力量。"[①]这种感性认识对我们认识现实社会相当重要。别林斯基说过："一部真正的艺术品，总是以真实性、自然性、正确性、现实性来打动读者，使你在读它的时候，会不自觉地、但却深刻地相信，里面所叙述或者所表现的一切，真是这样发生，并且不可能按照另外的样子发生。你把它读完之后，里面所描写的人物会栩栩如生地出现在你的眼前，神态逼真，须眉毕露——你可以感觉到他们的脸，他们的声音，他们的步伐，他们的思想方式；他们永远不可磨灭地深印在你的记忆里，使你再也忘不掉他们。"[②]文学是某一时期社会生活的一面镜子，它就像一面哈哈镜，会扭曲变形，有时需要仔细辨认，但终究改变不了它的镜子属性。不同于以概括、抽象、理性揭示真理而著称的科学认识，文学认识将注意力放在感性的艺术形象身上，并将思想和理性糅合其中，只是文学用更隐晦的方式去承载知识和真理。文学所有的知识都蕴含在形象和情感之中，通过审美情感体验实现对世界和自我的认识，被认知对象的特质也只有在审美活动中才能表现出来。

其二，文学认知的虚拟性。如果将文学内容当作科学事实去考证的话，那可算无稽之谈；如果一味地寻找风俗资料或者经济细节，那必将一无所获。文学与生活本身绝不

---

① ［法］丹纳：《艺术哲学》，傅雷译，362 页，北京，人民文学出版社，1963。
② 《别林斯基选集》，第 2 卷，196 页，北京，生活·读书·新知三联书店，1958。

能画上等号，它所承载的知识内容必然带着变形和虚幻的色彩，通常以表面的"假"来求得内在的"真"。文学大多使用艺术夸张的手法，如李白写下"桃花潭水深千尺，不及汪伦送我情"，柳宗元感慨"千山鸟飞绝，万径人踪灭"，这些诗句说明我们无法将文学等同于生活来获取认知价值。显然，文学对知识的呈现是有限的，文学的认知功能不在于客观地探求真理，而在于它是在主客观结合统一的基础上对人与世界关系的一种把握。身处庸常生活的人们往往不能准确地认识自己，当沉浸在文学所营造的饱含着情感的审美氛围中时，心灵便拉开了与日常意识的"间离"，人们体验着作品中人物的喜怒哀乐，清醒地认识自我和反省自身。作家反映生活的艺术方法也不一样，现实主义、浪漫主义、抽象主义、象征主义等不同的创作手法，以及种种不同的修辞手段，这些都能增强艺术作品的感染力，因此，作品反映出来的社会生活不可能等同于现实的社会生活。与科学的真不同的是，文学的真强调至善至美，侧重对于人生价值、人的内心世界的认识。郭沫若说："《孤竹君之二子》在初本想写达夫和我在四马路上醉酒的那一晚上的事情，是想用写实的手法写成小说的。但我对于现实的逃避癖，却又逼着我把伯夷、叔齐写成了那样一篇不成名器的作品。"①所以艺术形象都经过了艺术化手法的加工处理，具有典型性和概括性，是个性与共性、特殊与普遍的统一，承载了艺术家对于生活的重新认识和思考，饱含着浓郁的个人情感。

当然，在文学的认知功能中，对形象内涵的认识作用是主要的，而对知识的认识作用附带其中。梁启超说："人之恒情，于其所怀抱之想象，所经阅之境界，往往有行之不知，习矣不察者；无论为哀为乐，为怨为怒，为恋为骇，为忧为惭，常若知其然而不知其所以然……有人焉，和盘托出，澈底而发露之，则拍案叫绝曰：'善哉善哉，如是如是'……"②人们通过阅读文学作品获得某些具体的知识，更为重要的是它以文学特有的方式，让我们认识复杂的人性，揭示人物内心深处隐藏的欲望，品味芸芸众生的悲欢离愁，这培养了我们的文学想象力和理解能力，引发我们对人生价值的思考与诉求，从而使文学成为宣泄情感、升华欲望、寄托希望的最佳途径。

三、文学认知中的真实性问题

文学来源于社会生活，社会生活是文学创作的唯一源泉。一切文学作品，或显或隐地折射出社会生活的浩荡无边。鲁迅指出："天才们无论怎样说大话，归根结蒂，还是不能凭空创造。描神画鬼，毫无对证，本可以专靠了神思，所谓'天马行空'似的挥写了，然而他们写出来的，也不过是三只眼，长颈子，就是在常见的人体上，增加了眼睛

---

① 郭沫若：《创造十年》，《沫若文集》，第 7 卷，135 页，北京，人民文学出版社，1958。
② 梁启超：《论小说与群治之关系》，《中国美学史资料选编》，下册，424 页，北京，中华书局，1981。

一只，增长了颈子二三尺而已。"①诗歌与历史互证通常成为学术界考察文学与社会生活关系的研究方法，陈寅恪就用唐诗来证唐史："是因为唐代自武宗之后的历史记录存在很多错误。唐代历史具有很大的复杂性，接触面也很广，并且很多史料遗留在国外。但唐代的诗歌则保留了大量的历史实录，唐史的复杂性与接触面广这些特点，都在唐诗中有反映，成为最原始的实录。文章合为时而作，所以唐诗中也反映了当时社会的现实。"②文学的认知作用的前提是文学的真实性，真实性是文学的生命线，因此，只有具备真实性的作品才有认知作用。

但是，文学认知的真实性是一种艺术真实而非生活真实。艺术真实不等于生活真实，生活真实为艺术真实提供文学原料，夯实艺术真实的基础，使其不是缥缈虚无的空中楼阁。艺术真实对生活真实施以加减法，根据文学创作的需要，减去某些真实的东西，然后又添加了一些虚构的东西。所以，艺术真实具备生活真实所不具备的艺术性，还概括了一定的历史本质。正如亚里士多德所说："诗比历史更富于哲学意味、更高；因为诗所描述的事带有普遍性，历史则叙述个别的事。"③诗歌能够使人认识到普遍真理，它将现象和本质统一在一起。文学是对真实生活的能动创造，而非复制现实生活，它能够超越现实生活的局限性而追求艺术审美的无限性。艺术真实包含着作家的真情实感。狄更斯的《大卫·科波菲尔》就是以他自己作为原型创作出来的，他和主人公有着相似的生活遭遇，正因为作家投入了自己最深沉的情感，才能创作出这样一个悲凉的孤儿形象。但是文学作品并非作家的自传体，只能说作家比较熟悉这一领域的生活，写作时比较顺手。鲁迅说过："作者写出创作来，对于其中的事情，虽然不比亲历过，最好是经历过。诘难者问：那么，写杀人最好是自己杀过人，写妓女还得去卖淫么？答曰：不然。我所谓经历，是所遇，所见，所闻，并不一定是所作，但所作自然也可以包含在里面。"④

文学作品的真实性，要求作家熟悉自己的描写对象。作家应该去深入生活，熟悉生活。一个作家如果长期脱离社会生活，脱离老百姓，一门心思闭门造车，即使有最高明的写作技巧也是徒劳的，这种没有真实性的文学作品是无法打动人心的，当然不可能有认识作用。"酌奇而不失其真，玩华而不坠其实。"一切失真的作品，对人们认识社会可以说是一种误导。"文化大革命"期间提出的"主题先行论"，是将主题思想预先设想好，从观念和原则出发，完全抛弃生活体验，这样写出来的文学作品虽然在当时大红大紫，但是如同过眼云烟，经不起时间和历史的检验。

① 《鲁迅全集》，第 6 卷，175 页，北京，人民文学出版社，1958。
② 陆键东：《陈寅恪的最后 20 年》，186 页，北京，生活·读书·新知三联书店，1995。
③ ［古希腊］亚里士多德、［古罗马］贺拉斯：《诗学·诗艺》，罗念生译，29 页，北京，人民文学出版社，1982。
④ 鲁迅：《且介亭杂文二集·叶紫作〈丰收〉序》，《鲁迅全集》，第 6 卷，227 页，北京，人民文学出版社，2005。

文学与真理的关系，是人类艺术活动中普遍存在的命题。这一命题在西方美学和文学理论中具有悠久的文学传统，它认为文学与真理是统一的，文学可以表现真理，真理也能表现文学。自柏拉图、亚里士多德以来，真理性一直被指认为使文学艺术成为可能的精神实质，艺术与真理的必然联系早已得到了许多作家不言而喻的确认。浪漫主义诗人华兹华斯说："诗的目的是在真理，不是个别的和局部的真理，而是普遍的和有效的真理；这种真理不是以外在的证据作依靠，而是凭借热情深入人心。"①象征派诗人波德莱尔说："我们获得的真理是一切都有象形意义，我们知道象征只是就心灵的纯洁、善良意愿、天生识力而言相对隐晦。如果不是翻译者、释读者，诗人又是什么呢？"②小说家米兰·昆德拉说："小说的艺术教读者对他人好奇，教他试图理解与他自己的真理所不同的真理。"③西方的现实主义、现代主义和后现代主义文学都肯定文学与真理的关系，他们关注的是文学能否反映真正的真理以及如何在文学作品中恰如其分地植入真理。海德格尔反对文学以真理的名义形成元话语霸权："作品的存在是真理的一种发生方式。"④马尔库塞说："'真理'在艺术中，不仅指作品的内在一致性和逻辑，而且还是对它所述说的、它的图像、它的音响、它的节奏的确证。艺术中这些东西揭示和传递着人类生存的事实与可能性，它们借助一种完全不同于表现在日常的（和科学的）语言和交往中的现实的方式，'目睹'了这个生存。在此意义上，真正的作品，就具有宣告一般的确实性、客观性的意味。"⑤哲学家们对于文学与真理关系的认识让我们重估这两者的价值。

与西方文化传统重视知识和事实世界不同的是，中国文化的特质侧重关注伦理价值，特别是中国古典文学推崇诗意真实而不追求客观真实，这使得文学与真理的关系变得极为复杂而特殊。后现代主义颠覆了传统的真理原则和观念，对传统的文学与真理关系的观念也造成了极大的冲击。这也影响了 20 世纪中国文学对文学和真理关系的看法，特别是当下，对文学具有真理性产生了怀疑，文学与真理的关系变得模糊或淡化。"在对文学以真理的身份发言进行消解时，连同对文学作品应该具有真理性的观念本身也进行颠覆。"⑥不可否认的是，文学与真理的关系是一个恒久的命题，我们应该将两者辩证统一地看待，并将其与所处的历史语境和文学遭遇紧密联系起来。

---

① 伍蠡甫等编：《西方文论选》，上卷，13 页，上海，上海译文出版社，1982。
② ［美］雷纳·韦勒克：《近代文学批评史》，第 4 卷，杨自伍译，514 页，上海，上海译文出版社，1997。
③ ［法］米兰·昆德拉：《被背叛的遗嘱》，孟湄译，6 页，上海，上海人民出版社，1995。
④ ［德］海德格尔：《人，诗意地安居——海德格尔语要》，郜元宝译，张汝伦校，86 页，桂林，广西师范大学出版社，2000。
⑤ ［美］赫伯特·马尔库塞：《审美之维》，李小兵译，148 页，桂林，广西师范大学出版社，2001。
⑥ 程金城、冯欣：《论 20 世纪中国文学价值与真理的冲突》，《文艺研究》，2004(3)。

原典选读

一、丹纳论文学的认识价值

　　因为这缘故，倘若浏览一下伟大的文学作品，就会发现它们都表现一个深刻而经久的特征，特征越经久越深刻，作品占的地位越高。那种作品是历史的摘要，用生动的形象表现一个历史时期的主要性格，或者一个民族的原始的本能与才具，或者普遍的人性中的某个片段和一些单纯的心理作用，那是人事演变的最后原因。——我们毋须把不同的文学作品一一检验。只要注意到文学作品今日在史学方面的应用就可证实。凡是从前的笔记，宪法和外交文件的缺漏，我们都用文学作品补足。文学作品以非常清楚非常明确的方式，给我们指出各个时代的思想感情，各个种族的本能与资质，以及必须保持平衡才能维持社会秩序，否则就会引起革命的一切隐蔽的力量。——古代的印度几乎完全没有可靠的历史和年表，但留下英雄的和宗教的诗歌，使我们看到印度人的心灵，就是说看到他们的幻想的种类和境界，看到他们梦境的范围和关系，参悟哲理的深度和由此引起的迷惑，宗教与制度的根源。——再看十六世纪末期和十七世纪初期的西班牙；念一遍《托美思河的小拉撒路》和流浪汉体的小说，研究一下洛泼，卡特隆和别的剧作家的戏剧，就有两个活生生的人物出现，流浪汉和骑士，给你指出这个奇特的文化的一切悲惨，伟大和疯狂的面目。——作品越精彩，表现的特征越深刻。我们十七世纪时在君主政体之下的全部思想感情，都可以在拉辛的作品中摘录出来，例如法国的国王，王后，王子王孙，朝臣，女官，教士的肖像，当时所有的主要观念，对封建主的忠诚，骑士的荣誉感，宫廷中的阶级和礼貌，臣民和仆役的忠心，文雅的态度，规矩礼节的影响和势力，在语言，感情，基督教，道德各方面或是人为的或是天然的细腻的表现，总之是组成旧制度主要特征的全部意识和习惯。——至于近代两部巨大的史诗，《神曲》与《浮士德》，又是欧洲史上两个重要时期的缩影。一个指出中世纪的人生观，一个指出我们这个时代的人生观。两者都表现两个最高尚的心灵在各自的时代中所达到的最高的真理。但丁的诗歌描写人离开了短促的尘世，周游超自然的世界，唯一确定的，长久的世界。带他去的是两种力量：一种是狂热的爱情，那在当时是支配生活的主宰；一种是正确的神学，那在当时是支配抽象思维的主宰。他的梦境忽而可怖之极，忽而美妙之极，明明是一种神秘的幻觉，但在当时是理想的精神境界。歌德的诗篇描写人在学问与人生中受了挫折，感到厌恶，于是彷徨，摸索，终究无可奈何的投入实际行动；但在许多痛苦的经历和永远不能满足的探求中，仍旧在传说的帷幕之下不断的窥见那个意境高远的天地，只有理想的形式与无形的力量的天地，人的思想只能到它大门为止，只有靠心领神会才能进去。——许多完美的作品都表现一个时代一个种族的主要特征；一部分作品除了时代与种族以外，还表现几乎为人类各个集团所共有的感情与典型，例如希伯来的

《诗篇》，描写一神教的信徒面对着全能的上帝，万王之王，最高的审判者；《仿效基督》描写温柔的灵魂和仁爱的上帝交谈；荷马的诗歌代表人类在英勇的少年时代的行动，柏拉图的对话录代表人类在可爱的成年时期的思想，差不多全部的希腊文学都代表健全而朴素的感情；最后是莎士比亚，最大的心灵创造者，最深刻的人类观察者，眼光最敏锐，最了解情欲的作用，最懂得富于幻想的头脑如何暗中酝酿，如何猛烈的爆发，内心如何突然失去平衡，最能体会肉与血的专横，性格的左右一切力量，促成我们疯狂或健全的暧昧的原因。《堂·吉诃德》，《老实人》，《鲁滨孙飘流记》，都是同样重要的作品。这类作品比产生作品的时代与民族寿命更长久。它们超出时间与空间的界限；无论在什么地方，只要有一个会思想的头脑，就会了解这一类作品；它们的通俗性是不可摧毁的，存在的时期是无限的。这是最后一个证据，证明精神生活的价值与文学的价值完全一致，艺术品等级的高低取决于它表现的历史特征或心理特征的重要，稳定与深刻的程度。

（[法]丹纳：《艺术哲学》，傅雷译，北京，人民文学出版社，1963）

二、车尔尼雪夫斯基论艺术的作用

我们说过，一切艺术作品的第一个作用，普通的作用，是再现现实生活中使人感到兴趣的现象。自然，我们所理解的现实生活不单是人对客观世界中的对象和事物的关系，而且也是人的内心生活；人有时生活在幻想里，这样，那些幻想在他看来就具有（在某种程度上和某个时间内）客观事物的意义；人生活在他的情感的世界里的时候就更多；这些状态假如达到了引人兴趣的境地，也同样会被艺术所再现。我们提到这一点，是为了表明我们的定义也包括着艺术的想像的内容。

但是，我们在上面已经说过，艺术除了再现生活以外还有另外的作用，——那就是说明生活；在某种程度上说，这是一切艺术都做得到的：常常，人只消注意某件事物（那正是艺术常做的事），就能说明它的意义，或者使自己更好地理解生活。在这个意义上，艺术和一篇纪事并无不同，分别仅仅在于：艺术比普通的纪事，特别是比学术性的纪事，更有把握达到它的目的：当事物被赋与活生生的形式的时候，我们就比看到事物的枯燥的纪述时更易于认识它，更易于对它发生兴趣。库柏的小说在使社会认识野蛮人的生活这一点上，比人种学上关于研究野蛮人的生活如何重要的叙述和议论更为有用。但是虽则一切艺术都可以表现新鲜有趣的事物，诗却永远必须用鲜明清晰的形象来表现事物的主要特征。绘画十分详尽地再现事物，雕塑也是一样；诗却不能包罗太多的细节，必然要省略许多，使我们的注意集中在剩下的特征上。从这里就可以看出诗的描绘胜过现实的地方；但是每个个别的字对于它所代表的事物来说也是一样：在文字（概念）里，它所代表的事物的一切偶然的特征都被省略了，只剩下了主要的特征；在无经验的思想者看来，文字比它所代表的事物更明了；但是这种明了只是一个弱点。我们并不否认摘要的相对的用处；但是并不认为对儿童很有益处的塔佩的"俄国史"优于他所据以改作的卡拉姆辛的"俄国史"。在诗歌作品中，一个事物或事件也许比生活中同样的事物和事件更易于理解，但是我们只能承认诗的价值在于它生动鲜明地表现现实，而不在它具有什么可以和现实生活本身相对抗的独立意义。这里不能不补说一句，一切散文故事也同诗是一样情形。集中事物的主要特征并不是诗所特有的特性，而是人类语言的共同性质。

······

总括我们前面所说的，我们得到了这样一个艺术观：艺术的主要作用是再现生活中引人兴趣的一切事物；说明生活、对生活现象下判断，这也常常被摆到首要地位，在诗歌作品中更是如此。艺术对生活的关系完全像历史对生活的关系一样，内容上唯一的不同是历史叙述人类的生活，艺术则叙述人的生活，历史叙述社会生活，艺术则叙述个人生活。历史的第一个任务是再现生活；第二个任务——那不是所有的历史家都能做到的——是说明生活；如果一个历史家不管第二个任务，那末他只是一个简单的编年史家，他的著作只能为真正的历史家提供材料，或者只是一本满足人们的好奇心的读物；担负起了第二个任务，历史家才成为思想家，他的著作然后才有科学价值。对于艺术也可以同样地说。历史并不自以为可以和真实的历史生活抗衡，它承认它的描绘是苍白的、不完全的，多少总是不准确或至少是片面的。美学也应当承认：艺术由于相同的理由，同样不应自以为可以和现实相比，特别是在美的方面超过它。

但是，在这种艺术观之下，我们把创造的想像摆在什么地方呢？让它担任什么角色呢？我们不想论述在艺术中改变诗人所见所闻的想像的权利的来源。这从诗歌创作的目的就可明了，我们要求创作真实地再现的是生活的某个方面，而不是任何个别的情况；我们只想考察一下为什么需要想像的干预，认为它能够通过联想来改变我们所感受的事物和创造形式上新颖的事物。我们假定诗人从他自己的生活经验里选取了他所十分熟悉的事件(这不是常有的；通常许多细节仍然是暧昧的，为着故事首尾连贯，不能不由想像来补充)；再让我们假定他所选取的事件在艺术上十分完满，因此单只把它重述一遍就会成为十足的艺术作品；换句话说，我们选取了这样一个事例，联想的干预对于它一点不需要。但不论记忆力多强，总不可能记住一切的细节，特别是对事情的本质不关紧要的细节；但是为着故事的艺术的完整，许多这样的细节仍然是必要的，因此就不得不从诗人的记忆所保留下来的别的场景中去借取(例如，对话的进行、地点的描写等)；不错，事件被这些细节补充后并没有改变，艺术故事和它所表现的真事之间暂时只有形式上的差别。但是想像的干预并不限于这个。现实中的事件总是和别的事件纠缠在一起，不过两者只有表面的关联，没有内在的联系；可是，当我们把我们所选取的事件跟别的事件以及不需要的枝节分解开来的时候，我们就会发现，这种分解在故事的活的完整性上留下了新的空白，诗人又非加以填补不可。不仅如此：这种分解不但使事件的许多因素失去了活的完整性，而且常常会改变它们的性质，——于是故事中的事件已经跟原来现实中的事件不同了，或者，为了保存事件的本质，诗人不得不改变许多细节，这些细节只有在事件的现实环境中才有真正的意义，而被孤立起来的故事却阉割了这个环境。由此可见，诗人的创造力的活动范围，不会因为我们对艺术本质的概念而受到多少限制。但是，我们研究的对象是：艺术是客观的产物，而不是诗人的主观活动；因此，探讨诗人和他的创作材料的各种关系在这里是不适宜的；我们已指出了这些关系中对于诗人的独立性最为不利的一种，而且认为按照我们对艺术的本质的观点来看，艺术家在这方面并没有失去那不是特别属于诗人或艺术家、而是一般地属于人及其活动的主要性质——即是只把客观现实看作一种材料和自己的活动场所、并且利用这现实、使它服从自己这一最主要的人的权利和特性。

（［俄］车尔尼雪夫斯基：《生活与美学》，周扬译，北京，人民文学出版社，1957）

三、杨汉池论艺术的真实性

关于生活真实方面的。生活真实，在文艺理论中是与艺术真实相并列的范畴。生活真实与客观存在的事物不能混为一谈，因为并非任何存在的事物都可成为艺术的对象。但生活真实又并非超越于万事万物之上和之外，而是包含在实际事物之中是实际事物的组成部分。所以在人们的理解中生活真实常常与一般实际事物难分彼此。这在某些体裁的作品中尤其明显，如历史小说、纪实小说、报告文学作品、传记文学作品、绘画素描、肖像画、摄影作品等的对象，就是存在过或现在仍然存在着的实际事物，人物的姓名、相貌、事件的基本情况等均应如实地反映，不可凭空捏造。生活真实作为实际事物的一部分，具有实际事物的面貌和规律。不限于以纯粹实际存在的事物为对象的一般作品，仍然要以实际存在的事物为原型、素材进行加工，加工的艺术形象往往仍然要严格忠实地模写实际事物的面貌和规律，如狄德罗所说的："形象与实体相吻合"，艺术建立在"和自然万物的关系"上；戏剧艺术"之所以将事件串连在作品中，正是因为事件在自然中是相互串连着的。艺术模仿自然，既然自然在处理效果之间的关联时天衣无缝，艺术也是如此。"生活真实固然不仅限于事物表面的这些自然固有的联系，还有更为内在的必然性、典型性的联系，但自然固有的联系始终是最基本的，所以强调忠实于现实生活本来面貌的作家往往十分留心防止违反起码的生活常识。韩愈咏樱桃的诗句"香随翠笼擎初重"受到批评是因为"樱桃初无香"。以严格现实主义真实性著称的契诃夫批评一位小说家的句子"她贪婪的闻着鹅掌草的醉人的香气"，说："可是鹅掌草根本没有气味。不能说芬芳的紫丁香花束和野蔷薇的粉红色花朵并排怒放，也不能说夜莺在清香的、开着花的菩提树的枝头上歌唱——这不真实；野蔷薇开花比紫丁香迟，夜莺在菩提树开花以前就不叫了。"契诃夫这里强调的"真实"是指生活基本常识意义上的真实。尽管艺术真实在许多情况下远不限于这种朴素意义上的真实，尽管许多论者对这种真实不屑一顾，可是这种真实依然在大量的艺术作品里顽强地反映出来，就连极力反对"再现"、"模仿"的艺术家的作品也无法完全摆脱其痕迹，例如超现实主义画家达里把表画成软绵绵的，以示"超"于现实，但表的形状依然接近现实生活中一般表的形状，可见他无法彻底"超"出现实。许多抽象主义绘画和雕塑把人画成金属钢架，头塑成圆球，却无法彻底摆脱现实生活中的人的脸孔、金属器材等等的痕迹。即使最极端的抽象主义的作品也无法彻底摆脱色彩、斑点、空白等现实世界的痕迹。艺术与生活真实的千丝万缕的联系足以证明：艺术真实性与一般领域的真理性的密切关系和一致性是无法否认的。

如果说艺术真实性与一般领域的真理性的关系不能否认，那么艺术真实性与专门科学的真理性的密切关系也能找到很多根据，而绝不像有些艺术神秘论者认为的艺术与专门科学毫无关系。明显的根据是：专门科学知识同一般的正确常识之间并没有隔着鸿沟，只不过是比后者更加专门、系统、深入而准确地体现了事物的规律性。因而就会出现这样一种作品，在这种作品中明显地表现出艺术真实性与专门科学的真理性之间的交叉、相溶。我们在研究马克思主义导师关于艺术真实性的论述时已经看到这样的例子。

......

这里需要说明的是：其一，上述艺术真实性与真理性（生活方面的和科学方面的）的关联和一致的关系表现得明显的情况，就是艺术真实性本身的情况，这应当得到承认，而不能如有些论者那样把艺术真实性看作与生活常识及科学知识绝缘的神秘现象。其二，这种情况不仅比较明显，而且对整个艺术真实性的表现来说具有代表性。它告诉我们，艺术真实性与生活常识及科学知识的一般真理性之间既然具有这些表现明显的情况，那就说明它代表一种根本情况，那些表现得比较不明显的只不过是表现得比较曲折和复杂而已，依然没有同一般真理性绝缘。比如说："白发三千丈"，鲁迅认为虽然是夸张，"总不至于相差太远"，他还认为："孙悟空一个筋斗十万八千里，猪八戒高老庄招亲，在人类也未必没有谁和他们精神上相像。"可见，无论艺术上的特殊表现如何，艺术真实性与一般真理性在根本上是一致的，而不是绝缘的。它同科学真理性的一致，有些表现为在情节和描写上符合自然科学规律，如上述关于物理学、天文学、医学、建筑术等方面的例子。但由于艺术属于社会意识形态，艺术真实性与一般领域的真理性的一致更多的是在于社会科学真理上的一致，如《西游记》中的例子。许多论者否认艺术真实性与科学真理性的理由，往往是说艺术上的夸张如何如何同自然科学相违背，原来他们说的科学单纯指自然科学，而忽视了社会科学真理的存在及其同艺术真实性的血肉关系。这种观点和思想方法，对于非马克思主义论者说来毫不足怪，但对于马克思主义论者说来岂不是个极大的疏忽吗?!

无论艺术品的表现怎样复杂，只要某个作品确实具有艺术真实性，那么这艺术真实性肯定同真理性有着某种联系，同生活常识和科学真理有着某种联系；它至少是在某种程度上符合社会科学规律，甚至在表现上还符合自然科学规律。它的表现或是直接而明显，或是曲折而不明显。但不管如何，抓住其根本上具有联系和一致的一面进行具体分析，总能够找到其来龙去脉。

反之也一样，如果某个作品在主导方面（例如在主题思想上、主要情节上）违背了真理性，那么便可以断定该作品基本上违背艺术真实性的要求。马克思对瓦格纳的歌剧《尼贝龙根》的歌词的严厉批评便是一例。胡编乱造、诲淫诲盗的"作品"、看不出形象也没有任何道理的"作品"或显然为法西斯服务的"作品"，不管其对某些人有多大吸引力和显得多么"真实"，但明是非的人们知道它们"背理"，绝不承认它们具有什么艺术真实性。

可见，同真理性具有关联和一致，是决定艺术真实性的有无和性质的根本条件，也是判别艺术真实性的重要标准。

（杨汉池：《艺术真实性研究》，长沙，湖南人民出版社，1988）

第三节　文学的教育价值

文学具有教育功能，它通过文学的教育价值表现出对社会伦理的培育、对思想的启蒙以及个人情感的升华等。但这种功能不同于道德说教和理论灌输，而是一种寓教于乐的形象教化、情感教化，而且文学教化不仅影响了社会、历史、文化、习俗和人们的意识观念，反过来也对文学本身产生重要影响。例如，中国古代文学理论中的文学教化论，在它的理论干预下，推动了文学的社会关注度提升，但许多文学作品过多地将重心放在社会道德和社会政治层面，忽视了个体灵魂的深度追问。正如杜甫所言："随风潜入夜，润物细无声。"文学的教育功能是在潜移默化中逐渐形成和发展的。

一、中国古人论文学与教化

中国古代文学蕴含着丰富的教化思想，它并非枯燥地说教，而是通过文学这一载体，试图教化人们尊重人的本性，体现人文关怀，陶冶精神世界，进而促使人民生活在一个和睦安宁、符合礼义规范的世界里。"文学教化论即指以文学为社会政治、伦理道德服务为出发点，以文学发挥社会政治、伦理道德教化作用为目的，以文学对社会政治、伦理道德的影响为衡量标准，考察文学规律，评价文学是非得失的文学理论。"①随着社会制度的更替，文学的教育功能也在悄然发生着变化。春秋战国时期既是文学思想百家争鸣的时代，也是各种文学价值观念活跃的时代。至汉代，统治者确立了封建专制主义中央集权，董仲舒提出"罢黜百家，独尊儒术"，文学为礼教政治服务这一价值功用就开始处于整个封建制时期文学的核心地位。"中国古代文学理论自从其产生之日起，便具有强调文学必须为政治教化服务的品格。这一品格在其后的发展中，不断地得以强化，从而形成了古代文论中十分显著的政教功用论传统。"②

从中国古代文论的"诗言志"开始，文学与教化便是关联在一起的。《尚书·尧典》记载舜在教导大臣如何教育子弟时，指示他们将诗歌作为教育的内容。而《周礼·大司乐》中的"以乐语教国子"亦体现了上古时期对诗歌具有政治、道德方面的教育作用的认同。春秋时期，孔子用"思无邪"对"诗三百"做出了道德判断，文学与教化的关系中衍生出的文学教化论在中国古代文学理论中一直占据着重要的地位。孔子同时提出："诗可以兴，可以观，可以群，可以怨，迩之事父，远之事君，多识于鸟兽草木之名。"（《论语·阳货》）诗歌能"观风俗之盛"，也能"怨刺上政"，教导人们在家恪守孝道，对外向君主尽忠，因而诗歌身上背负着维护、发扬儒家伦理政治秩序的重大使命，它成为维系父子、君臣间的伦理关系及社会政治秩序的重要纽带。

早在先秦时期，《周易》《诗经》《国语》《左传》等典籍中就涉及诗歌具有美刺和讽谕的文学功能。"美"和"刺"都具有教化的含义，二者从正反两面切入诗歌的教化功能："论功颂德，所以将顺其美；刺过讥失，所以匡救其恶。"（郑玄《诗谱序》）《周易》在论述文学的功用时谈道："观乎天文，以察时变；观乎人文，以化成天下。"（《周易·贲》）这里的"化"乃教化之意，最高统治者在观察天文时变以外，还要观察人文，对百姓大众予以教化；后经《毛诗序》进一步提升为"风化说"，对后世文学产生了巨大的影响。

汉代的文学教化观念发展得比较成熟，王充提倡文学的经世致用功能："天文人文，文岂徒调墨弄笔，为美丽之观哉？载人之行，传人之名也。善人愿载，思勉为善；邪人恶载，力自禁裁。然则文人之笔，劝善惩恶也。"（《论衡·佚文》）他认为文学应对社会政治和道德风化有益，应具有惩恶劝善的教育功用。《毛诗序》继承并发扬了文学的教化功能："风，风也，教也，风以动之，教以化之。""故正得失，动天地，感鬼神，莫近于诗。先王以是经夫妇，成孝敬，厚人伦，美教化，移风俗。"它的价值旨归最终指向儒家的道德伦理观念和礼教政治，是在继承孔子的"思无邪""兴观群怨"和"事父""事君"基础上发展而来的。"上以风化下，下以风刺上，主文而谲谏，言之者无罪，闻之者足以戒，故曰风。至于王道衰，礼义废，政教失，国异政，家殊俗，而变风变雅作矣。"这种讽谕

① 周乔建：《中国古代文学教化论论纲》，《九江师专学报（哲学社会科学版）》，2002(3)。
② 黄霖等：《原人论》，322页，上海，复旦大学出版社，2000。

说将文学的社会政治作用阐释得细致入微，"以文事助王政"，要求文学为封建专制制度下的统治者的私利服务，利用诗歌对人民进行伦理道德教育，以维护统治秩序。

论及魏晋南北朝时期，文学理论批评的代表作《文心雕龙》便蕴含着诸多文学教化思想，刘勰以《宗经》篇为准则来判断文学作品是否具有道德教化倾向；在《明诗》篇中对那些能起到道德教化的作品大加赞赏；在《辨骚》篇中认为《离骚》虽多讽刺，但有如"小雅怨诽而不乱"；在《知音》篇里批评"流郑淫人，无或失听"，有损于道德教化，持贬斥态度。从刘勰提出"道沿圣以垂文，圣因文而明道"，到韩愈的"君子居其位，则思死其官，未得位，则思修其辞，以明其道"（《争臣论》），柳宗元的"文以明道"须"辅时及物"，再到周敦颐的"文所以载道也"，都指出"文以明道"这一思想，昭示着文学本身就具备教化功能。而在曹丕的眼里，文学的地位无可替代："盖文章，经国之大业，不朽之盛事。年寿有时而尽，荣乐止乎其身，二者必至之常期，未若文章之无穷。"这在某种程度上过于夸大了文学的社会教育作用。

唐代新乐府的代表人物白居易的文学批评思想也离不开诗歌的政治教化作用："且古之为文者，上以纫王教，系国风，下以存炯戒，通讽谕，故惩劝善恶之柄，执于文士褒贬之际焉；补察得失之端，操于诗人美刺之间焉。"（《策林六十八》）白居易主张用诗歌来反映社会现实，揭露、批评政治弊端，认为教化就是"救济人病，裨补时阙"。他呼吁"文章合为时而著，歌诗合为事而作"（《与元九书》），便是表明文学与国家的兴亡和政教的得失息息相关。

至宋元时期，大多数文人坚持之前已有的文学传统观念，皆重视文学的教化功用。北宋中叶，苏舜钦和梅尧臣着力提倡文学的教育功用，认为文学的作用和价值在于"警时鼓众"和"救失"，他们针对当时的黑暗现实，重视诗歌的美刺讽谕功能，反对西昆体浮夸绮丽的诗歌风格。宋代文学家苏轼疾呼"言必中当世之过。凿凿乎如五谷必可以疗饥，断断乎如药石必可以伐病"（《凫绎先生诗集叙》），这与苏辙总结苏轼一生的文学特点"缘诗人之义，托事以讽，庶几有补于国"（《亡兄子瞻端明墓志铭》）一脉相承。宋代的范仲淹坚持文学与政教不可分离："羽翰乎教化之声，献酬乎仁义之醇；上以德于君，下以风于民，不然何以动天地而感鬼神哉！"（《唐异诗序》）

明清两代提倡文学经世致用的社会价值，认为文学应为政治伦理道德服务。明朝诗人刘基强调无论是"美"还是"刺"，都须达到教化的效果："夫诗何为而作哉？情发于中而形于言。国风二雅列于六经，美刺风戒，莫不有裨于世教，是故先王以之验风俗，察治忽，以达穷而在下者之情。词章云乎哉？"（《照玄上人诗集序》）晚清的刘熙载在《艺概·词概》里指出词要表现出"忠诚孝子，义夫节妇"这些世间极有情之人的思想情感，这其实是意图为文学作品贴上封建伦理纲常的道德标签。

纵观中国古代文学批评史，文学教化论是贯穿其中的一条主心轴，无人能使它偏离出文学批评原有的轨道。正如刘若愚所总结的："从西元前二世纪儒学建立为中国正统的意识形态开始，一直到二十世纪初期，文学的实用概念实际上一直是神圣不可侵犯的，因此，基本上相信其他概念的批评家，很少胆敢公然拒绝接受它。"①文学教化论将"诗言志""美刺讽谕说""文以明道""经世致用"等作为其核心理论范畴，强调文学的社会政治功用和个体的伦理道德，充分体现了文学的批判精神，但这套包含着儒家道德规范、忠君观念的政治意识形态的理论体系也制约着文学的发展，对后世文学产生了不可估量的影响。

二、西方的文学教育思想

中国古代文论相当重视文学的教育作用，西方的文学教育思想也是源远流长。西方的文艺功能观主要是"文学使人快乐并给人以教育"，具体内容包括亚里士多德的"净化说"、贺拉斯的"寓教于乐说"、但丁的"美善统一说"、培根的"诗歌可以使人提高和向上说"、别林斯基的"文学是社会的家庭教师说"、列夫·托尔斯泰的"文学是精神上的指导说"等。

如果要追溯西方文学教育思想的源头，那恐怕要回到古希腊的荷马史诗时代。荷马将诗歌当作神的赐予，它能使人精神愉悦，因记载英雄们的伟大业绩而弥久不衰，"对国家有益"。这也是当时古希腊人对艺术功用的普遍看法。

整个古希腊时期，文学的社会功用受到文论家的重视。亚里士多德在《诗学》中提出诗歌可以令人获取知识，身心愉悦，悲剧有教育和净化人心的作用。苏格拉底指出："如果教育的方式适合，它们就会拿美来浸润心灵，使它也就因而美化；如果没有这种适合的教育，心灵也就因而丑化。"②他承认艺术具有多重社会作用，以教育作用为首。柏拉图则认为诗歌这种艺术是模仿的模仿、影子的影子，最容易诱惑个人放松社会道德警惕性，必要时可将诗歌驱逐出"理想国"，但前提是诗歌对塑造一个正义的人是不起作用的。有人这样评价柏拉图的正义观："把重点放在教育上，这是柏拉图正义观的逻辑结果。"③这一对待艺术的方式对整个西方文论影响深远。古罗马的贺拉斯继承并发展了古希腊柏拉图、亚里士多德等人的文艺社会功用理论，倡导文学的寓教于乐："诗人的愿望应该是给人益处和乐趣，他写的东西应该给人以快感，同时对生活有帮助。……寓教于乐，既劝谕读者，又使他喜爱，才能符合众望。"④这一观点将文艺的教育功能和娱乐作用有机辩证地联系起来，比起"乐"来，"教"的功用是首要的，我们在正确地认识文

①　[美]刘若愚：《中国文学理论》，237页，台北，联经出版事业公司，1981。

②　北京大学哲学系美学教研室编：《西方美学家论美和美感》，37页，北京，商务印书馆，1980。

③　[英]厄奈斯特·巴克：《希腊政治理论：柏拉图及其前人》，卢华萍译，254页，长春，吉林人民出版社，2003。

④　[古罗马]贺拉斯：《诗艺》，杨周翰译，115～155页，北京，人民文学出版社，1962。

艺的本质特征时应充分发挥文艺的社会作用。

处于两个时期交替点的意大利作家但丁被恩格斯称为："中世纪的最后一位诗人，同时又是新时代的最初一位诗人。"①但丁认为诗歌能够影响人们的价值判断，这也是艺术具有的伦理道德品格。在文艺复兴时期，文学教育思想中占据主流的依然是苏格拉底的"陶冶说"和贺拉斯的"寓教于乐说"，许多人文主义者高举人文主义的伟大旗帜，以文艺为武器，反对封建教会对文艺价值的贬低，努力恢复古希腊的传统范式。他们抨击中世纪的神学、经院哲学、禁欲主义思想，创作出众多优秀的文艺作品，宣扬新兴资产阶级的思想愿望。达·芬奇指出："亚里士多德说，诗人在给人教益的本领上远比历史家优越，我很相信这句话。……对人的善行和恶行都一律要写，……这样就使我们类似的情绪得到净化，激发我们去行善。"②在这一时期，文学的宣传教育作用得到了充分的发挥，也推动了文学艺术性的长足发展。塞万提斯认为："观众看了一本有艺术有结构的戏剧以后，对于诙谐的部分会觉得有趣，对于严肃的部分会觉得有益，对于情节会觉得惊奇，对于情理会得到进步，又因见了欺诈的而自知儆戒，见到好榜样而更加贤明，对恶德知道疾恶，对美德知道爱慕。"③但有些人过于偏重艺术的伦理道德功用，认为艺术一定要直接呈现善有善报、恶有恶报的效果，这未免有点偏颇。

18世纪启蒙主义运动的文艺理论家们重视文艺的审美教育功能，强调文艺要发挥其宣传教育的社会功用。法国百科全书派的卓越领袖人物狄德罗主张艺术是真善美的统一体，"任何一个民族总有些偏见有待抛弃，有些弊端有待革除，有些可笑的事情有待排斥，并且需要适合于他们的戏剧。假使政府在准备修改某项法律或者取缔某项习俗的时候善于利用戏剧，那将是多么有效的移风易俗的手段啊！如果一个坏人在看了戏以后，他的泪水和好人眼泪交融在一起，尤其是在他走出包厢的时候，已经不那么倾向于作恶了，那么，这比被一个严厉而生硬的说教者的痛斥不知道要有力多少倍。"④德国莱辛的《汉堡剧评》主张建立为资产阶级服务的市民剧，重视艺术的道德功用，在创作作品时应考虑引导读者辨析善恶，区分文明和野蛮。德国诗人席勒认为法国大革命若要成功，就得通过审美教育改革社会，实现自由，而非暴力获取。这一论点在他的《审美教育书简》中有着详尽的描述，不过这个美好的构想带有理想化色彩。

19世纪的西方文学理论层出不穷，丹麦的勃兰兑斯写下文学理论批评巨著《十九世纪文学主流》，在文中浓墨重彩地评述法国文学巨匠巴尔扎克的文学贡献，认为他是一

① 《马克思恩格斯选集》，第1卷，249页，北京，人民出版社，1972。
② 伍蠡甫等编：《西方文论选》，上卷，160页，上海，上海译文出版社，1979。
③ 伍蠡甫等编：《西方文论选》，上卷，215页，上海，上海译文出版社，1979。
④ 伍蠡甫等编：《西方文论选》，上卷，369页，上海，上海译文出版社，1979。

个对法国描写深入骨髓的天才"博学者""观察者""透视家"。① 勃兰兑斯对作家的评价是与真实的社会生活联系在一起的。英国浪漫主义诗人雪莱高度赞扬诗歌的价值，认为诗歌能够"唤醒群众的希望、启发人类和促使人类进步"，了解"一个庞大的民族怎样从奴役和屈辱中觉醒过来，并真正理解了道德的尊严和自由……揭露那些欺骗人民走上听天由命之道的宗教骗子"②；诗歌是唤醒伟大民族觉悟的"最为可靠的先驱、伙伴和追随者"③，弥漫着浓烈的功利主义价值观；"诗中人物都披着极乐境界的光辉，只要你曾一度欣赏过他们，他们便永远留在你心中，有若象征优美高贵的纪念碑，他的影响将遍及于同时存在的一切思想和行动中"④。

　　作为无产阶级革命导师的马克思、恩格斯认为，文艺在无产阶级斗争中能发挥巨大的作用，可以唤醒民众的革命热情，现实主义文艺应是"历史的"和"美学的"有机结合，既要有思想性，也要有艺术性，将文艺当作政治传声筒的简单粗暴的"席勒式"创作方法并不可取。他们高度赞扬了"莎士比亚化"的创作手法，主张应避免只管文艺的思想教育作用而忽视文艺的艺术技巧。到了 20 世纪，当时的苏联推崇社会主义现实主义文学，坚持文艺的无产阶级党性原则，过分强调文艺的思想教育作用，在把握文学的教育功能与审美功能的关系上出现了一定程度的偏离与错位，这对文学创作的伤害是相当严重的。

三、文学教育的效果和特点

　　文学的教育价值和认识价值以及审美价值相互关联构成整体，共同发生作用。文学具有社会意识形态的属性，它能够启迪人们的思想。作家在进行文学创作时总是带有主观倾向地选择他想要表达的内容，并融入他个人的情感观和价值观，烙上鲜明的个人印记，而读者在阅读这些文学作品时会不由自主地受其影响，获得特有的文学教育效果。

　　首先是文学能引起人的情感共鸣，净化人的灵魂，影响人的生活世界，为人们建立正确的世界观和人生观提供帮助。优秀的文学作品能滋润人的心灵，提高读者的思想境界，培养高尚的道德情操，使读者意识到自己的社会责任和社会使命感，读者能从中判断是非爱憎，美丑善恶。鲁迅说过："文艺是国民精神所发的火光，同时也是引导国民精神的前进的灯火。"⑤美国著名聋盲女作家海伦·凯勒的《假如给我三天光明》影响了整个世界，作者以细腻的笔触描绘了聋盲人心灵中无比自由的世界，以此告诫人们应珍爱

---

　　① ［丹麦］勃兰兑斯：《十九世纪文学主流》，第五分册，李宗杰译，223 页，北京，人民文学出版社，1982。

　　② 伍蠡甫等编：《西方文论选》，下卷，46～47 页，上海，上海译文出版社，1979。

　　③ 伍蠡甫等编：《西方文论选》，下卷，56 页，上海，上海译文出版社，1979。

　　④ ［英］雪莱：《为诗辩护》，《19 世纪英国诗人论诗》，127 页，北京，人民文学出版社，1984。

　　⑤ 《鲁迅全集》，第 1 卷，332 页，北京，人民文学出版社，1958。

生命，珍惜所拥有的一切。海伦·凯勒被认为是 20 世纪最富感召力的作家之一，美国《时代》周刊把她列为 20 世纪美国十大英雄偶像之一。可见，优秀的文学作品具有强大的精神感染力。中国作家路遥创作的《平凡的世界》在 20 世纪 80 年代出版后，主人公孙氏两兄弟立即被视作千万青年人的楷模，他们自强不息，通过自己的努力去改变贫穷，直面命运的不公平对待，他们的故事鼓舞了无数有着类似境遇的年轻人，使其在平凡的生活里努力奋斗，获得不凡的人生价值。

其次是文学能激励读者改造社会现实，起到鼓舞人心的作用。文学对现实生活具有干预作用。文学是读者的精神武器，读者一旦掌握，它就能悄无声息地转化成一种物质力量。例如，《汤姆叔叔的小屋》就有这种激发人心的力量："从历史的角度看，文学作品就享有促成变革的名誉，比如哈丽特·比彻·斯托的《汤姆叔叔的小屋》，在那个时代就是一本畅销书，它促成了一场反对奴隶制的革命，这场革命又引发了美国的内战。"①在中国的封建社会中，社会矛盾尖锐、阶级斗争激烈，文学往往成为进行思想斗争的重要武器。古典名著《水浒传》真实形象地描绘了人民群众反对封建统治压迫的斗争，这在广大人民群众中引起了强烈的共鸣，大家争相传阅，许多个人和组织都从书中汲取斗争的经验教训，如明末的李自成、张献忠，清末的太平天国、义和团还有民间的许多秘密反清组织等，他们的斗争智慧皆受此启发。

但是，文学教育有时也会产生消极的影响，例如，歌德的《少年维特之烦恼》曾引起巨大的轰动，许多青年人仿效主人公维特的生活，甚至最后也自杀。当文学直接介入现实后，文学的审美性就会大打折扣，公式化、概念化的毛病层出不穷，文学是否具有政治正确性不应成为评判它是否有价值的标尺。文学教育的作用是积极的还是消极的，取决于它对社会历史影响的总体表现。曾在很长一段时间内被视为"淫书"的《金瓶梅》，里面有许多赤裸裸的色情描写，不适宜未成年人阅读，但作者在书的序言中提到了写作此书的目的是警诫世人而非劝说世人过这样的生活，它从反面予人以教育，通过拷问人心道德引起人们的反思，所以美国汉学家浦安迪将它纳入"明代四大奇书"之一，如今国内外学术界对它的研究已是汗牛充栋，早已认可了《金瓶梅》的艺术价值。从这一点上，我们不能因为它某一方面的消极影响而全盘否定其文学价值。

文学教育的特点主要表现在以下几方面。

一是文学不直接对社会现实发生作用，而是间接的、通过人这一特殊中介得以完成。"艺术家是在不知不觉之中影响接受者的思想、感情和行动的。赤裸裸的宣传可能引起接受者的猜疑和警惕。"②梁启超在《论小说与群治之关系》中指出小说具有强烈的艺术感染力："人之读小说者，不知不觉之间，而眼识为之迷漾，而脑筋为之摇扬，而神

---

① ［美］乔纳森·卡勒：《当代学术入门：文学理论》，李平译，42 页，沈阳，辽宁教育出版社，1998。
② ［匈］阿诺德·豪泽尔：《艺术社会学》，居延安译编，57 页，上海，学林出版社，1987。

经为之营注；今日变一二焉，明日变一二焉，刹那刹那，相断相续；久之而此小说之境界，遂入其灵台而据之，成为一特别之原质之种子。"文学对读者思想感情的影响是潜移默化的，逐步影响读者人生观、世界观和审美观的形成，不可急功近利，单纯地为了文学的教育作用而一味试图去道德说教，反而会适得其反。文学通过作用于人心再去影响社会，其教育作用虽然并非立竿见影，但它通过感染人、影响人来实现，是长期熏陶的结果，而非一朝一夕就能完成，需要坚持不懈。

二是文学教育的价值总是有限的，不能片面夸大。经典的文学作品之所以具有恒久的艺术魅力，在于它蕴含着深邃的思想内涵，能够让不同时代的读者都从中受到启发，解读出文学新意。我们经常说的"一千个读者就有一千个哈姆雷特""说不尽的《红楼梦》"，都体现了不朽的文学经典的艺术魅力。但是，从文学教育的价值来看，文学对人的思想观念的影响有着天然的局限性，它只是一种教育手段，并非万能，因为人在社会实践中获取的东西往往更有价值和丰盛。如果一味地夸大文学的教育作用，强调文学的意识形态色彩，就会出现像"文化大革命"时期那样单一的文学形态，这对于文学来说无疑是一种毁灭性的打击，也不能体现文学教育的真正价值。

三是文学教育与作家紧密联系在一起。审美教育作用主要取决于作品意象所蕴含的社会意义和思想倾向，作家对生活越投入、认识越深刻，文学作品的审美教育作用就越大。一个作家思想高尚、情感纯粹、境界开阔，他的作品的教育价值就越有效和突出。车尔尼雪夫斯基说："诗人或艺术家不能不是一般的人，因此对于他所描写的事物，他不能（即使他希望这样做）不作出判断；这种判断在他的作品中表现出来，就是艺术作品的新的作用，凭着这个，艺术成了人的一种道德的活动。"[①]艺术来源于现实生活，作家若自身的思想素养不高，没有对社会人性的深刻体验，很难写出征服人心的作品，对读者的情感熏陶和审美教育也难以起到理想的效果。

总之，文学的审美价值、认识价值和教育价值有机地融合在一起，文学的审美功能总是伴随和制约着认识功能和教育功能。若文学缺乏艺术感染力，它的认识功能和教育功能就会无从施展；而文学的认识功能和教育功能借助文学审美找到最终的归宿，使其不偏离真正的文学属性。但是，这三者的社会作用并不是并驾齐驱的，总会有不同的侧重点。这些价值使得文学在人类社会生活中始终占据着不可取代的位置。作家郭沫若曾充满诗意地赞美过文学的价值："它是唤醒社会的警钟，它是招返迷羊的圣笛，它是澄清河浊的阿胶，它是鼓舞革命的醍醐，它的大用，说不尽，说不尽。"[②]说不尽的文学魅力，虏获了无数热爱生活、追求自由、叩问灵魂的知识追求者们的芳心。

① ［俄］车尔尼雪夫斯基：《生活与美学》，周扬译，102页，北京，人民文学出版社，1957。
② 郭沫若：《郭沫若文集》，卷十，108页，北京，人民文学出版社，1959。

📖 原典选读

一、豪泽尔论艺术家在社会生活中的作用

每一种艺术都旨在唤起观众、听众或读者的感情或行动。为达此目的，艺术作品不仅需要依靠诱人的语言、声音或线条结构，而且需要感情和形式以外的力量，这种力量来自作者的服务对象：某个统治者、君主、社区、阶级、国家、教会、政党等等。

艺术实现自己目的的基本方式有两种：一为明白地表现自己倾向性的宣传，一为隐含着某种思想的感染。若是宣传，那么艺术家总是知道自己的目的的，作品的接受者的态度也不外乎赞成或反对。若是用感染的方法，那么艺术家是在不知不觉之中影响接受者的思想、感情和行动的。赤裸裸的宣传可能引起接受者的猜疑和警惕，而隐含着思想的感染手法，就像让人服用有毒的鸦片剂一样，是在不知不觉中产生作用的。

用作宣传的艺术品常避开狭义上的美学因素，而在感染性的作品中，思想和政治主题则与整个美学结构融为一体。弗吉尔、但丁、卢梭、伏尔泰、狄更斯、陀思妥耶夫斯基等人的作品属于第一种类型，即所谓宣传型；莎士比亚、塞万提斯、歌德、巴尔扎克、福楼拜等人的作品属于第二种类型，即所谓感染型。无论属于哪一种类型的艺术家，其思想倾向性是不可避免的，所不同的仅仅是表现的手法。

马克思主义不仅指出了艺术作品思想倾向的不可避免性，而且特别指出了这样的事实：艺术家的明显的无动于衷也反映了他对现实的理解。艺术的倾向性来自其社会性，它总是为着和向着某人说话，总是站在某个社会立场上反映现实的。

由于艺术创造经常与实际生活联系在一起，由于艺术决不仅仅是为了反映，而总是同时又为了劝说，所以艺术的宣传性是无可非议的。艺术的宣传性比我们一般认为的要早得多，决不能认为十八、十九世纪资产阶级的戏剧是最早的宣传例子。事实上，古希腊的悲剧已经涉及了当时的政治和社会问题，并从那时的统治者的观点来处理这些问题。雅典的戏剧与剧院是城邦最重要的宣传媒介。那时悲剧作家可以享受国家的养老金，城邦对符合统治阶级政策和利益的戏剧付给报酬。那些悲剧，作为"传递讯息的戏剧"，往往直接或间接地触及当时最突出的问题，反映寡头政治与民主政治的冲突。尽管十八世纪资产阶级的戏剧不能算作在舞台上反映社会冲突的最早例子，但是就集中描写阶级斗争而言却是前所未有的。古希腊的悲剧里贵族与民主政治先驱者的斗争，伊里莎白时代戏剧中封建贵族与新的中产阶级的斗争，从来不是用直截了当的语言来反映的；而这时，戏里已经用明白的语言宣称：诚实的自由民决不能同寄生虫统治的社会和平共处了。

作为表现思想的艺术仍不失宣传的性质，尽管不是进行直接的宣传。社会中可以获得和享受艺术的那部分人通过赞助和施舍，影响艺术家的地位，艺术家就会自觉或不自

觉地反映这个社会特权阶层的思想、反映它的社会价值标准和审美标准，并在为实现它的目标、支持可以维持它统治的制度的过程中，成了它的喉舌。

艺术作品宣传手段的价值早为人知。不管艺术家的意图是好的还是坏的，艺术作品总有着自己的实际目标。围绕着作品要实现的实际目标，介入了艺术家的主观判断，这个判断的过程就是思想反映现实的过程。思想能否真实地反映现实，这是哲学家长期争论不休的问题。马克思主义关于"虚假意识"的概念与心理分析学的所谓对真理的歪曲和"理性化"概念有类似之处，宣传与对事实的反映和解释最明显的不同在于，前者是一种对真理有意识、有目的的控制。而作为对现实反映的思想则至多是自我欺骗，而永远不可能构成谎言或人的欺骗行为。

如果说马克思和恩格斯在论及思想时仍然说到欺骗，即所谓"虚假意识"，那么他们说的是某一特定社会阶级观察现实所得出的虚假图画。当思想的概念剔除了所有谎言的痕迹的时候，说谎者并不是虚假地在"思想"，而是正常地在"思想"——他仅仅是要欺骗别人而已。

不管思想动机是怎样构成的，在阶级社会中，不可能存在没有偏见的意识。有时必须对真理作一些扭曲，因为和盘托出事实真相可能会造成危险或有害的结果，但正如个人不必对一切都予以理性化，社会团体某些对社会无害的动机也不必在思想上套上伪装。对现实的反映和解释在许多情况下可以是"客观的"，因为它们与特定团体的利益既不一致又不矛盾。正是在这个意义上，数学和科学理论可以是客观的，可以符合抽象真理的标准。但此类理论的领域是相当狭窄的，而对它们所要解决的实际问题的确定仍要受到历史和社会的制约。

如果某一意识结构对某社会团体是有用的，那么就会成为这个团体的思想，假若这种意识结构对另一团体结构成了威胁，那么就会遭到反对。思想并非全部来自某一团体的经济基础和实际利益——尽管互相都有联系——因此，思想的概念并非完全可以融合在历史唯物主义之中的。科学理论和艺术创造并不单单是思想结构；它们可能含有思想、与思想有关，或建立在思想之中的，但它们还包含着物质利益以外的东西。

思想的片面性和倾向性是与阶级和地位联系在一起的，人们无法完全地消除错误的根源，就像我们无法脱离已扎了根的土壤一样。我们必须知道的是我们的根扎得有多深。即使我们发现了错误，也无法完全地改正它，因为改正本身仍然不能超脱受地位制约的思想的限度。思想不是僵死的公式，而是一种流动的、富有伸缩性的形式，它可以适合各种条件。思想的产生是经济和社会在自身解放过程中矛盾斗争的结果。思想的有限自由和客观性说明它是无法逃避社会责任的。

思想不仅可能是一种错误、伪装或欺骗，同时也可能是一种挑战、愿望和意志，是对过去的判断、对现在的反映和对将来的期待。

（[匈]阿诺德·豪泽尔：《艺术社会学》，居延安译编，上海，学林出版社，1987）

二、黄霖论文学的政教功用

政教功用论的生成具有多方面原因，详细对其进行论述是十分困难的，因为这一问题极其复杂，涉及古代社会的许多方面的问题。从宏观方面看，主要与统治者的政治需要、儒家的思想统治、古代文人的价值观念和人格理想以及文学本身的性质与功能等因素相关。下面即从这些方面略作分析。

第一，统治者的政治需要。政教功用论的产生与发展，与历代统治者的政治需要密切相关。政教功用论具有强烈而明确的政治功利性和目的性，这种文学主张体现了统治者对文学的基本要求，它对维护统治者的统治地位具有重要作用。在各个朝代，政教功用论都与统治者的利益相一致，与统治者的政治需要相适应。如《尚书·尧典》所载帝舜要夔以诗乐教胄子，目的是为统治者培养合格人才。孔子要求学诗"事君"，政治目的十分明确。《毛诗序》系统地论述了诗歌的政教功用，要求通过诗歌而使家庭关系稳固、人伦关系淳厚、社会风俗正常，这完全体现了统治者的意志和愿望。"润色鸿业"的汉代大赋之所以受到统治者的格外赏爱，因为它迎合了统治者好大喜功的政治口味，加强了统治者治理国家的政治信心。刘勰《文心雕龙》中道—圣—文的逻辑结构体现着文为道服务的思想。宗经、征圣的文学态度体现着文学应以儒家经典为指导、以儒家圣人著述为规范的正统观念，用这种正统文学观念要求文学，其作品必然合乎统治者的政治需要。并且，刘勰又要求文学"必在纬军国"，直接为统治者的政治需要服务。唐初魏征、李百药等人反对骈体华丽的无实之文，也正是因为这些文章与国家政权无所裨益，他们是出于统治者政治需要的考虑而起来反对形式主义文风的。中唐时期，社会政治危机严重，白居易倡导诗歌要为现实政治服务，虽然其实际效果是揭露了社会黑暗，反映了人民疾苦，但白居易的动机和出发点，都是为了巩固统治者的地位。韩愈倡导古文，恢复古道，也是要文学服务于统治者的政治稳定。王安石要求文学以实用为本，目的是为变法服务，也体现出了文学应服务于统治者政治需要的思想。明清时期的戏曲家提出戏曲要关"风化"，关"伦理"，是为了配合统治者更好地进行政治统治。小说家主张"劝善惩恶"，这种小说有利于社会的净化和稳定，也同样符合统治者的需要。由此可见，政教功用论与统治者的政治需要相一致，后者为政教功用论提供了强大的政治保障，使它能得以顺利发展。

第二，儒家仁学的实用性、功利性以及作为统治思想的作用。政教功用论代表了儒家学派对文学功用的看法。儒家仁学具有重实用、重功利的特点，儒家要求作家应关注人生，关心社会，以积极的人生态度参与现实政治，反对出世无为、冷漠社会。儒家这种入世有为的人生态度，要求文学应对社会人生发生积极影响，应为现实政治服务，而反对空洞无实的形式主义或冷漠社会人生的自我表现。因而，政教功用论与儒家的这种人生态度、政治态度完全一致。或者说，政教功用论实际是儒家重实用、重功利的思想在文学上的体现。儒家学说自董仲舒提倡"罢黜百家，独尊儒术"以来，便上升为中国古代社会的统治思想。儒家思想的统治地位为政教功用论的发展提供了有利的思想条件，使之能在漫长的封建社会中得以流行发展。在各朝各代的文学创作和文学思想中，为统治者现实服务的文学和文学观点总是能得到统治者的认可。政教功用论是在儒学思想的直接浇溉下生成和发展起来的。

第三，古代文人的仕宦意识及人生理想。儒学思想的统治地位也主导和支配着古代文人的思想意识和人生理想，具体表现在文人身上，就是仕宦意识的浓重和人生理想以济世立功为上。对古代文人来说，建功立业、入世有为人生理想的实现，似乎与仕途有着不可分割的关系。因而，仕宦意识几乎是古代文人的共同思想意识。他们对于社会政治抱有积极的参与态度，对于出仕做官有着特别热切的向往。中国古代的许多文学家往往就是政治家，像屈原、曹操、曹丕、谢灵运、萧统、萧纲、陈子昂、元稹、白居易、韩愈、范仲淹、欧阳修、王安石等，他们都有着很高的政治地位，在当时的朝廷中担当着重要官职，有的甚至是帝王、宰相、重臣。这些作家都肩负着重大的社会政治责任，这种社会政治责任和他们担当的政治角色以及他们所处的地位等使他们必然把文学与政治功用联系起来，使文学成为完成他们的社会政治责任的有力工具。有些著名作家虽社会政治地位不高，但也都有着积极从政的热情和沉浮仕途的经历，像司马迁、曹植、陶渊明、谢朓、鲍照、庾信、初唐四杰、王维、李白、杜甫、柳宗元、苏东坡、陆游、辛弃疾以及明清时期的小说家、戏曲家们，大都如此。其中不少作家都是在宦海失利后，才隐居山林田园的，像陶渊明、王维等，或者退出官场后而借助作品发泄牢骚不满以及对黑暗现实进行批判，像鲍照、李白等。身居高位而远离政教进行创作的作家也有，像齐梁初唐的宫体作家、宋初的西昆诗人及明初的台阁作家等，但他们的作品在文学史上是站不住脚的，总是遭到人们的批评，况且这些人只是极少数。在古代，真正对仕途毫无兴趣，或终生不仕的作家，寥寥无几。大多数作家都有着科举仕途的经历，尽管有的作家科举入仕很晚，且入仕后地位卑微，像贾岛、柳永那样，或始终未能由科举而入仕，像蒲松龄那样，但他们心灵深层的仕宦激情是十分炽烈的。而一些在仕途失败最终弃官归田的作家，像陶渊明那样，仍心怀不忘现实政治。古代作家的仕宦意识使他们的文学创作对政教功用表现出极大的热情和关注。

第四，"立德"、"立功"价值观的影响。《左传·襄公二十四年》所载"大上有立德，其次有立功，其次有立言"的价值观念，对后世文人的人生观具有重要影响。这种价值观的排列顺序已清楚地表明，"立言"虽也是人生不朽的重要方面，但同"立德"、"立功"相比，只能是次要的。"立德"是对道德人格价值的追求，"立功"是要求人们积极参与社会政治并努力实现社会政治责任，"立言"是文化使命或文学创造。在中国古人看来，道德人格价值的追求高于一切。因为，在以血缘关系为基础的宗法制社会中，只有道德人格高尚的人，才能在社会上站得住脚，才有立身行事于世的资本。若道德人格不高，很难在中国古代社会中立身行事。"立功"是人生辉煌之事，能带来实际的功利效果，是人生能力和价值的体现。但是，并非所有的人都能于"德"于"功"有所成就。"立德"是常人之事，"立功"又以为当局所接受、为当局所使用为前提条件，若当局不接受，则无法"立功"。当"立功"无门时，而不得不去"立言"，像曹植、陆游那样。"立言"虽为个人之事，亦有极高的价值。"立德"要求人格道德价值的实现，"立功"要求功利价值的实现，二者是"立言"的基础，即是说，"立言"应能体现出道德人格价值和政治功利价值。而文学创作是"立言"的一部分，因而，"立德"、"立功"的道德人格价值和政治功利价值也必然要求文学作品不能是脱离道德精神和政治功利的，而必须与道德精神、政治功利联系起来，也就是说，"立言"应能体现出"立德"、"立功"的价值要求。实际上，受"立德"、"立功"意识制约的中国古代文人，在"立德"、"立言"方面难以有所作为而不得不去从事文学创作时，不可避免地要受到道德精神价值和政治功利价值的影响。陆游是突出的例证。陆游年轻时的理想不是作诗，而是"立功"救国，其《观大散关图有感》即云："上马击狂胡，下马草军书"。但他"立功"无望，只好去当诗人，"书生本欲辈莘谓，蹭蹬乃去作诗人"。"立功"意识并未因"立功"理想破灭而消失，相反，在诗歌创作中却得到了充分的反映。他的诗歌作品是他"立功"理想的真正体现。古代文学家很少有人脱离道德价值和政治功利价值而进行文学创作的，"立言"受"立德"、"立功"意识的制约，"立德"、"立功"的价值观念给文学政教功用论以重要影响。

第五，文学本身的工具性质。从一定意义上说，文学是一种工具。言志之诗，载道之文，劝善惩恶之小说，关乎风化伦理之戏曲，在社会上发挥着一定的功效，这种功效本身说明文学具有工具的性质。古代文人也正是利用文学的这种工具性质，而使文学为政教功用服务的。春秋战国时期各诸侯国大夫使臣以诗表达政治态度，就是把诗当作交际工具来使用的。孔子把诗当作"事父"、"事君"的工具。汉代大赋的作用之一，也是被汉武帝当作娱乐消遣的工具。白居易、韩愈、王安石、高明、施耐庵、吴敬梓等人在一定程度上都是以文学为工具、为一定的功利目的而创作的。文学的这种工具性质，使它为政教功用服务成为可能。反过来说，政教功用论的形成离不开文学的这种工具性质。

（黄霖等：《原人论》，上海，复旦大学出版社，2000）

三、梁启超论小说与群治的关系

读《野叟曝言》者，必自拟文素臣；读《石头记》者，必自拟贾宝玉；读《花月痕》者，必自拟韩荷生若韦痴珠；读梁山泊者，必自拟黑旋风若花和尚；虽读者自辩其无是心焉，吾不信也。夫既化其身以入书中矣，则当其读此书时，此身已非我有，截然去此界以入于彼界，所谓华严楼阁，帝网重重，一毛孔中万亿莲花，一弹指顷百千浩劫，文字移人，至此而极！然则吾书中主人翁而华盛顿，则读者将化身为华盛顿；主人翁而拿破仑，则读者将化身为拿破仑；主人翁而释迦、孔子，则读者将化身为释迦、孔子，有断然也。度世之不二法门，岂有过此？此四力者，可以卢牟一世，亭毒群伦，教主之所以能立教门，政治家所以能组织政党，莫不赖是。文家能得其一，则为文豪；能兼其四，则为文圣。有此四力而用之于善，则可以福亿兆人；有此四力而用之于恶，则可以毒万千载。而此四力所最易寄者惟小说。可爱哉小说！可畏哉小说！

小说之为体，其易入人也既如彼，其为用之易感人也又如此，故人类之普通性，嗜他文不如其嗜小说，此殆心理学自然之作用，非人力之所得而易也。此又天下万国凡有血气者莫不皆然，非直吾赤县神州之民也。夫既已嗜之矣，且遍嗜之矣，则小说之在一群也，既已如空气、如菽粟，欲避不得避，欲屏不得屏，而日日相与呼吸之餐嚼之矣。于此其空气而苟含有秽质也，其菽粟而苟含有毒性也，则其人之食息于此间者，必憔悴，必萎病，必惨死，必堕落，此不待蓍龟而决也。于此而不洁净其空气，不别择其菽粟，则虽日饵以参苓，日施以刀圭，而此群中人之老、病、死、苦，终不可得救。知此义，则吾中国群治腐败之总根原，可以识矣。吾中国人状元宰相之思想何自来乎？小说也；吾中国人佳人才子之思想何自来乎？小说也；吾中国人江湖盗贼之思想何自来乎？小说也；吾中国人妖巫狐鬼之思想何自来乎？小说也。

若是者，岂尝有人焉，提其耳而诲之，传诸钵而授之也？而下自屠酤贩卒、妪娃童稚，上至大人先生、高才硕学，凡此诸思想必居一于是，莫或使之，若或使之，盖百数十种小说之力直接间接以毒人，如此其甚也。（即有不好读小说者，而此等小说，既已渐溃社会，成为风气，其未出胎也，固已承此遗传焉；其既入世也，又复受此感染焉，虽有贤智，亦不以自拔，故谓之间接。）今我国民，惑堪舆，惑相命，惑卜筮，惑祈禳，因风水而阻止铁路，阻止开矿，争坟墓而阖族械斗，杀人如草，因迎神赛会而岁耗百万金钱、废时失事、消耗国力者，曰惟小说之故。今我国民慕科第若膻，趋爵禄若鹜，奴颜婢膝，寡廉鲜耻，惟思以十年萤雪，暮夜苞苴，易其归骄妻妾、武断乡曲一日之快，遂至名节大防扫地以尽者，曰惟小说之故。今我国民轻弃信义，权谋诡诈，云翻雨覆，苛刻凉薄，驯至尽人皆机心，举国皆荆棘者，曰惟小说之故。今我国民轻薄无行，沉溺声色，绻恋床笫，缠绵歌泣于春花秋月，销磨其少壮活泼之气；青年子弟，自十五岁至三十岁，惟以多情多感、多愁多病为一大事业，儿女情多，风云气少，甚者为伤风败俗之行，毒遍社会，曰惟小说之故。今我国民绿林豪杰遍地皆是，日日有桃园之拜，处处为梁山之盟，所谓"大碗酒，大块肉，分秤称金银，论套穿衣服"等思想，充塞于下等社会之脑中，遂成为哥老、大刀等会，卒至有如义和拳者起，沦陷京国，启召外戎，曰惟小说之故。呜呼！小说之陷溺人群，乃至如是！乃至如是！大圣鸿哲数万言谆诲之而不足者，华士坊贾一二书败坏之而有余！斯事既愈为大雅君子所不屑道，则愈不得不专归于华士坊贾之手。而其性质，其位置，又如空气然，如菽粟然，为一社会中不可得避、不可得屏之物，于是华士坊贾，遂至握一国之主权而操纵之矣。呜呼！使长此而终古也，则吾国前途，尚可问耶？尚可问耶？故今日欲改良群治，必自小说界革命始！欲新民，必自新小说始！

（梁启超：《论小说与群治之关系》，鄢晓霞选编：《梁启超散文》，

上海，上海科学技术文献出版社，2013）

第三章　文学作品论

本章分为四个小节，分别论述文学作品的起源、文本结构、语言及风格。研究文学作品的起源问题，有益于认识文学的本质，因为这一过程将帮助我们厘清文学与社会历史发展、意识形态构建的关系；研究文学作品的文本结构，确认文本存在方式的多层次与立体性，可以帮助我们在文学批评上拓宽维度；研究文学作品的语言问题，不仅仅因为文学语言作为一种符号系统与其他符号系统存在着重要的差异，还因为它作为表达情感的符号与作者关系密切，能帮助我们更贴近文本创作者的内心，同时，这对更透彻地理解文学语言与文本意义的关系也至关重要；研究文学作品的风格特征问题，是因为其不仅能直接反映作者的个性，更有助于我们从侧面了解这一文学作品创作时期的社会背景、文化氛围、自然环境等客观因素，从而可以更全面地思考这个时期文学作品风格体系的成因。

第一节　文学作品的起源

文学作品的起源也就是文学发生学的问题，对于认识文学的本源，是一个十分重要的问题。从古至今，无论中西，关于这个问题的讨论一直十分激烈。从现今影响力减弱的宗教说、神示说到如今依然支持者众的劳动说、游戏说，等等，不一而足。这些学说各成一派，至今尚无一是之论。当然各学说也有重合难以区分之处，如巫术说与宗教说就难以彻底区分。

本节选取有代表性的几种学说进行介绍，并将其置放于社会历史起源和精神起源两个大的框架内一一申述。

一、文学作品的社会历史起源论

在文学作品起源论中，以下几种学说都倾向于认为文学的发生与社会历史发展的关系至为密切。

（一）巫术说

巫术说的代表人物有英国民族、民俗学家爱德华·泰勒，英国人类学家弗雷泽与中国学者刘师培。

泰勒对巫术说最大的贡献在于他提出的"万物有灵观"。尽管在他的阐释中，"巫术"与"宗教"的边界有时还是难以厘清，但他确实已经认识到在"宗教"形成之前，原始人类另有一套"哲学"，并以此来认识自然，更试图借此来控制自然，这就是"巫术"。泰勒指出，虽然在文明人看来，巫术仅仅是一种建立在联想之上的难免愚钝的能力，但它作为原始社会的通用"哲学"，必然影响到人类活动的方方面面。文学的发生自然是属于人类活动的，因此巫术对文学发生的影响也就是显而易见的了。

弗雷泽进入人类学研究是受到了泰勒的影响，但对于巫术，他显然有自己的理解。在弗雷泽的研究中，巫术是和巫师（或者说掌权者）绑定在一起的，通过他的阐释，巫术成了一种能凝聚权力的有力武器，在权力集中的过程中，某些阶层不必再为生存而挣扎，产生了对知识的追求，其中就包括文学。可见，巫术作为一种推动力量促进了文学的发生。

刘师培的《文学出于巫祝之官说》，题目就表明了观点。他以《说文解字》《周易》中对"祠""祝""巫"的解释都与"文词"相关为支撑，得出了"盖古代文词，恒施祈祀，故巫祝之职，文词特工"的结论，又结合《周礼》中记载的祝官职掌、联系祠祀的功用，最终证明"韵语之文，虽匪一体，综其大要，恒由祀礼而生"。

（二）劳动说

劳动说的主要代表人物包括俄国马克思主义者普列汉诺夫、中国作家鲁迅等。

劳动对人类具有不容忽视的意义，这一点毋庸置疑。恩格斯在《劳动在从猿到人转变过程中的作用》中感叹道："它是整个人类生活的第一个基本条件，而且达到这样的程度，以致我们在某种意义上不得不说：劳动创造了人本身。"[1]对于这个创造的过程，依托于达尔文的进化观点，恩格斯将之描述得活灵活现：因为手脚功用在活动上的区分，某种类人猿在平地行走时逐渐不再用手帮忙，手从行走中解放出来并被运用到从事其他活动中，这种猿类用直立姿势行走的习惯慢慢形成，由此就迈出了"从猿转变到人的具有决定意义的一步"。为什么说这一步是有决定意义的？因为"手变得自由了，能够不断地获得新的技巧，而这样获得的较大的灵活性便遗传下来，一代一代地增加着"，这种转变最终使这种猿类区别于其他猿类，进化成了人类，而在这个过程中，"手不仅是劳动的器官，它还是劳动的产物"。

---

① ［德］恩格斯：《劳动在从猿到人转变过程中的作用》，1 页，北京，人民出版社，1971。

普列汉诺夫显然是认可劳动对于人类社会历史的重大作用的，在其著作中，他从旁人的书本中搜集了大量人类学的相关材料，并用这些材料支撑自己的观点，即"劳动先于游戏""劳动先于艺术"。他将这种"先于"归结于人们目的的功利性，人们行为的初始就是带有功利性的，而这种功利性显然背离"游戏"与"审美"的本质，是属于"维持单个人和整个社会的生活所必需的活动"，即属于劳动的，所以，劳动先于游戏与艺术。

与普列汉诺夫的大量参考材料相较，鲁迅的论证观点要简单朴素得多。在《门外文谈》中，他提出了一种假想：原始人在劳动活动中同样需要口号来激励大家更好地投入劳动，于是一人灵光乍现的呼喊声"杭育杭育"就可能成为这支原始人最初始的"创作"。如果没有劳动，自然也就没有对这种更为复杂的交流方式的需求，所以可以说，是劳动促成了这种"创作"。同样是在《门外文谈》中，他继续论证道："原始社会里，大约先前只有巫，待到渐次进化，事情繁复了，有些事情，如祭祀，狩猎，战争……之类，渐有记住的必要，巫就只好在他那本职之'降神'之外，一面也想法子来记事，这就是'史'的开头。况且'升中于天'，他在本职上，也得将记载酋长和他的治下的大事的册子，烧给上帝看，因此一样的要做文章——虽然这大约是后起的事。"①这个观点与先前介绍过的"巫术说"很有些不谋而合。不过，到底是巫先记事还是"杭育杭育"先发声，文中并没有一个准确的答案。

劳动和人类活动的关系自然是密不可分的，在人类社会发展中劳动也确实留下了大量印记，但劳动并不是人类活动的全部，人类活动的初始目的也不全都出于功利性，故劳动说于此失于片面。

(三)模仿说

模仿说的代表人物有古希腊哲学家亚里士多德。

模仿说认为艺术发轫于人对自然的模仿，这种观点很早就被提出，且中西方都有这种观点。《吕氏春秋·古乐》载："帝颛顼生自若水，实处空桑，乃登为帝。惟天之合，正风乃行，其音若熙熙凄凄锵锵。帝颛顼好其音，乃令飞龙作效八风之音，命之曰承云，以祭上帝。"颛顼用以祭祀上古帝君的乐曲"承云"，就是模仿而作。

亚里士多德认为正是模仿使人区别于动物，所以模仿是人的属性。他通过对模仿对象的划分，指出了模仿的三种创作方式：模仿既已发生之事的，是历史；模仿事物想象中样子的，是神话与传说；模仿事物原本应有样子的，才是亚里士多德推崇的、可以以艺术掌握现实的方式。既然模仿不是描述已经发生的事情，那么在亚里士多德看来，创作者就必须具备想象力，艺术并不是单纯地模仿客观可见的现象，艺术要模仿的，是事物的本质。所以在《诗学》中，亚里士多德说道："诗人的职责不在于描述已经发生的事，

---

① 鲁迅：《门外文谈》，7页，北京，人民出版社，1974。

而在于描述可能发生的事，即根据可然或必然的原则可能发生的事。历史学家和诗人的区别不在于是否用格律文写作（希罗多德的作品可以被改写成格律文，但仍然是一种历史，用不用格律不会改变这一点），而在于前者记述已经发生的事，后者描述可能发生的事。所以，诗是一种比历史更富哲学性、更严肃的艺术，因为诗倾向于表现带普遍性的事，而历史却倾向于记载具体事件。"①

亚里士多德的模仿说涉及文学的本质，但更强调文学的发生根源于一个自然历史的过程，尤其要契合于历史必然律，因此属于社会历史发生学的范畴。

二、文学作品的精神起源论

在文学作品的起源论中，以下几种学说都倾向于认为文学的发生与人的精神世界关系密切。

（一）游戏说

游戏说的代表人物有德国哲学家康德，德国作家、哲学家席勒及中国学者王国维。

席勒在《审美教育书简》中写道，生命是感性冲动的对象，形象是形式冲动的对象，但一个人既有生命又有形象，还不能成为"活的形象"，因为在两种冲动之间还要有一个必不可少的集合体，将这两种冲动统一起来，才是活的形象，即最广义的美。席勒认为，这个活的形象是游戏冲动的对象，所以"只有当人是完全意义上的人，他才游戏；只有当人游戏时，他才完全是人"，因为只有"游戏"时，人的双重天性才能同时发挥。可见，在席勒的《审美教育书简》中，"游戏"的概念也已完全不同于生活中的游戏，在这里，"游戏"已经成为席勒谋求"人性完整"的一种方式。在此，艺术创作直接与生命状态相统一，也被赋予了活的生命。

王国维的游戏说更多旨在从功利主义中脱身而出，寻求一种超功利的文艺思想，他认为文学的功用远远不止为己求私，更在于为天下苍生代言。他在《人间嗜好之研究》中写道："若夫最高尚之嗜好，如文学、美术，亦不外势力之欲之发表。希尔列尔既谓儿童之游戏存于用剩余之势力矣，文学美术亦不过成人之精神的游戏。故其渊源之存于剩余之势力，无可疑也。且吾人内界之思想感情，平时不能语诸人或不能以庄语表之者，于文学中以无人与我一定之关系故，故得倾倒而出之。易言以明之，吾人之势力所不能于实际表出者，得以游戏表出之是也。若夫真正之大诗人，则又以人类之感情为其一己之感情。彼其势力充实，不可以已，遂不以发表自己之感情为满足，更进而欲发表人类全体之感情。彼之著作，实为人类全体之喉舌，而读者于此得闻其悲欢啼笑之声，遂觉自己之

---

① ［古希腊］亚里士多德：《诗学》，陈中梅译注，81 页，北京，商务印书馆，1996。

势力亦为之发扬而不能自已。"①这种观念将文学的非功利性推到了一个全新的境界，并借此找到了艺术创作的一个不容忽视的原动力。

游戏说宣扬的"自由"与"非功利性"得到了很多人的支持，不过也有人指出，游戏说过于人为地将劳动与艺术对立，是脱离实际的，而它对功利性的极力否定，也显示了其片面性。

(二)表现说

表现说的代表人物有意大利哲学家克罗齐。

克罗齐的表现说与其坚持的主观唯心主义哲学思想密不可分。在他看来，讨论"起源"问题就是讨论一个真正的哲学问题，但这个问题在实践活动中是很难解决的。在他的理论中，"直觉"是最为核心的概念。克罗齐认为，诗人、雕刻家、画家、散文家之所以有其本领，是因为他们具有的能力虽然是人性中平常的，但他们的"直觉"在其所擅长的领域达到了一个极高的程度。在《美学原理》中，克罗齐指出，人没有物质也就没有知识与活动，但没有心灵的物质不能产生人性而只能产生兽性，所以人性受到心灵的统辖，心灵又只有借造作、赋形、表现才能直觉，故而真直觉同时也是表现。但克罗齐认为，艺术源出心灵却又止于心灵，因为纯粹的直觉只能以心传心，不必借助任何外在手段，这就否定了艺术创作的实践问题。这种观念因此颇受争议，不过作为一种特殊的艺术本源论，可聊备一说。

(三)精神分析说

精神分析说的代表人物有奥地利心理学家弗洛伊德与瑞士心理学家荣格。

精神分析说是诸多文学起源论中较为特殊与有趣的一种学说，因为精神分析原本是属于心理学范畴的研究方法。

弗洛伊德认为，当作家遭遇到一个可以唤起其对早年经历记忆的强烈经验时，他会以在作品中满足愿望的形式来补偿旧时记忆中未得到满足的愿望。人有未得到满足的愿望就会生出幻想，幻想推动着创作，所以他认为幻想是创作的出发点。弗洛伊德还认为，推动艺术家进行创作的幻想与性密不可分，性是不能被坦然地公之于众的，所以它被压抑进了潜意识，但它在潜意识里不会消失，只会积累起来，作家通过创作将这股潜意识中的性欲宣泄出来，作品就是其性本能升华后的产物。弗洛伊德甚至在对作者与文本进行解读阐释时，将之与癫痫症、神经症进行对照，他认为正是因为幻想推动着创作宣泄了情欲，才使得创作者避免成为精神病患者。

荣格虽然也用精神分析来探究文学的起源，但他并没有继承弗洛伊德的主要观点，

---

① 王国维：《人间嗜好之研究》，《王国维文集》，第三卷，29～30页，北京，中国文史出版社，1997。

他并不认可弗洛伊德所说的创作是因为要将个体无意识中的性欲宣泄出来而产生的这一观点。荣格提出了自己的新观点，即人类集体在社会历史中伴随着一种心理遗传，在这种心理遗传中，可以发现人类的"集体无意识"。这种"集体无意识"要保障人类意识的平衡，文学创作就是其手段，所以它也就成为文学的发展动因。

无论是弗洛伊德的个人无意识还是荣格的集体无意识，虽然都对创作者的精神世界进行了分析与阐释，但他们都不约而同地忽视了创作者在创作时的主观能动性，在探究文学起源的研究上流于空洞。

(四)神示说

神示说的代表人物有古希腊哲学家柏拉图。这是强调艺术作品客观精神起源说的一种代表性观点。

柏拉图认为，万物之后有着宇宙世界的本质，他将之称作"理式"，理式是永恒的。柏拉图在《国家篇》中对画床的画家是这样描述的："他是那些由其他人制造出来的东西的模仿者"，是"和那本质隔着两层的作品的制造者"，即画家的画作和理式隔着两层。他认为床有三种，这三种床分别有其制造者：神制造了床，这是本质的，即理式的；木匠仿制床，做了另一个床，是对理式的模仿；画家对木匠仿制的床进行绘画，制造了床的影子，已经是对模仿的模仿了，所以画家的绘画与本质已经隔了两层。据此，柏拉图认为其他所有模仿的艺术都与真理隔了两层。

在这里，柏拉图对于模仿是非常不屑的，他直言"模仿术远离真相"。在《伊安篇》中，柏拉图借苏格拉底之口明确表达了他的文学起源论，他认为诗人能够作诗或者预言，根本与诗人本身无关，而在于神选择了诗人并附身于其之上，所以他说"只有神灵附体，诗人才能作诗或发预言"。由于柏拉图将模仿的艺术看作对事物外貌的抄袭，完全忽略了创作者的主观能量，故我们将柏拉图的文学起源论与亚里士多德的模仿说区别开来，归入神示说的观点中。这种对创作者主观能动性给予粗暴否定的文学起源论显然已不足为信，不过，作为特定历史时期下的文学起源论，柏拉图的"三种床"理论也对后世产生了深远的影响。

三、文学作品起源论所思

纵观现有的文学作品起源论，不难发现，无论是文学作品的社会历史起源论还是文学作品的精神起源论，都在一定程度上有所偏颇，并不能完全解决文学起源的问题。这是因为文学的起源必定是既与社会历史相关，又不能脱离人类的精神世界，所以，在现时的文学起源探究中，一定要观照到这两个层面，才有可能真正接近文学起源问题的答案。

🔖 原典选读

一、爱德华·泰勒论万物有灵观

　　万物有灵观构成了处在人类最低阶段的部族的特点，它从此不断地上升，在传播过程中发生深刻的变化，但自始至终保持一种完整的连续性，进入了高度的现代文化之中。……事实上，万物有灵观既构成了蒙昧人的哲学基础，同样也构成了文明民族的哲学基础。虽然乍一看它好像是宗教的最低限度的枯燥无味的定义，我们在实际上发现它是十分丰富的，因为凡是有根的地方，通常都有支脉产生。

　　我们常常发现，万物有灵观的理论分解为两个主要的信条，它们构成一个完整学说的各部分。其中的第一条，包括着各个生物的灵魂，这灵魂在肉体死亡或消失之后能够继续存在。另一条则包括着各个精灵本身，上升到威力强大的诸神行列。神灵被认为影响或控制着物质世界的现象和人的今生和来世的生活，并且认为神灵和人是相通的，人的一举一动都可以引起神灵高兴或不悦；于是对它们存在的信仰就或早或晚自然地甚至可以说必不可免地导致对它们的实际崇拜或希望得到它们的怜悯。这样一来，充分发展起来的万物有灵观就包括了信奉灵魂和未来的生活，信奉主管神和附属神，这些信奉在实践中转为某种实际的崇拜。

　　……地球上的万物有灵观迄今为止所组成的——它确凿无疑地组成的一种古代的和遍及世界的哲学，这种哲学在理论上表现为信仰的形式，在实践上则表现为崇拜的形式。

　　（［英］爱德华·泰勒：《原始文化》，连树声译，上海，上海文艺出版社，1992）

二、弗雷泽论巫术

　　因此，就巫术成为公共职务而影响了原始社会的素质而言，它趋向于将管理权集中在最能干的人手中。它将权力从多数人手中转到一个人手中；它将一个民主制度更迭为一个君权制度，或者说更迭为一个元老寡头统治。……这种改变，无论是由于何种原因产生的，也无论早期统治者的性格如何，从整体上讲都是十分有益的。……一个部落只要不再被那个胆小的、意见不一的长老议会所左右而是服从于一个单一坚强果断的人的引导，它就变得比邻近部落强大，并进入一个扩张时期。这在人类历史的早期阶段，就十分有利于社会生产和智力的进步。由于其权势的扩展(一部分是依靠武力，一部分是由于较弱小部落的自愿投降)，这个氏族社会便很快获得了财富和奴隶。这两者将一些阶级从赤贫如洗的无望的挣扎中解救出来，给他们一个机会去无私地追求知识。而知识正是改善人的命运的最卓越最有力的工具。

……

因此，就巫术公务职能曾是最能干的人们走向最高权力的道路之一来说，为把人类从传统的束缚下解放出来，并使人类具有较为开阔的世界观，从而进入较为广阔自由的生活，巫术确实做出了贡献。

（［英］詹·乔·弗雷泽：《金枝》，徐育新、汪培基、张泽石译，

北京，中国民间文艺出版社，1987）

三、普列汉诺夫论劳动和游戏

解决劳动和游戏——或者也可以说，游戏和劳动——的关系问题，在阐明艺术的起源上是极为重要的。

……成年人在自己的活动中追求什么样的目的呢？在绝大多数场合下他们是追求功利目的的。这就是说，在人们那里，追求功利目的的活动，换句话说，维持单个人和整个社会的生活所必需的活动，先于游戏，而且决定着游戏的内容。

……游戏是劳动的产儿，劳动在时间上必然是先于游戏的。

……如果我是对的，——而我深信这一点，——那么我在这里就有充分的根据说：追求功利目的的活动先于游戏，游戏是它的产儿。

……原始狩猎者的艺术活动的性质十分明确地证明了，有用物品的生产和一般的经济活动，在他们那里是先于艺术的产生，并且给艺术打下了最鲜明的印记。

……劳动先于艺术，总之，人最初是从功利观点来观察事物和现象，只是后来才站到审美的观点上来看待它们……

（［俄］普列汉诺夫：《论艺术（没有地址的信）》，曹葆华译，

北京，生活·读书·新知三联书店，1964）

四、鲁迅论文学作品的起源

我想，人类是在未有文字之前，就有了创作的，可惜没有人记下，也没有法子记下。我们的祖先的原始人，原是连话也不会说的，为了共同劳作，必需发表意见，才渐渐的练出复杂的声音来，假如那时大家抬木头，都觉得吃力了，却想不到发表，其中有一个叫道"杭育杭育"，那么，这就是创作；大家也要佩服，应用的，这就等于出版；倘若用什么记号留存了下来，这就是文学；他当然就是作家，也是文学家，是"杭育杭育派"。

（鲁迅：《门外文谈》，北京，人民出版社，1974）

五、亚里士多德论摹仿

作为一个整体，诗艺的产生似乎有两个原因，都与人的天性有关。首先，从孩提时候起人就有摹仿的本能。人和动物的一个区别就在于人最善摹仿，并通过摹仿获得了最初的知识。其次，每个人都能从摹仿的成果中得到快感。可资证明的是，尽管我们在生活中讨厌看到某些实物，比如最讨人嫌的动物形体和尸体，但当我们观看此类物体的极其逼真的艺术再现时，却会产生一种快感。这是因为求知不仅于哲学家，而且对一般人来说都是一件最快乐的事，尽管后者领略此类感觉的能力差一些。因此，人们乐于观看艺术形象，因为通过对作品的观察，他们可以学到东西，并可就每个具体形象进行推论，比如认出作品中的某个人物是某某人。倘若观赏者从未见过作品的原型，他就不会从作为摹仿品的形象中获取快感——在此种情况下，能够引发快感的便是作品的技术处理、色彩或诸如此类的原因。

由于摹仿及音调感和节奏感的产生是出于我们的天性（格律文显然是节奏的部分），所以，在诗的草创时期，那些在上述方面生性特别敏锐的人，通过点滴的积累，在即兴口占的基础上促成了诗的诞生。诗的发展依作者性格的不同形成两大类。较稳重者摹仿高尚的行动，即好人的行动，而较浅俗者则摹仿低劣小人的行动，前者起始于制作颂神诗和赞美诗，后者起始于制作漫骂式的讽刺诗。

（［古希腊］亚里士多德：《诗学》，陈中梅译注，北京，商务印书馆，1996）

六、康德论艺术和手艺

艺术甚至也和手艺不同；前者叫做自由的艺术，后者也可以叫做雇佣的艺术。我们把前者看作好像它只能作为游戏、即一种本身就使人快适的事情而得出合乎目的的结果（做成功）；而后者却是这样，即它能够作为劳动、即一种本身并不快适（很辛苦）而只是通过它的结果（如报酬）吸引人的事情、因而强制性地加之于人。

（［德］康德：《判断力批判》，邓晓芒译，北京，人民出版社，2002）

七、席勒论美和游戏

感性冲动的对象，用一个普通的概念来说明，就是最广义的生命，这个概念指一切物质存在以及一切直接呈现于感官的东西。形式冲动的对象，用一个普通的概念来说明，就是本义的和转义的形象，这个概念包括事物的一切形式特性以及事物对思维的一切关系。游戏冲动的对象，用一种普通的说法来表示，可以叫作活的形象，这个概念用以表示现象的一切审美特性，一言以蔽之，用以表示最广义的美。

……一个人尽管有生命，有形象，但并不因此就是活的形象。要成为活的形象，就需要他的形象是生活，他的生活是形象。在我们仅仅思考他的形象时，他的形象没有生活，是纯粹的抽象；在我们仅仅感觉他的生活时，他的生活没有形象，是纯粹的感觉。只有当他的形式在我们的感觉里活着，而他的生活在我们的知性中取得形式时，他才是活的形象；而且不管在什么地方，只要我们判断他是美的，情况总是这样。

我们可以举出那些由于它们的统一而产生美的成分，但因此还是完全没有说明美的渊源，因为要说明美的渊源，就需要了解这种统一本身，而这种统一，正如有限与无限之间的一切相互作用一样，我们是永远无法探究的。理性根据先验的理由提出要求：应在形式冲动与感性冲动之间有一个集合体，这就是游戏冲动，因为只有实在与形式的统一、偶然与必然的统一、受动与自由的统一，才会使人性的概念完满实现。

……因此，美作为人性的完美实现，既不可能是绝对纯粹的生活……也不可能是绝对纯粹的形象……美是两个冲动的共同对象，也就是游戏冲动的对象。

……在人的一切状态中，正是游戏而且只有游戏才使人成为完全的人，使人的双重天性一下子发挥出来……

……说到底，只有当人是完全意义上的人，他才游戏；只有当人游戏时，他才完全是人。

（［德］弗里德里希·席勒：《审美教育书简》，冯至、范大灿译，

上海，上海人民出版社，2003）

八、克罗齐论艺术的起源

历史通常分为人类史、自然史、人类自然混合史三种。在这里姑且不讨论这区分是否稳妥，艺术与文学的历史显然必属于第一种，因为它涉及心灵的活动，人所特有的活动，这种活动既是它的题材，讨论"艺术起源"那个历史问题就显然荒诞；而且我们还要指出，这个名词在不同的时候指不同的事物。"起源"往往指艺术事实的本质或性格；就这个意义说，人们所企图讨论的就是一个真正的哲学或科学的问题，也正是本书所要解决的问题。"起源"又往往指观念的产生。寻求艺术的理由，从兼包心灵与自然两概念的最高原则推出艺术的事实。这也是一个哲学的问题，对前一问题是补充，实在就和前一问题相同。可是人们往往凭借牵强的半幻想的形而上学把这问题解释得很奇怪，解决得也很奇怪。但是艺术起源问题的目的如果在发见艺术的功能恰以何种方式在历史上形成，就不免我们所说的妄诞。表现既是意识的最初形式，我们如何能替非本自然的产品，而且须先假定有它才能有人类历史的那件东西寻历史的起源呢？一切历史的程序和事实都要借艺术这一个范畴才能了解，我们如何能替这个范畴溯历史的起源呢？这种妄诞起于拿艺术和人类各种制度作比较，这些制度曾在历史过程中形成，曾在或可在历史

过程中消灭。艺术的事实与人类制度(例如一夫一妻制，佃田制)有一个分别，与化学中原子与化合物的分别相似。原子的形成是不能指出的，如能指出，它就不是原子而是化合物。

艺术起源问题作历史意义解释，只有一件事有理由可做，就是不去探讨艺术范畴的形成，而只探讨在何时何地艺术第一次出现(这就是说，很明显地出现)，出现在地球上某一点或某一区域，在历史上某一点或某一时期；这就是说，它的研究对象不是艺术的起源，而是艺术的最初的或原始的历史。这问题与人类文化何时出现于地面的问题其实相同。解决的资料固然还缺乏，但是在抽象理论上还可能有解决，事实上试探性的和依假设的解决方案已经很多。

（[意]克罗齐：《美学原理》，朱光潜译，上海，上海人民出版社，2007）

九、荣格论心理学与文学

显然，心理学作为对心理过程的研究，也可以被用来研究文学，因为人的心理是一切科学和艺术赖以产生的母体。

……就艺术作品而言，我们必须考察的是一种复杂的心理活动的产物——这种产物带有明显的意图和自觉的形式；而就艺术家来说，我们要研究的则是心理结构本身。

……幻觉代表了一种比人的情欲更深沉难忘的经验……幻想无疑是一种真正的原始经验。它不是某种外来的、第二性的东西，它不是别的事物的朕兆，它是一种真正的象征，就是说，是某种真实的然而尚未知晓的东西的表达……幻觉本身心理上的真实，并不亚于物理的真实。人的情感属于意识经验的范围，幻觉的对象却在此之外。我们通过感官经验到已知的事物，我们的直觉却指向那些未知的隐藏的事物，这些事物本质上是隐秘的。

……诗人的创作力来源于他的原始经验……在把它们向高处提升的过程中形成一种看得见的形式……

……根据心理学提供的术语，那种在幻觉中显现的东西也就是集体无意识……在集体无意识的所有表现形式中，对文学研究具有特殊意义的是，它们是对于意识的自觉倾向的补偿。也就是说，它们可以以一种显然有目的的方式，把意识所具有的片面、病态和危险状态，带入一种平衡状态。

……艺术创作和艺术效用的奥秘，只有回归到"神秘共享"的状态中才能发现，即回归到经验的这样一种高度，在这一高度上，人不是作为个体而是作为整体生活着，个人的祸福无关紧要，只有整个人类的存在才是有意义的。

（[瑞士]荣格：《心理学与文学》，冯川、苏克译，
北京，生活·读书·新知三联书店，1987）

十、柏拉图论灵感

使你擅长解说荷马的才能不是一门技艺，而是一种神圣的力量，它像欧里庇得斯所说的磁石一样在推动着你，磁石也就是大多数人所说的"赫拉克勒斯石"。这块磁石不仅自身具有吸铁的能力，而且能将磁力传给它吸住的铁环，使铁环也能像磁石一样吸引其他铁环，许多铁环悬挂在一起，由此形成一条很长的铁链。然而，这些铁环的吸力依赖于那块磁石。缪斯也是这样。她首先使一些人产生灵感，然后通过这些有了灵感的人把灵感热情地传递出去，由此形成一条长链。那些创作史诗的诗人都是非常杰出的，他们的才能决不是来自某一门技艺，而是来自灵感，他们在拥有灵感的时候，把那些令人敬佩的诗句全都说了出来。那些优秀的抒情诗人也一样……抒情诗人创作出那些可爱的诗句自己也不知道。他们一旦登上和谐与韵律的征程，就被酒神所俘虏，酒神附在他们身上……但他们自己却是不知道的。所以是抒情诗人的神灵在起作用……诗歌就像光和长着翅膀的东西，是神圣的，只有在灵感的激励下超出自我，离开理智，才能创作诗歌，否则绝对不可能写出诗来。只有神灵附体，诗人才能作诗或发预言……诗人的创作不是凭借技艺……而是神的指派。

（[古希腊]柏拉图：《伊安篇》，《柏拉图全集》，第1卷，

王晓朝译，北京，人民出版社，2002）

第二节　文学作品的文本结构

在对文学作品文本结构的研究中，无论中外，都认为文学文本的结构是非单一、多层次、立体性的，这在客观上对我们的文学批评拓宽维度是有帮助的。在现象学文论的视野里，文学作品的文本结构关涉文学文本存在方式的一个文学本体论问题。这个问题的重要性可见一斑。

本节根据中西方文论材料，选取有代表性的文本结构理论进行介绍，并将这些文本结构理论分为两个大的方向。

一、西方文本结构理论

（一）弗莱的文本结构理论

弗莱是一位独立的文学批评家，他的文本结构理论从文学多义性观念出发，阐发了

一套系统的文本结构理论。

基于对文学作品多义性的认识，弗莱将其划分为五个具有不同意义的关联域，并将之称作"相位"：文字相位、描述相位、形式相位、神话相位与总解相位。在这五个相位中，最能凸显弗莱文本结构理论与众不同的便是他提出的总解相位，这个总解相位对应着文学作品同全部文学经验的关系，是对人类普遍经验与梦想的反映。可以这样说，在此处，弗莱提出了一个"原型"的概念，这个概念能帮助文学批评脱离具体文本的窠臼而从更为广阔的文化观念中去看待作品。

(二)英美新批评相关的文本结构理论

美国人韦勒克是一名文学理论家，是英美新批评的代表人物。

英加登的文本结构理论产生了很大的影响，韦勒克和沃伦吸收了英加登的部分理论，他们在合著的《文学理论》"文学作品的存在方式"这一章中写道："对一件艺术品做较为仔细的分析表明，最好不要把它看成一个包含标准的体系，而要把它看成是由几个层面构成的体系，每一个层面隐含了它自己所属的组合。波兰哲学家英格丹(R. Ingarden)在其对文学作品明智的、专业性很强的分析中采用了胡塞尔(E. Husserl)的'现象学'方法明确地区分了这些层面。我们用不着详述他的方法的每一个细节就可以看出，他对这些层面的总的区分是稳妥的，有用的：第一个层面是声音的层面，当然，不可将它与文字的实际声音相混，正如我们前面的讨论所提到的那样。这一层面的模式是必不可少的，因为只有基于这一声音的层面才能产生第二个层面：即意义单元的组合层面。每一个单独的字都有它的意义，都能在上下文中组成单元，即组成句素和句型。在这种句法的结构上产生了第三个层面，即要表现的事物，也就是小说家的'世界'、人物、背景这样一个层面。英格丹另外还增加了两个层面。我们认为，这两个层面似乎不一定非要分出来。"[①]由此可见，韦勒克和沃伦也认可英加登关于文学是分层次的这一观点，但在划分标准上，他们与英加登有所不同。他们肯定了英加登分层依据的逻辑性，即从具象到抽象，但认为英加登的分层略为冗余，而且对于英加登单独提出的"形而上性质的层次"这一层面，韦勒克和沃伦指出，这一层面并不是对于每部文学作品都必不可少的。基于此，韦勒克与沃伦提出了自己的文本结构理论，其中第一、二层面的划分与英加登的划分方式殊无二致，重点在于其后的层面，他们将意象与隐喻划为第三个层面，并认为这是最能表现诗之核心的文体风格，最后由第三层面引出第四层面，即象征与神话。

---

① ［美］雷·韦勒克、奥·沃伦：《文学理论》，刘象愚等译，158～159 页，北京，生活·读书·新知三联书店，1984。

(三)现象学美学相关的文本结构理论

波兰人英加登是一名哲学家、美学家，是现象学美学的代表人物。

20 世纪现象学学派创始人胡塞尔是英加登的老师，所以英加登的研究受到了胡塞尔的影响，他接受了胡塞尔的意向性理论，围绕意向性对象进行本体论研究。但英加登对胡塞尔的理论也并不是全盘接受的，他认识到本体论的重要意义，指出本体论研究应先于现象学研究；他虽然围绕"意向性"构建属于自己的研究概念，但在本体论上不同于胡塞尔的唯心主义倾向，而是认为独立于认识主体的客观对象是存在的，所以他的本体论更倾向于实在论；他既承认作品是意向性对象，也承认其是具有客观性的存在客体。在据此对文学作品的存在方式做出界定后，英加登以"文学作品是一个复合的、分层次的客体"为出发点，对文学作品的文本结构进行了细致的划分。在他看来，文学的艺术作品可以被分为四个层次，分别是："语词声音和语音构成以及一个更高级现象的层次"，包含句子意义和全部句群意义的意群层次，将作品描绘的各种对象通过图式化外观呈现出来的层次，"在句子投射的意向事态中描绘的客体层次"。值得注意的是，在这四个层次之外，英加登又单独分出了一个层次，即通过崇高的、悲剧性的、可怕的、神圣的等层面，艺术作品将会引人深思，他将这一层次称为"形而上性质的层次"。

二、东方文本结构理论

(一)《文心雕龙》中的文本结构理论

刘勰是南朝的文艺理论家，他的《文心雕龙》是一部文学理论巨著，清代史学家、文学家章学诚曾夸赞《文心雕龙》体大虑周。

在《文心雕龙》中，刘勰的文本结构理论散布于全书，在《情采》《镕裁》《声律》《丽辞》《比兴》《夸饰》《事类》《练字》《隐秀》《附会》等篇中皆可窥得，但最值得一提的还是刘勰在《知音》篇中所述的"六观"。由此可见，"文学是分层次的"这一观点并不仅仅属于西方，更重要的是，刘勰提出"六观"思想的时间是远远早于西方学者的。

要谈"六观"，先要明白何为"知音"。在此处，"知音"是指能够对文学作品生发出正确的批评与理解。从《知音》篇所载"是以将阅文情，先标六观：一观位体，二观置辞，三观通变，四观奇正，五观事义，六观宫商。斯术既形，则优劣见矣"即可得知，在刘勰看来，要考察文学作品，可将其划分为六个层面：作品体裁、作品词句、创新与否、表现手法、用典意义、作品音节。刘勰认为，如果分别从这六个层面来批评一个具体的文学作品，那么这个作品的好坏就显而易见了。

(二)"言意之辨"中的文本结构理论

"言意之辨"是中国文学批评发展出的关于文本结构的独具特色的理论，具有重要的哲学与美学意义。

早在先秦，就已经有了对言意关系思考的记述。《周易·系辞上》中就有"书不尽言，言不尽意。然则圣人之意，其不可见乎？子曰：圣人立象以尽意"的讨论。在这里，显然可知"言"是《易经》中的卦辞，而"象"是卦辞所指向的意义，但语言是无法完全表达意义、意义是无法被语言所穷尽的，文学作品被分为语言与意义两个层面。

对于将文学作品分为两个层面的"言"与"意"之间的关系问题有不同的解答。三国时期的荀粲秉持道家学说，认为语言不能完全表达意义，故曰"言不尽意"。西晋时期的欧阳建则与荀粲意见相左，他恰恰认为语言可以完全地表达思想，为此他专门著文《言尽意论》，因为当时"言不尽意论"正当流行，故他将自己称作"违众先生"。与这两种对立观点并存的是三国时期王弼的"得象忘言、得意忘象"，王弼既肯定了言、象的表意功能，又指出言、象只是传达意义的方式，只要将这种方式忽略，就可做到"得意"，故这种"得意"凭借的是"忘象"与"忘言"。王弼对"言、象、意"的关系阐释，赋予了这三个层面一个清晰的审美层次，是"言意之辨"的一大进步。

三、由东西方文本结构理论所思

通过对东西方文本结构理论的分析可以发现，无论是东方还是西方都认可"文学是多层次的"这一看法，各家学说之间的差异集中反映在对文学文本的分层模式上。综合东西方各家文本结构理论，我们大致可以发现一个基本的分层依据，即文学话语自为一层，文学形象另为一层，文学所含的意蕴又为一层。各个层次之间并不是完全独立的，而是暗含着一种逻辑关联。虽然这种划分并没有得到统一，但显然，东西方的学者都认识到文学的多层次性对文学理论有着积极作用，尤其对于"文学性"问题的理解价值巨大。

至于何谓"文学性"，目前还存在一定的争议。针对这些争议，大概可将文学性的定义分为五类。俄国形式主义的代表人物雅各布森对文学性的定义被概括为形式主义定义，得到了不少支持。他在《诗学问题》中谈到"文学科学的对象并非文学，而是'文学性'，即使一部既定作品成为文学作品的特性"，他历史性地肯定了"文学性"的存在，这对于在文学批评兴起后才成为独立社会活动的文学研究具有重要的意义。文学的客观实体就是文学作品，因此，在俄国形式主义看来，文学作品中就存在着"文学性"，可这里有一个问题需要解答："文学性"是如何存在于文学作品中的？多层次立体结构的文本结构理论可以帮助我们更好地理解与回答这个问题，因为文本结构的多层次使得文学性被多层次探索的可能性也同时增大了。

文学一旦被看作多层次而立体存在的，那么文学性自然也就充盈在文学的各个层面中。按照我们所发现的逻辑关联顺序，可以认为"文学性"最先存在于文本的话语层面。这是显而易见的，没有话语，文学何处安家？在这里，话音与话意都是构成话语的重要元素，是十分重要的。特别需要指出的是语音的重要性，声音与美的形成是密不可分的，所以语音对于"文学性"的生成有着非常重要的作用。

借由话语，形成了由句子构成的意群，进而产生了文学的形象。这些文学的形象赋予了"文学性"独一无二、别具一格的特性，而且这种文学形象由于其虚构性，使得"文学性"的"陌生化"得以体现，文学使得读者可以暂时忘却实际生活，进入虚构的世界。

存在于象征与象征系统中的虚构世界被构建起来以后，就进入了文学的意蕴层面，这个意蕴层面并不是单一的，它可能使"文学性"停留于历史、哲学与审美的任一层面，更可能在几个层面同时包含"文学性"。这时，文学性被极大地充实，展现出丰富的蕴含。

由此可见，文学文本因其多层次的立体结构由表及里地构建了一种相对应的审美结构，同样的，文学的"文学性"也伴随着这种由浅及深的审美结构被填充、发展了。

另外，文本多层次立体结构的确立也有助于对文本本体边界的界定。意义之所以存在是因为意义有其存在的场域，无边界状态下是不存在既定意义的。所以说，本体需要受到边界的约束。在文本多层次结构的确立下，按照逻辑的关联顺序先后确定了话语的层面，确认了文学作品本体的立身之处。在这里，由于语言区别于其他艺术样式，所以边界才能以此确立，这就是为什么说"文学性"只能存在于文学作品中的道理。纵观中西方文学结构理论，所有多层次立体结构无论其划分依据为何、最后划分方式为何，它们都以语言作为一切的起点，这是有其深刻道理的。因为没有语言，所有的多层次立体结构都将在逻辑关联的第一步就被卡死，所有的其他层次都是在话语这个层次上生发出来的。正是因为有了这个边界，英美新批评才能在俄国形式主义之上展开新的阐发，就算是在理论上独具一格的弗莱也必须设立一个边界才能进入对具体作品的研究与分析。

此外，文学文本多层次立体结构的构建，拓宽了文学批评的维度，使得文学批评在进入文学作品时有了更广阔的选择空间。由于每种批评都存在着局限，所以使能够进入文学文本的批评模式基数增大也不失为一种弥补局限的方式。当各种批评在各个层次展开交错时，其可覆盖的批评空间远远大于其简单相加能够产生的影响。

故此可以说，文学多层次立体结构的确立，确实对文学批评理论有着巨大的正面意义与积极作用。

原典选读

一、英加登论文本结构

1. 文学作品是一个多层次的构成。它包括(a)语词声音和语音构成以及一个更高级现象的层次；(b)意群层次：句子意义和全部句群意义的层次；(c)图式化外观层次，作品描绘的各种对象通过这些外观呈现出来；(d)在句子投射的意向事态中描绘的客体层次。

2. 从各个层次的材料和内容中产生了所有各个层次相互之间本质的内在的联系并因此产生了整个作品的形式统一性。

3. 除了分层次结构之外，文学作品具有各部分——包括句子、句群、章节等等——的有序联系。因此，作品从头到尾都包含着一种准时间的"延伸"，以及由这种延伸而来的某些构造特性，例如各种独具特色的动态展开，等等。

文学作品实际上拥有"两个维度"：在一个维度中所有层次的总体贮存同时展开，在第二个维度中各部分相继展开。

……

5. 如果一部文学作品是具有肯定价值的艺术作品，那么它的每一个层次都具有特殊性质。它们是两种价值性质：具有艺术价值的性质和具有审美价值的性质。后者在艺术作品中以一种潜在状态呈现出来。在它们的全部多样性中产生了确定作品价值性质的审美价值质素(aesthetically valent qualities)特殊的复调性(polyphony)。

即使在科学著作中，也会出现文学的艺术性质，从而确定了某种审美价值性质。然而，在科学著作中，这只是一种修饰，同作品的本质功能没有或几乎没有关系，而且它不能使自身成为艺术作品。

6. 文学的艺术作品(一般地说指每一部文学作品)必须同它的具体化相区别，后者产生于个别的阅读(或者打个比方说，产生于一出戏剧的演出和观众对它的理解)。

7. 同它的具体化相对照，文学作品本身是一个图式化构成(a schematic formation)。这就是说：它的某些层次，特别是被再现的客体层次和外观层次，包含着若干"不定点"("places of indeterminacy")。这些不定点在具体化中部分地消除了。文学作品的具体化仍然是图式化的，但其程度较作品本身要有所减低。

……

9. 文学作品是一个纯粹意向性构成(a purely intentional formation)，它存在的根源是作家意识的创造活动，它存在的物理基础是以书面形式记录的本文或通过其他可能的物理复制手段(例如录音磁带)。由于它的语言具有双重层次，它既是主体间际可接近的又是可以复制的，所以作品成为主体间际的意象客体(an intersubjective intentional ob-

ject)，同一个读者社会相联系。这样它就不是一种心理现象，而是超越了所有的意识经验，既包括作家的也包括读者的。

（［波兰］罗曼·英加登：《对文学的艺术作品的认识》，陈燕谷等译，

北京，中国文联出版公司，1988）

二、韦勒克论文本的构成

我们只能得出这样的结论：一首诗不是个人的经验，也不是一切经验的总和，而只能是造成各种经验的一个潜在的原因。从心理状态来解释诗的论点之所以站不住，原因就在于，它不能把真正的诗的标准特性阐释清楚，不能把对诗的经验为什么有的正确，有的不正确，这样一个简单的事实解释清楚。在每一个人的经验里只有一小部分触及了真正的诗的本质。因此，真正的诗必然是由一些标准组成的一种结构，它只能在其许多读者的实际经验中部分地获得实现。每一个单独的经验（阅读、背诵等等）仅仅是一种尝试——一种或多或少是成功和完整的尝试——为了抓住这套标准的尝试。

这里使用的"标准"（norms）这个术语当然不应和古典主义的、浪漫主义的伦理标准或政治标准混为一谈。我们所谓的标准是内涵的标准，必须从对作品的每一个单独的经验中抽取出来，再将它们合成真正的艺术品的整体。如果我们对艺术品本身加以比较，就一定能够确定这些标准的相似与差异，从这些相似本身出发，就应该能够按照艺术品体现的标准对其加以分类。然后，我们就有可能概括出文学类型的理论，进而最终获得关于文学的一般理论。否定这一点，像那些不无理由地强调每件艺术品的独特性的人所做的那样，似乎就会将个性的概念强调得太过分，使每件艺术品与传统相隔离，以致最终造成它无法表达意思、无法被人理解的情形。假定我们必须从分析一个单独的艺术品开始，我们仍然不可能否定在两件或更多特定的艺术品之间存在着某种联系、相似，共同的成分或因素使得它们彼此接近，这样，就可能为从一件单独的艺术品的分析过渡到某一个类型的艺术品的分析打开通道，例如，从一件艺术品过渡到古希腊悲剧，再到一般悲剧，然后到一般文学，最后到所有艺术品都具有的包括一切的某种结构。

但这是一个需要进一步讨论的问题。我们还必须进一步确定这些标准在哪里，它们是怎样存在的。对一件艺术品做较为仔细的分析表明，最好不要把它看成一个包含标准的体系，而要把它看成是由几个层面构成的体系，每一个层面隐含了它自己所属的组合。波兰哲学家英格丹（R. Ingarden）在其对文学作品明智的、专业性很强的分析中采用了胡塞尔（E. Husserl）的"现象学"方法明确地区分了这些层面。我们用不着详述他的方法的每一个细节就可以看出，他对这些层面的总的区分是稳妥的，有用的：第一个层面是声音的层面，当然，不可将它与文字的实际声音相混，正如我们前面的讨论所提到的那样。这一层面的模式是必不可少的，因为只有基于这一声音的层面才能产生第二个层

面：即意义单元的组合层面。每一个单独的字都有它的意义，都能在上下文中组成单元，即组成句素和句型。在这种句法的结构上产生了第三个层面，即要表现的事物，也就是小说家的"世界"、人物、背景这样一个层面。英格丹另外还增加了两个层面。我们认为，这两个层面似乎不一定非要分出来。"世界"的层面是从一个特定的观点看出来的，但这一所谓"观点"的层面未必非要说明，可以暗含在"世界"的层面中。文学中表现的事件可以"看出"或者"听出"，即使同一事件也是如此……最后，英格丹还提出了"形而上性质"的层面(崇高的、悲剧性的、可怕的、神圣的)，通过这一层面艺术可以引人深思。但这一层面也不是必不可少的，在某些文学作品中可以阙如。可见，他的两个层面都可以包括在"世界"这一层面之中，包括在被表现的事物范畴内。然而，它们仍然提示了文学分析中一些非常实在的问题。自从亨利·詹姆斯提出小说理论以及卢伯克(P. Lubbock)较为系统地阐释詹姆斯的理论与实践以来，"观点"这一层面至少在小说中已经引起相当广泛的重视。"形而上性质"的层面使英格丹能够再次引进艺术品"哲学意义"的问题，而不致犯通常唯理智论者的错误。

采用语言学的平行观念有助于我们阐释这一问题。索绪尔(F. Saussure)和布拉格语言学派(Prague Linguistic Circle)的语言学家们对语言与说话(Langue and Parole)做了细致的区别，也就是对语言系统与个人说话的行为作了区别；这种区别正相当于诗本身与对诗的单独体验之间的区别。语言的系统是一系列惯例与标准的集合体，我们可以看出，这些惯例与标准的作用和关系具有基础的连贯性和同一性，尽管单独的说话者所说的话是有差异的、不完善的、不完整的。至少在这一方面，一件文学作品与一个语言系统是完全相同的。我们作为个人永远也不能全面地理解它，正如作为个人我们永远不能完满地使用自己的语言一样。在认知事物的每一个行动中情形也是如此。我们永远也不可能完满地认知一个客体的性质，但我们却几乎无法否认一个客体就是这个客体，尽管我们可以从不同的角度来透视它。我们总是抓住客体中某些"决定性的结构"(structure of determination)，这就使我们认知一个客体的行动不是一个随心所欲的创造或者主观的区分，而是认知现实加给我们的某些标准的一个行动。与此相似，一件艺术品的结构也具有"我必须去认知"的特性。我对它的认识总是不完满的，但虽然不完满，正如在认知任何事物中那样，某种"决定性的结构"仍是存在的。

（[美]雷·韦勒克、奥·沃伦：《文学理论》，刘象愚等译，
北京，生活·读书·新知三联书店，1984）

三、刘勰论文体结构

何谓附会？谓总文理，统首尾，定与夺，合涯际，弥纶一篇，使杂而不越者也。若筑室之须基构，裁衣之待缝缉矣。夫才量学文，宜正体制，必以情志为神明，事义为骨

髓，辞采为肌肤，宫商为声气，然后品藻玄黄，摛振金玉，献可替否，以裁厥中。斯缀思之恒数也。凡大体文章，类多枝派，整派者依源，理枝者循干，是以附辞会义，务总纲领，驱万涂于同归，贞百虑于一致，使众理虽繁，而无倒置之乖，群言虽多，而无棼丝之乱；扶阳而出条，顺阴而藏迹，首尾周密，表里一体，此附会之术也。夫画者谨发而易貌，射者仪毫而失墙，锐精细巧，必疏体统。故宜诎寸以信尺，枉尺以直寻，弃偏善之巧，学具美之绩，此命篇之经略也。

（刘勰：《文心雕龙》）

四、日尔蒙斯基论文字结构

在诗学问题上，大多数现代作品的主要缺点在于有意无意地偏重于在选择主题问题之前就提出了结构问题。这种偏重作为某类问题的个人偏爱是完全合理的，但是要把它作为美学理论来自我论证，就失去了存在的权利。艺术中的某些最新流派的影响毫无疑义地正表现出这一特殊的偏向：在风景画、诗歌、戏剧领域内，"抽象艺术"的原则近年来在未来主义美学影响下而被提了出来。在这个问题上，应该特别明确地指出文学科学的形式主义任务与研究、解释其形式主义原则二者之间的差别。不能认为诗律学、诗歌选音、句法学和情节组织(即情节结构)囊括了诗学的全部领域。只有把诗歌主题、即作为艺术因素来考察的所谓内容引入研究范围，才能完成从美学观点研究文学作品的任务。

在这个意义上，诗学中的重大进步是在最近时期完成的，因为情节结构已被引入诗学研究范围中(在德国是在 B. 赛费特的著作中和 B. 季别里乌斯的著作中，在我国是在 B. B. 什克洛夫斯基和 B. M. 埃亨巴乌姆的著作中)。然而那种有特色的形式主义世界观正是在此有所表现，这种形式主义世界观依靠主题问题提出了结构问题。B. 什克洛夫斯基写道："文学作品的是纯形式，它不是物，不是材料，而是材料的对比关系……因而，作品的规模是无关紧要的，它的分子与分母的算术意义也无关紧要，重要的是它们的对比关系。戏谑作品、悲剧作品、世界作品、室内作品，把世界与世界进行对比，或者把猫与石头进行对比，彼此都是相等的。"这种对诗学主题艺术意义的否定，对参与结构("对比"因素的"算术意义")的情节的否定，把作者引向这样一种思想，即在情节分布中重要的不是其主题方面(情节)，而仅仅是其结构成分(本来意义的情节分布)。……对文学作品的形式主义研究不可避免地要导致这种十分仓卒的混淆，并有意轻视情节分布图式的主题充实性。

……一方面我们提出纯抒情作品，另一方面，我们又提出现代小说、情节小说或心理小说，这样，在文学本身的范围内，我们就易于断定，结构与主题之间的相互关系可能是多种多样的。愈是肯定地强调结构成分，而结构成分又愈是大量地支配文学艺术的全部作品(其中包括文字材料和其内在音响形式)，主题成分的作用就愈加不重要，而且完全按照艺术原则而构成的作品就愈加形式主义化；这种情况在纯抒情诗中屡见不鲜。与此相反，结构功能愈是减弱，它愈是不能深刻地概括文字材料的结构，而仅限于广泛的、一般的意义(情节分布)结构，那么，作品的思想负荷就愈重，作品离"纯艺术"概念就愈远……现代小说艺术结构的研究者们……不是徒劳地把自己的注意力集中于章节的开端或结尾；因为这是大量文字艺术框架的萌芽形式，这大量文字绝不仅仅是按照艺术原则组成的，它们就像作品结构中清晰而又受约制的形式结构残余一样(该作品在某种程度上游离于文字之外)。韵律结构(诗歌)的存在，也就是说，从其外在的音响形式方面来调整文字材料，这种调整在一定程度上仅能成为对整个文字材料进行深刻艺术加工的外在标准。同时，如果说抒情诗是文字艺术的作品，无论是从意义方面或是从音响方面来看，词汇的选择与组合完全服从于美学任务，那么，在文字结构上相当自由的列夫·托尔斯泰的小说，就不是把词用作有艺术意义的作用成分，而是作为中性媒介物或符号体系来使用的，这种符号正如在实用言语中那样，服从于交际功能，并使我们进入抽象于词之外的主题成分活动中去。这种文学作品不能称之为文字艺术的作品，或者无论如何，也不是同一个意义上的抒情诗篇。当然，还存在一种纯美感的散文，在这类散文中，结构—修辞性词藻和文字叙述的程序把情节因素从独立的词中排挤出去了……然而，在这些例子的背景上，有些现代小说典范……却明显地与众不同，他们在这些作品中使用的词在艺术方面是中性因素。

（[俄]维克托·日尔蒙斯基：《论"形式化方法"问题》，《俄国形式主义文论选》，

方珊等译，北京，生活·读书·新知三联书店，1989）

第三节　文学作品的语言

"语言是永远的情人。"这是卡夫卡对文学语言的真实感触。作家汪曾祺也说过这样一段话："语言不只是一种形式，一种手段，应该提到内容的高度来认识。……语言不能像桔子皮一样，可以剥下来，扔掉。……语言是小说的本体，不是附加的，可有可无的。从这个意义上说，写小说就是写语言。"[1]看来，文学的语言对于文学作品的重要性来说是无以复加的，无论情人还是本体，语言总是文学生死相依的一部分。那么，文学语言的魅力究竟何在？或者说它究竟具有哪些性质和特点呢？它的表意方式又是如何的呢？本节将详细阐述这些问题。

---

① 汪曾祺：《汪曾祺文集·文论卷》，1页，南京，江苏文艺出版社，1993。

一、文学语言的性质和特点

文学语言的性质和特点即它的独特性之所在，而这一点只有通过比较研究才能辨别分明。

首先，文学语言不具有实际的指称功能，它的指称对象往往被有意无意地忽略或跨越，只留下单独的能指符号。这也是它跟日常语言和科学语言最根本的区别所在。

我们都知道，日常语言和科学语言必须有一个确定的所指，它表达或陈述的只能是客观事实，除非故意扭曲或被假象欺骗。也正是因此，这两种语言形式都不会对语言本身特别在意，它只要能达到表情达意或陈述事实的目的就够了。但是，文学语言却不是这样的。文学语言最大的特点就是尽量淡化所指，从而使能指向自身折叠，充实其厚度，让它担当起独立的意指功能。这一点其实在什克洛夫斯基的形式主义理论那里就已经被发现了。他的陌生化理论就是要破除能指和所指之间的惯常联系，使指称对象与实际的社会生活发生脱节，从而增大接受者的感受难度和时延，他认为这就能使诗歌的美感得以强化。什克洛夫斯基的做法其实是移除了诗歌的事实指称，只留下形式功能，即"诗学功能"。对此，雅各布森说得更明白："诗的功能在于指出符号与指称不能合一。"[①]他的符号"六因素和六功能"理论认为，只有表达侧重于信息，即语言本身时，诗性功能才能被凸显出来，其实也就是对指称的有意遗忘，只有这样才能留下语言本身。英国新批评的代表瑞查兹在这个问题上也有经典论述。他将文学语言与科学语言加以对比后发现，文学语言没有确定的指称对象，但科学语言必须陈述实际存在的东西，因此他干脆将常用的"符号"这个词留给了科学语言，将文学语言重新定名为"记号"。瑞查兹认为，"记号"的陈述方式是一种不直接指向外在现实的"准陈述"，但它依然是真实可信的，只不过它基于情感，而且无须外在逻辑的束缚，"逻辑安排可能而且往往是一种障碍。重要的是联想起所引起的一系列的态度应有其自己的正确组织，自己的感情的相互关系，而这并不依赖于产生态度时可能需要的联想之间的逻辑关系"[②]。也就是说，脱离所指对象的符号系统本身只能基于情感来安排逻辑秩序，它所带来的最终只能是情感意义上的真实，于事实本身并无直接的参证关系。罗兰·巴特在这个问题上的论述尤其精彩。他不仅看到了文学艺术在语言形式上的这个重要特点，而且发现了日常语言或自然语言向艺术语言的转换模式。他将自然语言称为第一意指系统，这个系统有确切的指称关系，如玫瑰花，它可以指向一种带有浓郁香味的、颜色鲜艳的植物。但是，当这个意指系统被当成另一个系统的能指时，就会产生意义泛化，形成新的所

---

① 转自赵毅衡：《文学符号学》，106 页，北京，中国文联出版公司，1990。

② 转自胡经之、张首映选编：《西方二十世纪文论选》，155 页，北京，中国社会科学出版社，1989。

指，这时的玫瑰花就指向了爱情、浪漫等含义，第二意指系统也就转化成了艺术语言。这就清楚地说明，艺术语言必须超越具体的所指，它只有被带到泛化意义的层面上来，才能真正脱离事实关系的纠缠，从而转化成审美意义的载体。

其次，文学语言是一种以形象再生为主要功能的、信息含量巨大的语言，同时，它也是一种具有民族性和地方性特点的情感语言。这主要是着眼于它与绘画语言和音乐语言的区别来说的。

文学语言是一种特殊的语言，它不仅跟实际指称之间切断了关系，而且它本身并非通过直接诉诸人的理解力来显示其内在意蕴。它的陈述方式是：必须在形象塑造上迂回。这就是中国古人特别强调"意"和"象"，并将这两个词并举，凝结成一个固定概念的原因。刘勰说："神用象通，情变所孕。"（《文心雕龙·神思》）王夫之说："如以意，则直须赞《易》陈《书》，无待诗也。"（《明诗评选》）他们两个人的意思是一致的：必须通过形象塑造来表情达意，这才是文学的根本特点。确实如此。如果只是为了表述某种信息，日常语言已经足够了。而且，文学的形象不仅能传递作者的情感意绪，它还是文学美感的重要来源。没有它，文学的价值就大打折扣了。

但是，文学的形象塑造一方面需要诉诸人的直观感受，另一方面，它又必须经过读者在头脑中的重构，这就跟绘画有很大差别了。后者通过线条、色彩等形成构图，可以直接见之于欣赏者的接受视野。可见，文学形象是一种间接的、再生的形象，但也正是因此，它才显得含混、恍惚，让人捉摸不定、玩味不已，从而形成文学独特的审美感受。早在 18 世纪的欧洲，莱辛就已经敏锐地捕捉到了这一点。他在著名的《拉奥孔》一书中说，画是将色彩、线条等语言素材并置的空间艺术，它以整体直观的方式被刹那间欣赏到；而诗是在时间中流淌的语言的塑形，在某个瞬间只能欣赏到它的局部。因此，他将前者称为造型艺术，将后者称为时间艺术，并认为，前者只能表现最小限度的时间，即"具有包孕性的顷刻"，它意味着爆发性的动作高潮的来临；而后者却是自由的，它可以表示任何时间点的连续动作。对此，现象学美学家英加登做了进一步证实。他主要着眼于文学中的"再现客体"，即被读者"具体化"了的文学形象跟客观存在的"实在客体"之间的区别：前者在时间序列上可以任意按照再现事件的秩序来排列组合，无论过去还是未来都可以来到眼前；而后者只能是从过去到现在再到未来的线性过程，它不可逆转，且不可违抗，因此只能以当下来度量过去和未来。

文学语言还有另外一个重要特点。法国著名诗人马拉美曾经听到过画家德加这样抱怨："你们这种行当真是见鬼！我有很丰富的思想，但却无法表达出我想表达的意思。"①德加是为绘画无法承载太多的信息量而感到沮丧。之所以如此，是由绘画和文学的媒介素材造成的。绘画只能用色彩和线条构图，如果将这两者单独抽取出来，它们基本上运

---

① 转自［英］戴维·洛奇编：《二十世纪文学评论》，上册，郑敏译，434 页，上海，上海译文出版社，1987。

载不了任何信息内容，就像七色板和几何图形一样。但是文学就不一样了，它的语言素材信息容量巨大，甚至必须克服语言本身的信息含量，通过语境压力过滤掉其他信息，才可以再现出具有美学意蕴的文学形象。而且，文学语言还可以通过直接的概念表达来直陈心曲，这一点绘画更难做到。正如汤显祖在《牡丹亭》中所说："三分春色描来易，一段伤心画出难。"

相比之下，音乐语言在信息容量方面就更少了。音符、节奏、旋律、和声、音色等语言素材不仅难以容纳太多的信息内容，甚至拼凑不出完整的形象，因此音乐几乎不通过形象中介而直接诉诸人的情感。这样，音乐语言只能是情感的语言，它比文学语言更接近于人的内心，所以世界各地都有献歌示爱的传统。但从另一方面来看，也正是因为信息量小，音乐语言才变得更加自由：它几乎可以容纳任何对它的解释，哪怕是完全相反的解释，甚至于音乐根本不需要解释（如贝多芬的音乐只有标题序号），几乎任何乐曲都是世界性的，是被世界共享的财产。相比之下，文学语言却存在翻译上的重大难题，不通过译介，文学只能是地方性的。这就是两者的信息含量不同所造成的巨大差异。

总之，文学语言是文学艺术最重要的形式因素，它有一般语言的很多特点，也具有区别于其他语言形式的自身特质，正是后一点让它焕发出了独特的美学魅力。

二、文学语言和意义的关系

文学语言不仅与其他的语言形式存在重要的差异，而且在语言和意义之间的关系上也具有自身的特点，把握住这些特点是进一步理解文学语言的重要环节。

对于文学语言和意义的关系，我们主要关注三个问题：第一，文学语言能不能充分表达它的意义？第二，原因何在？第三，意义如何尽可能地被充分表达？

先来看第一个问题。陆机在《文赋》开篇即说："余每观才士之所作，窃有以得其用心。夫放言遣辞，良多变矣，妍蚩好恶，可得而言。每自属文，尤见其情，恒患意不称物，文不逮意，盖非知之难，能之难也。"刘勰在《文心雕龙·神思》篇中也说过类似的话："方其搦翰，气倍辞前；暨乎篇成，半折心始。何则？意翻空而易奇，言征实而难巧也。是以意授于思，言授于意，密则无际，疏则千里。或理在方寸而求之域表，或义在咫尺而思隔山河。"陆机的"物""意""文"和刘勰的"思""意""言"表达的是文学创作的同一个过程：从事物或对其构想，到形成主观意向，再具体落实到文本意义。他们都认为这是一个逐步衰变、很难让人满意的过程，即文学语言根本不能充分表达作者的意图。其实这一点不光是文学，在哲学层面上尤然。老子的《道德经》中第一句话就是："道可道，非常道；名可名，非常名。"庄子也说过："可以言论者，物之粗也；可以意致者，物之精也；言之所不能论，意之所不能察致者，不期精粗焉。"（《庄子·秋水》）《周易》中的话尽人皆知："子曰：'书不尽言，言不尽意。'"（《系辞上》）孟子也说过："故观于海者难为水，游于圣人之门者难为言。"（《孟子·尽心上》）西方哲学对语言的怀疑更是根深蒂固的。先不说怀疑派的过激言论，维特根斯坦指出哲学上的争论都是来自语言本身的含混，因此他呼吁不能言说的部分必须保持沉默；海德格尔不信任哲学语言，在其创作前期，他宁愿将日常语言加以改造重新赋予新义，借以表达他对存在的理解；后结构主义更是发现，意义只能在语言的延异游戏中被无限延宕，它不可能被最终锚定，就像永远等不到的"戈多"。

可见，言不尽意是一种普遍现象，语言总是与意图之间存在偏差，而且语言不能够触及的地方好像还蕴含着更深的意义。那么，这又是如何形成的呢？进言之，语言在表达中究竟起到了什么样的作用呢？

这要从语言的本质说起，尽管这个问题很难说清。第一，了然的是，语言跟事物和人的意识完全不同，它存在于这两者之间，可以说是人和世界之间的一道屏障。第二，这一道屏障不仅先于个体而存在，而且它本身被融入了非常深厚且源远流长的文化精神意义，尤其跟民族文化血脉相连，正如德国语言学家洪堡特所言："每一语言都包含着一种独特的世界观。""语言的所有最为纤细的根茎生长在民族精神力量之中。"①适因于此，语言中才蕴含了无比巨大的信息量。第三，语言不是具体的事物，它只能是事物的替身，而且只能被任意武断地确定下来，因此它必然是抽象的、概括的和表征的，也就是说，进入语言系统的任何事物都必然失去其活生生的个体特征。第四，这样一来，用它进行交流，必然会引起误解，因为交流只能是间接性、暗示性的，你不可能直接拿出一座山或一条河来给对方看。在此意义上，语言跟它的指涉物之间没有必然联系，它的意义只能来自符号之间的差异。第五，语言并非只是表情达意的工具，它还深刻地影响到人的思维，甚至思维本身正是语言的产物。索绪尔说得明白："从心理方面看，思想离开了词的表达，只是一团没有定形的、模糊不清的浑然之物。哲学家和语言学家常一致承认，没有符号的帮助，我们就没法清楚地、坚实地区分两个概念。思想本身好像一团星云，其中没有必然划定的界限。预先确定的观念是没有的。在语言出现之前，一切都是模糊不清的。"②如果此言不虚，那么西方延续两千多年的理性主义哲学其实并没有抓住问题的实质：只有语言才是哲学的终极实在。所以德国诗人格奥尔格才说"语言破碎处，无物可存在"；海德格尔才说"语言是存在的家园"；伽达默尔更直截了当，"能被理解的存在就是语言"，"世界之所以成为'世界'，只是由于它进入到语言之中"。③

通过上述我们发现，语言本身是一个非常复杂的事物，用它来作为文学表达的载体会遭遇到诸多麻烦，主要包括以下几个方面。

---

①　［德］洪堡特：《论人类语言结构的差异及其对人类精神发展的影响》，姚小平译，70、17 页，北京，商务印书馆，1997。

②　［瑞士］索绪尔：《普通语言学教程》，高名凯译，157 页，北京，商务印书馆，1980。

③　转自曹顺庆等：《中国古代文论话语》，106 页，成都，巴蜀书店，2001。

首先，语言本身是抽象的、概念式的，但在文学中却要用它来组织出生动鲜活的形象，或者说，文学语言需要用抽象的符号系统再现具象的社会生活，而且这种再现不是通过概念表达，而是要诉诸接受者的想象。这就意味着需要对语言的本性进行克服，使它变得形象化、情感化。

其次，语言本身由于蕴含着深厚的历史文化积淀，在其使用过程中——正如上述，对语言的"使用"本身恰恰要受制于语言的固有逻辑——很可能会遮蔽作者的本来意图，造成陆机所说的"意不称物"和刘勰所说的"言征实而难巧"的现象。

最后，文学语言的表达内容从根本上来说不是思想，而是更像"一团星云"的前思想状态的情感，情感的特点正在于瞬息万变、稍纵即逝，所以陆机才说恒患"文不逮意"；刘勰才说"意翻空而易奇"；苏轼对此尤有深刻体悟，"作诗火急追亡逋，清景一失后难摹"。

这样看来，即便说文学语言是一种能够表达作者思想情感的工具，它也算不上是称职的工具，在其传情达意的过程中，必然会出现很多盲点、迟滞甚至错失。但是，文学毕竟不是宗教，在禅宗那里，文字恰恰是需要被破除的"业障"；它也不是哲学，在后结构主义那里，意义已经被解构成无限延异的踪迹游戏，甚至连书也被解构了。因此，对文学来说，"言虽不能言，然非言无以传"（僧肇《般若无知论》），作为语言艺术，除了语言之外，文学恐怕只能是空无一物了。这样看来，探求究竟如何才能表情达意就成了当务之急。

不过，事实并非如此。"彼之毒药，吾之蜜糖"，对于哲学往往造成大麻烦的语义的不确定性，恰恰在文学这里显现出了它的优点。这就是说，语言的模糊性对文学来说反而是积极的。

中国文论一直都非常强调"言不尽意""意在言外"，将"不著一字，尽得风流"（司空图《二十四诗品》）作为文学语言的最高境界。为了达到这样的目的，还创造了很多表现手法，比如，陆机在《文赋》中说要"函绵邈于尺素，吐滂沛乎寸心"，认为这样能"言恢之而弥广，思按之而愈深"，刘勰在《文心雕龙·物色》篇中也认为"物色虽繁，而析辞尚简""以少总多，情貌无遗"。可见，用少量的语言来传达巨量的信息，不仅是必须的，而且是必要的，因为它能使"深文隐蔚，余味曲包"（《文心雕龙·隐秀》），也就是产生韵味，甚至具有"韵外之致，味外之旨"，而这也正是中国美学孜孜不倦的追求。

如此看来，能够做到"以少总多"的寥寥数笔也绝非是任性随意的偶一为之，它必须要经过艰苦的技术训练，达到很高的熟练度以后才可能拥有这种语言能力。因此，对于那些正在通往这种精湛高超的写作能力途中的大部分作家来说，扎实的技巧训练还是必不可少的。关于这一点，我们在接下来的"创作论"部分会专门讲到。

原典选读

一、庄子论语言和意义问题

宋元君夜半而梦人被发窥阿门，曰："予自宰路之渊，予为清江使河伯之所，渔者余且得予。"元君觉，使人占之，曰："此神龟也。"君曰："渔者有余且乎？"左右曰："有。"君曰："令余且会朝。"明日，余且朝。君曰："渔何得？"对曰："且之网得白龟焉，其圆五尺。"君曰："献若之龟。"龟至，君再欲杀之，再欲活之。心疑，卜之，口："杀龟以卜吉。"乃刳龟，七十二钻而无遗䇲。

仲尼曰："神龟能见梦于元君，而不能避余且之网；知能七十二钻而无遗䇲，不能避刳肠之患。如是则知有所困，神有所不及也。虽有至知，万人谋之。鱼不畏网，而畏鹈鹕。去小知而大知明，去善而自善矣。婴儿生，无石师而能言，与能言者处也。"

惠子谓庄子曰："子言无用。"庄子曰："知无用，而始可与言用矣。夫地非不广且大也，人之所用容足耳。然则厕足而垫之致黄泉，人尚有用乎？"惠子曰："无用。"庄子曰："然则无用之为用也，亦明矣。"

庄子曰：人有能游，且得不游乎？人而不能游，且得游乎？夫流遁之志，决绝之行，噫！其非至知厚德之任与！覆坠而不反，火驰而不顾，虽相与为君臣，时也，易世而无以相贱。故曰："至人不留行焉。"夫尊古而卑今，学者之流也。且以狶韦氏之流观今之世，夫孰能不波？唯至人乃能游于世而不僻，顺人而不失己。彼教不学，承意不彼。

……

演门有亲死者，以善毁爵为官师，其党人毁而死者半。尧与许由天下，许由逃之。汤与务光，务光怒之。纪他闻之，帅弟子而踆于窾水，诸侯吊之。三年，申徒狄因以踣河。

荃者所以在鱼，得鱼而忘荃；蹄者所以在兔，得兔而忘蹄；言者所以在意，得意而忘言。吾安得忘言之人而与之言哉？

（《庄子·杂篇·外物》）

北海若曰："井蛙不可以语于海者，拘于虚也；夏虫不可以语于冰者，笃于时也；曲士不可以语于道者，束于教也。今尔出于崖涘，观于大海，乃知尔丑，尔将可与语大理矣。天下之水，莫大于海：万川归之，不知何时止而不盈；尾闾泄之，不知何时已而不虚；春秋不变，水旱不知。此其过江河之流，不可为量数。而吾未尝以此自多者，自以比形于天地，而受气于阴阳，吾在天地之间，犹小石小木之在大山也。方存乎见少，又奚以自多？计四海之在天地之间也，不似礨空之在大泽乎？计中国之在海内，不似稊米之在太仓乎？号物之数谓之万，人处一焉；人卒九州，谷食之所生，舟车之所通，人处一焉。此其比万物也，不似豪末之在于马体乎？五帝之所连，三王之所争，仁人之所忧，任士之所劳，尽此矣！伯夷辞之以为名，仲尼语之以为博。此其自多也，不似尔向之自多于水乎？"

河伯曰："然则吾大天地而小豪末，可乎？"

北海若曰："否。夫物，量无穷，时无止，分无常，终始无故。是故大知观于远近，故小而不寡，大而不多，知量无穷。证曏今故，故遥而不闷，掇而不跂，知时无止。

察乎盈虚，故得而不喜，失而不忧，知分之无常也。明乎坦涂，故生而不说，死而不祸，知终始之不可故也。计人之所知，不若其所不知；其生之时，不若未生之时；以其至小，求穷其至大之域，是故迷乱而不能自得也。由此观之，又何以知毫末之足以定至细之倪？又何以知天地之足以穷至大之域？"

河伯曰："世之议者皆曰：'至精无形，至大不可围。'是信情乎？"

北海若曰："夫自细视大者不尽，自大视细者不明。夫精，小之微也；垺，大之殷也。故异便此势之有也。夫精粗者，期于有形者也；无形者，数之所不能分也；不可围者，数之所不能穷也。可以言论者，物之粗也；可以意致者，物之精也；言之所不能论，意之所不能察致者，不期精粗焉。是故大人之行，不出乎害人，不多仁恩；动不为利，不贱门隶；货财弗争，不多辞让；事焉不借人，不多食乎力，不贱贪污；行殊乎俗，不多辟异；为在从众，不贱佞谄；世之爵禄不足以为劝，戮耻不足以为辱；知是非之不可为分，细大之不可为倪。闻曰：'道人不闻，至德不得，大人无己。'约分之至也。"

（《庄子·外篇·秋水》）

二、王弼论言、象、意关系问题

夫象者，出意者也；言者，明象者也。尽意莫若象，尽象莫若言。言生于象，故可寻言以观象；象生于意，故可寻象以观意。意以象尽，象以言著。故言者所以明象，得象而忘言；象者所以存意，得意而忘象。犹蹄者所以在兔，得兔而忘蹄；筌者所以在鱼，得鱼而忘筌也。然则，言者象之蹄也，象者意之筌也。是故存言者非得象者也，存象者非得意者也。象生于意而存象焉，则所存者乃非其象也；言生于象而存言焉，则所存者乃非其言也。然则，忘象者乃得意者也，忘言者乃得象者也。得意在忘象，得象在忘言。故立象以尽意，而象可忘也；重画以尽情，而画可忘也。是故触类可为其象，合义可为其征。义苟在健，何必马乎？类苟在顺，何必牛乎？爻苟合顺，何必坤乃为牛？义苟应健，何必乾乃为马？而或者定马于乾，案文责卦，有马无乾，则伪说滋漫，难可纪矣。互体不足，遂及卦变；变又不足，推致五行。一失其原，巧愈弥甚。纵复或值，而义无所取。盖存象忘意之由也。象以求其意，义斯见矣。

（王弼：《周易略例·明象》）

三、刘勰论文学想象、语言与意义问题

古人云："形在江海之上，心存魏阙之下，神思之谓也。"文之思也，其神远矣。故寂然凝虑，思接千载；悄焉动容，视通万里；吟咏之间，吐纳珠玉之声；眉睫之前，卷

舒风云之色；其思理之致乎。故思理为妙，神与物游。神居胸臆，而志气统其关键；物沿耳目，而辞令管其枢机。枢机方通，则物无隐貌；关键将塞，则神有遁心。

是以陶钧文思，贵在虚静，疏瀹五藏，澡雪精神。积学以储宝，酌理以富才，研阅以穷照，驯致以怿辞，然后使玄解之宰，寻声律而定墨；独照之匠，窥意象而运斤；此盖驭文之首术，谋篇之大端。

夫神思方运，万涂竞萌，规矩虚位，刻镂无形。登山则情满于山，观海则意溢于海，我才之多少，将与风云而并驱矣。方其搦翰，气倍辞前，暨乎篇成，半折心始。何则？意翻空而易奇，言征实而难巧也。是以意授于思，言授于意，密则无际，疏则千里。或理在方寸而求之域表，或义在咫尺而思隔山河。是以秉心养术，无务苦虑；含章司契，不必劳情也。

人之禀才，迟速异分，文之制体，大小殊功。相如含笔而腐毫，扬雄辍翰而惊梦，桓谭疾感于苦思，王充气竭于思虑，张衡研京以十年，左思练都以一纪。虽有巨文，亦思之缓也。淮南崇朝而赋《骚》，枚皋应诏而成赋，子建援牍如口诵，仲宣举笔似宿构，阮瑀据案而制书，祢衡当食而草奏，虽有短篇，亦思之速也。

（刘勰：《文心雕龙·神思》）

四、海德格尔论语言

人言说。我们在清醒时言说，我们在梦乡里言说。我们总是在言说；甚至当我们没有发出一有声的语词，而只是倾听或阅读之时；甚至当我们不是特别地倾听或言说，而只是从事某种工作或沉浸于悠闲中之时，我们总是以这种或那种方式不断地言说。我们言说，因为言说是我们的本性。它并非首先源于某种特别的意志。人说，人是靠本性而拥有语言。这把握了人与动植物的区别，人是能言说的生命存在。这一陈述并非意味着人只是伴随着其他能力而也拥有语言的能力。它是要说，唯有言说使人成为作为人的生命存在。作为言说者的人是人，这是洪堡特的话语。但我们仍然要思考什么叫言说的人。

无论如何，语言属于人之存在最亲密的邻居。我们处处遇到语言。所以，我们将不会惊奇，一旦人思考地环顾存在，他便马上触到了语言，以语言规范性的一面去规定由之显露出的东西。反思力图获得这种观念：语言一般地是什么。每一物所拥有的普遍性被称为本质或本性。普遍有效的东西呈现于一般中，这符合于占支配地位的思想的基本特征的判断。认真思考地论及语言，因此意味着给予语言本性一种观念，并且恰当地将此观念区别于其他观念。这一演讲，看来也试图从事这种工作。然而，演讲的题目并非是《论语言的本性》，它只是《语言》。我们说"只是"，同时却显然超出我们的事先计划设置一个远为狂妄的题目，尽管我们这里仅满足于对语言的几点说明。还有，谈论语言，或许比论述沉默更坏。我们不希望侵占语言，以致使之进入已经前定的观念的支配之中。我们不希望将语言本性归结为概念，以便这种概念提供语言的一般有用的观点，它将使所有关于它的更深的概念归于无声。

讨论语言，意味着不仅把语言，而且将我们带入其存在的位置，我们自身聚集于事件之中。

我们要思考语言自身，而且只是语言。语言自身是：语言，此外无它。语言自身是语言，逻辑中已经学院化的理解精确地计算一切。因此通常是专横的，它称这种命题为空洞的同义反复。只是将同样的事情说了两次（语言是语言）。它如何试图将我们带入更远的地方呢？但是我们不愿到达更远的地方。我们只是喜欢，仅这一次就达到我们已经停驻之地。

此乃我们何故思考"什么是语言自身？"此乃我们何故提问"语言以何种方式作为语言产生？"我们回答：语言言说。严肃地说，这是回答吗？也许——此正是言说成为澄明的时候。

思考语言因此决定我们进入语言的言说，以便开始我们在语言中的居留。即在其言说之中，而非在我们自身之中。唯有如此，我们才能到达可能成功（或者也会失败）的领域。那里，语言将呼唤我们并授与我们其天性。我们将语言托付给言说。我们不希望将语言建基于不是语言自身的某物，我们也不愿意用语言解释其他事物。

在 1784 年 8 月 10 日，哈曼致赫尔德的信（《哈曼文集》罗斯编 Ⅶ 151 页及下页）中说：

如果我像狄墨勒斯一样雄辩，我将不做任何事情，除了将一单一的话语重复三遍：理性就是语言，logos（逻各斯）。我咬着这骨髓，并将咬着自己直至死亡而完成。对于我这一深渊之上始终留存着黑暗。我始终期待着，一启示的天使带来打开此深渊的钥匙。

对哈曼而言，此深渊在于这种事实，理性即语言。哈曼在他试图说出理性所是时回到语言。但难道这种深渊只是在于理性居于语言，或者语言自身即深渊？我们所说的深渊乃是基础消失和我们缺少基础，就此而言，我们寻找基础和企图到达某物的根基之地。但是我们现在没有探问理性会是什么，我们这里直接思考了语言以及作为我们主要线索的罕见的陈述："语言即语言。"这一陈述并不把我们引向语言所赖以建基的某物。它也不是说语言自身是否为另外某物建基。此句子"语言即语言"，让我们漂游在深渊之上，只要我们坚持它所说的。

语言是语言。语言言说。如果我们堕入这句话所指称的深渊，那么我们就没有掉入虚无。我们落到一高度。它的威严将敞开一个深度。此两者为发现人之生活的居住跨越了一个居住点，在这一居住点中，我们似乎就在家园之中。

思考语言意味着，达到语言的言说，并以此种方式，这种方式的产生作为为短暂者的生存允诺一住所。

言说意味着什么？现行的观点解释为：言说是发声器官和听觉器官的活动，言说是音响表现和人类情感的交流。这种情感伴随着思想。在这种语言的规定之中，它允诺了三点。

首先和最主要的：言说即表现。作为表达的言语的观念是最普遍的。这已经设定了内在之物表达和外化自身的观点。如果我们将语言作为表现，语言就只是在外观上被设定了，而这正是由于人们通过回溯于内部来解释表达。

其次，言语被看作是人的活动。据此，我们必须说：人言说，并且人始终说每一种语言。因此，我们不能说"语言言说"。因为这必将说："语言首先使人产生，使他进入生存"。按此种方式理解，人将是语言的保证。

最后，人的表达总是现实和非现实的显现和再现。

人们长久已知，我们以前所为的规定，并没有足够地规定语言的本性。但是，当我们根据表达来理解语言的本性时，我们给予其更综合的规定。人们把表达作为其他活动中的一种，建构到人造就自身功能的整体的经济结构之中。

作为将语言等同于人的活动的对立面，另外的则强调了语言之词有其神性本源。根据圣约翰福音书的序言的开头所说，语言的产生伴随着上帝。这所做的尝试并非只是从理性的——逻辑的解释桎梏中解放本源的问题，而也是将语言的逻辑描述的界限置于一边。相对于把语词意义的全部特性解释为概念，语言的形象和象征的特征推到了突出的地位。生物学和哲学人类学、社会学和精神病理学，神学和诗学号召更综合地描述和解释语言现象。

同时，所有的陈述在语言显现中事先涉及了传统的标准方式。语言全部本性已经凝固的观点因而强化了。此正为何语言观念在语法和逻辑、语言学和语言的哲学中二千五百年以来保持不变，尽管语言的知识已经进步性地增长和改变。这种事实甚至可以归结为一种证明：关于语言的主导观念拥有不可动摇的正确性。没人敢宣称它是不正确的或者甚至是无用的。语言作为内在情感的有声表达，作为人的活动，作为形象和概念的描述的同一。上述对语言的考察是正确的。因为它符合于语言现象的研究，在任何时候都能指出它的所在。所有关联于语言现象的描述和解释的问题，也在这种正确性的领地中活动着。

然而，关于语言正确观念的独一角色，我们仍然思考得很少。它们把握了统治权，仿佛不可动摇，超越了关于语言的不同的科学考察方式的全然领域。它们扎根于古代的传统。但是，它们全然忽视了语言的最古老的自然的性质。因此，尽管其古老性，也尽管其明确性，但它从来没有把我们带到作为语言的语言。

语言言说。什么是言说？我们何处这样言说？当然，最可能的是在被言说之中。因为这里，言说已经达到完成。在被言说之中，言说尚未终止。在被言说之中，言说保持安全。在被言说中，言说获得了它如何持续的方式和由它所持续下来的东西——它的保持，它的现身。但是常常且太常常，被言说只是作为一随着言说逝去的残余物与我们相遇。

（[德]M. 海德格尔：《诗·语言·思》，彭富春译，
北京，文化艺术出版社，1991）

第四节　文学作品的风格

文学作品的风格是着眼于文学本身来区分不同文学作品的重要途径，它最早甚至还具有品评优劣的意涵，后来被用来作为对不同气质、风貌、格调的作品的诠品。本节从作品风格的起源和特点说起，进而探究它的制约因素和基本类型。

一、作品风格的起源和特点

"风格"（style）在西方源自希腊文，本义是长度大于宽度的稳定的直线体，衍生义项有"石柱""雕刻刀"等，后进入拉丁文，意为"雕刻刀"，并逐渐演化成作为比喻义的"风格"，指的是一种组织文字的特定方式。

在中国，风格的概念可以追溯到汉魏。其中曹魏时代的人物品藻之风是对个人风格的第一次大发现，其目的在于通过研究人的才能与秉性之间的关系来确定其能够胜任的官职。正如《群书治要》中所说："夫料才核能，治世之要也。凡人之才，用有所周，能有偏达，自非圣人，谁兼资百行，备贯众理乎？故明君圣主，裁而用焉。"所以当时就有刘劭的《人物志》等品评人物的著作出现。后来，这种风气逐渐转入文学领域。曹丕的《典论·论文》是探讨作家才能与文体之间关系的专门文章，至刘勰的《文心雕龙·体性》篇则已经发展为成熟的风格专论。不过中国古代文论的风格论既然以人物品评为基础，转入文学领域后还是不能摆脱其影响痕迹，主要表现在：第一，以人论文的现象非常普遍且绵延久远；第二，用以表示文学风格的字眼大都来自人物品藻，如"风""神""品""体""体貌""格调"等，它们本来都用于对人的形容。

通过上述可见，中西方文论中的风格概念渊源有自，事实上关于风格问题，两者还都有非常丰富的文论传统。总的来说，通过理论发掘，风格概念一般具有以下几个特点。

第一，个体独创和传统继承的统一。刘勰在《文心雕龙·体性》篇中说："情动而言形，理发而文见，盖沿隐以至显，因内而符外者也。"可见，风格是一个作家独特的个性气质的外在显现。早在西汉，扬雄就已经指出："言，心声也；书，心画也；声画形，君子小人见矣。"(《法言·问神》)由此便开始了中国古代文论"以人取文"的传统。在西方，布封的"风格即人"论断也流传甚广。进言之，如果说每一个活生生的个体本身都是一种风格，都是独一无二的，那么成熟的作品则是这种风格的完满表达，正如歌德所说，风格是"用来表明艺术已经达到和能够达到的最高境界"①。反过来，风格——正如黑格尔所说——也是"个别艺术家在表现方式和笔调曲折等方面完全见出他的人格的一些特点"②，即风格显示了作家个性，而能够完满表现作家个性的作品，也必然到处见出个体独创性的痕迹。如莱辛对莎士比亚赞美道："最小的优点也都打着印记，这印记会立即向全世界呼喊：我是莎士比亚的！"③但是，从另一方面来说，作品风格的个体独创性并非完全出自作者的自出机杼、无复依傍，相反，正如任何创新必然导源于传统一样，文学风格也必然受到传统风格的制约。刘勰在《文心雕龙·通变》篇中说："暨楚之骚文，矩式周人；汉之赋颂，影写楚世；魏之策制，顾慕汉风；晋之辞章，瞻望魏采。"至于何以如此，刘勰将其中的道理讲得十分明白："夫青生于蓝，绛生于茜，虽逾本色，不能复化。"丢弃了传统的积淀，任何变化都不可能有真正的生命活力，"故练青濯绛，必归蓝茜；矫讹翻浅，还宗经诰"。文学创作如此，作为其结晶的文学作品的风格当然也概莫能外。当然，作品风格的形成还受制于语言、文体、流派、社会环境等多种外在因素，这些因素本身也都是传统的一部分。总之，文学风格不可能完全来自作家的独创，任何新的文学风格的形成都可以追溯出其源于传统的演变痕迹。

第二，稳定性和变易性的统一。文学风格的形成是作家成熟的标志，而成熟的作家总能在其作品中传达这种风格，甚至这种风格在其全部作品中都有不可磨灭的痕迹。如果说"作家是作品之父"这个论断能成立的话，那么法国美学家丹纳的说法就是非常精当的："一个艺术家的许多不同的作品都是亲属，好像一父所生的几个女儿，彼此有显著的相像之处。"④中国清代美学家叶燮还为作品的"家族相似"特点找到了一个奠基于作者的共同源头，即"胸襟"。他在《原诗》中说："诗之基，其人之胸襟是也。有胸襟，然后能载其性情、智慧、聪明、才辨以出，随遇发生，随生即盛。"他还以杜甫为例说："千古诗人推杜甫，其诗随所遇之人之境之事之物，无处不发其思君王、忧祸乱、悲时日、念友朋、吊古人、怀远道。凡欢愉、幽愁、离合、今昔之感，一一触类而起，因遇得题，因题达情，因情敷句，皆因甫有其胸襟以为基。如星宿之海，万源从出，如钻燧之火，无处不发，如肥土沃壤，时雨一过，夭矫百物，随类而兴，生意各别，而无不具

---

① 转自王元化编译：《文学风格论》，6页，上海，上海译文出版社，1982。
② [德]黑格尔：《美学》，第1卷，朱光潜译，362页，北京，人民文学出版社，1958。
③ [德]莱辛：《汉堡剧评》，张黎译，374页，上海，上海译文出版社，1981。
④ [法]丹纳：《艺术哲学》，傅雷译，4页，北京，人民文学出版社，1963。

足。"叶燮说，有"胸襟"必有"面目"，作家不同的作品就是同一种"胸襟"在不同作品中所显现的"面目"，这些面目之间必有相似之处。另一方面，作家风格也不是铁板一块，而是有所变易、不断翻新的。古今中外文学史上难以辨认的伪书、仿制品、托名之作等比比皆是，之所以如此，不仅说明风格容易被模仿，而且也说明作家对于已经成熟的风格必须要有紧迫感，因为长时期地囿于固有的风格而无所突进，无异于故步自封、自我毁灭。因此，在原有基础上的创新和改进就显得非常有必要了，甚至完全颠覆以前风格的艺术家也大有人在。此外，风格的不稳定性、变易性还表现在作家的主观状态、写作环境的变化也会影响风格的表达，而且作家也有可能在作品中"饰伪"，扭曲自己的个性。因此元好问就对扬雄的心声心画论提出了质疑："心画心声总失真，文章宁复见为人。"（《论诗三十首》）钱锺书也说："'心声心画'，本为成事之说，实尟先见之明。"[1]可见，风格是不稳定的、容易变易的，但也正是在这种不断变易之中，才形成了五彩缤纷、多姿多彩的文学风格。因此文学风格是稳定性和变易性的统一、主导性和多样性的统一。

总之，文学风格既具有独创性，也具有继承性；既是稳定不变的，也需要不断改进。文学风格就是这种通和变、静和动的统一。

二、作品风格的制约因素

文学作品的风格既然是在传统中不断突创和改进的产物，它就必然并非孤立地存在，而是要受到多种因素制约，制约因素主要包括以下几种。

第一，主观因素。主观因素是形成文学风格的内在原因，也是最具有决定性的因素。刘勰在《文心雕龙·体性》篇中论述完情理外现于作品"因内符外"而形成文学风格之后，指出："然才有庸俊，气有刚柔，学有浅深，习有雅郑；并情性所铄，陶染所凝，是以笔区云谲，文苑波诡者矣。"刘勰这里讲到了形成文学风格的四种主观因素，即"才""气""学""习"，并说："若夫八体屡迁，功以学成；才力居中，肇自血气。气以实志，志以定言；吐纳英华，莫非情性。"可见，其中才情、血气来自先天因素，学问和习惯来自后天的培养，这两者结合共同锻造了作家的个性风格和文学风格。刘勰对此还做出了详细的例证：

> 是以贾生俊发，故文洁而体清；长卿傲诞，故理侈而辞溢；子云沈寂，故志隐而味深；子政简易，故趣昭而事博；孟坚雅懿，故裁密而思靡；平子淹通，故虑周而藻密；仲宣躁锐，故颖出而才果；公干气褊，故言壮而情骇；嗣宗俶傥，故响逸而调远；叔夜俊侠，故兴高而采烈；安仁轻敏，故锋发而韵流；士衡矜重，故情繁而辞隐。触类以

---

[1] 钱锺书：《谈艺录》，163 页，北京，中华书局，1984。

推，表里必符。岂非自然之恒资，才气之大略哉！

　　这些例证都说明了作家个性与文学风格的统一，刘勰称之为"各师成心，其异如面"，叶燮称之为"胸襟一面目"。总之，正是各种主观因素才决定了一个作家的外在风格。

　　第二，形式表达因素。在文论史上，有些研究者并不认为主观因素可以直接显现一个作家的精神气质，它同时要受到语言、形式、技巧等因素的制约。比如，关于文体对风格的影响，曹丕曾经做过这样的论述："盖奏议宜雅，书论宜理，铭诔尚实，诗赋欲丽。"（《典论·论文》）关于语言对于风格的影响，朗基努斯在《论崇高》一书中将影响崇高的因素分为五种，其中有两种即"修辞格的妥当运用"和"高尚的文辞"都涉及语言问题，事实上他所谓"崇高"就是指语言风格的崇高。关于表达技巧，贺拉斯曾经说过："假如你选择的事件是在能力范围内的，自然就会文辞流畅，条理分明。"①看来，选择一个自己熟悉的表达主题，也是作家的风格能否被贯彻的关键。此外，文学风格还受到作品的人物性格、形象塑造及叙事环境等因素的制约，跟具体的文学流派之间关系尤其密切。可见形式表达因素也是形成作品风格的一个重要环节。

　　第三，客观因素。除了主观因素和形式表达因素外，实际影响到作品风格的还有很多比较宏观的外在因素，它们包括：（1）地域环境。刘勰在《文心雕龙·物色》篇中指出："若乃山林皋壤，实文思之奥府，略语则阙，详说则繁。然屈平所以能洞监《风》《骚》之情者，抑亦江山之助乎！"可见，刘勰并不是纯粹的主观论者。关于地域环境对文学的影响，《北史·文苑传》中也有引证："江左宫商发越，贵于清绮；河朔词义贞刚，重乎气质。"中国文学的南北不同也跟山川地形等因素有关，古人已经看得分明。（2）民族文化传统。从文学史上看，各个民族、国家都有自己不同的文学风格，一个国家的不同民族之间也有明显的风格差异。比如，虽然都受到印度佛学思想的影响，但印度本土文学在形式风格上比较看重精彩华美的形式，而中国则比较清淡自然，强调"不著一字，尽得风流"（司空图《二十四诗品·含蓄》）的蕴藉美，甚至形成了重在"象外之象""余味曲包"的意境论，这跟两个国家不同的民族文化传统显然有内在关系。所以伏尔泰说："从写作的风格来认出一个意大利人、一个法国人、一个英国人或一个西班牙人，就像从他面孔的轮廓、他的发音和他的行动举止来认出他的国籍一样容易。"②（3）时代环境，包括政治气候、时代精神、文化政策等。刘勰说过："文变染乎世情，兴废系与时序。"他还以建安风骨举例说："观其时文，雅好慷慨，良由世积乱离，风衰俗怨，并志深而笔长，故梗概而多气也。"（《文心雕龙·时序》）文学的任何变化几乎都可以从社会变迁的角度找

---

　　①　[古希腊]亚里士多德、[古罗马]贺拉斯：《诗学·诗艺》，罗念生等译，139页，北京，人民文学出版社，1962。

　　②　转自伍蠡甫主编：《西方文论选》，上卷，323页，上海，上海译文出版社，1979。

到影响因素，所以清代诗人赵翼说："国家不幸诗家幸，赋到沧桑句便工。"语言的沧桑和国家的沧桑之间是有必然关系的，而后者往往会带来优秀的文学作品。对于这种影响关系，丹纳有着清醒的认识："群众思想和社会风气的压力，给艺术家定下一条发展的路，不是压制艺术家，就是逼他改弦易辙。"①

综上，文学作品的形成受到主观因素、形式表达因素和客观因素的制约，而且，这三种因素往往共同起作用，但有时候某些因素会起到直接的决定性作用，只是在不同的作家和作品里作用方式和程度有所差别罢了，也因此才形成了各种各样、形态各异的文学风格。

三、作品风格的基本类型

根据影响文学风格的三种因素，可以将前人对文学风格的区分类型大体上总结为以下几种。

第一，根据作家个性气质来分。由前文所引，刘勰在《文心雕龙·体性》篇中对此已经做了很好的区分。王国维进一步将诗人提炼为两种，即"主观之诗人"和"客观之诗人"，他说："词人者，不失其赤子之心者也。故生于深宫之中，长于妇人之手，是后主为人君所短处，亦即为词人所长处。""主观之诗人，不必多阅世，阅世愈浅，则性情愈真，李后主是也。""客观之诗人，不可不多阅世，阅世愈深，则材料愈丰富，愈变化，《水浒传》《红楼梦》之作者是也。"尽管对诗人进行这样的区分未必有严格的界限标准，但如果"文如其人"的说法可信，据此也可以将作品区分为两种不同的风格：前者哀婉凄清，缠绵悱恻；后者阅尽沧桑，豪迈粗粝。

第二，根据表达技巧来分。又可以细分为不同的类型，如根据文体来分，陆机在《文赋》中的区分最为典型：

诗缘情而绮靡，赋体物而浏亮。碑披文以相质，诔缠绵而悽怆。铭博约而温润，箴顿挫而清壮。颂优游以彬蔚，论精微而朗畅。奏平彻以闲雅，说炜晔而谲诳。

再比如，根据语言风格来分，刘勰在《文心雕龙·体性》篇中的分类对语言风格比较侧重：

若总其归涂，则数穷八体：一曰典雅，二曰远奥，三曰精约，四曰显附，五曰繁缛，六曰壮丽，七曰新奇，八曰轻靡。典雅者，镕式经诰，方轨儒门者也；远奥者，馥

---

① ［法］丹纳：《艺术哲学》，傅雷译，35 页，北京，人民文学出版社，1963。

采典文，经理玄宗者也；精约者，核字省句，剖析毫厘者也；显附者，辞直义畅，切理厌心者也；繁缛者，博喻酿采，炜烨枝派者也；壮丽者，高论宏裁，卓烁异采者也；新奇者，摈古竞今，危侧趣诡者也；轻靡者，浮文弱植，缥缈附俗者也。故雅与奇反，奥与显殊，繁与约舛，壮与轻乖。

此外，还可以根据文学形象、题材等进行区分，而文学流派本身就蕴含着深刻的风格内涵。

第三，根据客观因素来分。这种区分往往会带来宏观的群体性风格类别，比如，钱锺书的《谈艺录》认为"诗分唐宋"①，唐诗多以丰神情韵见长，宋诗多以筋骨思理见胜。著名学者缪钺在《论宋诗》中更具体地说道：

唐诗以韵胜，故浑雅，而贵蕴藉空灵；宋诗以意胜，故精能，而贵深析透辟。唐诗之美在情辞，故丰腴；宋诗之美在气骨，故瘦劲。唐诗如芍药海棠，秾华繁采；宋诗如寒梅秋菊，幽韵冷香。唐诗如啖荔枝，一颗入口，则甘芳盈颊；宋诗如食橄榄，初觉生涩，而回味隽永。譬诸修园林，唐诗则如叠石凿池，筑亭辟馆；宋诗则如亭馆之中，饰以绮疏雕槛，水石之侧，植以异卉名葩。譬诸游山水，唐诗则如高峰远望，意气浩然；宋诗则如曲涧寻幽，情境冷峭。唐诗之弊为肤廓平滑，宋诗之弊为生涩枯淡。虽唐诗之中，亦有下开宋派者，宋诗之中，亦有酷肖唐人者；然论其大较，固如此矣。②

根据地理气貌、文化传统、时代风气等因素也可以将文学风格区分为不同的形态，中国南北文风之别就是很好的例证。

第四，综合性区分。所谓综合性区分是指包括主客观因素和形式因素在内的一种总体性的区分方式，这种区分涉及的内容比较庞杂，往往不能够用一种分类原则来穷尽，司空图的《二十四诗品》就是这种分类方法。正如清代学者孙联奎在《诗品臆说》中所指出的："诗品重在摩神取象。"所谓"神"即意蕴内涵，所谓"象"即形象风貌，两者的结合也就是对诗歌意境的描述，因此，《二十四诗品》"重点是描绘诗境"，"是二十四种不同艺术风貌的诗歌境界"③。这二十四种诗歌境界分别是：雄浑、冲淡、纤秾、沉著、高古、典雅、洗炼、劲健、绮丽、自然、含蓄、豪放、精神、缜密、疏野、清奇、委曲、实境、悲慨、形容、超诣、飘逸、旷达、流动。与钟嵘的《诗品》不同的是，这里的二十四种境界没有优劣等级之别，它们都是中国艺术境界中的不同风格形态。

---

① 钱锺书：《谈艺录》，2 页，北京，中华书局，1984。
② 缪钺：《诗词散论》，17～18 页，上海，开明书店，1948。
③ 张少康：《中国文学批评史》，387～388 页，北京，北京大学出版社，2005。

📖 原典选读

一、刘勰论"体性"

夫情动而言形，理发而文见，盖沿隐以至显，因内而符外者也。然才有庸俊，气有刚柔，学有浅深，习有雅郑，并情性所铄，陶染所凝，是以笔区云谲，文苑波诡者矣。故辞理庸俊，莫能翻其才；风趣刚柔，宁或改其气；事义浅深，未闻乖其学；体式雅郑，鲜有反其习：各师成心，其异如面。若总其归途，则数穷八体：一曰典雅，二曰远奥，三曰精约，四曰显附，五曰繁缛，六曰壮丽，七曰新奇，八曰轻靡。典雅者，镕式经诰，方轨儒门者也；远奥者，馥采典文，经理玄宗者也；精约者，核字省句，剖析毫厘者也；显附者，辞直义畅，切理厌心者也；繁缛者，博喻酿采，炜烨枝派者也；壮丽者，高论宏裁，卓烁异采者也；新奇者，摈古竞今，危侧趣诡者也；轻靡者，浮文弱植，缥缈附俗者也。故雅与奇反，奥与显殊，繁与约舛，壮与轻乖，文辞根叶，苑囿其中矣。

若夫八体屡迁，功以学成，才力居中，肇自血气；气以实志，志以定言，吐纳英华，莫非情性。是以贾生俊发，故文洁而体清；长卿傲诞，故理侈而辞溢；子云沉寂，故志隐而味深；子政简易，故趣昭而事博；孟坚雅懿，故裁密而思靡；平子淹通，故虑周而藻密；仲宣躁锐，故颖出而才果；公干气褊，故言壮而情骇；嗣宗俶傥，故响逸而调远；叔夜俊侠，故兴高而采烈；安仁轻敏，故锋发而韵流；士衡矜重，故情繁而辞隐。触类以推，表里必符，岂非自然之恒资，才气之大略哉！

夫才有天资，学慎始习，斫梓染丝，功在初化，器成彩定，难可翻移。故童子雕琢，必先雅制，沿根讨叶，思转自圆。八体虽殊，会通合数，得其环中，则辐辏相成。故宜摹体以定习，因性以练才，文之司南，用此道也。

赞曰：才性异区，文辞繁诡。辞为肤根，志实骨髓。雅丽黼黻，淫巧朱紫。习亦凝真，功沿渐靡。

（刘勰：《文心雕龙·体性》）

二、姚鼐论阳刚之美与阴柔之美

桐城姚鼐顿首，絜非先生足下：

相知恨少，晚遇先生。接其人，知为君子矣；读其文，非君子不能也。往与程鱼门、周书昌，尝论古今才士，惟为古文者最少。苟为之，必杰士也，况为之专且善如先生者乎？

辱书，引义谦而见推过当，非所敢任。鼐自幼迄衰，获侍贤人长者为师友，剟取见闻，加臆度为说，非真知文、能为文也，奚辱命之哉！盖虚怀乐取者，君子之心；而诵所得以正于君子，亦鄙陋之志也。

鼐闻天地之道，阴阳刚柔而已。文者，天地之精英，而阴阳刚柔之发也。惟圣人之言，统二气之会而弗偏。然而《易》、《诗》、《书》、《论语》所载，亦间有可以刚柔分矣。值其时其人，告语之体，各有宜也。自诸子而降，其为文无弗有偏者。其得于阳与刚之美者，则其文如霆如电，如长风之出谷，如崇山峻崖，如决大川，如奔骐骥；其光也，如杲日，如火，如金镠铁。其于人也，如冯高视远，如君而朝万众，如鼓万勇士而战之。其得于阴与柔之美者，则其文如升初日，如清风，如云，如霞，如烟，如幽林曲涧，如沦，如漾，如珠玉之辉，如鸿鹄之鸣而入寥廓。其于人也，漻乎其如叹，邈乎其如有思，暖乎其如喜，愀乎其如悲。观其文，讽其音，则为文者之性情形状，举以殊焉。

且夫阴阳刚柔，其本二端，造物者糅，而气有多寡进绌，则品次亿万，以至于不可穷，万物生焉。故曰：一阴一阳之谓道。夫文之多变，亦若是已。糅而偏胜，可也，偏胜之极，一有一绝无，与夫刚不足为刚，柔不足为柔者，皆不可以言文。今夫野人孺子闻乐，以为声歌弦管之会尔；苟善乐者闻之，则五音十二律，必有一当，接于耳而分矣。夫论文者，岂异于是乎？

宋朝欧阳、曾公之文，其才皆偏于柔之美者也。欧公能取异己者之长而时济之；曾公能避所短而不犯。观先生之文，殆近于二公焉。抑人之学文，其功力所能至者，陈理义必明当，布置取舍、繁简廉肉不失法，吐辞雅训，不芜而已。古今至此者，盖不数数得，然尚非文之至。文之至者，通乎神明，人力不及施也。先生以为然乎？

惠寄之文，刻本固当见与，抄本谨封还。然抄本不能胜刻者。诸体中，书、疏、赠序为上，记事之文次之，论辨又次之。鼐亦窃识数语于其间，未必当也。《梅崖集》果有逾人处，恨不识其人。郎君令甥皆美才，未易量，听所好，恣为之，勿拘其途可也。于所寄文辄妄评说，勿罪勿罪。秋暑，惟体中安否？千万自爱。七月朔日。

（姚鼐：《复鲁絜非书》）

三、康德论崇高

第 25 节　崇高者的名称解说

我们把绝对地大的东西称为崇高的。但是，"是大的"和"是一个大小"，这是两个完全不同的概念（magnitudo［大］和 quantitas［量］）。同样，直截了当地（simpliciter［简单地］）说某种东西是大的，这也完全不同于说它是绝对地大的（absolute, non comparative magnum［绝对地、并非相比地大的］）。后者是超越于一切比较之上的大的东西。——但是，说某种东西是大的，或者是小的，或者是中等的，这种表述想要说的是什么呢？由此所表示的并不是一个纯粹的知性概念；更不是一个感官直观；同样也不是一个理性概念，因为它根本不带有任何知识原则。因此，它必定是一个判断力的概念，或者是起源自这样一个概念，并以表象与判断力相关的主观合目的性为基础。说某种东西是一个大小（quantum[量]），这可以从事物本身中无须与其他事物作任何比较就认识到，也就是说，如果同质的东西的多一起构成一的话。但它有多大，这在任何时候都需要本身也是大小的某种别的东西来作为它的尺度。因为在对大小做出评判时，不仅取决于多（数目），而且也取决于单位（尺度）的大小，而单位的大小总是又需要它能够与之比较的某种别的东西来作为尺度；于是我们看到，对显象的一切大小的规定完全不能提供关于一个大小的任何绝对的概念，而是永远只能提供一个比较的概念。

如果我现在绝对地说某种东西是大的，那么看起来，我根本无意作任何比较，至少是无意与客观的尺度作比较，因为由此根本没有确定该对象有多大。但是，尽管比较的尺度是纯然主观的，判断也依然要求普遍的赞同；用"这个人是美的"和"这个人是高大的"这两个判断都并不仅仅局限在作判断的主体上，而是和理论判断一样要求每个人的赞同。

但是，由于在把某种东西绝对地称为大的所借助的一个判断中，并不仅仅是要说该对象具有一个大小，而是要说这个大小同时是优先于许多其他的同类对象而赋予该对象的，但又没有明确地指明这种优先性；于是，当然就为这种优先性奠立了一种尺度来作为基础，人们预设这种尺度对于每个人来说都可以当作同样的尺度来采用，但它却不能用于对大小的逻辑评判（数学上确定的评判），而只能用于对大小的审美评判，因为它是纯然主观地为对大小做出反思的判断奠立基础的尺度。此外，它可以是经验性的，例如我们熟悉的那些人、某个物种的动物、树木、房子、山岭等诸如此类的事物的中等大小；或者它是一个先天地被给予的尺度，这尺度由于作评判的主体的缺陷而被具体地限制在展示的主观条件上，例如在实践上某种德性或者一个国家里公共自由和正义的大小，或者在理论上所作出的一种观测或者测量的正确性或者不正确性的大小，诸如此类。

这里值得注意的是：即使我们对客体根本没有任何兴趣，亦即客体的实存对于我们来说是无所谓的，但仅仅客体的大小，哪怕它被视为无形式的，也就能够带来一种愉悦，这种愉悦是可以普遍传达的，因而包含着我们的认识能力的应用中有一种主观的合目的性的意识；但绝不像在美者（因为它可以是无形式的）那里一样是对客体的愉悦，而是对想象力自身的扩展的愉悦。在美者那里，反思性的判断力则是与一般知识相关来合目的地调整的。

如果我们（在上述限制之下）关于一个对象直截了当地说它是大的，那么，这就不是一个数学上的规定性判断，而只是关于该对象的表象的一个反思判断，这表象对于我们的认识能力在大小估量上的某种应用来说是主观上合目的的；而且在这种情况下，我们就在任何时候都把一种敬重与这个表象结合起来，就像把一种轻视与我们直截了当地称之为小的东西结合起来一样。此外，事物或大或小的评判，关涉一切东西，甚至关涉事物的一切性状；因此，我们甚至把美也称为大的或者小的，对此应当到这里来寻找根据，即但凡我们能够按照判断力的规定在直观中展示（因而在审美上表现）的东西，全都是显象，因而也是一种量。

但是，如果我们不仅仅把某种东西称为大的，而且完全地、绝对地、在一切意图中（超越一切比较）把它称为大的，亦即把它称为崇高的，那么人们马上就会看出，我们不允许在该事物之外，而只允许在该事物之中去为它寻找与它相适合的尺度。这是一种仅仅与自身相等的大小。因此，说崇高者不应当到自然的事物中，而只应当到我们的理念中去寻找，就是由此得出的；但它存在于哪些理念中，这却必须留给演绎去谈。

上面的解说也可以这样来表达：与之相比别的一切都是小的，这种东西就是崇高的。这里很容易看出：在自然中不可能给出任何东西，即便被我们评判得如此之大，也不会在另一种关系中来看时被贬低到无限小的东西；而反过来，也没有任何东西如此之小，不会在与更小的尺度相比时对于我们的想象力来说被扩展到一个世界的大小。望远镜对前者的说明，显微镜对后者的说明，都给我们提供了丰富的材料。因此，没有任何能够是感官的对象的东西，立足于此来看可以被称为崇高的。但正因为在我们的想象力中有一种无限前进的努力，在我们的理性中却有一种对绝对的总体性亦即对一个真实的理念的要求；所以甚至我们对感官世界的事物做出大小估量的能力对于这个理念的不适应性，也在我们心中唤醒着一种超感性能力的情感；而且，是判断力为了后者（情感）起见自然而然地在某些对象上的应用，而非感官的对象是绝对地大的，但与这种应用相比任何别的应用都是小的。因此，是因某种使反思性的判断力活动起来的表象而来的精神情调，而非客体应当被称为崇高的。

因此，我们还可以给解说崇高者的上述语式再加上如下语式：哪怕只是能够设想地表明心灵有一种超越感官尺度的能力的东西，就是崇高的。

第 26 节　崇高者的理念所要求的对自然事物的大小估量

通过数目概念（或者它们在代数中的符号）所做的大小估量是数学的，但在纯然直观中（根据目测）所做的大小估量则是审美的。如今，我们虽然只能通过尺度为其单位的数目（必要时通过由延伸至无限的数目系列而来的接近）来获得某种东西有多大的确定概念；就此而言一切逻辑的大小估量都是数学的。然而，既然尺度的大小毕竟必须被假定为已知的，所以，如果它现在又应当只是通过另一个尺度为其单位的数目来估量，因而在数学上来估量的话，我们就会永远也不能拥有一个第一的或者基本的尺度，因而也不能拥有关于一个被给予的大小的任何确定概念。因此，对基本尺度的大小的估量必定仅仅在于，人们能够在一个直观中直接把握它，并通过想象力把它用于展示数目概念，也就是说，对自然对象的一切大小估量最终都是审美的（亦即主观上确定的，而不是客观上确定的）。

如今，虽然对于数学的大小估量来说没有任何最大的东西（因为数目的权限延伸至无限）；但是，对于审美的大小估量来说，却当然有一个最大的东西；而关于这个东西我要说：如果它被评判为绝对的尺度，主观上（对于评判主体来说）不可能有更大的尺度超过它，那么，它就会带有崇高者的理念，并且产生出没有一种通过数目所做的数学的大小估量（除非那个审美的基本尺度此际被生动地保持在想象力之中）所能够造成的感动；因为数学的估量总是通过与其他同类大小的比较仅仅展示相对的大小，而前一种估量则展示绝对的大小，只要心灵能够在一个直观中把握它。

直观地把一个量接纳入想象力，以便能够把它用做尺度，或者作为单位用于通过数目所做的大小估量，这就需要这种能力的两个行动：把握（apprehensio［把捉］）和总括（comprehensio aethetica［审美的总揽］）。把握没有什么困难，因为它是能够无限进行的；但是，把握推进得越远，总括就越变得困难，并且很快就达到其最大值，亦即其大小估量在审美上最大的基本尺度。因为如果把握达到如此之远，以至于感性直观的那些最初把握到的局部表象在想象力中已经开始淡化，而想象力却继续推进去把握更多的东西，那么，想象力在一方面所丢失的就与它在另一方面所获得的一样多，而在总括中就有一个它不能超越的最大的东西。

由此就可以解释萨瓦里在他关于埃及的报道中所说明的东西了：为了对金字塔的伟大获得完全的感动，人们就必须不走得离它太近，同样也不离它太远。因为如果离它太远，那么，把握到的那些部分（它的那些层层叠叠的石块）就只是被模糊地表象出来，而它们的表象就对主体的审美判断造不成什么影响。但如果离得太近，那么，眼睛就需要一些时间来完成从底部直到尖顶的把握；但在想象力接受尖顶之前，底部就在把握中淡化，而总括就永远不是完备的。——正是这一点，也足以能够解释有人所讲述的参观者第一次进入罗马圣彼得大教堂时突然向他袭来的震惊和某种困惑。因为这里有一种不适合的情感，即对于一个整体的理念来说他的想象力不适合于展示它，在这里想象力达到了它的最大值，而在努力扩展这最大值时就降回到自身，但却因此被置入一种动人的愉悦之中。

我现在还不想就这种愉悦的理由列举任何东西，这种愉悦是与一个人们最不应当有所指望的表象结合在一起的，因为这表象使我们察觉到表象对于判断力在大小估量方面的不适合性，因而也察觉其主观的不合目的性；相反，我仅仅说明，如果审美判断应当纯粹地（不与作为理性判断的任何目的论判断相混淆地）给出，而且就此应当给出一个完全适合审美判断力批判的实例，那么，人们就必须不是去指明艺术产品（例如建筑、柱子等）上的崇高者，那里有一个属人的目的既规定着形式也规定着大小，也不去指明自然事物上的崇高者，它们的概念已经带有一个确定的目的（例如具有已知的自然规定的动物），而是去指明未经加工的自然（而且只是就它不带有任何魅力，或者不带有出自现实危险的感动而言）上的崇高者，这是仅仅就它包含着大小而言的。因为在这种方式的表象中，自然不包含任何过大的东西（也不包含壮观的或者可怖的东西）；把握到的大小可以增长到任意的规模，只要它能够被想象力总括在一个整体中。如果一个对象消除了构成它的概念的那个目的，该对象就是过大的。但庞大的却只是指称某种概念的展示，该概念对于一切展示来说都几乎太大了（接近于相对过大的东西），因为展示一个概念的目的由于对象的直观对于我们的把握能力来说几乎太大而变得困难。——但是，一个关于崇高者的纯粹判断必须根本不以任何客体的目的为规定根据，如果它应当是审美的并且不与任何一种知性判断或者理性判断相混淆的话。

（［德］康德：《判断力批判》，《康德著作全集》，第五卷，李秋零译，

北京，中国人民大学出版社，2007）

四、司空图论诗的二十四种风格

1. 雄浑

大用外腓，真体内充。反虚入浑，积健为雄。具备万物，横绝太空。荒荒油云，寥寥长风。超以象外，得其环中。持之匪强，来之无穷。

2. 冲淡

素处以默，妙机其微。饮之太和，独鹤与飞。犹之惠风，荏苒在衣。阅音修篁，美曰载归。遇之匪深，即之愈希。脱有形似，握手已违。

3. 纤秾

采采流水，蓬蓬远春。窈窕深谷，时见美人。碧桃满树，风日水滨。柳阴路曲，流莺比邻。乘之愈往，识之愈真。如将不尽，与古为新。

4. 沉著

绿杉野屋，落日气清。脱巾独步，时闻鸟声。鸿雁不来，之子远行。所思不远，若为平生。海风碧云，夜渚月明。如有佳语，大河前横。

5. 高古

畸人乘真，手把芙蓉。泛彼浩劫，窅然空踪。月出东斗，好风相从。太华夜碧，人闻清钟。虚伫神素，脱然畦封。黄唐在独，落落玄宗。

6. 典雅

玉壶买春，赏雨茅屋。坐中佳士，左右修竹。白云初晴，幽鸟相逐。眠琴绿荫，上有飞瀑。落花无言，人淡如菊。书之岁华，其曰可读。

7. 洗炼

犹矿出金，如铅出银。超心炼冶，绝爱缁磷。空潭泻春，古镜照神。体素储洁，乘

月返真。载瞻星气，载歌幽人。流水今日，明月前身。

8. 劲健

行神如空，行气如虹。巫峡千寻，走云连风。饮真茹强，蓄素守中。喻彼行健，是谓存雄。天地与立，神化攸同。期之以实，御之以终。

9. 绮丽

神存富贵，始轻黄金。浓尽必枯，淡者屡深。雾余水畔，红杏在林。月明华屋，画桥碧阴。金尊酒满，伴客弹琴。取之自足，良殚美襟。

10. 自然

俯拾即是，不取诸邻。俱道适往，著手成春。如逢花开，如瞻岁新。真与不夺，强得易贫。幽人空山，过雨采蘋。薄言情悟，悠悠天钧。

11. 含蓄

不著一字，尽得风流。语不涉难，已不堪忧。是有真宰，与之沉浮。如渌满酒，花时返秋。悠悠空尘，忽忽海沤。浅深聚散，万取一收。

12. 豪放

观花匪禁，吞吐大荒。由道返气，处得以狂。天风浪浪，海山苍苍。真力弥满，万象在旁。前招三辰，后引凤凰。晓策六鳌，濯足扶桑。

13. 精神

欲返不尽，相期与来。明漪绝底，奇花初胎。青春鹦鹉，杨柳楼台。碧山人来，清酒深杯。生气远出，不著死灰。妙造自然，伊谁与裁。

14. 缜密

是有真迹，如不可知。意象欲生，造化已奇。水流花开，清露未晞。要路愈远，幽行为迟。语不欲犯，思不欲痴。犹春于绿，明月雪时。

15. 疏野

惟性所宅，真取弗羁。控物自富，与率为期。筑室松下，脱帽看诗。但知旦暮，不辨何时。倘然适意，岂必有为。若其天放，如是得之。

16. 清奇

娟娟群松，下有漪流。晴雪满汀，隔溪渔舟。可人如玉，步屟寻幽。载瞻载止，空碧悠悠。神出古异，淡不可收。如月之曙，如气之秋。

17. 委曲

登彼太行，翠绕羊肠。杳霭流玉，悠悠花香。力之于时，声之于羌。似往已回，如幽匪藏。水理漩洑，鹏风翱翔。道不自器，与之圆方。

18. 实境

取语甚直，计思匪深。忽逢幽人，如见道心。清涧之曲，碧松之阴。一客荷樵，一客听琴。情性所至，妙不自寻。遇之自天，泠然希音。

19. 悲慨

大风卷水，林木为摧。适苦欲死，招憩不来。百岁如流，富贵冷灰。大道日丧，若为雄才。壮士拂剑，浩然弥哀。萧萧落叶，漏雨苍苔。

20. 形容

绝伫灵素，少回清真。如觅水影，如写阳春。风云变态，花草精神。海之波澜，山之嶙峋。俱似大道，妙契同尘。离形得似，庶几斯人。

21. 超诣

匪神之灵，匪机之微。如将白云，清风与归。远引若至，临之已非。少有道契，终与俗违。乱山乔木，碧苔芳晖。诵之思之，其声愈希。

22. 飘逸

落落欲往，矫矫不群。缑山之鹤，华顶之云。高人惠中，令色絪缊。御风蓬叶，泛彼无垠。如不可执，如将有闻。识者期之，欲得愈分。

23. 旷达

生者百岁，相去几何。欢乐苦短，忧愁实多。何如尊酒，日往烟萝。花覆茅檐，疏雨相过。倒酒既尽，杖藜行歌。孰不有古，南山峨峨。

24. 流动

若纳水辀，如转丸珠。夫岂可道，假体如愚。荒荒坤轴，悠悠天枢。载要其端，载闻其符。超超神明，返返冥无。来往千载，是之谓乎。

（司空图：《二十四诗品》）

第四章 创 作 论

第一节 文学创作是一种艺术生产活动

一、艺术生产理论

(一)马克思主义的艺术生产理论

马克思主义认为:"宗教、家庭、国家、法、道德、科学、艺术等等,都不过是生产的一些特殊的方式,并且受生产的普遍规律的支配。"①从马克思唯物主义的立场出发,人类的艺术活动以人类的物质活动和历史活动为基础,符合"经济基础"决定"上层建筑"的模式,艺术活动的规律符合历史唯物主义的客观规律。从社会的角度来说,人类社会的艺术活动与艺术创作、传播和欣赏的过程,也是一种生产过程,也有生产力和生产关系的二元统一关系。

按照马克思主义对劳动的理解,劳动既是人类改造自然的需要,也是实现自身价值的需要。劳动是人的第一需要。所以,艺术生产作为人的劳动活动,也是具有二重性的,它既是人类面对世界的一种客观需要的体现,也是人类实现自身精神价值的需要。艺术品作为人类劳动的产品,一方面有着有形的、物质的一面,另一方面又与人类内在的精神价值有关。马克思主义的艺术生产理论以历史唯物主义的立场为基础,试图从人类客观历史发展的一面,来对人类的艺术做出解释。

为了进一步理解马克思主义的艺术生产理论,我们可以从两个方面来看待艺术:一是一般生产意义上的艺术,二是艺术意义上的艺术。

首先,从作为生产的艺术的视角看,文艺的现实生产形态是其社会本质的一个不可忽视的重要方面。艺术生产,说到底也不过是生产的一种特殊形态,作为生产的艺术,应该受生产的普遍规律支配。在市场经济条件下,文艺作品作为商品,无论其本身的艺术价值与交换价值或价格是否一致,在其交换行为或流通过程中,只需遵守同一统一物

---

① 《马克思恩格斯全集》,第3卷,298页,北京,人民出版社,2002。

（如货币）的规定，即按照生产商品的社会平均劳动量来计算该商品的价值。有形艺术产品的情况比较明显，无论在东方还是西方，像凡·高这样的画家或者米芾这样的书法家的作品，在历代收藏界都是有着明确的经济价值的。而文学艺术的情况比较特殊，因为文学艺术的形式有着很大的弹性，文学作品的经济价值往往是与出版业相关联的。对于以印刷品的形式固定下来的文学作品来说，版税和稿酬是非常重要的经济价值实现形式。一个有趣的现象是，一本书如果作为废旧纸张回收的话，它的价格将大大低于它的定价。然而马上我们就可以发现，即使是远比纸张和印刷费用高得多的定价，似乎也没有完全体现出艺术品应有的价值。出版商支付版权费用购得文学作品的出版权，并将这个费用以及他们预期的利润平均分摊到码洋里去，文学作品的经济价值，将体现在发行量中。所以说，很多离开所谓"文学本质"很远的因素，也会参与到这个市场过程中去。现代社会经常看到的图书签售、作家签约、文学作品改编成电影作品等现象，都是艺术的社会化大生产中应有的现象。马克思主义的基本立场是把历史也看作一个客观的过程，文学艺术作为历史过程自然也就不是生活在真空里的，从本质上来说，艺术生产理论所坚持的就是把文学艺术创作纳入社会历史的过程中去考量，这一点与其他文学理论立场是不一样的。比如，韦勒克认为文学研究可以分为外部研究和内部研究，内部研究即文学艺术的本质问题。但是按照马克思主义的艺术观，一个作为社会化大生产的艺术生产，其本质是没有这样"真空""纯粹"的可能性的。

其次，艺术生产的目的不像单纯的物质生产那样满足人们物质与生理的需要，而是按照审美需要来创造依附于一定的物质载体的精神产品，以满足人们的精神需要。艺术生产本质上是一种精神创造，是艺术家精神力量的对象化，艺术生产作为一种特殊的生产，更多地包含着艺术家的思想、情感、观念、素质、修养、趣味及心境等极为复杂的心理精神因素，它要求艺术家诸多的精神因素尽可能完美地融合为具有审美价值的形象。这是它与物质生产最根本的区别。因此，在提倡艺术走向市场，利用市场价值规律为艺术生产服务时，不能忘记艺术生产本质上是为了创造和追求审美价值，而不是单纯为了追求商业价值。马克思对此有非常明确的说明，在《政治经济学批判（导言）》中，他提出了物质生产发展同艺术生产的不平衡关系。在两者的关系方面，马克思主义反对教条的对应、平衡的理解，他认为艺术生产和物质生产不是绝对同步的。马克思说："关于艺术，大家知道，它的一定的繁盛时期决不是同社会的一般发展成比例的，因而也决不是同仿佛是社会组织的骨骼的物质基础的一般发展成比例的。"[1]如果不去研究和考察这种不平衡关系中间的环节，就无法真正地理解艺术。这种不同步性的原因是源自精神生产活动和艺术品价值的独特性。

马克思主义艺术生产理论的显著特点在于运用历史唯物主义的方法论，把艺术与人

---

① 《马克思恩格斯选集》，第 2 卷，28 页，北京，人民出版社，1995。

类客观历史进程相结合，把看起来似乎是独立的、个体的、私人化的艺术创作活动，以及传播和鉴赏，放在了统一的人类生产活动中。既然艺术创作具备了人类所有的创造性劳动都具有的特性，那么我们有理由把整个艺术范畴放进社会生产关系里去考察。难能可贵的是，马克思并没有同质化地处理物质生产与精神生产，而是论述了艺术生产与物质生产的不平衡性，这是马克思辩证唯物主义的精彩注脚，符合马克思主义对所有对立统一范畴的辩证法的一贯立场。

（二）西方马克思主义与艺术生产

西方马克思主义的文艺理论中，对艺术及其本质的论述卷帙浩繁，关于艺术和生产的评论尤以德国哲学家、文化批评家瓦尔特·本雅明和泰奥多·阿多诺等人最为重要。

本雅明在研读马克思主义的基础上，将马克思主义的生产概念与理论延伸到艺术领域，发展了艺术生产理论，该理论也成为法兰克福学派的一个重要组成部分。本雅明的艺术生产理论虽然是西方马克思主义文论的一个理论构成部分，但无论共时地从西方马克思主义文论内部来看，还是历时地从艺术发展史的角度来看，抑或将其放到更广阔的全球不同文化背景中比较来看，都有着和经典马克思主义不尽一致的理解。

同马克思主义一样，本雅明也认为艺术创作和物质生产有着共同的规律，是一种生产活动和过程。[1] 作为一种生产活动，艺术创作也应该具有"生产者—产品—消费者"三要素结构，也应该符合马克思主义关于生产力与生产关系的相关原理。如同物质生产力包含了生产资料与生产者的能力两方面一样，作为艺术生产力的要素之一，艺术家的技艺（技术）是艺术生产力的重要因素。

本雅明的著名文章《技术复制时代的艺术作品》于 1936 年发表在《社会研究杂志》（*Zeitschrift für Sozialforschung*）上，文章通过对电影艺术和摄影艺术的评论，讨论了工业时代艺术品的复制问题，其相关的观点对艺术生产进行了新的评价。本雅明首先意识到工业技术所带来的对艺术品的复制能力的提高，他认为，"艺术品的可技术复制性令它在世界历史中首次从寄生于宗教仪式的状况中解放出来"[2]。有人认为，"本雅明作为法兰克福学派最具影响力的理论家之一，则从当代传媒技术的发展中看到了建立新型艺术生产关系的美好前景，看到了其推动当代艺术走向民主化和革命化的现实可能性"[3]。本雅明的这种乐观，也被认为是和阿多诺、马尔库塞等其他西方马克思主义学者对工业时代艺术的怀疑相对的。事实上，本雅明并不认为技术的复制可以生产艺术的全部价值。他提出了"光晕"（aura）一说，认为艺术品具有的纯正性和唯一性使之具有光晕，

---

① 朱志荣：《西方文论史》，384 页，北京，北京大学出版社，2007。

② 转引自[德]斯文·克拉默：《本雅明》，鲁路译，118 页，北京，中国人民大学出版社，2008。

③ 谭好哲：《当代传媒技术条件下的艺术生产——反思法兰克福学派两种不同理论倾向》，《中国人民大学学报》，2013(2)。

有形的艺术品可以被复制，而唯一不能被复制的则是初本的纯正性。这种观念，也是对技术与艺术、物质生产与精神再现的辩证理解。事实上，本雅明已从技术和艺术的范畴区分上，看清楚了艺术生产和物质生产的内在矛盾统一。本雅明无疑对这种"光晕"的退化是乐观的，他对艺术品因唯一性所保有的、与宗教或者信仰有关的"崇拜价值"的褪色并不感到悲观，而是认为现代技术的复制能力使得艺术品的"展示价值"可以将艺术带向更广大的公众，推动艺术的革命与进化。

与本雅明相反，阿多诺并不认为艺术在工业文明之中看到了乐观的方向，他认为艺术生产是不以生产产品为目的的。在《审美理论》中，他指出艺术是一种监督者，不会长久地为交换关系所"玷污"，也不为了利润而存在。人类现有的对艺术的需要部分是虚假的，这种失去尊严的需要仅仅是为了交换价值，是功利性的，而真正的艺术是乌托邦。艺术的生产过程是艰辛的，其中有劳动与生产的存在，但是其产品却是"不屈服于现实之物"[①]。围绕这个乌托邦，阿多诺对现实的艺术生产持有一种抵触的看法，他认为："社会化越彻底，精神越物化，精神脱离真实自我的物化过程越背谬，有关厄运的极端意识也有沦为空谈的危险……绝对的物化以精神进步为前提性因素，如今正准备来全面地吞噬精神进步。"[②]资本主义生产关系所构建的普遍性交换原则从总体上摧毁了现代文化与艺术，并成了欺骗大众的文化产业。有了文化产业以后，艺术的生产不仅是批量的，甚至是有计划的，其目的是为了普及到尽量多的人群里去，以获得巨额的利润。实现这种效果的巨大力量，是技术进步带来的生产力的激增和与之相适配的资本主义生产关系。

法兰克福学派的学术成就中关于艺术的看法还有很多，比如，在康德美学的影响下，法兰克福学派的汉斯利克、马尔库塞等人都在研究中提出了"艺术自律"的问题。对现代文学艺术情有独钟的阿多诺也提出了"艺术自律"的问题。这种自律更多的是在发现物质进步与艺术发展的不平衡性的基础上，运用法兰克福学派一贯的批判性理论向度，对艺术的独特性进行考察与解释。在此基础上，阿多诺和霍克海默等人纷纷指出工业生产催生了大众文化的虚假需求，这种需求与艺术的自律是矛盾的，所以需要对艺术之美进行救赎。

无论是乐观的本雅明还是悲观的阿多诺，他们对艺术和历史的看法，其实印证了马克思主义的一个重要观点：艺术是社会生产，又是不同于物质生产的社会生产。

---

① ［德］格尔哈特·施威蓬豪依塞尔：《阿多诺》，鲁路译，140～141页，北京，中国人民大学出版社，2008。

② ［德］格尔哈特·施威蓬豪依塞尔：《阿多诺》，鲁路译，181页，北京，中国人民大学出版社，2008。

二、文学创作的艺术生产特征

（一）马克思主义视角下的文学艺术生产特征

观察马克思主义的艺术生产理论，我们可以总结出文学创作的一些特征。

第一，文学创作和其他艺术活动一样，都是一种特殊的生产活动。文学创作来自人类的创造性劳动，它既和物质劳动一样，与人的精力、体力等生理条件密不可分，同时需要精神活动所独有的审美能力。文学家的工作与抄写员的工作的本质区别在于：抄写员制造的有形产品，如文稿、文件、记录等，虽然也是在有形的物质载体上附加了精神活动的内容，但是却没有多少（甚至可以说没有）审美的意义。如果抛开记录特殊的内容，如文学家的口授、艺术家的口头演说等，抄写员等文字工作者的劳动目的更多的是记录信息、传递信息，而文学家则是利用书籍、报纸乃至信息时代的计算机存储空间、互联网空间等载体来表达艺术上的意义。马克思主义关于艺术生产与一般意义上的物质生产的对立统一的认识，可以非常好地解释文学创作的个别性、差异性和其劳动的精神属性。

第二，文学创作也和其他艺术活动的物质性有很大区别。雕塑、美术、建筑、音乐等艺术门类更突出其对技艺的要求和载体的特殊性。如果一个人不会使用刻刀、画笔、颜料、乐器或者没有掌握工程技术的某些专业知识，如结构力学、机械学等，就无法创造出雕塑、美术、音乐、建筑等艺术品。无论我们乐观地相信技术会对艺术的提升起到正面作用，还是悲观地叹息艺术会被技术发展和现代社会的进一步深化发展所扼杀，我们都很难忽视以上艺术门类对技艺的依赖。文学艺术所使用的技术是语言层面上的东西。由于语言是本能，所以我们有理由相信，无论是大文豪还是市井平民，都有可能坚信自己对语言的驾驭是足以用于生产文学作品的。就载体而言，文学作品对书籍等印刷品载体的依赖，远不如雕塑对石材、美术对画布。就从以口头创作为重要形式的民间文学来看，文学艺术的载体有时候显得相当抽象和不确定。所以文学生产的抽象性、精神性与一般物质生产的区别，远远大于很多艺术门类。

第三，文学作品在社会生产中的商品属性和经济价值，由于其抽象性和精神性的高度凸显，而显得很难量化和评估。我们很难断定到底是考古学和收藏界的稀缺性还是文学作品本身的艺术价值对莎士比亚手稿的估价起到了更大的作用，我们也很难评估民间文学和口头文学的实际经济价值。即便是最普通的作家写作的最普通的作品，要是能公开出版的话，这些印刷品的价格也绝不是纸张价格和其他商业因素所能简单决定的。

第四，狭义生硬地理解"生产"的含义有可能是对艺术创作庸俗化理解的原因。在社会化大生产技术进步的工业时代，无论是乐观的本雅明用"光晕"来捍卫艺术品的纯洁性还是悲观倾向的阿多诺、马尔库塞等人希望艺术保留乌托邦的属性，都有可能是因为对"生产"的理解不同而造成的。更何况，在大众消费文化高度发达的现代社会，工业文明带来的消费欲望更进一步加深了公众对艺术的庸俗化理解。其实马克思早已说明"生产"的本质，即人类利用劳动面向自然和自身的对象性活动。在资本主义的生产关系下，物质生产以市场为依托并以追求利润为目标，人的劳动被商品化，就造成了包括艺术创作在内的劳动也被商品化。所以如果要拯救"艺术生产"，就必须正确理解"生产"的含义，尊重人类不同形态的劳动。

(二)中国古代文论的艺术与技术辩证法

如果我们仅从西方的角度来看待艺术创作(生产)及其特征，无疑是不足的。因为一讲到文学艺术的创作问题，我们就无法回避这样一个问题，即它涉及全人类所有的文学。不同的民族、不同的国家、不同的文明，都有着具有各自特性的文学艺术，显然不能用一种绝对的、一刀切的方式去解读它们。文学批评理论虽然是相对形而上的范畴，但也不能抹杀文学艺术的个体性和多样性。我们一方面必须努力去归纳和总结人类整体文学的共同审美经验，另一方面也不能用一种绝对的文本化和概念化的方式去消解不同文明背景下文学艺术的巨大差异性。那么作为一种西方的理论，艺术生产理论在非西方的文学艺术里是否有着同等的解释力，或者说是否能够在非西方的语境下得到呼应呢？这个问题必须用比较的方法去寻找答案。众所周知，世界文学形态万千，批评理论百家争鸣，就东方文明来说，中国、印度、日本、阿拉伯世界和东南亚诸国等广袤的东方世界里，对文学艺术的解读也是形态各异的，本小节以中国古代文论的一些命题为例，从这种比较的视角来对话艺术生产理论，以期获得全面的认识。

艺术生产理论是一个西学的概念，中国虽无这种概念和话语系统，但是并不代表中国文论传统是用完全不同的理念来看待文学艺术的。其中，能与西学相对话的，当属文学艺术性和技术性的辩证范畴。

首先从批评方法来看，如上所说，中国古代文论中并无艺术生产的概念。比之于西方的社会历史批评方法，中国文论在话语表达上更重文字艺术本身，但实际上中国的文学批评从来都是和社会历史联系在一起的。郭绍虞认为文学批评所形成的主要关系，一方面是文学的关系，即文学的自觉，另一方面是思想的关系，即佐以批评的依据。文学批评会连带学术思想，因此从中国的文学批评，也足以看出其社会思想背景。① 其次从内容上来看，中国古代文论的很多讨论，都涉及文学艺术的本质问题和文学创作的技术问题。而这些探索所产生的思想，很多又体现在"文""质""道""艺"等范畴关系上。

孔子在"尚文"和"尚用"之间善于调剂，一方面强调"诗"的重要，另一方面这种强调

---

① 郭绍虞：《中国文学批评史》，7页，北京，商务印书馆，2010。

又主要是从教化作用上来说。比如，《论语》里的著名论断："诗可以兴，可以观，可以群，可以怨；迩之事父，远之事君；多识于鸟兽草木之名。"（《论语·阳货》）这种把文学艺术和思想教化紧密结合的方式，一直影响着中国后世的文学批评（当然影响后世批评的也不止儒家的一家之言）。在众所周知的中国古代文学复古思潮涌动时期，隋朝王通在《中说·事君》里说"古君子志于道，据于德，依于仁，而后艺可游也"，又引孔子之说"学者，博诵云乎哉！必也贯乎道"，开启了论文重道的先声。之后的复古运动提倡"文以贯道"，北宋以后道学昌盛，又进一步发展到"文以载道"。究其原因，是从内质来批评文学比从外形来认识文学更困难，所以只能以古代圣贤的著作思想为标准。唐人论文，以古昔圣贤的著作为标准；宋人论文，以古昔圣贤的思想为标准。但是这两种标准也是有区别的，因为贯道是以文为先来显出道，载道是因道成文，于是唐代仍有古文家，而宋代却是有很多道学家了。①

中国的文学艺术形式是紧紧地与"道"结合在一起的。文学艺术形式的一种重要体现是"文采"。孔子说"郁郁乎文哉"（《论语·八佾》），这里的"文"既是文字、文学的意思，又有德行、伦理的意思，可以看得出来在这里道与术是紧密联系的。曹顺庆先生认为："中国的文采论，从一开始就紧紧地与伦理道德连为一体。在中国诗学家看来，文采的重要性并不在于它体现了形式美的规律，而在于它象征着人的伦理道德，象征着尊卑等级，象征着政治的兴衰治乱。"他进一步指出老庄也辨析"文""道"关系，只是道家的"道"与儒家不同，是"无为而无不为之'道'"，是"归真返璞之'德'"。中国的文道论对中国古代艺术和诗学理论产生了深远而重大的影响。②

讲中国古代的文学批评理论，还必须要说到《文心雕龙》。刘勰所处的时代，文学形式发达，赞之者认为其华丽，无论创作还是批评，都在声律、修辞等方面取得了很大的成就；否定的人又认为其创作太重藻饰，文风浮夸而讹滥。其实我们应该看到，正因为汉末之后儒家正统思想式微，加之佛学思想的东渐，以及道家及其他思想的争鸣，所以南北朝时期的文学观对艺术的理解其实更接近于纯艺术本身。关于艺术本身的属性问题，往往又被归之于"道"。《原道》篇说"文之为德也大矣，与天地并生者何哉？……心生而言立，言立而文明，自然之道也"，又说"人文之元，肇始太极"，还有"谁其尸之，亦神理而已"。可以看出，刘勰讲的"道"更多是自然之道。这些情况说明，在中国古代文论思想里，在一定时期和一定程度上将文学艺术的本质归之于"道"。更重要的是，不管归之于何种"道"，至少说明一点，就是中国古代文论从来就没有把文学当作一个纯技术的东西。

不把文学当作简单的技艺，不代表就不关注技术层面的问题，《文心雕龙》创作论诸

---

① 郭绍虞：《中国文学批评史》，10～11 页，北京，商务印书馆，2010。
② 曹顺庆：《中西比较诗学》，59 页，北京，中国人民大学出版社，2010。

篇《神思》《体性》《风骨》《情采》《通变》，以及关于写作的技术问题的《镕裁》《声律》《章句》《丽辞》《比兴》《练字》等章节，都系统地讨论了文学的技术问题。比如，《通变》一篇讲："是以九代咏歌，志合文则，黄歌断竹，质之至也；唐歌在昔，则广于黄世；虞歌卿云，则文于唐时；夏歌雕墙，缛于虞代；商周篇什，丽于夏年。至于序志述时，其揆一也。暨楚之骚文，矩式周人；汉之赋颂，影写楚世；魏之策制，顾慕汉风；晋之辞章，瞻望魏采。榷而论之，则黄唐淳而质，虞夏质而辨，商周丽而雅，楚汉侈而艳，魏晋浅而绮，宋初讹而新。从质及讹，弥近弥澹。何则？竞今疏古，风味气衰也。今才颖之士，刻意学文，多略汉篇，师范宋集，虽古今备阅，然近附而远疏矣。夫青生于蓝，绛生于茜，虽逾本色，不能复化。桓君山云：予见新进丽文，美而无采；及见刘扬言辞，常辄有得。此其验也。故练青濯绛，必归蓝茜，矫讹翻浅，还宗经诰。斯斟酌乎质文之间，而櫽括乎雅俗之际，可与言通变矣。"它以九朝之文为例，具体论述了创作随时代发展的规律。最后刘勰在《序志》里说："若乃论文叙笔，则囿别区分；原始以表末，释名以章义，选文以定篇，敷理以举统；上篇以上，纲领明矣。至于割情析采，笼圈条贯：摛神性，图风势，苞会通，阅声字。"全面总结了各篇关于文学技术的问题。至于历代关于声律、格律、文体、修辞等问题的讨论，更是不计其数。

但是，"道"与"艺"还是有轻重之分的，至少在美学方面如此。叶维廉认为中国传统的美感视境一开始就是超脱分析性、演绎性的，主张"封（分辨、分析）始则道亡"。从批评的标准来看，中国文学不太讲究严密论证的逻辑，而是从"领悟"的方式来看待文学创作。"它只如火光一闪，使你瞥见'境界'之门，你还需跨过门槛去领会。"①从文学批评方法反观文学创作问题，可以看得出来，中国文学在一定程度上是重"道"轻"艺"的，但是这个"艺"指的是技术的问题，而不是现代汉语中的"艺术"。就艺术的特殊性来说，中国文学是把它归结于一个"道"的问题。反观马克思的艺术生产理论，我们可以发现，马克思主义是坚持艺术生产与物质生产的对立统一的。我们固然不能认为"艺术性""道"就是艺术生产的唯一特性，或者说是精神生产的唯一特性，也不能完全断定"技术性""艺"完全是文学的物质方面，但是这些中国和西方的批评理论的范畴，却是有着千丝万缕的联系的。这种联系体现在两个方面：一是二分法，马克思主义区分了物质生产和艺术生产的特性，指出处于精神领域的艺术生产是具有自己独特性质的一种产品生产方式。中国文论无时无刻不在进行着二分，例如，"道"与"艺"、"文"与"质"、"尚文"与"尚用"等。每一对对立的范畴都有一个有形的存在，如"文""艺""用"等；也有一个抽象的对立面，如"道""质""（尚）文"等。这种二分法强调和独立呈现了文学创作（生产）的独特性质，从本质的层面上阐释了艺术的性质。二是统一论，马克思主义唯物主义辩证法的基本立场就是对立统一的矛盾观，艺术生产和物质生产在社会化生产的意义上是统一的。中国古

① 叶维廉：《中国诗学》，3～5页，北京，人民文学出版社，2006。

代文论也是如此，既不把文"道"完全地形而上学化，也不单独地讨论文学艺术的技术问题，而是把二者处理为对立统一的范畴。"文以载道""道沿圣以垂文""文之为德也大矣"等观念和表述，就是这种统一论的体现。

中国古代文论中关于文学艺术的本质与形式的讨论，以及艺术与技术的辩证，对我们今天用对话的眼光来看待西方舶来的文学理论——艺术生产理论，具有很大的参照和比较意义。我们必须认识到文学艺术是人类共有的历史和社会存在，它的丰富性、多层性可以有很多解读，艺术生产理论从精神创造的角度对其做出了阐释，具有很大的价值。但是我们也不能生硬教条地照搬西学理论成果，还是要从世界文学的宏大视角和用文明比较的方法来看待它。

📖 原典选读

一、本雅明论现代艺术生产

在漫长的历史长河中，人类的感性认识方式是随着人类群体的整个生活方式的改变而改变的。人类感性认识的组织方式——这一认识赖以完成的手段——不仅受制于自然条件，而且也受制于历史条件。在民族大迁徙时代，晚期罗马的美术工业和维也纳风格也就随之出现了，该时代不仅仅拥有了一种不同于古代的新艺术，而且也拥有了一种不同的感知方式。维也纳学派的著名学者里格耳和维克霍夫首次由这种新艺术出发探讨了当时历史空间中起作用的感知方式，他们蔑视埋没这种新艺术的古典传统。尽管他们的认识是深刻的，但他们仅满足于去揭示晚期罗马时期固有的感知方式的形式特点。这是他们的一个局限。他们没有努力——也许无法指望——去揭示由这些感知方式的变化所体现出来的社会变迁。现在，获得这种认识的条件就有利得多。如果能将我们现代感知媒介的变化理解为韵味的衰竭，那么，人们就能揭示这种衰竭的社会条件。

那么，究竟什么是光韵呢？从时空角度所作的描述就是：在一定距离之外但感觉上如此贴近之物的独一无二的显现。在一个夏日的午后，一边休憩着一边凝视地平线上的一座连绵不断的山脉或一根在休憩者身上投下绿荫的树枝，那就是这座山脉或这根树枝的光韵在散发，借助这种描述就能使人容易理解光韵在当代衰竭的特殊社会条件。光韵的衰竭来自两种情形，它们都与大众运动日益增长的展开和紧张的强度有最密切的关联，即现代大众具有要使物更易"接近"的强烈愿望，就像他们具有通过对每件实物的复制品以克服其独一无二性的强烈倾向一样。这种通过占有一个对象的酷似物、摹本或占有它的复制品来占有这个对象的愿望与日俱增，显然，由画报和新闻影片展现的复制品就与肉眼目睹的形象不尽相同，在这种形象中独一无二性和永久性紧密交叉，正如暂时性和可重复性在那些复制品中紧密交叉一样。把一件东西从它的外壳中撬出来，摧毁它的光韵，这是感知的标志所在。它那"世间万物皆平等的意识"（约翰·V. 耶森）增强到了这般地步，以致它甚至用复制方法从独一无二的物体中去提取这种感觉。因而，在理论领域令人瞩目的统计学所具有的那种愈益重要的意义，在形象领域中也重现了。这种现实与大众、大众与现实互相对应的过程，不仅对思想来说，而且对感觉来说也是无限展开的。

（［德］瓦尔特·本雅明：《机械复制时代的艺术作品》，王才勇译，
北京，中国城市出版社，2002）

二、马尔库塞论艺术自律

艺术一旦与物质过程分离，它就能使产生于这个生产过程的现实，失去其神秘性。艺术向现存现实的垄断性宣战，以便去确定什么东西是"真实的"，艺术是通过创造一个虚构的世界，即一个"比现实本身更真实"的世界，去达到这个目的的。

赋予艺术的非妥协的、自律的性质以审美形式，就是让艺术从"介入的文学"中挣脱出来，从实际生活和生产过程的王国挣脱出来。艺术有其自身的语言，而且也只能以自身的语言形式去提示现实。此外，艺术还有它本身的肯定维度和否定维度；这个维度是不能同社会的生产过程结合的。

的确，人们可能把《哈姆雷特》和《伊芙琴尼亚》的场景，把上层阶级的宫廷世界，转换为物质生产的世界；人们也能够从改变《安提戈涅》的历史框架着手，使这出剧的情节现代化；即使那些最伟大的古典的和资产阶级的文学主题，都能够用说着日常语言、而且是来自物质生产过程的人物去表现或表述(如吉哈特·霍普曼的《织布工》)。然而，假如这种"转换"的目的，是为了洞悉和领悟日常现实，那么，它就必须受制于审美的文体，也就是说，它就必须编入小说、戏剧或故事中。这些文学形式中的每一个句子，都有其自身的节奏和分量。艺术的这种文体化，揭示出每一特殊社会情境中的普遍性，换言之，揭示出在整个客观性中，不断再现和奋力欲求着的主体。正是在艺术所保存的这种永恒常在的主体性中，革命发现了它以往的局限性，以及重新燎原的火种。这种保留在艺术中的永恒常在的主体性，并不是作为一桩财产，也不是作为一个不可变更的本性，而是作为对过去生活的遥想：即对挂在虚幻与实在、虚伪与真诚、快乐与死亡之间的人生的遥想。

那种记录在作品中，并且被历史发展超越着的特定的社会标尺，就是无产阶级的社会氛围，或是他们的生活世界。无产阶级要超越的正是这种生活世界，这就像莎士比亚和拉辛笔下的王子们，超越了绝对主义的宫廷世界；斯汤达笔下的自由民，超越了资产阶级世界；布莱希特笔下的穷光蛋，超越了无产阶级世界一样。无产阶级的这种超越产生于与他们的生活世界的冲突，这些冲突，表现在那些特定历史条件背景下的事件中，而这些特定条件本身，在这个时候还不能产生揭露自身的力量。陀斯妥也夫斯基的《被侮辱与被损害的》一书和雨果的《悲惨世界》一书，并非仅仅悲愤那种对特定社会阶级的不公正，它们所悲愤的，是所有时代的非人性。它们代表了人性本身，它们的命运所显示的普遍性，超越了阶级社会的普遍性。事实上，阶级社会本身就属于那个自然撞击着社会框架的世界的一部分。爱欲与死欲在参加和依靠阶级斗争中确证着自身的力量。不过，我们也清楚地看到，阶级斗争并不总对"有情人难相守"这样的事实"负责任"。完满和死亡殊途同归，任何浪漫的修饰和社会学的解释，都不会失掉它真正的感人力量。人类与自然的神秘联系，在现存的社会关系中，仍然是他的内在动力，创造着他本己的元社会（metasocial）维度。

我们通过伟大的文学作品，能认知一种无罪的罪恶，这可以在《俄狄甫斯王》中得到验证。这是一个可能变化的东西和不可能变化的东西的领域，从中可以清楚地看到，在作品揭示的社会中，人们不再信仰神谕。这也许就是那种没有乱伦禁忌的社会。但是，人们难以想象，会存在一个取消了机遇或命运、取消了十字路口的遭遇、取消了情侣的重逢，而且还取消了同地狱相会这样一个社会。即使在统治术上达到登峰造极的极权体制中，唯有命运的形式能够改变。机械的东西一方面可以发挥其控制的机制，另一方面还可以发挥其命运的机制，这种机制在尚未被征服的自然那部分中，仍将继续显示自己的力量。一旦自然被完全控制后，就会使机械的东西失去其材料和物质内涵，而机械的东西所依赖的，正是这些东西残酷的客观性和抵抗力。

在很大程度上，艺术的元社会维度已在资产阶级文学中成为顺理成章的东西了，哪里有个人与社会之间的遭遇，哪里就有灾难出现。不过，艺术的社会内涵，对个人的命运来说，是次要的东西。在《人间喜剧》中，巴尔扎克（人们喜欢以他为例）尽管有其本身的"反革命"政治偏见和癖好，但是，难道不正是他，描绘了金融和企业资本主义的运动力量吗？是的，他的时代的社会状况，在他的作品中有着栩栩如生的再现；但是，审美形式已经"吞没"和改造了这种社会的变革力量，并把它织入吕西安·德·卢班布雷、吕塞冈和瓦丹这些特定人物的故事中。这些人物行动和受难于他们时代的社会中。事实上，他们才是这个社会的代表。可见，《人间喜剧》的审美性质及其真理存在于社会的个体化中。借助这种变换，个人命运中的普遍性，才从这些个人独特的社会条件中显现出来。

即使在那些表现资产阶级反对贵族的斗争，和争取自身的自由的小说或戏剧中（如莱辛的《爱弥拉·伽罗蒂》，歌德的《埃格蒙特》、《狂飙与突进》，席勒的《阴谋与爱情》），也正是个人的生存与死亡这些个人的命运，才是赋予作品以形式的东西。这些个人的命运，即这些作品中的主人公的命运，并不是阶级斗争参加者的命运，而是情侣、恶棍、白痴等具体人物的命运。

歌德《少年维特之烦恼》中维特的自杀，是由双重动机决定的，首先，是情种体验到爱情的悲剧（该悲剧并非仅仅是占统治地位的资产阶级首先挑起的）；其次，是资产者受尽了贵族掷来的轻蔑。这两种动机，在作品的结构中是否有内在联系？从该书中可以看到，阶级的内容曾鲜明地表现着：在维特自杀的那间房子的桌上，就摆着打开的莱辛描写勇敢的资产者的剧本《爱弥拉·伽罗蒂》；但是作为整体的作品，主要是情侣和他们的世界的故事，在这个世界中，资产阶级的因素只是一段插曲。

这种在艺术作品中把社会个人化、把现实崇高化、把爱情和死亡理想化的情形，在马克思主义美学中常常被斥为麻痹人和压迫人的意识形态。马克思主义美学谴责那种把社会冲突转化为个人命运的做法，谴责从阶级情境的逃避，谴责问题的"贵族"性质，谴责主人公虚幻的自律。

但是，这种谴责忽视了那种确实包含在社会内容升华中的批判潜能。当两个世界冲突时，它们都有各自独特的真理。艺术的虚构创造的是自身的现实，这种现实即使遭到现存现实的否定，也仍有存在的理由。个人的正确与错误和社会的正确与错误是相对峙的，就是在最具政治的作品中，这种对峙也不仅仅是政治的对峙。恰恰相反，我们可以说，具体的社会冲突，正是由个体与个体、男人和妇女、人类与自然之间的元社会力量的作用造成的。生产方式的变革，并不会取消这种原动力。即使一个自由的社会，孔雀可能使这些力量"社会化"；虽然自由的社会可能将个人从他们对这些力量的盲目依从中解放出来。

历史构织着一幅解放的新世界的图景。发达资本主义已经显露出超越一切传统概念的解放的现实可能。这些可能又重新提出了艺术消亡的观念，因为，在技术进步的解放潜能中，具体化了的自由的根本可能性，使艺术的传统功用似乎已成为明日黄花，或者说，至少不再把艺术看成是由于脑力与体力劳动分工而形成的劳动分工的一个专门部门。当社会不再排斥优美和完满的意象时，它们就会自行消亡，因为，这些意象在一个自由的社会，就成为真实的东西的诸多面。即使今天在现存社会中，保留在艺术中的起诉与承诺的因素，也失却了它们非真实的、乌托邦的性质，从而能在一定程度上传递着反抗运动的策略（就像它们在六十年代所做的那样）。即使艺术以残缺不全的形式做到这点，它们在性质上也已不同于以前的时代。今天，这些性质上的差异，表现在抗议把生活界定为劳动，表现在与整个资本主义和国家社会主义的劳动组织形式（如生产线、泰勒制、科层制）做斗争，表现在终结"一长制"，表现在重建被破坏了的生态环境，表现在发展和培植道德和新感性。

这些目标的实现，既不能指望资本主义制度的彻底重建，也不能指望以资本主义方式与资本主义竞争着的社会主义社会。那些在今天显露出来的可能性，毋宁是以一种崭新的现实原则组成的社会的可能性。在这个社会中，生存不再终生对异化式劳动和闲暇的需求所决定，人类也不再受他们劳动工具的指使，不再被强加于他们的施行活动所控制。在物质和意识形态方面压抑人和贬低人的整个制度将失去意义。

但是，即使出现这样的社会，也不意味着会消亡，也不意味着悲剧会被取消，也不意味着狄奥尼索斯和阿波罗的冲突会得以调和。艺术不可能让自己摆脱出它的本原。它是自由和完善的内在极限的见证，是人类植根于自然的见证。艺术在它创造的所有东西中，都证明着辩证唯物主义的真理，即主体与客体、个体与个体之间永远不可能达到同一。

　　艺术借助它的超历史性的和普遍的真理，不仅呼唤着一种特定阶级的意识，而且呼唤着、发展着所有促进生命的潜能、作为"类的存在"的人类意识。那么，这种意识的主体是谁呢？

　　马克思主义美学认为，作为特定阶级而成为普遍阶级的无产阶级就是这个主体。而且，强调的正是"特定"上：在资本主义社会中，唯有无产阶级对保留现存社会没有兴趣。无产阶级摆脱了现存社会的所有价值，因而能自由地为解放全人类而奋斗。按照这种观点，无产阶级意识也就可以成为保证艺术真实性的意识。可是，与这种理论相应的那种社会背景，在发达的资本主义国家不再（或未曾）占主导地位。

　　吕西安·哥德曼曾指出在发达资本主义时代，马克思主义美学所面临的核心问题。如果无产阶级不是现存社会的否定力量，反而在很大程度上被这个社会整合了，那么，马克思主义美学就会遇到这样一种历史情境，在这个情境中，虽然真实的文化创造形式（哪怕以潜在的形式）不再附着于特定社会集团的意识，但真实的"文化创造形式"依然存在着。因此，关键的问题是：当经济结构和文化表现之间的连接点出现在"集体意识"之外，当没有先进阶级的意识作为基础，当这种意识得不到表现时，那么，又怎么能够产生经济结构和文学表现之间的连接点呢？

　　阿多诺对此回答道：在这种历史背景下，艺术自律以一种极端的形式，即以不和解、疏远化的形式，证明着艺术自身的存在。在整合了的意识或僵化的马克思主义美学看来，这些疏远化的艺术作品，不外都是贵族的或腐朽的症兆。然而，它们事实上却是矛盾的真实形式，因为，它们起诉着吞噬掉所有东西（甚至疏远化作品）的社会一体性。这种对现实的起诉，并不失去它们的真理和它们的希冀。当然，社会的"经济结构"也证明着它们自身的存在，它们决定着作品的使用价值（以及交换价值），但是它们不能决定作品是什么和作品说什么。

　　哥德曼的著作，涉及一个特定的历史条件，即涉及无产阶级被整合在发达的垄断资本主义社会中。但是，即便无产阶级没有被整合，它的意识也不再成为保存或重新构造艺术真理的独享的、唯一的力量。假如艺术真是为任何阶级集团服务的，那么，正是个休从艺术中意识到自身对普遍解放的渴望，从而团结起来，超越自身的阶级地位。尼采的《查拉图斯特拉如是说》的献辞中，"为所有人而不为单个人"（Fur Alle und Keinen）这句话，也可能正适用于艺术的真理。

（［美］赫伯特·马尔库塞：《审美之维》，李小兵译，

北京，生活·读书·新知三联书店，1989）

第二节 文学创作过程

一般来说，谈及文学创作过程时，往往会从三个范畴说起：一是起兴，二是构思，三是物化。当我们看到这几个范畴的名称时，要承认这种名称化的方式是具有中国语言文学特色的。前文讲到《文心雕龙》的创作论系统地探讨过这些范畴，本节我们可以以之为例，参照中国其他时代的一些文学批评的观点，并将之与西方文学批评理论的某些论断来做一个比较，从文学整体的立场上来把握文学创作过程的特点和要素。

一、起兴阶段

关于起兴的问题，一般指文学家创作时文思涌动的一种状态，这与其他艺术创作中产生灵感的过程相通，起兴也是一种灵感流动和产生表达欲望的状态。《文心雕龙·原道》篇讲："夫以无识之物，郁然有彩，有心之器，其无文欤。"从理论上指出了人类文思发生的能动性根源。而后又说："故知道沿圣以垂文，圣因文而明道，旁通而无滞，日用而不匮。《易》曰：鼓天下之动者存乎辞。辞之所以能鼓天下者，乃道之文也。"从文道论的高度说明了人类能发生文思的根本原因。《毛诗序》说"情动于中而形于言"，孔子说"诗可以兴"，也指出了文学创作思想的发端问题。

《文心雕龙·征圣》一篇讲圣人"鉴周日月，妙极机神；文成规矩，思合符契；或简言以达旨，或博文以该情，或明理以立体，或隐义以藏用"，说明参悟天道、教化后世的圣人在体会日月精华、领悟天地之玄机后，就能成文以为后世之范。有的言简意赅，思想通达；有的文理广博，情感丰富；有的阐释理论，自成体系；有的用意深远，有深刻的含义。"圣因文而明道"，所以圣人之所以能思而成文，也就是人类可以思考而演绎成文学的一种机理吧。《诗经·周南·桃夭》写道："桃之夭夭，灼灼其华。之子于归，宜其室家。"朱熹《诗集传》解读说："故诗人因所见以起兴，而叹其女子之贤，知其必有以宜其室家也。"可见诗人都有发情为诗的能力和动机。

西方文学理论从心理学的角度也分析了人的文思来源，对作家的心理模式及创作过程进行研究。比如，希腊时代人们认为"癫狂"和酒神、缪斯的感召是诗性的来源，认为诗人可以受到神的启示而以一种超理性的方式来展开文学艺术的创作。这种展开在语言上是迷乱的，在心智上是无意识的，在形式上是超越一般理性、可以归结为艺术性的。就像荷马一般，诗人似乎是获得了特殊天赋以补偿其生理和世俗的缺陷。《奥德赛》里说缪斯弄瞎了德莫多克斯，但是又以甜美的歌吟天赋来补偿他。文学心理学对创作过程的心理解读是范式性的，并导致了"艺术"和"科学"的区分。例如，弗洛伊德认为："艺术家本来就是背离现实的人，因为他不能满足其与生俱来的本能要求，于是他就在幻想的生活中放纵其情欲和野心勃勃的愿望。……借助原来特殊的天赋，他把自己的幻想塑造成一种崭新的现实。而人们又承认这些幻想是合理的，具有反映实际生活的价值……"[①]韦勒克引用杨施的观点，认为："这种能力（即幻想和以文学创作表达幻想的能力，本书作者注）是艺术家所特有的、将知觉和概念糅合为一的特征。艺术家保持和发展了民族的古老的特点：他们能够感觉到甚至'看到'自己的思想。"西方批评理论认为文学创作是一个从无意识开始的东西，灵感是这种无意识的呈现。灵感是传统上用于表达这种无意识的名词，在不同的历史时期，对灵感的来源有着不同的认识。比如，在古代希腊，灵感被认为源自缪斯或者狄俄尼索斯；基督教观念上，灵感来自神的圣灵的启示；现代科学把灵感解读为心理学上的一种"突变"，为了追求这个突变，文学家甚至使用酒精、麻醉品来麻醉理性，放纵潜意识的活动，以图释放灵感。这也与中国古代文人"斗酒诗百篇"，好饮酒作诗，甚至流连风月的行为暗合。

值得一提的是，起兴会被狭义地理解为一种文字写作方法，或者是诗歌创作的方法。比如，朱熹说"兴者，先言他物以引起所咏之辞也"（《诗集传》），就经常被引用，用以解释起兴是一种托物言志、借物发挥的写作方法。其实这种理解过于简单。固然，起兴是一种写作方法，但它也是文学创作的元问题。正因为先有"诗言志"这样一个动因，才会在实际的写作中以"兴者，但借物以起兴，不必与正意相关也"（姚际恒《诗经通论》）的策略出现。所以理解起兴，必须要意识到它是整个文学艺术存在的根本问题，即人类是有发言为诗的精神属性的。这一点也可以印证西方文学研究方法的一个困境：总结创作经验的时候，我们只能对文学创作过程中所呈现出的"有意识"的内容进行归纳整理，而很难去总结那些"无意识"的部分，因为它与讲究科学方法与逻辑的理论研究本质上是矛盾的。

综合考量中西方对起兴的理解，相同点在于都发现和承认了人类有一种从精神世界产生的东西，它是文学创作的精神基础，也是创作过程的第一必要条件和步骤。不同的是，中国人把它命名为"情""志"，西方人把它叫作"迷狂""灵感"，它们的范式和话语体系不同，但指向的客体又是非常一致的。

二、构思阶段

既然情动于中而形于言，那么在言出之前，必然有一个相对地固定思想的过程，我们把它叫作"构思"。《文心雕龙·神思》用非常缜密细致的论述，全面讲到怎样进行文学

---

① ［美］雷·韦勒克、奥·沃伦：《文学理论》，刘象愚等译，80页，北京，文化艺术出版社，2010。

构思的问题，后人研究《文心雕龙》时，认为《神思》是全书创作论部分的总论："它从构思以前的准备工作，讲到构思时的想象，……这篇是以构思为主，所以又是剖析情理的第一篇。"①

《神思》一篇说"文之思也，其神远矣"，讲了想象与文思的关系，并非常具体地指出："积学以储宝，酌理以富才，研阅以穷照，驯致以怿辞，然后使玄解之宰，寻声律而定墨；独照之匠，窥意象而运斤；此盖驭文之首术，谋篇之大端。"这些文字非常清楚地阐述了陶钧文思的方法。

构思是连接物与神的关键部分，《神思》篇讲："吟咏之间，吐纳珠玉之声；眉睫之前，卷舒风云之色；其思理之致乎！"就是说构思阶段，人可以展开非常丰富的想象，认知能力发挥起来以后，可以在大脑中构建非常多彩的意向，这一切都是"思理之致"。又说："故思理为妙，神与物游。神居胸臆，而志气统其关键；物沿耳目，而辞令管其枢机。"这几句充分讨论了"神"与"物"的关系，并认为人的精神和元气是"神"的关键，语言则是用于表征外物的机制。刘勰分析了构思的本质，并以"神与物游"的观点，论述了构思时主客观交融的一种态度。

关于这个主客观交融的问题，在西方的现象学文论中也有呼应。伊格尔顿在《文学理论导论》一书中谈到了胡塞尔现象学的一些原理，他认为："所有超经验的东西都应该被排斥，现实须与纯粹的现象相联系，这是我们的心智的表现方式，也是我们得以开始思维的可靠机制。胡塞尔把这种哲学方法命名为'现象学'，是关于现象的纯粹科学。"伊格尔顿进一步认为，现象学文论是一种把胡塞尔现象学用于文学批评的尝试，如同胡塞尔用括号"悬置"了具体物的属性一样，现象学文论把文学作品的一些"无关"因素也悬置了，包括文学作品的社会历史背景、它的作者，以及创作和阅读的具体社会历史条件等。这就是说，现象学是要求排斥超经验的内容的，但又不是被动地看待客体，而是要求用主客观交融的方式直观地观照客体，这一点呼应了"神与物游"的观点。

那么如何进行构思？刘勰认为："是以陶钧文思，贵在虚静，疏瀹五藏，澡雪精神……然后使玄解之宰，寻声律而定墨；独照之匠，窥意象而运斤；此盖驭文之首术，谋篇之大端。"首先要重在虚静、纯粹精神，用心中积累的学识与经验来进行对客观事物的全面思考，顺着思路去寻找好的辞令。这一段话在"神与物游"的主客观交融的基本方法论之上，具体讲了该怎样安排从物到思、从思到文的方法。另外，构思应该在文辞之前，不可受到技术的束缚，"夫神思方运，万涂竞萌，规矩虚位，刻镂无形"，一定要将规矩和有形的东西放在一边，让构思自由地运行。

最值得一提的是，既然主观参与到构思之中，那么作家各人禀异的才赋就值得具体问题具体分析了。刘勰认为"人之禀才，迟速异分；文之制体，大小殊功"，他认为天赋

---

① 　周振甫：《文心雕龙今译》，244 页，北京，中华书局，1986。

和功力的区别，使得不同作家构思的方式和能力都不一样，并以司马相如、扬雄、桓谭、张衡、王充等人的构思风格之不同为例，来说明构思是很依赖于作家主观的性情才能的。刘勰还认为积累也是非常关键的，"博而能一"是构思是否能成功地转化为文字的重要原因，最后他总结道："神用象通，情变所孕。物以貌求，心以理应。刻镂声律，萌芽比兴。结虑司契，垂帷制胜。"概括了物—思—文的流程和关系。

西方文学批评理论在构思问题上，很注重从心理学方面来考虑问题。韦勒克说："任何对创作过程的现代研究方法，主要都是关注于无意识活动和意识活动所起的相对的作用……喜欢论述自己艺术的作家们自然总是谈论自己创作活动中那些有意识的、自觉运用某些技巧的部分，而无视那些'外界各种因素给予的'、非自觉地进行的部分。他们对自己自觉的创作经验感到荣幸，然而往往正是那些他们不愿谈论的部分反映或折射了他们的本质。"[①]这意味着构思的确是一个"神与物游"的过程，是一个主客观交融的过程。但也许是为了突出艺术创作的特殊性与个体性，艺术家们往往喜欢强调自身主观的因素，重视"神"的部分，而有意或无意地忽略创作的客观部分，即"物"的部分。然而文学世界中绝不会有脱离一切的空想，也肯定不是对现实的简单速写或素描，所以我们有理由认为"神与物游"所概括的构思过程，是文学创作构思阶段的基本属性。

另外我们也看到，中国古代文论中非常重要的构思过程，在西方文学理论中有时候并不像形而上的文学本质论一样受到足够的重视。"对创作过程本身发表过的意见，至今还是很少达到有助于构成文艺理论的概括性的程度"[②]，由于中西方理论形态的差异，西方人更关注形而上的内容，所以文学本质论的问题更多地成了西方文学批评理论的重心，而文学创作过程则往往被看作是技巧性的东西。

三、物化阶段

《文心雕龙》从第三十二篇《熔裁》一直到第四十四篇《总术》，全部谈论具体写作的方法，也就是怎样能够把灵感和构思落实到纸面上。一个人的灵感、思路毕竟是纯粹精神的东西，要让它们转化成真正的文学作品，必须有一个把它们语言化、文学化的过程，这个过程即创作的物化阶段。

《熔裁》一篇主要讲的是怎样炼意和炼辞。首先要考虑情意，在确定情意的基础上考虑使用什么样的体裁；确定体裁后要考虑用什么样的文字来使立意物化，既包括选择主题的问题，也包含修辞的问题。这一篇说："情理设位，文采行乎其中。刚柔以立本，变通以趋时。立本有体，意或偏长；趋时无方，辞或繁杂。蹊要所司，职在熔裁，櫽括

---

① ［美］雷·韦勒克、奥·沃伦：《文学理论》，刘向愚等译，87～88 页，北京，文化艺术出版社，2010。

② ［美］雷·韦勒克、奥·沃伦：《文学理论》，刘向愚等译，87 页，北京，文化艺术出版社，2010。

情理，矫揉文采也。规范本体谓之镕，剪截浮词谓之裁。裁则芜秽不生，镕则纲领昭畅，譬绳墨之审分，斧斤之斫削矣。骈拇枝指，由侈于性；附赘悬疣，实侈于形。二意两出，义之骈枝也；同辞重句，文之疣赘也。"这是从情理、体例、内容、修辞的相互关系来谈，要根据气质的"刚""柔"来选择文体，要根据时数的变化来选择得体的言辞。

在沈约"四声八病说"的基础上，刘勰也全面地研究了文学不能回避的声律问题。关于声律部分的论述，是汉语独有的特色，彰显了汉语言文学的独特价值。在南北朝时期，随着文学理论的自觉发展，汉语的语音美也进入了文学家和批评家的视野。范晔能识宫商，把语言音律问题纳入文学的范围；在阴阳上去四声的基础上，沈约又提出了"八病"的概念，创制了格律诗；刘勰在《声律》一篇中谈到了语言音律难于音乐的问题。[①]另外，刘勰还在该篇中总结了其他一些诸如声与字的用法等问题，体现出我国古代文论中高度丰富的音系学成就。无独有偶，西方文论向来也关注声律问题，只是语言的不同使得研究的方法和结论都大不一样。从声音的意义上谈，西方人认为"每一件文学作品首先是一个声音的系列，从这个声音的系列再生出意义"[②]，这就是说语音美是文学艺术的重要构成，体现出了西方以表示语音的符号为语言的特点。他们认为语音与意义密不可分，所以关于声律的研究也不是对声音表演的研究，而是对语音固有的内在规律的研究。一个重要的证据是，现代语言学的重要分支音系学的一个重要概念——可以相互区分的语音基本元素"最小对立体"——就体现出了人类语音的基本属性，这也是语言音乐性的来源。在此基础上，我们可以看到西方对声律的研究更多是以一种近似科学分析的方法展开的，而中国的声律研究则更贴合传统意义上的文学艺术技法研究。

关于如何行文，刘勰在《章句》一篇中说："夫人之立言，因字而生句，积句而成章，积章而成篇。篇之彪炳，章无疵也；章之明靡，句无玷也；句之清英，字不妄也；振本而末从，知一而万毕矣。夫裁文匠笔，篇有小大；离章合句，调有缓急，随变适会，莫见定准。句司数字，待相接以为用；章总一义，须意穷而成体。其控引情理，送迎际会，譬舞容回环，而有缀兆之位；歌声靡曼，而有抗坠之节也。"这段话说明安排章句要从内容、情韵两个方面来考虑，还要考虑语言的声音和书写方式等问题。这已经是非常细致和专门的技术问题了。西方认为语言是文学艺术的材料，所以在语言学和语言史的基础上发展出了一整套文体学的理论来。如果文学艺术的语言被当作"活的语言"来成为语言学的材料的话，那么再把审美问题考虑进来，文体学就有了重大的价值。在不同的文体与修辞的转换中，产生了不同的审美取向，这也是文学艺术的重要方面。

另外，《文心雕龙》的《比兴》一篇讨论了比喻和起兴的问题。关于起兴的问题，在本节前文已做说明，此处不再赘述。关于比喻的问题，中西方还有一个重要的区别：即使

①　周振甫：《文心雕龙今译》，300 页，北京，中华书局，1986。
②　[美]雷·韦勒克、奥·沃伦：《文学理论》，刘向愚等译，168 页，北京，文化艺术出版社，2010。

在《文心雕龙》之中，比喻也是一个修辞技法问题；而在西方思想中，比喻并没有那么简单。第一，比喻是与神话意象相连接的。"意象"所代表的感觉重现，既是心理学的研究内容，也是文学创作论的研究课题。早期人类神秘的神话中潜意识所带来的"象征"也成了西方文学的重要发展线索，甚至是文学思潮与运动的重要主题。第二，西方语言哲学还认为隐喻是人类语言的普遍模式，甚至是人们赖以为生的方式，即语言的本质是隐喻的、表征的，同时也是被隐喻、被表征的。所以在我们研习西方文论时，要考虑到"隐喻"这个概念的多重性。这一点，中西方的话语差异是非常巨大的。

刘勰在《夸饰》一篇中还讨论了"夸张"的修辞手法，《丽辞》专章讨论对偶，《事类》讲了引言问题，《练字》谈论文字，《隐秀》专论含蓄与精警，《指瑕》讨论了写作中的毛病以及修改的问题，《养气》以中国思想特有的范畴讨论了创作时如何让作家的心性与工作相结合，《附会》讲了如何让文意与章句配合。这些讨论的主题有些是汉语言文学独有的，有些又与西方思想有呼应之处，在研究的时候应当注意这一点。

到了《总术》一篇，刘勰讲了"文、笔、言"的区别，他说："今之常言，有文有笔，以为无韵者笔也，有韵者文也。夫文以足言，理兼诗书，别目两名，自近代耳。"这与"论文序笔"的思路是一致的。又说："夫不截盘根，无以验利器；不剖文奥，无以辨通才。才之能通，必资晓术，自非圆鉴区域，大判条例，岂能控引情源，制胜文苑哉。"以告诫为文者要重视创作方法论的问题。

原典选读

一、刘勰论文学创作中的艺术构思

古人云：形在江海之上，心存魏阙之下；神思之谓也。文之思也，其神远矣。故寂然凝虑，思接千载；悄焉动容，视通万里；吟咏之间，吐纳珠玉之声；眉睫之前，卷舒风云之色；其思理之致乎。故思理为妙，神与物游。神居胸臆，而志气统其关键；物沿耳目，而辞令管其枢机。枢机方通，则物无隐貌；关键将塞，则神有遁心。是以陶钧文思，贵在虚静，疏瀹五藏，澡雪精神。积学以储宝，酌理以富才，研阅以穷照，驯致以怿辞，然后使玄解之宰，寻声律而定墨，独照之匠，窥意象而运斤；此盖驭文之首术，谋篇之大端。夫神思方运，万涂竞萌，规矩虚位，刻镂无形。登山则情满于山，观海则意溢于海，我才之多少，将与风云而并驱矣。方其搦翰，气倍辞前，暨乎篇成，半折心始。何则？意翻空而易奇，言征实而难巧也。是以意授于思，言授于意，密则无际，疏则千里。或理在方寸而求之域表，或义在咫尺而思隔山河。是以秉心养术，无务苦虑；含章司契，不必劳情也。

人之禀才，迟速异分，文之制体，大小殊功：相如含笔而腐毫，扬雄辍翰而惊梦，桓谭疾感于苦思，王充气竭于思虑，张衡研京以十年，左思练都以一纪。虽有巨文，亦思之缓也。淮南崇朝而赋《骚》，枚皋应诏而成赋，子建援牍如口诵，仲宣举笔似宿构，阮瑀据案而制书，祢衡当食而草奏，虽有短篇，亦思之速也。若夫骏发之士，心总要术，敏在虑前，应机立断；覃思之人，情饶歧路，鉴在疑后，研虑方定。机敏故造次而成功，虑疑故愈久而致绩。难易虽殊，并资博练。若学浅而空迟，才疏而徒速，以斯成器，未之前闻。是以临篇缀虑，必有二患：理郁者苦贫，辞溺者伤乱，然则博见为馈贫之粮，贯一为拯乱之药，博而能一，亦有助乎心力矣。

若情数诡杂，体变迁贸，拙辞或孕于巧义，庸事或萌于新意；视布于麻，虽云未贵，杼轴献功，焕然乃珍。至于思表纤旨，文外曲致，言所不追，笔固知止。至精而后阐其妙，至变而后通其数，伊挚不能言鼎，轮扁不能语斤，其微矣乎！

赞曰：神用象通，情变所孕。物以貌求，心以理应。刻镂声律，萌芽比兴。结虑司契，垂帷制胜。

（刘勰：《文心雕龙·神思》）

二、陆机论文学创作

余每观才士之所作，窃有以得其用心。夫放言遣辞，良多变矣，妍蚩好恶，可得而言。每自属文，尤见其情。恒患意不称物，文不逮意。盖非知之难，能之难也。故作《文赋》，以述先士之盛藻，因论作文之利害所由，佗日殆可谓曲尽其妙。至于操斧伐柯，虽取则不远；若夫随手之变，良难以辞逮。盖所能言者，具于此云。

伫中区以玄览，颐情志于《典》《坟》。遵四时以叹逝，瞻万物而思纷。悲落叶于劲秋，喜柔条于芳春。心懔懔以怀霜，志眇眇而临云。咏世德之骏烈，诵先人之清芬。游文章之林府，嘉丽藻之彬彬。慨投篇而援笔，聊宣之乎斯文。

其始也，皆收视反听，耽思傍讯。精骛八极，心游万仞。其致也，情曈昽而弥鲜，物昭晰而互进。倾群言之沥液、漱六艺之芳润。浮天渊以安流，濯下泉而潜浸。于是沉辞怫悦，若游鱼衔钩而出重渊之深；浮藻联翩，若翰鸟缨缴而坠曾云之峻。收百世之阙文，采千载之遗韵。谢朝华于已披，启夕秀于未振。观古今于须臾，抚四海于一瞬。

然后选义按部，考辞就班。抱景者咸叩，怀响者毕弹。或因枝以振叶，或沿波而讨源。或本隐以之显，或求易而得难。或虎变而兽扰，或龙见而鸟澜。或妥帖而易施，或岨峿而不安。罄澄心以凝思，眇众虑而为言。笼天地于形内，挫万物于笔端。始踟蹰于燥吻，终流离于濡翰。理扶质以立干，文垂条而结繁。信情貌之不差，故每变而在颜。思涉乐其必笑，方言哀而已叹。或操觚以率尔，或含毫而邈然。

伊兹事之可乐，固圣贤之可钦。课虚无以责有，叩寂寞而求音。函绵邈于尺素，吐滂沛乎寸心。言恢之而弥广，思按之而逾深。播芳蕤之馥馥，发青条之森森。粲风飞而猋竖，郁云起乎翰林。

体有万殊，物无一量。纷纭挥霍，形难为状。辞程才以效伎，意司契而为匠。在有无而僶俛，当浅深而不让。虽离方而遁圆，期穷形而尽相。故夫夸目者尚奢，惬心者贵当。言穷者无隘，论达者唯旷。诗缘情而绮靡，赋体物而浏亮。碑披文以相质，诔缠绵而悽怆。铭博约而温润，箴顿挫而清壮。颂优游以彬蔚，论精微而朗畅。奏平彻以闲雅，说炜晔而谲诳。虽区分之在兹，亦禁邪而制放。要辞达而理举，故无取乎冗长。

其为物也多姿，其为体也屡迁；其会意也尚巧，其遣言也贵妍。暨音声之迭代，若五色之相宣。虽逝止之无常，故崎锜而难便。苟达变而识次，犹开流以纳泉。如失机而后会，恒操末以续颠。谬玄黄之秩叙，故淟涊而不鲜。

或仰逼于先条，或俯侵于后章；或辞害而理比，或言顺而义妨。离之则双美，合之则两伤。考殿最于锱铢，定去留于毫芒。苟铨衡之所裁，固应绳其必当。

或文繁理富，而意不指适。极无两致，尽不可益。立片言而居要，乃一篇之警策；虽众辞之有条，必待兹而效绩。亮功多而累寡，故取足而不易。

或藻思绮合，清丽千眠。炳若缛绣，悽若繁弦。必所拟之不殊，乃暗合乎曩篇。虽杼轴于予怀，怵佗人之我先。苟伤廉而愆义，亦虽爱而必捐。

或苕发颖竖，离众绝致。形不可逐，响难为系。块孤立而特峙，非常音之所纬。心牢落而无偶，意徘徊而不能揥。石韫玉而山辉，水怀珠而川媚。彼榛楛之勿翦，亦蒙荣于集翠。缀《下里》于《白雪》，吾亦济夫所伟。

或托言于短韵，对穷迹而孤兴。俯寂寞而无友，仰寥廓而莫承。譬偏弦之独张，含清唱而靡应。

或寄辞于瘁音，徒靡言而弗华。混妍蚩而成体，累良质而为瑕。象下管之偏疾，故虽应而不和。

或遗理以存异，徒寻虚以逐微。言寡情而鲜爱，辞浮漂而不归。犹弦么而徽急，故虽和而不悲。

或奔放以谐和，务嘈囋而妖冶。徒悦目而偶俗，故高声而曲下。寤《防露》与《桑间》，又虽悲而不雅。

或清虚以婉约，每除烦而去滥。阙大羹之遗味，同朱弦之清氾。虽一唱而三叹，固既雅而不艳。

若夫丰约之裁，俯仰之形，因宜适变，曲有微情。或言拙而喻巧，或理朴而辞轻。或袭故而弥新，或沿浊而更清。或览之而必察，或妍之而后精。譬犹舞者赴节以投袂，歌者应弦而遣声。是盖轮扁所不得言，故亦非华说之所能精。

普辞条与文律，良余膺之所服。练世情之常尤，识前修之所淑。虽濬发于巧心，或受蚩于拙目。彼琼敷与玉藻，若中原之有菽。同橐籥之罔穷，与天地乎并育。虽纷蔼于此世，嗟不盈于予掬。患挈瓶之屡空，病昌言之难属。故踸踔于短垣，放庸音以足曲。恒遗恨以终篇，岂怀盈而自足。惧蒙尘于叩缶，顾取笑乎鸣玉。

若夫应感之会，通塞之纪，来不可遏，去不可止。藏若景灭，行犹响起。方天机之骏利，夫何纷而不理。思风发于胸臆，言泉流于唇齿。纷葳蕤以馺遝，唯豪素之所拟。文徽徽以溢目，音泠泠而盈耳。及其六情底滞，志往神留，兀若枯木，豁若涸流。揽营魂以探赜，顿精爽于自求。理翳翳而愈伏，思乙乙其若抽。是以或竭情而多悔，或率意而寡尤。虽兹物之在我，非余力之所戮。故时抚空怀而自惋，吾未识夫开塞之所由。

伊兹文之为用，固众理之所因。恢万里而无阂，通亿载而为津。俯殆则于来叶，仰观象乎古人。济文武于将坠，宣风声于不泯。涂无远而不弥，理无微而弗纶。配沾润于云雨，象变化乎鬼神。被金石而德广，流管弦而日新。

（陆机：《文赋》）

三、李渔论文学创作

填词一道，文人之末技也。然能抑而为此，犹觉愈于驰马试剑，纵酒呼卢。孔子有言："不有博弈者乎？为之犹贤乎已。"博弈虽戏具，犹贤于"饱食终日，无所用心"；填词虽小道，不又贤于博弈乎？吾谓技无大小，贵在能精；才乏纤洪，利于善用；能精善用，虽寸长尺短亦可成名。否则才夸八斗，胸号五车，为文仅称点鬼之谈，著书惟供覆瓿之用，虽多亦奚以为？填词一道，非特文人工此者足以成名，即前代帝王，亦有以本朝词曲擅长，遂能不泯其国事者。请历言之：高则诚、王实甫诸人，元之名士也，舍填词一无表见；使两人不撰《琵琶》、《西厢》，则沿至今日，谁复知其姓字？是则诚、实甫之传，《琵琶》、《西厢》传之也。汤若士，明之才人也，诗文尺牍，尽有可观，而其脍炙人口者，不在尺牍诗文，而在《还魂》一剧；使若士不草《还魂》，则当日之若士已虽有而若无，况后代乎？是若士之传，《还魂》传之也。此人以填词而得名者也。历朝文字之盛，其名各有所归，"汉史"、"唐诗"、"宋文"、"元曲"，此世人口头语也。《汉书》、《史记》，千古不磨，尚矣；唐则诗人济济，宋有文士跄跄，宜其鼎足文坛，为三代后之三代也。元有天下，非特政刑礼乐一无可宗，即语言文学之末，图书翰墨之微，亦少概见；使非崇尚词曲，得《琵琶》、《西厢》以及《元人百种》诸书传于后代，则当日之元亦与五代、金、辽同其泯灭，焉能附三朝骥尾，而挂学士文人之齿颊哉？此帝王国事，以填词而得名者也。由是观之，填词非末技，乃与史传诗文同源而异派者也。近日雅慕此道，刻欲追踪元人、配飨若士者尽多，而究竟作者寥寥，未闻绝唱。其故维何？止因词曲一道，但有前书堪读，并无成法可宗。暗室无灯，有眼皆同瞽目，无怪乎觅途不得，问津无人，半途而废者居多，差毫厘而谬千里者，亦复不少也。尝怪天地之间有一种文字，即有一种文字之法脉准绳，载之于书者，不异耳提面命，独于填词制曲之事，非但略而未详，亦且置之不道。揣摩其故，殆有三焉：一则为此理甚难，非可言传，止堪意会；想入云霄之际，作者神魂飞越，如在梦中，不至终篇，不能返魂收魄；谈真则易，说梦为难，非不欲传，不能传也。若是，则诚异诚难，诚为不可道矣。吾谓此等至理，皆言最上一乘，非填词之学节节皆如是也，岂可为精者难言，而粗者亦置弗道乎？一则为填词之理变幻不常，言当如是，又有不当如是者。如填生旦之词，贵于庄雅，制净丑之曲，务带诙谐，此理之常也，乃忽遇风流放佚之生旦，反觉庄雅为非，作迂腐不情之净丑，转以诙谐为忌。诸如此类者，悉难胶柱。恐以一定之陈言，误泥古拘方之作者，是以宁为阙疑，不生蛇足。若是则此种变幻之理，不独词曲为然，帖括诗文皆若是也，岂有执死法为文而能见赏于人、相传于后者乎？一则为从来名士以诗赋见重者十之九，以词曲相传者犹不及什一，盖千百人一见者也。凡有能此者，悉皆剖腹藏珠，务求自秘，谓此法无人授我，我岂独肯传人。使家家制曲，户户填词，则无论《白雪》盈车，《阳春》遍世，淘金选玉者未必不使后来居上，而觉糠秕在前；且使周郎渐出，顾曲者多，攻出瑕疵，令前人无可藏拙，是自为后羿而教出无数逢蒙，环执干戈而害我也，不如仍仿前人，缄口不提之为是。吾揣摩不传之故，虽三者并列，窃恐此意居多。以我论之：文章者，天下之公器，非我之所能私；是非者，千古之定评，岂人之所能倒？不若出我所有，公之于人，收天下后世之名贤悉为同调，胜我者我师之，仍不失为起予之高足；类我者我友之，亦不愧为攻玉之他山。持此为心，遂不觉以生平底里，和盘托出，并前人已传之书，亦为取长弃短，别出瑕瑜，使人知所从违，而不为诵读所误。知我，罪我，怜我，杀我，悉听世人，不复能顾其后矣。但恐我所言者，自以为是而未必果是；人所趋者，我以为非而未必尽非。但矢一字之公，可谢千秋之罚。噫！元人可作，当必赏予。

填词首重音律，而予独先结构者，以音律有书可考，其理彰明较著。自《中原音韵》一出，则阴阳平仄画有墱区，如舟行水中，车推岸上，稍知率由者，虽欲故犯而不能矣。《啸余》、《九宫》二谱一出，则葫芦有样，粉本昭然。前人呼制曲为填词，填者布也，犹棋枰之中画有定格，见一格，布一子，止有黑白之分，从无出入之弊，彼用韵而我叶之，彼不用韵而我纵横流荡之。至于引商刻羽，戛玉敲金，虽曰神而明之，匪可言喻，亦由勉强而臻自然，盖遵守成法之化境也。至于结构二字，则在引商刻羽之先，拈韵抽毫之始。如造物之赋形，当其精血初凝，胞胎未就，先为制定全形，使点血而具五官百骸之势。倘先无成局，而由顶及踵，逐段滋生，则人之一身，当有无数断续之痕，而血气为之中阻矣。工师之建宅亦然：基址初平，间架未立，先筹何处建厅，何方开户，栋需何木，梁用何材，必俟成局了然，始可挥斤运斧；倘造成一架而后再筹一架，则便于前者，不便于后，势必改而就之，未成先毁，犹之筑舍道旁，兼数宅之匠资，不足供一厅一堂之用矣。故作传奇者，不宜卒急拈毫，袖手于前，始能疾书于后。有奇事，方有奇文，未有命题不佳，而能出其锦心、扬为绣口者也。尝读时髦所撰，惜其惨淡经营，用心良苦，而不得被管弦、副优孟者，非审音协律之难，而结构全部规模之未善也。

词采似属可缓，而亦置音律之前者，以有才技之分也。文词稍胜者即号才人，音律极精者终为艺士。师旷止能审乐，不能作乐；龟年但能度词，不能制词；使与作乐制词者同堂，吾知必居末席矣。事有极细而亦不可不严者，此类是也。

（李渔：《闲情偶寄·词曲部上》）

第三节　文学创作的形式表达

一、文学形式及其与情感的关系

（一）文学形式

文学形式是一个与文学内容相对的概念，如果内容指的是"说什么"的问题，那么形式则指的是"如何说"，也就是文学内容的具体组织结构和表达方式。它包括语音、言语、语法句式、结构格式、叙事方式及体裁类型等。这些所谓"形式要素"一般又可分为如下三个层面。

1. 文学语言

文学是一门语言的艺术，文学语言构成了文学文本，因此文学语言是文学形式的首要构成因素。文学语言来源于日常语言，但是又不同于日常语言；日常语言是文学语言的基础，文学语言是对日常语言的超越。传统文论侧重从内容上研究文学语言在文学中的作用，将文学语言看作传递文学内容的附属因素，而忽视了作为文学形式的文学语言本身。形式主义者最先从语言层面上界定文学本质，他们以寻找诗歌语言（文学语言）和非文学语言（日常语言）的根本区别为出发点，研究文学语言的特征、规律和本质，从结构和形式上探究文学作品。形式主义代表学者什克洛夫斯基认为，日常语言的内容是最重要的部分，而文学语言的内容则没有它的语言外形重要。表达形式就是文学语言的目的，而内容只是语言游戏中无关紧要的手段。文学语言通过使用词汇和意义的不同形式有意创造出摆脱接收的自动化状态，从而在接收过程中受到阻碍，因此诗歌语言是"受阻的、扭曲的言语"①。

与日常语言相比，文学语言首先具有意象性。什克洛夫斯基从语言创造出的形象上分析了日常语言与文学语言之间的区别，他认为由诗歌语言（文学语言）所创造出的诗歌

---

① ［俄］维克托·什克洛夫斯基等：《俄国形式主义文论选》，方珊等译，9页，北京，生活·读书·新知三联书店，1989。

形象比由散文语言（非文学语言）组成的散文形象使人在印象上更加深刻，而散文形象则是一种抽象手段。文学语言虽然使用日常语言作为载体，但通过文学描写创造了审美意象，克服了语言的抽象性，使得语言充分意象化，因此每一部文学作品都创造出一个特殊的意象世界。

其次，文学语言具有审美性。文学语言运用文学技巧突破了日常语言的限制，偏离了日常语言的常规意义，消解了其日常含义，进而生成审美意义。穆卡洛夫斯基认为审美性是文学语言和日常语言的重要区别：对于诗歌来说，标准语言是它的背景，出于审美目的对作品语言进行有意的扭曲，亦即对标准语言规范有意进行违背。也就是通过文学技巧将文学语言的自动化感知上升到审美感知。

最后，文学语言还具有个体性。文学语言是个性化的语言，表达的是个人的体验，并且通过个体将对语言的特殊理解展示出来。在文学的描述中，个人的经验和情感占据了重要的主导作用，使得文学作品保留了其独特性。

2. 文本结构

文本结构是文学形式的外观构成要素之一，它代表了文学语言各部分之间联系的外观形态，是文学文本不同层面的构造。文学文本由文学语言构成，在语言学里是指某种语言中话语封闭而自足的体系。杜克罗和托多洛夫在《语言科学百科辞典》中将文本定义为："文本的概念与句子（或分句、单位语符列等）的概念不属于同一层次；因此，文本应与几个句子组成的印刷排版单位的段落相区别。文本可以是一个句子也可以是整本书，它的定义在于它的自足与封闭；它构成一种与语言学不同但有联系的体系。"[①]西方文艺理论在 20 世纪发生了语言学转向，将文学研究的重点从作家和创作转移到以语言结构为基础继而研究文本的结构。语言学转向使得文学理论走向了结构主义并发展成为叙事学。结构主义认为事物具有稳定的内在秩序，文本就是具有这种内在秩序的语言形式。文学是一个"独立自主的词语结构"，而文本则是一个由不同层次构成的内部关系自足和封闭的结构。因此，结构主义的研究重点是要通过文本分析归纳出一套基本的文学层次结构，也就是"结构主义总体科学"。弗劳曼将诗的文本看作一种层次分明的系统，其含义只能通过上下文关系存在，由相互关联的相似和不同控制。托多洛夫在《〈十日谈〉的语法》中归纳出文本内部的叙事结构，他将人物看作名词、人物特征看作形容词、人物行为看作动词，并且根据语言学将叙事分为语义、词语和句法三个部分，由此，《十日谈》里面的故事都可以分别理解成一个延伸的句子。然而结构主义和叙事学将结构绝对化，强调事物的共时性而忽视了历时性，因此在使用结构主义的理论和概念时，需要注意其合理性。文学结构是文学文本不同层面的构造，中外文论史上都有关于文学文本层次构成的论述。中国古代文论中"言、象、意"三层面的学说对中国古代文本结构论

---

① 冯寿农：《文本·语言·主题》，368 页，厦门，厦门大学出版社，2001。

产生的影响最大。《周易·系辞》最先涉及"言、象、意"三层面，提出了"书不尽言，言不尽意"和"圣人立象以尽意"的观点，初步解释了三者之间的关系。三国时期的经学家王弼进一步详细地解释和梳理了"言、象、意"之间的结构关系，他在《周易略例·明象》中论述说："夫象者，出意者也。言者，明象者也。尽意莫若象，尽象莫若言。言生于象，故可寻言以观象；象生于意，故可寻象以观意。意以象尽，象以言著。故言者所以明象，得象而忘言；象者所以存意，得意而忘象。犹蹄者所以在兔，得兔而忘蹄；筌者所以在鱼，得鱼而忘筌也。"[①]根据王弼的观点，文本结构是由"言、象、意"这三个递进的层面构成。"言"是最外在的层面，也是读者最先接触的层面，其任务是表达"象"。"象"是中介层面，通过"言"领悟到"象"之后，最终需要意会到文本的最核心层面"意"。在西方文论中，波兰现象学家英加登对文学作品的层次划分最具有启发性。他在《文学的艺术作品》中将文学文本看作是由表及里的四个异质层次构成的一个整体结构。这四个层次是：(1)语音和更高级的语音组合层次；(2)不同等级的意义单元层次；(3)再现的客体层次；(4)图式化观相层次。

3. 文学体裁和文学类型

除了文学语言和文本结构之外，文学形式还包括文学体裁和文学类型。这部分在其他章节中会有详细论述，因此在本节中仅做一般介绍。划分文学体裁的方法一般有三分法和四分法两种类型。三分法是发源于古希腊继而盛行于西方的分类法，它根据叙述方式的不同将文学文本分成叙事类作品、抒情类作品和戏剧类作品三大体裁。叙事类采用第一人称叙述和人物叙述两种方式，抒情类全部使用第一人称叙述方式，戏剧类全部采用人物叙述方式。中国自晚清以来参照西方的三分法，结合自身的传统特色，形成了独特的四分法。这种分类是根据作品的语言运用、内部结构和外部形态等方面的不同特点将文学文本划分成诗歌、小说、戏剧文学和散文四种体裁。

文学类型是指文学文本反映现实的方式，有多种划分方式。根据文学作为意识形态对现实的不同反映，可以将文学文本分为现实型、理想型和象征型。现实型侧重以写实的方式再现客观现实；理想型侧重以直接抒情的方式表现主观理想；象征型是以暗示的方式寄寓审美意蕴。从文学功能上划分，文学文本分为叙事文学和抒情文学两种类型。叙事文学来源于神话传说并且继承了史诗的客观形式，通过对人及其命运的描写，再现了作者对现实生活的感悟和审美认识；抒情文学的代表体裁是诗歌，这种文学类型侧重于抒发主体的情感体验和审美体验，具有强烈的感染力。从文化形态上划分，文学文本可以被划分成通俗文化文本、严肃文化文本和大众文化文本。

(二)文学形式与情感之间的关系

情感特征是文学的本质特征之一，人们通过创造文学作品来表达思想情感。文学创

---

① (三国)王弼：《周易略例》。

作是将情感的抒发升华为具有审美意识的文本的过程。在个体的生活经验和思想历程
中，总会产生各种不同类别的情感，作家往往通过创作文学作品来宣泄和抒发情感，因
此情感的表达是作家创造文学作品的重要内在动机之一。中国传统文学历来都推崇抒情
写意，重视主体的情感对文学创作的推动。司马迁认为："《诗》三百篇，大抵圣贤发愤
之所为作也。此人皆意有所郁结，不得通其道也，故述往事，思来者。"①陆机在《文赋》
中论述："诗缘情而绮靡，赋体物而浏亮。""情瞳昽而弥鲜，物昭晰而互进。"西方文学传
统同样也将文学的情感特征置于文学创作的本质之中，朗基努斯在《论崇高》中将"慷慨
激昂的热情"作为崇高的五个源泉之一，他认为："有助于风格之雄浑者，莫过于恰到好
处的真情。它仿佛呼出迷狂的气息和神圣的灵感，而感发了你的语言。"②19世纪的浪漫
主义文论尤为推崇情感对文学创作的推动，柯勒律治在《论诗或艺术》中论述："诗也纯
粹是属于人类的……但它是心灵原来情况的提高，在这种情况下，激情本身被联想力所
激发而模仿着和谐，这样达到的和谐又产生一种令人愉快的激情，这样就把它的情感成
为它回忆的对象，因而提高了心灵。"③因此，文学情感是以文学形式为物质载体，并通
过作者的创造升华为审美感知，从而传递给读者。美国美学家苏珊·朗格认为："艺术
品是将情感（指广义的情感，亦即人所能感受到的一切）呈现出来供人观赏的，是由情感
转化成的可见的或可听的形式。"④读者在阅读文学作品时感受到蕴藏于其中的情感并
且被其感染和打动，从而融入作者的情感之中，因而情感成为连接读者与作者的重要
枢纽，文学作品的创作和鉴赏成为一种审美的交流。

二、文学形式表达的基本原理和技巧

（一）文学语言的基本原理和技巧

文学语言是文学形式表达的基本内容之一，是构成文学作品的必要因素。文学语言
创造艺术形象、表达作者情感和反映社会生活。

日常语言通过文学描写创造了审美意象，克服了语言的抽象性，构成了特殊的具有
审美意识的意象世界，因此文学语言具有意象性。

为了使语言具有意象性，首先，需要充分认识到语言的形象性。作者在创作时要注
意区别文学语言与日常语言，多运用生动鲜活的词语描绘具体形象，而尽量少用抽象化
的表达。比如，《水浒传·林教头风雪山神庙》中，作者描写风雪临降的场景时说："正

---

① （汉）司马迁：《史记》，3300页，北京，中华书局，1959。
② 章安琪编：《西方文艺理论史精读文献》，67页，北京，中国人民大学出版社，2010。
③ 章安琪编：《西方文艺理论史精读文献》，315页，北京，中国人民大学出版社，2010。
④ ［美］苏珊·朗格：《艺术问题》，滕守尧、朱疆源译，24页，北京，中国社会科学出版社，1983。

是严冬天气，彤云密布，朔风渐起，却早纷纷扬扬卷下一天大雪来。"在此句中用"彤云密布"的"密"字表现出暴风雪来临时云层累积的场景，而"朔风渐起"的"渐"则动态地展示了风雪即将降临，同时"密"和"渐"这两个前后相互对应的副词还将风雪天的压迫感传递给了读者。其次，"志合文则"是中国古代创作论重要的观点之一，就是要求作者在表达情志上合乎创作发展的法则。文学语言的意象性要求作者表现描绘对象的特征，需要使用与所描绘的人物和场景相符合的语言。如《红楼梦》中对"三春"姐妹的描写充分展示了文学语言需要契合人物特征："第一个肌肤微丰，合中身材，腮凝新荔，鼻腻鹅脂，温柔沉默，观之可亲。第二个削肩细腰，长挑身材，鸭蛋脸面，俊眼修眉，顾盼神飞，文彩精华，见之忘俗。第三个身量未足，形容尚小。"虽然"三春"姐妹的穿着打扮都是一样的，但是作者分别以形态、面容和气质的描写刻画了迎春、探春和惜春姐妹的不同特征，并且将外形特征与人物性格联系在一起，向读者暗示了迎春与世无争的处世性格，探春活泼世故、精明俊美的人物特征，而仅仅用"身量未足，形容尚小"描写惜春年龄最小的特征。最后，文学语言的意象性还需要作家精炼词语，充分运用形容词和副词描绘形态、声音、色彩和动作等。如赫尔曼·黑塞在《荒原狼》中娴熟地使用形容词来描绘人物与环境的冲突："我是一个孤独、冷酷、忙忙碌碌、不修边幅的人，我生活在家庭中，生活在小市民的环境中；是的，我喜欢这样，喜欢在楼梯上呼吸那种安静、井然、干净的气息，喜欢人与人之间有礼貌、温顺的气氛。"在这一段描写中，作者通过罗列出"孤独、冷酷、忙忙碌碌、不修边幅"和"安静、井然、干净"这两组对立的形容词唤起了读者的想象，诱发读者感受人物性格和环境特征之间的冲突，并且在头脑中想象出主人翁的形象和性格特征。

文学语言还具有审美性。为了凸显文学语言的审美意义，首先需要将语言"陌生化"，从而延长和加强审美感受；其次还需要运用文学技巧和手法突破日常语言的限制，偏离日常语言的常规意义，消解其日常含义，进而生成审美意义。

形式主义代表学者什克洛夫斯基首先提出了"陌生化"的概念，他认为："那种被称为艺术的东西的存在，正是为了唤回人对生活的感受，使人感受到事物，使石头更成其为石头。艺术的目的是使你对事物感觉如同你所见的视象那样，而不是如同你所认知的那样；艺术的手法是事物'反常化'（остранение）手法①，是复杂化形式的手法，它增加了感受的难度和时延，既然艺术中的领悟过程是以自身为目的的，它就理应延长。"②因为一件已经被熟知的事物往往会被无视，这种无视正是感觉的自动化。要摆脱这种感觉的自动化就需要使熟悉的对象变得陌生，让读者在欣赏的过程中获得审美感受。为了得到审美感受，需要通过体现文学技巧的艺术加工和处理，将被人们熟知的日常语言转化成

---

① 又译"陌生化"，编者注。

② ［俄］维克托·什克洛夫斯基等：《俄国形式主义文论选》，方珊等译，6 页，北京，生活·读书·新知三联书店，1989。

"陌生化"的文学语言。在语音上，可以通过新的韵律形式或者重复等方式造成发音上的困难或阻碍，达到"陌生化"的效果。德国浪漫主义时期著名的诗人荷尔德林的《晚唱》中"Wohl kehren itzt die Schiffer zum Hafen auch"一句用古德语中的"itzt"（现在），造成了读者的发音阻碍，从语音层面上给予了诗句使用日常语言发音无法赋予的审美感。从词汇上，可以通过改变词语的位置和日常词序而有意摆脱感觉的自动化。如辛弃疾《西江月》中的诗句"七八个星天外，两三点雨山前"将宾语前置并且将谓语省略，用倒装的句式打破了日常词序，把稀星伴着疏雨的景象描绘出了陌生感，使得读者在鉴赏的过程中产生了审美感受。从语义上，可以消解词语构成的日常语言意义从而达到审美感受。王安石的名句"春风又绿江南岸，明月何时照我还"打破了词语的日常语言意义，将形容词"绿"字变成动词使用，生动描写了春风吹过江南春意盎然的场景，给予读者动态的审美感受。

穆卡若夫斯基在《标准语言与诗歌语言》中将"突出"设定为诗歌语言最重要的功能和目的。诗歌语言（文学语言）由标准语言（日常语言）构成，对标准语言（日常语言）进行有系统和有意识的扭曲和阻滞，从而使它偏离日常语言的常规意义。诗歌语言最显著的特征是"突出"，通过最大限度的言辞"突出"，消减由日常语言造成的感觉自动化。虽然日常语言有时候也会通过"突出"给读者以新鲜感，如广告或报刊的语言，但是日常语言的"突出"是为了达到交流的目的，而在文学语言中"突出"就是语言表达的目的，"突出"是为了体现语言本身而不是为了达到其他目的。"突出"主要可以分为两类：一类通过改变语言的正常规则并使其由此偏离日常语言而产生"突出"；另一类过多或过少地使用某些常规语言现象实现"突出"。第一种形式的"突出"是质的变异，可以通过语音、句法、书写、词汇等不同语言层面的具体形式实现。如奥地利诗人里尔克的《豹》中的诗句"Geht durch der Glieder angespannte Stille"就是通过句法而偏离了日常语言的常规造成的"突出"，该诗句将做定语的名词第二格"der Glieder"（四肢）前置于介词宾语"angespannte Stille"（紧张的寂静），在刻意符合前文诗句韵脚的同时又强调了环境的寂静。第二种形式的"突出"是量的变异，可以通过反复、排比等表现手法造成相似的语法结构或词汇组成来实现。中国古代诗词中常出现这样的"突出"形式，如汉乐府诗《江南》："江南可采莲，莲叶何田田。鱼戏莲叶间，鱼戏莲叶东，鱼戏莲叶西，鱼戏莲叶南，鱼戏莲叶北。"这首诗的主要部分正是通过相似的句子反复出现，生动展示出鱼儿在茂密的荷叶下游弋嬉戏的场景。

文学语言是个性化的语言，表达的是个人的体验，并且通过个体对语言的特殊理解展示出来。《文心雕龙》中论述道："故辞理庸俊，莫能翻其才；风趣刚柔，宁或改其气；事义浅深，未闻乖其学；体式雅郑，鲜有反其习；各师成心，其异如面。"在文学的描述中，个人的经验和情感占据了重要的主导作用，使得文学作品保留其独特性。文学语言的个体性要求作家在表达时突出语言的特殊意蕴，强调作家作为个体对语言的特殊理解。曹植认为："世之作者，或好烦文博采，深沉其旨者；或好离言辨白，分毫析厘者。"这就意味着作家的独特性除了在内容上需要通过个人的情感抒发表现出来，在形式上也需要依靠作家的个体性语言来建构，相同的文学主题或者相同的文学类型通过不同作家的语言创作给读者带来不同的阅读感受。如同样是以欧洲传说中的著名人物浮士德为蓝本而创作的文学作品，英国诗人马洛的《浮士德博士的悲剧》通过对浮士德大段充满戏剧性的内心独白的描写，塑造了一位不断进取、追求知识的学者；德国文学家歌德的《浮士德》采用诗剧的形式将语言诗意化，根据诗歌形式将句子分行并且押韵，通过大量运用隐喻等修辞手法诱发更多读者的想象，让读者脑海中浮士德的经历和形象丰富化；德国作家托马斯·曼的《浮士德博士》将古老的传说故事放到了作家生活的年代，使用符合当时时代背景的语言创作出 20 世纪初在欧洲资本主义各种危机困扰下的艺术家形象。

　　文学语言的个体性还可以通过不同的修辞手法体现，作家使用的不同修辞手法会让读者领略到不同风格的文学语言，常见的修辞手法有比喻、象征、夸张、反讽、拟人等。比喻是最常见的修辞手法，它通过喻体来说明本体，基本类型有明喻、隐喻和借喻。美国著名文论家乔纳森·卡勒将比喻看作一种认知方式，他认为："比喻把一种事物比作另一种事物（如称乔治是头驴或者把我的爱比作红红的玫瑰）。如此说来，比喻便是认知的一种基本方式：我们通过把一种事物看作另一种事物而认识了它。"[1]中国古典诗词经常采用比喻的修辞手法展示文人的不同个性，如杜甫的诗句"安得广厦千万间，大庇天下寒士俱欢颜，风雨不动安如山"，诗中用"山"的雄伟坚固表达了诗人忧心天下寒士的情怀；而李煜的"问君能有几多愁，恰似一江春水向东流"，用春水的流动绵延表现了词人独自惆怅的情感。象征和夸张也经常出现在不同的作品中。象征是以具体事物表现抽象概念或情感的一种修辞手法。周敦颐就用"出淤泥而不染，濯清涟而不妖，中通外直，不蔓不枝，香远益清，亭亭净植，可远观而不可亵玩焉"的莲花来象征自己不同流合污的气节和情操；象征主义的先驱波德莱尔在其代表作《恶之花》中更是大量运用象征手法，成为其文学语言的重要个性特征，在《信天翁》中，诗人还用本应在大海上飞翔却被水手抓住戏弄的信天翁形象象征了自己在现实生活中的苦难。夸张是运用想象刻意将事物的某些特征夸大。夸张的手法常常通过数字夸大的形式来表现，如"千山鸟飞绝，万径人踪灭"和"危楼高百尺，手可摘星辰"这两句，通过"千山""万径"和"百尺"的数字夸大表现出诗歌的意境。反讽也叫说反话，是文学创作常用的一种修辞手法，在修辞上指刻意用相反的话语来产生讽刺的效果。比如，鲁迅在小说《风波》中对人物赵四爷的刻画就用了反讽的手法，人物刚登场的时候作者用"邻村茂源酒店的主人，又是这三十里方圆以内的唯一的出色人物兼学问家"来描绘出一个在村里有影响力、有学问的人物形象，紧接着作者进一步说明了赵四爷的全部学问仅仅体现在"他有十多本金圣叹批

---

　　① ［美］乔纳森·卡勒：《文学理论》，李平译，75 页，沈阳，辽宁教育出版社，1998。

评的《三国志》”，通过简短的反讽描述生动地塑造出一个封建固执的遗老形象。

（二）文本结构的基本原理和技巧

根据中外学者对文本层次的研究，我们可以将文本结构分为三个层面：语言层面、形象层面和意义层面。

语言层面是文学文本的外在层次，包括语音、词语和句子。语音包括音调、音律和力度等，是语言层面的基础。词语是语音具体化的形式，与语音相关联并具有意义。句子是由词语构成的独立系统，句子的意义使得从属于该句子的语音和词语结合起来。首先，前后相连的词句发音产生了各种节奏、音律和声韵，表达出不同的形象属性。朱光潜认为："声音是在时间上纵直地绵延着，要它生节奏，有一个基本条件，就是时间上的段落。有段落才可以有起伏，有起伏才可以见节奏。"[①]因此在时间上前后相连的词句才能产生鲜明的节奏感。比如，中国古典诗歌会根据节拍和韵脚的规律使得作品产生不同的节奏感，如五言为三拍二二一式（"花间/一壶/酒，独酌/无相/亲"），七言为四拍二二二一式（"孤帆/远影/碧空/尽，唯见/长江/天际/流"），诗句之间规律的节拍使读者在鉴赏时能够感受到节奏的美感。前后词句的韵脚能够产生和谐的节奏，可以让读者在读上一句的时候联想到下一句，在读下一句的时候回味上一句，如王维的诗句"寒雨连江夜入吴，平明送客楚山孤"中的韵脚字"吴"和"孤"相呼应，给诗句带来了如音乐般的节奏感。其次，语言层面是文学文本的表层结构，是首先呈现在读者面前的话语系统，直接表现的是文本的字面意义。比如，《茶花女》描述的是交际花玛格丽特和青年阿尔芒之间的爱情悲剧，《西游记》写的是师徒四人去西天取经的故事。语言层面是通向形象层面的通道，与形象层面有着必然的联系，形象层面在本质上依靠语言层面才能实现，因此语言层面是形象层面的物质载体。

形象层面是文本的第二个层次结构，是通过语言层面展示出来的作家构建的文学形象和创造的文本世界。形象层面是主体与客体的统一，是真实和虚构的统一。文本的形象层面来源于作家现实生活的经验，读者在接触文学文本时先会感知到文本中作者对现实生活的描绘和情感体验的表现。中国古代哲学和文学创作中的"精合感应"和"心物交融"思想就是要以作者的内在情感去体验事物，将主体的感受与作品创作相结合，也就是主客体结合。清代文论家章学诚认为："人心营构之象，亦出于天地自然之象也。"这就意味着作家主观创作出的文学形象和文学场景是源自客观的自然存在，是主体与客体统一的产物。西方现象学打破了当时主流哲学认为的主体和客体的二元对立壁垒，海德格尔认为存在以某种方式包含着主体和客体，胡塞尔将意义看作一种"意向的客体"，也就是意义代表着主体与客体的融合。但文学文本又不同于现实生活经验，在文学作品

---

① 朱光潜：《诗论》，139页，合肥，安徽教育出版社，1997。

中，作家所创造的是基于现实生活经验的想象世界，这个想象的世界由作家虚构的不同文学形象和文学场景构成。因此，文学文本中的世界在作者的虚构下会偏离现实世界，而读者可以通过这种偏离体验到现实世界中不能体验的经历和情感，如魔幻现实主义文学中描写的是光怪陆离的情节，展示的却是现实世界。在《百年孤独》中，许多形象和场景都不符合现实生活，有长出尾巴的孩子，也有在娘胎里就会哭泣的婴儿，还有会散发出可以致人死亡气味的姑娘，而作者却是借这些不符合常理的形象和场景描写了现代文明进程对拉丁美洲的入侵以及常年的战乱生活下民众的苦难生活。形象层面还是典型与一般的统一，作家需要通过创造文学典型来充实文本世界。典型是指用具有代表性的特殊人或事物去显示普遍性的人或事物，文学典型包括典型形象和典型环境。典型形象是指文本中具有代表性、集中性、感染性和夸张性的人物形象，通过个体表现出同一类型、阶层和群体的共性，是鲜明个性与普遍共性的统一。如巴尔扎克在《欧也妮·葛朗台》中塑造的典型人物"守财奴"葛朗台，作者笔下的葛朗台为了省钱常年不买蔬菜和肉，即使在寒冬也不允许家里生火，甚至还克扣妻女的零用钱，他的财产都是通过欺骗和投机累积的。葛朗台的形象集中描述了在资本主义初步发展的社会阶段，那些为了金钱积累抛弃了社会道德和准则的资本家。典型环境是指文本中的形象所处的具体场所、社会生活及形象之间的关系。典型形象是在典型环境下创造形成的，典型环境是形成典型形象的基础，并且制约和决定着个体发展走向，通过典型环境读者能够更深刻地感受典型形象。法国启蒙思想家狄德罗认为"人物的性格要根据他们的处境来决定"，同样，左拉也提出了"要使真实人物在真实的环境中活动"。卡夫卡在《变形记》中对格里高利房间的描写："他的房间，虽是嫌小了些，的确是普普通通人住的房间，仍然安静地躺在四堵熟悉的墙壁当中。在摊放着打开的衣料样品——萨姆沙是个旅行推销员——的桌子上面，还是挂着那幅画，这是他最近从一本画报上剪下来装在漂亮的金色镜框里的。"通过短短几句话描述了典型形象的生活环境，细致而真实地再现了处于社会底层的小市民简陋狭小且了无生趣的生存状态，同时这个极度真实的典型场景为极度荒唐的变形提供了一种形象层面上的合理性。

意义层面是文本的内在层次，传达文本所蕴藏的意义、思想、感情等各种内容，同时产生审美意象。意义层面并不像语言层面和形象层面一样以具象方式存在，而是一种间接抽象的层面。英加登认为，文学作品中的实在客体只是出现于某个方面，而其他的空白需要读者用想象去填充。意义层面存在于由语言层面和形象层面组成的具体词句之中，然后却超越了这些词句的本来意义，通过读者的填充达到审美感受。中国古代文论中对诗歌的"意象"鉴赏就是要求读者（鉴赏者）感知蕴藏在具体的、生动的形象之中的"意"。以歌德的《少年维特之烦恼》为例，语言层面和形象层面表现出了两条线索：一是青年知识分子维特离开家庭进入社会的经历，二是维特与绿蒂之间的爱情故事。然而在意义层面上，该文学文本首先在审美层次上，通过作者高超而细致的描写，为读者展示了"狂飙突进运动"环境中德国市民阶层青年知识分子的情感和性格，以及在贵族阶层依然是社会主导者的背景下，青年知识分子的生活，再现了审美意象；其次在哲学层次上，作者通过将维特在乡下诗情画意般的充满爱情与惬意的生活，与在城市中受到约束和歧视的生活相对比，引导读者思索当时知识分子的生存状态与社会矛盾。同时，该文本的意义层面还为读者留下了大量需要填充的空白，如作者在文本中并没有直接描写狂飙突进运动的历史环境，因此读者首先需要通过文本中间接的、与之关联的描述去想象当时受到狂飙突进运动影响的青年知识分子的思想状况。

📖 原典选读

一、什克洛夫斯基论诗歌创作

"艺术就是用形象来思维"，这句话就是从一个中学生嘴里也可以听到，它同时也是开始在文学领域中创建某种体系的语言学家的出发点。这个思想已深入许多人的意识中；必须把波捷勃尼亚(Потебня)也算作是这一思想的创立者之一，他说："没有形象就没有艺术，包括诗歌。"他在另外一个地方写道："诗歌和散文一样，首先并且主要是思维和认识的一定方式。"

诗歌是思维的一种特殊方式。亦即用形象来思维的方式，这种方式能在一定程度上节省智力，使你"感到过程相对而言是轻松的"，审美感就是这种节省的反射效果。奥夫相尼科—库里科夫斯基院士就是这样理解和归纳的，而且他的理解想必是正确的，他无疑仔细阅读过自己导师的著作。波捷勃尼亚和他的人数众多的整个学派都认为，诗歌是一种特殊的思维方式，即藉助于形象的思维，而形象的任务即藉助于它们可以把各种各样的对象和活动归组分类，并通过已知来说明未知。或用波捷勃尼亚的话来说："形象对被说明者的关系是：a)形象是可变主语的固定谓语，也就是吸引可变统觉的固定手段……b)形象是某种比被说明者更简单更清晰的东西……"也就是说："既然形象化的目的在于使形象的意义接近于我们的理解，又因为离开这一目的则形象化就失去了意义，所以，形象应当比它所说明的东西更为我们所了解。"

应用这个规律来看斤特切夫把闪电譬作聋哑的魔鬼，或果戈理把天空譬作上帝的衣饰，是饶有趣味的。

"没有形象就没有艺术。""艺术就是用形象来思维。"为了杜撰这些定义，人们不惜生拉硬拽、牵强附会；有些人还力图把音乐、建筑、抒情诗都理解为用形象来思维。经过了四分之一世纪的努力，奥夫相尼科—库里科夫斯基院士终于不得不把抒情诗、建筑和音乐划为无形象艺术的特殊种类，并把它们定义为直接诉诸情感的抒情艺术。如此看来，有些具有广阔领域的艺术，并不是一种思维方式；然而属于这一领域的艺术之一抒情诗(就这词的狭义而言却又与"形象"艺术完全相像：它们都要运用语言，尤为重要的是形象艺术向无形象艺术的转变完全是不知不觉的，而我们对它们的感受也颇相类似。

　　然而，"艺术就是用形象来思维"这一定义，意味着（我省去了众所周知的这一等式的中间环节）艺术首先是象征的创造者，这一定义站住了脚跟，即使在它引以为基础的理论破产之后它也保存了下来。这一定义首先在象征主义流派中、特别是在象征主义理论家那里活跃异常。

　　所以，许多人依旧认为，用形象来思维，"道路和阴影"，"陇沟和田界"，是诗歌的主要特点。因此，这些人本应期待的是，这一（用他们的话来说）"形象"艺术的历史将由形象的变化史构成。但实际上，形象几乎是停滞不动的；它们从一个世纪向另一个世纪、从一个地方向另一个地方、从一个诗人向另一个诗人流传，毫不变化。形象"不属于任何人"，"只属于上帝"。你们对时代的认识越清楚，就越会相信，你们以为是某个诗人所创造的形象，不过是他几乎原封不动地从其他诗人那里拿来运用罢了。诗歌流派的全部工作在于，积累和阐明语言材料，包括与其说是形象的创造，不如说是形象的配置、加工的新手法。形象是现成的，而在诗歌中，对形象的回忆要多于用形象来思维。

　　形象思维无论如何也不能概括艺术的所有种类，甚至不能概括语言艺术的所有种类。形象也并非凭借其改变便构成诗歌发展的本质的那种东西。

　　我们知道，有些表达方式在创造时无意寻求诗意，却常常被感受为有诗意的、为艺术欣赏而创造的东西，例如，安年斯基关于斯拉夫语言具有特殊诗意的意见；再如，安德烈·别雷对十八世纪俄罗斯诗人把形容词置于名词之后这种手法的赞美也是如此。别雷把这种手法作为一种具有艺术性的手法而赞美，或者确切些说，认为这才是艺术，是有意为之，而实际上，这是该语言的一般特点（是教会斯拉夫语言的一种影响）。因此，作品可能有下述情形：一、作为散文被创造，而被感受为诗；二、作为诗被创造，而被感受为散文。这表明，赋予某物以诗意的艺术性，乃是我们感受方式所产生的结果；而我们所指的有艺术性的作品，就其狭义而言，乃是指那些用特殊手法创造出来的作品，而这些手法的目的就是要使作品尽可能被感受为艺术作品。

　　波捷勃尼亚的结论可以表述为：诗歌＝形象性。这一结论创造了关于"形象性＝象征性"、关于形象能够成为任何主语的不变谓语的全部理论（由于思想相近，这个结论使象征主义者们——安德烈·别雷、梅列日科夫斯基及其"忠实的伙伴们"——如痴如醉，并成为象征主义理论的基础）。产生这个结论的部分原因在于波捷勃尼亚没有分辨出诗歌语言与散文语言的区别。由于这个原因，他没有注意到有两种类型的形象之存在：一是作为思维实践手段，和把事物联结成为类的手段的形象，二是作为加强印象的手段之一的诗意形象。试举例说明。我走在街上看见我前面走着一个戴帽子的人的包裹掉了，我喊道："喂！戴帽子的，包裹丢了。"这是纯粹散文式的形象比喻的例子。再举一例。几个兵在站队，排长看见其中一个站得不好，站没个站相，便对他说："喂，帽子！你是怎么站的。"这是一个诗意的形象比喻。（在一种场合下，"帽子"一词用于借喻，而在另一场合下，则用于隐喻。但我在此注意的不是这个。)诗意性形象是造成最强烈印象的手段之一。作为一种手段，它所承担的任务与其他诗语手段相等，与普通的否定的排偶法相等，也与比较、重复、对称、夸张法相等，总之与一切被称作修辞格的手段相等，与所有夸大对事物的感受的手段相等(这里所说的事物可以是指作品的语言甚或作品的音响本身)。但诗意形象与寓言形象及思维形象仅有外表上的相似，例如(奥夫相尼科-库里科夫斯基《语言与艺术》)，小姑娘把圆球称为西瓜就是这样。诗意形象是诗歌语言的手段之一。散文式形象则是一种抽象的手段：用小西瓜来代称灯罩，或代称脑袋，这仅仅是对其中一种事物属性的一种抽象，这与用脑袋代称圆球，或用西瓜代称圆球毫无区别。这是思维，它同诗歌毫无共同之处。

节约创造力规则也属于大家公认的一类公理。斯宾塞写道："决定选词和用词的一切规则的基础，我们认为是这样的一个主要的要求，即珍惜你的注意力……用最灵巧的方式使智力达于你所希望的概念，是你在许多场合下唯一的和在一切方面都要遵循的主要目的……"(《风格的原理》)"如果你的心灵拥有用之不竭的力量，那么对于它来说，即使从这一眼泉水中耗费了多少水，当然它也会无所谓。也许，重要的仅仅是必然要消耗掉的时间。但既然心灵的力量是有限的，所以理所当然，心灵要力求尽可能更合乎目的性，亦即用最小的力量消耗，而达到比较而言以最大的效果来完成统觉过程。"(P. 阿芬那留斯)彼特拉日茨基只是引用了一下节约心灵力量的一般原则，便把有碍自己思路的詹姆斯(Джемс)关于激情的肉体原则理论排斥了。就连亚历山大·维谢洛夫斯基在谈到斯宾塞的思想时，也承认节约创造力的原则是诱人的，尤其是在考察节奏时："风格的优点恰恰在于，它能以尽可能最少的词来表达尽可能最多的思想。"安德烈·别雷在其最优秀的篇章中，提出了那么多难以上口的、不妨说磕磕绊绊的节奏的例子(多引巴拉丁斯基的诗句为例)，并指明诗歌用语的难处所在。他同样也认为，有必要在自己的书中谈论节约原则。他的这本书乃是根据从关于诗歌创作手法的大量旧书中和克拉耶维奇按古典中学大纲编写的物理教科书中搜罗来的未经检验的事实而创立艺术理论的英勇尝试。

关于力量节约即创作规则和目的的思想，在语言的个别场合中或许是正确的，也就是说在语言的"实际应用"方面是正确的，由于人们不懂得实用语言与诗歌语言规则的区别，因而使得这一思想对后者也有影响。有人指出日本诗歌语言中有一些音是日本实用语言中所没有的，这几乎是第一次指明了两种语言的差别。Л. П. 雅库宾斯基关于诗歌语言中没有平稳语音的异读(Расподобление плавных звуков)规则，及诗歌语言中允许有难发的音的组合的类似现象，就是最初的一种经得起科学批评并在事实上指明了诗歌语言规律与实用语言相对立的观点(尽管我们暂且仅就这一种情况而言)。

因此，有必要不是在与散文语言的相似性上，而是在诗歌语言自身的规律上来谈谈诗歌语言中的浪费与节约规则。

如果我们对感受的一般规律作一分析，那么，我们就可以看到，动作一旦成为习惯性的便变得带有机械性了。例如，我们所有熟习的动作都进入了无意识的、机械的领域。如果有谁回忆起他第一次手握钢笔或第一次讲外语时的感觉，并把这种感觉同他经上千次重复后所体验的感觉作比较，他便会赞同我们的意见。我们的散文式语言，散文式语言所特有的建构不完整的句子，话说一半即止的规则，其原因就在于机械化的过程。这一过程的最理想的表现方式是代数，因为代数中的一切事物均被符号所取代了。在语速很快的实用言语中，话并不说出口，在意识中出现的只是名词的头几个音节。

〈……〉那种被称为艺术的东西的存在，正是为了唤回人对生活的感受，使人感受到事物，使石头更成其为石头。艺术的目的是使你对事物的感觉如同你所见的视象那样，而不是如同你所认知的那样；艺术的手法是事物的"反常化"(Остранение)手法，是复杂化形式的手法，它增加了感受的难度和时延，既然艺术中的领悟过程是以自身为目的的，它就理应延长；艺术是一种体验事物之创造的方式，而被创造物在艺术中已无足轻重。

诗歌(艺术)作品的生命即从视象到认知，从诗歌到散文，从具体到一般，从有意无意在公爵宫廷里忍受侮辱的经院哲学家和贫穷贵族的堂吉诃德到屠格涅夫笔下的广泛却又空洞的堂吉诃德，从查理大帝到"国王"这一名称；作品和艺术随着自身的消亡而扩展，寓言比长诗更富于象征性，而谚语比寓言更富于象征性。因此，波捷勃尼亚在分析寓言时，他的理论更少一些自相矛盾，波捷勃尼亚从自己的观点出发对寓言彻底地作了分析。但波氏并未运用他的理论去分析艺术上"有份量"的作品，所以波捷勃尼亚的书并没有写完。众所周知，《语言学理论札记》出版于一九〇五年，是在作者逝世十三年以后了。

波捷勃尼亚对这本书作了充分修改的，也仅仅是其中关于寓言的部分。

经过数次感受过的事物，人们便开始用认识来接受：事物摆在我们面前，我们知道它，但对它却视而不见。因此，关于它，我们说不出什么来。使事物摆脱知觉的机械性，在艺术中是通过各种方法实现的。在这篇文章中，我想指出列夫·托尔斯泰几乎总爱使用的一种方法，就连梅列日科夫斯基也认为列夫·托尔斯泰只写其所见，洞察秋毫，于写作中从不改变什么的。

列夫·托尔斯泰的反常化手法在于，他不用事物的名称来指称事物，而是像描述第一次看到的事物那样去加以描述，就像是初次发生的事情，同时，他在描述事物时所使用的名称，不是该事物中已通用的那部分的名称，而是像称呼其他事物中相应部分那样来称呼。

〈……〉反常化手法不是托尔斯泰所独有的。我之所以引用托尔斯泰的素材描述这一手法是出于这样一种纯粹实际的考虑，即这些材料是人所共知的。

现在，在阐明这一手法的特性之后，我们来力求大致地确定它使用的范围。我个人认为，凡是有形象的地方，几乎都存在反常化手法。

也就是说我们的观点与波捷勃尼亚的观点的区别，可以表述为以下一点：由于谓语总在变动，所以形象并不是恒定的主语。形象的目的不是使其意义接近于我们的理解，而是造成一种对客体的特殊感受，创造对客体的"视象"，而不是对它的认知。

〈……〉研究诗歌言语，在语音和词汇构成、在措词和由词组成的表义结构的特性方面考察诗歌言语，无论在哪个方面，我们都可发现艺术的特征，即它是专为使感受摆脱机械性而创造的，艺术中的视象是创造者有意为之的，它的"艺术的"创造，目的就是为了使感受在其身上延长，以尽可能地达到高度的力量和长度，同时一部作品不是在其空间性上，而是在其连续性被感受的。"诗歌语言"就是为了满足这些条件。按照亚里士多德的说法，诗歌语言应具有异国的和可惊的性格；而实际上诗语也常常是陌生的。〈……〉对于普希金的同时代人来说，杰尔查尔的情绪激昂的风格是习惯了的诗歌语言。而普希金的风格按(当时的)风尚，却是出乎意料的难以接受。让我们回忆一下普希金的同时代人因诗人的表达法如此通俗而吃惊不已，就足以说明问题了。普希金使用俗语并把它用作吸引注意力的一种特殊程序，正如同他的同时代人在自己日常所说的法语中，使用一般的俄语单词一样(参见托尔斯泰《战争与和平》中的例子)。

目前，有一种现象更有代表性。规范俄语按其起源对于俄国来说是一种异邦语言，可是它在人民大众中达到了如此广泛深入的地步，以致它和大量民间语言中的许多成分混同为一，而后来居然连文学也开始表现出对方言(列米佐夫、克柳耶夫、叶赛宁等人，按才能来说是如此悬殊，而按他们所熟稔的方言来说又是如此接近)和不纯正语言(这是谢维里亚宁流派产生的一个条件)的迷恋。现在，就连马克西姆·高尔基也开始从标准语转向文学中的"列斯科夫式"语言方面来。这样一来，俗语和文学语言互换了各自的位置(维亚切斯拉夫·伊万诺夫和其他许多人)。最后出现了一种想要创立新的专门的诗歌语言的强大流派；这一流派的领袖人物众人所周知是维列米尔·赫列勃尼科夫。所以，我们便得出诗的这样一个定义，即诗就是受阻的、扭曲的言语。诗歌语即言语—结构(Речъ-построение)，而散文即普通言语：节约的、轻快的、正确的(dea prosae——规范的、平易语言类型的仙女)。关于阻挠和延缓即艺术的一般规律这一点，我在论述情节分布结构的文章中还要详细地论述。

但那些把节约力量的概念，作为诗歌语言中某种实质性的东西，甚至是起决定性作用的东西而提出的人们的观点，初看起来，似乎在节奏问题上更有说服力。斯宾塞对节奏作用的解释，看来是无可辩驳的："我们的承受力所无法忍受的打击迫使我们让自己的肌肉处于一种过分的、有时甚至是不必要的紧张状态，我们无法预见到打击的重复何时中断；在周期性的打击之下我们则节省自己的力量。"看来，似乎是令人信服的这一说法却也无法避免通常的缺陷，即把诗歌语言的规则和散文语言的规则混为一谈。斯宾塞在其《风格的原理》一书中，对这两种规则根本没有加以区分。其实，完全有可能存在着两种类型的节奏。散文式节奏即劝力歌的节奏。一方面由于必要，口令代替了棍棒，"划哟，划哟！"；另一方面，它也可减轻劳动，使劳动带有机械性。确实，踏着音乐的节拍走路比没有音乐伴奏要轻松，但边热烈交谈边走路，也使我们感到轻松，那是因为行走的动作从我们的意识中消失了。由此可见，散文式节奏作为机械化的一种因素是十分重要的。但诗歌的节奏却不是这样的。艺术中有"圆柱"，然而，希腊庙宇中的任何圆柱，都不是准确地按"圆柱式"建成的，而艺术节奏就是被违反的散文式节奏；已经有人试图把所有这些对节奏的违反加以系统化。这是摆在当今节奏理论面前的一个任务。可以设想，这一系统化的工作是不会成功的，因为，事实上问题原本不在于复杂化的节奏，而在于节奏的违反，并且这种违反是不可预料的，如果这一违反变为规范，那么，它便会失去其作为困难化手法的作用。但我现在不准备更为详细地讨论节奏问题，我将写专文来探讨这个问题。

（[俄]维克托·什克洛夫斯基：《作为手法的艺术》，《俄国形式主义文论选》，

方珊等译，北京，生活·读书·新知三联书店，1989）

二、刘勰论文学艺术的内容和形式的关系

圣贤书辞，总称文章，非采而何！夫水性虚而沦漪结，木体实而花萼振，文附质也。虎豹无文，则鞟同犬羊；犀兕有皮，而色资丹漆，质待文也。若乃综述性灵，敷写器象，镂心鸟迹之中，织辞鱼网之上，其为彪炳，缛采名矣。故立文之道，其理有三：一曰形文，五色是也；二曰声文，五音是也；三曰情文，五情是也。五色杂而成黼黻，五音比而成韶夏，五情发而为辞章，神理之数也。《孝经》垂典，丧言不文；故知君子常言未尝质也。老子疾伪，故称美言不信；而五千精妙，则非弃美矣。庄周云辩雕万物，谓藻饰也。韩非云"艳乎辩说"，谓绮丽也。绮丽以艳说，藻饰以辩雕，文辞之变，于斯极矣。研味《孝》、《老》，则知文质附乎性情；详览《庄》、《韩》，则见华实过乎淫侈。若择源于泾渭之流，按辔于邪正之路，亦可以驭文采矣。夫铅黛所以饰容，而盼倩生于淑姿；文采所以饰言，而辩丽本于情性。故情者，文之经，辞者，理之纬；经正而后纬成，理定而后辞畅，此立文之本源也。

昔诗人什篇，为情而造文；辞人赋颂，为文而造情。何以明其然？盖风雅之兴，志思蓄愤，而吟咏情性，以讽其上，此为情而造文也；诸子之徒，心非郁陶，苟驰夸饰，鬻声钓世，此为文而造情也。故为情者要约而写真，为文者淫丽而烦滥。而后之作者，采滥忽真，远弃风雅，近师辞赋，故体情之制日疏，逐文之篇愈盛。故有志深轩冕，而泛咏皋壤，心缠几务，而虚述人外，真宰弗存，翩其反矣。夫桃李不言而成蹊，有实存也；男子树兰而不芳，无其情也。夫以草木之微，依情待实；况乎文章，述志为本。言与志反，文岂足征！

是以联辞结采，将欲明经，采滥辞诡，则心理愈翳。固知翠纶桂饵，反所以失鱼。言隐荣华，殆谓此也。是以衣锦褧衣，恶文太章；贲象穷白，贵乎反本。夫能设模以位理，拟地以置心，心定而后结音，理正而后摛藻，使文不灭质，博不溺心，正采耀乎朱

蓝，间色屏于红紫，乃可谓雕琢其章，彬彬君子矣。

赞曰：言以文远，诚哉斯验。心术既形，英华乃赡。吴锦好渝，舜英徒艳。繁采寡情，味之必厌。

（刘勰：《文心雕龙·情采》）

三、乔纳森·卡勒论修辞手段

文学理论一直非常关心修辞学，理论家也就修辞手段的性质和功能争论不休。通常，修辞手段的定义是变换或改动"普通的"用法。举个例子说，"我的爱像一朵红红的玫瑰"，这里用玫瑰不是指花，而是指一种极美丽、极宝贵的东西（这就是比喻手法）。或者"秘密坐在其中"，这里使秘密成为一种能动作用，它能坐在其中（这是拟人法）。修辞学家曾经试图把专门的"比喻用语"和涵盖面更广的、间接的"修辞"手段区别开，前者"放弃"或者改变一个字的意义（如用在比喻当中），而后者以字词的排列达到特定的效果。有些修辞手法，比如头韵法（重复相同的辅音韵）；呼语法（对本不能作为常规听众的事物讲话，如"平静下来吧，我的心！"）；以及准押韵法（重复元音韵）。

现代理论很少再把修辞手法和比喻手法区别开来，而且甚至对修辞或比喻改变了的、某个词"普通的"或"原有的"意义质疑。就说比喻这个词，它本身是比喻的，还是非比喻的？雅各·德里达在"白色的神话"中证明了对比喻的理论解释看起来是多么不可避免地要依靠比喻。有些理论家甚至得出了一条自相矛盾的结论，认为语言从根本上说是比喻的，认为我们称为非比喻的语言也包括了比喻手法，而它们的比喻本质是一直被遗忘了。比如，当我们说"抓住"一个"棘手"的问题时，因为忘记了抓住和棘手这两个词具有的比喻性，于是它们便成为非比喻的了。

从这个角度看，并不是非比喻的和比喻的手法之间没有区别，而是比喻和象征都是语言的基本结构，不是例外，也不是歪曲。

从传统上说，比喻一直是最重要的修辞手段。比喻把一种事物比作另一种事物（如称乔治是头驴，或者把我的爱比作红红玫瑰）。如此说来，比喻便是认知的一种基本方式；我们通过把一种事物看作另一种事物而认识了它。理论家们称"我们身边"的比喻为基本的比喻手段，比如"生活是一次航行"。这种比喻手段形成了我们对世界、对人生的思维方式：我们在生活中总是努力要"达到某一点"，总要"找到我们的道路"，要"知道我们正走向哪里"，要"面对前进道路上的障碍"，等等。

比喻一直被认为是语言和想象的基础，这是因为它符合认识过程的规律，而不是没有根基和华而不实的，但是它的文学力量还是要依赖它的不协调性。华兹华斯的名句"这个孩子就是那个男人的父亲"，让你不得不停下来想一想，然后它会使你以一种新的观点去看不同年龄之间的关系：它把这个孩子与他自己将来变成的那个男人的关系比作父亲与孩子的关系。因为比喻可以传达细微复杂的见解，甚至可以传达一种理论。所以它最有理由成为修辞手段。

不过，理论家们还强调了其他一些修辞手段的重要性。罗曼·雅各布森认为比喻和转喻是语言的两大基本结构：如果说比喻以相似为纽带，那么转喻则以相近为纽带。转喻从一种事物转到另一种与它相近的事物，就像我们用"王冠"指代"女王"一样。转喻通过把事物按时间和空间序列联系起来而创造秩序，并在一定的范围之内从一个事物转向另一个事物，而不是像比喻那样可以把一个范围与另一个范围联系起来。还有一些理论家补充了提喻法和反语法，就此把"四种主要比喻手段"列齐了。提喻法是以局部代替整体，比如用"十双手"代替"十个工人"。它从局部中推断出整体的性质，并且使局部能够代表整体。反语法把外表与实际相提并论，实际发生的与期待的正相反（在气象预报员的野餐上下场雨怎么样？）。这四种主要比喻手法——比喻、转喻、提喻和反语——被史学家海顿·怀特(Hayden White)用来分析对历史的阐述，或者用他的话叫作"剖析"(emplotment)：我们用这四种基本的修辞结构去理解经验。这四组例子足以说明作为一门学科，修辞学的基本概念就是，语言有其基本结构，这种基本结构是各种话语的基础，并使它们产生意义。

（［美］乔纳森·卡勒：《当代学术入门：文艺理论》，李平译，

沈阳，辽宁教育出版社，1998）

第五章 作 家 论

叔本华在谈论作者时总结到，这个世界上共有三种作家：第一种是不经过任何思考就动手写作的人，他们只靠回忆往事或过去的经验，甚至抄袭他人的作品，这种作家占多数；第二种是开始写作才进行思考的人，他们为了写作而思考，此类人数也很多；第三种是动笔写作之前就深思熟虑的人，此类人少之又少，寥若晨星。文学作为一门艺术，是以形象的书面语言作为载体，作品则是在该艺术活动中产生的成果。而创作是人类进行的有首创精神并富于灵感的活动，文学创作就是作家自我认识和认识世界的一种创作行为，它展现为一种生命创造活动。作家是文学创作的主体。任何一个作家的创作都和其品质分不开。作家的品质包括创作个性、心理要素、文学天赋、创作忠诚度、生活经验和作家修养等方面。作家的创作与环境之间的关系也十分密切，环境包括大环境和小环境，也可以区分为社会环境、文化环境和文学环境。作家在创作过程中不但要顺应环境，有时候还要反抗环境，从而使文学创作超越现实甚至历史。

第一节 作家的个性和心理

一、作家的个性特征

每一个作家都有自己的个性特征，这是作家自己在长期的创作实践过程中形成的，这种个性特征我们通常也称之为作家的创作个性。个性特征的形成对一个作家来说至关重要，因为它不仅标志着作家创作的成熟，而且标志着作家风格的形成。

作家特有的生活经历、思想倾向、心理素养、审美情趣、艺术修养等精神特点共同构成了作家的创作个性，而作家的创作个性又通过对生活的能动反映而转化为其文学作品的艺术风格。文学作品的风格是作家的创作个性在作品的内容和形式有机统一中所显现出来的基本特色。别林斯基说："一个诗人的一切作品无论在内容和形式上怎样分歧，还是有着共同的面貌，标志着仅仅为这些作品所共有的特色，因为它们都发自一个个性，发自一个统一而不可分割的'我'。"①所以说，对于一个有独创性的作家，他有什么样的创作个性，其作品就有什么样的艺术风格。宋代词人柳永和苏轼，他们的婉约词和豪放词，更能说明作家创作个性与风格的关系问题。有文坛佳话说："东坡在堂日，有幕士善歌，因问：'我词何如柳七？'对曰：'柳郎中词，只合十七八女郎，执红牙板，歌"杨柳岸、晓风残月"；学士词，须关西大汉，铜琵琶，铁绰板，唱"大江东去"。'东坡为之绝倒。"（俞文豹《吹剑录》）这段对话中说到的"杨柳岸、晓风残月"出自柳永的《雨霖铃·寒蝉凄切》，这首词婉约清丽、凄楚动人，是写旅客乡愁和离情别绪的代表之作；"大江东去"出自苏轼的《念奴娇·赤壁怀古》，该词雄健豪放、旷达飘逸，是以怀古为题材的词的典范作品。由于柳永和苏轼的创作个性不同，以上两首词完全代表了两位词人的两种迥然不同的词风。

作家的个性特征一般包括现实个性特征和审美个性特征两个层面。作家的现实个性特征体现着作家自身的思想情感和精神气质，作家的思想情感和精神气质又影响着作家的文学创作，尤其决定着文学作品的现实意义。作家是社会的脊梁，是现实世界精神的引领者，是有良知的群体，是人类思想的先导，作家往往和现实格格不入，具有强烈的个性特征。这种个性特征成为作家创作的动力。古今中外这样的作家很多，他们大都是特立独行甚至不被现实社会所容的人。中国古代有屈原、"竹林七贤"，现代有鲁迅等人；西方有波德莱尔、拜伦、王尔德、卡夫卡等。创作个性的最高层面是审美个性，也就是我们通常所说的自由人格。作家超越了自我，达到审美境界，也就形成了创作个性。

世界上没有两片完全相同的叶子，也没有两个性格完全相同的人。因此，即便是同一题材，甚至同一题目的作品，由于作者个性特征不同，呈现出来的面貌也是不同的。作家的个性特征是其先天个性特征在后天外在的生活经历、内在的情感体验的影响下形成的，是在文学创作中得到鲜明体现的一种绝无仅有的个性特点。爱德华·扬格曾经说："她带我们到这个世界上来的时候，我们个个都是独特无二的：没有两张面孔、两个头脑是一模一样的，一切都带有自然的区分的鲜明标记。"②他说的就是这个道理。

作家的个性特征反映到创作中就体现出其具有自己独特声音的创作个性。比如，明初文坛双子星宋濂和刘基，一个偏重理学，一个任性自然，同样写一篇《松风阁记》，宋濂是由景色导入对理学的阐释，引发的是作者对"道"的体悟，而刘基则只是融入美景之中，享受自然之音。从《将进酒》中能清楚地看到李白的豪迈洒脱，从《兵车行》里能深切地体会到杜甫的沉郁顿挫，白居易的讽喻诗则"意深词浅，思苦言甘"（袁枚语），给人平易近人、引人深思之感。由于作家先天个性的差异及后天家庭、环境、经历等的不同，

---

①　[俄]别林斯基：《别林斯基论文学》，梁真译，137页，上海，新文艺出版社，1958。

②　[英]爱德华·扬格：《试论独创性作品》，20页，北京，人民文学出版社，1963。"她"指大自然。

呈现出思想、情感、气质、爱好、习惯等方面的区别，进而形成其独具特色的面貌，反映到文学创作中，就使得作品具有鲜明的作家个性特征，带有不可复制性。

刘勰在《文心雕龙·体性》中说："才有庸俊，气有刚柔，学有浅深，习有雅郑；并情性所铄，陶染所凝，是以笔区云谲，文苑波诡者矣。"他提出了"才""气""学""习"四个培养作家个性气质的要素。作家的创作个性是指作家所特有的生活道路、思想倾向、心理素质、艺术修养、审美情趣等精神特点的总和，形成自己的审美理想是养成作家创作个性的关键。创作个性的核心是审美理想，审美理想在创造文学形象的同时，也创造了作家自己的创作个性，形成了作家独特的创作风格。审美理想的养成是一个长期而且艰难的过程，作家要不断地自我超越、追求自由。

二、作家的心理要素

文学作品是作家社会实践、生命体验、心理活动的集中体现。在现实生活中，作家通过对外界人与物的观察，在内心深处有所感知。作家的这种心理活动对文学创作的影响极大，为了更好地理解作家的创作，我们有必要对作家的心理活动进行了解与探索。作家的心理要素主要体现在气质、情感、性格特征、思想、想象、兴趣等多方面。

中国古代一般将作家的心理要素归结为秉性、情性或性情，认为性情直接决定作家的创作个性，继而又会影响作品的风格。比如，刘勰"吐纳英华，莫非情性"的观点，就是谈论作家的心理要素对作家风格形成的作用。明代陆时雍在《诗镜总论》中说："凡骨峭者音清，骨劲者音越，骨弱者音庳，骨微者音细，骨粗者音豪，骨秀者音冽，声音出于风格间矣。"清代乾隆年间一位名医薛雪在他的《一瓢诗话》中也指出："旷快人诗必潇洒，敦厚人诗必庄重，倜傥人诗必飘逸，疏爽人诗必流丽，寒涩人诗必枯瘠，丰腴人诗必华赡，拂郁人诗必凄怨，磊落人诗必悲壮，豪迈人诗必不羁，清修人诗必峻洁，谨敕人诗必严整，猥鄙人诗必委靡：此天之所赋，气之所禀，非学之所至也。"以上例子说明，艺术风格的来源是人品无疑是正确的，但把诗人的性格看作天赋就片面了。到了清代，刘熙载在他的《艺概》中，对作家的主观修养与作品之间的关系做了比薛雪更为精辟的论述。他明确地指出："诗品出于人品。"这里讲的人品，是指作家的情操与人格，即思想、感情、修养和作风特点。诗品，是作家的人品、胸怀的集中体现，也是作家的思想品质及其与别人不同的格调、气质和色彩的艺术传真。

首先，来看一看情感。作家的情感直接影响着文学作品的创作，其实这就是我们通常所讲的创作冲动。作家在长期的生活实践中积累了丰富的知识，一旦积累实现了超越，作家就会产生一种强烈的冲动，想把自己的积累转换为文学作品。这种冲动一旦产生，就非常强烈、无法遏制，甚至会日夜缠绕着作家，使他无法平静，直到把它付诸实践——转化成文学形象。

生命力本能的冲动是对于作家进行文学创作的心理学解释。我国早在汉代就有作家情绪对文学创作的影响的论述，《诗大序》中说："情动于中而行于言，言之不足，故嗟叹之；嗟叹之不足，故永歌之。"《淮南子·本经训》说："心和欲则乐，乐斯动，动斯蹈，蹈斯荡，荡斯歌，歌斯舞。"俄国作家列夫·托尔斯泰说："艺术起源于一个人为了要把自己体验过的情感传达给别人。"并认为艺术就是"作者所体验过的感情感染了观众或听众"（《艺术论》）。阿·托尔斯泰也说："艺术就是从情感上去认识世界，就是通过作用于感情的形象来思维。这里特别需要强调的是，形象应该对感情发生作用。甚至更正确地说，形象的辩证法应该对感情发生作用。只有这种情形才能使艺术成为艺术。"①

一切文学的生成，俱以情感为要素。以诗歌为例，别林斯基就说过："情感是诗的天性中一个主要的活动因素；没有情感就没有诗人，也没有诗。"②根据前人总结，这种能够激发文学创作的情感，大致有以下两种。

第一，温柔敦厚。孔子在评价《诗经·关雎》时，说它"乐而不淫，哀而不伤"，正是指出了其温柔敦厚的情感特质，这是一种恒久的、正面的情绪，是内心情感的真诚表达，是高尚文学所体现的作者情绪的评价标准。贺拉斯说过，健康的心智是优良风格的源泉和开端。作家在自己的作品中必须表达出最纯正的情感，只有这样，他的作品才能打动读者。

第二，和谐统一。一部优秀的文学作品，应该具有和谐统一的情绪，因为只有这样，才能让读者在阅读的时候有一以贯之的整体感。如果作者在一部作品里的情绪过于变化多端，不够稳定，那么就会造成读者的困惑。比如，汤显祖的《牡丹亭》，虽然情节复杂多变，但是"至情"是贯穿始终的主线。和谐统一不仅是对作家创作时情感的要求，也是对作家所创作的作品形式上的要求，作品只有在内容和形式上达到情感思想的和谐统一，才能成为传世经典。

其次，来看一下作家的思想。一位优秀的作家往往文以载道、思想丰富，他的作品能言之有物，因为言为心声，他能以最为简洁的文字表达自己的思想，让读者产生共鸣。作家有什么样的思想，他所创作的作品就体现什么样的思想。一般来说，作品体现的思想和作家内心的所思所想是一致的，因为作家对生活的体验和所思所想，以及对世界的看法，都是通过作品来传递的，作家通过在作品中塑造的人物形象之口表达自己。在文学史上，"文如其人"的例子很多，如屈原、陶渊明、杜甫、苏轼、曹雪芹等。但是有时候也有例外，作家会在作品中隐藏自己的思想，对现实进行歪曲或变形。苏联的赫拉普钦科说："创作个性和艺术家日常生活中的个人的相互关系可能是各种各样的。绝不是所有标志出艺术家日常生活中的个人的东西都可以在他的作品中得到反映。另一方

---

① 外国文学研究所编：《外国理论家、作家论形象思维》，159 页，北京，中国社会科学出版社，1979。
② ［俄］别林斯基：《别林斯基论文学》，梁真译，14 页，上海，新文艺出版社，1958。

面，并不经常总是，而且也不是所有一切显示出创作的'我'的东西，都能在作家的实际的个人的特点中找到直接的完全符合的表现。"①唐代诗人韩愈和德国诗人歌德就是很典型的例子，他们的文章写得豪气干云，具有浩然正气，但是在他们的身上却有卑下的一面，贪权媚贵，趋炎附势。由此可见，作家的思想与其创作个性和风格是不能简单等同和混淆的。

中国著名的国学大师姜亮夫认为情绪是健全思想最高的冲动，他认为"思想是情感之花"。的确，思想和情绪有着非常紧密的联系。文学作品能鲜明体现出作者的思想，比如，富于经世致用、兼济天下意味的作品多是出于儒家之手；宣扬遁世隐逸、相忘江湖的作品很可能是出于道家之手。张爱玲笔下没落贵族的情绪写得自然生动，当然有她出身的原因。

杜甫说："读书破万卷，下笔如有神。"这个破万卷其实就是作家在读书过程中的思想活动，如对人生、社会、生活的思考，持之以恒，就会不自觉地促进写作，达到"下笔如有神"的境界。

📖 原典选读

叔本华论作者

概括地讲，只有两类作者：一类是为特定的论题而写作的人，另一类是为写作而写作的人。前者有一些值得传播的思想或经验，而后者则只想得到钱，所以他们仅为金钱而写作，他们的想法已成为写作这一行当的组成部分。我们可以通过以下途径来识别他们：或者通过他们的作品——这些作品极为拖沓冗长；或者通过他们的思想——这些思想半真半假、牵强附会、摇摆不定；或者通过他们说话时的表情——这种表情通常总是流露出那种令人厌恶的言不由衷。所以，他们的作品缺乏明晰性和确定性，并且，很快就会暴露出他们只为金钱而写作的目的。有时，最优秀的作者也会发生这种情况，例如，莱辛的《论剧作艺术》中就时而有这种情况，甚至在让-保罗的许多传奇故事中也是如此。只要读者看出这一点，他立刻会把书扔到一边，因为时间是宝贵的。实际上，当一名作者为金钱而写作时，他就是在欺骗读者；因为，他是打着有话要说的幌子而写作的。

为金钱和保留版权而写作，本质上是文学的堕落。除非一个人是为某个问题而写作，否则他的作品就是毫无价值的。在文学的每一分支中，只要有若干出类拔萃的作品，就是天大的幸事了！只要写作能挣钱，这种情况就绝不会发生。金钱仿佛是可诅咒的，因为每一位作者只要他一动笔写作——不管他动机如何，他就开始堕落了。最伟大作者的最优秀作品常常诞生于这样的时候，即他们必须不为任何目的而写作。这里，有

---

① ［苏联］米·赫拉普钦科：《作家的创作个性和文学的发展》，83页，上海，上海译文出版社，1982。

则西班牙谚语说得非常巧妙，它声称：荣誉和金钱不可能在同一个钱袋里找到。文学今天何以落到如此可悲的境地，其原因简单地说仅仅在于人们为了挣钱而写书。一位穷困潦倒的人坐下来写了一本书，公众愚蠢至极而买下它。文学堕落的次要因素在于语言的毁灭。

许多拙劣的作者都是靠公众——他们除了那些恰好已经出版的书外，什么也读不到——的愚蠢的狂热而谋生，这里，我指的是那些撰稿人。这真是一个最恰如其分的名称。用一句通俗易懂的话来说，即打短工的工匠！

此外，可以说有三种作者。第一种是那些不经过任何思考便动手写作的人。他们仅仅靠回忆往事或过去的经验而写作；甚至直接抄袭别人的作品，此类人数最多。其次是那些仅仅当他们开始写作时，才进行思考的人。他们为了写作而思考，此类人也为数甚多。最后是那些在开始动笔之前就已深思熟虑的人，此类人寥若晨星。

第二类作者——他们将自己的思维力闲置一旁，直到准备动笔时才想起它——很像一位想碰运气而出发的打猎爱好者，并且他可能完全没有意识到这一点。与此相反，当一位第三类亦即人数最少的那类作者写作时，这种写作像一次追猎。在这里，猎物是事先抓住并关在一个极小的空间里。然后让它从里面跑出来再进入另一空间，同样把它关起来，如此重复多次。这个猎物绝不可能逃脱打猎者，他只需瞄准目标然后开枪，——换言之，他只需记下他的思想。从上述运动中，可显示一个人所具有的特性。

然而，尽管在开始写作之前就真正进行严肃思考的人为数甚少，围绕论题本身进行思考的人更是微乎其微：其余大多数人考虑的仅仅是那些早已出版的同类话题的书，以及别人对此类论题的看法。既然为了思考，这样的作者需要前人思想的更直接更强烈的刺激。前人的思想将会成为他们直接的主题，结果，他们总是受前人思想的影响，按其本来的意义，这绝不是新颖独创的思想。而那些真正的创造者是在论题本身的刺激下进行思维的独创活动的，他们的思想因此而是直接的、明确的。唯有在他们之中才能够产生具有不朽之名的作者。

当然，必须明白的是，我在这里所说的是那些探讨重大问题的作者，而不是那些讨论酿造白兰地酒工艺的作者。

倘若一个作者不收集资料——他将依据这些资料经过自己大脑的思索而写作，这就是说，倘若不通过自己的观察而写作，他的作品就根本不值得一读。那些图书制造人、汇纂者和通常的老派传记作者，以及诸如此类的作者，会直接从书中摘取自己所需要的材料，甚至无须付出运费，或者说当这些材料经过大脑时不必经受考察，也就是说没有经过大脑的精心推敲和详尽发挥，就直接运用于他们的笔下。如果一个人真正了解了他自己著作中的全部内容，那他将是一个多么博才多学的人啊！然而，结果却是：这些作者谈话如此不严谨甚至粗俗不堪，以至于读者怀疑自己的大脑并没有理解他们事实上思考的是什么问题。其实，他们一无所思。时常有这样的情形，他们所抄袭的书严格说来也是以同样的方式组成的；所以这类作品就像是一只模子的石膏模型；最后，这类作品千篇一律，难以辨认，全得依靠你的判断了。各种汇编、汇集几乎无法阅读。既然汇编也包括那些教科书——它们在一个极小的篇幅内容纳了各世纪累积起来的知识，那么，上述情形便很难完全避免。

那种以为凡新近出版的书总是更为正确的想法其实是大错特错了。在一般情况下，后来写就的作品要比之前的作品有所改进，因为变化通常意味着进步。但是，真正的思想家、具有正确判断力的人以及热衷于自己论题的人们——只有他们例外。世界上到处都有蛀虫：他往往嗅觉灵敏、异常警觉，善于融合思想家们的意见，然后不辞劳苦地（不客气地说）对它们改头换面，把它们变为自己的东西。

假如读者希望研究任何论题的话，要提请他留意别冒冒失失地专挑关于这一论题的最新著作，以免他的全部注意力都仅仅集中在这些新书上，而应当抱这样的想法，即科学总是不断发展的，并且在新著的写作过程中的确吸收利用了过去的旧著内容。这些旧著的被吸收利用是千真万确的，然而，它们是如何被利用的？新书的作者常常根本不懂旧著，而他又不愿意严格而又准确地采用旧著中的术语或概念，所以，他只是粗制滥造地模仿旧著，拙劣地重复着旧著作者的精彩论断，——这些论断是旧著作者根据自己丰富而生动的关于这一论题的知识而写下的。新书作者常常挂一漏万，忽略了旧著中最本质的核心内容，最彰明卓著的例证以及极为巧妙高明的论断；因为他不懂得它们的真正价值，或者不知道它们所蕴藏的丰富内涵。唯一能吸引他的只是那贫乏浅薄、平淡无奇的东西。

一部优秀的旧著被若干拙劣的新作取而代之是常有的事，这些新作大多是以挣钱为目的的，常常以一种妄自尊大的面孔出现，其实在很大程度上是靠友人吹捧出来的。在科学研究中，一个人只能通过提出某种独创新颖的观点而扬名天下。这意味着最巧妙的办法是攻击某个被公认是完全正确的理论，以便将位置让给他自己的荒谬论点。有时，这种伎俩也能获得暂时的成功，然而其后，老的真正的理论还会反过来又重新取胜。这些标新立异者所唯一认真对待的不是别的，只是他们自己视为珍宝的自我：这才是他们想要真正提出来的东西，并且正如他们所认为的那样，这么做的捷径就是提出一种似是而非的论点。他们缺乏独创精神的贫瘠头脑自然而然地偏好那种消极否定的方法；所以，他们开始拒斥那些长期以来一直为人们所公认的真理，　例如拒斥交感神经系统的活力，亦即性生殖力，比哈特以此作为情感作用与理智作用的差别；要不然，他们就想让我们回到粗陋的原子论，或者类似的理论。因此，科学进程中的倒退或衰微是经常发生的。

此类作者只是转送器——他们不仅传送别人的作品，而且对这些作品进行加工再制作，使它们改头换面，在我看来，此类雕虫伎俩未免拙劣无礼。对于这样的作者，我要说：写你自己那些值得传播的东西吧，让别人的作品按其原样保留下去吧！

如果可能的话，读者应当研究那些真正的作者，亦即那些已经有所发现，有所建树的人，或者，至少是那些已为人公认的学界巨擘。让他买那些经过别人修改的书，不如让他去读他们的原著。毫无疑问，增加一些新的发现是较为容易的事，——因此，研究者在完全掌握了他所研究的论题的入门知识之后，还必须尽快熟悉关于这一论题的最新知识。并且，一般说来，无论是在这里还是在别处，都要确立以下规则：即凡是新的东西绝少是充分可靠的，因为如果它是充分可靠的，那么它很快就会过时。

对于一封信来说，地址很重要，而对于一本书来说，书名具有同样重要的意义；换言之，书名的主要目的应当是引起公众中那些对这本书的内容感兴趣的人的注意。因此，书名应当寓意隽永，耐人寻味，本质上必须是简短明了的，并且，倘若能用一个词来概括书的内容，那么，这个书名将是言简意赅的。冗长啰嗦的书名是笨拙的，也是毫无意义的，或者是含混不清、模棱两可的，甚至可能是错误的或者令人不解的；而有一个错误书名的书其命运将与一封写错了地址的信笺的命运是相同的。所有书名中最糟糕的是那些剽窃来的书名，我指的是那些早已为其他书采用的书名；因为，首先，它们是抄袭品，其次，最令人信服的证据是作者缺乏独创精神。如果一个人的独创精神尚不足以为他的书取一个新颖的书名，那就更不用说赋予这本书以任何新的内容了。与这种剽窃的书名相类似的是那些仿效的书名，也就是说，其剽窃成分已超过一半；例如，在我写完我的《论自然界中的意志》一文之后很久，奥斯特写了一本题为《论自然界中的精神》一书。

一本书的内容不可能超出其作者的思想，这些内容的价值既存在于他所思考的问题中，也存在于他的思想所采用的形式中，换言之，他关于这个问题所进行的思考就是其全部价值。

书的内容是千差万别的，这种差异性也意味着这些具有不同内容的书的各自的优点。就内容而言，我指的是实际经验界域内的一切事物，或者说是进入作者视域的、经过作者独立思考的，并且是在其最广泛意义上的历史事实和自然事实，亦即被思考的事物，这使论述此类事物的书具有某种特征，所以，无论其作者是谁，这本书都是重要的。

但是，就书的形式而言，一本书的形式具有何种特征则完全取决于写书的人。书中论述的内容也许是每个人都容易理解的或者是为人所熟知的，然而正是论述这些内容的方法，亦即如何去思考这些内容，才是一部书的价值之真正所在，而方法往往取决于书的作者。从这种观点来看，如果一本书是优秀的，无与伦比的，那么这本书的作者也将是出类拔萃的。由此可见，如果一个人的作品值得一读，那么，其价值越高，可归功于其内容的因素越少。因此，内容越寻常、越为人熟知，作者便越伟大。例如，古希腊三大悲剧作家都从事着同一主题的创作。

所以，当一本书引起世人瞩目时，应当注意它之所以出名的原因在于它的内容还是在于它的形式，因此需要做出一种区分。

由于其内容而闻名的书可能出自于那些头脑简单的普通人，因为只有他们才有机会接触书中描述的事情；例如，那些记录荒岛旅行、罕见的自然现象或试验的书，或者，那些描绘了作者本人就是见证人的历史事件的书，或者，与他们耗费了大量的时间和精力研究和探求原始文献有关的书。

与此相反，如果内容是大家所易于接受的或非常为人所熟知的，那么一切就取决于形式了；也就是说，如何思考这一内容的方式将使这本书具有它应当拥有的全部价值。这里，只有真正卓越非凡的人才可能写出具有阅读价值的作品；至于其他人所能思考的无非也是任何人都能思考的。他们所书写的正是他们自身的杰出心灵所留下的深深印记，而这种印记却构成了其他所有人的精神摹本。

无论如何，公众更为关注的是内容而不是形式，正是因为这个理由，公众缺乏高层次的文化。当公众谈论诗歌时，他们以最可笑的方式显示了他们在这方面的偏好：在那里，他们不厌其烦，孜孜以求地追溯诗人的个人生活环境或生活轶闻——而这些只是诗人的诸种作品的外在诱因，甚至到最后，这些环境和轶事倒成了比作品本身更重要的东西了。人们宁可读那些关于歌德的书，而不愿读歌德本人的作品；宁可读带有插图的《浮士德》，而不愿看同名剧本。当伯格声称"人们将写出关于利奥诺拉事实上究竟是谁的专题论文"时，我们发现在对歌德的研究中也存在着完全相同的情况；因为我们已有大量关于《浮士德》的专题论文，以及有关浮士德的种种传说。这类研究仍然仅仅是对与这个剧本有关的材料的研究。这种对内容甚于对形式的偏好，就像一个人买了个精美的伊特鲁里亚人的花瓶，不是为了欣赏它优美的造型或绚丽的色彩，而是为了对其赖以构成的陶土和颜色进行化学分析。

试图借手中的材料产生一种效果，这是一种迎合公众恶劣倾向的尝试，它们在文学的各个分支里都应该遭到严厉的谴责；因为在文学领域中，一切价值或精萃都本应当明快地表现在作品的形式中，当然我所意指的是诗化的作品。尽管如此，试图以他们所写的内容来滥竽充数的拙劣剧作家并不少见。例如，这类作者坚持任何人只要他在某一方面大名鼎鼎就能搬上舞台，而不管他的生活是否缺少戏剧性事件；有时，他们甚至不等到与剧中人关系密切的人们都死去，就急急忙忙地上演。

我在这里提及的内容与形式的区分也适用于谈话。能够使一个人的谈话妙趣横生的主要在于他的机敏、精明、智慧和富有生气：所有这些主要的品质形成了谈话的形式。但是用不了多长时间，听者的注意力就会转向谈话的内容；换言之，转向可能与他谈论的那些话题——亦即他所拥有的知识。倘若话题非常琐碎，则他的谈话将毫无价值，除非他具有上述使谈话形式饶有趣味的那些非凡的品质；因为，他所能谈及的只是那些人人皆知的日常生活琐事。但是，倘若一个人虽然在风趣、诙谐方面有所欠缺，但却拥有能为其谈话增色的丰富知识，那么，谈话也能产生极好的效果。这类知识的价值完全取决于谈话的内容；因为，正如西班牙格言所说的那样：智者了解别人，而傻瓜更了解自己。

（[德]叔本华：《叔本华论说文集》，第四卷，北京，商务印书馆，1999）

第二节　作家与天才

一、作家天才论

文学创作是一种富有灵感、想象、激情和感悟，并具有艺术特质的创造性活动，因而只有先天具有此种天赋并且在后天得以发展的人才有可能成为作家。这一点在现实中也可以得到证实，把文学作为研究对象的学者远远多于把文学当作创作对象的作者。即便有些人抱着极大的热情并投入了极大的精力和时间到文学创作中，但是如果缺乏一些天赋，即我们常说的才气，那么还是难以成为作家，而如果他将这样的热情投入其他领域，其成就一般要比从事文学创作高。

天赋听起来似乎是一个比较空洞的概念，在生理学和心理学上都还没有给出完全让人信服的科学解释，但是，文学创作需要天赋，这一点已经成了共识。不管是东方还是西方的古代社会，人们对创作主体的能力认识还不够，所以，只好将文学创作看作是客观的神秘力量所致。柏拉图就认为诗人之所以能够创作出诗歌，就是因为有神灵凭附的缘故。直到近代欧洲，人们才逐渐认识到文学创作主体的独特性和力量。康德认为："天才就是：一个主体在他的认识诸机能的自由运用里表现着他的天赋才能的典范式的独创性。"①他最早在美学意义上为天才找到了理论依据并给它下了定义。康德以后，浪漫主义文学理论将天才发展成一个具有普遍意义的概念，到了现代，天赋的理论趋于完善。虽然我们不能用科学去解释人的天赋，但是它却具有很多表现形式，比如，丰富的想象力、敏锐的感受力、高超的表现力及细腻的情感等，我们可以通过对这些具体形式的研究，更好地把握文学创作中天赋的意义和价值。

天赋的这些特质带有与生俱来的先天性，不是仅凭后天的学习和努力就能够得到的。刘勰的《文心雕龙·事类》篇讲："文章由学，能在天资。才自内发，学以外成，有学饱而才馁，有才富而学贫。学贫者，迍邅于事义；才馁者，劬劳于辞情；此内外之殊分也。"指出先天禀赋和后天学习之间是相辅相成的，不可独存。就像要成为一位歌唱家，那么天生的好嗓子和后天的培养是缺一不可的，再比如，要成为模特，那么先天的身体条件和后天的训练要兼而有之。作为作家，天赋是首要的条件，有了先天禀赋才让后天的努力具有更大的意义。

---

① ［德］康德：《判断力批判》，上卷，宗白华译，164 页，北京，商务印书馆，1964。

既然文学天赋是成为作家的基本条件，下面我们就看看文学天赋的几种主要表现形式。

首先，是丰富的想象力。在创作活动中，想象是一种神奇而丰富的能力，是人先天具有的能力，同时它也是艺术世界的灵魂和核心。文学创作需要灵感和虚构，作家必须在现实生活的基础上，通过想象和虚构创造出文学形象。想象力越丰富，创造出的文学形象就越逼真，反之，在文学创作中，作家如果缺乏想象力，他就创造不出丰满逼真的形象来。黑格尔认为想象是"一种最杰出的本领"，没有丰富的想象力，就不会有艺术。想象是一种特殊的思维形式，是人在头脑里对已储存的表象进行加工改造并形成新形象的心理过程，它能突破时间和空间的束缚。作为进行形象创作的文学，非常需要这种超越限制的突破性思维，在现实素材的基础上，天马行空地创造那些独特的、鲜活的文学形象。比如，庄子《逍遥游》中有："北冥有鱼，其名为鲲。鲲之大，不知其几千里也；化而为鸟，其名为鹏。鹏之背，不知其几千里也；怒而飞，其翼若垂天之云。"庄子笔下塑造的形象非常恢宏并富有想象力，但是也有其现实基础。想象力具备一定的先天性，又源于每个人的生活阅历。每个人都有自己的生活阅历和历史人文背景，但不可能经历生活的全部。对于作家而言，仅有自己体验过的生活是不够的，必须在此基础上，对世间百态、人生万象发挥无限的想象力。没有现实作为土壤，想象就会成为无源之水、无本之木，没有了艺术生命力。

其次，是敏锐的观察力和敏感的感受力。作家对社会人生的了解必须是深入的、本质的，如果只停留在对表象的认识水平上，就不足以创作出有深意的文学作品。作家要善于发现社会生活中的种种现象以及这些现象之间的内在联系，要能在表象下，既借助其超乎常人的天生的敏感神经和敏锐眼光，又凭借其严谨的逻辑思维，抽丝剥茧、追根溯源，寻找、分析其内在因由，进而揭示出其深层含义。作家不同于普通人，必须有异于常人的观察力和辨别力，善于捕捉生活中的一些细节和典型印象，因为这些观察到的细节和印象有可能成为以后创作中的素材。据说，托尔斯泰和屠格涅夫在一起散步，托尔斯泰看到一匹瘦骨嶙峋的马，就开始观察描述那匹马，他出神入化的描述叫屠格涅夫入迷，同时，托尔斯泰的描述把屠格涅夫代入马的凄惨处境中去了，因此，屠格涅夫情不自禁地对托尔斯泰说他的前生可能是一匹马。

再次，作家还要具有比普通人更为敏锐和深刻的感受能力。情感的丰富性是指作家对所观察到的人和事物所持情感的广度和深度。情感的敏感性是指作家对社会生活中出现的人、事及现象的感知、反应的敏感度。作家的感情要比一般人丰富、细腻，也更为敏感，一般人熟视无睹的情景，却可能引起作家内心情感的巨大波动；对于一般人来说平淡无奇的现象，却可能引起作家理性思维的深入探索。比如，一般游客到西湖去游览，只停留在对景色的审美享受上，而作家则会从美景中读出人文情怀和历史故事，进而感受到人生的变幻莫测与世态的沧桑巨变……一位"情商"丰富的作家往往会被眼前的情景"折磨"得蠢蠢欲动，从而产生强烈的创作冲动与激情。澳大利亚作家亨利·劳森一次在街头看到一位衣衫褴褛的妇女怀抱熟睡的婴儿摆摊卖报，她的嗓子都喊哑了，还是没人买她的报纸。劳森看到此景，正准备掏钱买报时，一个小孩也请求作家买他的报纸，孩子的声音是那么的令人心碎。劳森不知道该买谁的报纸，那个孩子告诉他，他和那个卖报的妇女是母子，买谁的都可以。街头的"两张脸庞"使作家心潮澎湃，他很快写出了著名的诗作《街头的脸庞》。据说，法国作家福楼拜的代表作品《包法利夫人》也是这么写出来的。其实作家这种敏感的感受力和前面述及的丰富的想象力之间是有着直接关系的。

最后，作家的天赋还表现在作家必须具备高超的表现力。高超的表现力主要体现在作家的语言运用和表达能力上。文学作品要以语言作为物质载体，文学是一种语言的艺术，语言是文学的一切，因此，作者在具备以上种种能力以后，还需要具有能够把这些内容呈现出来的高超的表达能力，即卓越的运用语言表达思想、情感的能力。有的作品语言优美、思路清晰，塑造的形象生动逼真；反之，有些作品却不能很好地传递作家的思想，人物形象模糊不清。这就和作家的语言表达能力有关。因此，高尔基认为语言是"文学的第一个要素"[①]。比起普通人，作家的语言表达更加生动、形象，能够更加传神细致地描写出社会生活和情感体验，使读者通过文字阅读就能有身临其境的艺术感受。语言的独特性已经成了作家的标签，对于一个语言风格独特的作家来说，即便不在自己的文学作品上标注自己的名字，我们也可以轻易地辨认出他的作品。据说李清照写出《醉花阴》后，把这首词寄给了她的丈夫赵明诚，"明诚叹赏，自愧弗逮，务欲胜之，一切谢客，忘食忘寝者三日夜，得五十阕，杂易安作以示友人陆德夫。德夫玩之再三，曰：'只三句绝佳。'明诚诘之，答曰：'莫道不消魂，卷帘西风，人似（比）黄花瘦。'政易安作也"[②]。为什么赵明诚把李清照的三句词混在自己的词中，陆德夫能看出来不是赵明诚所作呢？这就是李清照独特的语言所致。中外很多用笔名发表作品的作家也是如此，虽然不用真名，但是细心的读者通过作品的语言就能判断出作者是谁。语言能力除了有先天的因素之外，还要靠后天习得。中国古代有"吟安一个字，捻断数茎须"的说法，也有"僧推月下门"还是"僧敲月下门"的美谈。

二、先天因素的有限性

世界上没有天生的作家，所以后天的培养是有文学创作天赋的人走向作家这个目标的必经之路，即便再有才气的人也需要经过长期的努力，才能创作出有价值的文学作

---

① ［苏联］高尔基：《文学论文选》，孟昌、曹葆华译，294 页，北京，人民文学出版社，1958。

② 龙榆生选编：《唐宋名家词选》，211 页，上海，上海古籍出版社，1980。

品。作家的写作能力需要从认知水平、精神境界、文化水平、专业素养等方面加以培养，这样可以使作家把自己丰富的内心世界和对外界独特、深刻的感知付诸文字，生动、形象地展现在读者面前，触动读者。

作为作家，必须具有较高的认知水平和精神境界。作家对社会人生的认知要比普通人深刻、全面，若非此，就不能创作出具有深刻社会意义的有价值的作品，这就要求作家具有较高的认知水平。但这和精神境界的提升密切相关。司马迁透过历史的表象看到社会人生的本质，从繁华背后看到衰败，从平凡处看到卓越，在他看来世界不是平面的，而是多维的。所以他的《史记》深刻、厚重，能够成为"史家之绝唱，无韵之《离骚》"。他在写《帝王本纪》时不以表面身份作为立传标准，而是以其在历史上的实际地位为准。比如，项羽虽然没有帝王之名，但却是一段时间内的实际领导者，所以纳入本纪中；而汉惠帝虽然有帝王之名，实际上却只是个傀儡，所以本纪中没有给他一席之地。鲁迅经过对现实的亲身体验和深入思考，写出了《孔乙己》《狂人日记》这样振聋发聩的触及中国传统文化和国民性中可悲之处的沉重作品。

作为一种典型的文化活动，文学创作要求作家拥有较高的文化水平，这主要体现在具有广博的知识面上，从自然科学到社会人文知识作家都应该有所涉猎，也体现在较高的知识水平上，作家在有些领域要有较为专业的知识储备。黑格尔就曾经说过："艺术方面的博学所需要的不仅是渊博的历史知识，而且是很专门的知识，因为艺术作品的个性是与特殊情境联系着的，要有专门知识才能了解它，阐明它。"[①]司马迁不仅深具史学修养，还有很高的文学才华，因此他的《史记》不仅是"史家之绝唱"，还是"无韵之《离骚》"。曹雪芹创作的《红楼梦》，不仅仅是一部文学巨制，其中的内容更是包罗万象，不但涵盖了丰富的社会、历史知识，还涉及园艺、建筑、医药、饮食、绘画、音乐等诸多方面的知识。作者在这里体现出他的知识面不但广博，在有些方面还很精深，因此有种说法是，如果把《红楼梦》里的医药知识研究透了，也能成为一个专家；把其中的饮食内容充分掌握了，就可成为一个好厨师。司马迁和曹雪芹能够创作出千古经典，靠的不仅仅是他们的天赋，必定还有他们超乎我们想象的后天努力与艰辛。科幻小说的创作也很能体现对作者的这一要求。科幻，顾名思义是科学幻想，那么作家要表现出其对人生、宇宙的哲学思考和终极意义的探索，除了要有社会科学的知识外，还需要具备较高的甚至超前的科学知识，如克拉克的《2001：太空奥德赛》、弗兰克·赫伯特的《沙丘》等。

专业素养是与文学创作关系最为直接的，各种能力都具备以后，如果专业素养不过关，文学作品就无法呈现出来。这主要体现在文学技巧和语言的运用等方面。高尔基曾经说："应该研究文学劳动的手法和技巧，只有在掌握了这种技巧的条件下，才有可能

---

① ［德］黑格尔：《美学》，第1卷，朱光潜译，19页，北京，商务印书馆，1996。

赋予材料以或多或少完美的艺术形式。"①作家想要饱满地呈现出一篇作品，就要带着自己的天赋和灵感，从积累的素材中选择适合的材料，要有娴熟、高明的文学技巧，细心打磨。

众所周知，文学是一种来源于生活但高于生活的艺术形式。要写出高质量的作品，就要求作家具有丰富而深刻的生活体验。不管生活是以何种面目出现在作家的笔下，它都是作家要表达的核心和根本内容。俄国作家冈察洛夫说："我只能写我体验过的东西，我思考过和感觉过的东西，我爱过的东西，我清楚地看见过和知道的东西，总而言之，我写我自己的生活和与之长在一起的东西。"②

无论创作的作品是写实的还是虚幻的，都离不开作者的现实生活。比如，屈原充满爱国激情和浪漫主义想象的政治抒情诗《离骚》，正是在其现实生活遭际和真实感情体验的基础上谱写出来的；托尔金史诗般荡气回肠的神话巨著《指环王》，正是他经历了两次世界大战后对人性的拷问；张贤亮在"文化大革命"期间被送到乡下参加劳动改造，在艰辛而苦难的生活体验中，创作出了《绿化树》这样优秀的、具有当时时代意义和人性思考的优秀作品；海明威作为救护车司机，曾经于第一次世界大战中在战地工作，眼见战争的残酷，对他震撼极大，《永别了，武器》就是在这样的人生经历的基础上写成的。

作家的人生体验越是丰富、广阔、厚重，就越能了解社会人生，越能体会人世的冷暖艰辛、繁华悲凉，如此，才能在我们所见的平淡现象里写出深刻，在我们所经的平常生活里写出思考。任何一个天才，他的身上都有难以克服的弱点，甚至是某些理智上的缺憾，他某些方面的能力可能还不及一个中等禀赋的常人，如果不能克服这些弱点和缺憾，就很难发挥天才的能力。

📖原典选读

叔本华论天才

没有多大关系的等级、地位、出身等，其影响又是如此巨大，恰如鸿沟天堑一般划分开了难以胜数的芸芸众生，他们运用自己的脑袋只是为了满足自己的食色之欲，换言之，只是作为意志的一种工具来照看自己的儿女本能。唯有那些为数甚寡、举止罕见的人才有勇气说：不！这样做真是太好了，我的头脑只能服务于它自己的天职，它要竭力理会这个世界中迷惑不解和变化繁多的景观，然后以某种形式再现出来，而不论这种形式是艺术的抑或文学的，这或许回答了作为一个个体的我的真正品格。至于其他的人只是些农奴而成天与土地打交道，也即是土地的附属物。当然，我在这儿所谈论的只是这

---

① ［苏联］高尔基：《论文学》，孟昌、曹葆华译，320页，北京，人民文学出版社，1978。

② ［俄］冈察洛夫：《迟做总比不做好》，转引自《古典文艺理论译丛》，第1册，189页，北京，人民文学出版社，1961。

样一些人，他们不仅无所畏惧，而且富有感召力，因而也更具有正义感，能够命令头脑不屈从于意志。其结果将要证明，这一牺牲是值得付出的。针对这样一些人，本文开篇所谈的那种等级、地位和出身的差别仅有部分的适用性，即差别程度不会太大。然而，即使他们的天资不是很高，但只要真实，那么就会永远存在一条难以逾越的界限，把他们与那些芸芸众生区分开来。

产生于观念之中的美妙绝伦的艺术、诗歌和哲学巨著，完全是存在于其中才华横溢的伟大理智的杰作。

对于一个能够正确地理解天才与常人之间关系的人来说，这种关系或许可以最恰当地表述如下：一个天才具有双份的理智，一份是为他自己准备的并服务于意志，另一份是为世界准备的，即由于这份理智使他变成一面镜子，以反映出他对于世界的纯粹客观的态度。伟大天才所创造出来的艺术、诗歌或哲学作品，完全是这种喜爱沉思的态度的必然结果或精美典范，并且这种态度是苦心竭虑地建构于某些技术规则之上的。

另一方面，常人只有唯一一种理智，同天才的客观的理智相比较，可以称之为主观的理智。这样一种主观的理智，无论其多么精明细巧，也无论其存在于何种花样繁多的完美程度，它也绝对不能与天才的双份理智处于同一水准上。这就如同胸腔发音时人的声调一样，无论它是多么声嘶力竭，还是根本不同于运用假声的美声音调。这就好似长笛的两个高八分音度和小提琴的和声一样，它们均产生于同一曲调系列，这一曲调被划分为两个震颤的音部，它们中间被一个音节隔开。同时，胸腔发音时人的声调和长笛的低八分音度却产生于未经划分的曲调系列，这一曲调是作为一个整体而震颤的。这一比喻可以帮助读者理解天才的不同凡响的特性，这一特性不仅完好无误地显示在天才的作品中，而且也表现在大自然所赐予天才的相貌上。同时显而易见的是，从普遍意义上讲，上述所说的天才的双份理智也阻止了天才去成为意志的驯服工具，并且这也常常解释了天才在指导生活方面所暴露出的无能为力的原因。天才所具有的最富特色的品格就是，它丝毫没有沾染上那种永远只能在常人的单一理智中才能够找到的性情上的冷静克制，这种冷静克制是机警敏锐的，但也是阴沉愚钝的。

人的大脑可以比拟为一种寄生组织，即它作为人体的一部分而得到滋养，但这一部分对人体的生存机理并不直接贡献什么东西。它安全地盘踞于人体的最高层，在那儿过着一种自足独立的生活。我们也可以在一种同样的方式下说，一个人被赐予伟大的精神禀赋不是要他去过一种通常意义上的个人生活，而是引导他去过第二种生活，它纯粹是一种理智的生活。他把他自己贡献给这样一种生活，即不断地增加、延长、扩展一种并非单纯博学的，而是真正的系统知识和深邃洞察，并且要坚定不移地排除那凌驾于他个人之上的命运之神的影响，以便在他的作品中不至于扰乱他的心性。这样一种理智生活可以升华一个人，把人提升到命运及其变化之上。持之以恒的思想、学习、实验并实践着他的知识，一个人很快就会看到，这样的第二种方式的生活已经构成了其生存的主要模式，至于他那单纯的个人生活只是某种从属的东西，并且只是为推进比他自身更高的生命目的效力的。

歌德就为这种独立不依、勿求于外的生存方式提供了一个典范。在法国的香槟省战争期间，他身处于营房喧闹嘈杂声的包围之中，却为其颜色理论做着观察实验。在那次战争的难以计数的灾难中，只要他一有机会被允许有短暂的时间到卢森堡要塞休假，就立刻投入《颜色学说》手稿的撰写上。歌德可谓是一个光辉的典范，我们作为万物之灵长，应当向他学习，在我们孜孜追寻理智生活的过程中，不能让任何东西搅乱我们的心灵宁静，纵使高空中风起云涌，电闪雷鸣，地动山摇，我们也能心止如水，一如既往。并且还要时刻牢记，我们不是自由的女奴，而是自由的儿子。作为我们人类的标志或族类的徽章，我建议我们应当像一棵树那样，狂风骤雨可以摇晃它的枝干，但它仍能在每一根枝干上结出鲜艳红润的累累硕果。这正如格言所说："风愈围之，果愈熟之"，或"风摇树动，果实累累"。

个体的这种纯粹意义上的理智生活，在整体的人性中也有其对应的存在。因为正是在这儿，真正的生活也就是意志的生活，意志这一语词具有经验和先验的双重意义。人性的纯粹理智生活就在于，它借助于科学努力地扩大知识，并祈望完善我们的艺术。科学和艺术就这样缓慢地得以发展，从一代走向另一代，在无数世纪的延续中成长壮大起来，每一个民族都在这时间的历程中做出其应有的贡献。这样一种理智的生活，好像某种来自天堂的恩赐，翱翔盘旋于宇宙万物的变化和运动之中。或者说，在其原来意义上，它就好似一种清新怡人、芬芳四溢的香气，源源不断地产生于酶酵素本身——这就是由意志所引导的人类的真正生活。并且，随着民族史以及哲学史的共同发展，科学和艺术以其纯洁无瑕、丝毫没有沾染血腥气的本来方式，稳步地得以繁荣进步。

毫无疑问，天才与常人的差别，就其作为一种程度上的差异而言，是一种量的差别。但是我更倾向于把它看成一种质的差别，因为从事实角度看，常人的心智，尽管有某些个体上的不同，却仍然具有某种共同的思想倾向。这样，一旦具备某些相同的条件，他们的思想马上会选择一个相同的方向，并走着一条共同的道路。这也就解释了他们的判断为何总是相互一致——不管怎么说，这种一致不是建立于真理上的。甚至于可以得出这样的结论，在任何时期所获取的人类的基本观点，总是在不断地重复和重新提出来；而另一方面，在各个时代的伟大天才的思想，却永远是或公开或隐秘地与它们对立着的。

天才是这样一种人，世界在其心中被呈现出来，就如同一个对象在一面镜子中被反映出来一样；常人虽然也能获得这样的映像，但其清晰可辨的程度及其基本特征的深度，则远远不及天才。正是由于有了天才，人类才可以有指望得到至关重要的指导。因为对最为重要事物的最为深刻的洞见的获得，并不是通过某种对事物外部细节的观察和留意，而是通过把事物作为一个整体来加以贴近的研究。并且，如果他的心智趋于成熟，那么他所给予的指导将会时而以此种形式转换成彼种形式。这样，天才可以被规定为一种从整体上研究事物的、出类拔萃的清晰意识，这样一种意识与人的个别自我是彼此对立的。

世界敬重这样一位禀赋非凡的天才，以期望从他那儿学到关于人生及其真正本质的某种知识。但是，要想诞生一个天才，需要专门的极为适宜于天才产生的外部环境状况的协调配合，而这是一件非常难办的事情。天才的诞生是非常偶然的，甚至我所可以说一个世纪才诞生一个天才，因为这种人的理智在洞察力上是如此超凡绝伦，以至超越了正常的衡量标准，它甚而等同于看似偶然的第二种能力，并完全出乎于意志的所有关系之外。或许在很长的时间里天才都得不到承认或赏识，这一方面是由于愚昧无知的猖獗，另一方面则是因为妒嫉心的盛行。然后这一切终将成为过去，人类会像众星拱月般簇拥在天才以及他的作品的周围，以希冀于他能够照亮他们生命的黯昧之处，或者启迪他们的生命意识。在某种意义上讲，天才的训诫就是一种启示，而他本人作为一种更高级的存在，甚至于远远君临于通常的标准之上。

与常人一样，天才也主要是为自己而存在的。这构成了他根本的本性，这一事实既不能避免，也不能更替。至于他为其他人所做的一切仅仅是一件偶然的第二重要的事情。常人从天才的心灵中绝不能得到任何真正的思想，而只能得到一种近似其思想的东西，并且也只有当天才与他们在一起并乐意向他们的头脑灌输自己的思想时，他们才能得到它。在这种情况下，他们所得到的这种东西完全只是一种异域移栽的植物，生长缓慢，发育迟钝，且脆弱不堪。

要想得到新颖独创、非同寻常甚而流芳百世的伟大思想，只要让自己的心智暂时地完全疏离于繁杂多变的外部世界，也就足够了；此时，那些最为寻常的对象和事件在我们的心智中也会呈现出相当新颖别致、生疏鲜见的样子。在这种方式下，天才的真实本性得以彰明昭示。或许，在这儿所提出的要求不能说是难以履行的。然而真要做到这一点，却非我们的人力所能为之，它只能为真正具有天才禀赋的人所确证。

仅仅就其自身而言，天才难以产生创造性的伟大思想，这就好比女人仅凭自身不能生出孩子一般。天才的诞生必需外部环境的孕育，而外部环境则是养育天才之子的父亲。

天才之心脱颖于常人之心，正如红玉包藏于宝石之中，天才发射出自身的光芒，而常人唯有接受到这种光芒，才能把它反映出来。天才之心与常人之心的关系亦可比作电学中非导体与导体之间的关系。

单纯博学之人，穷其半生精力充其量只能教授其所学到的东西，在严格意义上他不能称为天才之人，这恰如非导体不是导体一样。进而言之，天才之人仅仅学习一首传唱乐曲的歌曲，而博学之人却一股脑儿学习这首乐曲的一切。天才之人不同博学之人还在于，我们从他那儿学到很多东西，他却不从任何人那儿学到什么。天才的伟大之心，纵使在千万之众中也难以觅见一颗，它是照耀人类、启蒙人心的灯塔。假如没有天才，人类将会在险象环生、云雾弥漫的无垠海洋中迷失方向，失去自身。

因而，单纯的博学之人，就其严格词义上讲，他只是一个普通的教授，例如，他只能仰视着天才，就如同我们瞄准一个飞奔的野兔一样，只有当野兔被射死剥皮之后我们才能吃它；因而，只要野兔依然活着，我们就只能瞄准它。

如果一个人想亲身体验到来自于同代人的感激之情，那么他就必须调整自己的步伐以迎合他们。但是，真正伟大的东西绝不会以这种方式产生出来。因而，一个人真正想要创造出伟大的业绩，他就必须把他的目光投向后代人，坚定不移、始终不渝地为未来的人类精心制作自己的鸿篇巨制。毫无疑问，其结果只能是，他完全是一个无名之辈而不为他的同代人所知晓；并且，他就好像是这样一个人，他不得不在一个孤寂无人的小岛上孑然一身地度过其一生，在那儿他竭尽全力矗立起一座石碑，好让未来的航海者知道他的存在。倘若他认为这是一种艰难悲苦的命运，那么他就应该反思一下常人的生活，常人只能为功用的目标而生存，也常常遭遇相似命运的苦痛，但却毫无希望，得不到任何精神慰藉。即使处于一种安逸舒适的生活条件下，他也只能尽其一生而追求种种的物质产品，并将每天的精力和持续的热情用于赚钱、购物、建筑、施肥、设计、娱乐、经营、化妆之类的事情上，并且时时刻刻都想到他在为自己而工作。然而最终还是其子孙后代得到其创下的全部基业，甚而有时候他的后辈还得不到这些好处。天才人物的一生也是如此，从根本上说，他也希望得到回报和荣誉。然而最终还是发现，劳苦终生只是为了造福后代。确定无疑的是，在这两种情况下，后代都从他们的先辈那儿继承到大量的东西。

我所提到的精神慰藉，它是天才人物的特权，这种特权是不可让渡于其他人的，而只能为其自身所专享。难道还有哪个人能比自己的生命存活的更为长久呢，因为唯有天才的瞬间思想才能穿越许多世纪的喧嚣之后，仍旧能够让人听到它们的回声。概而言之，对于一位天才而言，没有比这更好的事情了，即不受外物骚扰，保持自身宁静，尽其天命愉悦地欣赏他自己的思想，他自己的作品，并仅把整个世界选做自己永恒的继承人。然而，只有在他死后，世界才会发现他存在的标记，这就如同发现足迹化石的标本一样。

天才的伟大力量并非只表现于超越常人的活动之中。一个人，只要他异常地健壮、柔韧而敏捷，那么他在一切运动中都将显得格外地轻松，甚而倍感舒适，这是因为在他非常擅长的某种运动中，他可以获得一种直接的快感，从而操作起来得心应手、毫无阻滞。进一步说，如果他是一位杂技演员或舞蹈演员，那么他不仅能够表演出其他人难以完成的跳跃动作，而且他还能在这些常人也能完成的轻松步调中（甚至只是在通常的举手投足之中），表演出异乎寻常的灵活性和柔韧性。同理，一个禀赋绝伦的天才不仅能够创造出伟大的思想和作品——它们绝不可能来自于他人，因为仅在这儿并不能完全展示他的非凡伟大之处；而且还在于，知识和思想所构成的活动模式于他来说，尤为自然和轻松，所以他始终能在知识和思想中自我愉悦，自得其乐；至于理解那些占据常人心中的鸡毛蒜皮之类的小事，天才相对于常人则领会得更为轻松，更为迅速，也更为正确。任何一种知识的进步，任何一种难题的解决，任何一种机智的思想，而无论这些是他做出的还是他人做出的，天才于其中都能获得一种直接的兴奋和热烈的欣喜。因而，除了永不停息的活动之外，天才的心中不再企求其他更进一步的目的。这是永不枯竭、万古长流的幸福之源，那些与凡夫俗子们形影不离的枯燥、烦闷、恐惧的幽灵是绝不会靠近天才的。

由此可以推论，历史上以及当代的天才人物的杰作在它们的全部价值上只是单单为天才而存在的。倘若把这样一部伟大的作品推荐给一个凡夫俗子阅读，这其中所闹出的笑话无异于邀请一个饱受中风之苦的患者去参加一场球赛一样。其中一个人去读这部作品只是出于礼节，而另一个人去读这部作品只是为了不甘落后。所以，拉布吕耶尔相当正确地说：世上所有的聪明人加在一起，也敌不过一个无知的傻瓜。一位具有才能的人（或者说一位天才）的全部思想范围，与一位普通人的思想范围相比——即使他们思想所针对的对象根本讲来都是相同的，这其中显示的差别，就如同拿一幅光彩夺目、充满生命力度的油画去与一幅粗糙不堪，用水彩涂抹的草图相比一样。

这一切只是对天才的部分奖赏，以补偿他在世界上孤寂无奈的生存之苦，因为他在这个世界中一无所有，得不到任何知音的同情。然而，一切评价都是相对的，这同样的事情也会发生在对凯撒的评价上，即或者说凯撒是一个伟人，或者说凯撒也不得不非常悲惨地生活于小人之中：因为布鲁丁赖克和利利普都只是从其出发点而改变自己形象的。一个写下传世佳作的伟大天才，无论他在后世多少代人的心目中是多么伟大，多么值得崇拜，多么富有教导性，但他在自己的有生之年中于他的同代人的心目中却仍然是那么渺小，那么悲惨可怜，那么枯燥无味。这也正是我的下述说法中所包含的深意：一座接塔，从塔底到塔顶是三百层，而从塔顶到塔底也正好是三百层。这样看来，伟大的天才只是感恩于极少数人的恩惠，因为正是借助于这极少数人的力量，天才本身才成为伟大的。

（［德］叔本华：《叔本华论说文集》，第四卷，北京，商务印书馆，1999）

第三节　作家与外部环境

作家作为文学作品的创作者，其主体地位是非常重要的。个人因素在文学创作活动中起决定性的作用，作品是作家的创造之物，可以说，是作家赋予了作品生命。中国文学传统中对于作家的先天禀赋颇为看重。在魏晋时期，文学创作与作家个性之间的联系成为谈论文学的一种特别重要的方式，如曹丕认为"文以气为主，气之清浊有体，不可力强而致"，而且"虽在父兄，不能以移子弟"（《典论·论文》），这就是中国古代有名的"文气论"。所谓"气"，就是指人的天赋才情，这是作家与生俱来的东西，会影响作家的作品，并能使之与另一作家的作品区别开来。但中国文学传统并没有夸大先天禀赋的作用，而是认为作家的天赋必须要结合后天的学习，才可能产生真正优秀的作品。中国伟大的理论家刘勰一语道出了文学创作的先天和后天同等重要的秘密："然才有庸俊，气有刚柔，学有浅深，习有雅郑，并情性所铄，陶染所凝，是以笔区云谲，文苑波诡者矣。"（《文心雕龙·体性》）据此，作家的"才""气"是先天生成的，但"学""习"却是后天的行为，是作家之可能成为作家所仰仗的必由路径，否则就如北宋王安石笔下的方仲永，如不"使学"则必然会"泯然众人"。由此可见，除了个性和天赋之外，一位作家要想写出优秀的作品，必须要与后天环境发生联系。

美国著名文学理论家韦勒克在其与沃伦合著的《文学理论》中将文学研究分为内部研究和外部研究，他们将文学作品的具体存在形态、语言特点、文体研究、文学类型等直接与文本发生联系的层面归为内部研究，而将从创作者生平研究、心理研究、社会学研究、思想史研究等角度对文学作品进行的研究归为外部研究。这一著名的划分不仅为我们研究文学作品提供了基本视角，也为我们掌握作家的先天因素与后天条件之间的关系提供了便利。外部环境，主要由如下要素构成：作家成长过程中由出身、学习、经历等构成的个人环境，作家所属的由民族文化传统、文学传统和文化实践所构成的文化环境，作家所处的地理、气候等自然环境，作家所处的由文艺风气、社会心理、文学机制等要素构成的社会环境。当然，我们不能将作家与外部环境归为某种机械而单一的联系，相反，应该看到作家同以上种种外部环境的关系呈现出错综复杂又相互关联的特点。我们认为，无论是个人环境、文化环境、自然环境还是社会环境，一位成功的作家总是上述各要素合力塑造的结果。出于行文方便，本节将分别叙述作家与个人环境、文化环境、自然环境及社会环境之间的关系。

一、作家与个人环境

我们无法选择自己的出身，作者的出生背景和成长环境常常会以一种直接的方式进入文学作品。比如，中国现代作家巴金，出生于成都一个封建大家庭，这种背景和经历无疑对于作家创作出他的代表作《激流三部曲》至关重要。19世纪美国女作家伊迪丝·华顿出生于纽约名门望族，基于她所出身并熟知的纽约上流社会，她写出了《快乐之家》和《纯真年代》这样的杰作。由于作家往往会写作自己最熟悉的东西，所以从作家作品中常常可以有意或无意地找出作家的家庭背景，或者作家自己的影子。正因为如此，人们有时候会有意无意地把作品与作家传记画上等号。

这种"知人论世"的方法，在中国文学传统中有着悠久的历史。最早可见《孟子·万章下》："颂其诗，读其书，不知其人，可乎？是以论其世也。是尚友也。"根据孟子提出的这一文学批评原则，文学作品和作家本人的生活、思想、经历及时代背景有着极为密切的关系。唯有通过"知其人""论其世"的方式，即通过了解作者的生活经历和时代背景的方式，才能真正准确地理解和把握作品。孟子这一原则对后世的文学批评产生了深远的影响。清代章学诚说得更为直截了当："不知古人之世，不可妄论古人文辞也。知其世矣，不知古人之身处，亦不可以遽论其文也。"（《文史通义·文德》）①所以，理解作家和作品，在某种程度上是可以参照作家生平的。比如，我们在理解古代诗歌作品的时候，如能参考诗人的生活经历或游览轨迹，必然会获得更深的体会。但是我们不能认为文学作品必然是作家对个人生活经验的完全摹写，也绝非是完整的另类传记。因为作家的创作构思，是通过想象和联想等思维活动对材料进行选择、加工、改造，不管他使用的是与个人环境紧密相连的材料，还是通过观察和思考得到的他人或社会的材料，又或者是通过大胆想象和构思而建造的想象性材料，必然会与作家个人背景产生距离，如果要机械地到作品中找出作家生平的映射，在作品人物身上去对号入座，无疑不符合文学的基本规律。即便有些类型的作品，如自传性作品，大体可以看成是对作家生平的完整记录，但由于其也是文学作品的一种类型，因此也会具有一定的虚构性。即使是那些号称忠实地记录经历和思想的自传，也无法将生活中的真实自我和真实事件，原封不动地在作品中予以呈现。因为"自传作者叙述的不纯粹是事实，也不纯粹是经验，而是经验化的事实"②，而经过这个经验化的事实过程，事实已经是作者操控后的事实，是可能出于某种目的展现出一种"自传式自我"，而非真实的自我。

认为文学作品与创作主体的个人经历和生活背景完全没有联系，这似乎又走到了另一个极端。对于作家创作的动机，古今中外的理论家和批评家都进行了大量探讨。无论是"灵感说""虚静说"还是"表现说"，都无法否定生活经历和生活积累对于创作的重要性。奥地利心理学家弗洛伊德曾经针对文学创作和文学批评，从心理分析的角度，提出了极具启发性的见解。他认为像文学这类的文艺形式，在很大程度上都是性欲升华的结果，即将压抑的欲望转变成创作的动力。但他也认为，在这种个体成长过程中，被压抑的欲望动力会在无意识领域形成创伤性记忆，这就是所谓产生某种情结（其中最为著名的就是"俄狄浦斯情结"）的过程。在他看来，这就解释了作家的童年记忆和创伤性记忆对于文学作品的重大意义。例如，哥伦比亚作家马尔克斯在谈到《百年孤独》的创作时，

① （清）章学诚：《文史通义校注》，叶瑛校注，278～279页，北京，中华书局，1985。
② 赵白生：《传记文学理论》，26页，北京，北京大学出版社，2003。

就认为作品"给童年时期以某种方式触动我的一切经验以一种完整的文学归宿"①。法国精神分析学家玛丽·波拿巴曾对美国作家爱伦·坡的创作进行了分析，认为坡的创作是在他童年时代所受到的精神创伤影响下形成的，其原因是他亲眼看见他的母亲被别的男人抱在怀里，以及看到母亲被肺病折磨而渐渐死去。这种童年经验以及随后寄人篱下的生活，使坡的潜意识中有了某种性虐待狂和性倒错的欲望，这些欲望影响了坡的诗歌创作，因此他有不少诗作就是写美丽女子之死的。②

虽然弗氏的这种精神分析方法因过分夸大了性欲对于文学的作用而在后世受到人们的诸多批判，但他这种注重作品内涵与作家个人经历之间潜在关系的做法，仍为我们思考作家个人环境与文学作品之间的联系提供了一个别有意味的独特视角。而且，这个理论也确实可以说明文学史上的一些特殊的现象。如在中国文学史上有着"发愤著书"的现象，它是指作家由于自身在现实生活中受到不公正遭遇而发愤著书，以将心中郁结之气、苦闷之意予以释放。司马迁指出屈原之所以创作《离骚》，乃是他"疾王听之不聪也，谗谄之蔽明也，邪曲之害公也，方正之不容也，故忧愁幽思而作《离骚》"③，而司马迁本人更是借这种发愤著书的传统，道出作家如何将内心郁结的愤恨和不满化作创作的动力，弥补心中的压抑和情感的创伤："夫《诗》《书》隐约者，欲遂其志之思也。昔西伯拘羑里，演《周易》；孔子厄陈蔡，作《春秋》；屈原放逐，著《离骚》；左丘失明，厥有《国语》；孙子膑脚，而论兵法；不韦迁蜀，世传《吕览》；韩非囚秦，《说难》、《孤愤》；《诗》三百篇，大抵圣贤发愤之所为作也。"④后世韩愈提出的"不平则鸣"和欧阳修提出的"穷而后工"，同这种发愤著书的思想可谓一脉相承。可见作家的人生经历和际遇对于作家的创作具有重要的作用。

此外，作家在后天的成长中，并不总是被动地受到个人环境的约束和影响的，相反，作为具有能动作用的个体，作家总是具有积极自我改变的一面，这体现为作家利用后天环境进行学习、模仿前人、推陈出新，从而创作出真正有价值的作品。刘勰认为"才""气"与"学""习"都是决定作家能否创作作品乃至创作出独具特色的作品的要素。如其所云："故辞理庸俊，莫能翻其才；风趣刚柔，宁或改其气；事义浅深，未闻乖其学；体式雅郑，鲜有反其习。各师成心，其异如面。"（《文心雕龙·体性》）这就是说，"事义"和"体式"是由作者的"学"和"习"所影响的。

---

① ［哥伦比亚］加西亚·马尔克斯：《谈〈百年孤独〉的创作》，《诺贝尔文学奖获奖作家谈创作》，501页，北京，北京大学出版社，1987。

② 金元浦主编：《当代文艺心理学》，115页，北京，中国人民大学出版社，2009。

③ （汉）司马迁：《史记》，1933页，北京，中华书局，2009。

④ （汉）司马迁：《史记》，2485页，北京，中华书局，2009。

二、作家与文化环境

"文化"一词在西方源自拉丁文 *cultura*，原义是指土地耕作及对动植物的培育，自
15 世纪以后，意义逐渐引申，大体上与今日通行的包含物质文化与精神文化的文化概念
相当。在中国，"文化"一词自有其语源，"文"指文字、文章、文采，又可指礼乐制度、
法律条文等；"化"乃"教化"和"化行"之意。关于文化的定义有很多，早在 1952 年，美国
文化人类学家克罗伯和克拉克洪曾分析考察了一百多种文化定义。在现代语境中，文化
可能是当今世界应用最广但最具争议的概念。英国学者特里·伊格尔顿曾感叹说："据
说'文化'是英语中两三个最为复杂的单词之一。"[①]西方学者对文化的经典定义首推英国
人类学家泰勒，他在《原始文化》一书中指出："文化，就其在民族志中的广义而言，是
个复合的整体，它包含知识、信仰、艺术、道德、习俗和个人作为社会成员所必需的其
他能力和习惯。"

一般而言，人类文化具有一定的共性，都在利用自然、改造自然、生产关系和社会
组织方面表现出相似的发展轨迹。但是由于文化往往又是体现在某种共同体生活基础之
上的，因此各民族的文化差异性也十分明显。比如，在不同环境下，中华文化与西方文
化走上了不同的道路，表现出相互各异的文化气质。对于这种现象，五四时期的李大钊
进行了非常有趣的概括，他认为中西方文化"一为自然的，一为人为的；一为安息的，
一为战争的；一为消极的，一为积极的；一为依赖的，一为独立的；一为苟安的，一为
突进的；一为因袭的，一为创造的；一为保守的，一为进步的；一为直觉的，一为理智
的；一为空想的，一为体验的；一为艺术的，一为科学的；一为精神的，一为物质的；
一为灵的，一为肉的；一为向天的，一为立地的；一为自然支配人间的，一为人间征服
自然的"[②]。当然将中西文化做截然不同的对比在今天看来不无偏颇之处，但这是李大钊
身处的那个时代背景所使然，从中不难看出那个时代的中国人对中国文化进行改造的渴
望，同时，这种对比的确可使我们对不同文化的差异有较为直观的认识。这种特定文化
所表现出来的特质性，对于身处这一文化中的作家而言，无疑具有重大的意义。

此外，文学作为文化的一种特殊表现形式，也具有其自身的传统和演变规律。作家
总是处于某一具体文化形态之中的，而这一文化形态中所表现出来的价值观念必定会作
用于作家的创作意识，不同的文化会导致不同的文学思想和观念。据当代著名学者袁行
霈的研究，中华文化的整体特点可以概括为五点：阴阳观念、人文精神、崇德尚群、中

---

① ［英］特瑞·伊格尔顿：《文化的观念》，方杰译，1 页，南京，南京大学出版社，2003。
② 李大钊：《东西文明根本之异点》，《中国文化与文化论争》，24 页，北京，中国人民大学出版社，
1990。

和之境、整体思维。① 从哲学观念、伦理道德、思维模式等多个层面可以看出中华文化同其他文化相比的异质性，体现在文学思想和观念上，则表现为中国文学的一些基本特点。

例如，一般认为，在文学形式上中国文学是以诗歌为主流形式的，从中国文学的开篇巨制《诗经》到唐诗宋词，中国的诗歌发展源远流长，而其中大量的诗歌是言志抒情式的作品。与这种抒情诗歌形式相对应的是，中国文学传统重视抒情，有着悠久的"诗言志"传统。从上古时期体现诗、乐、舞一体的原始艺术特点的"诗言志"，到后来的"诗缘情"，再到"独抒性灵"，中国诗歌的抒情传统深刻影响了中国诗歌的创作。这可以同西方文化中的诗歌传统做一个对比。在西方文学传统中，诗歌与戏剧、小说一道被视为最主要的三种文学样式，诗歌主要以叙事类型为主，可以古希腊伟大诗人荷马的《奥德赛》和《伊利亚特》这类史诗为代表。在西方的传统文学观念中，文学往往被视为对世界的再现，作家的任务就是在作品中对世界进行描绘，要么这个世界是现实的生活世界，要么这个世界是想象中的世界。可以说，从古希腊时代一直到 18 世纪末，西方最重要的文学样式是戏剧，而非诗歌。古希腊哲学家柏拉图甚至认为，诗歌是对世界的模仿，跟真理隔了三层，不能提供正确的知识，而且由于诗歌会模仿人物的感情，能激发听众的情感从而使其不服从理性的要求，因此主张将诗人从其"理想国"中驱逐出去。所以，抒情诗歌在很长的时期内都不是西方文学传统中的主要形式。与之相对，由于深受中国文化传统的影响，抒情诗歌却成为中国传统诗歌最主要的标志，如果我们称中国曾是一个抒情诗的国度，想必不会有人惊讶。

由此可以推断，作家的创作活动始终处于一定的文化文学传统之中，虽然作家作为创作主体有可能具有革故鼎新、打破陈规的勇气和才能，但总体而言他们始终深受传统的影响。我们不可能指望唐朝的诗人们创作出我们今天所熟悉的现代诗歌，也同样不能要求今天的诗人创作出可以媲美唐朝诗人的旧体诗歌，毕竟作家身处的文化环境和文学传统已经发生巨变。

其次，对于作家来说，总是要放到文学传统中才能彰显其价值。英国诗人和作家艾略特曾用专文谈到传统与作家个人才能之间的关系，他认为：

诗人，任何艺术的艺术家，谁也不能单独地具有他完全的意义。他的重要性以及我们对他的鉴赏就是鉴赏对他和已往诗人以及艺术家的关系。你不能把他单独地评价；你得把他放在前人之间来对照，来比较。我认为这是一个不仅是历史的批评原则，也是美

---

① 袁行霈：《关于中华文明史的理论思考》，《国学研究》，6～12 页，第 15 卷，北京，北京大学出版社，2005。

学的批评原则。①

艾略特特别强调文学传统的一面，他要求作家总是要与文学传统发生关联，号召艺术家不断牺牲自己、消灭个性，用他所做的比喻来说，诗人的个性与文学传统之间的关系就像是"当一根白金丝放到一个贮有氧气和二氧化硫的瓶里去的时候所发生的作用"②，即只有当诗人把个性和身处的文学传统结合得非常融洽时，才能创作出真正有价值的诗歌。所以一个优秀的作家往往能在自己的写作个性和文学传统之间找到一个结合点，或者从传统文化中汲取营养。

三、作家与自然环境

作家总是生活在一定地域环境之中，除了深受民族文化的浸染和影响之外，也会受到自然环境的影响。作家的思想意识、艺术风格、作品特色等方面无不折射出一定的自然条件和地理环境的影响。古希腊时代的思想家们已经开始注意人与气候的关系，希罗多德、希波克拉底、亚里士多德等人都认为，人的性格和智慧由气候决定。18 世纪法国启蒙思想家孟德斯鸠接受了古希腊学者关于人与气候关系的思想，提出应根据气候修改法律，以便使它适合因气候所造成的人们的性格。19 世纪法国著名文论家斯达尔夫人受到孟德斯鸠的影响，用地域、风俗、环境、气候等自然条件来考察文学史。她发现自然环境会对社会生活和人的思想情感产生影响，提出从自然环境、社会制度、时代精神几个方面来考察文学的发展。她将欧洲文学分为南方文学和北方文学，并认为这两种文学的面貌完全不同，南方文学的特点是构思纤巧、形象优美、情调欢愉，而北方文学的特点则是崇高伟大、敏感忧郁。斯达尔夫人把形成这两种文学差异的原因归为不同的自然环境：

北方人喜爱的形象和南方人乐于追忆的形象之间存在着差别。气候当然是产生这些差别的主要原因之一。诗人的遐想固然可以产生非凡的事物；然而惯常的印象必然出现在人们所写的一切作品之中。……南方的诗人不断把清新的空气、繁茂的树林、清澈的溪流这样一些形象和人的情操结合起来。……北方各民族萦怀于心的不是逸乐而是痛苦，他们的想象却因而更加丰富。大自然的景象在他们身上起着强烈的作用。这个大自然，跟它在天气方面所表现的那样，总是阴霾而暗淡。③

---

① ［英］艾略特：《传统与个人才能》，《卞之琳译文集》，中卷，277 页，合肥，安徽教育出版社，2000。
② ［英］艾略特：《传统与个人才能》，《卞之琳译文集》，中卷，279 页，合肥，安徽教育出版社，2000。
③ ［法］斯达尔夫人：《论文学》，徐继曾译，146～147 页，北京，人民文学出版社，1986。

在斯达尔夫人看来，这正是由于气候和地理因素影响了人们的个性气质、情感倾向、生活态度和外在特征。

中国幅员辽阔，东西南北各地的自然条件各异，在时间的长河中逐渐形成了各自的风土人情，那么，生长在不同自然环境下的作家的作品也会呈现出一定的差异。自然环境对作家的影响在中国文学传统中也并不陌生。在古代，《诗经》和《楚辞》分别代表了北方和南方诗歌的特点，被称为"风骚"传统。《诗经》中的十五国风除"周南""召南"产生于南方汝水、汉水流域外，其余的十三国风都是北方各地的民歌；《楚辞》皆是"书楚语，作楚声，纪楚地，名楚物"，不仅表现出了南方的地方特色，而且在语言体制上也明显有别于《国风》。北齐颜之推认为："南方水土和柔，其音清举而切诣，失在浮浅，其辞多鄙俗。北方山川深厚，其音沉浊而鈋钝，得其质直，其辞多古语。"（《颜氏家训·音辞》）他认为南北地理的差异使得南北人口在语言声音上具有差异，南方人声音"清举而切诣"，北方人"沉浊而鈋钝"。清代孔尚任把自然条件同人的个性相联系，他在《古铁斋诗序》中说："盖山川风土者，诗人性情之根柢也。得其云霞则灵，得其泉脉则秀，得其冈陵则厚，得其林莽烟火则健。凡人不为诗则已，若为之，必有一得焉。"所以近人刘师培曾总结中国南北文学不同的原因：

> 声音既殊，故南方之文，亦与北方迥别。大抵北方之地，土厚水深，民生其间，多尚实际；南方之地，水势浩洋，民生其际，多尚虚无。民崇实际，故所著之文，不外记事、析理二端；民尚虚无，故所作之文，或为言志、抒情之体。[①]

无论是斯达尔夫人所用的实证主义方法，还是中国文论家们所用的直接观察法，都说出了自然条件和地理环境对于作家的重要影响。当然我们不能无限夸大地理气候等自然条件对民族、文化和个人的作用，还要将这种自然环境因素同文化、时代、社会及个性等诸多因素结合起来，才能有效地思考作家与外部环境的关系。以斯达尔夫人为例，虽然她认为自然环境对作家会产生重大影响，但她还提出是时代和社会最终造就了作家。

但是如果我们从人文地理学的角度来理解作家与自然环境的关系，就会发现一个非常有趣的现象，那就是作家写作的地域特色和地域作家群的现象。比如，美国文学中曾出现以兰色姆、沃伦等人为代表的"重农派"，他们提倡维护美国南方的文学地方传统。南方传统也是著名的美国南方作家威廉·福克纳和弗兰纳里·奥康纳深受影响的文学传统，他们的作品中呈现出的共性包括重视家庭、宗教和道德因素，对南方的过去有着深

---

① 刘师培：《南北文学不同论》，《二十世纪中国文论经典》，23～24 页，北京，北京师范大学出版社，2004。

刻认识，对工业文明有着明显的排斥。他们的作品既受惠于传统，又为增加这种地域传统贡献了力量。在中国文学中也不乏这样的现象。例如，在中国当代文学史上有着地域作家群整体崛起的现象，如陈忠实、路遥、贾平凹、高建群等组成的陕西作家群。有学者曾从区域自然地理环境对文学的影响的角度研究了陕西作家群，认为一方面，关中平原优越的自然地理环境使其农耕文明和传统文化特别发达，为作家群注入了强健的文化基因；而另一方面，地处内陆的地理环境和生态遭到严重破坏所带来的闭塞与贫穷，深深影响着作家们的现实关怀。因此他们的作品呈现出共同的面貌：为文学献身的悲壮精神、大气磅礴的现实主义及对农民命运的关注。① 我们还可以举出山东作家群、湖北作家群、四川作家群等多个地域作家群，但是很显然，这种地域文学现象，不能完全用环境影响论来解释，而是应该看到这种现象离不开地理、气候、风物、风俗、语言和整体上的历史文化传统。地域文学是自然环境、文化环境、文学传统相互合力形成的结果，只不过在这些合力中，有时某一种力量的影响可能更为显著而已。

优秀的作家也能凭借地域传统给予的养分超越地域环境加诸的限制，如福克纳用他家乡那块邮票般大小的地方虚构出约克纳帕塔法这一想象的地域空间；莫言超越他所熟悉的高密东北乡，在想象世界中创造了一个新的自然和人文环境。这种作家与地域传统之间的双向互动使我们认识到，作家与自然之间有着动态而复杂的关系。随着今天的世界联系越来越紧密，文学变得更加开放，文学的主题、题材、审美和接受都变得更加多元化和国际化，作家和自然环境之间的关系也变得更为复杂。

四、作家与社会环境

人具有社会属性，人的活动必须在一定的社会环境下进行，必定被烙上了深深的社会影响的痕迹。因此，作家所从事的文艺写作活动也是离不开社会环境的影响的。

首先，体现在作家受到文艺风气的影响。著名学者钱锺书曾对此有过深刻的认识，他认为："一个艺术家总是在某些文艺风气里创作。这个风气影响到他对题材、体裁、风格的去取，给予他以机会，同时也限制了他的范围。就是抗拒或背弃这个风气的人也受到负面的支配，因为他不得不另出手眼来逃避或矫正他所厌恶的风气。"② 这种文艺风气也可以被理解为文学思潮，它是社会环境中重要的一面，一般是文学对社会现实需求的积极回应。文学思潮因其巨大的社会影响，往往会激励作家进行文学创作活动，并与其他作家凝聚起来，形成一股强大的文学创作力量。如五四时期的白话文运动造成的文艺风气，催生出了一批杰出的中国现代文学作家。

---

① 田中阳：《黄土地上的文学精魂——从区域自然地理环境对文学的影响观陕西作家群》，《湖南师范大学学报（社会科学版）》，1996(1)。

② 钱锺书：《七缀集》，1页，上海，上海古籍出版社，1985。

其次，作家也会受到特定时代的社会心理的影响。在我国盛唐时代，社会经济繁荣、政通人和、国力强大、一派蓬勃之气，展现出了高度自信的社会面貌，使得这一时期涌现出了一大批才华横溢的诗人。这些盛唐诗人们大多满怀豪情壮志，意气昂扬，通过政治诗、边塞诗和山水诗等几种主要题材，在他们的作品中淋漓地展现时代的气质。例如，大诗人李白的诗歌气象博大，成为盛唐时期的代表，他在《蜀道难》《将进酒》等代表作品中展示出的大气磅礴与盛唐时代是一致的。再如，"十七年文学"时期(1949—1966 年)是新中国伊始的阶段，整个社会昂扬向上、充满新时代的自豪感，但因过分求"新"，使得这一时期的社会心理带有单纯但过于简单的色彩，这深深地影响了当时的作家们，在他们的作品中也相应地反映出了风格失之简单、人物塑造程式化的特点。同样，对"文化大革命"时期进行反思的社会整体心态，使得 20 世纪 70 年代末 80 年代初的作家们开始思考生活的真实，反思惨痛的历史，造就了一批以谴责和控诉为特色的"伤痕文学"。

再次，时代变迁也会对作家产生重大的影响。刘勰在《文心雕龙·时序》中说"文变染乎世情，兴废系乎时序"，就说出了时代变迁的影响。历史中不乏社会动荡、朝代更迭、时代巨变，作家往往会被卷裹其中。明清换代之际社会巨变，但如清人赵翼所说，"国家不幸诗家幸"，时代的沧桑巨变往往使文学大放异彩，清初的作家们反而在多种文类上均有卓越成就，时势动荡似乎促使作家反思甚或挑战政治体制、道德依归、文学形式等各种限制。① 这一时期的作家们大多心怀家国，将对故国往事的缅怀化作笔下的创作，所以清初涌现出了大批小品文作家，创作出了大量的记忆文学作品，像张岱和他的《陶庵梦忆》就是其中的典型代表。

最后，文学制度也会影响作家。在以前以抄本为主要流通形式的社会里，作家的作品只在朋友圈这样较小范围内流传，而到了晚明时代，商业印刷活动迅猛开展，使得作家可以在生前就出版自己的作品，而且还因印刷文本价格的相对低廉获得了数量增长的读者群。这样的变化对于作家创作热情的影响是不言而喻的；而读者群体的增加和日益多样化，也给作家带来了市场的压力和动力，因此很多作家开始瞄准大众文学市场，以满足不同读者的需要。所以从社会层面来看，作家并非是一个孤立的个体，文学的生产、流通、消费与作家发生着密切的联系。到了现代社会，作家处于一个由文学刊物、读者接受、文学机构、文学政策、文学批评家、传播媒介、文学奖励等多种社会机制组成的复杂的系统之中。随着数字时代的到来，作家身份也开始变得多元与模糊，文学制度也变得更为隐秘和复杂，坚守文学使命还是迎合大众，坚持文学传统还是勇于创新，这些都是作家需要面对的选择。

---

① ［美］孙康宜、［美］宇文所安主编：《剑桥中国文学史》，下册，214 页，北京，生活·读书·新知三联书店，2013。

📖 **原典选读**

一、刘勰论关于作家后天学习

　　然才有庸俊，气有刚柔，学有浅深，习有雅郑；并情性所铄，陶染所凝，是以笔区云谲，文苑波诡者矣。故辞理庸俊，莫能翻其才；风趣刚柔，宁或改其气；事义浅深，未闻乖其学；体式雅郑，鲜有反其习：各师成心，其异如面。

　　……

　　夫才有天资，学慎始习；斫梓染丝，功在初化；器成彩定，难可翻移。故童子雕琢，必先雅制；沿根讨叶，思转自圆。八体虽殊，会通合数；得其环中，则辐辏相成。故宜摹体以定习，因性以练才；文之司南，用此道也。

（刘勰：《文心雕龙·体性》）

二、弗洛伊德论作家与白日梦

　　我们这些门外汉总是急切地想要知道——正如那位向阿里奥斯托提出类似问题的红衣主教一样——不可思议的作家从什么源头提取创作素材，他如何用这些素材使我们产生了如此强烈的印象，在我们心中激起我们自己根本无法想象的情感。如果我们问作家本人，他也给不出令人满意的解释，这个事实只会使我们的兴趣愈发高涨。我们认识到对选择中的决定因素或创造出富有想象力的艺术形式的艺术本质的最明晰的洞察，并不能帮助我们自己成为作家，这种认识并没有丝毫减弱我们的兴趣。

　　如果我们能够至少在我们自己身上，或者与我们相似的其他人身上，发现一种在某种程度上类似于创作的行为该有多好！对此的检验将使我们有希望对作家的作品开始做出解释。并且，的确存在这种可能性。毕竟，作家自己是愿意缩小他们与常人之间的距离的；他们屡屡说服我们，每一个人在本质上都是一个诗人，除非最后一个人死掉，否则，最后一个诗人便不会消失。

　　我们不该在童年期追寻创造性活动的最初踪迹吗？孩子们最热衷的、最喜欢的事情是玩耍和游戏。孩子构造出一个属于他自己的世界，或者，更进一步，他以自己高兴的崭新方式重新安置他的世界中的事物，在这个意义上，难道我们不可以说玩耍中的孩子在以类似于作家的方式行动吗？认为他没有严肃地对待他的那个世界是错误的；正好相反，他在玩耍时非常认真，并倾注了极大的热情于其中。玩耍的对立面不是严肃，而是何等真实。无论孩子在玩耍的世界中倾注了多少感情，他在玩耍与现实间做出了明确的区分；他喜欢将想象的对象和情境与现实世界中可感可视的事物联系起来。正是这种联系将孩子的"玩耍"与"幻想"区别开来。

作家与玩耍中的孩子做着同样的事情。他构造出一个幻想的世界，对此他是如此严肃对待——即他在这个幻想的世界上付出了极大的热情——同时他又将其与现实严格地加以区分。语言保留了孩子的玩耍和诗歌创作之间的这种关系。它将想象的创作形式命名为"游戏"，这些创作形式需要与可触知的事物相联系，它们富有表现能力。语言中有"Lustspiel"或"Trauerspiel"的说法（即"喜剧"或"悲剧"，照字面意思而言，则是"愉快的游戏"或"悲伤的游戏"），那些从事表演的人被称为"Schauspiler"（"演员"，字面意思是"做游戏的人"），但是，作家的想象世界的非真实性，对于他的艺术方法有着重要的结果。这是因为，许多事物若是真的，便不能带来任何乐趣，而在虚构的游戏中则不然；许多感人的事情，它们本身实际上是令人痛苦的，但是在作家的作品上演之际，它们却成为听众和观众快乐的源泉。

······

关于幻想就谈这么多。现在说一下作家，我们真的可以将富有想象力的作家和《光天化日之下的梦幻者》（*Der Träumer amhellichten Tag*）加以比较吗？将他的创作和白日梦加以比较吗？这里，我们必须从最初的区分开始。我们必须将类似于古代史诗作家和悲剧作家一样从现成素材中取材的作家，与似乎是提取自己素材的作家加以区分。我们将谈到后一种，并且为了比较，我们将不选取那些批评家们最为推崇的作家，而是选取那些评价相对不高的长篇小说、传奇文学和短篇小说的作者，他们拥有最广泛，最热切的男女读者群体。首先，这些小说作者的创作中有一个特征不能不打动我们，每一部作品都有一个主角作为兴趣的中心，作家运用一切可能的手段使这个主角赢得我们的同情，作家似乎把他置于特殊的天意保护之下。如果我在我的小说的第一章末尾让主角失去知觉，从严重的伤口处流血不止，那么我肯定会发现他在下章的开头受到精心护理，并处于恢复当中。如果第一卷以他所乘坐的船只在海上风暴中翻沉为终结，那么我可以肯定，在第二卷的开头，我会读到他的神奇获救——那使故事继续下去而必不可少的获救。我跟随着主角进入他的冒险中所具有的这种安全感，与现实生活中一个英雄跳入水中去救一个溺水者，或者为了攻击敌人炮组而将自己暴露在敌人炮火之下的感觉完全一样。这是真正英雄的感觉。我们的一位最优秀的作家说过一句无与伦比的话："我不会有事的！"但是，在我看来，通过这种不受伤害的启示性特征，我们立即便可认识到他那"至高无上的自我"，就像每个白日梦和故事中的主角一样。

这些自我中心故事的其他典型特征指出了同样的性质。小说中的女子总是爱上男主角这个事实，绝不能看做是对现实的写照。但是，作为白日梦的必要成分，它很容易被理解。同样真实的是，故事中的其他人物被严格地划分为好人坏人，这完全违背现实生活中可观察到的人的性格的多样性。成为故事主角的那个自我，好人都是他的助手，坏人则是他的敌人和对手。

我们完全清楚，许多富有想象力的作品远离了天真的白日梦的模式；我还是不能消除这样一种怀疑，即甚至偏离模式最远的作品也能够通过一系列不间断的过渡事件与模式联系起来。我注意到，在许多以"心理小说"知名的小说中，只有一个人物——也总是主角——是从内部加以描写的。作家似乎是坐在他的头脑中，从外部观察其他人物。通常心理小说的特性无疑在于现代作家通过自我观察而将他的自我分裂为许多部分自我的倾向，结果就将他自己精神生活的冲突趋势表现在几个主角身上。某些可以被称为"怪僻"小说的作品，似乎与白日梦的类型有特别的对比。在这些作品中，作为主角出场的人物只起着很小的积极作用；他像旁观者一样看着从他面前经过的人的行为和所遭受的痛苦。左拉的许多后期作品属于这一类，但是我必须指出，对在某些方面偏离了所谓正常标准的非作家的精神分析，向我们显示了白日梦的类似变化，其中自我以旁观者的角色获得满足。

（[奥]弗洛伊德：《作家与白日梦》，《论文学与艺术》，常宏等译，

北京，国际文化出版公司，2001）

三、艾略特论关于传统与个人才能

在英文著述中我们不常说起传统，虽然有时候也用它的名字来惋惜它的缺乏。我们无从讲到"这种传统"或"一种传统"；至多不过用形容词来说某人的诗是"传统的"，或甚至"太传统化了"。这种字眼恐怕根本就不常见，除非在贬责一类的语句中。不然的话，也是用来表示一种浮泛的称许，而言外对于所称许的作品不过认作一件有趣的考古学的复制品而已。你几乎无法用传统这个字叫英国人听来觉得顺耳，如果没有轻松地提到令人放心的考古学的话。

当然在我们对以往或现在作家的鉴赏中，这个名词不会出现。每个国家，每个民族，不但有自己创作的也有自己批评的气质；但对于自己批评习惯的短处与局限性甚至于比自己创作天才的短处与局限性更容易忘掉。从许多法文论著中我们知道了，或自以为知道了，法国人的批评方法或习惯；我们便断定（我们是这样不自觉的民族）说法国人比我们"更挑剔"，有时候甚至于因此自鸣得意，仿佛法国人比不上我们来得自然。也许他们是这样；但我们自己该想到批评是像呼吸一样重要的，该想到当我们读一本书而觉得有所感的时候，我们不妨明白表示我们心里想到的种种，也不妨批评我们在批评工作中的心理。在这种过程中有一点事实可以看出来：我们称赞一个诗人的时候，我们的倾向往往专注于他在作品中和别人最不相同的地方。我们自以为在他作品中的这些或这些部分看出了什么是他个人的，什么是他的特质。我们很满意地谈论诗人和他前辈的异点，尤其是和他前一辈的异点，我们竭力想挑出可以独立的地方来欣赏。实在呢，假如我们研究一个诗人，撇开了他的偏见，我们却常常会看出：他的作品中，不仅最好的部分，就是最个人的部分也是他前辈诗人最有力地表明他们的不朽的地方。我并非指易接

受影响的青年时期，乃指完全成熟的时期。

然而，如果传统的方式仅限于追随前一代，或仅限于盲目地或胆怯地墨守前一代成功的方法，"传统"自然是不足称道了。我们见过许多这样单纯的潮流很快便消失在沙里了；新颖总比重复好。传统是具有广泛得多的意义的东西。它不是继承得到的，你如要得到它，你必须用很大的劳力。第一，它含有历史的意识，我们可以说这对于任何人想在二十五岁以上还要继续作诗人的差不多是不可缺少的：历史的意识又含有一种领悟，不但要理解过去的过去性，而且还要理解过去的现存性，历史的意识不但使人写作时有他自己那一代的背景，而且还要感到从荷马以来欧洲整个的文学及其本国整个的文学有一个同时的存在，组成一个同时的局面。这个历史的意识是对于永久的意识，也是对于暂时的意识，也是对于永久和暂时的合起来的意识。就是这个意识使一个作家成为传统性的。同时也就是这个意识使一个作家最敏锐地意识到自己在时间中的地位，自己和当代的关系。

诗人，任何艺术的艺术家，谁也不能单独地具有他完全的意义。他的重要性以及我们对他的鉴赏就是鉴赏对他和已往诗人以及艺术家的关系。你不能把他单独地评价；你得把他放在前人之间来对照，来比较。我认为这是一个不仅是历史的批评原则，也是美学的批评原则。他之必须适应，必须符合，并不是单方面的；产生一件新艺术作品，成为一个事件，以前的全部艺术作品就同时遭逢了一个新事件。现存的艺术经典本身就构成一个理想的秩序，这个秩序由于新的（真正新的）作品被介绍进来而发生变化。这个已成的秩序在新作品出现以前本是完整的，加入新花样以后要继续保持完整，整个的秩序就必须改变一下，即使改变得很小；因此每件艺术作品对于整体的关系、比例和价值就重新调整了；这就是新与旧的适应。谁要是同意这个关于秩序的看法，同意欧洲文学和英国文学自有其格局的，谁听到说过去因现在而改变正如现在为过去所指引，就不至于认为荒谬。诗人若知道这一点，他就会知道重大的艰难和责任了。

在一个特殊的意义中，他也会知道他是不可避免地要经受过去的标准所裁判。我说被裁判，不是被制裁；不是被裁判比从前的坏些，好些，或是一样好；当然也不是用从前许多批评家的规律来裁判。这是把两种东西互相权衡的一种裁判，一种比较。如果只是适应过去的种种标准，那么，对一部新作品来说，实际上根本不会去适应这些标准；它也不会是新的，因此就算不得是一件艺术作品。我们也不是说，因为它适合，新的就更有价值；但是它之能适合，总是对于它的价值的一种测验——这种测验，的确，只能慢慢地谨慎地进行，因为我们谁也不是决不会错误地对适应进行裁判的人，我们说：它看来是适应的，也许倒是独特的，或是，它看来是独特的，也许可以是适应的；但我们总不至于断定它只是这个而不是那个。

现在进一步来更明白地解释诗人对于过去的关系：他不能把过去当作乱七八糟的一团，也不能完全靠私自崇拜的一两个作家来训练自己，也不能完全靠特别喜欢的某一时期来训练自己。第一条路是走不通的，第二条是年轻人的一种重要经验，第三条是愉快而可取的一种弥补。诗人必须深刻地感觉到主要的潮流，而主要的潮流却未必都经过那些声名最著的作家。他必须深知这个明显的事实：艺术从不会进步，而艺术的题材也从不会完全一样。他必须明了欧洲的心灵，本国的心灵——他到时候自会知道这比他自己私人的心灵更重要几倍的——是一种会变化的心灵，而这种变化，是一种发展，这种发展决不会在路上抛弃什么东西，也不会把莎士比亚，荷马，或马格达林时期的作画人的石画，都变成老朽。这种发展，也许是精炼化，当然是复杂化，但在艺术家看来不是什么进步。也许在心理学家看来也不是进步，或没有达到我们所想象的程度；也许最后发现这不过是出之于经济与机器的影响而已。但是现在与过去的不同在于：我们所意识到的现在是对于过去的一种认识，而过去对于它自身的认识就不能表示出这种认识处于什么状况，达到什么程度。

有人说："死去的作家离我们很远，因为我们比他们知道得多得多。"确是这样，他们正是我们所知道的。

我很知道往往有一种反对意见，反对我显然是为诗歌这一个行当所拟的部分纲领。反对的理由是：我这种教条要求博学多识（简直是玄学）达到了可笑的地步，这种要求即使向任何一座众神殿去了解诗人生平也会遭到拒绝。我们甚至于断然说学识丰富会使诗的敏感麻木或者反常。可是，我们虽然坚信诗人应该知道得愈多愈好，只要不妨害他必需的感受性和必需的懒散性，如把知识仅限于用来应付考试，客厅应酬，当众炫耀的种种，那就不足取了。有些人能吸收知识，而较为迟钝的则非流汗不能得。莎士比亚从普鲁塔克所得到的真实历史知识比大多数人从整个大英博物馆所能得到的还要多。我们所应坚持的，是诗人必须获得或发展对于过去的意识，也必须在他的毕生事业中继续发展这个意识。

于是他就得随时不断地放弃当前的自己，归附更有价值的东西，一个艺术家的前进是不断地牺牲自己，不断地消灭自己的个性。

现在应当要说明的，是这个消灭个性的过程及其对于传统意识的关系。要做到消灭个性这一点，艺术才可以说到科学的地步了。因此，我请你们（作为一种发人深省的比喻）注意：当一根白金丝放到一个贮有氧气和二氧化硫的瓶里去的时候所发生的作用。

（［英］艾略特：《传统与个人才能》，《卞之琳译文集》，中卷，

合肥，安徽教育出版社，2000）

四、斯达尔夫人论自然气候对文学的影响

北方人喜爱的形象和南方人乐于追忆的形象之间存在着差别。气候当然是产生这些差别的主要原因之一。诗人的遐想固然可以产生非凡的事物；然而惯常的印象必然出现

在人们所写的一切作品之中。如果避免对这些印象的回忆，那就要失去诗歌的最有利条件，也就是描绘作家的亲身感受这样一个有利条件。南方的诗人不断把清新的空气、繁茂的树林、清澈的溪流这样一些形象和人的情操结合起来。甚至在追忆心之欢乐的时候，他们也总要把使他们免于受烈日照射的仁慈的阴影掺和进去。他们周围如此生动活泼的自然界在他们身上所激起的情绪超过在他们心中所引起的感想。我觉得，不应该说南方人的激情比北方人强烈。在南方，人们的兴趣更广，而思想的强烈程度却较逊；然而产生激情和意志的奇迹的，却正是对同一思想的专注。

北方各民族萦怀于心的不是逸乐而是痛苦，他们的想象却因而更加丰富。大自然的景象在他们身上起着强烈的作用。这个大自然，跟它在天气方面所表现的那样，总是阴霾而暗淡。当然，其他种种生活条件也可以使这种趋于忧郁的气质产生种种变化；然而只有这种气质带有民族精神的印记。在一个民族当中，跟在一个人身上一样，固然不应该只找它的特点，然而所有其他各个方面只是万千偶然因素的产物，唯有这个特点才构成这个民族的本质。

跟南方诗歌相比，北方诗歌与一个自由民族的精神更为相宜。南方文学公认的创始者雅典人，是世界上最热爱其独立的民族。然而，使希腊人习惯于奴役却比使北方人习惯于奴役容易得多。对艺术的爱、气候的美、所有那些充分赐给雅典人的享受，这些可能构成他们忍受奴役的一种补偿。对北方民族来说，独立却是他们首要的和唯一的幸福。由于土壤硗薄和天气阴沉而产生的心灵的某种自豪感以及生活乐趣的缺乏，使他们不能忍受奴役。在英国人认识宪政理论和代议政府的优点以前，上苏格兰和斯堪的纳维亚诗歌如此热烈歌颂的战斗精神，早就使人们对他们的个人能力和意志力量产生了强烈的印象。个人独立不羁的精神早在取得集体的自由以前就存在了。

（［法］斯达尔夫人：《论文学》，徐继曾译，北京，人民文学出版社，1986）

五、王本朝论中国现代文学制度

现代的文学制度与西方的器物、思想和文化导入中国的过程大致同步，它在进入中国社会和历史语境的过程中，也产生和纳入了中国文学的现代性系统，并作为新思想、新观念诞生的温床不断改变和创造着文学现代性的话语系统。文学制度与自晚清以来导入中国的新式学堂、船政、邮电、印刷、铁路、银行、矿务等制度形式一样，都是中国在追求现代化的过程中所建立的制度态，文学制度与新式学制、印刷、出版和邮政制度的建立都有相当紧密的联系。文学制度使中国文学超越了个人心灵的想象和独语状态，走向生活化和社会化的价值取向，形成面向时代、介入生活、干预社会的新传统。文学制度研究主要追问文学是如何被创造和形成的。文学制度有一个逐渐形成的过程，它参与了文学意义的生产与消费。以前的文学史研究，多注意甚至是只注意作家和作品本体，忽略了文学意义的生产机制。

阿尔修塞和福柯都认为，任何一个主体和意义都是由他们所不能控制的过程所"建构"的，文学也一样，它的意义并不完全是作家的情感想象和作品的语言意义，而与整个社会环境、文学生产和传播方式、文学的阅读和评论机制等都有诸多联系。所以，文学制度研究可以称之为文学的"过程研究"和文学的"生态研究"，或者用马克思的话说，是文学意义生产的"关系研究"。马克思认为："人们在自己生活的社会生产中发生一定的、必然的、不以他们的意志为转移的关系，即同他们的物质生产力的一定发展阶段相适应的生产关系。这些生产关系的总和构成社会的经济结构，即法律的和政治的上层建筑竖立其上并有一定的社会意识形式与之相适应的现实基础。物质生活的生产方式制约着整个社会生活、政治生活和精神生活的过程。不是人们的意识决定人们的存在，相反，是人们的社会存在决定人们的意识。"文学的生产方式制约着文学的意义过程，从作家到作品，从传播到评论和读者的接受，形成了多重文学关系和文学结构，它们都参与了文学意义的创造和建构。

中国现代文学制度是在晚清以来中国社会历史和文学的现代化过程中被"创制"起来的。它牵涉到文学社会化过程中的文学资源的配置，文学读者的分层以及文学传播与流通的媒介等等。文学制度的意义与局限都是非常明显的，值得进一步思考。布迪厄认为艺术场是一个"相互矛盾的世界"，是"反制度化的制度形式"，"相对于制度的自由就体现在制度本身"。文学与制度有矛盾，一方面，我们可以说没有文学制度，也就没有现代的文学，文学制度给文学提供了生成空间和生产场所；另一方面，文学制度也不断限制文学的自由与个性，这也是文学制度的悖论。从五四新文学社团组织和文学传播机制的建立，到三四十年代已具相当规模的文学批评、出版和奖励等制度形式，文学生产日益被制度化的同时，文学意义也就逐渐受到规范和限制。完善而合理的文学制度既可以为文学发展提供开阔的社会通道，也容易导致文学的日趋僵化与死板，文学的制度化显然有很多弊端，如对文学审美本体的忽视而造成文学经典的缺失，文学制度与政治权力的难分难解也使文学的独立性有所丧失。

（王本朝：《中国现代文学制度研究》，重庆，西南师范大学出版社，2002）

第六章 文 体 论

文体论的涵盖范围和涉及内容较广，本章的主要内容包括对文体概念的辨析、文体的基本类型及其划分原则，以及几种常见文学体裁，如诗歌、小说、散文、剧本和报告文学等文学体裁各自的特点和划分原则。

第一节 文体与文体学

文体学，简言之，即关于文体的研究。现今学者大都注重语言学在文体学研究中的重要作用，认为"文体学是用语言学方法研究文体风格的学问"[1]"文体学是运用现当代语言学的理论和方法来研究文体的学科"[2]等。同时，也越来越强调文体学深受文化批评与文学理论的影响。文体观的多样性导致了文体学研究中概念、途径的复杂性。本节对文体学中的两个重要问题，即文体概念和文体类型，分别进行阐述。

一、文体的形成和流变

"文体"一词古已有之，发展至今，其含义亦随之流变，呈现出多义性、复杂性及差异性的特点，它兼具英文中的 style、genre 及 literary forms 等词的含义。

"文体"的多义性即指中国古代文论中的"文体"内涵丰富、指涉较广，既可将其视为"体貌、体式、体格等文体内涵的不同层面"[3]，也可包括"文体之体(各种文本的体裁)、体格之体(各种文本的风格)、体类之体(各种文本体裁、题材或内容的类别)"[4]三个方面。因而，对"文体"一词的理解与阐释很大程度上受限于读者的个人学术视域、知识结构及个人偏好，并随社会时代语境的变迁而有所不同。"文体"的复杂性则体现在"文体"

---

① 刘世生、朱瑞青：《文体学概论》，3 页，北京，北京大学出版社，2006。
② 申丹：《两个最年轻的当代文体学派别评介》，《外语与外语教学》，1998(2)。
③ 陈伯海：《说"文体"》，《文艺理论研究》，1996(1)。
④ 曾枣庄：《论古代文体学研究的基础和对象》，《清华大学学报》，2012(6)。

一词的含义与中国古代文论中的一些抽象概念密切相关，如"气""性"等观念。刘勰在《文心雕龙·通变》中对此有过相应阐述："夫设文之体有常，变文之数无方，何以明其然耶？凡诗赋书记，名理相因，此有常之体也；文辞气力，通变则久，此无方之数也。"由此可见，"文体"不仅是语言层面上的措辞谋篇，更深受中国传统文论与其思辨模式的影响，是"整个作品'言—象—意'系统的结构范式"①，具有主客观交融的特点。而"文体"的差异性主要是指"文体"的古代含义与现代含义的差别。"文体"的现代概念多受西方文论思潮的影响。例如，"文体就是文学作品的话语体式，是文本的结构方式。如果说，文本是一种特殊的符号结构，那么，文体就是符号的编码方式。'体式'一词在此意在突出这种结构和编码方式具有模型、范型的意味。因此，文体是一个揭示作品形式特征的概念"②。这里试图用西方术语对"文体"概念进行清晰的界定，与其古代含义已显现出很大的差异。"文体"的古代含义有其特定社会历史文化语境因素，是中国古代文论所特有的：古代的"文"是一个由文教礼制、文德、典籍、文辞等组成的多层次共生系统，各层次之间既相区别又相错杂。而"体"的多义性，则包括体裁或文体类别，具体的语言特征和语言系统，章法结构与表现形式，体要或大体，体性、体貌，文章或文学之本体六个方面的内容。③

同样地，西方的 style 并非从其产生之日起就能清晰地表示"文体"一义，而是具有中文中"文体"一词的上述特征，从修辞演说术发展至诗学概念范畴，可以表示文体、风格、体裁、语体等含义，并由此发展出众多的文体学研究流派。例如，荷兰学者安克威思特就归纳出了如下七种关于"文体"的定义："以最有效的方式讲恰当的事情；环绕已存在的思想或感情的内核的外壳；在不同表达方式中的选择；个人特点的综合；对常规的变异；集合特点的综合；超出句子以外的语言单位之间的关系。"④有学者将众说纷纭的"文体说"归纳为广义文体与狭义文体，这也不无道理。前者可理解为一般的非文学文体中语言的使用惯例和技巧，而后者则指"文学文体，主要指不同作家笔下的不同的语言体式所形成的文体风格"⑤。再者，西方概念中的"文体"在强调客观性的同时，也具有较强的主体性，它与个人的性格、气质密切相关，布封就曾言"文体就是人本身"（Style is the man himself）。这一点与中国古代"文体说"的丰富内涵有颇多相似之处。

由此可见，中西方对"文体"一词的发展脉络及其相似点有着不同理解与侧重。因而，我们在现今文化语境中对"文体"的理解与把握不能追随西方，而应更多地建立在自

---

① 陈伯海：《说"文体"》，《文艺理论研究》，1996（1）。

② 陶东风：《文体演变及其文化意味》，2页，昆明，云南人民出版社，1994。

③ 吴承学、沙红兵：《中国古代文体学学科论纲》，《文学遗产》，2005（1）。

④ 转引自童庆炳：《文体与文体的创造》，59～60页，昆明，云南人民出版社，1994。

⑤ 童庆炳：《文体与文体的创造》，65页，昆明，云南人民出版社，1994。

身的文化文论传统基础上，从而避免古代"文体"含义的"失语"。再者，文体是文体学的核心问题，而"从文学创作的意义上讲，文体学是文学创作的基本前提和理论原则"①，文体的重要性可见一斑。

二、文体类型及其划分原则

文体学的一个重要方面就是文体类型的划分及其所依据的准则。文体的分类与文体本身的概念一样，古已有之，甚至是在远古文体意识还不是非常清晰的时候。在《尚书》中，人们就将文体分为"典、谟、训、诰、誓、命"六种。此时的分类更多的是从文类层面来分析和划分文体或文学类型，并在之后的文论著作中呈细分化的趋向："历来学者关注的焦点大都在'八体'之分类，并与陆机《文赋》的'十体'进行比较，称陆机进一步细分为十体，再到《文心雕龙》三十三类、《文选》三十八类、《文苑英华》五十五类、《唐文粹》十六类、《宋文鉴》六十一类、《元文类》四十三类、《明文衡》三十八类、《文体明辨》一百二十七类等，显示了文体分类日趋繁复的事实。"②在随后论及文体的相关论著中，如《典论·论文》《文赋》《文心雕龙》等，对文体类型的划分则同时兼论文类与风格。比如，《文赋》在对十类文体的阐述中，不仅论及了各类文体的名称，还概括了每类文体所具有的特点。"诗缘情而绮靡"中的"诗"属于文类范畴，而"绮靡"则是诗歌的语体风格。

西方对文体的分类与文体的概念紧密相连，古希腊哲学家安提西尼将文体分为"崇高的、平庸的和低下的三种形式；后来，这种三分法又变成了细腻的、粗犷的和华丽的"③。在此之后，对文体类型的划分与个人对文体概念的理解密切相关。同时，文体类型的划分与文类的划分紧密相连。西文文类 genre 一词源于法语，有"类型、种类、体裁、样式"等义，指将具有相似结构特征的作品归为一类。西方对文学体裁的分类最常见的是将文学类型分为诗歌、散文、戏剧和小说四种。"与三分法不同，四分法根据叙述诗与抒情诗都强调韵律、节奏，而把它们放到诗歌类下。这有利于人们掌握诗歌的总的特点。把小说单列一类，定名比较具体。并根据中国的文学传统和现实，把散文单列一类，也补三分法之不足。"④但即便如此，西方惯用的四分法还是不能涵盖中国古代文体中的所有文类。因此，在对中国古代文学的研究中，不能一概套用西方的文类形式，而是应该立足于中国古代文学自身的文学类型，才不至于在具体的研究中出现削足适履

---

① 张慕华：《20世纪80年代以来的中国古代文体学研究》，《文史哲》，2013(4)。

② 任竞泽：《〈典论·论文〉文体学思想甄微》，《陕西师范大学学报》，2014(1)。

③ 克罗齐：《作为表现的科学和一般语言学的美学的历史》，298页，北京，中国社会科学出版社，1984。

④ 童庆炳：《文体与文体的创造》，113~114页，昆明，云南人民出版社，1994。

的现象。反之亦然。

　　无论是中国还是西方，文体类型划分的多样化特征源于其各自划分原则或标准的不统一性，文体类型按照其"所依据的理论基础、标准和分析对象而有所不同"①。例如，在中国古代文体分类中，《尚书》按文体的功能将文体分为六类（如前所述），但同时又兼顾其他方面，"因接受者和具体用途不同而不同"②："誓以训戒，诰以敷政，命喻自天，故授官锡胤。"（《文心雕龙·诏策》）而《典论·论文》将文体的应用性与美学性结合起来形成了"四科八体说"："盖奏议宜雅，书论宜理，铭诔尚实，诗赋欲丽。此四科不同，故能之者偏也；唯通才能备其体。"并且，部分论著还探讨各种文体产生的源头。《文心雕龙·宗经》指出各种文体的参考依据可归为《诗》《书》《礼》《易》《春秋》："故论说辞序，则易统其首；诏策章奏，则书发其源；赋颂歌赞，则诗立其本；铭诔箴祝，则礼总其端；纪传铭檄，则春秋为根。"有学者用"总体概括，局部繁琐"③来概括中国古代文体划分的特征，不无见地。也有学者将文体划分的众多方式分为两种，即"析类和归类两种。析类是按文体功用的差异条分缕析，以求体类的丰富。……归类是按文体或表达方式的相同点分门别类，以求体类的精简"④。因此，在探讨文体类型的划分原则时，应注意以下几点。首先，对任何划分标准的探析都应还原至彼时之语境当中，而不能简单地用现在的标准予以评价。古人对文体的分类受其自身文化语境的制约，例如，在文体分类中对文体政治功用的重视，这"是在长期的历史过程中层累造成的，它自身是一套约定俗成、集体认同的系统"⑤。其次，在探讨文体分类时，应厘清"体"的具体含义，它可以指"风格"之体，也可以是"体裁"之体，或者还有其他含义。所取含义不同，分类的原则及结果则大不相同。最后，要认识到虽然很多古代著作涉及对文体分类的探索及辨析，但这都是在文体学意识还不是很清晰之时形成的，其出发点与最终目标不是建立具有文体学特征的普适性分类系统和标准："古人对文体进行分类的目的不在于建立体系清晰的文体等级次序，而是在于通过对文体命名和分类来辨识文体的形态和特点，以此规范文体的创作实践。"⑥由此可见，我们可以通过古代各种文体分类的特点和原则窥探古代某一时期文体的特点及人们对文体的认识，但不能用现今的文体学范式和标准对其进行评判，而是应该以历史的辩证的眼光来看待它，梳理出文体类型发展的脉络，在此基础上建立起适合发展现状的文体类型。

------

① 申丹：《两个最年轻的当代文体学派别评介》，《外语与外语教学》，1998(2)。
② 谢延秀：《论文体的划分与发展》，《理论导刊》，2008(3)。
③ 孙小力：《论中国古代的文体分类观》，《上海大学学报》，1994(4)。
④ 朱迎平：《古典文学与文献论集》，78 页，上海，上海财经大学出版社，1998。
⑤ 吴承学：《中国古代文体学研究》，5～6 页，北京，人民出版社，2011。
⑥ 张慕华：《20 世纪 80 年代以来的中国古代文体学研究》，《文史哲》，2013(4)。

📖 **原典选读**

一、谢延秀论文体定义

"文体"一词，与西文中的"style"意思都是极为含混的。中国古代文论中的"体"，今人或译为"体裁"，或释为"风格"。荷兰学者安克威思特在《关于文体的定义：语言学和文体》中列举了"文体"的7种定义：(1)以最有效的方式讲恰当的事情；(2)环绕已存在的思想或情感的内核的外壳；(3)在不同表达方式中的选择；(4)个人特点的综合；(5)对常规的变异；(6)集合特点的综合；(7)超出句子以外的语言单位之间的关系。英国杰弗瑞·里奇和米歇尔·肖特在其合著的《小说文体》中也列举了7种关于"文体"的观点：(1)语言使用的方式；(2)对语言所有表达方式的选择；(3)以语言使用范围为标准；(4)文体学以文学语言为研究对象；(5)文学文体学以审美功能为重点；(6)文体是透明而朦胧的，可解和言说不尽的；(7)表现同一主题时采取的不同手法。从最一般的意义上讲，文体可以理解为人说话或写作的方式，即口头的或书面的表达方式。因为是表达方式，它就应该与所要表达的东西，即内容、题材、题旨等相对而言，但又有相互联系。综合考察中外对文体的同中有异、异中有同的理解，我们可以把文体解释为文本或文章的体裁、语体和风格3个层面。体裁是文本的体制、格式、主要表现手段等方面的成规或惯例。语体指同一类别的体裁所惯用的语言的特色，如词语的选择、修辞技巧的运用等等。风格则是指作家在运用某种体裁、选择语言时体现出的个人性的特征。

（谢延秀：《文体流别论》，《陕西师范大学学报》，2004年第33卷）

二、刘世生论文体学的跨学科特点

语言学与文学批评是两个不同的学科。二者的研究范围都离不开语言这一人类社会最为重要的交际媒介，但侧重点有所不同，前者侧重形式研究，后者侧重内容研究。

文学批评研究诉诸联想能力，其最大魅力是阐释。对一部作品的解读与阐释可以是多种多样的，如我国古典文学名著曹雪芹、高鹗的《红楼梦》，有的读者阐释为风花雪月故事，有的读者阐释为封建社会衰亡史，如此等等，不一而足；但家家之言皆有道理，因之有"红学"，文献可谓汗牛充栋。再如英国莎士比亚的戏剧，可谓百读不厌，常演常新，历久不衰，每一代读者与观众都能从中阐释出有价值的人生真谛；而对其进行研究形成的"莎学"，一直是西方的显学。

语言学研究诉诸分析方法，其本质特征是描写。语言由三个系统构成：语音、语法、语义。对这些系统进行描写与分析分别涉及不同的理论与方法，因之有语音学、语法学、语义学。语音、语法、语义构成了语言的本体系统。对语言本体系统的研究被称之为语言学。语言学与相邻学科的结合则产生了新的交叉学科。如语言学与社会学的结合产生了社会语言学，语言学与心理学的结合产生了心理语言学，语言学与文学批评的结合产生了文体学，语言学与计算机科学的结合产生了计算语言学，等等。

文体学是语言学与文学批评的交叉学科，它既重视语言学的描写，又重视文学批评的阐释。但是，它既不像文学批评的阐释那样，龙飞凤舞，难觅踪迹；也不像语言学的描写那样，追求客观，崇尚科学。就目前掌握的资料来看，文体学的研究范围大致可分为中国文体学、西方文体学、我国外语界的西方文体学研究三个方面。

（刘世生：《文体学的跨学科特点》，《外国语言文学研究》，

2003 年第 3 卷第 2 期）

三、《毛诗序》论文体

故诗有六义焉：一曰风，二曰赋，三曰比，四曰兴，五曰雅，六曰颂。上以风化下，下以风刺上，主文而谲谏，言之者无罪，闻之者足以戒，故曰风。至于王道衰，礼义废，政教失，国异政，家殊俗，而变风、变雅作矣。国史明乎得失之迹，伤人伦之废，哀刑政之苦，吟咏情性，以风其上，达于事变而怀其旧俗也。故变风发乎情，止乎礼义。发乎情，民之性也；止乎礼义，先王之泽也。是以一国之事，系一人之本，谓之风；言天下之事，形四方之风，谓之雅。雅者，正也，言王政之所由废兴也。政有大小，故有小雅焉，有大雅焉。颂者，美盛德之形容，以其成功告于神明者也。是谓四始，诗之至也。

（《毛诗序》）

四、曹丕论文体

常人贵远贱近，向声背实，又患暗于自见，谓己为贤。

夫文本同而末异，盖奏议宜雅，书论宜理，铭诔尚实，诗赋欲丽。此四科不同，故能之者偏也；唯通才能备其体。

文以气为主，气之清浊有体，不可力强而致。譬诸音乐，曲度虽均，节奏同检，至于引气不齐，巧拙有素，虽在父兄，不能以移子弟。

（曹丕：《典论·论文》）

五、陆机论文体

体有万殊，物无一量。纷纭挥霍，形难为状。辞程才以效伎，意司契而为匠。在有无而僶俛，当浅深而不让。虽离方而遁员，期穷形而尽相。故夫夸目者尚奢，惬心者贵

当。言穷者无隘，论达者唯旷。诗缘情而绮靡，赋体物而浏亮。碑披文以相质，诔缠绵而凄怆。铭博约而温润，箴顿挫而清壮。颂优游以彬蔚，论精微而朗畅。奏平彻以闲雅，说炜晔而谲诳。虽区分之在兹，亦禁邪而制放。要辞达而理举，故无取乎冗长。

其为物也多姿，其为体也屡迁。其会意也尚巧，其遣言也贵妍。暨音声之迭代，若五色之相宣。虽逝止之无常，固崎锜而难便。苟达变而识次，犹开流以纳泉。如失机而后会，恒操末以续颠。谬玄黄之秩序，故淟涊而不鲜。

（陆机：《文赋》）

六、刘勰论文体

今之常言，有文有笔，以为无韵者笔也，有韵者文也。夫文以足言，理兼诗书，别目两名，自近代耳。颜延年以为笔之为体，言之文也；经典则言而非笔，传记则笔而非言。请夺彼矛，还攻其楯矣。何者？易之文言，岂非言文；若笔不言文，不得云经典非笔矣。将以立论，未见其论立也。予以为：发口为言，属笔曰翰，常道曰经，述经曰传。经传之体，出言入笔，笔为言使，可强可弱。分经以典奥为不刊，非以言笔为优劣也。昔陆氏文赋，号为曲尽，然泛论纤悉，而实体未该；故知九变之贯匪穷，知言之选难备矣。

（刘勰：《文心雕龙·总述》）

七、谢延秀论文体划分

文学史证明，随着社会文化的进步，文体会愈来愈丰富多样。文体一旦被创造出来就会约定俗成一种相对稳定的惯例，从而作家也会在表现手段、语言修辞等方面有共同的选择，在形式结构、语体等方面形成一定特色。因为文学特殊的功用，即偏于抒情，使它逐渐脱离实际的、狭隘的功利性而获得一种超功利的审美特性，这种审美性总是与文学的形象性虚构性结合在一起的，所以文学文体逐渐从其他实用性的文体中分离独立开来。狭义的文学诞生了。但是，文学从来就不能脱离现实生活，不能完全超功利无功利，它的冶性陶情的作用本身又是"无用之用"，一种更大的作用，更高的功利性。因此文学总是与应用文体藕断丝连。文学既不排除移作他用，应用文体也何尝不能写得美一些、动人一些，因此没有理由排斥实用文体的文学性。所以，广义的文学概念始终存在着。文学史表明，某些文体在今天被认为是文学的，在明天就可能被视为非文学的。如汉大赋。反之，今天非文学的某些文体明天可能就变成文学的了。像笔记、小说、杂文。我们应当把文学理解为一个开放而动态的系统。对文体的划分也要有一定的原则和方法：

其一，要把写作看作一种言语行为和对话。而任何言语行为或对话，都是为了沟通，为了交流思想情感的目的，并具有具体的意旨，必然涉及言者或作者、听者或读者两方，而且是在一定的时间、地点构成的背景下进行的，即情境或场合。……其二，划分文体要以语境为依据。……其三，划分文体应坚持目的和手段、题旨和情境、"说什么"和"怎样说"、内容和形式相结合的原则；坚持源与流、历时与共时相结合的原则；坚持体裁、语体和风格相结合的原则；坚持综合和分析相结合的原则；坚持统一标准、层次清楚的原则。……其四，在标准不混乱、层次不相犯的原则之下，同时也要注意规律性、原则性与开放性、灵活性的统一，注意清晰性和模糊性的统一，绝对性和相对性的统一。

（谢延秀：《论文体的划分与发展》，《理论导刊》，2008 年第 3 期）

第二节　诗　歌

一、诗歌的特点

《毛诗序》有云："诗者，志之所之也。在心为志，发言为诗。情动于中而形于言，言之不足故嗟叹之，嗟叹之不足故永歌之，永歌之不足，不知手之舞之，足之蹈之也。"诗歌是内心世界情感的流露，有非凡激越的情感，表达出来，就是诗。也就是说，诗歌的本质是"抒情"，缺乏抒情品质，诗就不成其为诗。中西方诗人对诗歌的抒情本质具有相同的认识。苏格拉底将诗人想象为长着翅膀的、轻盈的、神圣的生命，他们在缪斯力量的控制下失去自我之后才能够创作。美丽的诗歌只有在诗人忘却理性、完全沉浸在神圣激情中时才可能产生。尽管苏格拉底在此段中不恰当地将情感置于理性的对立面，为后来柏拉图非难诗歌和诗人提供了依据，但他对诗歌抒情性的强调是具有价值的。柏拉图声称要将诗人逐出"理想国"，他借苏格拉底之口，指责诗人在灵感启发下而非理智指导下进行创作，指责诗歌鼓励听众的情感而非理智。由此可见，柏拉图的观点正是通过另一种方式承认了诗歌的抒情本质。

不仅在诗歌的本质上中西方文学观念能够找到共同点，在诗歌的功能和作用方面，中西方也能找到共识。《论语·阳货》中提到东方圣人孔子说："小子何莫学夫诗？诗，可以兴，可以观，可以群，可以怨。迩之事父，远之事君，多识于鸟兽草木之名。"这就是著名的"兴观群怨说"，后世以此来说明诗歌的功能，即诗歌具有对社会的教化作用、对个人修养的提升作用，以及表现人类社会情感的作用。在西方，从古希腊时期起，诗歌就涉及社会生活的很多方面，诗歌相当于现代包括书籍、电影、戏剧、电视等所有媒体的总和。后世的西方学者将诗歌功能总结为"教育与娱乐"两大类。西德尼在《为诗一辩》（*An Apology for Poetry*，又名 *The Defense of Poesy*）中也继承了这一说法，他认为，诗歌的目的是教育与娱乐①。

诗歌是人类最古老的文学形式，古代人类在最初从事集体劳作时，为了减轻身体疲劳和统一协调动作，会一唱一和。在文字出现后，这种唱和方式被用语言记录下来，便成了诗歌。因此节奏感和音乐性是诗歌最大的体裁特点，具体表现在外在形式和内在节奏两个方面，分行排列是诗歌最基本的外在形式特点，而鲜明的节奏是诗歌最重要的表达特点。综合起来看，诗歌作为一种独特的文体，它的形式特点就是有规律地使用语言来表达情感，首先要押韵，同时要有鲜明的节奏，音韵反映语言的抑扬，节奏显示语言的顿挫。

押韵的主要作用就是形成节奏鲜明的效果，由于有规律地使用韵脚，造成一些字的韵母或者韵母中的韵腹、韵尾有规律地反复出现，产生的效果就是有了顿挫的节奏。韵脚是联系一首诗的纽带，如果不押韵，一首诗就像散了架一样；如果押韵，就从声音的角度使得整首诗成为一个整体。我国古代诗歌一般都是押韵的，五四新文化运动以后受到外国诗歌的影响，一些诗人开始创作不押韵的新诗。西方的诗歌也依照自己语言的特点，有各自的押韵规则。诗歌押韵的形式多种多样，主要有逐句押韵、隔句押韵、换韵、交叉押韵、环抱押韵等形式。

诗的节奏除了押韵，还要求有大体整齐的语言形式，包括字数和句式两个方面。从这个角度来说，中国的诗歌可以分为两言诗、三言诗、四言诗、五言诗、六言诗、七言诗和杂言诗。此外，诗歌的节奏形成也需要声调和谐。

二、诗歌的分类

诗歌的样式繁多，根据不同的标准，可以分为不同的类别。按表达方式，可分为抒情诗、叙事诗等；按结构形式，可分为乐府诗、旧体诗、新诗等。

1. 抒情诗和叙事诗

抒情诗的表达方式是直接抒发诗人的思想感情，其特征是富于想象、充满感情、韵律优美。它重在表现诗人对现实生活的体验和感受，通过展示诗人的内心世界来反映社会生活，不要求完整的故事情节和饱满的人物形象。情歌、颂歌、哀歌、挽歌、牧歌等都属于这一类别。抒情诗自古以来就是中国诗歌的主流，《诗经》里的《国风》大部分都是抒情诗，《楚辞》也是典型的抒情诗，并为后世的诗歌树立了抒情的典范。唐诗、宋词也主要属于抒情诗，著名诗人李白、杜甫、柳永、苏轼等都以创作抒情诗为主。

叙事诗是以叙事为主要表达方式的诗歌，它一般具有比较完整的故事情节和鲜明饱满的人物形象，但它不同于小说，因为它具有抒情性、节奏感、韵律美等诗歌的特性。

① 黎志敏：《诗学构建：形式与意象》，北京，人民出版社，2008。

史诗、故事诗、诗体小说都属于这一类别。相比之下，西方更具有叙事诗传统，古希腊的《荷马史诗》为叙事诗的典范和西方文学的源头。我国古代也不乏叙事诗，如经典作品《琵琶行》《孔雀东南飞》《木兰诗》等。我国藏族的《格萨尔王传奇》也是典型的叙事史诗。

当然，叙述和抒情这两种表现手法也不能绝对割裂。抒情诗常常对某些生活片段加以叙述，但不能详尽铺陈；叙事诗也有抒情性，因为抒情是诗歌这种文学体裁的本质特性。

2. 乐府诗、旧体诗和新诗

乐府产生于汉代，原来是汉武帝时设立的一个官署，它的职责是采集汉族民间歌谣或文人的诗来配乐，以备朝廷祭祀或宴会时演奏之用。它所收集整理的诗歌，后世就叫"乐府诗"，或简称"乐府"，并将其视为一种独立的诗体。乐府诗是继《诗经》《楚辞》之后而起的一种新诗体，后来有不入乐的诗歌也被称为"乐府"或"拟乐府"。从体制上说，乐府诗突破了《诗经》以四言为主的句式，往往是三言、四言、五言、六言、七言间出，形成混合式的杂言，没有格律限制，相当于古代的自由诗。它是后世五言诗、七言诗的基础，也在形式上对后来的词、散曲两种诗体的产生具有一定影响。

旧体诗的范围相对宽泛，其共同特点是：语言上采用文言词，音韵格律比较严格。旧体诗可分为古体诗和近体诗两类。相对于近体诗而言，古体诗指唐代近体诗形成以前的一切诗歌，也包括唐代以后的诗人效仿这些诗歌形式而作的诗歌，有些观点也把乐府诗划在这个范围内。近体诗指唐代成熟起来的新体诗歌，除了历史时间上的区分外，它比古体诗更讲究格律严整，在篇章、句式、对偶和音律等方面都有更为严格的要求。

新诗也称自由诗，指五四新文化运动以来产生的用白话创作的诗歌。新诗运用现代语言写作，没有严格的音韵格律限制，在节数、行数、字数、音韵等方面都相对自由，可以根据表达内容的需要而自由变化。我国五四以来的诗歌大多是自由诗，著名诗人徐志摩、戴望舒、闻一多、艾青、余光中、海子等都是新诗的杰出创作者。

三、诗歌的意象和意境

什么是意象？关于这个问题的答案，古今中外大家的意见不尽相同。台湾诗人余光中有篇《论意象》，专门给意象下了一个定义："意象（imagery）是构成诗的艺术之基本条件之一。我们似乎很难想象一首没有意象的诗，正如我们很难想象一首没有节奏的诗。所谓意象，即使诗人内在之意诉之于外在之象，读者再根据这外在之象还原为诗人的内在之意。"①

---

① 余光中：《掌上雨》，9页，香港，文艺书局，1968。

关于意象问题的讨论中国古则有之。《周易·系辞上》从哲学的角度谈到了意与象的关系："子曰：'书不尽言，言不尽意。'然则圣人之意，其不可见乎？子曰：'圣人立象以尽意，设卦以尽情伪。'"后来王弼在《周易略例·明象》章对意与象及两者之间的关系做了更加透彻的阐述："夫象者，出意者也。言者，明象者也。尽意莫若象，尽象莫若言。言生于象，故可寻言以观象；象生于意，故可寻象以观意。意以象尽，象以言著。故言者所以明象，得象而忘言；象者所以存意，得意而忘象。"这两段话中的"象"虽然都指卦象，但是它们所讨论的意与象的关系显然具有普遍意义。此后，东汉王充的《论衡·乱龙》篇、刘勰的《文心雕龙·神思》篇又分别提到过"意象"一词。到了唐代，"意象"这一术语已经较多地出现在诗学理论著作中，如王昌龄的《诗格》中云："诗有三格：一曰生思，二曰感思，三曰取思。久用精思，未契意象。力疲智竭，放安神思。心偶照境，率然而生。"到了宋代、明代，"意象"一词得到了广泛使用，学者们往往也用意象这一美学概念来评价诗歌作品。现代学者们的意象概念似乎是从国外引入的，意象派是 20 世纪初在西方诗坛兴起的诗歌流派，人们喜欢引用意象派诗人庞德给意象所下的定义："一个意象是在一刹那时间里呈现理智和情感的复合物的东西。"①

朱光潜的意象观受西方影响较多。他在《诗的意象与情趣》一文中指出："诗是心感于物的结果。有见于物为意象，有感于心为情趣。……意象是个别事物在心中所印下的图影，概念是同类许多事物在理解中所见出的共同性。比如说'树'字可以令人想到某一棵特别的树的形象，那就是树的意象，也可以令人想到一般叫作'树'的植物，泛指而非特指，这就是树的意义或概念。"②从以上论述中我们可以认识到，意象是首先由诗人感觉到，然后写入诗中的具体事物。

意象在诗歌中的作用是什么呢？弗尔柴尔德说："如果让我回忆一朵玫瑰、一棵树、一朵云或者一只云雀的意象，我很容易做到；可是如果让我感到孤独、悲伤、仇恨或者嫉妒，我就很难做到了。"诗人很难通过语言传递抽象的情感，即使勉强为之，也难以引起读者的共鸣，反而容易引起读者的反感。因此，通过玫瑰、树、云、云雀等意象来激发读者的情感是诗歌创作的最佳手段。艾略特说："通过艺术形式表现情感的唯一办法，就是找到'客观对应物'。所谓客观对应物，即指能够催生某种特定情感的、直达感官经验的一系列实物、某种场景、一连串事件。一旦客观对应物出现，人们的情感立即被激发起来。"这就是艾略特在学界享有盛誉的"客观对应物"理论。③

诗的意境就是诗人的主观世界与客观世界在诗歌作品中相结合所形成的艺术境界。"意"包括诗人在作品中所抒之情，所言之志，所说之理。"意境"则是诗歌作品中融入了

① ［美］艾兹拉·庞德：《意象主义者的几个"不"》，《意象派诗选》，152 页，桂林，漓江出版社，1986。
② 朱光潜：《诗的意象与情趣》，《朱光潜全集》，第 9 卷，369 页，合肥，安徽教育出版社，1993。
③ 黎志敏：《诗学构建：形式与意象》，北京，人民出版社，2008。

诗人所抒之情，所言之志，所说之理的艺术境界。①

上文提到王昌龄的《诗格》中阐述了意与象的关系，他同样也明确提出了意境的概念："诗有三境：一曰物境。二曰情境。三曰意境。物境一。欲为山水诗，则张泉石云峰之境，极丽绝秀者，神之于心。处身于境，视境于心，莹然掌中，然后用思，了然境象，故得形似。情境二。娱乐愁怨，皆张于意而处于身，然后驰思，深得其情。意境三。亦张之于意，而思之于心，则得其真矣。"②这段话中的物境、情境、意境是作者探讨的"意境"的三种情况，它们是层层递进的关系。物境主要指注重形似的诗，是最低层次，景的成分多一些，情的成分少一些，如山水诗；情境次之，情的成分多一些，景的成分少一些，如抒情诗；意境为最高层次，指经过作者构思，能够比较完美地表达作者情感的作品，已经达到了情景交融、事理相契的地步。同时，作者还论述了意境的形成过程，即"处身于境，视境于心"，"然后用思"，或"驰思"或"思之"，从而创造出诗的意境。

后世学者中也不乏从意境的角度谈论诗歌的。王国维的《人间词话》便是以"境界"为核心来论词，其文中多次提到这一概念，如："词以境界为最上。有境界则自成高格，自有名句。五代、北宋之词所以独绝者在此。"再如："境非独谓景物也。喜怒哀乐，亦人心中一境界。故能写真景物、真感情者，谓之有境界；否则谓之无境界。"③这两句引文中的"境界"，就是我们探讨的"意境"。王国维认为"境界"包括"景物"和"感情"，他在第十二章中这样说："何以谓之有意境？曰：写情则沁人心脾，写景则在人耳目，述事则如其口出是也。古诗词之佳者，无不如是。元曲亦然。"此后，朱光潜在《论文学》中沿用王国维"境界"一词谈道："境界就是情景交融事理相契的独立自足的世界。"④他的另一部作品《诗论》中也有关于"境界"问题的更为深入的讨论："情景相生而且相契合无间，情恰能称景，景也恰能传情，这便是诗的境界。每个诗的境界都必有'情趣'（feeling）和'意象'（image）两个要素。'情趣'简称'情'，'意象'即是'景'。"⑤

📖 原典选读

一、艾略特论诗人与文学传统

一

在英文著述中我们不常说起传统，虽然有时候也用它的名字来惋惜它的缺乏。我们无从讲到"这种传统"或"一种传统"；至多不过用形容词来说某人的诗是"传统的"，或甚

① 徐有富：《诗学原理》，288～289 页，北京，北京大学出版社，2007。
② （唐）王昌龄：《诗格》，《全唐五代诗格汇考》，172～173 页，南京，江苏古籍出版社，2002。
③ （清）王国维：《人间词话》，1～2 页，上海，上海古籍出版社，1998。
④ 朱光潜：《想象与写实》，《朱光潜全集》，第 4 卷，280 页，合肥，安徽教育出版社，1988。
⑤ 朱光潜：《诗论》，《朱光潜全集》，第 3 卷，54 页，合肥，安徽教育出版社，1987。

至"太传统化了"。这种字眼恐怕根本就不常见，除非在贬责一类的语句中。不然的话，也是用来表示一种浮泛的称许，而言外对于所称许的作品不过认作一件有趣的考古学的复制品而已。你几乎无法用传统这个词叫英国人听来觉得顺耳，如果没有轻松地提到令人放心的考古学的话。

当然在我们对已往或现在作家的鉴赏中，这个名词不会出现。每个国家，每个民族，不但有自己的创作的也有自己的批评的气质；但对于自己批评习惯的短处与局限性甚至于比自己创作天才的短处与局限性更容易忘掉。从许多法文论著中我们知道了，或自以为知道了，法国人的批评方法或习惯；我们便断定（我们是这样不自觉的民族）说法国人比我们"更挑剔"，有时候甚至于因此自鸣得意，仿佛法国人比不上我们来得自然。也许他们是这样；但我们自己该想到批评是像呼吸一样重要的，该想到当我们读一本书而觉得有所感的时候，我们不妨明白表示我们心里想到的种种，也不妨批评我们在批评工作中的心理。在这种过程中有一点事实可以看出来：我们称赞一个诗人的时候，我们的倾向往往专注于他在作品中和别人最不相同的地方。我们自以为在他作品中的这些地方或这些部分看出了什么是他个人的，什么是他的特质。我们很满意地谈论诗人和他前辈的异点，尤其是和他前一辈的异点；我们竭力想挑出可以独立的地方来欣赏。实在呢，假如我们研究一个诗人，撇开了他的偏见，我们却常常会看出：他的作品中，不仅最好的部分，就是最个人的部分也是他前辈诗人最有力地表明他们的不朽的地方。我并非指易受影响的青年时期，乃指完全成熟的时期。

然而，如果传统的方式仅限于追随前一代，或仅限于盲目地或胆怯地墨守前一代成功的方法，"传统"自然是不足称道了。我们见过许多这样单纯的潮流很快便消失在沙里了；新颖总比重复好。传统是具有广泛得多的意义的东西。它不是继承得到的，你如要得到它，你必须用很大的劳力。第一，它含有历史的意识，我们可以说这对于任何人想在25岁以上还要继续作诗人的差不多是不可缺少的；历史的意识又含有一种领悟，不但要理解过去的过去性，而且还要理解过去的现存性；历史的意识不但使人写作时有他自己那一代的背景，而且还要感到从荷马以来欧洲整个的文学及其本国整个的文学有一个同时的存在，组成一个同时的局面。这个历史的意识是对于永久的意识，也是对于暂时的意识，也是对于永久和暂时的合起来的意识。就是这个意识使一个作家成为传统性的。同时也就是这个意识使一个作家最敏锐地意识到自己在时间中的地位，自己和当代的关系。

诗人，任何艺术的艺术家，谁也不能单独地具有他完全的意义。他的重要性以及我们对他的鉴赏就是鉴赏对他和已往诗人以及艺术家的关系。你不能把他单独地评价；你得把他放在前人之间来对照，来比较。我认为这是一个不仅是历史的批评原则，也是美学的批评原则。他之必须适应，必须符合，并不是单方面的；产生一件新艺术作品，成为一个事件，以前的全部艺术作品就同时遭逢了一个新事件。现存的艺术经典本身就构成一个理想的秩序，这个秩序由于新的（真正新的）作品被介绍进来而发生变化。这个已成的秩序在新作品出现以前本是完整的，加入新花样以后要继续保持完整，整个的秩序就必须改变一下，即使改变得很小；因此每件艺术作品对于整体的关系、比例和价值就重新调整了；这就是新与旧的适应。谁要是同意这个关于秩序的看法，同意欧洲文学和英国文学自有其格局的，谁听到说过去因现在而改变正如现在为过去所指引，就不至于认为荒谬。诗人若知道这一点，他就会知道重大的艰难和责任了。

在一个特殊的意义中，他也会知道他是不可避免地要经受过去的标准所裁判。我说被裁判，不是被制裁；不是被裁判为比从前的坏些，好些，或是一样好；当然也不是用从前许多批评家的规律来裁判。这是把两种东西互相权衡的一种裁判，一种比较。如果只是适应过去的种种标准，那么，对一部新作品来说，实际上根本不会去适应这些标准；它也不会是新的，因此就算不得是一件艺术作品。我们也不是说，因为它适合，新的就更有价值；但是它之能适合，总是对于它的价值的一种测验——这种测验，的确，只能慢慢地谨慎地进行，因为我们谁也不是决不会错误地对适应进行裁判的人。我们说：它看来是适应的，也许倒是独特的，或是，它看来是独特的，也许可以是适应的；但我们总不至于断定它只是这个而不是那个。

现在进一步来更明白地解释诗人对于过去的关系：他不能把过去当作乱七八糟的一团，也不能完全靠私自崇拜的一两个作家来训练自己，也不能完全靠特别喜欢的某一时期来训练自己。第一条路是走不通的，第二条是年轻人的一种重要经验，第三条是愉快而可取的一种弥补。诗人必须深刻地感觉到主要的潮流，而主要的潮流却未必都经过那些声名卓著的作家。他必须深知这个明显的事实：艺术从不会进步，而艺术的题材也从不会完全一样。他必须明了欧洲的心灵，本国的心灵——他到时候自会知道这比他自己私人的心灵更重要几倍的——是一种会变化的心灵，而这种变化，是一种发展，这种发展决不会在路上抛弃什么东西，也不会把莎士比亚，荷马，或马格达林时期①的作画人的石画，都变成老朽。这种发展，也许是精炼化，当然是复杂化，但在艺术家看来不是什么进步。也许在心理学家看来也不是进步，或没有达到我们所想象的程度；也许最后发现这不过是出之于经济与机器的影响而已。但是现在与过去的不同在于：我们所意识到的现在是对于过去的一种认识，而过去对于它自身的认识就不能表示出这种认识处于什么状况，达到什么程度。

有人说："死去的作家离我们很远，因为我们比他们知道得多得多。"确是这样，他们正是我们所知道的。

我很知道往往有一种反对意见，反对我显然是为诗歌这一个行当所拟的部分纲领。反对的理由是：我这种教条要求博学多识（简直是卖弄学问）达到了可笑的地步，这种要

---

① 欧洲西南部旧石器时代的晚期。

求即使向任何一座众神殿去了解诗人生平也会遭到拒绝。我们甚至于断然说学识丰富会使诗的敏感麻木或者反常。可是，我们虽然坚信诗人应该知道得愈多愈好，只要不妨害他必需的感受性和必需的懒散性，如把知识仅限于用来应付考试，客厅应酬，当众炫耀的种种，那就不足取了。有些人能吸收知识，而较为迟钝的则非流汗不能得。莎士比亚从普鲁塔克所得到的真实历史知识比大多数人从整个大英博物馆所能得到的还要多。我们所应坚持的，是诗人必须获得或发展对于过去的意识，也必须在他的毕生事业中继续发展这个意识。

于是他就得随时不断地放弃当前的自己，归附更有价值的东西。一个艺术家的前进是不断地牺牲自己，不断地消灭自己的个性。

现在应当要说明的，是这个消灭个性的过程及其对于传统意识的关系。要做到消灭个性这一点，艺术才可以说达到科学的地步了。因此，我请你们(作为一种发人深省的比喻)注意：当一根白金丝放到一个贮有氧气和二氧化硫的瓶里去的时候所发生的作用。

二

诚实的批评和敏感的鉴赏，并不注意诗人，而注意诗。如果我们留意到报纸批评家的乱叫和一般人应声而起的人云亦云，我们会听到很多诗人的名字；如果我们并不想得到蓝皮书的知识而想欣赏诗，却不容易找到一首诗。我在前面已经试图指出一首诗对别的作者写的诗的关系如何重要，表示了诗歌是自古以来一切诗歌的有机的整体这一概念。这种诗歌的非个人的理论，它的另一面就是诗对于它的作者的关系。我用一个比喻来暗示成熟诗人的心灵与未成熟诗人的心灵所不同之处并非就在"个性"的价值上，也不一定指哪个更饶有兴味或"更富有含义"，而是指哪个是更完美的工具，可以让特殊的，或颇多变化的各种情感能在其中自由组成新的结合。

我用的是化学上的催化剂的比喻。当前面所说的两处气体混合在一起，加上一条白金丝，它们就化合成硫酸。这个化合作用只有在加上白金的时候才会发生；然而新化合物中却并不含有一点儿白金。白金呢，显然未受影响，还是不动，依旧保持中性，毫无变化。诗人的心灵就是一条白金丝。它可以部分地或全部地在诗人本身的经验上起作用；但艺术家愈是完美，这个感受的人与创造的心灵在他的身上分离得愈是彻底；心灵愈能完善地消化和点化那些它作为材料的激情。

这些经验，你会注意到，这些受接触变化的元素，是有两种：情绪与感觉。一件艺术作品对于欣赏者的效力是一种特殊的经验，和任何非艺术的经验根本不同，它可以由一种感情所造成，或者几种感情的结合；因作者特别的词汇、语句，或意象而产生的各种感觉，也可以加上去造成最后的结果。还有伟大的诗可以无须直接用任何感情作成的；尽可以纯用感觉。《神曲》中《地狱》第十五歌，是显然地使那种情景里的感情逐渐紧张起来；但是它的效力，虽然像任何艺术作品的效力一样单纯，却是从许多细节的错综里得来的。最后四行给我们一个意象，一种依附在意象上的感觉，这是自己来的，不是仅从前节发展出来的，大概是先悬搁在诗人的心灵中，直等到相当的结合来促使它加入了进去。诗人的心灵实在是一种贮藏器，收藏着无数种感觉、词句、意象，搁在那儿，直等到能组成新化合物的各分子到齐了。

假如你从这部最伟大的诗歌中挑出几段代表性的章节来比较，你会看出结合的各种类型是多么不同，也会看出主张"崇高"的任何半伦理的批评标准是怎样的全然不中肯。因为诗之所以有价值，并不在感情的"伟大"与强烈，不是由于这些成分，而在艺术作用的强烈，也可以说是结合时所加压力的强烈。保罗与佛朗契丝卡的一段穿插是用了一种确定的感情的，但是诗的强烈性与它在假想的经验中所能给予的任何强烈印象颇为不同。而且它并不比第二十六歌写尤利西斯的漂流更为强烈，那一歌却并不直接依靠着一种情感。在点化感情的过程里有种种变化是可能的：阿伽门农的被刺，奥赛罗的苦恼，都产生一种艺术效果，比起但丁作品里的情景来，显然是更形逼真。在《阿伽门农》里，艺术的感情仿佛已接近目睹真相者的情绪；在《奥赛罗》里，艺术的情绪仿佛已接近剧中主角本身的情绪。但是艺术与事件的差别总是绝对的；阿伽门农被刺的结合和尤利西斯漂流的结合大概是一样的复杂。在两者中任何一种情景里都有各种元素的结合。济慈的《夜莺颂》包含着许多与夜莺没有什么特别关系的感觉，但是这些感觉，也许一半是因为它那个动人的名字，一半是因为它的名声，就被夜莺凑合起来了。

有一种我竭力要击破的观点，就是关于认为灵魂有真实统一性的形而上学的说法；因为我的意思是，诗人没有什么个性可以表现，只有一个特殊的工具，只是工具，不是个性，使种种印象和经验在这个工具里用种种特别的意想不到的方式来相互结合。对于诗人具有重要意义的印象和经验，在他的诗里可能并不占有地位；而在他的诗里是很重要的印象和经验，对于诗人本身，对于个性，却可能并没有什么作用。

我要引一段诗，由于并不为人熟悉，正可以在以上这些见解的光亮——或黑影——之中，用新的注意力来观察一下：如今我想甚至于要怪自己/为什么痴恋着她的美；虽然为她的死/一定要报复，因为还没有采取任何不平常的举动。/难道蚕耗费它金黄的劳动/为的是你？为了你她才毁了自己？/是不是为了可怜的一点儿好处，那迷人的刹那，/为了维护夫人的尊严就把爵爷的身份出卖？为什么这家伙在那边谎称拦路打劫，/把他的生命放在法官的嘴里，/来美化这样一件事——打发人马/为她显一显他们的英勇？……

这一段诗里（从上下文看来是很显然的）有正反两种感情的结合：一种对于美的非常强烈的吸引和一种对于丑的同样强烈的迷惑，后者与前者作对比，并加以抵消。两种感情的平衡是在这段戏词所属的剧情上，但仅恃剧情，则不足使之平衡。这不妨说是结构的感情，由戏剧造成的。但是整个的效果，主要的音调，是由于许多浮泛的感觉，对于这种感情有一种化合力，表面上虽无从明显，和它化合了就给了我们一种新的艺术感情。

诗人所以能引人注意，能令人感兴趣，并不是为了他个人的感情，为了他生活中特殊事件所激发的感情。他特有的感情尽可以是单纯的，粗疏的，或是平板的。他诗里的感情却必须是一种极复杂的东西，但并不是像生活中感情离奇古怪的一种人所有的那种感情的复杂性。事实上，诗界中有一种炫奇立异的错误，想找新的人情来表现：这样在错误的地方找新奇，结果发现了古怪。诗人的职务不是寻求新的感情，只是运用寻常的感情来化炼成诗，来表现实际感情中根本就没有的感觉。诗人所从未经验过的感情与他所熟习的同样可供他使用。因此我们得相信说诗等于"宁静中回忆出来的感情"是一个不精确的公式。因为诗不是感情，也不是回忆，也不是宁静（如不曲解字义）。诗是许多经验的集中，集中后所发生的新东西，而这些经验在讲实际、爱活动的一种人看来就不会是什么经验。这种集中的发生，既非出于自觉，亦非由于思考。这些经验不是"回忆出来的"，他们最终不过是结合在某种境界中，这种境界虽是"宁静"，但仅指诗人被动的伺候它们变化而已。自然，写诗不完全就是这么一回事。有许多地方是要自觉的，要思考的。实际上，下乘的诗人往往在应当自觉的地方不自觉，在不应当自觉的地方反而自觉。两重错误倾向于使他成为"个人的"。诗不是放纵感情，而是逃避感情，不是表现个性，而是逃避个性。自然，只有有个性和感情的人才会知道要逃避这种东西是什么意义。

（［英］艾略特：《传统与个人才能》，《象征主义·意象派》，

北京，中国人民大学出版社，1989）

二、王国维论意境

（一）词以境界为最上。有境界则自成高格，自有名句。五代北宋之词所以独绝者在此。

（二）有造境，有写境，此"理想"与"写实"二派之所由分。然二者颇难分别。因大诗人所造之境，必合乎自然，所写之境，亦必邻于理想故也。

（三）有有我之境，有无我之境。"泪眼问花花不语，乱红飞过秋千去。""可堪孤馆闭春寒，杜鹃声里斜阳暮。"有我之境也。"采菊东篱下，悠然见南山。""寒波澹澹起，白鸟悠悠下。"无我之境也。有我之境，以我观物，故物皆著我之色彩。无我之境，以物观物，故不知何者为我，何者为物。古人为词，写有我之境者为多，然未始不能写无我之境，此在豪杰之士能自树立耳。

（四）无我之境，人惟于静中得之。有我之境，于由动之静时得之。故一优美，一宏壮也。

（五）自然中之物，互相关系，互相限制。然其写之于文学及美术中也，必遗其关系、限制之处。故虽写实家，亦理想家也，又虽如何虚构之境，其材料必求之于自然，

而其构造，亦必从自然之法则。故虽理想家，亦写实家也。

（六）境非独谓景物也。喜怒哀乐，亦人心中之一境界。故能写真景物、真感情者，谓之有境界。否则谓之无境界。

（七）"红杏枝头春意闹"，著一"闹"字，而境界全出。"云破月来花弄影"，著一"弄"字，而境界全出矣。

（八）境界有大小，不以是而分优劣。"细雨鱼儿出，微风燕子斜"，何遽不若"落日照大旗，马鸣风萧萧"。"宝帘闲挂小银钩"，何遽不若"雾失楼台，月迷津渡"也。

（九）《严沧浪诗话》谓："盛唐诸公，唯在兴趣。羚羊挂角，无迹可求。故其妙处，透澈玲珑，不可凑泊。如空中之音、相中之色、水中之影、镜中之象，言有尽而意无穷。"余谓：北宋以前之词，亦复如是。然沧浪所谓"兴趣"，阮亭所谓"神韵"，犹不过道其面目；不若鄙人拈出"境界"二字，为探其本也。

（十）太白纯以气象胜。"西风残照，汉家陵阙。"寥寥八字，遂关千古登临之口。后世唯范文正之《渔家傲》，夏英公之《喜迁莺》，差足继武，然气象已不逮矣。

……

（二十）正中词除《鹊踏枝》、《菩萨蛮》十数阕最煊赫外，如《醉花间》之"高树鹊衔巢，斜月明寒草"。余谓：韦苏州之"流萤渡高阁"，孟襄阳之"疏雨滴梧桐"，不能过也。

（二一）欧九《浣溪沙》词："绿杨楼外出秋千"，晁补之谓：只一"出"字，便后人所不能道。余谓：此本于正中《上行杯》词"柳外秋千出画墙"，但欧语尤工耳。

（二二）梅圣俞《苏幕遮》词："落尽梨花春事了。满地斜阳，翠色和烟老。"刘融斋谓：少游一生似专学此种。余谓：冯正中《玉楼春》词："芳菲次第长相续，自是情多无处足，尊前百计得春归，莫为伤春眉黛促。"永叔一生似专学此种。

（二三）人知和靖《点绛唇》、圣俞《苏幕遮》、永叔《少年游》三阕为咏春草绝调，不知先有正中"细雨湿流光"五字，皆能摄春草之魂者也。

（二四）《诗·蒹葭》一篇，最得风人深致。晏同叔之"昨夜西风凋碧树。独上高楼，望尽天涯路"意颇近之。但一洒落，一悲壮耳。

（二五）"我瞻四方，蹙蹙靡所骋。"诗人之忧生也。"昨夜西风凋碧树。独上高楼，望尽天涯路"似之。"终日驰车走，不见所问津。"诗人之忧世也。"百草千花寒食路。香车系在谁家树"似之。

（二六）古今之成大事业、大学问者，必经过三种之境界。"昨夜西风凋碧树，独上高楼，望尽天涯路。"此第一境也。"衣带渐宽终不悔，为伊消得人憔悴。"此第二境也。"众里寻他千百度，回头蓦见，那人正在，灯火阑珊处。"此第三境也。此等语皆非大词人不能道。然遽以此意解释诸词，恐为晏欧诸公所不许也。

……

（王国维：《人间词话》）

三、惠特曼论诗人

最伟大的诗人几乎不知道琐事与庸俗。当他的呼吸触及直到那时还被认为是毫无意义的任何事物时，它立即获得了高尚的意义，并充满了宇宙的生命。他是先知——他是个人——他自身自我完善——别人也像他一样的完善，只是他看到了，而他们没有看到而已。在许许多多这样的人中间，他不是合唱队员——他不因受任何规章的约束而止步不前，——他有用自己的手制定规章的最高权力。

——[美]惠特曼：《〈草叶集〉序》

在我们所知的世界里，只有一个绝对正确的情人——这就是伟大的诗人。他满怀不熄的抒情，他对命运的剧变、对顺利与不顺利的各种情势的凑合漠不关心；日复一日，时复一时地，他交纳着自己美妙的贡赋。别人为之退缩或沮丧的东西，对他却是燃烧起他对亲近的人和快乐的爱情冲动的新的契机。别人所知道的快乐，同他的快乐相比是很小的。当他静静地观察着黎明，或冬天的森林，或嬉戏的儿童，或他拍着他们肩膀的男人和女人的时候，躲藏在高空中的一切都向他展现出来，他的爱以其大胆和气魄而胜过其他一切的爱——他在自己面前给爱留下了广阔的地盘。他不像一个优柔寡断充满疑虑的恋人——他相信自己——他蔑视缓一口气。他的经验，他的热情的感受和激荡不是空洞的声音。任何东西——不论是苦难，不论是黑暗，不论是死亡，不论是恐惧，都不能使他动摇。

——[美]惠特曼：《〈草叶集〉序》

伟大的诗人根据过去和现在推测未来。他把死人们从棺材里拖出，又叫他们重新站起来。他对过去说：起来，走在我的前边，让我能够认识你。他汲取了过去的教训——他渴望着到将来正在变成现在的地方去。伟大的诗人不仅以自己强大的光束照亮着性格、事件、热情——他最终要使一切变得高尚，并使一切归于完成——他发现谁也说不清为什么而存在，或隐藏着什么的山峰，——他使时代的一瞬一直照到它最远的边缘。那满意的似笑不笑或愤怒的皱纹也使他吃惊。——他将在以后的许多年里回忆起那个在离别的时刻捕捉住闪现在他额上的表情的人，从而得到新的力量或引起战栗。伟大的诗人与训诫无缘，也不坚持道德规范——他知道灵魂。而灵魂是如此自豪，它除了自己本身的教导而外，不承认任何教导。但是它还有同情，像他的自豪一样重大的同情，一个与另一个相抵销，当二者携手前进时，不论是自豪，还是同情，都不能过分。艺术最深刻的奥秘寓于它们的一致之中。伟大的诗人就住在它们当中的某处，与二者为邻，不论是对于他的语言，还是对于他的思想，二者都是非常重要的。

——[美]惠特曼：《〈草叶集〉序》

独特的预见性，或理性，生就的极强健的体格，坚定的信心，同情心，对女人和儿童的爱，根据灵魂的启示而大量创造和大量破坏的才能——此外，还有对自然界的统一的完美感情和在人类事业中探寻同样统一的论据——这才是从整个世界头脑中的杂乱无章中自己起作用的东西，以及成为伟大诗人——从一出娘胎的那一刻起，从他的母亲一出娘胎时就是伟大的——的特点的一切。

——［美］惠特曼：《〈草叶集〉序》

（沈奇选编：《西方诗论精华》，广州，花城出版社，1991）

第三节　小　说

一、小说的特点

小说是一种综合运用语言艺术的各种表现手法来塑造人物形象、反映社会生活和个人内心世界的文学体裁。在中国文学史上，"小说"一词最早出现在《庄子·外物》篇中"饰小说以干县令，其于大达亦远矣"一句，但它作为一种文学表现形式，在上古时代的神话传说和先秦寓言中就已出现，后经魏晋南北朝时期的志人志怪小说、唐代传奇而日渐成熟，在明清时期兴盛。在其他国家，小说的起源也与中国相同，是在神话故事与民间传说基础上形成的。

作为一种以叙事为主要方式、在一定环境中通过情节构建来侧重塑造人物形象的文学体裁，人物、情节、环境被视为小说不可缺少的三要素。因此，小说的特点可以从以下几个方面来看。

第一，以刻画人物形象为中心，充分调动多种艺术手段。以人物形象为中心，是小说的显著特征。小说和其他文学体裁相比，能更加全方位、多角度地塑造人物，艺术手法的使用更加灵活自由。小说的艺术创造，最主要的是调动各种表现手法，叙事、描写、议论、抒情无一不可，以此创造鲜明的、个性的人物形象。小说在想象和虚构方面也有极大的自由。与诗歌相比，它不受严格的语言形式的制约；与戏剧相比，它个受时间、空间的限制；与报告文学相比，它不受真实性的约束。它既可以运用肖像描写、行为描写等表现手法描绘人物的外貌、姿态和行动，也可以用心理描写、梦境、独白、潜意识等手法剖析人物的内心世界。同时，小说篇幅可长可短，内容包罗万象。比如，在描述一个人物形象时，有时候作者极力刻画在不同场景下他的眼神变化，有时候尽力使得这个人物的精神状态能够从他的行动中凸显出来，有时候又用心理描写或者通过他人的对话侧面反映主人公的性格。

第二，生动地构建丰富完整的故事情节。小说要多方面、多角度地塑造人物形象，必定需要借助多维度、复杂又完整的故事情节。故事情节，是形成人物性格并促使人物行动的客观条件，它强调因果关系，按照一定的逻辑顺序，把人物之间、人物和环境之间的关系充分展示出来。鲁迅笔下祥林嫂的人物形象，就是随着情节的发展而得到展现的。丈夫死了，祥林嫂不甘忍受婆婆的折磨，逃到鲁镇做女工，她的生活要求不高，肯卖力做事，那里的生活让她很满足，于是渐渐地有了笑影，脸上也白胖了，从这些情节中就塑造出了一个勤劳、淳朴、善良的中国劳动妇女的形象。婆婆把她卖到贺家，她一路嚎骂，最后一头撞到香案角上，这个情节又塑造出一个刚强、忠贞、反抗的中国传统妇女的形象。从捐门槛一事反映出她深受封建礼教毒害的特征，而临死前的问话则反映出她的矛盾心态，是她反抗性格的集中体现。这就是小说中的情节对塑造人物性格的重要作用。

第三，具体形象的自然和社会环境。环境是由人物存在的场所、活动的条件和性格发展形成的客观因素。小说中的人物、情节总是在一定的时代、社会、自然环境的背景下呈现的。由于小说可以充分自由地跨越时间、空间的界限，能够灵活地展现不同时代、不同民族和地域的自然景物和社会环境，从而充分地刻画人物和表现作品的社会意义，因此时空环境的深广性成为小说的又一重要特点。出色的小说常常通过生动具体的环境描写，为人物活动和矛盾冲突提供现实依据，并且使人物、情节都显得真实可信。最擅长生动形象地描写环境的，莫过于现实主义小说家了。例如，读过巴尔扎克《人间喜剧》的读者，根据其中的任何一部小说，似乎都可以在现实的法国中找到故事真实发生的地点。再如，《红楼梦》中对林黛玉所住的潇湘馆的描写，"翠竹夹路""苍苔满地"，以及周围的一草一石，似乎都寓示了这个女子的脱俗、幽怨和孤傲。

小说具有的这些特点，使它成为拥有最广泛读者的一种文学体裁。然而，上文对小说特点的界定，是就最大范围的小说形态而言的，或者说只是对传统小说的一个概括，尚未涵盖现代特别是后现代小说的很多新的特征。因此，对任何文学形式的评论都是一个动态概念，而非静止或绝对的。

二、小说的类别

小说的类别，可以以不同角度和不同标准来划分。按照篇幅及内在特征，一般分为长篇小说、中篇小说、短篇小说和微型小说；按照题材和内容，可以分为爱情小说、战争小说、武侠小说、历史小说、科幻小说等；按照整体风格流派，又可分为现实主义小说、浪漫主义小说、意识流小说、魔幻现实主义小说等。

(一)按照篇幅及内在特征分类

1. 长篇小说

长篇小说篇幅长、容量大，一般采用宏大的叙事方式和网状的结构方式，反映丰富且复杂的生活内容，作品中有众多的人物形象、一系列的事件、丰富复杂的情节、广阔的社会环境。由于长篇小说内容丰富、结构层次复杂，常常分为许多章节，也有的分为若干部、卷、集等。长篇小说的早期叙述形式，完全是由无数个短篇小说串联而成。以前的长篇小说，其含有的情节动机尽管是繁复可观的，但没有一个整体的逻辑，它们在情节上是分散的，只能凭借某种外加的穿线手法，才能使叙述得以延续。例如，《天方夜谭》和《十日谈》是通过某个或者某几个人物讲故事的方式串联起来的；《堂吉诃德》这种仿骑士体小说，则是以"旅行"为线索，达到使人物、情节、环境得以变化的效果。在后来长篇小说发展的过程中，慢慢出现了整体情节，随之出现了人物关系、情节发展多线条并列等紧凑安排，逐步形成了真正作为一种独立文体的长篇小说，而段首所概括的它的文体特点与其发展历史是分不开的。罗曼·罗兰的《约翰·克里斯多夫》、老舍的《四世同堂》、巴金的《爱情三部曲》和《激流三部曲》，都是规模宏大的长篇小说。

2. 短篇小说

短篇小说篇幅短小、人物较少、情节简明、事件集中，一般选取生活中的某一片段或者某一方面来描绘，着力刻画一个或少数几个人物的性格特征，达到以小见大的效果。如莫泊桑的《项链》，小说只是围绕主人公玛蒂尔德借项链、丢项链、赔项链这一事件展开情节，集中凸显了她爱慕虚荣的性格和拜金主义至上的社会风貌。短篇小说往往能比较及时地反映社会生活和历史风貌，因此在选题方面也有别于长篇小说。如鲁迅的《呐喊》《彷徨》中共收集25篇短篇小说，塑造了"狂人""祥林嫂""孔乙己"等典型人物形象，深刻反映了那个时代普通人的生活和命运。

3. 中篇小说

中篇小说的篇幅长短、人物多少、情节繁简程度介于长篇小说和短篇小说之间。"不过，老实说，我们对它的内在结构最无把握。首先，中篇小说似乎缺少来源；不像短篇小说源于故事或长篇小说源于历史、游记，一目了然。由于缺少来源，关于中篇小说的文本模式，我们就无从确定一种参照物。其次，更棘手的是，中篇小说还似乎缺少独有的情节形式；……中篇小说的情节形式看起来只是从短篇小说、长篇小说'嫁接'而成。"①的确，与短篇小说相比，中篇小说中的人物形象更为丰满，故事情节更为复杂，因此从整体特征看来它似乎更接近长篇小说。但与长篇小说不同的是，中篇小说的人物数量和关系没有那么复杂，情节大多只围绕一个主要人物展开。如鲁迅的《阿 Q 正传》中只有一组围绕一条线索展开的人物——阿 Q、小 D、王胡、赵太爷、小尼姑，这条唯一的线索就是阿 Q 革命。

4. 微型小说

微型小说也叫小小说，其情节单一、人物很少，往往只选取一个场景或者一个生活

---

① 杨劢：《普通小说学》，152 页，南京，江苏文艺出版社，2011。

片段来加以描写。它不一定要求情节完整，但必须集中，能突出人物一个方面的特征。如美国作家欧·亨利的短篇小说《警察与赞美诗》《麦琪的礼物》。

(二)按照整体风格流派分类

上文也列举了按照整体风格流派来划分的小说类别，如浪漫主义小说、现实主义小说等。按照这一标准划分的小说，其本质特征与所属的文学流派相关，而且严格来说，这些名词都是欧美文学所特有的。

浪漫主义小说家以他们自己认为应当有的样式来反映生活，也就是说，他们描写的是理想中世界的样子。因此，浪漫主义作家常用的表现手法热烈、大胆、夸张而充满幻想。他们热衷于描写大自然，描写异国风情，充满想象力，抒发主观情感。如法国雨果的《巴黎圣母院》《悲惨世界》、德国歌德的《少年维特之烦恼》、美国麦尔维尔的《白鲸》，都是浪漫主义小说的典范之作。

现实主义小说注重写实的手法，细致入微地刻画人物形象、展示故事场景，力图更为真实地再现生活。作者擅长堆砌翔实的资料，在叙述中尽量保持客观冷静的态度。在这类小说中，虽然人物和情节大都是作者虚构的，但看上去却像现实生活本来的样子。托尔斯泰的《复活》、司汤达的《红与黑》、福楼拜的《包法利夫人》都是典型的现实主义小说。

意识流小说的特征是直接以人物的意识活动为作品内容，它不像传统小说那样注重描写人物外在的语言和行为。虽然传统小说中也有心理描写，但传统小说的心理描写是经过作家逻辑化处理的，而意识流小说展现的是人物非逻辑的潜意识，不受时间、空间、逻辑等因素制约，经常时空跳跃，显得逻辑混乱。著名的意识流小说有法国普鲁斯特的《追忆似水年华》、美国福克纳的《喧哗与骚动》、爱尔兰乔伊斯的《尤利西斯》等。

魔幻现实主义小说的特征是用荒诞离奇的表现手法创造出魔幻与现实融合的世界。魔幻现实主义小说的代表作有哥伦比亚作家马尔克斯的《百年孤独》等。

此外，在西方文学史上还有一些重要的小说流派，比如，表现主义小说、存在主义小说、黑色幽默小说、新小说等。

三、小说的叙事

小说的叙事，离不开特定的方式。一部小说正是因它特有的叙事方式，形成了相应的叙事结构，从而决定了这部小说的存在和效果。这里主要从小说叙事内容和叙事视角两个方面来看。

1. 叙事内容

叙事内容主要有三：主题、人物和情节。

主题是指一部文学作品的创作宗旨和中心思想。主题的叙事学意义主要表现在，它不单是一般意义上帮助小说家完成对素材的采集工作，而是创造性地促使小说家实现对题材的征服与超越。小说的其他构成因素都要围绕主题这个要素来安排。

人物是小说叙事的真正重点。在小说中，人物总是处在一切其他要素的目的端，处在整个形象体系的核心。人物这一要素虽然不是小说这种文体的专有，但小说将文学创造人物形象的能力推向了极致。小说通过叙事来完成人物形象的塑造，并在塑造过程中拥有最大限度的自由度和灵活性。小说对人物的刻画是全面的、立体的，比较起来，其他文体都有着明显的局限性。

情节是文学作品中将事件贯穿起来的基本脉络。它在小说中的展开，可以充实作品的社会历史内涵，也可以增强作品形象体系的丰富性和吸引力。情节安排在小说的叙事中起关键作用，小说对情节的叙述也总是在时间中延伸的。小说中情节的时间关系，是由事件时间和叙述时间交错组成的，这是小说叙事的一个重要特点。另外，小说的情节要求完整丰富。

2. 叙事视角

叙事视角也叫叙事角度，它的确立是依叙事者而决定的。小说作家在展开叙事时，必须要为作品确立特定的叙述者，并由叙述者来担任叙事的职责。叙事者是小说的讲述者，他可能超脱于作品的情节之外，也可能置身于作品的情节之中。小说的叙事视角大体上可以分为两类：全能叙事视角和限定叙事视角。

全能叙事视角的小说常用第三人称来叙事，这是最传统也最常见的一种叙事角度。叙事者仿佛知道作品中所有人物的语言和行为，能洞悉所有人物的内心，似乎一切都是亲眼所见、亲耳所闻，能够通晓事件的过去、现在和未来。这种叙事视角给予了小说叙事极大的自由性，叙事不受限制，是它最明显的优势，因此采用全能叙事视角的小说作品数量众多。例如，法国作家司汤达的小说《红与黑》以全能叙事视角多次写到了于连同德·瑞纳夫人私会的场景，而除了当事人之外，这些细节是无人能够直接了解的。

限定叙事视角，即叙述者与作品中的某个人物身份重合，作为作品情节事件的直接参与者或旁观者，从人物特定的出发点来展开叙事。这种视角的优势在于，由于叙述者本身就是作品的人物，因此会使读者感到真实、亲切。但这种视角的局限也很明显，叙述者只能讲述特定人物可能了解和掌握的一切，不能超出他的视野。

原典选读

一、巴赫金论长篇小说的话语

最后还要谈一谈小说引进和组织杂语的一个最基本最重要的形式——镶嵌体裁。

长篇小说允许插进来各种不同的体裁，无论是文学体裁(插入的故事、抒情剧、长诗、短戏等)，还是非文学体裁(日常生活体裁、演说、科学体裁、宗教体裁等等)。从原则上说，任何一个体裁都能够镶嵌到小说的结构中去；从实际看，很难找到一种体裁是没被任何人在任何时候插到小说中去。镶嵌在小说中的体裁，一般仍保持自己结构的稳定和自己的独立性、保持自己语言和修辞的特色。

不仅如此，还有一些特殊的体裁，它们在长篇小说中起着极其重要的架构作用，有时直接左右着整个小说的结构，从而形成一些特殊的小说类型。这便是自白、日志、游记、传记、书信及其他一些体裁。所有这些体裁不仅能够嵌进小说而成为小说的重要的结构成分，并且本身便能决定整部小说的形式(如自白小说、日记体小说、书信体小说等等)。其中每一种体裁都有自己把握现实各个方面、造语传意的形式。长篇小说之利用这些体裁，正是把它们当作以语言把握现实的久经锤炼的形式。

镶嵌在小说中的这些体裁，其作用之大，会令人觉得小说自己并没有如何用语言把握现实的一个基本角度，所以要靠其他体裁先期把握现实，而它只是兼容这些先期体裁的第二性的混合体。

所有这些嵌进小说的体裁，都给小说带来了自己的语言，因之就分解了小说的语言统一，重新深化了小说的杂语性。嵌入小说的非文学性体裁，其语言可能获得极为重要的意义：某种体裁(如书信体)的插入，不仅在小说发展史上，而且在标准语发展史上，标志着一个新时期的开始。

小说中的镶嵌体裁，既可以是直接表现意向的，又可以是完全客观的，亦即根本不带有作者意向(这种语言不是直说的思想，而是表现的对象)；但多数情况是在不同程度上折射反映作者意向，其中个别的部分可能与作品的最终文意保持着大小不等的距离。

例如插入小说的诗体(如抒情诗)，可能是以诗的形式直接表现意向的，传达着完整的意思。比如歌德插入《威廉·麦斯特》的短诗。浪漫主义作家就是这样把自己的诗作镶嵌到小说作品中的。众所周知，他们认为小说夹诗(诗作为作者意向的直接表现)乃是小说体裁的一个基本特征。另一种情况是，镶嵌的诗歌折射反映作者意向，比如《叶甫盖尼·奥涅金》中连斯基的诗句："你在哪里啊，去了何方……"如果说《威廉·麦斯特》里的诗作可以直接归于歌德的抒情诗(实际上人们也是这么看的)，那么连斯基的上面那首诗，便无论如何不能算是普希金的抒情诗。或者最多把它归到一类特殊的诗体——"讽刺性摹拟诗"(可以划入这一类的还有《上尉的女儿》中戈里尼奥夫写的诗)。最后一种情形，插进小说的诗歌也可能几乎完全是客体性的，例如陀思妥耶夫斯基《群魔》中上尉列比亚特金的诗作。

小说嵌入各种可能的格言警句，情形也是如此：它们同样介乎于纯客体现象(即作为表现对象的语言)和直接的意向语言之间。这直接的意向语言便是作者本人的含有实在意义的一种哲理语言(直接讲出的意思，没有任何折扣，没有任何保留)。例如在让·

保罗的充满名言的小说中，我们可以发现这些名言构成了许多个递进的层次，从纯客体性的名言开始，直到直接表达意向的名言；而后者折射反映作者意向的程度又有千差万别的不同。

《叶甫盖尼·奥涅金》里的格言警句，或者以讽刺性摹拟形式出现，或者带有挖苦的语气，也就是说这些名言中或多或少都折射地反映着作者的意向。比方像这样一段箴言：

> 谁经验过生活，长于思索，
> 心底对人无法不起鄙视；
> 谁有过感情，怎能不为
> 无返的去日充满忧思。
> 他从此失去了迷恋，
> 是蛇一般的回忆，
> 是悔恨在他心头啃食。

这里有轻微的讽刺摹拟的味道，尽管总是感觉与作者意向极为接近，几乎是融为一体的。但紧接着的两行诗：

> 这类话时常出现，
> 使言谈不胜美妙新奇。

（指假托作者和奥涅金之间的谈话）就增强了模仿挖苦的语调，给这句格言罩上了客体的气氛。我们看到，这句格言出现在奥涅金声音的势力范围之内，在奥涅金的视野中，带有奥涅金的语调。

不过，作者意向的折射反映，在这里（奥涅金声音回响的范围，奥涅金的领区）同在连基斯的领区（此处讽刺模仿连斯基的诗，几乎属于客体性语言）是不一样的。

这个例子还可以作为证明，表现出了上文说过的人物语言对作者语言的影响，因为所引的格言渗透着奥涅金的意向（时兴的拜伦式的意向），故而作者不同这句格言完全一致，保留着一定的距离。

当嵌进了对长篇小说至为重要的一些体裁（自白、日志等）时，情况便要复杂得多了。这些体裁同样给小说带来了各自的语言。不过这些语言之所以重要，首先因为它们是看待事物的积极视角，不带有文学的那种假定性而能够扩大文学和语言的视野，有助于文学去开拓那些在其他语言运用场合（指超出了标准语的范围）已有所探索并部分地已被开拓了的用语言把握的种种崭新的世界。

　　幽默地驾驭各种语言，由"非作者"（叙述人、假托作者、作品的人物）讲述故事，主人公各有自己的语言和领区，最后还有取一些体裁嵌入小说或作小说首尾的框架——这些便是小说引进和组织杂语的基本形式。所有这些形式，都能保证非直接地、有所保留地、保持一定距离地运用各种语言。所有这些形式，都意味着语言意识的相对化，表现了人们语言意识所特有的一种感觉，就是对语言客体性、对语言界限的敏感，包括语言历史的界限、社会的界限，甚至根本的界限（即语言自身的范围）。语言意识的这种相对化，绝不要求思想意向本身也出现相对化，因为即使以小说的语言意识为基础，意向也可能是无条件真实的。不过，正因为小说创作同只能有唯一一种语言（无可争议的无所保留的语言）的想法格格不入，所以小说家的意识必须把自己的思想意向（尽管是无条件真实的意向）改编成合奏曲。小说家的意识要只囿于众多杂语中的某一种语言里，是回旋不开的；仅有一种语言的音色，对他来说是不够的。

　　我们只提到了欧洲小说一些最重要类型所采用的典型的基本形式，当然这还不能概括小说引进和组织杂语的所有可能的方法。此外，在个别的具体的小说中，所有这些形式还可能结合使用；因此，在这些小说所创造的小说体的类型中，也可能结合使用。这种小说体的一个经典而又纯粹的杰作，便是塞万提斯的《堂·吉诃德》，它极其深刻而又广泛地发掘了小说杂语和内在对话性的一切艺术潜力。

（［苏联］巴赫金：《小说理论》，白春仁、晓河译，石家庄，河北教育出版社，1998）

二、金圣叹论小说情节

　　金圣叹认为，小说情节是否具有惊险性、紧张感，是作品艺术成就高下的一个重要标志。他说：

　　尝观古学剑之家，其师必取弟子，先置之断崖绝壁之上，迫之疾驰；经月而后，投以竹枝，追刺猿狲，无不中者；夫而后归之室中，教以剑术，三月技成，称天下妙也。圣叹叹曰：嗟乎！行文亦犹是矣。夫天下险能生妙，非天下妙能生险也。险故妙，险绝故妙绝，不险不能妙，不险绝不能妙绝也。

——《水浒传》第四十一回回评

　　什么是惊险情节，为什么惊险情节能生出妙处呢？所谓惊险情节，一般说来，是指矛盾冲突在发展过程中进入尖锐化、白热化阶段，接近爆炸临界点的一种特殊境界，因而它是决定人物命运、对人物进行严重考验的紧急关头。在这紧急关头，人物的思想品格、道德情操得到最充分的表现，人物的生命价值得到最严格的称量，所以是表现人物性格的最好时机。在惊险情节中，决定人物命运的各种社会力量剑拔弩张，达到高度紧张的程度，所以它又是揭示作品主要思想意义的最好时机。金圣叹大约有鉴于此，所以特别赞赏惊险情节。如《水浒传》第六十一回写董超、薛霸押解卢俊义上路，途中要害他性命。正当薛霸手起棍落之时，却得燕青一箭相救；相救时间不长，一二百公人又围追擒拿卢俊义而去；燕青不得已去梁山求救，因途中行劫，又几乎被杨雄、石秀打死。对这样的情节处理，金圣叹称之为"一险初平，骤起一险；一险未定，又加一险，真绝世之奇笔也"。卢俊义被擒之后，一天之内就要处斩，正当行刑之时，石秀一人自楼上跳下，劫了法场。金圣叹说："生平好奇，奇不望至此；生平好险，险不望至此。奇险至于如此之极，而终又得劫法场，才子之为才子，信也。"在这样的惊险情节中，梁山好汉石秀不顾个人安危，只身跳楼去劫法场，从而使他大义大勇的高尚品德得到了有力的表现。在这样的惊险情节中，围绕着对卢俊义的杀与救，统治阶级和反抗者之间短兵相接，展开了你死我活的斗争。这就告诉读者，在当时黑暗的社会环境中，要么延颈待戮，要么奋起抗争，任何的犹豫徘徊都无济于事。人物的性格和作品的思想在这里找到了最好的表现形式，无怪乎金圣叹要称这种情节为绝世奇笔，称作者为真正的才子了。

惊险情节还有一个突出的优点，就是它对读者具有巨大的吸引力。艺术作品要把它的内容有力地传达给读者，首先必须吸引读者。一部使人望而生厌的作品，不管它的题材何等重要，思想如何深刻，也是很难发挥社会效益的。惊险情节适应人们的好奇心理，能够激发读者的阅读兴趣，从而更加强烈地感染、更加深刻地影响读者。所以金圣叹说："吾尝言读书之乐，第一莫乐于替人担忧。"（《水浒传》第三十九回夹批）又说："不险则不快，险极故快极也。"（《水浒传》第三十六回夹批）

这里需要指出的是，在现代某些推理小说中，作者常常故意制造悬念，把情节写得离奇、恍惚而惊险，用以吸引读者。但由于未能尖锐地提出人物命运问题，没有连带提出重大的社会问题，结果不能引导读者去体验人物的遭遇和命运，不能由此进一步去理解社会人生，只能用智力测验去满足某些读者的好奇心理。那里谈不到艺术欣赏，因为作品本身的艺术趣味就淡薄而低下。金圣叹所关心的惊险情节，都是把正面人物的命运问题提到首位并涉及重大社会问题的情节。这就使他对惊险情节的全部论述，都建立在牢固的科学基础之上了。

惊险情节对于增强作品的艺术效果十分重要，所以如何写好惊险情节，如何加强作品的紧张感，便成为许多作家追求的目标。金圣叹总结《水浒传》的创作经验，对写好惊险情节提出了如下几点：

第一，"层层生奇，节节追险"。编织连续的惊险情节，可以增强惊险效果。在《水浒传》第六十四回回评中，金圣叹把张顺赴江南请安道全所遇到的事件归结为"八可骇"，在层出迭起的八次可怕的考验中，显示了义军英雄张顺的机智、勇敢和百折不挠的斗争精神。金圣叹盛赞《水浒传》第三十六回"没遮拦追赶急时雨，船伙儿夜闹浔阳江"惊险情节处理得好，说它"节节生奇，层层追险。节节生奇，奇不尽不止；层层追险，险不绝必追。真令读者到此心路都休，眼光尽灭，有死之心，无生之望也"。他还对此篇情节的惊险性作了具体分析，指出宋江和两个公差"如投宿不得，是第一追。寻着村庄，却正是冤家家里，是第二追。掇壁逃走，乃大江戳住，是第三追。沿江奔去，又值横港，是第四追。甫下船，追者亦已到，是第五追。岸上人又认得艄公，是第六追。是第五艎板下摸出刀来，是最后一追，第七追也"。而这样编织惊险情节，使人物"脱一虎机，踏一虎机"的好处，便在于"令人一头读一头吓，不惟读亦读不及，虽吓亦吓不及"，使读者的灵魂受到一而再，再而三，不间断的连续轰击，造成不可磨灭的心理感受，从而加深对当时社会秩序混乱，人民生命没有安全保证的理解，进一步领略当时农民起义的必然性、合理性，使作品的主题思想深入人心。

第二，"写急事多用笔"。金圣叹分析了《水浒传》第六回中高衙内二戏林冲妻和林冲买刀两个情节，肯定了《水浒传》"每写急事，其笔愈宽"，"叙极忙事，偏用极婉笔"的经验。这里的"急事"、"忙事"就是紧张惊险的情节，所谓宽笔、婉笔就是指情节处理得从容，交代得细致。他详细分析了《水浒传》第三十六回"劫法场"是如何写性命攸关的紧张情节的："如宋江戴宗，谋逆之人，决不待时，虽得黄孔目挨延五日，然至第六日已成水穷云尽之际。此时只须云'只等午时三刻，便要开刀'一句便过耳。乃此篇写出早晨先着地方打扫法场；饭后点士兵刀杖剑子；巳牌时分狱官禀请监斩，孔目呈犯由牌，判'斩'字；又细将贴犯由牌之芦席，亦都细画出来。此一段是牢外众人打扮诸事，作第一段。次又写揪扎宋江、戴宗，各将胶水刷头发，各绾作鹅梨角儿，又各插朵红绫纸花；青面大圣案前各有长休饭、永别酒；然后六七十个狱卒一齐推拥出来。此一段是牢里打扮宋、戴两人，作第二段。次又写押到十字路口，用枪棒团团围住；又细说一个面南朝北，一个面北背南，纳坐在地，只等监斩官来。此一段是宋、戴已到法场，只等监斩，作第三段。次又写出众人看出人，为未见监斩官来，便去细看两个犯由牌。先看宋江云：犯人一名某人，如何如何，律斩。次看戴宗云：犯人某人，如何如何，律斩。逡巡间，不觉知府已到，勒住马，只等时辰，作第四段。"金圣叹以此为例，断曰：

写急事不得多用笔，盖多用笔则其事缓矣。独此书不然。写急事不肯少用笔，盖少用笔则其急亦随解矣。

——《水浒传》第三十六回回评

他认为，把紧张情节写得啰唆繁复，会冲淡情节的紧张性；但是，如果写得过分简略，那就等于取消了惊险性。他还进一步指出，"使读者乃自陡然见有'第六日'三字便吃惊起，此后读一句吓一句，读一字吓一字，直至两三页后只是一个惊吓。""如得恶梦，偏不得醒，多挨一刻，即多吓一刻。"(《水浒传》第三十六回夹批)只有这样较长时间的惊吓，才能给读者心理以强烈刺激，收到异乎寻常的艺术效果。金圣叹的论断完全正确，正是由于"写急事多用笔"，才使读者读"劫法场"的前半部分时忧愤异常，痛苦异常，并从而换得读后半部分宋江、戴宗被救时的惊喜异常，痛快异常。

第三，"住得怕人"。我国章回小说的一个重要特点，是每回书结束时故作惊人之笔，《水浒传》亦然。金圣叹注意到了这一点，他说："耐庵自己每回住处，必用惊疑之笔。"（《水浒传》第五十回夹批）这种每回书收束处的惊疑之笔具有一种特殊的艺术魅力，它不仅可以吸引读者手不释卷地继续阅读下去，而且可以在停顿中引起读者对情节作深入思考。如《水浒传》第七回写林冲被诬陷发配沧州，于野竹林中被两个公人绑在树上，要结果他的性命。此回结尾写道："薛霸便提起水火棍来，望着林冲脑袋上劈将来，可怜豪杰束手就死。正是：万里黄泉无旅店，三魂今夜落谁家？"读者至此会想，这一回林冲大概没有生路了；连林冲这样逆来顺受的人物尚且没有出路，当时的封建社会该是何等黑暗啊！同时又会想，林冲作为《水浒传》的主要人物之一，大约还不至于死，那么谁来救他呢？于是"住在险处"犹如回眸一笑，往往能产生勾魂摄魄的力量，诱使读者非读下去不可。正因为如此，金圣叹特别重视每回书结尾的惊险，他甚至提出，即令无险可住，也应该"故幻出一段，以作一回收场"（《水浒传》第十四回夹批）。《水浒传》第十五回末尾，写杨志失却生辰纲，感到走投无路，寻思自杀，他撩衣破步，望着黄泥岗下便跳。金圣叹批曰："岂有杨志如此，只是作者要住得怕人耳！"

另外，金圣叹主张"写极骇人之事，用极近人之笔"，要求惊险情节来自生活，处理得合乎情理，反对为惊险而惊险，反对胡编乱造。这同他一贯重视艺术的真实性，是一脉相承的。

（刘欣中：《金圣叹的小说理论》，石家庄，河北人民出版社，1986）

三、米兰·昆德拉论小说艺术

8

但是，小说通过自己内在的专有的逻辑达到自己的尽头了吗？它还没有开发出它所有的可能性、认识和形式吗？我曾听人把它与久已被采尽的煤矿相比较。但是，它与失落的机会和无人听到的召唤的墓地难道不是更加相像吗？有四个召唤，我对它们尤为敏感。

游戏的召唤——在我看来，劳伦斯·斯特恩的《感伤的旅行》，德尼·狄德罗的《宿命论者雅克和他的主人》是十八世纪两部最伟大的小说，是两部被作为一场伟大的游戏来虚构的小说。它以前和以后从未达到过这样的轻松。后来的小说被对逼真的要求、现实主义的背景、年代记事的严格所束缚。它们放弃了包含在这两部杰作中的可能性，这些可能性能够造成另一个与人们所经历的小说的演变所不同的演变（是的，人们也可以想象欧洲小说的另一个历史……）。

梦的召唤——十九世纪沉睡的想象突然被弗朗兹·卡夫卡所唤醒。卡夫卡实现了超现实派在他以后所谋求但却没有真正实现的东西：梦与真实的混合。事实上，这是一个古老的小说美学的雄心，它早就被诺瓦利斯预感到，但是它所要求的艺术的炼丹术只有卡夫卡在一百年后才发现。这个巨大的发现与其说是一个演变的完成，不如说是意外的开放，它告诉人小说如在梦中一样，它是使想象爆发的地方，小说可以从看上去不可逆转的对逼真的要求下解放出来。

思想的召唤——穆齐尔和布洛赫使一种独立自主的光彩夺目的智慧进入小说的舞台。不是为了把小说改造成哲学，而是为了在叙事的基础上动用所有理性的和非理性的、叙述的和沉思的，可以揭示人的存在的手段，使小说成为精神的最高综合。它们的功绩是完成小说的历史吗？毋宁是让人走上漫长的旅行？

时间的召唤——"终结悖论"时期鼓动小说家不再把时间问题局限于个人记忆中的普鲁斯特式问题，而是将它扩展到集体时间的谜之中，欧洲时间的谜之中；欧洲正转回身看自己的过去，做自己的总结，以便理解自己的历史，如同一位老人用一瞥目光回望自己的一生。由此而产生跨越一个个人生命的时间限度的愿望，过去小说一直被困在这种时间限度中，现在则是想把若干个历史时代放进它的空间（阿拉贡和孚恩特斯都做过这种尝试）。

但是，我不想预言小说未来的道路，对此我一无所知；我只是想说：如果小说真的要消失，那不是因为它已用尽自己的力量，而是因为它处在一个不再是它自己的世界中。

9

上帝恶毒地允许实现人类统一地球历史的梦，这个梦却被一个令人晕眩的缩减过程所伴随。的的确确，白蚁式破坏性的缩减始终在侵蚀人的生活：即便最伟大的爱情最后也被缩减为一个枯瘦的回忆的骨架。但是，现代社会的特点却恶魔般地加强了这种恶运：人的生活被缩减为它的社会职能；一个人民的历史被缩减为若干事件，而这些事件又被缩减为有倾向的评注；社会生活被缩减为政治斗争，政治斗争又被缩减为仅仅是地球上两大强国之间的对立。人处在一个真正的缩减的旋涡中，胡塞尔所讲的"生活的世界"在旋涡中宿命般地黯淡，存在堕入遗忘。

然而，如果说小说的存在理由是把"生活的世界"置于一个永久的光芒下，并保护我们以对抗"存在的被遗忘"，那么小说的存在在今天难道不比过去任何时候都必要吗？

是的，我这样认为。但是可惜！小说自己也慢慢地被缩减所破坏，缩减的不仅是世界的意义，还有作品的意义。小说（和整个文化一样）日益落入传播媒介的手中；这些东西是统一地球历史的代言人，它们把缩减的过程进行扩展和疏导；它们在全世界分配同样的简单化和老一套的能被最大多数，被所有人，被整个人类所接受的那些玩意儿。不同的政治利益通过不同的喉舌表现自己，这并不重要。在这个表面不同的后面，统治着的是一个共同的精神。只屑翻一下美国或欧洲的政治周报，左翼的和右翼的，从《时代》到《明镜》；它们对反映在同一秩序中的生活抱有相同的看法，它们写的提要都是根据那同一个格式，写在同样的栏目中和同样的新闻形式下，使用同样的词语，同样的风格，具有同样的艺术味道，把重要的与无意义放在同样级别上。被隐蔽在政治多样性后面的大众传播媒介的共同精神，就是我们时代的精神。我认为这种精神是与小说精神背道而驰的。

小说的精神是复杂性的精神。每部小说都对读者说："事情比你想的要复杂。"这是小说的永恒的真理，但是在先于问题并排除问题的简单迅速而又吵吵闹闹的回答声中，这个真理人们听到的越来越少。对于我们时代的精神来说，有理的要么是安娜要么是卡列宁；塞万提斯给我们讲知的困难和真理的难以捕捉这一古老的智慧却被看作讨厌和无用。

小说的精神是持续性的精神：每一部作品都是对前面的作品的回答，每个作品都包含着小说以往的全部经验。但是，我们时代的精神却固定在现时性之上，这个现时性如此膨胀，如此泛滥，以至于把过去推出了我们的地平线之外，将时间缩减为唯一的当前的分秒。小说被放入这种体系中，就不再是作品（用来持续，用来把过去与未来相接的东西），而是像其它事件一样，成为当前的一个事件，一个没有未来的动作。

10

这是不是说在"不再是自己的"世界中，小说将消失呢？是不是说它会使欧洲沦入"存在的被遗忘"中呢？是不是说剩下的将只有研究文字的狂癖者们没完的扯淡，和小说历史之后的小说呢？我一无所知。我觉得我只知道小说与我们时代的精神不能再共同生活下去：如果它想继续发现尚未被发现的，如果它想作为小说而"进步"，它只能对抗世界的进步从而实现自己的进步。

前卫派以另一种方法看事情，他们被与未来相和谐的雄心所主宰。前卫艺术家们创造了的确是勇敢的、有难度的、挑衅性的、被喝倒彩的艺术品，但在创造时，他们肯定"时代精神"与他们同在，明天将承认他们有道理。

过去，我也认为未来是对我们的作品与行为唯一有能力判断的法官，后来我明白，与未来调情是最卑劣的随波逐流，最响亮的拍马屁。因为未来总是比现在有力。的确是它将判定我们，但是它肯定没有任何能力。

假如说未来在我眼里不代表任何价值，那么我喜爱的是谁呢？上帝？祖国？人民？个人？

我的回答既可笑又真诚：我什么也不喜爱，除去被诋毁的塞万提斯的遗产。

（［捷］米兰·昆德拉：《小说的艺术》，孟湄译，

北京，生活·读书·新知三联书店，1992）

第四节 散 文

散文作为一种常见的文学体裁，其特点和分类一直存在较大争议，至今尚未形成相对一致的观点。散文中的一些边缘类型，如学者散文，也未受到充分的重视。本节就散文特点、散文的基本类型及学者散文等方面做一些基本梳理与总结。

一、散文的特点

散文，作为现代四种文学体裁中应用最为广泛的文类，有"包含各类文体的文体"①之称。"散文"之称可追溯到《鹤林玉露》："四六特拘对耳，其立意措词，贵于浑融有味，与散文同。"中国古代散文历史源远流长，其在概念上更接近于"有韵为诗，无韵为文"的含义，散见于作家的序、跋及各类历史、哲学、文学等著作中。而近现代中国散文文体概念的界定及划分则更多地受到了西方"essay"的影响，在中文中有"随笔"之义，这从五四时期作家们对散文的探讨中可见一斑。《美文》《出了象牙之塔》和《絮语散文》，实际都是对西方"随笔"概念特点、写法等的译介。这有力地表明了现代散文的外来影响!② 但现代散文的发展并没有完全照搬西方，而是同时继承了中国自身的文化传统，即"形式上主要受到西方现代文体学的影响，而中国古代散文主要从精神实质上影响了现代散文文体"③。因此，鉴于散文文体的复杂性与模糊性，目前关于散文尚无统一的定义，对散文的界定通常有狭义与广义之说。黄渊深依据散文的内容及特点，将散文的定义分为三个层面："首先是广义的散文（即英语的 prose，相对于英文 verse），包括除诗歌之外的一切体裁，如小说、戏剧、传记、政论等等；其次为较广义的散文，即'广义散文'中除了小说、戏剧之外的一切体裁；第三为狭义的散文，即英语的 essay。"④本章所谈论的散文特征及分类，主要指其第三种含义。

散文特征的界定，如同其自身概念的确定，尚无统一的标准与说法。对散文特征的描述通常具有随感式、经验式的特点，虽然褒贬不一，但"形散神不散"之说一直处于散文特征的中心位置。对此，著名学者萧云儒曾言："神不'散'，中心明确、紧凑集中、

① 张黎黎：《在永恒中结晶——论余光中散文理论及创作实践》，65 页，博士研究生论文，苏州，苏州大学，2005。

② 范培松、张颖：《论散文的三重境界》，《江苏社会科学》，2012(1)。

③ 司马晓雯：《现代散文文体观念与文体演变》，《学术研究》，2013(7)。

④ 黄源深：《英国散文选读》，3 页，北京，外语教学与研究出版社，1996。

不赘述，形‘散’是什么意思呢？我认为是指散文的运笔如风、不拘成法，尤贵清新自然、平易近人而言。像煞有介事的散文不是好散文……虽然运思落笔似不经心，但却字字玑珠，环扣主题……形似‘散’，而神实不‘散’。"①但并非所有学者都对"形散神不散"之说持赞成态度，甚至有人对此提出非议。例如，"所谓‘形散神不散’无非是说写文章要用主题去把材料组织起来。其实这是写一切文章的根本，谈不上是散文的特点"。② 也有学者依据自身的理解，对"形散神不散"做出了一定的修正和更深入的阐释，将其分为"形不散神不散，形散神不散，形散神散"③三种境界。或对"散"做出全新的阐释，即"散文最讲究严密的结构，但却来得轻轻松松。……散文的‘散’的确有松散的意思，但它的最初含义却只是指散文不受音韵格律的约束，是指音韵格律松散，并不是指什么题材散、内容散或章法散等"④。笔者以为，学者们用"形散神不散"来概论散文的特征无可非议，并且可以依据自身做出不同的理解与阐释，但不能就止于此。所谓特征，指某一物质自身所具备的特殊性质，是区别于其他物质的基本征象和标志，"形散神不散"也可以用来描述其他体裁的特征，如意识流小说等。因此，我们论述散文的特征，应指出其在一定程度上能区别于诗歌、小说、戏剧等体裁的特点，具体可以归为以下几点。

首先，内容的真实性。这主要指散文题材的选取一般都源于生活、贴近生活，具有非虚构性的特点。巴金曾言"我的任何一篇散文里面都有我的自己"，即是最好的证明。但散文也并非完全排斥和不允许虚构，只是所占比例较小，并且不能遮蔽作者真实感情的流露。散文也可以有一定的情节性，如叙事散文，但情节本身并不是一篇散文的重点或目的，而是抒情言志的依托，即作者自我在散文中所呈现的重要性。"史铁生、贾平凹、张炜等作家是陈剑晖先生评价很高的作家，如果我们知道他们的某篇散文是作者虚构、杜撰出来的时候，我们阅读的兴味马上就会大减，那些十分讲究的韵律、节奏、陌生化、意象等语言形式也顿时黯然失色。这主要是因为，散文文体与作家自我的人格是密切关联的。"⑤其次，形式的自由性。"形式的自由"指散文在语言形式的安排与选择上具有较大的自由度，可以"不受韵律的约束；表达方式随便，或记言、叙事，或议论、抒情，或数者并用，不拘一格"⑥。因此，其行文常常口语与书面语并用，不注重语言的对仗、音韵的和谐，但常常又给人一种契合心灵的节奏感与亲切感，如"听听，那冷雨。看看，那冷雨。嗅嗅闻闻，那冷雨，舔舔吧，那冷雨"，这样的语句更多的时

① 萧云儒：《形散神不散》,《论当代散文思潮的发展演变》,《广东社会科学》, 2005(1)。
② 陈象成：《漫说散文》,《宁波大学学报》, 1983(3)。
③ 范培松、张颖：《论散文的三重境界》,《江苏社会科学》, 2012(1)。
④ 魏饴：《散文特征新论》,《求索》, 1996(2)。
⑤ 王轻鸿：《关于散文语言的诗性特征探讨的反思——与陈剑晖先生〈论散文的诗性语言〉一文商榷》,《江海学刊》, 2005(5)。
⑥ 赵义山、李修生：《中国分体文学史·散文卷》, 8 页，上海，上海古籍出版社, 2001。

候像是一种"诗歌的语言"①。最后，作者的主体性。形式的自由性给予了作者在散文创作中状态的自由性，由此呈现出较强的主体性，即"文如其人"。"根之茂者其实遂，膏之沃者其光晔，仁义之人，其言蔼如也"（韩愈《答李翊书》）便是如此。再者，因"才有庸俊，气有刚柔，学有浅深，习有雅郑；并情性所铄，陶染所凝"（《文心雕龙·体性》），散文中无不体现出作家的思想、性格、修养等方面。相比于古代散文重视载道而言，现代散文更注重作家个性的流露与表现。"散文是格外要求'立诚'的，散文家要敢于'裸心'。"②"裸心"在一定程度上即作家主体性的呈现。

二、散文的基本类型

散文的类型无论在历时还是共时层面，都存在着较大的分歧与差异。鲁迅说"分类有益于揣摩文章"（《且介亭杂文·序言》），但分类会因时代、社会及个体的不同而采取不同的标准，产生不同的划分形式。古代对文学概念的界定较为模糊，对散文的理解更接近于杂文学的含义，纯文艺的散文较少，并且古代散文范围涵盖较广，注重功用性，与现代散文有很大区别。古代散文散见于各种文体，包括经、史、子、集中，很难将其进行清晰的分类，例如，刘勰《文心雕龙》中所论述的散文，包括史传、诸子、论说、诏策、书记等类型。近代以降，尤其是五四之际，散文作为一种新的文学体裁迅速发展起来，并借鉴西方"essay"的特点，初具现代散文的雏形。至此之后，学者们围绕散文作为体裁范畴进行了诸多具有启发意义的尝试性探索，其中一个重要方面即散文类型的划分。而诸多的划分恰好从侧面反映了散文内涵与外延的复杂性，"为一种体裁类型往下划分亚型（其实就是该类型的外延），总要有一个合理的法则或标准（其实就是该类型的内涵），掌握这个标准与对把握该体裁类型不断递变的轨迹至关重要。"③其中代表学者有王统照、余光中、佘树森、吴调公、杨牧、林非等。王统照在《散文的分类》中将散文分为五类："历史的散文（例如司马迁的《史记》）、描写的散文（例如陶潜的《桃花源记》等）、演说类的散文（在中国是缺项）、教训的散文（又称说明散文，包括了中国散文里的多数文章）、时代的散文（亦称杂散文，最普通与最主要的是论文）。"④而杨牧在《中国近代散文》中将散文分类与具体作家联系在一起："一曰小品，周作人奠定其基础；二曰记述，以夏丏尊为前驱；三曰寓言，许地山最称淋漓尽致；四曰抒情，徐志摩为之宣泄无遗；五曰议论，趣味多得之于林语堂；六曰说理，胡适文体影响至深；七曰杂文，鲁迅总其

---

① 陈剑晖：《论散文的诗性语言》，《江海学刊》，2004(2)。
② 范培松、张颖：《论散文的三重境界》，《江苏社会科学》，2012(1)。
③ 喻大翔：《论散文的内涵与类型》，《海南师范学院学报》，2002(4)。
④ 钱仓水：《关于散文分类的几个问题》，《文艺理论与批评》，1990(2)。

体例语气及神情。"①其他分类此处不再一一赘述。上述学者分类不乏创新之见，但也存在一些不足之处。质言之，"这些分类或失之于简陋；或繁杂重复；或自相矛盾，不能自圆其说；或划分交叉，有的剩余，有的超出"②，缺乏一定的严密性与逻辑性。

现今散文的分类标准主要有四种，分别"按表达方式、语言特点、文章内容及应用范围分类"③。而结合上述四种分类标准中的表达方式与文章内容，可将散文分为记叙散文、抒情散文和议论散文，即目前最广为认可的"三分法"。"1984 年版的《写作大要》、1986 年版的《普通写作学》和《中国大百科全书·中国文学》卷、1987 年版的《写作学概论》、1990 年版的《文学理论》、1993 年版的《写作学教程》和 2000 年版的《现代写作教程》等书，在与诗歌、小说、戏剧并列的文学散文范畴内，基本上都将主要论述的散文类型确定为记叙散文、抒情散文和议论散文……可以发现，20 世纪 80 年代中期至末期，散文类型的三分法已基本确定下来了。"④概而论之，记叙散文以记人叙事为主要内容，如古代的历史散文，但散文叙事通常并非如小说一般由完整的情节所构成，而是截取一个片段或某个细节，以此来表达作者的思想感情，包括传记、游记等类型。抒情散文以抒发作者个人内心情感为主要内容，或借景抒情，或托物言志。而议论散文的特点为兼叙兼议，具有一定的思想性与逻辑性，富有哲理意味，通常具有论点、论据和论证三要素，随笔、杂文等都归为此类。但此三分法并非完美无缺，有学者从不同层面对其做出了一定程度的修正。陈剑晖指出其存在的三方面不足，即"降低了散文的抒情审美作用……机械地割裂了抒情、叙事和议论三者的水乳关系……只考虑到叙事、抒情和议论，而置'描写'和'说明'于不顾"⑤，并在此基础上将散文重新分为五类。喻大翔在此三分法的基础上，添加了"兼类散文"，在此类散文中，记叙、抒情、议论具有同等的重要性，很难将其简单地归在某一类散文之下。正如其所言："从表达方式和文章（广义）类别说，既指兼富议论、叙述和抒情等多种表达方式、难以牵强划入以上三型之一中去的复式散文；又指像书信、日记、序跋等兼有应用与文学双重体裁与性质，并能写成议论、记叙和抒情诸法之中，任何一种亚亚型的文学散文。"⑥

无论是三分法、四分法抑或五分法等，我们认为在划分散文类型时应注意以下几点。首先，表达方式的相互交融，即某一类散文类型中各种表达方式的并用。例如，记叙文在表达方式上并非完全排除抒情和议论，而是兼而有之，只是叙事占据中心位置，后两者起到辅助性作用。在抒情散文和议论散文中亦是如此。其次，各种类型的相互转

① 杨牧：《文学的源流》，55 页，台北，洪范书店，1984。
② 陈剑晖：《现代散文分类之我见》，《福建论坛》，2011(10)。
③ 张黎黎：《在永恒中结晶——论余光中散文理论及创作实践》，48 页，博士研究生论文，苏州，苏州大学，2005。
④ 喻大翔：《论散文的内涵与类型》，《海南师范学院学报》，2002(4)。
⑤ 陈剑晖：《现代散文分类之我见》，《福建论坛》，2011(10)。
⑥ 喻大翔：《论散文的内涵与类型》，《海南师范学院学报》，2002(4)。

化。例如，文学散文与非文学散文之间的界限变化，书信在通常情况下只是通信的一种方式手段，但若给其配上了优美的辞藻，倾注了真挚的情思，其文学性与审美性便大大增强，具备了文学散文的特质。最后，类型划分的相对稳定。对文学概念本身的界定、认识与侧重随着时代和思潮的变化时有不同。没有一成不变的划分标准，也不存在绝对的散文类型。所有的类型说只具有某一时空内的相对稳定性，散文自不例外。种种类型说的孰优孰劣，唯一的前提便是所采取标准的统一性。

三、关于学者散文

虽然学者散文在中国有悠久的传统，但这一概念直到清初才出现。"学者散文"最早由清代魏禧提出："儒者之文沉以缓，才人之文扬以急，文人之文文胜其质，学者之文质胜其文。"①学者散文经过了长久的实践与积累，在五四时期达到一个高峰，在 20 世纪90 年代迎来了其发展的黄金时期。"五四"时期的学者散文中，胡适的从容明快、林语堂的闲适幽默、周作人的平凡善美等无不为新时期学者散文的发展提供了可资借鉴的对象。"就 20 世纪……学者散文衍变发展的内在脉络言，我有自己的一个讲法。如果一定要对这个演进有所描述，那主要就是两个准备期，一个消滞期，两个高峰期。"②其中的"两个高峰期"即五四时期和 20 世纪 90 年代，更有甚者认为 20 世纪 90 年代的学者散文"构成了 20 世纪 90 年代中国文学的总体表现特征之一"③。

学者散文与其他类型散文的不同之处在于"学者"这一限定词。"学者"一词大凡有两种含义：一为做学问的人，二为在某一专业领域有一定造诣和成就的人。本文所谈"学者"之义，为第二种含义。学者散文，顾名思义，可以理解为学者所写的散文，或是如吴俊所言，为"学者型散文"。如同散文自身的定义，学者散文的定义和特征也众说纷纭。对学者散文进行理论探索较早的有余光中。他将散文创作类型分为四种，其中学者散文"包括抒情作品、幽默小品、游记、序文、传记、书评、论文等等，尤以融合情趣、智慧和学问的文章为主。它反映一个有深厚的文化背景的心灵，往往令读者心旷神怡，既羡且敬"④，涉及学者散文的内容、主题及特征等方面。随着学者散文创作热情的不断高涨，对其理论层面的探索也越发引人注目。著名散文研究专家范培松认为："所谓学者散文，是一个富有弹性的概念，但约定俗成确有它的特定内涵和品位，乃是指学者写的具有较高学养和品位的并对社会持有文明批评的抒情小品、文化小品、书斋小品和随笔等文。在港台一般

---

① 转引自赵义山、李修生主编：《中国分体文学史·散文卷》，186 页，上海，上海古籍出版社，2001。
② 喻大翔：《论 20 世纪学者散文演进的特殊规律》，《海南师范学院学报》，2003(6)。
③ 吴俊：《今日散文课，谁领风骚?》，转引自董正宇：《也说"学者散文"》，《理论与创作》，2003(1)。
④ 余光中：《逍遥游》，30 页，台北，文星书店，1965。

称之为知性散文。"①喻大翔进一步指出："学者散文，主要指百年来各门学科学者创作的，具有现代专业学者的价值取向、理性精神、思维特征、知识理想、话语方式和文体风格等质素的各类散文作品。"②对学者散文的内涵与形式提出了独到的见解。

由此可见，20世纪90年代不仅是学者散文创作的黄金时代，亦是对其进行理论层面探索的高峰期，不仅对何为学者散文进行了深刻挖掘，还对其文体特征、精神内核等方面展开了有效的探讨，其中一个重要方面便是围绕着学者散文的文体风格而展开的。有学者从"主体文体"和"语体文体"探讨了20世纪二三十年代学者散文的特点，将前者归纳为"内敛性的思维方式、生命的本真、智慧写作、自由的心灵"③，而后者为"寄繁于简、文言合一铸古韵"④等。依笔者之见，学者散文的文体特征应侧重以下三方面。其一是知识性。学者散文创作主体的知识结构决定了学者散文丰富的知识性。"走进学者散文，你实际就走进了历史、文化、文学、艺术等的博物馆，而决不同于走进某些纯作家的散文里，所获得的那种'简明'和'纯净'。"⑤如余秋雨，其散文中丰富的历史文献资料即是如此。其二为社会性。优秀的学者散文并非介绍某一领域知识的"掉书袋"，而是融进了很强的社会文化性，对社会热点问题进行深入剖析。"中国学者散文百年曲折、参差的演化，不可能离开国际尤其是民族以哲学、政治、社会、经济等为核心的文化情境之巨变；也不可能离开国际尤其是民族以审美心理、阅读心理为核心的文学情境（含散文）之巨变。"⑥当然这一点由于社会政治等原因在香港学者散文中是例外。其三是文学性。"学者散文"这一名称虽然对创作主体有所限定，但其中心词仍然为散文，因此是否具有文学性是判断其能否成为学者散文的根本所在，倘若通篇只是知识的罗列与枯燥的讲解，是不能划入学者散文这一范畴的。审美性是判断一篇学者散文优劣的重要标准，因此，好的学者散文应是知识性、社会性与审美性的完美结合，不可偏废。这同时也符合我们文史哲不分家的文学传统。

📖 原典选读

一、范培松等论散文的三重境界

因此，散文的"散"，不可望文生义解释为"散漫、任意"的意思。散文之"散"，毋宁只是一种表达方式上的特点。就此意义上，说散文可以"随随便便"、"洒脱"、"忘破绽"

① 范培松：《香港学者散文鸟瞰及评论》，《苏州大学学报》，1995(2)。
② 喻大翔：《知识分子·学者·学者散文》，《当代文坛》，1999(6)。
③ 陈剑晖：《学者散文的文体特征与文体价值》，《江汉论坛》，2010(1)。
④ 陈剑晖：《学者散文的文体特征与文体价值》，《江汉论坛》，2010(1)。
⑤ 王兆胜：《论九十年代中国学者散文》，《社会科学战线》，2002(1)。
⑥ 喻大翔：《论20世纪学者散文演进的特殊规律》，《海南师范学院学报》，2003(6)。

也是指出了散文的表现方式上与诗歌、小说等的不同。

理清了散文的"散"再看散文的"形"与"神"。散文的"形"是指一篇散文的语言、句式、结构、布局等等，这是为散文论者们所共识的。而散文的"神"在前面萧云儒的论述里主要是"思想红线"，也即一篇散文的主题之谓。"神不散"，是主题不可散。不可否认，"形散神不散"的散文理论在60年代迄今的很长时间里影响了散文的创作格局与模式。虽然萧云儒在八十年代补充说散文的"神"不仅是主题、中心，也包括"情、理、意、绪"，即"作者在生活中产生的感情、理念、意会、心绪"。然而即便如此，我们要问的是，蕴含了散文"主题"和作者的"情、理、意、绪"的"神"是否真不可散？

在此，笔者认为散文有三重境界：一为"形不散神不散"；二为"形散神不散"；三为"形散神散"。

"形不散神不散"为散文的第一重境界，或可称为"小境界"。"形不散神不散"顾名思义，是形式上具有整饬美、精致美，手法一致，巧心营构。这种整饬完全可以和诗歌的形式相媲美。而在内容与意蕴上，也只围绕一个中心，一个主题，将该中心主题向深处挖掘，展现出清晰、单纯的情感、思维脉络。我国古代的骈文要算是"形不散神不散"的代表，优秀之作如庾信的《小园赋》、鲍照的《芜城赋》、吴均的《与宋元思书》、杜牧的《阿房宫赋》，俱为形式上整饬而主题思想集中紧凑的名篇佳作。以现代散文而言，冰心的美文庶几近之。冰心的美文在形式上十分严整，排比、对仗等手法的运用使得作品十分精致而主题凝一，如她的散文名篇《笑》，《笑》里面的句子是十分典型的"冰心式句法"："这笑容仿佛在哪儿看见过似的，什么时候，我曾……我不知不觉地便坐在窗口下想——默默地想"，"这笑容又仿佛是哪儿见过似的！我仍是想，默默地想……"以单纯划一的手法集中表现了作品的主题，可谓"形不散神不散"的代表作。"形不散神不散"的散文是"小境界"的散文，小境界的散文也是有境界的，惜乎格局太小，手法也太单调，并不能够充分发挥散文这一文类"自由"、"洒脱"的优长。唐宋散文家发起"古文运动"也正是为了纠正南北朝以降骈文创作雕琢、敷衍、有句无篇的弊病。

"形散神不散"为散文的第二重境界，或曰"中境界"。"形散神不散"这个提法本身是有其合理性的。萧云儒主张散文以多样、丰富的手法去突出表现一个中心主题本身并没有什么错，但该提法的一切合理及谬误都要放到特定的历史背景及散文文类的当代发展中去看。"形散神不散"之提出是在上个世纪60年代初，那是左倾思潮泛滥，文艺与政治的关系畸形发展的一个时期。社会政治生活中的浮夸风蔓延到文学创作中。虽然散文创作一度向文类自觉靠拢，并出现了以杨朔、刘白羽为代表的"诗化散文"成果，但散文作家依然没能摆脱历史的局限。一时为人们公认的杨朔的散文名篇《荔枝蜜》、《茶花赋》、《海市》、《雪浪花》等，单个看来，于结构布局、语言技巧上不无精彩之处，但作为整体，其中的模式化倾向就显露无遗。所谓"卒章显志"、"园林式结构"、"先抑后扬的转弯艺术"等手法风靡一时、影响深远，可谓"形散神不散"的典型。刘白羽的《日出》、《灯火》、《长江三日》等也以宏大抒情表达了类似的国家情怀与歌颂意向。杨朔、刘白羽等人不乏才情，散文创作中也不乏强烈的感情。然而问题是，当他们的"诗美"即"形散"成为一种模式，当他们的主题思想、"情、理、意、绪"即"神"固定化、单调化、一致化，"颂歌模式"即由此产生。"形散神不散"的谬误之处也自然显露了。散文本是要表现"烟火人间"的，但"烟火人间"何其广大、深刻，并不止是政治生活那么一面而已，而即使是表现政治生活，也不是只能歌颂不能批判、反思。而撇开时代背景，仅仅从散文的当代发展来说，"形散神不散"也是有必要商榷的。现代散文自白话文运动以来既承接了丰厚的传统资源，也背负了沉重的传统负担，在小说、诗歌都纷纷嫁接、新变之后，散文何去何从？"形散神不散"，某种程度上，它的合理性已经成了一种局限性。

散文的第三重境界，或曰"大境界"，是"形散神散"。事实上，有论者早在上个世纪 80 年代就曾提出过接近的看法，那是针对萧云儒的《形散神不散》提出："为什么'神'只能不散呢？……为什么'形'只能散呢？"并指出"形散神不散"乃是"古典主义的趣味"。这个提法颇有意思，特别是"古典主义"也暗示了"形散神不散"特定历史背景下"突出"、"典型"、"集中"等蕴涵。"形散神不散"的魔力也正不能离开特定的时代背景来谈。然而文学艺术的最高境界是审美的自由，不惟形式如此，表现内容也如此，不可强加限定。从中外散文史上说，"形散神散"的例子很多。波德莱尔的散文集子里有许多就显得"形散神散"，如《头发里的世界》，作者只从"头发"这个意象发散开去，写了口渴的人、灵魂与音乐、海港、花朵与喷泉，糖和烟草……可谓一团杂乱，没有一个贯穿始终的"思想红线"，只是一团感觉、一堆象征物而已，然而不妨碍它予我们审美上的完整感；类似的是普鲁斯特《追忆似水年华》中的许多散文片段，时而是爱情，时而是食物予人的气味及记忆，时而是一次小小的散步与天气……这一切看上去很无序，漫无边际的意识流之旅却给了我们同样深刻的审美享受；其他如周作人、钱钟书、王了一、沈从文……他们也都是"不守规矩"的典范，也是有着真正的散文文体意识的佼佼者。从我们身处的这个现代生活的情境来说，散文的"形散神散"就更成为必然了。随着社会的发展，社会生活愈趋复杂多样，人们的心灵世界也愈趋复杂、多层次。因此散文不仅可以思维发散表达多主题，也可以自由表现现代人心灵善变、跳跃、恍惚、纠结的感觉世界。"情、理、意、绪"在现代人心灵中常常是断裂、碎片式的。这是为以前的散文论者们所未能深刻揭示的一种现代生活的真实。在这方面，一些年轻的作者作出了有益的尝试。有论者在论及周晓枫、祝勇、安妮宝贝等人散文时说："这是无所顾忌的一代，他们中许多人在默默地写作，形成了青春的气韵，各自有不同的路向。给人深的印象是没有散文腔，天马行空地游走着。自由地阅读与自由地抒写，在这一代开始可能了。"所谓"没有散文腔"即是突破了过去那种"形散神不散"的框架！"形散神散"的散文，就是"无所顾忌"、"天马行空"的散文。这一类散文，包括现当代的沈从文、贾平凹等人的努力，才真正发挥出散文的文类优长，而达于散文审美的自由之境。

（范培松、张颖：《论散文的三重境界》，《江苏社会科学》，2012 年第 1 期）

二、陈剑晖论散文分类

长期以来，关于散文的分类问题一直困扰着现当代散文的研究者。他们雄心勃勃想在散文的"类型学"方面有所建树，或是为了便于操作企图对散文加以分类规范，然而由于散文历史的漫长，由于古代散文品种的繁多和古代文论家分类的繁琐，以及散文文体本身的难以规范，加之分类标准的不统一、不一贯，还有分类者本身辨析能力的不足等原因，结果可想而知，自"五四"开创现代散文以降，关于散文的分类可以说是五花八门、各行其是。这些分类或失之于简陋；或繁杂重复；或自相矛盾，不自圆其说；或划分交叉，有的剩余，有的超出。总之，中国现代散文的分类，总体上是混乱无序、不能令人满意的，能够让大家普遍认同的分类可说是少之又少——这多少反映出了现当代散文研究者的无奈，但更是散文的宿命。

让我们简要回顾一下历史。早在1924年，王统照发表了《散文的分类》一文，试图对散文做系统的分类。他将散文分为历史类的散文、描写的散文、演说的散文、教训的散文、时代的散文五大类。王统照的分类显然偏于"广义散文"，而对"狭义的现代散文"即抒情文和小品文却忽略了，而且他的"时代的散文"已经包括了其他类型的散文，犯了大概念与小概念不自洽的毛病。以后，苏雪林在《二三十年代作家与作品》中又将"小品文"分为九类，即思想表现类、讽刺类、幽默类、美文类、游记类、哲学幽默混合类、日记类、书翰类、传记类。林慧文在《现代散文的道路》中，将现代散文分为小品、杂感、随笔、通讯四类。贺玉波在《小品文作法》中则将现代小品分为"记叙小品"、"抒情小品"、"说理小品"三大类。这些分类，有的持"广义散文"尺度，有的以"狭义散文"为标准；有的着眼于散文的内容，有的立足于散文的功能；有的则对表现方式，艺术风格显然更感兴趣。由于没有统一的分类标准，加上理论素养较为薄弱，这样交替、重叠、混乱就在所难免。

以上简要回顾了现代散文史上几位散文研究者对现代散文的分类，那么进入当代之后，散文的分类是否就科学一些、客观一些、自相矛盾少一些呢？应该说，当代的散文分类较之现代有了一些进步，其表现是分类较多考虑到贴近散文的本性，特别是强调了散文的"抒情性"、"艺术性"特征，在表述上也较为简洁清晰。不过若从理论的周严性、自洽性和抽象概括力来考量，当代的散文分类同样千疮百孔，经不起哪怕认真一点的推敲。

就拿在散文研究方面成绩颇大，有相当影响的佘树森先生来说，在《散文创作艺术》一书中，他将散文分为"抒情散文"、"随笔散文"、"纪实散文"三大类，在"抒情散文"名下，又分出"冥想体"、"描写体"、"记叙体"、"絮语体"四小类。在"随笔散文"下又分衍出"随感体"、"文艺性短论"、"知识小品"三小类。"纪实散文"则包括"人物记"、"风物记"、"生活记"若干类。这样的分类细则细矣，但同样犯了过于琐碎、交叉重叠的弊病，至于将"冥想体"、"记叙体"、"絮语体"归进"抒情散文"名下，就更让人摸不着头脑：难道"随笔散文"不需要冥想和想象吗？同理，难道"纪实散文"不需要"记叙"吗？此外，"絮语体"从"五四"时期从外国引进，一开始就与"随笔"沾亲带故。可见，佘氏的分类，确有诸多混乱可疑之处。除了佘树森之外，吴调公、刘锡庆、喻大翔、李光连、方道、王彬、徐鹏绪、周海波等研究者也都从不同的角度对现代散文进行分类，虽然有的较为严谨，较注重学理性，如喻大翔。有的较为草率，如刘锡庆的"弃'类'成'体'"，力推"艺术散文"，对"随笔"、"小品"加以排斥，就显得十分粗暴草率。但总的来看，上述诸家的分类尚停留于经验的层次，尚未突破传统散文观念的藩篱。相较而言，林非先生的散文分类就较为包容，也较有弹性。在《关于中国现代散文史研究的问题》等文中，林非认为狭义散文主要指"抒情性"散文，但广义散文也有"文学性"的成分。同时，他还以散文的"抒情"、"叙事"、"议论"三大功能为标准给散文分类，认为正是这三种功能组成了一部丰富多彩的中国现代散文史。林非分类的优点，是紧扣散文的"文学性"、"真实性"和"真诚性"，这应当说是抓住了散文的特质。不过他将"散文诗"视为散文家族中的一员，又将日记、书信等日常应用体裁不加甄别划进狭义的范围，则有待商榷。

（陈剑晖：《现代散文分类之我见》，《福建论坛》，2011年第10期）

三、王兆胜论学者散文

如果从思维方式来说，学者的最大特长之一就是他的理性自觉，这与作家、艺术家喜爱形象思维和艺术直觉有明显的区别。作家和艺术家散文往往重视形象、感觉和意象，在他们的笔下往往流溢着形状、声音、色彩、气息、意态、感悟、象征和通感式的第六感观之类的东西，这在冰心、郁达夫、徐志摩、朱自清、俞平伯、孙伏熙、倪贻德以及九十年代的刘烨园、楚楚、马莉、郑芸芸等人那里表现最为明显。而学者散文则重视的是逻辑的力量：即注重推理、运演、证明、议论、剖析的方法。这样，学者散文的严整性、理论色彩、思想性和气势就能够凸显出来。

通过推理与综合得出自己的结论，这是学者散文最常用的思维方法。有人通过摆事实讲道理的考证法，最后使自己的见解能够自圆其说；有人通过逻辑推论演绎法，从多角度接近自己的结论；还有人依据不证自明的常识来说服别人。但不管怎么说，学者散文都有或明或暗，或显或隐的逻辑力量作为内在支撑。比如，陈平原多用考证法来显示自己散文的逻辑性，他往往旁引博证，从历史的线索里寻找头绪，与他探索的现在精神旨向接轨，像《"大学"传统》就是一例。林非则常用逻辑推理的方式，层层递进，逐层剥开，渐达结论，如《询问司马迁》即是这样。还有舒芜也是这样，他在《"香草美人"的奥秘》中，先由抗战时孙次舟的屈原考证和闻一多的"男人说女人话"意见谈起，得出这一结论：我承认"男人说女人话"的现象，在中国古典诗词中确是相当普遍的。而后说，

"跟着我思索：为什么会这样？男人为什么要说女人话？"从周乐诗的"菲逻各斯中心"理论受到启发，于是解决了自己的困惑。再后来，作者又说："但是，我再细想，又觉得问题还没有完全解决。"于是作者进一步思考下去。到最后，作者还担心说不完整，又说："末了要补充说明，……"这显然是一篇通俗论文的逻辑结构，与一般的作家散文和艺术家散文不一样的。我们还可以举出张中行的学者散文。张中行最善于动用具有分明逻辑的散文结构法，并且多用常识来说明结论。比如张中行常用的逻辑词是：首先，其次，再次，最后；先说，再说，最后说说；其一，其二，其三……其七；第一，第二，第三，……第六。通过这种结构方式，可以使作品简洁清晰，明白如话，其中的逻辑如同一条线贯穿起来一样。但是，如果过于讲究和突出"逻辑"性，尤其如张中行这样有"千篇一律"的类同感，那么，这种逻辑则有不自然的做作感，大大损害作品的文学性和艺术性。再加上张中行的许多见解因为是夫子之道而缺乏新意，我想，这也可能是许多读者不喜欢甚至反感张中行散文的真正原因。

在作家和艺术家散文里，作者往往不直接出来表达自己的观念和态度，而是靠叙述、描写和抒情来实现自己的愿望。所以，如何将自己隐含起来，通过曲折的方式表达自己，这是此类散文所努力追求的，一旦作者赤膊上阵出来自说自话，那是有违散文艺术精神的。而学者散文则不同，作者打破了散文的常规戒条，还常常自己站出来议论，以强化自己的观点。此类散文的目的就是将事情说得更为清楚明白，其表现方法也是趋于明了晓畅的。余秋雨的学者散文议论最普遍，篇幅也最长，他常常不自觉地站出来现身说法，而且多有一发而不可收之势。这种议论在《文化苦旅》中还不是特别突出，而到了《山居笔记》则俯拾即是，有时满篇满纸都是。如《苏东坡突围》里多有议论，也可能余秋雨太熟悉、太喜爱苏东坡了，也许他对苏东坡有许多自己的独到认识，或许他是借苏东坡之"酒"来浇自己的"块垒"。如作者这样写道："小人牵着大师，大师牵着历史。小人顺手把绳索重重一抖，于是大师和历史全部都成了罪孽的化身。一部中国文化史，有很长时间一直把诸多文化大师捆押在被告席上，而法官和原告，大多是一群群挤眉弄眼的小人。""对这些人，不管是狱卒还是太后，我们都要深深感谢。他们有意无意地在验证着文化的广泛感召力，就连那盆洗脚水也充满了文化的热度。""成熟是一种明亮而不刺眼的光辉，一种圆润而不腻耳的音响，一种不再需要对别人察言观色的从容，一种终于停止向周围申诉求告的大气，一种不理会哄闹的微笑，一种洗刷了偏激的淡漠，一种无须声张的厚实，一种并不陡峭的高度。勃郁的豪情发了酵，尖利的山风收住了劲，湍急的溪流汇成了湖。"应该说，余秋雨在此所发的议论对于理解苏东坡的坎坷人生、生活处境、性情、品位与境界，是大有益处的，也有利于反照余秋雨本人，因为中国文化尤其是政治文化和文人文化最是复杂与莫名其妙的。尤其值得注意的是，作者常用形象的比喻将模糊的内涵清晰化，使读者有只可意会不可言传的感受。有时精彩的议论确实能起到意想不到的效果，甚而至于可以化腐朽为神奇。另如季羡林、林非、周国平、赵鑫珊和李辉等都常用议论点醒散文主旨，从而增强了作品的理性自觉精神。

（王兆胜：《论九十年代中国学者散文》，《社会科学战线》，2002 年第 1 期）

第五节　剧本和报告文学

　　相比于诗歌、散文和小说，剧本和报告文学作为两种特殊的文学体裁，近年来逐渐受到重视，并展示出各自的独特性。本节的主要内容包括剧本和报告文学各自的特点及其发展趋向。

一、剧本

　　剧本，通常被视为一剧之本，可见其与戏剧创作的密切关系。李渔曾言："吾论演习之工，而首重选剧者。"更是突出了剧本对戏剧表演的重要作用。对剧本的定义古已有之："剧本者，演出以前，对于情节、场面、科白、歌唱之具体决定也。其存在方式，有口传、笔写、印行三种。虽未印行，而经笔写，虽未笔写，而经口传，皆不得谓之无本。至于有本而不传于今日，有作而不著于今时，便不得谓之当日无本，或当时无作，益无待言。"①《辞海》中对剧本的界定如下："剧本，文学作品的一种体裁。……由人物的对话（或唱词）和舞台指示组成，是戏剧艺术创作的基础。"上述界定虽有所差别，但都涉及对剧本的内容、创作和流传方式、剧本范畴及作用等方面的考察。例如，就剧本分类而言，按照剧本的存在方式，可将其分为口头剧本和书面剧本；按照其呈现内容的媒介，可以分为电影剧本、电视剧本、广播剧本、话剧剧本等；而按照其文学性的强弱程度，又可将其分为案头剧本和舞台剧本等。分类结构依据划分视角及侧重点相异而有所不同，并且每一分类下的各类剧本又可以相互转换。优秀的剧本应该兼具较强的阅读性与表演性，两者不可偏废其一。再者，关于剧本对于戏剧表演的重要性也是一再为相关研究者所强调的："现代戏剧的发展历程一再证明，发生在不同时期的探索、革新都不能动摇剧本的根本地位。极致化的形式可以暂时离开剧本，作为一时的交流和借鉴而出现，却无法成为持久的戏剧构成……优秀的戏剧演出最终无法摆脱剧本。"②优秀的剧本加之表演者的到位阐释是表演成功的决定性条件。"如果你只让剧本说话，那就可能连一点声音也发不出来。如果你是想让人们听到剧本说话，那你必须从剧本中将它的声音

---

① 任半塘：《唐戏弄》，892 页，上海，上海古籍出版社，1984。
② 吴朱红：《戏剧，剧本优先》，《戏剧艺术》，2003(4)。

召唤出来。"①

在众多探讨剧本的著述中，一般都围绕着剧本的内涵、条件及特点等问题展开，例如，对剧本、情节结构的探讨。李渔曾就此提出过"结构第一"的观点，并进一步将其细分为戒讽刺、立主脑、脱窠臼、密针线、减头绪、戒荒唐和审虚实七项内容；亚里士多德在其《诗学》中也涉及了对剧本中情节重要性的探讨。此外，剧本的文学性一直是讨论的热点之一。王国维在其《宋元戏曲史》中，认为元剧的最佳之处在于"意境"的营造，即所谓"写情则沁人心脾，写景则在人耳目，述事则如其口出是也"。因而，优秀剧本的文学性即是如此。文学性不仅是对剧本语言层面的要求，更是对其形式和内容结合深度的要求，即如何营造出王国维所言之"意境"。具体而言，包含以下两个层面："一是作品内涵的丰富性、深刻性；二是艺术表现的准确性、生动性。"②关汉卿的《窦娥冤》、马致远的《汉宫秋》、郑光祖的《倩女离魂》、孔尚任的《桃花扇》、洪昇的《长生殿》等作品，无一不是以上两个方面有效结合的典范。一言以蔽之，优秀剧本应是"大雅与当行参间"，兼具阅读与欣赏的潜能。

二、报告文学

报告文学是指对直接观察或仔细记录的事件和情景做真实而详细的叙述的文学作品，通常兼具文学和新闻两种文体的特点，依据其内容的侧重，包括问题报告文学、史传报告文学、生态报告文学等。"如果从题材和内容上看，报告文学创作大体上可以划分为记事、写人和作史、立传四大类型，相应地就包括了事件纪实（含灾难纪实、重大工程纪实）、人物纪传和史志史录等。而如果从作品主题上划分，报告文学大致有这样一些类型：呼应时代、及时反映新近发生重大社会事件的现实报告，民生报告、社会问题报告，历史纪实，人物传记等。"③目前，报告文学的理论研究远不如其创作实践的程度，对报告文学的文体起源、学理内涵、文本特点等方面尚未达成理论层面上的一致。

首先，关于报告文学的起源，目前主要有以下四种说法。第一种观点认为报告文学起源于我们自身的文学传统，古已有之，即报告文学的发生远远早于这一文体名称的出现。"只要我们考察一下我们的文学传统，就可发现，早已有这样一种体裁流传下来。……比如《史记》……我们就可看到司马迁是怎样创造了把高度的艺术描写和深刻的评论结合起来的特写文学。"④还有学者认为《史记》"是中国古代非虚构纪实文学（报告文

---

① ［英］彼得·布鲁克：《空的空间》，邢历等译，37页，北京，中国戏剧出版社，1988。
② 姚梅：《剧本文学品位与戏曲的兴衰》，《四川戏剧》，1996(5)。
③ 李朝全：《及时记录历史与深刻反思现实——2013年中国报告文学综述》，《文艺争鸣》，2014(1)。
④ 刘白羽：《文学杂记》，157页，北京，北京出版社，1958。

学)的代表"①。的确，我们可以在《左传》《史记》等古代作品中发现报告文学的影子，但这些作品的总体特征尚未完全符合报告文学的文体内涵，而是在某些叙事层面上与报告文学有一定相似之处。第二种观点认为报告文学起源于近代，支持者有章罗生、丁晓原、王晖等学者。持这一观点的学者多将报告文学的发生和发展与近代工业的出现联系在一起，"报告文学……始终是近代的工业社会的产物"②。这一观点尤其注重物质文明的发展对某一种文体产生的重要作用，但同时我们也应看到，文体的产生与发展还有文体自身内部的因素，这样才比较完备。第三种观点为五四文学说。秉持这一观点的周而复认为五四期间刊登的作品，如《一周中北京的公民大活动》，"可以说是中国报告文学的滥觞"③。第四种为 20 世纪 30 年代说。这一观点下的报告文学有明显的"拿来主义"特征。持此种观点的学者认为这一名称在 20 世纪 30 年代由左联作家引入中国并大力提倡："上世纪 30 年代中国左翼作家联盟的成立，成为最终在 30 年代形成中国第一次真正文体自觉意识上的报告文学热潮的最主要的原因。"④同时，这一时期报告文学理论作品的大量集中译介为报告文学的实践提供了理论上的方向与指导，例如，川口浩的《报告文学论》(沈端先译)、巴克的《基希及其报告文学》(张元松译)及基希的《危险的文学样式》(胡风译)等。

以上四种关于报告文学的起源说各有其自身的合理性和局限性。毋庸置疑，报告文学这一名称是舶来品，最先由德语 reportage 音译而来。而后在同年的相关杂志和左联会议论文中译为"报告文学"："从猛烈的阶级斗争当中，自兵战的罢工斗争当中，如火如荼的乡村斗争当中，经过平民夜校，经过工厂小报，壁报，经过种种煽动宣传的工作，创造我们的报告文学(Reportage)吧！"⑤但这并不等于承认中国古代文学作品中没有报告文学的因子，或者说，我们所创作的报告文学完全是依据西方的模板而来："中国报告文学的发展深受时代与外来的影响，但传统文化的深厚积淀无疑才是中国现代报告文学赖以生成的土壤根基。"⑥因此，以上四种观点都不足以单独支撑起报告文学起源说，而是各有其相对性。总体而言，第四种观点更接近报告文学这一文体在中国的实际发展轨迹。

其次，关于报告文学的文体特点也是讨论热点之一。有学者将其归纳为"政治性、新闻性、新颖性"；也有学者在新时期的时代背景下探讨报告文学特点，将其归纳为"非

---

① 李朝全：《新世纪报告文学：危机与新变》，《文艺争鸣》，2012(2)。
② ［日］川口浩：《报告文学论》，沈端先译，《北斗》，1932(1)。
③ 周而复：《谈报告文学——序周立波、周而复报告文学集》，《文艺报》，1981(6)。
④ 王文军：《论 20 世纪 30 年代报告文学的主体特质》，《社会科学》，2006(12)。
⑤ 转引自黄科安：《域外资源与中国现代报告文学理论之建构》，《中国现代文学研究丛刊》，2011(7)。
⑥ 郭志云：《传统内化时代催生与域外视角——中国报告文学的文体演变》，《福建工程学院学报》，2013(2)。

启蒙、题材的日常生活化"等。^① 报告文学的特点应包含报告和文学两个方面，偏离其一都不能被视为其文体特点。第一，非虚构性。这一点在中国文学的传统中自古有之，司马迁的"其文直，其事核，不虚美，不隐恶"在这方面树立了很好的典范。非虚构性主要是指作者在写作对象、内容题材的收集上，必须确保其真实性，而不是凭空捏造。从"报告文学是一种非虚构写实性文体，真实性是其最基本的特性"^②，"报告文学者的写字间是整个社会，他应当像社会的新闻记者一样的搜集他的材料"^③等言论中可以看出众研究者在这一点上的一致性。但这并非要求报告文学完全排除适度想象的空间，"报告文学的想象是基于事实，符合事情发生的历史情境，合乎情理、事理的联想，必须符合真实性原则，即'必须契合''势之必然''情之必然''理之必然'"^④。第二，报告文学的批判性。报告文学题材具有多样性，涉及教育、生态、经济、历史、法制、外交等众多方面，无论是 20 世纪 30 年代夏衍的《包身工》，还是 21 世纪陈桂棣、春桃的《中国农民调查》等，都确保了其批判的广度，而其剖析问题现象的独特视角与间接性则保证了批判的深度，两者应当兼而有之，体现出较强的思辨性。"它的本性是抗争，是批判。它和一切丑恶的东西为仇，是有锋芒的文体。"^⑤《伐木者，醒来》《北京失去平衡》等便是报告文学批判性身体力行的佳作。第三，文学性。茅盾曾指出，好的报告需要具备小说所有艺术上的条件，这主要体现于作家在选材、视角、手法等方面的主体性。"作家的非虚构写作中的'真实'，不是照相式的机械的被动的真实，其间定有作家的主体性介入。事实上，这种主体性贯穿于写作的全过程。"^⑥作家对真实材料的组织、叙述、提升及形象建构便是报告文学区别于一般报告之所在。以上对报告文学特点的探讨中，"文学"一词主要是从狭义上入手，即取文学作品之义。也有学者从"文学"的广义入手，将报告文学的特点概括为"主体创作的庄严性、题材选择的开拓性、文体本质的非虚构性、文本内涵的学理性、文史兼容的复合性"^⑦，不失为富有意义的尝试。

📖原典选读

一、宋俊华论中国古代剧本的分化

与剧本的发生发展相伴随的是剧本的分化，即剧本形态、功能的分离和变化，如口头剧本与书面剧本的分化、提纲本与全本的分化、场上本与案头本的分化等。对剧本分

---

① 丁晓原：《"复调"与"复式"：新世纪十年报告文学观察》，《文艺争鸣》，2011(7)。

② 李朝全：《回到报告文学的文体特色与特质——2012 年中国报告文学概论》，《文艺争鸣》，2013(2)。

③ 周立波：《谈谈报告文学》，《中国现代报告文学史》，133 页，北京，中国人民大学出版社，1987。

④ 李朝全：《及时记录历史与深刻反思现实——2013 年中国报告文学综述》，《文艺争鸣》，2014(1)。

⑤ 丁晓原：《20 世纪中国报告文学理论批评史·序》，2 页，合肥，安徽大学出版社，1999。

⑥ 丁晓原：《报告文学，回到非虚构叙事本位》，《文艺争鸣》，2014(1)。

⑦ 章罗生：《关于报告文学的"学理性"与"功利性"——报告文学本体新论之一》，《浙江大学学报》，2009(5)。

化问题既可以从纵向角度去考察，研究其多层嬗变的轨迹；又可以从横向的角度去分析，了解其多元裂变的走向。从剧本的存在形态而言，中国古代剧本至少经过了3个层面的纵横分化：

第一层面是口头剧本与书面剧本的分化。就人类思维规律而言，这场分化同口头文学和书面文学的分化一样，是人类言语思维与文字思维分化及转换的产物，是与书面符号形式的产生以及人们对其认识的提升密不可分的。就戏剧活动而言，这种分化实际上与戏剧活动日趋复杂化有关，当口传剧本无法承担剧本的所有功能、无法适应戏剧活动发展的新需要时，就必须要用表达能力、传播能力、交流能力更强的文字剧本来补充或替代。书面剧本对口头剧本而言，既是一种纵向的嬗变，又是一种横向的裂变，是戏剧活动综合发展的产物。

福建闽南和广东海陆丰是有名的"戏窝子"，保存了大量古代演剧的活化石。当地的演剧，既有传统的幕表戏、提纲戏，又有后来发展成的大戏；既用口述剧本，又用书面剧本，是古代口传剧本与书面剧本分化、混杂使用的集中表现。一般而言，民间戏班演大戏和文戏，多用书面剧本；演小戏、仪式戏、武戏，则多用口述剧本。专业剧团则无论大戏、小戏、文戏、武戏，多用书面剧本。再如，号称中国传统三大影系的陕西影、滦州影和潮州影，目前除潮州影使用口述剧本表演外，其他两个则多采用书面剧本表演。而且，在一些戏班中，没有文化、不能用书面剧本进行表演的艺人，往往受到能够使用书面剧本艺人的嘲讽。

从剧本历史与现状来看，口传剧本与书面剧本分化的条件是：1. 演剧情节和艺术的日益复杂化，单纯口述无法实现传授、排演和传播等功能；2. 剧本题材来源发生分化，除了从现实生活中直接取材外，还从小说、历史等文字文献中取材，需要用文字抄录；3. 演剧艺人文化素质已经提高，具有了一定的文字记录和阅读能力；4. 造纸业、印刷业发展为文字剧本的抄写、出版创造了条件。

第二层面是书面剧本中场上与案头的分化。这种分化与阅读需求增长、出版业发展以及文人介入戏剧活动密不可分。剧本最初是专为场上演出而设的，但随着文人对剧本创作的介入，剧本的题材、内容、特征发生了很大变化，直接导致了剧本在功能与范畴方面的分化。为适应文人抒写性情、知识者阅读和书商盈利等需要的发展，案头剧本出现了，文人剧本与艺人剧本的分化也就成了必然趋势。

第三层面是场上剧本中关目、穿关、音乐与动作等专门剧本的分化以及全本与折子本的分化。这是中国戏剧审美功能发生分化的集中体现，观众由对戏剧情节的单一关注，转向对戏剧表演的扮相、音乐唱腔、舞蹈身段、武打、说白等综合或部分的审美关注。这样，观众就对戏剧表演的各方面都提出了自己的要求，相应地对剧本编写也就提出了新的要求，即要求有能够服务关目、穿关、音乐、动作等专门演出的各种剧本。有学者指出，中国古代戏剧书面剧本发展轨迹呈两头尖中间大的橄榄形状，明前期以前和清中叶以后是重场上、轻案头,明后期一直到清中叶以前则是轻场上、重案头的时期。这种状况,与明中叶到清前期这对时间内王室贵族、富商尤其是文人对戏剧活动的参与有很大的关系。

许祥麟在《拟话本与"拟剧本"之比较》一文中曾提出令人深思的"拟剧本"问题。文章以拟话本的形成过程为参照,指出在明末的杂剧创作中存在着"剧本"与"拟剧本"分化现象,或者说是"艺人化"与"文人化"的分化。明人王骥德也说剧本创作"大雅与当行参间,可演可传,上之上也;词藻工,句意妙,如不谐俚耳,为案头之书,已落第二义;既非雅调,又非本色,掇拾陈言,凑插俚语,为学究,为张打油,勿作可也"。王骥德所说的"案头之书"就是文人的"拟剧本"。明末徐㭍的系列剧《写心杂剧》自序云:"写心剧者,原以写我心也。心有所触则有所感,有所感则必有所言,言之不足,则手之舞之足之蹈之而不能自已者,此予剧之所由作也。"显然,文人写剧本很大程度上是为自己"写心"之需。拟剧本对剧本形态的模拟和对场上表演的背离,表明了剧本场上与案头的分化,也说明剧本概念与时俱进的变化。

(宋俊华:《中国古代剧本的生成与分化》,《中山大学学报》,2006年第4期)

二、丁晓原论报告文学的长篇化

叙事形制的建构——长篇化中的精致努力。报告文学是一种"新闻文学",它的新闻性不仅要求所写取事时新,内容非虚构,而且也体现在作者写作与读者接受的方式上。一般而言,报告文学的写作讲究快速反应,读者也需要以较少的时间阅读作品,因此篇幅大多较短,也有中篇为主,但很少有长篇作品,《包身工》、《谁是最可爱的人》、《哥德巴赫猜想》等都是万字以内的作品。20世纪八九十年代开始出现长篇报告文学的写作,到了新的世纪,报告文学则进入到一个全面长篇化的时期。现成的例证是新世纪十年历经三次鲁迅文学奖评奖,共有十五个作品获奖,其中长篇占13部,仅有朱晓军发表在《北京文学》2006年第6期的《天使在作战》和李洁非发表在《钟山》2009年第5期的《胡风案中人与事》不是长篇,但也是中篇的作品,短篇报告文学已经连续三届没有在鲁迅文学奖中取得一席之位。报告文学在新世纪出现长篇化的形制,这有其内在的理据。其一是题材本身的需要。有些作品的题材容量大,适宜以长篇的格局加以叙写。如王树增的《解放战争》,所写是现代中国最为重大的事件之一,时间跨度较长,事件关联错综复杂,人物林林总总,所以不是短篇或中篇的形式能够容纳。当然是否有必要以上下两大册一百多万字的巨著型规模安排,也是可以探讨的。有些题材是新生的,需要对相关的要素作相对完整全面的报道,如傅宁军的《大学生"村官"》,题材关系重大,作品以集纳的方式选取具有代表性的"村官"加以叙写,这样的设置篇幅会长一些,但也有效地增加了报告的信息容量。连载于《报告文学》王宏甲的《休息的革命》,在题材上独具特色。作品具体地生动形象地从"休息的革命"这一独特的视角，反映了中国改革开放的历史进程。作品所说的"休息的革命"是指晚近三十年来旅游业的深刻变迁，但其中主要的价值并不是编写当代中国旅游发展史，而是通过特有意味的人物和重要事件的叙述，展示具有特殊史意的中国形象的演进。对于这样的题材显然应以一定体量的作品才可承载。

其二是题材的新闻性相对弱化后，作者注重以叙事的细密化、故事性等的设置，生成作品对于读者的阅读魅力。新的世纪是一个全媒体竞呈的时代，资讯发达而空前活跃。原先以新闻性作为作品基本支撑的报告文学必须寻找新的吸引读者的因素，而且这种因素能够最大化地体现语言艺术的特长。这样加大作品内在的叙事密度，强化作者思考的深度等，就成为非虚构作品写作可以选择的重要路径，但实际上在这样一个"非启蒙"时期，达成思考的深度只是一种理想，普遍的问题是作者的思想能力不济。因此作家能够首选的就是通过多种方式细密叙事，在细密叙事中造就局部的细节的"新闻性"。航天报告文学作家李鸣生的《千古一梦——中国人第一次离开地球的故事》、《发射将军》，从题材类型而言并无新的开拓，但作品在叙事构件的处理上有新的作为。《千古一梦》设计了"双声叙事"，即作者（采访者）叙事和人物（被访者）叙事的结合，通过这样的方式丰富了作品的内容，特别是导入当事人的自述，以人物的亲历亲验，真实地还原出特定时空中人物和事件的现场情状。《发射将军》则注意在实体叙事中有机地穿插软性叙事，所谓"实体叙事"是指与作品主人公"发射将军"直接关联的主干内容的记写，而软性叙事则如导弹部队饥饿、文艺生活极度贫乏等的叙说，其中有现在看来难以置信而在当年却是实情的生活故事。有些作品适应于读图时代的需要，采用文图结合的叙述方式，以文字的言说为主，同时配以照片。照片是特殊的文字，但更直观真切，与文字的描写相得益彰。获得第三届鲁迅文学奖的西藏作家加央西热的《西藏最后的驮队》，是对藏族"驮盐"文化所做的一次别有滋味的纪事，作品附有许多与叙述内容相关的反映藏地风土人情的图片，读图看文，增强了作品的美感。李鸣生的《震中在人心》则是一部自觉运用镜头观察和叙事的作品，"用镜头定格真相，让文字留下思考"，大量的照片极具视觉冲击力和情思震撼力，不只是为文字的叙述提供了直观的背景，而且照片本身成为作品的一种独特的叙事元素，生成了超越文字的叙述力量。

其三，新世纪报告文学叙事的粗放也与一些作家对于报告文学体性的把握偏颇、与他们文学表现力的退化有关。报告文学是一种非虚构的文体，因此，从某种角度而言也是一种对报告对象作有效选择的文体。选择不仅反映了作家的眼光和认知能力，而且也体现出作家的文学表现能力。选择不仅要求对于题材能有整体的把握，而且对于所选人物事件进行"二度选择"也是写好作品的关键环节。不注意对材料进行精选，不能对材料作有表现力的呈现，这样叙事的粗鄙就是必然的了。

（丁晓原：《"复调"与"复式"：新世纪十年报告文学观察》，

《文艺争鸣》，2011 年第 4 期）

第七章 接 受 论

　　"接受"，作为一个专门的文学理论术语，滥觞于 20 世纪六七十年代兴起的德国接受美学。德国接受美学的理论家把文学文本的接受当作一种解释活动来看待。简单地说，文学接受就是指读者通过多种阅读方式与作品进行的对话与交流。接受美学的创始人姚斯宣称："一部文学作品，并不是一个自身独立、向每一时代的每一读者均提供同样的观点的客体。它不是一尊纪念碑，形而上学地展示其超时代的本质。它更多地像一部管弦乐谱，在其演奏中不断获得读者新的反响，使文本从词的物质形态中解放出来，成为一种当代的存在。"①具体地说，文学接受是一种再创造活动，它以读者作为活动的主体，以文学文本作为其研究对象，以理解文本深层次的文化内涵作为其宗旨。读者基于自己的审美经验把握文学文本的人物形象、意义和内涵，并通过复活、理解、丰满、选择、接纳、抛弃等一系列活动对其进行进一步的创造性阐释。

第一节　文学接受的性质和类型

一、文学接受的性质和基本方式

　　伊瑟尔曾说过："文学文本只有当其被阅读时才能产生反应……文本和读者两极以及发生在它们之间的相互作用，构成了文学交流理论所赖以建立的蓝图。"②作品的意义不是固有地存在于文本之中的，而是在读者对作品的具体阅读过程中生成的，是读者和文本合力作用的结果。读者不同，生成的文本的意义也随之不同，这就是为什么有一千个读者就有一千个哈姆雷特。文学接受理论把文本导向转向了读者导向，强调读者作为接受主体的极大主动性和能动性。读者在具体阅读过程中起着至关重要的作用，会直接

---

　　①　[德]姚斯、[美]霍拉勃：《接受美学与接受理论》，26 页，沈阳，辽宁人民出版社，1987。
　　②　[德]伊瑟尔：《阅读行为·英文版原序》，26 页，长沙，湖南文艺出版社，1991。

影响着文学接受的效果和意义。然而，这并不就意味着读者可以随心所欲地理解或阐释文本。有的论者提出"本文的客观性只是一个幻想"[①]，把读者的自主性与能动性表现到极致，这就陷入了主观化的误区。这里值得注意的是，读者的自主性与能动性必须以文本为基础，换句话说，我们应当承认文本是客观存在的、是具有第一性的，而读者的自主性与能动性只有在此基础上才能得以实施。

文学接受的审美属性、认识属性、价值诠释属性、交流属性等构成了文学接受的基本属性。其中，审美属性是指"从感官感受、情绪情感和思想深度等方面吸引读者、感染读者、引起读者共鸣从而给读者带来精神享受、人格自由和心灵净化的价值属性"。认识属性则是指"文学作品通过语言文字所生动描绘的艺术形象或故事情节，反映社会生活的各个方面，揭示人性的本质和丰富，从而具有一种为读者提供认识社会生活与人类自身真相的价值属性"。价值诠释属性则是指"一种从多方面满足读者进行文化价值阐释、品味或品评兴趣的属性"。而交流属性则是"作为一种审美的社会化话语结果，具有增进人们的彼此了解、沟通与交流的属性"。

文学接受是整个文学活动系统链中的一个必不可少的环节。文学阅读、文学欣赏、文学批评、文学研究等都是大家耳熟能详的文学接受的基本的形式。其中阅读与欣赏是最主要和最基本的形式。文学阅读活动包括对一切文学作品的接纳，不但包括人们通常所说的文学欣赏，即审美的阅读，而且还包括不以审美为目的或不能达到审美水准的非审美的阅读活动。而文学批评则是一种对于广大读者接受文学作品活动的指导，使文学活动上升到理性分析与把握和具有指导性意义的阅读层次。由此，文学接受的多层次性可见一斑。根据接受主体的教育背景有别，阅读作品所持有的目的、态度不同，文学接受也就呈现出不同的层次，粗略地说，主要表现在欣赏、批评、借鉴三个层次。欣赏性接受表现为一种审美接受活动，主要满足的是个体读者的审美需要，着重实现的是作品的审美价值。其接受主体主要是普通读者，着眼于对作品的阅读欣赏，侧重于通过对作品审美性的感受、体验、赏玩，获得精神上的愉悦和美感的享受。批评性接受是指在审美体验的基础上，根据一定的理论观点和审美标准的导向，对作品进行理性的分析、研究、评说和判断。其接受主体主要集中为学者、评论家，侧重于对作品的鉴赏研究和理性评判。作为一种建立在审美接受活动基础上的科学活动，它是审美性与科学性的统一，着重实现的是作品的包括审美价值在内的广泛的社会价值。借鉴性接受是在审美体验的基础上，对作品进行个性化的研究、分析，意在探寻其成功的奥秘，借鉴其艺术上的特长，学习其创作技巧，提高创作能力，以便创作出更好的作品。其接受主体主要由文人、作家等组成，着眼于对作品的借鉴与学习。作为一种以审美接受活动为

[①] 中国艺术研究院马克思主义文艺理论研究所外国文艺理论研究资料丛书编委会编：《读者反应批评》，114 页，北京，文化艺术出版社，1989。

基础的学习再创造活动，审美性、创造性是其追求的目标。在欣赏、批评、借鉴三个层次中，欣赏性接受是一种比较纯粹的审美接受，是文学接受的主要方式和主要内容。无论是带有浓厚科学意味的批评性接受，还是带有鲜明创造倾向的借鉴性接受，都必须建立在欣赏性接受的基础之上。事实上，欣赏性接受也是文学创作的真正和直接的目的所在。

二、文学接受与文学消费

作为文学理论术语的文学消费，如今已成为文学研究的一个重要范畴。"文学消费"一词早在马克思那里就出现过，但作为文学理论术语被文学界广泛应用则是在 20 世纪三四十年代法兰克福学派对文学消费进行深入研究之后。现代文艺学往往喜欢用"文学消费"和"文学接受"来取代传统文艺学的"文学欣赏"或"文学鉴赏"，因为前者更能充分体现文学阅读活动中的现实复杂性。正如有论者所指出的："许多研究者认为，从消费者出发最能有效地在社会全部联系中讨论事实。他们很少以感知过程和意义过程为重点，而是以探讨作者、文学作品、接纳者——不管叫他接受者、消费者还是惯称的'读者大众'——之间的交际线为重点。"① 作为现代文艺学的两个重要术语，文学消费和文学接受的基本意思是相通和近似的，二者存在着紧密的内在联系。文学消费是初级状态或低层次的文学接受，而文学接受则是高级状态或高层次的文学消费。

文学消费和文学接受虽然属于同一大范畴，但二者的含义却不尽相同。首先，作为一种精神产品，文学消费属社会精神产品消费，成为现代大众日常生活中不可缺少的一部分，并日益发展为一种普遍存在的社会性消费和当代社会最重要的大众消费品之一。文学消费已经成为个人消费者所有消费项目中的一个重要项目，也成为整个社会经济消费行为中的一个组成部分。1819 年，瑞士著名经济学家西斯蒙第就把诗歌、音乐、戏剧等艺术产品给人带来的"精神享受"认定为一种财富的消费，每个消费者都按自己的意愿用自己的收入来获得物质享受和非物质享受。不同经济地位的消费者对文艺消费有着不同的态度及其原因，而且消费者物质条件或经济实力的高低也使文艺消费在他们的日常生活中具有不同的意义。② 文学具有物质消费和精神消费的二重性：一方面，文学消费满足人们的精神生活要求，给人们带来精神上的享受和愉悦；另一方面，消费者又必须付出相应的货币来获得这种享受。然而，文学接受的概念则有所不同，当我们说文学接受时，可以忽略接受的这种经济行为，不考虑他的文学书籍是买来的、借来的，还是别人赠送的，如果是买来的，又是怎样买来的，或用多少钱买来的，而将注意力仅仅集中

---

① ［德］阿尔方斯·西尔伯曼：《文学社会学引论》，魏育青等译，51 页，合肥，安徽文艺出版社，1988。
② ［德］阿尔方斯·西尔伯曼：《文学社会学引论》，魏育青等译，51 页，合肥，安徽文艺出版社，1988。

在接受者对文学作品的阅读这种精神活动本身。

其次，文学消费与文学接受的主客观条件不同也是它们之间区别的体现之一。主客观条件体现在文学消费和文学接受上各有侧重。毫无疑问，文学消费要得以顺利进行，必然需要具备一定的主观条件(如知识背景、文化知识、阅读能力和正常的消费心理和习惯等)和客观条件(如文学消费者要具备一定的经济能力、时间、空间等)。而文学接受的主客观条件则不同。文学接受的主观条件包括接受主体的性别、年龄、性格、气质、职业、经历、观念、文化背景、审美情趣、艺术体验和期待视野等。文学接受的客观条件则是指文学接受的对象和接受者所处的政治经济环境和历史时代背景等。

再次，文学接受只是一种阅读或欣赏的精神范畴的活动，而文学消费则涵盖了阅读行为和未含阅读活动的消费行为。文学消费固然主要指文学阅读，但并非全然等同。人们购买书籍，动机是具有多样性的。有的文学消费者买来文学书籍，但并不打算或并未进入阅读，而只是为了收藏、摆设或炫耀等各种目的。这种不阅读的文学消费行为，也是不容忽视的。法国文学社会学家埃斯卡皮就曾说过："我们可以举出那种'炫耀性的'，作为财富、文化修养或风雅情趣的标志而'应当备有'某本书的现象(此为法国各书籍俱乐部最常见的购买动机之一)。还有多种购书的情况：投资购买某一种罕见的版本，习惯性地购买某一套丛书的各个分册，出于对某一项事业或某一位深孚众望的人物的忠诚而购买有关书籍，还有出于对美好东西的嗜好而购买，这是一种'书籍兼艺术品'。因为书籍可以从装帧、印刷或插图方面视作艺术品。"① 匈牙利学者豪泽尔也提出过这种"夸示式消费"，即当时上层阶级中有相当一部分人为了炫耀自己的社会地位或附庸风雅，而对某种文化产品进行这种"夸示式"消费，为摆设而购买一些外表豪华的文学经典名著。② 而文学接受活动只是针对已经进入了具体的文学阅读过程的读者而言的，排除了任何形式的非阅读性的外在享用活动。

最后，多视角是文学消费研究的又一特点，比如，除了文艺学，还要涉及哲学、美学、心理学、社会学、经济学等多个领域。但是，文学接受研究则偏于审美艺术经验这一独特视角。文学接受研究要关注的正是具体的整个阅读过程及伴随产生的阅读心理，关注接受过程的发生、发展和高潮等各个阶段，研究文本意义的生成过程，具体讲就是文学作品是如何经由文学接受活动而由潜在的文本变成具体的审美对象的。③

---

① [法]罗·埃斯卡皮：《文学社会学》，王美华、于沛译，144 页，合肥，安徽文艺出版社，1987。
② [匈]豪泽尔：《艺术社会学》，居延安编译，211～212 页，上海，学林出版社，1987。
③ 接受美学创始人姚斯十分重视文学接受史和审美经验研究，提出了期待视野、效果历史及接受之链等概念；接受美学的另一位创始人伊瑟尔则致力于阅读现象学研究，关注文本与读者相互之间的具体作用，关注"隐含的读者"和"本文的召唤结构"。

原典选读

一、伊格尔顿论接受美学

接受理论认为，阅读过程永远是一个能动的过程，是一个复杂的运动，并且随着时间而展开。文学作品只能作为波兰理论家罗曼·英加顿所说的一部"纲要"或总的倾向而存在，这种"纲要"或总的倾向必须由读者具体地实现。要这样做，读者会赋予作品某些"预先的理解"，一种信念和期望的模糊的背景，在这种背景之内作品的各种特征将得到评价。不过，随着阅读过程的展开，这些期望本身将会因我们了解的东西而发生变化，并且阐释的循环——从部分到整体又从整体到部分的活动——将周而复始。在力求由文本构成一种连贯的意义时，读者将对文本的组成因素进行挑选并把他们组织成一个连续性的整体，排除某些因素，突出另一些因素，以某种方式使某些方面"具体化"；读者将力图把作品中的不同观点联系在一起，或者从一个观点转到另一个观点来构成一种统一的"幻想"。我们在第一页上了解到的东西会在记忆中淡漠并"缩小"，也许会被后来了解到的东西严格地加以限定。阅读不是一个简单的直线运动，不是一个纯粹的积累问题。我们最初的思考产生一个参考系统，在这一参考系统内解释后面的东西；但是后面的东西可能以回溯的方式改变我们最初的理解，突出它的某些特点而掩盖另一些特点。随着我们阅读的继续，我们会丢掉某些假想，修正某些信念，并且做出越来越复杂的推断和预想；每个句子都展开一个视界，这个视界因下一句而得到确认、怀疑或破坏。我们同时往后读也往前读，既有预想也有回顾，或许还意识到文本中被我们阅读否定了的其他可能的认识。此外，所有这种复杂的活动是同时在许多层次上实现的，因为文本有"背景"也有"前景"，存在着不同的叙述观点，也存在着我们不断在其间移动的可供选择的意思层次。

我一直重点讨论的是沃尔夫冈·伊瑟的理论，他属于接受美学中所谓的康士坦茨学派；在《阅读的行为》（*The Act of Reading*，1978）里，他谈到文本使其发生作用的"战略"，还谈到文本中熟悉的主题和引喻的"全部技能"。如果真要阅读，我们就需要熟悉一部特定作品所运用的文学技巧和传统，我们必须掌握它的一些"规则"；而所谓规则就是指系统地支配它产生意思的方式的那些规律。让我们再回顾一下我在"绪论"中所讨论的伦敦地铁的标牌："狗一定要带着上电梯"。要理解这个告示，我需要做的远不只是简单地把上面的字一个挨一个地读一遍。例如，我需要知道这些字属于那种可以称作"关系法典"之类的东西——这个标牌不只是用语言做的一块取悦旅行者的装饰，而且是被看作针对实际的狗和旅行者在实际电梯上的行为说的。我必须动用自己的一般社会知识，承认这个标牌是官方安放在那里的，官方有权惩罚违反的人，作为公众的一员这个标牌无疑也是指我而言的；但所有这些在文字本身当中却没有明确表示出来。换言之，我必须依靠某些社会准则和背景关系来正确理解这个告示；但是我也需要把这些纳入与某些阅读规则或惯例的相互作用之中——这些惯例告诉我"电梯"指的是这里的这个电梯而不是巴拉圭的某个电梯，"一定要带着"意思是"现在一定要带着"，等等。我必须承认这个标牌的"样式"说明我在"绪论"中提到的模糊情况绝不可能是实际的"意图"。这里难以区分"社会的"准则和"文学的"准则。把"电梯"具体化为"这个电梯"，采取一种消除模糊情况的阅读惯例，本身就依赖于一整套社会知识。

因此，我理解这个告示靠的是用某些看来合适的准则对它进行解释；但伊瑟认为这并非阅读文学作品时所发生的一切。在支配文学作品的规则与我们用以解释它们的规则之间，如果存在一种完善的"契合"，那么一切文学都会像伦敦地铁的标牌那样毫无鼓舞人心的作用。在伊瑟看来，最能打动人的文学作品，是那种迫使读者以一种新的批评态度来认识自己的习惯准则和期望的作品。这种作品质询并改变我们介入其中的并未言明的信念，"不承认"我们日常的观念习惯，并因此迫使我们首先承认它们本来的面目。有价值的文学作品并非只是加强我们的既定观念，而是要破坏或违反这些标准的观察方式，并因此教给我们新的理解规则。这里与俄国的形式主义有某种相似之处：在阅读行为中，我们惯常的假想"陌生化"了，客观化到使我们可以批评它们，并因此还可以修正它们。我们如果用自己的阅读战略来改变文本，那么它同时也改变我们自己。像科学实验中的物体一样，它可以对我们的"问题"产生一种预想不到的"答案"。对于像伊瑟这样的批评家来说，整个阅读最重要的是它使我们进入更深的自我意识，促进一种对我们自身特点的更富批评的看法。这好像我们努力读一本书时，我们一直"阅读"的就是我们自己。

实际上，伊瑟接受理论的基础是自由人文主义思想：相信在阅读中我们应该灵活机动，开放思想，准备随时对我们信念提出怀疑并允许改变它们。在这种情况背后是伽达默尔阐释学的影响，确信从接触陌生事物中所产生的那种丰富了的自我认识。但是伊瑟的自由人文主义像大多数这种学说一样，并不像它乍看起来那么自由。他认为一个有强烈思想意识信仰的读者，很可能是一个低能的读者，因为他或她不大可能接受文学作品的改造力量。这种看法的含意是，为了经历被文本改造的过程，首先我们必须只在极短的时间内坚持自己的信念。最好的读者必须已经是一个不受约束的读者：阅读的行为产生一种它也预先假定的人的主体。这在另一方面也是自相矛盾的。因为如果我们首先对我们确信的东西只持无所谓的态度，那么文本对它们的疑问和破坏便并不是真正非常重要。换言之，实际上将不会出现什么重要的东西。读者并没有受到非常激烈的责备，而只不过作为一个更彻底的自由人回归为他或她自己。在阅读行为中，除了什么样的（自由）主体之外，有关阅读主体的一切都受到怀疑；这些思想上的局限绝不能批评，因为一批评整个模式就会崩溃。在这种意义上说，阅读过程中的多样性和开放性是可以允许的，因为它们预先假定了某种封闭的永远适当的一致性：阅读主体的一致性，这种一致性的破坏和违反只是为了更充分地回到一致性本身。正如伽达默尔表明的，我们可以袭入外国的领土，因为我们内心总有个家。那种会受到文学最深刻影响的读者，是一种已经具备"正确的"接受和反应能力的读者。他能够熟练地运用某些批评技巧并辨认某些文学惯例；但这恰恰是那种需要受影响最少的读者。这样一个读者从一开始就受到"改造"，而且正是因为这个事实他才准备好冒进一步被改造的危险。要"有效地"阅读文学作品，你必须运用某些批评的能力，而这些能力常常不易明确地加以限定；但恰恰是这些能力"文学"将不能表示怀疑，因为它本身的存在依赖于它们。你已经限定为"文学的"作品，总是会与你认为"合适的"批评技巧有着密不可分的关系。一部"文学的"作品，或多或少会意味着用这种探究的方法可以有益地加以阐明的作品。然而在那种情况下，阐释的循环真的就成了一种恶性的而非良性的循环：你从作品中得到的东西，在很大程度上依赖于你最初投入作品的东西，而且几乎没有什么可能对读者进行实质性的"挑战"。伊瑟似乎想通过可调文学破坏并改变读者规则的力量，回避这种恶性的循环；但是，正如我们论证的，这本身便在无形中完全接受了那种"特定的"读者，也就是它希望通过阅读而产生的那种读者。读者与作品之间这种循环的封闭性反映了文学学术实践中的那种封闭性，只有某些类型的文本和读者才不得不应用。

关于统一的自我和封闭的文本的学说，暗中构成了大部分接受理论的明显开放性的基础。罗曼·英加顿在《艺术的文学作品》(*The Literary Work of Art*，1931)里武断地认为，文学作品构成有机的整体，而读者充实它们的"不确定情况"，其目的是使这种和谐达到完善。读者必须以某种"合适的"方式把作品的不同部分和层次联系起来，甚至宁可采取按照生产者的指示来涂抹儿童画册的方法。对英加顿来说，文本一出现就具有它的不确定性，读者必须"正确地"把文本具体化。这样做反而限制读者的活动，有时使读者至多成为一种文学的小工匠，四处游荡，填充零散的不确定的地方。伊瑟是一种开明得多的雇主，他允许读者在更大程度上与文本合伙。不同的读者可以自由地以不同的方式使作品具体化，而且不存在任何唯一正确的、可以穷尽其语义潜力的解释。但这种慷慨大度要受到一种严厉的指示的限制：读者必须构想文本使它内部连贯一致。伊瑟的阅读模式基本上是机能主义的：必须使部分自始至终适应整体。实际上，在这种武断的偏见背后，存在着格式塔心理学的影响，因为它关心把分散的观念并入一个可以理解的整体。确实，这种偏见在现代批评家中间极其流行，以致很难把它看作仅仅是一种偏见——这是一种理论上的偏爱，它同任何其他偏爱一样会引起辩论和争执。绝对没有必要假定文学作品一定或应该构成和谐的整体，许多富于启发性的意思摩擦或冲突必须由文学批评的冷静"处理"才能和谐起来。伊瑟认为英加顿对文本的看法太过于"有机主义"，他赞赏现代主义的复杂的作品，其部分原因是这些作品使我们更能意识到解释它们的艰辛。但与此同时，作品的"开放性"成了某种要逐渐消灭的东西，因为读者终将构成一种起作用的前提，而这种前提可以说明最大数量的作品成分并使它们互相连贯起来。

文本的不确定性只能促使我们取消它们，用一种稳定的意思取而代之。用伊瑟明显武断的方式来说，它们必须"正常化"——制服它们并使之屈从于某种牢固的意识结构。

读者与文本的搏斗仿佛就是对文本的解释，他极力把文本混乱的"多语义的"潜力限定在某种可以控制的范围之内。伊瑟非常坦率地谈到把这种多语义的潜力"纳入"某种体系——人们也许认为对于一个"多元论的"批评家来说这是一种奇怪的方式。除非这样做了，否则，统一的阅读主体就会受到损害，在"自我矫正"的阅读疗法中，就无法回到作为一种均衡统一体的自我。

任何一种文学理论都值得用下面的问题来加以检验：它应用于乔依斯的《为菲尼根守灵》效果如何？就伊瑟的情况而言，其答案必然是：不太好。他被公认论述了乔伊斯的《尤利西斯》；但他的主要批评兴趣在于18世纪以来的现实主义小说，而且有此方法可以使《尤利西斯》符合这种模式。伊瑟关于最有效的文学扰乱和违反公认的准则的看法，是否适合当代读者阅读荷马、但丁或斯宾塞呢？现代时期的欧洲自由主义者，认为"思想体系"必定有某些消极而非积极的成分，因此他们期望那种看来会破坏"思想体系"的艺术，伊瑟的看法难道不是这些人的一种更典型的观点？大量"有效的"文学难道不是已经明确地证实而并非扰乱了其时代公认的准则？把艺术的力量基本上确定为否定的——确定为违反和陌生化——这在伊瑟和形式主义者来说都包含着对自己时代的社会和文化制度的一种明确的态度：一种在现代自由主义当中等于怀疑思想体系本身的态度。它能这样做有力地证明了自由主义忽略某个特定的思想体系，这就是维持它自身地位的思想体系。

为了领会伊瑟的自由人文主义的局限，我们可以把他和另一位接受理论家——法国批评家罗兰·巴特——作一个简单的对比。巴特的《文本的乐趣》（*The Pleasure of the Text*，1973)一书中的方法，差不多与伊瑟的方法有着令人难以想象的差异——按照旧式的说法，这是一个法国享乐主义者和一个法国理性主义者之间的差异。伊瑟主要集中于现实主义作品，而巴特则利用现代主义文本提出一种对阅读的迥然不同的解释，这种解释把一切明确的意思消解为一种自由的文学游戏，试图通过语言中某种不断出现的错误和疏忽来消除压抑的思想体系。这样一种文本所要求的不是"阐释学"而是"性爱学"：既然无法确定它的意义，读者只能尽情享受撩人的一行行滑动的符号，享受露而复没、隐约闪现的刺激性的意思。由于读者迷恋这种丰富的语言舞蹈，醉心于词语本身的结构，所以对于构成一种连贯系统并把文本成分巧妙地结合在一起来支持一个整体自我的有意义的乐趣，他们并没有什么认识，他们只知道通过作品本身纷乱的织网感到自我瓦解分裂的受虐狂般的刺激。阅读与其说像个实验室，倒不如说像个闺房。在阅读行为使其受到怀疑的某种自我性的最后恢复里，现代主义的文本远不是使读者回到其本身，而是在巴尔特认为既是读者狂喜又是性欲高潮的一种享受当中，打破他或她的牢固的文化个性。

正如读者可能已经想到的那样，巴特的理论并非没有问题。在一个其他不仅缺书而且缺吃的世界上，这种自我放纵的先锋派享乐主义，确定有些令人感到不安。如果说伊瑟向我们提供了一种控制语言无限能力的严格"规范的"模式，那么巴特则向我们提供了一种个人的、非社会的、基本上是无政府主义的、也许只不过是前者的反面的经验。两位批评家都显露出对系统思想的一种自由主义的厌恶；两人以各自不同的方式忽视了读者在历史中的地位。因为读者肯定不会在一个真空中看到文本：一切读者都有其社会和历史地位，他们怎样解释文学作品将受到这个事实的深刻影响。伊瑟对阅读的社会性是了解的，但他宁愿主要集中在它的"美学"方面；康士坦茨学派一个更有历史思想的成员是汉斯·罗伯特·姚斯，他寻求以伽达默尔的方式使文学作品处于它的历史"范围"之内，处于作品于中产生的那种文化意义的背景当中，然后对这个"范围"和它的读者不断变化的历史"范围"之间的转换关系进行探索。这项工作的目的是产生一种新的文学史——这种文学史的重点不是作者、影响和文学流派，而是由它在各个阶段的历史"接受"所限定和解释的文学作品。并非文学作品本身保持不变而对它们的解释发生变化：文本和文学传统按照接受它们的多种历史"范围"本身也被积极地加以改变。

关于文学接受的一部更详尽的历史研究著作是让-保罗·萨特的《什么是文学？》（*What Is Literature?*，1948）。萨特的这部著作清楚地表明，一部作品的接受绝不只是一种关于它的"外部"事实，绝不只是一个依赖书评和书店销售的问题；它是作品本身构成的一个方面。每一部文学文本的构成都意识到它的潜在的读者，都包含着它写作对象的形象：每一部作品在它本身内部都把伊瑟称作"潜在的读者"变成符号，并在它的每一个表示里暗示出它所期待的那种"接受者"。在文学中和在任何其他类型的生产中一样，"消费"是生产过程本身的一个部分。如果一部小说开头的句子是"杰克摇摇晃晃走出小酒馆，鼻子通红"（Jack staggered red-nosed out of the pub），那么它就已经包含了某种读者，这种读者懂得相当高级的英语，知道"小酒馆"（pub）这个词，并且具有某种文化知识，了解酒和面部发红是相联系的。并非只是作者"需要读者"：作者所运用的语言已经包含着可能存在的一种读者范畴而不是另一种范畴，在这一点上他未必有多少抉择权。一个作家也许根本不会想到某种特定的读者，他可能对谁读他的作品毫不介意，但仅仅写作行为本身就已经把某种读者作为文本的内在结构包括了进去。甚至我自己对自己说话时，除非我说的那些话（而不是我本人）能够预见到某种潜在的读者，否则我说的话就根本不算做话。因此，萨特的这部著作开始提出"作家为谁而写作"的问题，不过他用的是历史的而不是"存在主义"的观点。他这部著作追溯了17世纪以来法国作家的命运，从17世纪"古典主义"风格标志作者与读者之间有一种固定契约或共同的设想框架，到19世纪文学内在的自我意识不可避免地描写它所蔑视的资产阶级。这部著作最后论及当代"承担责任的"作家陷入困境，他们既不能把自己的作品写给资产阶级、工人阶级，也不能写给"普通人"想象中的某些人。

姚斯和伊瑟的这种接受理论看来提出了一个迫切的认识论问题。如果人们认为"文本本身"是一种构架、一套"纲要"，等待不同的读者以不同的方式加以具体化，那么在未将它们具体化之前人们究竟怎样来讨论这些纲要呢？当谈到"文本本身"，把它作为一个标准衡量对它的特定解释时，人们是不是在处理一些仅仅是自己的具体化的东西？批评家是否在向"文本本身"要求某种上帝般超绝的知识——某种仅仅作为必须设法对文本做部分构成的读者所不可能得到的知识？换言之，这是人们怎么知道冰箱门关上时里面的灯就灭了那个老问题的翻版。罗曼·英加顿考虑到这种困难，但却不能对它提出适当的解决办法；伊瑟允许读者有相当大的自由，但我们并不是完全自由地按我们的愿望来解释。因为解释要成为这一文本而不是另外某一文本的解释，它必须在某种意义上受到文本本身合乎逻辑的限制。换句话说，作品对读者的反应起某种程度的决定作用，否则批评就可能会陷入完全混乱的状态。《荒凉山庄》只不过是读者对这部小说所做的千百万不同的、常常矛盾的理解，"文本本身"也就作为一种神秘的未知数而被丢却。如果文学作品不是一个包含某些不确定性的确定的结构，而假设文本中的一切都是不确定的、取决于读者选择构成它的方式，那么会是什么样的情况呢？在什么样的意义上我们可以说是在解释"同一部"作品呢？

并不是所有的接受理论家都觉得这是一种困境。美国批评家斯坦利·费什非常高兴地承认：当你认真对待它的时候，在讨论桌上根本不会有什么"客观的"文学作品。《荒凉山庄》只不过是已经或将要对这部小说所作各式各样的解释。真正的作者是读者：读者对于在文学事业中仅仅像伊瑟那样合伙感到不满，所以现在推翻了他们的老板，自己接管了权力。费什认为，阅读不是一个发现文本是什么意思的问题，而是一个体验它对你做些什么的过程。他的语言概念是实用主义的：例如，一种语言学上的倒装法或许会使我们产生某种惊奇或迷惑的感觉，而批评只不过是描述读者对书页上的连续文字不断发展的反应。然而，文本对我们"做"些什么，实际上是我们对文本做些什么的问题，是一个解释的问题；批评注意的对象是读者经验的结构，而不是任何在作品本身当中会发现的"客观的"结构。文本中的一切——它的语法、意思、形式单位——都是解释的产物，绝不是"事实上"给定的；于是这就提出了费什认为他在阅读时解释的究竟是什么的有趣的问题。他对这个问题的令人喜欢的坦率回答是他不知道；但是，他认为其他任何人也不知道。

（［英］特里·伊格尔顿：《现象学，阐释学，接受理论——当代西方文艺理论》，

王逢振译，南京，江苏教育出版社，2006）

二、姚斯论文学接受

一部文学作品的历史生命如果没有接受者的积极参与是不可思议的。因为只有通过读者的传递过程，作品才进入一种连续性变化的经验视野。在阅读过程中，永远不停地发生着从简单接受到批评性的理解，从被动接受到主动接受，从认识的审美标准到超越以往的新的生产的转换。文学的历史性及其传达特点预先假定了一种对话并随之假定在作品、读者和新作品间的过程性联系，以便从信息与接受者、疑问与回答、问题与解决之间的相互关系出发设想新的作品。如果理解文学作品的历史连续性时像文学史的连贯

性一样找到一种新的解决方法，那么过去在这个封闭的生产和再现的圆圈中运动的文学研究的方法论就必须向接受美学和影响美学开放。

（[德]姚斯：《文学史作为向文学理论的挑战》，《接受美学与接受理论》，

周宁、金元浦译，沈阳，辽宁人民出版社，1987）

三、英加登论消极阅读和积极阅读

到目前为止，我们所描述的阅读过程中的活动，尚未穷尽我们称之为对文学作品的认识的这一复杂过程。相反，它们只是构成从事一种新的认识活动——就认识文学作品来说它比前面论述的活动要重要得多——所必不可少的手段。这种新活动就是对作品描绘的客体进行意向重构和认识。

对文学作品中意群的任何理解(语词，句子，句群或句子结构)都在于做出适当的示意行为，从而导致这些行为的对象的意向投射，或者意群的意向对象。所以初看起来，似乎一般阅读对于读者即足以构成作品描绘的客体。但是进一步的观察表明，情况并非如此。

我们暂时区分两种不同的阅读文学作品的方式：普通的、纯粹消极的(接受的)阅读和积极阅读。

当然，每一种阅读都是读者有意识进行的活动，而不仅仅是对某种东西的经验或接受。但是，在许多情况下，读者的全部努力都在于思考句子的意义，而没有使意义成为对象并且仍然停留在意义领域中。没有做出理智的努力，从所读的句子进入到同它们相应的和由它们投射的对象。当然，这些对象永远是句子意义自动的意向投射。然而，在纯粹消极的阅读中，人们没有试图理解它们，特别是没有综合地构成它们。所以在消极阅读中没有发生同虚构对象的任何交流。

这种纯粹消极的接受的阅读方式——它也往往是机械的——在阅读文学的艺术作品和科学著作时都经常发生。人们仍然知道自己在读什么，然而理解的范围往往限于所读的句子本身。但是人们没有清楚地意识到自己读的是关于什么以及它的质的构成是什么。人们忙于应付句子意义本身而不是以这样的方式接受句子使自己能够通过它进入作品的对象世界；人们过分被个别句子的意义限制了。人们"一个句子接着一个句子"地读，每一个句子都是孤立地理解的；未能达到对刚读过的句子同其他句子(有时离开得相当远)进行综合的结合。如果要求消极的读者对所读过的内容作一简短的综述，他就会做不到。若是记忆力好的话，他也许能在一定限度内重复本文，但也仅此而已。对作品语言的丰富知识，一定程度的阅读经验，陈规旧套的句子结构——所有这些都经常导致"机械的"阅读，没有读者个人的和积极的参与，尽管他正在阅读。

很难描述消极的、纯粹接受的阅读和"积极的"阅读，因为在消极阅读中我们毕竟也象在"积极"阅读中那样思考句子。所以在两种阅读中似乎包含着同一种活动。也许对照

两种阅读方式要容易些，如果我们可以说，在接受地阅读时，人们不是做出相应的示意行为来理解句子意义；相反，他们只是体验或感受到它们在进行着。作为对照，我们只在有阅读时才真正做出示意行为。但是事情并不这么简单，因为在两种阅读中都进行着心理活动。两种阅读的区别仅仅在于这些心理活动进行的方式。然而，描述这些操作方式是极困难的。

让我们断言在"积极"阅读中，人们不仅理解句子意义，而且理解它们的对象并同它们进行一种交流。一种来自天真的经验论或实证论现实主义的理论使得接受这个观点更为困难了。这些实在论者认为我们只有在下述条件下才能够同对象交流：(a)对象是实在的；(b)我们仅仅是发现它们呈现在我们面前，自己没有作出努力，从而我们除了呆望着我们面前的东西之外再无其他作为可言。这种理论干脆假定对象只是通过感官知觉或者最多通过内在知觉呈现给我们。所以，如果我们只是通过若干句子理解对象，那么我们自然不能同对象进行交流。这种论点似乎把我们同那些从未在现实中存在或出现的对象的联系(就像在文学的艺术作品中占绝大多数的)都排除了。

然而，这种实在论理论是错误的，首先，因为它认为我们仅仅通过被动的"凝视"在感觉知觉中获得关于周围实在世界事物和事件的知识。相反，为了真正认识这些事物，我们必须进行一系列往往是复杂的和互相联系的活动，这种活动要求我们有相当大程度的能动性和关注，它们在大量知觉提供的材料的基础上，最终把我们引向我们感知的实在对象。只有在对象对于我们成为可接近的时候，我们才能同它进行直接交流，就像同某种真正给予的和自我呈现的东西交流一样。这种理论的错误还在于，它认为超出感觉或内在知觉的范围，我们就不可能从对象获得直接甚至半直接的知识，就像我们仅仅通过理解某些句子获得的知识。例如，当我们处理几何学对象时，我们通过理解某些句子以及借助于特殊限定想象活动，有时候可以获得关于几何对象的某种事态以及它们的必要关系的直接理解。当我们未能成功地做到这一点时，我们就说我们确实从语言上理解了这些句子，但是，即使已经有了证明结果，我们仍然不能真正确信它就像命题所认为的那样；我们也不能清楚明确地意识到"究竟"处理的是什么对象。有些人用不同的方式表达了这种看法，他们说他们当然"知道"命题是关于什么的，但是没有真正理解句子，因为他们显然只能从对相应几何学事态的直接的直觉的理解中获得真正的理解。

当创造的艺术想象借助于意识的特殊活动来模仿对象时，也会发生类似的情况。这种对象当然是纯粹意向的，或者如果我们愿意的话，也可以说是"虚构的"；但是正是作为这种创造活动的产品，它们获得一种独立的现实的品格。一旦创造的意向性得到现实化，它对于我们在一定程度上就成为一种限制。同意向行为相应的对象在创造过程的后来阶段被投射为一个在一定程度上独立于这些活动的准实在。我们考虑这个准实在；我们必须使自己同它协调；或者如果由于某种原因它不能使我们满意，我们就必须在新的创造活动中转化它，或进一步发展补充它。

　　所以，阅读文学的艺术作品能够"积极地"完成，我们以一种特殊的首创性和能动性来思考所读的句子意义，我们以一种共同创造的态度投身于句子意义确定的对象领域。在这种情况中，意义创造出一条接近作品创造的对象的通路。按照胡塞尔的说法，意义只是人们为了达到意指对象所经过的通道。在严格的意义上，意义根本不是对象。因为，如果我们积极地思考一个句子，我们所注意的就不是意义，而是通过它或在它之中所确定所思考的东西。尽管不是很精确，我们可以说在积极地思考一个句子时，我们构成和实现了它的意义并且在这样做时，达到了句子的对象，即事态或其他意向性句子关联物。从这一点上说，我们是能够把握句子关联物所指示的对象本身的。

　　除了两个语言层次以外，文学作品还包括再现客体层次。所以，为了理解整个作品，首先必须达到它的所有层次，尤其是再现客体层次。甚至纯粹接受的阅读也能为读者揭示这个层次，至少是隐约地和模糊地。然而，只有积极的阅读才使读者能够发现它特殊的独有的结构和丰富的细节。但是这不可能通过仅仅理解句子的个别意向事态来完成。我们必须从这些事态前进到它们多样的相互联系以及由这些事态描绘的对象（事物，事件）。但是为了达到对对象层次复杂结构的审美理解，积极的读者在发现和重构这个层次之后，还必须超越它，特别是要超出句子意义明确指出的种种细节，必须在许多方向补充所描绘的对象。在这样做时，读者在某种程度上证明自己是文学的艺术作品的共同创造者。让我们更详尽地讨论这个问题。

　　　　　　（［波］罗曼·英加登：《对文学的艺术作品的认识》，陈燕谷、晓未译，

　　　　　　　　　　　　　　　　　　北京，中国文联出版公司，1988）

第二节　文学接受的过程和价值

一、文学接受过程

　　与文学创作一样，文学接受也是一个过程。这个过程大致可以分为阅读前的素养储备、审美感受、审美评价三个阶段。

　　读者的素养储备是文学接受过程的第一阶段，也是文学接受活动得以顺利进行的前提条件。比如，其中的一个文学接受的基础就是接受者必须具备一定的语言能力。读者具备了丰富的语言经验，学习和掌握了语言表达技巧和艺术，有较好的语感，才能理解和体味语言的内外之意，得到文学作品美的体验。生活体验与文学接受也是密不可分的。通常来说，读者喜欢的文学作品，无论题材、风格、主题还是思想内涵都与自己的

生活领域、阅历，甚至命运有某种明显的或潜在的联系，读者在文学接受中总是有意识或无意识地加入对自己经历的理解、思考和情感。比如，人们少年时喜欢阅读《西游记》，感兴趣的往往是它的故事情节，而难以领悟它的深刻内涵。随着年岁的增长、知识的增加及阅历的积累，人们对生活的感悟越来越深，对《西游记》进行再次阅读时，当然就会有不同的体验了，他们会透过一个个故事而深刻理解师徒四人的人物性格及惩恶扬善、以正压邪等故事内涵，还会进一步体味故事后面的人生体验和智慧。文学艺术修养是进行更高层次文学接受的基础和条件。如果读者接受过专门的文学教育，拥有大量的文学阅读经验，乃至曾有从事文学创作活动的经历，他们的文学接受活动可能会达到更高的程度。所以，提高文学艺术修养、增强对文学的感性经验和理性认识是进行更高层次文学鉴赏的基础。

在阅读中，推动读者阅读并接受文学作品的心理需求就是我们所说的接受动机。审美动机、娱乐动机、求知动机、受教动机、借鉴动机和批评动机等组成了接受动机。审美动机是指读者通过文学阅读获得审美或艺术享受的心理需求，是文学阅读的根本动机。在大众阅读中，娱乐动机往往是初始动机，通过文学阅读，接受主体在得到娱乐、消遣的同时也获得了不同程度的审美享受。试图通过阅读文学作品丰富自己的生活、社会、宗教、科学、文化等方面的知识，构成了求知动机。出于获得某种人生启迪、精神鼓舞或道德教育等目的而进入文学活动，形成受教动机。为学习作家文学创作的艺术手法和技巧而进行阅读，构成了借鉴动机。批评家试图通过对文学作品的阅读获得对文学规律更深刻的认识，对文学作品做出理性的分析和演绎，则构成了批评动机。此外，出于某种欲望的替代性满足、从众心理等都会构成不同的接受动机。上述接受动机在具体的阅读过程中往往交叉重复、相互转化。获得愉悦是绝大多数读者阅读文学作品的初始动机，但在文学接受的过程中读者的动机往往会潜移默化地发生转换，相互交织。比如，许多读者初读长篇小说《西游记》的时候，往往是被小说中的传奇人物和他们的传奇故事所吸引。书中师徒四人经历的"九九八十一"难、与各路妖魔的斗智斗勇、他们各自的鲜明个性特点等，使读者手不释卷、沉浸其中。而实际上，读者在这个过程中，会不知不觉地走进作者精心构筑的艺术世界，去感受这些故事后面真正的深层次的文化内涵。这样，尽管他们是从娱乐的接受动机出发，实际上也在无形中受到了教育，接受动机也在阅读的过程中发生了转换。

拥有一定文学接受能力的读者，在接受动机的驱使下开始文学阅读过程，这便进入了文学接受过程的第二个阶段：审美感受阶段。读者在其间流连忘返，尽情体味人生滋味，深刻领悟生命真谛。读者在阅读和理解作品的过程中，不仅是在解读语言文字的意义，更是在重构作家所创造的艺术形象，即通过审美理解和创造性想象，重新建构出与作品中的艺术形象不完全相同的新形象，这也是一种再创造过程。阅读始终伴随着审美体验。读者在重构饱含审美情感的艺术形象时，实质上已进入文学接受活动的审美感受过程。在文学接受中读者自身的体验同作品所表现的经验之间产生呼应与共鸣，读者发现了自己在生活中未曾留意的生活经验或人生的真谛，现实得以超越，读者心理得到了极大的满足，普通的经验转化为深刻的审美体验，读者收获了文学之美。正是这样的审美体验，才构成了文学接受活动最重要的价值和意义之一。文学审美感受具有独特性。与诸如雕塑、绘画等空间性艺术不同，文学形象是在读者的精神世界中存在的。雕塑、绘画的审美体验的生成虽然也要经由接受者同作品之间的对话来完成，但它们由于具有一种空间的质感，可以直接诉诸接受者的视觉感官。比如，在有音乐播放的情景下，接受者甚至在完全不自觉的状态下就可以受到音乐的影响，完成审美感受。与之相比，文学作品所提供的对象并不能直接诉诸视觉或听觉，而需要读者在理解语言文字符号的基础上，以自身的理解去发现和填补，并重构带着自己鲜明个性特征印记的文学形象。而且，语言文字符号自身承载着丰富的历史性内容及文学媒介特点，使得文学的感受和体验呈现出更大的自由性和创造性。接受者如果没有相当的文化素养、自觉的参与和创造性的投入，文学作品的内在意义和审美潜质是无法得到真正实现的。这也体现了文学接受本身的独特价值。

读者在阅读文学作品、重构文学形象、进行审美体验时，往往进行深入的思考，追问作品的艺术和审美特征，并对其审美价值做出判断，文学接受过程就进入了第三个阶段：审美评价阶段。感性认识和理性认识为人类认识的两个阶段。理性认识以感性认识为基础，并超越感性认识，达到对于规律、本质的认识。从文学接受的过程来说，审美感受以感性心理为主，而审美评价则以理性因素更多。审美感受和审美评价错综交织，但又有所区别。审美感受是读者主要在感性的层面对文学作品进行感知、领悟和体验，其结果是感性的文学形象的形成。这构成了文学接受的初级阶段。审美评价是读者在前一阶段审美感受的基础上，凭借一定的价值尺度或评判标准，对文学作品的思想性、艺术性、审美性等做出较为理性的判断和评说，但往往不脱离具体的审美感受。这构成了文学接受活动的高级阶段。每一个读者在文学接受的过程中进行审美评价的标准，随着个体的文学素养、阅读经验及人身体验而有所不同。普通读者的审美评价往往是随机的和零散的，但也是他们对作品最直观的理解和真切的感受，因而，不管是对于作家还是批评家，都具有重要的参考价值。他们的意见反馈，往往能够帮助作家在文学作品创作时进行再调整、再改进、再丰富与再提高。批评家的审美评价，即批评家所做的评论，是审美评价的高级形态，往往是在一般读者审美评价的基础上的进一步升华。批评家往往能对文学创作方法、技巧和思想深度有更为深入的分析和研究，他们从阅读到鉴赏，从审美感受到审美评价，都比一般读者理解得更为精准深入，对普通读者的阅读和审美评价活动具有更强的指导作用。

上面将文学接受活动分为素养储备、审美感受、审美评价三个阶段，但实际的文学接受活动并不是一个简单依次进行的活动，往往是相互交织、相互影响的。比如，审美评价甚至可以在最初阅读作品时就出现，当读者开始阅读作品时，就可能产生主观评价，而审美感受也在随后的作品阅读过程中逐渐产生。再如，审美评价也会反过来影响着审美感受，促进着读者审美能力和素养的提高。

除此之外，文学接受的过程还可以指"期待视野"与"预备情绪"。所谓"期待视野"（expectation horizon），又译"期待视界""期待视域"，指读者通过已有的各种体验而形成的一种对文学作品的鉴赏的心理期待。它是文学接受活动的基础。期待视野可以具体分为文学的期待、生活的期待与价值的期待三个层次。文学的期待是指读者对作品的艺术形式与审美特质方面的期待，包括作品的文学性、文体、表现方法、结构技巧、语言特点、艺术感染力等。生活的期待是指读者对作品生活内蕴与思想意义方面的期待，包括作品的题材、主题、情节、故事的发展、作家的意图等。价值的期待是指读者从接受动机与需求中产生的对作品价值的整体期待。所谓"预备情绪"，是接受者从现实关注向文学接受过程跃进的中间环节，是读者受作品基本特质的激发而产生的一种特殊的情绪，是一种"审美前"的心理状态。预备情绪具有三个特征，即审美性、朦胧性与期望性。审美性指文学作品中的某个打动读者或让读者产生共鸣的特质使读者产生了一种初发的审美情感。朦胧性指读者最初对打动他的文学作品的审美特质的经验是停留在感觉与直觉层面的，他与文学作品直接的情感交流尚处在萌芽状态与朦胧的水平。期望性指产生了一种掌握文学作品的审美特质的冲动与期望，希望通过对这种审美特性的掌握与深入体验，来满足读者自己的审美需求，进一步扩大由阅读而带来的喜悦。

最后，文化接受过程还反映在接受者审美心理结构的同化与顺应上。审美心理结构，是指由接受者原有的文学知识、审美趣味及阅读过的作品所构成的比较稳定的心理图式。审美心理结构的反应方式为同化与顺应。所谓"同化"，是指在接受过程中，接受者总是把具体文学作品整合到原先就存在的审美心理结构之中，当作品的信息与结构相一致时，审美心理结构就得到强化与巩固。所谓"顺应"，是指在接受过程中，接受者的审美结构与具体文学作品中的新因素发生严重的不一致，结构无法同化作品，只能通过自我转换来适应作品的新情况，对原有审美心理结构进行调整与更新。

二、文学接受的效果和价值

文学接受是整个文学活动中的一个环节，它是指读者面对文学作品进行阅读并参与其中，运用想象与联想进行填补、创造、重构的各种活动的总称。过去的文学理论长期关注的焦点是文学创作和文学作品本身，对文学接受的问题重视不够，文学接受一直被当作一种次要的和边缘性的活动看待。但随着 20 世纪 60 年代接受美学理论兴起，这种现象发生了改变，接受理论逐渐成了文学理论中的一门显学。

文学接受在文学活动中的意义和重要性是毋庸置疑的。它是文学活动中不可或缺的一个重要环节。任何文学活动都是一个完整的过程，从生活到作者、到作品、到读者，再回到生活。从生活到作者再到作品，这是文学创作过程；由作品再到读者，甚至由读者再回到生活的过程，主要就表现为文学接受过程。没有读者的接受，文学活动也就中断了。文学创作和文学接受作为统一的文学活动的两个组成部分，它们之间的关系并不是单向的决定和被决定的关系，而是一种双向的互动关系，既相互区别、相互对立，又相互创造、相互存在。从这种意义上说，如果没有接受，就不会有创作。文学接受是文学发挥自己功能与作用的前提。文学源于生活，同时它也反作用于生活，对人类改造客观世界和主观世界的实践活动发生某种作用和影响。文学有认识、教育、娱乐、补偿、审美等社会功能，但所有这些功能都必须经过读者的接受行为才能付诸实现。文学作品不可能自动地作用于社会，所有的这些社会功能是以一种潜能的形式出现的。只有通过读者的积极阅读和参与，即接受活动，才能把这些功能激活，文学作品才能通过读者这个媒介对社会产生实际的影响，也才实现了文学的社会功能。如果没有文学接受，没有这种作用和影响，文学也就失去其存在的价值和意义。所以，人们现在已明确认识到，读者的重要性不次于作家和作品本身，离开了读者，离开了接受，就不会有真正意义上的文学活动。文学接受对于作品审美价值和社会功能的实现、作家的创作激励、推动文学事业的进一步繁荣发展都具有至关重要的意义。

原典选读

伊格尔顿论文学接受的过程

阐释学在法国的最新发展被认为是"接受美学"或"接受理论"。接受理论不同于伽达默尔的理论，它不是完全集中在过去的作品上面。接受理论考察读者在文学中的作用，因此是一个全新的发展。实际上，人们可以非常粗略地把现代文学理论的历史从时间上划分为三个时期：只注意作者（浪漫主义和19世纪），只关心作品文本（新批评），以及最近几年把注意力明显转向读者。在这三者当中，读者一向是最不被注意的——这颇为奇怪，因为没有读者就根本不会有文学文本。文学文本并不存在于书架上面，它们是表达意义的过程，只有在读者的阅读实践中才能具体体现出来。就文学的产生来说，读者完全和作者一样必不可少。

阅读行为包含些什么呢？让我随便用一部小说的开头两句做个例子："'你觉得这对新人怎么样?'海尼玛夫妇彼埃特和安吉拉正脱衣服。"（约翰·厄普代克的《夫妇们》）我们怎样理解这两句话呢？因为这两句话之间明显地没有联系，所以我们也许有一会儿感到迷惑不解，直到我们领会了这里是文学传统在发生作用时才明白过来。按照文学传统，我们可以认为这是某个人物的直接引语，即使作品本身没有明确地说明这点。我们猜想某个人物说了开头这句话，可能是彼埃特·海尼玛，也可能是安吉拉·海尼玛；但为什么我们作这样的假想呢？引号里的那句话也许根本就没有说过。它可以是心里想的，或者是别人提出的一个问题，或者是放在小说开头的某种警句格言。也许这是对彼埃特和安吉拉·海尼玛说的，是由另外某个人或者从天上突然传来的一个声音说的。为什么后一种解释看来不大可能的唯一理由，是这句问话对天堂的声音来说有些口语化了，而且我们也许知道厄普代克基本上是个现实主义作家，他一般不采用这样的方法；但是一个作家的文本并不一定构成一种连续的整体，因此过于依赖这样的设想很可能是不明智的。不可能有什么现实的根据认为这句问话是由一群人齐声说的，也不大可能是由彼埃特和安吉拉·海尼玛之外的别人问的，因为紧接着我们便知道了他们正在脱衣服，也许我们想他们是结了婚的夫妇，而且我们知道结了婚的夫妇——至少在我们伯明翰郊区——不论他们单独在一起会做些什么，也不会当着第三者的面一起脱衣服。

我们很可能就在读这两句话的时候已经作了一整套推断。例如，我们可以推想这里所说的"一对"是一个男人和一个女人，虽然迄今没有任何东西告诉我们他们不是两个女人或两个虎仔。我们认为，不论谁提这个问题他都不可能了解别人的想法，否则他当时就没必要来问。我们可以猜想提问者重视被提问者的判断，虽然迄今还没有足够的上下文关系让我们判断这个问题并非是嘲笑或挑衅。我们想象"海尼玛夫妇"这个短语与"彼埃特和安吉拉"这个短语很可能是语法上的同位语，表明海尼玛是他们的姓氏，从而为他们已经结婚提供了一条重要的证据，但是，在彼埃特和安吉拉之外，我们不能排除可能还有某一批人也姓海尼玛，或许整整一个部落的人。他们全都在一个大厅里一起脱衣服，彼埃特和安吉拉共用同一个姓氏的事实并不能确证他们是丈夫和妻子。他们可以是特别解放的或者乱伦的哥哥和妹妹、父亲和女儿或者母亲和儿子。不过，我们只是假定他们是在当着彼此的面脱衣服，其实没有任何东西告诉我们这句问话不是从一间卧室或海滩小屋里向另一个人喊的。也许彼埃特和安吉拉是两个小孩，虽然对这句问话的有关辩证使这点显得不大可能。大部分读者迄今可能会认为，彼埃特和安吉拉·海尼玛是一对结过婚的夫妇，他们参加了某项活动，大概是一次宴会，有一对新婚夫妇出席，他们参加完之后在卧室里一起脱衣服；不过这一切全都没有明确地讲出来。

这些是小说开头的两句话，当然，这个事实意味着我们继续读下去的时候，这些问题当中的许多都可以得到解答。但是，我们在这里因不知道而被迫进行思考和推断的过程，对于我们在阅读时始终要做些什么来说却完全是一个更有力、更鲜明的例子。我们继续读下去的时候，我们会遇到更多的问题，这些问题只能靠进一步的假想来解决。我们会得到类似于在这两句话里向我们隐匿的"事实"，但我们仍需要对它们作一番不大可靠的解释。阅读厄普代克小说的开始部分，使我们卷入多得惊人的复杂的、主要是无意识的劳动：虽然我们很少注意到这点，但我们时时刻刻都在构成关于文本意思的假想。读者找出内含的联系，填补删略的地方，做出推断，并检验原来的预想；而要这样做就意味着依赖整个世界潜存的知识，特别是文学传统中潜存的知识。对读者来说，文本本身确实只不过是一系列的"提示"，是把一部分语言构成意思的邀请书。用"接受理论"的术语来说，读者把文学作品"具体化"了，而文学作品本身只不过是书页上一连串有组织的黑色符号。如果没有读者这种连续的、积极的参与，那就根本不会有什么文学作品。任何一部文学作品，不论它多么严密，对接受理论来说实际上都由一些"空隙"构成，就像桌子对现代物理学那样——举例来说，这种"空隙"就是《夫妇们》第一句和第二句之间的情况，在这两句之间读者必须补充某种漏缺的联系。作品充满了"不确定性"，充满了一些看来靠读者解释的成分，一些可以用多种不同的、或许互相矛盾的方式来解释的成分。这种情况与通常见解不同的是作品提供的说明越多，作品就越不确定。莎士比亚的"神秘的穿着黑衣夜半出没的女巫"(secret black and midnight hago)，在某种意义上限定了所谈的女巫是什么样的女巫，使她们变得更明确，但由于三个形容词全都富有启发性，不同的读者会产生不同的反应，所以本文在努力使自己更明确的时候，也使自己变得更不明确了。

（[英]特里·伊格尔顿：《现象学，阐释学，接受理论——当代西方文艺理论》，

王逢振译，南京，江苏教育出版社，2006）

第三节　文学接受与文学批评

文学批评是文学理论的一个重要组成部分，它是文学活动中的一种现象，自文学诞生以来，它就与之相伴随行，随着文学的繁荣而壮大。文学作品诞生后的各种不同社会反响，如谩骂或者赞誉，都是文学批评。巴尔扎克说过："作家没有决心遭受批评界的火力就不该动笔写作，正如出门的人不应该期望永远不会刮风落雨一样。"①伟大的作家从来不惧怕他人的批评，反而从有益的批评中汲取营养，丰富自己的创作。

一、文学批评是一种特殊的文学接受方式

文学批评是对文学作品及其相关的文学活动进行批评阐释，除了评价作家作品外，它还对文学运动、文学流派和文学思潮予以关注，并总结文学现象中的规律性问题。它既包含审美经验，又富有理性思考。它阐释文学作品的特征，分析作家的创作风格和艺术技巧，评估文学作品的思想价值和审美价值。在文学研究中，文学批评必不可少。早在 20 世纪以前，文学批评就已实质性地存在，亚里士多德的《诗学》、贺拉斯的《诗艺》、

---

① [法]巴尔扎克：《〈人间喜剧〉前言》，《西方文论选》，下卷，172 页，上海，上海译文出版社，1979。

朗基努斯的《论崇高》等理论著作均揭示了文学作品的形态结构和价值意蕴，这其实就是一种文学批评。但是直到20世纪，文学批评才发展为一门独立的具有系统理论形态的学科，拥有独特的学科品格，不再成为哲学、美学和文学作品的附庸，文学批评的各种流派和理论主张蔚为壮观。

文学批评意味着批评家要对文学作品进行阐释、判断和评价，这也是一种特殊的文学接受方式，但它又不同于普通读者的文学接受，一般读者的文学接受就是文学欣赏，文学批评比一般的文学接受要深刻和权威。普通读者可以凭着自身的兴趣爱好，依据以往的阅读经验，对文学作品予以个人的、随性的评价，而批评家作为文学批评的主体，他们接受过专门的文学批评训练，文学理论知识深厚，文学批评经验丰富，还拥有精准敏锐的文学感悟力。与普通读者的个体化行为不同，它是一种社会化行为，会对整个社会的文学审美活动产生影响，并引导读者的文学评价。

文学批评作为一种特殊的文学接受具有以下属性。

其一，文学批评具有相对客观性。文学批评运用抽象思维，通过审美鉴赏，对文学作品予以理论把握和评价。文学批评是一个动态运行的过程，批评家首先要深入体验作品中的艺术形象，然后又要能够置身事外，客观冷静地评判作品的优劣高低，从而概括出某些文学规律。与科学研究类似的是，文学批评从立论到论证，最后至结论，都必须符合客观实际，合乎逻辑，摆出充分的事实依据，使结论可信。俄国诗人普希金认为："批评是科学。批评是揭示文学艺术作品的美和缺点的科学。它是以充分理解艺术家或作家在自己的作品中所遵循的规则、深刻研究典范的作品和积极观察当代突出的现象为基础的。"[①]文学批评应具有客观标准，批评家在对批评对象进行批评时应抛弃个人的主观印象和个人感情，做出客观的、实事求是的分析。它的客观性意味着文学批评具有特定的内在规律，文学批评不是他者的附属品，不依附于任何社会力量，政治、宗教、金钱和人际关系皆不能使之与其适应。将文学批评视作阶级斗争的工具曾经流行一时，导致批评家忽视了文学本身的审美性，鼓吹或抨击某种文学思想，令当时的文学界深受其害。如我国"文化大革命"期间对"十七年"文学的无情"棒杀"，文学评论界将政治性凌驾在文学性之上，严重地丧失了文学批评的基本立场，无法准确、公正地评价作家及其作品。当前，中国文学正处于数量"高产"时期，大量的文学新作纷至沓来，批评家们需要不受外界干扰，客观冷静地评论，这并不是一件容易的事情。有些评论家将文学批评嬗变为商业炒作，或者为了人情关系而对水平不高的作品予以文学吹捧，这都不是真正的文学批评，这种行为只能使文学批评失去原本应有的批判色彩。如2013年余华的新作《第七天》出版后便引起了激烈的争论，复旦大学中文系教授郜元宝写下《余华新作为何"轻"和"薄"》，严肃而客观地评论作品的艺术特色和文学价值，反响热烈。

---

① ［俄］普希金：《论批评》，《古典文艺理论译丛》，第二册，153页，北京，人民文学出版社，1961。

其二，文学批评兼具社会批评和美学批评。作为批评主体的批评家，身为人类社会中的一分子，不可避免地带有社会性。马克思指出："人的本质不是单个人所固有的抽象物，在其现实性上，它是一切社会关系的总和。"①人类社会是由每一个独特的个体所构成的社会网络，脱离了社会性，人就无法成为真正的人。批评家评判文学作品不仅与他的文学态度和文学主张有关，而且还会依赖社会标准和社会价值取向。例如，恩格斯在评价哈克奈斯的《城市姑娘》时，就联系英国工人运动论证工人阶级必须反抗剥削和压迫的正确性。同时，批评家应努力揭示文学作品所反映的社会意义，如钱锺书的《围城》，作品本身除了体现文学性以外，也对现实生活中知识分子思想苦闷有所关注。所以，文学批评中蕴含着社会批评。文学作品反映了一定的社会生活，包含了道德、政治、哲学、宗教等诸多与社会因素相关的东西，但审美是文学的根本属性，若文学失去了审美，也就失去了文学之为文学的可能性。批评家的主要任务是揭示文学作品的审美价值，卢那察尔斯基指出："我们必须明白地说，即使同社会批评逐渐融合之后，文学批评也不失为美学批评。"②

在具体的文学批评活动中，批评家的侧重点是不同的。有时可能侧重社会批评，有时可能侧重美学批评，社会批评和美学批评有机地融合在一起。别林斯基说："只是历史的而非美学的批评，或者反过来说，只是美学的而非历史的批评，这都是片面的，从而也是错误的。批评应该是整个的，其中见解的多面性应该出自一个共同的源流，一个系统，一种艺术观点。"③文学批评以美学批评为主，但美学批评又离不开一定时代和社会的发展，它是根植于社会批评之中的，两者共同推动了文学批评的发展。

其三，文学批评具有倾向性。文学批评是身为主体的批评家对文学作品这一客体的态度表述，必然蕴含着主体的倾向性。倾向性主要表现在两个层面：一是批评家的社会地位、阶级、职位和财富权势都会影响批评家的评判。清朝文学批评家金圣叹用评点这一独特的文学批评形式表达他的社会观和人生观，注重思想内容的阐发，总是与统治阶级主流的文学观点相异。由于统治阶级的思想总是占据统治地位，当批评家身处统治阶层时更会强烈自发地维护文学施加给其阶层的影响，控制话语权，把批评当作阶级斗争的工具，处处体现着浓烈的意识形态色彩。特别是在阶级矛盾突出、社会激烈动荡的变革时期，这种批评特点尤为明显。如斯托夫人的《汤姆叔叔的小屋》发表后得到了两派截然不同的评价，维护黑奴制的一派极力贬低此作品的价值，废奴派则高度赞扬此书，此后引发了美国历史上著名的南北战争。二是批评家不同的艺术主张会影响不同的美学追求。中国古代文学批评中的言志说、缘情说、文以载道说、空灵说、童心说等文学主张

---

① 《马克思恩格斯选集》，第1卷，56页，北京，人民出版社，1995。

② 转引自柯秀经、胡长文等主编：《新编文学理论教程》，423页，天津，天津人民出版社，1996。

③ ［俄］别林斯基：《关于批评的讲话》，《别林斯基选集》，第3卷，满涛译，595页，上海，上海译文出版社，1980。

就有各自的文学倾向性。如李贽的童心说主张戏曲作品应该真情而不"矫强"，充分肯定传奇、小说、戏曲等文学样式的艺术价值，倡导文学创作应出于"童心"与"发愤"，敢于批判黑暗现实。多样的文学倾向有益于文学风格、流派、创作技巧的多样化发展，繁荣文学事业。

二、文学批评的价值和影响

文学批评是一种理性层面的文学接受，它对作家的文学创作、读者的文学欣赏和文学流派的产生都有着相当的影响。古罗马的贺拉斯将文学批评的价值比作一块磨刀石："能使钢刀锋利，虽然它自己切不动什么。我自己不写什么东西，但是我愿意指示（别人）：诗人的职责和功能何在，从何处可以汲取丰富的材料，从何处汲取养料。诗人是怎样形成的，什么适合于他，什么不适合于他，正途会引导他到什么去处，歧途又会引导他到什么去处。"[1]一个有社会责任感的文学批评家应该努力挖掘作品的价值和意义，有勇气批判错误的文艺思想和不良的创作倾向，肩负起维护文学纯净性的光荣使命。

(一)文学批评启迪作家的文学创作

文学批评以独特的方式参与作家的文学创作，肯定作家的文学成就，同时也指出他们的不足，鼓励他们坚持正确的文学创作道路，为初出茅庐的文学新人指点迷津。如俄罗斯的别林斯基对陀思妥耶夫斯基的帮助使人津津乐道。当年轻的陀思妥耶夫斯基心灰意冷、意欲放弃文学创作时，别林斯基写信夸赞他的《穷人》，肯定他的创作思想，给了陀思妥耶夫斯基巨大的鼓舞和信心。因此，他对别林斯基始终充满着感激之情："这是我一生中最隆重的时刻，此时发生了决定着我终生命运的大转变，一种崭新的东西已经开始出现，这种东西即使在我当时最狂热的幻想中也未曾料想到。"[2]可以预见，正确的文学批评犹如一剂信心良方，能够鼓舞作家在文学创作的道路上前行。当然，错误的文学批评也可能对作家产生极大的消极影响，使作家对自己原先坚持的文学创作理念动摇犹豫，破坏文学创作成果。

同时，文学批评通过对作品的具体分析评价，指出其思想内容和艺术成就的优劣得失，提出各种文学创作的批评意见。法国作家狄德罗就这样感慨过："不管一个诗人具备多大的天才，他总是需要一个批评者的。我的朋友，假使他能遇到一个名副其实的比他更有天才的批评家，他是何等幸福啊！"[3]文学作品的得失成败，可以通过文学批评直

---

① ［古罗马］贺拉斯：《诗艺》，杨周翰译，153 页，北京，人民文学出版社，1962。
② ［俄］格罗斯曼：《陀思妥耶夫斯基传》，81 页，北京，外国文学出版社，1987。
③ ［法］狄德罗：《狄德罗美学论文选》，178 页，北京，人民文学出版社，1984。

接进行文学反馈。作家在接收到反馈信息后可及时改进自己的创作方法，纠正不良的文学倾向，不断完善写作技巧，创作出越来越成熟的文学作品。

(二)文学批评引导读者的阅读实践

文学批评能够帮助读者选择优秀的文学作品，古往今来的文学作品数不胜数，读者不可能将全部作品读完而只能选取其中的一部分来阅读。但是怎么选择呢？面对如此繁多的文学作品，读者不一定有清晰理性的判断，而且作家们创作的作品并非全都很优秀，也是良莠不齐、泥沙俱下的。要想获取文学作品中的精华，抛弃其糟粕，读者可以通过文学批评形成先入为主的文学印象，再有所取舍地选择适合自己阅读的文学经典。

文学批评是连接读者和作品之间的理解之桥，是"中介人"，"艺术倾向的变化越是激烈，形式语言的花样越是新奇，这些中介人的作用就越重要"①。这在文学史上新旧文学的交替期就表现得比较明显。一部年代久远的文学作品，其时代背景、艺术手法、表达方式对现在的读者来说可能是陌生的，甚至会产生隔阂，不容易理解作品中所表达的意思，这就需要文学批评发挥作用，挖掘作品的思想内涵和艺术特色，对作品做出恰当的审美判断，引导读者欣赏文学作品，帮助读者提高阅读欣赏水平。例如，欧洲在18世纪出现的市民剧，它跨越了以往悲剧和喜剧严格区分的界限，反映新兴阶层市民的日常生活，但是当时的观众深受古典主义文学的影响，一下子难以接受这种戏剧。后来在狄德罗等人做出肯定评价后，观众才慢慢地接受，市民剧在欧洲文坛才有了一席之地，所以读者的阅读能力并非与文学的发展步伐一致。勃兰兑斯评价雪莱时说："雪莱则在前进的道路上超越他的时代太远。群众愿意追随一个比他们先进二十步的领袖，但是，如果这位领袖和他们相隔一千步，他们就会看不见，因而也不会跟在他后面。"②

鲁迅说："我是主张青年也可以看看'帝国主义者'的作品的，这就是古语的所谓'知己知彼'。青年为了要看虎狼，赤手空拳的跑到深山里去固然是呆子，但因为虎狼可怕，连用铁栅围起来了的动物园里也不敢去，却也不能不说是一位可笑的愚人。有害的文学的铁栅是什么呢？批评家就是。"(《准风月谈·关于翻译(上)》)这说明文学批评能够帮助读者防范有害的文学作品，甄别不良的文学思想，引导读者在文学阅读中获得审美享受。

(三)文学批评推动文学流派的发展

文学批评能够影响一个时代文学的发展动向，它从具体作品的分析评价入手，由点及面，扩大至一种广泛的文学现象。19世纪俄国批判现实主义文学的发展离不开一大批

---

① [匈]豪泽尔：《艺术社会学》，居延安编译，134页，上海，学林出版社，1987。
② [丹麦]勃兰兑斯：《十九世纪文学主流》，第4分册，307页，北京，人民文学出版社，1984。

文学批评家，如别林斯基、车尔尼雪夫斯基、杜勃罗留波夫等，他们直接促成了这一文学流派的兴盛繁荣。果戈理、屠格涅夫、冈察洛夫、涅克拉索夫等作家用手中的笔当作武器抨击沙皇农奴制的腐朽和罪恶，但是遭到沙皇专制政权维护者猛烈的文学围攻，别林斯基立即站出来声援，写下了鼓舞作家们士气的《论俄国中篇小说和果戈理君的中篇小说》。俄国另外两大批评家车尔尼雪夫斯基的《俄国文学果戈理时期概观》、杜勃罗留波夫的《论俄国文学发展中人民性渗透的程度》，都充分肯定了批判现实主义创作手法的艺术价值和巨大的社会现实意义，高度赞扬现实主义作家们的文学批判精神。

雨果的《〈克伦威尔〉序》是欧洲文学史的两大文学流派，即古典主义与浪漫主义斗争的产物，它是一篇浪漫主义文学运动的宣言，意在消除古典主义审美趣味的影响，为浪漫主义理论呐喊助威。序言对古典主义所奉为圭臬的"三一律"予以坚决否定："我们要粉碎各种理论、诗学和体系。我们要剥下粉饰艺术的门面的旧石膏。什么规则、什么典范，都是不存在的。或者不如说，没有别的规则，只有翱翔于整个艺术之上的普遍的自然法则、只有从每部作品特定的主题中产生出来的特殊法则。"[①]它在批判古典主义创作法则的同时针锋相对地提出了浪漫主义文学的对照原则，呼吁作家能自由地表现生活，以此与古典主义文学原则区别开来，拓宽了文学反映生活的范围，是对浪漫主义文学的重要贡献。序言发表后，引发了一大批作家的热情回应，法国的缪塞、戈蒂耶、大仲马，以及后来的现实主义作家巴尔扎克、司汤达等纷纷开始探讨古典主义这种艺术形式的局限性，认同浪漫主义在思想倾向、创作原则和创作技巧上的革新精神，并将此贯穿于文学创作实践之中，将这场浪漫主义文学运动从法国推广到全世界，带动了浪漫主义这一文学流派的繁荣发展。

📚 原典选读

一、别林斯基论文学批评家的任务

我已经说过，批评的任务和对诗人作品的真正评价，非具有两个目的不可：确定被分析的作品的特点，和指出它们使作者有权在文学代表者行列中占据的位置。果戈理君小说的显著特点在于：构思的朴素、民族性、十足的生活真实、独创性和那总是被深刻的悲哀和忧郁之感所压倒的喜剧性的兴奋。这一切素质，都产生于同一个根源：果戈理君是诗人，现实生活的诗人。

你们知道我们批评界一般存在着怎样的缺点吗？它不大能够适应需要。批评家和读者是两个对谈的人；他们必须事先对于谈话所选定的对象有所约定和同意。否则，他们就很难互相了解。你分析一部作品，郑重其事地讲述创作的法则，把它们应用到作品上

---

① ［法］雨果：《论文学》，柳鸣九译，58～59页，上海，上海译文出版社，1980。

去，像 $2 \times 2 = 4$ 一样地证明这作品是卓越的。结果怎样呢？读者神往于你的批评，完全同意你的意见，看到美学法则的要点被你征引得的确很精当，作品是无懈可击的。可是糟糕的是：读者往往在忘记你的批评之前，早把你所颂赞的作品忘记了。怎么会这样呢？因为你所分析的作品，是精巧的搔首弄姿之作，却不是典雅的创作，也许空具美学的形式，却没有美学生活的精神。我们关于典雅的理解还是这样摇摆不定，鉴赏力还是停留在这样幼稚的阶段，我们的批评在处理方法上势非落后于欧洲不可。虽然我们有几个有闲的批评家发挥说论，仿佛典雅法则已被我们用数学的精确性确定了似的，我却认为不然，因为一方面，这些美学家本人的作品就是以粗制滥造出名的，根本和用数学的精确性所确定的典雅法则背道而驰，另一方面，典雅法则从来不可能显出数学的精确性，因为它们以感情为根据，在那些没有典雅感受力的人们看来，永远仿佛是不合法则的。加之，如果不是从典雅创作中产生的话，典雅法则更应该从什么地方产生呢？这样的典雅创作我们已经有了许多了吗？不，让每一个人各其所是地去解释创作的条件，用事实去证实这些条件吧，这是发展典雅理论的最好的方法。一个俄国批评家的目的，与其说是扩大人类关于典雅事物的理解，毋宁说是把有关这一题目的已知的、固定的理解在祖国加以传布。别害怕、也别羞于重复陈腐之谈，不说一句新话。这个新，不像一般设想的那么轻而易举：它是在旧的结节上一点一滴积累起来的。如果你是一个具有卓见而深信自己所说的话的人，那么，旧的在你也会变成新的：你的个性和表现方法会给你的陈旧带上新颖的特点。

所以，照我的意见，亟待批评家解决的首要的和主要的问题是：这作品的确是典雅的吗？这作者的确是诗人吗？解决了这个问题，关于作品的特点和重要性自然就有了解答。

（［俄］别林斯基：《文学的幻想》，满涛译，合肥，安徽文艺出版社，1996）

二、奥尔德里奇论艺术作品的价值

我们现在从对作品来说似乎是最表面的东西，即表演艺术中对作品的表演入手。再以《哈姆雷特》为例。当我们把哈姆雷特称之为伟大的戏剧艺术作品时，我们所严格地并从根本上考虑的东西，难道就是这些表演，或者说就是这些表演中的一种或几种吗？当然，每种表演本身都可以被评价为优秀的或伟大的，而且，这种赞扬归之于戏剧的表演者。但是，我们之所以甚至给予"伟大的"这种评价，却一定是因为表演者在表演的样式中所展现或实现的那种东西。这种东西的根源存在于剧本中。剧本是某种写出来的和首先被人所读到的东西。即使是表演者，也是首先阅读剧本，然后才进行排练和最后的表演。那么，在这种阅读中，人们接触到的是什么呢？是生动的口头语言，它具有所有基本的和第二位的材料（节奏、音响度和普通的意义），正是这种语言造就了文学和戏剧的创作者——艺术家。当人们阅读剧本时，如果不能凭借听觉和视觉的想象使这种语言

"活起来"，那么，他们最终就不会接触到艺术作品，因为当人们把艺术作品领悟为审美客体时，无论这种领悟所把握的东西可能是多么飘渺和富于精神性，艺术作品基本上仍然只是这种物质性事物。这就是能够控制人们在作品中看到些什么的基本东西，它就是我们所说的艺术作品，是做出最高判决的"终审法院"，从根本上说，也是在各种水平或等级的审美评价中得到评判的东西。

当然，把艺术作品领悟为审美客体包含外观变形，这就关系到要对各种外观做出选择和解释。然而，审美客体、表演或描绘外观特征的解释，在对艺术作品的价值判断中都还不是最后要考虑的东西。但是，它们在一定程度上都是最后的评价所不可缺少的。因为，一部艺术作品就是一种为了让人们把它作为审美客体来领悟而设计的物质性事物，但它又不仅仅是一种物质性事物，它被设计成从审美眼光来看是一种被外观赋予活力的东西。所以，当艺术作品以它那种与媒介有关的第一级形式向领悟展现其材料的实质，在关系到内容的第二级形式中向领悟展示其题材的实质，以第三级形式即作为一个整体的作品风格将这两种实质融为一体时，我们评价它是伟大的，指的就是它通过以外观赋予作品活力来发挥作用的能力。那么，我们怎样才能知道作品达到了上述平衡与融合呢？这个问题基本上取决于对艺术作品的训练有素的考察，其中包括考察诸如描写人性这一类具有永恒价值的主题或题材。因此，例如那种其主题倾向于悲剧因素的艺术作品，仅仅由于这一点，也要比那种喜剧性的作品更伟大。在这类艺术中，文学艺术最有潜力产生伟大的作品，这仅仅因为语言是它的材料，仅仅因为语言的形式同我们的生活形式关系最密切（例如一个人在恋爱时的谈话，此时他并不是在绘画或雕塑）。英语，虽然目前正在以令人吃惊的速度败坏着，但却仍然最密切地接近于同生活的一致。因此，用英语创作的艺术作品在文学艺术中具有语言上的优势，这是所有这类艺术中最重要的潜在力量。

（［美］V.C. 奥尔德里奇：《艺术哲学》，北京，中国社会科学出版社，1986）

三、韦勒克论批评的概念

"批评"（criticism）这个词在许多场合被人们广泛地加以使用——从最常见的到最抽象的，从对一个词或一个行为的批评，到对政治的、社会的、历史的、音乐的、艺术的、哲学的、《圣经》的、高级的以及诸如此类等等的批评——因此，如果我们希望把握其界线的话，就必须将自己限制在文学批评的范围内。即便在这个范围之内，也出现了几个棘手的问题，但只要通过对这一术语的演变史作一番浏览，这些问题也就可得到解决。奇怪的是，如果我们将古德曼论"批评"（kritikós）的文章除外的话，实际上在古代似乎找不出论述"批评"乃至"批评家"（critic）术语演变史的文献。批评和美学的历史，与诸如《牛津大词典》之类辞典一样，都给我们带来了一些东西，尽管这些东西常常少得令人吃惊。批评的历史讨论了美学、诗学和文学理论，却没有讨论批评的本身，即使有也不过是附带提及而已。我不曾听说过有任何报告，考察过或者承认过我想在下面提出的三个问题：(1)"批评"(critica，la critique)这一术语为何以及怎样扩散开来，以至囊括了整个文学研究的领域，并由此取代了"诗学"和"修辞学"的？(2)与意大利语的"critica"和法语的"la critique"相比较，我们使用的是词形较长的"criticism"，这是什么缘故呢？(3)为什么在德语中，"批评"(kritik)的含义再一次收缩，限制在"每日评论"这一意思中，最后又让位于"文学科学"(Literatur Wissenschaft)这类术语呢？尽管我参阅了不少辞典，但我并不自以为能给这些术语描画出一幅准确的历史，为它们确立历史的优先权以及首次出现的准确时间。然而，我的主要目的并非关心什么辞典编纂学。我宁愿将这个术语的历史处理为历史的语义学中的一章，就像已故的 L. 施皮策称呼他对 stimmung 和 milieu 这些词语的研究一样。这个词的历史，将作为思想史的参照点来处理。它将放在其概念的领域内，在与之形成竞争或对比的某些术语的关系中来进行考察。

……

我极想了解，在英语，法语和意大利语中，"批评"这一术语的既定用法是否在其广度上模糊了某些有意义的区分。我仍然以为在"文学理论"和"文学批评"之间是存在着区别的。前者在我看来宁可说是指"诗学"，因为它明确地包括了散文的形式而放弃了这个旧的术语所隐含的惯例，而后者，在更狭窄的含义上是指对具体文学作品的研究，重点是在对它们的评价上。克罗齐早在 1894 年就曾抱怨说，"文学批评"这一术语已经变得只是指为一个共同的题材、即文学作品集合拢来的千差万别的智力活动的集合了。德语将它的含义限制在"每日书评"中，这在我看来是危险的，因为它将对作品的评价留给新闻记者，而使"文学科学"与当代文学孤立绝缘，不再承担对作品进行鉴别和评价的任务。一个折衷的解决办法似乎引起了人们的兴趣。我们不能使用立法来废除英、法、意等语言中广为使用的"批评"这一术语的习惯用法，譬如我本人就在自己的《近代批评史》(*History of Modern Criticism*)的标题中作了这样的使用。我们还是在与原理、范畴、技巧等有关的"理论"和讨论具体的文学作品的"批评"之间保留一个有意义的区分吧，无论何时，似乎总有什么理由要引起对这种区分的注意。我们所能做的也只是劝说而已。一个词的含义，是在它的上下文的联系中表现出来的，而且是由它的使用者强加给它的。近代哲学各个不同的流派——集中于牛津的"分析"哲学和海德格尔的存在主义的分析——试图去发现术语的本质含义，这样做是注定要失败的。词语自有其历史，它由个人赋予含义，不可能固定不变。一个专门术语，尤其是在像文学批评这样一个难以捉摸的研究对象中，是不可能因哪怕是最伟大的权威或最具影响力的学者团体而凝固僵化的。我们能为区分含义，解释上下文，廓清问题提供帮助，并可以建议做出种种区分，但我们却不能为未来立法。

([美]韦勒克：《批评的诸种概念》，丁泓、余徵译，成都，四川文艺出版社，1988)

四、列宁论托尔斯泰的文学创作

托尔斯泰的作品、观点、学说、学派中的矛盾的确是显著的。一方面，是一个天才的艺术家，不仅创作了无与伦比的俄国生活的图画，而且创作了世界文学中第一流的作品；另一方面，是一个发狂地笃信基督的地主。一方面，他对社会上的撒谎和虚伪作了非常有力的、直率的、真诚的抗议；另一方面，是一个"托尔斯泰主义者"，即是一个颓唐的、歇斯底里的可怜虫，所谓俄国的知识分子，这种人当众捶着自己的胸膛说："我卑鄙，我下流，可是我在进行道德上的自我修养；我再也不吃肉了，我现在只吃米粉团子。"一方面，无情地批判了资本主义的剥削，揭露了政府的暴虐以及法庭和国家管理机关的滑稽剧，暴露了财富的增加和文明的成就同工人群众的穷困、野蛮和痛苦的加剧之间极其深刻的矛盾；另一方面，狂信地鼓吹"不用暴力抵抗邪恶"。一方面，是最清醒的现实主义，撕下了一切假面具；另一方面，鼓吹世界上最卑鄙龌龊的东西之一，即宗教，力求让有道德信念的僧侣代替有官职的僧侣，这就是说，培养一种最精巧的因而是特别恶劣的僧侣主义。……

……

托尔斯泰反映了强烈的仇恨、已经成熟的对美好生活的向往和摆脱过去的愿望；同时也反映了幻想的不成熟、政治素养的缺乏和革命的软弱性。历史经济条件既说明发生群众革命斗争的必然性，也说明他们缺乏进行斗争的准备，象托尔斯泰那样不抵抗邪恶；而这种不抵抗是第一次革命运动失败的极重要的原因。

（中国社会科学院文学研究所文艺理论研究室编：《列宁论文学与艺术》，

北京，人民文学出版社，1983）

五、狄德罗论文学批评家的任务

旅行家们说有一种野蛮人，他们对过路人喷射毒针。这就是我们的批评家们的形象。

你以为这个比喻有些过分吗？那么至少你应该承认，他们很像在四面被岗峦环绕的山谷里隐居的一个修士。这个有限的空间就是他的整个宇宙。他转了个身，环顾了一下狭窄的天地，就高声喊叫：我什么都知道，我什么都见过。可是有一天他忽然想走动一下，去接触以前没有摆在他眼前的事物，就爬上了一座山峰。当他看到一片广阔无垠的空间在他头上和眼前展开的时候，他惊讶到何等地步啊！于是，他改变论调，说：我什么也不知道。我什么也没有见过。

我刚才说我们的批评家类似这个人物；其实我错了，他们依然蛰居在他们的巢穴里，始终不肯放弃对自己的高度评价。

作家的任务是一种狂妄的任务，他自以为有资格教训群众。而批评家的任务呢，那就更狂妄了，他自以为有资格教训那些自信能教训群众的人。

作家说：先生们，你们要听我的话，因为我是你们的老师。批评家说：先生们，你们应该听我的，因为我是你们的老师的老师。

对群众来说，他们有他们自己的主张。假使作家的作品不高明，他们嗤之以鼻；如果批评家们的意见是错误的，他们也同样对待。

这样一来，批评家们发出了叹息：啊，世风不古！道德风尚败坏了！趣味丧失了！一阵叹息之后，他们就得到了自我安慰。

作家呢，他谴责观众、演员和群众。他向上演之前曾听他朗读剧本的朋友们呼吁：我的作品应该被捧到九天之上。可是你那些盲目的或者胆小的朋友没有敢告诉你这部作品结构不行、缺乏个性、没有风格；请相信我，群众是不大会看错的。你的作品垮台了，因为它是一部坏作品。

"但是，《恨世者》不是也经过一番挫折吗？"

这倒是真的。啊，在受到一番挫折之后，找出这个先例来解嘲，这是何等甜蜜呀！假使我有朝一日登上舞台而被观众嘘了下来，我也一定会想起这个先例的。

批评家是用完全不同的方式对付在世的和已故的作家的。作家如果死了，批评家会竭力宣扬他的优点，掩盖他的缺点。如果他还在世，那就反其道而行之，他的缺点要被突出而他的优点要被遗忘了。这里面是有一些道理的：人们可以纠正在世的人的错误，而已死的人是不可救药了。

但是，一部作品最严格的评判者应该是作者自己。他私自下过多少苦功啊！只有他自己才认识暗藏的缺点，而批评家却几乎决不可能指出。这常常使我回忆起一位哲学家的话："他们说我的坏话吗？唉！假使他们对我的认识能跟我对自己的认识一样深刻就好了！"

古代的作家和批评家都从潜心自学开始，他们总是在学完各派哲学以后才从事文艺事业。作家总是把他的作品留在身边很久才公之于世。他的作品通过向别人征求意见、长时间的修改润饰，才达到精炼的境地。

我们现在太急于露脸了，我们执笔的时候可能学识既不丰富，道德方面的修养也不足。

如果道德败坏了，趣味也必然会堕落。

真理和美德是艺术的两个朋友。你想当作家吗？你想当批评家吗？那就请首先做一个有德行的人。如果一个人没有深刻的感情，别人对他还能有什么指望？而我们除了被自然中的两项最有力的东西——真理和美德深深地感动以外，还能被什么感动呢？

（[法]狄德罗：《狄德罗美学论文选》，北京，人民文学出版社，1984）

第四节　文学批评的类型与原理

文学批评是特殊的文学接受方式，这种接受不以获得审美感知为最终目的，而是要把它通过个体经验和批评原理的进一步阐发提升到理论理性的高度上来，并且大部分情况下都要付诸一定的文字表达。或者说，它是一种专业化的文学接受。

文学批评根据不同的标准可以区分为不同的类别。比如，根据文学整体的结构要素，文学批评可以分为作品批评、作家批评、创作批评、接受批评等。再比如，德国康斯坦茨学派的接受美学家姚斯在其《文学范式的改变》一文中将传统的文学批评分为古典主义—人文主义、历史主义—实证主义和审美主义—形式主义三种范式。国内教材对文学批评的类型划分也各有不同，如童庆炳主编的《文学理论教程》将文学批评分为伦理批评、社会历史批评、审美批评、心理批评、语言批评五种；杨春时等主编的《文学概论》将文学批评分为作者取向、文本取向、方式取向、读者取向、原型取向、背景取向六种；等等。可见，文学批评的类型划分各有千秋，并没有一定之规。

本书着眼于文学批评的整体传统，将其分为三种类型，即形式结构批评、社会历史批评和形而上学批评。这三种类型同时也意味着两个层次：个别—现象层和一般—本源层。前者主要针对文学的形式法则或社会文化内涵而得出的特定条件下的具体结论，本书划分的前两种类型即属于此列；后者则要上升到宇宙人生、普遍真理或终极实在的高度，本书划分的第三种类型属于此列。当然，这个高度可以在前两种类型中的任意一种中被抽绎出来，在此意义上，第三种类型既独立于前两种，也可以说是它们的升华。

一、形式结构批评

形式结构批评是指对文学的形式法则、表达方式、文本构成、结构规律等所谓"内部"（韦勒克意义上的）特征的一种批评形式。在传统文论中，形式结构批评可以上溯到古希腊的毕达哥拉斯学派、中国的文采论和声律论及印度的庄严论等，进入现代文论以后，主要有唯美主义、形式主义、新批评、结构主义、符号学、叙事学及后结构主义等文论流派。就其主要关注的问题来说，可以分为以下几种。

首先，语言批评。文学是一种语言艺术，对文学语言的批评是最贴近于文学本质的一种批评方式。"文学性"问题之所以能在形式主义那里提出，也正是因为它抓住了文学独特规律的至关重要的一个方面。总体上来说，语言批评认为文学语言具有自我同一性或自我指涉性的特点。苏珊·朗格的论断很有代表性，她说："艺术符号是一种有点特殊的符号，因为虽然它具有符号的某些功能，但并不具有符号的全部功能，尤其是不能像纯粹的符号那样，去代替另一件事物，也不能与存在于它本身之外的其他事物发生联系。"①特别对于"纯诗"——它往往被认为是文学艺术的最高范本——来说，语言本身就是目的，在此，庄子所说的"得意忘言"还不够确切，准确地说应该是"得言忘意"，或者说意义本身已经将语言全部吸纳。正如萨特所说："意义浇铸在词里，被词的音响或外观吸收了，变厚、变质，它也成为物。"②因此便不复可能有外在的指称功能。

其次，结构批评。结构批评是通过探究文本的结构法则以寻求深层意义或所谓"深度模式"的一种批评形式。罗兰·巴特说得明白："结构主义的人把真实的东西取来，予以分解，然后重新予以组合。"③也就是将文本元素分解后再按照一定的秩序重构，从中发现确定的意义。当然，并非结构主义出现以后才有结构批评，亚里士多德关于悲剧情节结构的有机整体观及李渔的戏剧理论至少在某种程度上已经触及了文本的深层结构问题。就其主要的成果来看，结构批评主要专注于叙事文本的研究，其中列维-斯特劳斯对俄狄浦斯神话的研究是一个经典案例。这个案例的最后结论并不是将众所周知的弑父娶母的人生隐喻进一步深化，而是似乎与此无甚相干的生命起源论：人到底是来自母亲还是土地？如果来自母亲，那母亲又从何而来呢？斯特劳斯因此认为俄狄浦斯神话的真正意义在于追问了人类是一源还是二源的终极问题。此外，叙事学、语言学和符号学也是结构批评的重要支脉。值得一提的是，结构主义一方面寻求文本的深度结构，这已经有形而上学的嫌疑；但另一方面，它并没有提供统一的深度模式，在不同的理论家那里深度模式言人人殊，在这个意义上，结构批评与真正的形而上学批评还是有所差异的。

再次，文采、修辞和声律批评。它们都是对文学形式美问题的一种批评模式，古今中外都有相关重要的研究。比如，中国古人非常重视文采，孔子的话尽人皆知："言之无文，行而不远。"（《左传·襄公二十五年》）"文犹质也，质犹文也。虎豹之鞟，犹犬羊之鞟。"（《论语·颜渊》）《楚辞》对形式美的追求是："青黄杂糅，文章烂兮。"刘勰在《文心雕龙》中专辟《情采》章，开篇即说："圣贤书辞，总称文章，非采而何？"他又把文采分为形文、声文、情文三种，并说："五色杂而成黼黻，五音比而成韶夏，五情发而为辞章。"可谓琳琅满目。再比如，亚里士多德专门写下了《修辞学》一书，虽不着眼于文学修辞，但也成了后世修辞批评的滥觞。印度文论从来不排斥惊艳华美的形式安排，它们对于语言声律的追求还严重影响了中国的永明声律学派，后者又直接推动了格律诗的形成。

---

① ［美］苏珊·朗格：《艺术问题》，滕守尧、朱疆源译，127页，北京，中国社会科学出版社，1983。

② ［法］萨特：《什么是文学？》，《萨特文论选》，施康强选译，96页，北京，人民文学出版社，1991。

③ ［法］罗兰·巴特：《结构主义——一种活动》，《西方文艺理论名著选编》，下卷，467页，北京，北京大学出版社，1987。

除此之外，形式结构批评还牵涉结构布局、形式技巧，以及体裁、文体等问题，在此不一一详述。

二、社会历史批评

社会历史批评是指针对文学的制约因素、内涵意蕴、价值立场等所谓"外部"特征的一种批评形式，但这种"外部"又可以进一步细分为内部和外部两种，前者主要指文学作品实际传达的价值和意义，后者则指与文学作品本身没有直接关系的理论、制度、环境等外在因素。比较而言，社会历史批评比形式结构批评历史更长，规模更大，身份也更主流，它可以包括中国的"载道""诗教"传统、马克思主义的阶级—历史分析、精神分析、原型批评、"批判理论"学派（法兰克福学派）、文化研究学派、接受美学、新历史主义、后殖民主义、女权主义、生态批评、后现代主义等。鉴于此，我们只能从中抽取几个关键概念来稍作示意。

其一，阶级。列宁指出："所谓阶级，就是这样一些大的集团，这些集团在历史上一定的社会生产体系中所处的地位不同，同生产资料的关系（这种关系大部分是在法律上明文规定了的）不同，在社会劳动组织中所起的作用不同，因而取得归自己支配的那份社会财富的方式和多寡也不同。"[①]可见"阶级"是这样形成的：由于人们在一定的社会经济结构中所处的地位不同，从而影响到对生产资料占有程度的不同，进而导致其中一部分人占有了另一部分人的劳动。阶级显然就是不平等、压迫、奴役和残酷剥削的代名词，因此在文学作品中，阶级往往跟仇恨、反抗、革命等词语相关，一旦某个人物被阶级定性，它的身份、地位、形象、性格甚至伦理取向也就被确定下来。在有些理论家那里，阶级及其所在的场域跟个体的习惯紧密相关，进而影响到特定群体的言谈、举动、思维方式、交往方式等。这是一种非常细腻的分析，以法国理论家布尔迪厄为主要代表，当然，这里的阶级已经失去了它的马克思主义的特定内涵。另外，有些理论家倾向于在文化工业和产能过剩的条件下，阶级已经消失了，资本主义出现了全面的"肯定文化"，更甚者，各个社会层次之间已经发生"内爆"，所有人成为"沉默的大多数"。这些理论以马尔库塞、波德里亚等人为主要代表。

其二，权力。帕森斯、韦伯、米尔斯、吉登斯、福柯等都对权力有过专门的研究。其中，韦伯的法权型模式认为，权力奠立于道德、法律、个人威信等基础之上，它离不开规则、法令和社会伦理的支撑，其合法性亦需要被不断论证，但最终的效应只能是强迫式和否定性的。马克思的政治经济学模式认为，权力的行使从根本上有赖于对经济因素的控制，它直接取决于生产资料的占有情况。福柯的思路跟这些研究全然不同。在福

---

① ［俄］列宁：《列宁全集》，第 37 卷，13 页，北京，人民出版社，1986。

柯那里，权力是"各种力量关系的、多形态的、流动性的场，在这个场中，产生了范围广远但却从未完全稳定的统治效应"①。也就是说，权力是一种流动的、不确定的关系结构，它像一张无所不在的网，而且根本无法见到自上而下的发出者。这样，权力不再执行公开处决的强制职能，它成了无处不在的隐秘监视，甚至已经深深嵌入人的毛细血管，使人被赋予"主动的被迫性"，从而将个体规训成"精练而能干的肉体"。福柯认为，这样的权力已经出现于军队、工厂、学校、公司、办公室等各种社会场景，他还以"圆形监狱"为隐喻，说明当代社会就是由各种不可见的监视权力构成的"监狱群岛"。不得不说，福柯的权力观跟小说《1984》、电影《禁闭岛》等非常契合，在文学批评领域受人瞩目。

其三，意识形态。国内外文学批评界关于"文学是一种意识形态"的论断不绝于耳，但对于究竟什么是意识形态却莫衷一是。意识形态的概念最早来自法国大革命时期的理论家特拉西，他第一次给这个词赋予其字面意义，即"观念学"（ideology），也就是一门通过客观、科学地研究观念而获得知识的科学。后来拿破仑将特拉西之流诬蔑为只会搞虚假空洞的学问的人，称他们为"意识形态家"（ideologue），这个词的负面意义于是开始出现。马克思对意识形态概念的广泛传布起到了很大作用，但综观其全部著作，这个词语实际上包含两层意思：一层是指建基于物质基础和经济关系之上的情感、想象、思维方式和知识体系，另一层是指被资产阶级扭曲、篡改的虚假意识，它成了一种话语策略，借以为自己统治的合法性辩护。后来出现的卢卡奇、列宁、法兰克福学派等主要是在后一种意义上使用这个概念。阿尔修塞为意识形态赋予了另一种含义。他认为意识形态是个体与其所处生存环境的想象性关系的再现，它一方面为国家秩序提供合法性，另一方面又为个体确定了其在统治秩序中的位置，在此基础上，意识形态通过各种"国家机器"所提供的抚慰性的想象和幻觉，将个体从无意识层面"询唤"为被认可的主体。因此，在阿尔修塞那里，主体是被意识形态虚构的产物。葛兰西则认为统治阶级的合法性既非与生俱来，也不能完全依靠国家暴力，必须通过宣传和论辩来争夺文化、道德、法律等方面的领导权，在此意义上，意识形态是一个充满斗争的领域。此外，卡尔·曼海姆、丹尼尔·贝尔等理论家都对意识形态概念做过重要论述，这些也都是这个词在文学批评中常用的概念内涵。

其四，性别。性别概念最影响深远的转变是从萨特的女友西蒙娜·波伏娃开始的。她在其著名的《第二性》一书中坚决反对了本质主义的女性观，认为女人并不是天生就有的，而是父权政治社会化的结果，在此过程中女性只能变成男性的他者，成为被疏远、被异化的"第二性"。这种观念依稀可见萨特的著名论断"存在先于本质"的影子。此后，女性主义开始深度挖掘性别政治中的支配模式，其中，肖瓦尔特、陶丽·莫伊等认为，

① ［美］凯尔纳、［美］贝斯特：《后现代理论》，张志斌译，66～67页，北京，中央编译出版社，1999。

传统哲学的二元思维模式也被有意无意地运用到性别秩序中来，从而形成了一种非常精巧的"菲勒斯—逻各斯中心主义"控制机制，女性在此不得不听命于男性话语，乃至不得不用它来塑造自身、表达自身。研究者还发现了文学作品在塑造女性形象中的"厌女症"倾向，她们要么被塑造成完美的仙女，要么就是十恶不赦的妖女，这同样贯穿了传统的父权制及其主体性哲学的逻辑预设。这样看来，必须彻底改变逻各斯中心主义的哲学传统，而且要开发出一套专属于女性自己的话语模式，让女性话语以其无可取代的独一无二性"浮出历史的地表"。据此，有些研究者致力于发掘一种非线性的、情感的、模糊不定的"娘娘腔"话语，借以"让女人自己说话"，表达自己。另一些研究者则接受了解构主义哲学不妥协的颠覆精神，比如，号召新型的"姐妹情谊"，重新认识"酷儿"现象，极端的研究者甚至呼吁改造女性，将她们变成"雌雄同体"的双体人。

其五，文化。文化被认为是人类历史上定义最多也最繁杂的概念之一。对于文学批评来说，雷蒙·威廉斯对文化的界定是一个决定性的转折点。威廉斯认为文化不仅包括艺术、观念和价值体系，也不仅专属于社会精英和权贵阶层，而是"作为整体的生活方式"，也就是说，"文化由'普通'男女在日常生活中与日常生活的作品和实践相交流过程中创造的，它的定义应该是他们'活生生的经历'"①。威廉斯的对文化的重新定义直接催生了文化研究的热潮，作为其应用实践的文化批评也在全世界范围内广泛传布开来，它的批评对象包括影视文化、网络文化、消费文化、时尚文化、街头文化等，文学也不可避免地被席卷进这样的热潮中。文化批评认为，文学不可能是精英阶层的私有物或书斋知识分子日夜把玩的形式美，它必然受到制度、权力、生产模式、商品消费等因素的钳制，尤其文学的定义本身已经具有精英化和意识形态化的倾向，这就深深触动了"文学性"这根敏感的神经。

当然，社会历史批评的关键概念不胜枚举，比如，族裔、力比多、资本、商品、机械复制、帝国主义等都是被经常涉及的。另外，还需要特别指出的是，从根本上来说，结构主义以其自身独到的方式将社会文化纳入特定文本结构的分析和组构过程中来，后结构主义解构文本的目的正在于颠覆文化传统和现存的权力秩序，而法兰克福学派，尤其是阿多诺振聋发聩的资本主义批判则执着于现代主义艺术和纯形式观念。这些都说明，所谓纯形式或所谓形式结构批评只不过是一定尺度上被界定的产物罢了，正如德谟克利特关于火的实在论分析：它在一定分寸上燃烧，一定分寸上熄灭。

三、形而上学批评

形而上学批评是指对文学作品的分析超越其具体形式和文本的实际意义而上升到终

---

① ［英］约翰·斯道雷：《文化理论与通俗文化导论》，杨竹山等译，58 页，南京，南京大学出版社，2006。

极实在或所谓"源初存在境遇"的一种文学批评模式。如果说形式结构批评是文学的文学解读，社会历史批评是文学的社会学解读，那么形而上学批评就是文学的哲学解读。这是一种最具高度、最彻底的解读方式，它的重心往往并不在于文本本身，而在于它所蕴含的真理。因此，对形而上学批评来说，文学不过是一种工具或中介，它的内涵终究要被其中所蕴含的终极实在抽绎、淬炼并生发出新的内质。历史上来看，持这样的解读方式者不乏其人。柏拉图、亚里士多德自不待言，后来的黑格尔、叔本华、尼采、马尔库塞、海德格尔、伽达默尔、德里达等都是其领军人物，一定意义上来说，所有的"审美主义"者多多少少都有形而上学批评之嫌。因此，我们只能从中找出几个典型人物做例证分析。

先看黑格尔。黑格尔认为美是"理念"的感性显现，而理念是一个历史化过程，它从纯粹概念出发不断"异化"，实质上也就是能够不断自我实现的"绝对主体"。理念本身是真实的、普遍的，也是抽象的，在艺术阶段它显现为符合现实的具体形象，并与现实结合为直接的、妥帖的统一体。在这个意义上，艺术中必然蕴含真理，用黑格尔自己的话说，"美就是理念"，而艺术形象也就是理念的感性形式。可见，艺术品包括文学作品在内，都是真理在不同程度上的"自我创造"形式，它既绝对真实，又处在特定的异化阶段，它的唯一宿命必然是走向终结，所以黑格尔提出了"艺术终结论"的著名命题。

黑格尔的思想严重影响了海德格尔，只不过在海德格尔那里，艺术非但没有终结，而且还与存在紧密联系在一起。说到底，黑格尔实际影响到海德格尔的是探究艺术与真理之间关系的思考方式。对海德格尔来说，艺术品尤其诗性语言是存在唯一可以安顿下来的地方，因为语言被认为是存在的疆域，而诗性语言与存在一体两面，因此在其中只需倾听，存在已经"自行置入"。海德格尔因此认为诗人无须写作，语言本身已经在说话，诗人只不过是回应存在，也只能在意义的起源处看护存在，以聆听诸神的召唤。

伽达默尔接过乃师关于存在与语言之间的基本关系构想，建立起了本体论的解释学。伽达默尔明确指出："在所有关于自我的知识和关于外界的知识中我们总是早已被我们自己的语言所包围。"又说："语言原始的人性同时也意味着人在世界的基本语言性。"①可见，人的存在本身就是语言性的存在，或者说人只有进入语言中才能真正获得其存在。这样，对于语言的解释活动也就成了人的基本在世方式。而且，伽达默尔紧随其师，认为直接了然的解释学真理只能发生在艺术的理解活动中，因此他说："艺术的经验在我本人的哲学解释学起着决定性的、甚至是左右全局的重要作用。"②对于艺术品的理解，他认为任何偏见或前理解都具有合法性，因为不能全然孤立地在认识论意义上理解客体，只有在自我和他者的统一体中，或者说在一种关系中理解。这种关系中，历

---

① 转自曹顺庆等：《中国古代文论话语》，106～107 页，成都，巴蜀书社，2001。

② ［德］汉斯-乔治·伽达默尔：《〈美的现实性〉中译本前言》，《外国美学》，第七辑，357 页，北京，商务印书馆，1989。

史的实在和对历史理解的实在同时存在，因此对于实在的理解只是一种"效果史"，而理解本身也是一种"效果历史事件"。这样一来，如何界说理解的客观性就成了一个关键问题，伽达默尔将它归之于具有自身同一性的、动态开放的外部权威，即"传统"。这种观点显然具有相对主义、虚无主义和形而上学的嫌疑，因此招致了大量批评。

在这股批评声浪中，最著名的是赫施对理解的客观性和有效性的批评，他认为，艺术作品的解释最终只能依赖"传统"，这不过是一个形而上学的本体论虚构。事实上，文本客观的、恒定的意义依然是存在的，只不过对于理解者来说它变动不居，只能得到部分显现。赫施将前者称为"意思"，即作者原意，将后者称为"意义"，即读者对"意思"的部分理解。但这种观点同样存在问题，至少他误解了伽达默尔对艺术理解的本意：通向一种对在世经验本体论的、前科学的描述，借以使主体存在得以昭明。如果说伽达默尔在艺术作品的理解中坚持了他的本体论解释学的话，那么赫施显然还停留在传统理性主义哲学的认识论阶段。

此外，叔本华唯意志论的悲观主义哲学也是形而上学批评的典范，王国维借此对《红楼梦》进行了评论。德里达的后结构主义颠覆了文学和哲学之间的传统秩序，在理论意义上可谓振聋发聩。当然，其他的形而上学批评还有很多，尤其那些依附于某个哲学流派的批评实践更是不胜枚举。本书仅做典型个案的剖析，不一一详述。

📖 原典选读

一、退特论诗的"张力"

一

我们公认的许多好诗——还有我们忽视的一些好诗——具有某种共同的特点；我们可以为这种单一性质造一个名字，以更加透彻地理解这些诗。这种性质，我称之为"张力"。用抽象的话来说，一首诗突出的性质就是诗的整体效果，而这整体就是意义构造的产物，考察和评价这个整体构造正是批评家的任务。本文为承担这个任务，我将阐明我在其他文章中已经用过的一种批评方法，同时也不放弃先前的方法，这种先前的方法可以称为诗的总体思想分离法。

全文结尾我将举例说明"张力"，但那些诗例说明的当然不只是张力，也不是说诗的其他品质不值得一提。诗种类之多，就像诗人种类之多，就像好诗之多。但没有一种批评立场能把一种排它的正确性封赐给某一种诗。历史上每个时期都有一些诗派要求只写一种诗——即他们的那种诗：为事业而写的政治诗；为家乡而写的风景诗；为教区而写的说教诗；甚至为寻求宽心和安全而写的一般化的个人诗。最后一种我看是最常见的，一种作者面目不清的抒情诗，其中平庸的个性展现其平庸性，及其朦胧而又标准的怪癖，其语言则是日益败坏。因此，今天许多诗人被迫创造其个人的语言，或极其狭隘的语言，因为公众语言已经浓重地染上大众感情色彩。

大众语言（Mass Language）是"传达"媒介，而使用大众语言的人，与其说是有志于对把我们有时称作"感受状态"的东西纳入正规，还不如说是有志于引发这种状态。

只要你讲万物皆一体，那么文学就无异于宣传；只要你说离开直接的辩证的历史过程无法了解真理，那么所有当代艺术家都得画同一种时髦图样；诚然一体受时空限制，那么同样信奉黑格尔的法西斯分子就振振有词地说一切艺术都是爱国主义的。

威廉·燕卜荪这里所说的爱国诗不仅是代表国家歌唱，你可以在脂粉气十足的抒情诗中找到这种东西，与当代大部分政治诗中一样多。这是一种大众语言诗，与已故的叶芝深感兴趣的"人民语言"完全是两码事。举个例：

> 从那两个光荣的死者
> 我们继承了什么——
> 肥沃的土地，莠草除尽——
> 而现在瞧这些蚰蜒和霉病，
> 罪恶压倒了
>   飞燕草和玉米；
> 我们眼看它们被压垮。

从米雷小姐这节诗我们可以推断她光荣的先人使大地美好，而如今大地弄糟了——理由呢，从标题可以看到"在马萨诸塞州正义破了产"。马萨诸塞州怎么会搞成遍地干旱？为什么（正如诗的脚注中所说）萨柯和梵塞蒂之被处死刑与庄稼的毁坏有关？这一点从未说清。诗行尽是大众语言，它们用一套现成诗来激发某种感受状态，而突然一个不相干的东西来利用这个好处；这种效果我认为通常是不靠意识的努力得到的，这叫作滥情（Sentimentality）。米雷小姐的诗十年前出版时颇得赞赏。无疑今天也很得赞赏，受那些从这首诗得到社会正义感的人，以及同诗人表达的感情有共鸣的人的赞赏。但是，如果你与这些感情并不共鸣，就像我碰巧对干旱的大自然意象并无共鸣一样，那么这些诗行，甚至整首诗，就都变得晦涩费解。

我在此攻击的是诗的"传达谬见"（Fallacy of Communication）。（我并非在攻击社会主义。）这种谬见在诗歌创作中，如同在批评理论中一样谬误。你顺文学史回溯得越远，批评理论就越糟。假如你需要一个里程标记，我想可以说这种理论是在 1798 年以后开始兴盛起来的。因为十九世纪的英国诗整个说来是一种传达诗（Poetry of Communication）。诗人用诗来传达思想感情，他们从心底明白这种思想感情其实用科学，或者用很糟的诗歌语言来说，即我们今天所谓的社会科学可以传达得更好（参见雪莱的《诗辩》）。也许是因为诗人觉得科学家太无情，而诗人和科学家都认为诗人多情，所以诗人就专门写诗。给诗一个新名字——社会诗（Social Poetry），很难说就改变了诗的无用性传统。一个诗人对付社会学，就比对付物理学来得强吗？如果他在科学方法的水平上掌握了社会学或物理学，他难道不就离开了诗人的本分？

......

二

我们回头再来探索本文所讨论的问题：我们可以研究一下在诗中到底有没有比我们考察的任一极端例证更加处于中心地位的成就。为描述这种成就，我提出张力（tension）这个名词。我不是把它当作一般比喻来使用这个名词的，而是作为一个特定名词，是把逻辑术语"外延"（extension）和"内涵"（intension）去掉前缀而形成的。我所说的诗的意义就是指它的张力，即我们在诗中所能发现的全部外展和内包的有机整体。我所能获得的最深远的比喻意义并无损于字面表述的外延作用，或者说我们可以从字面表述开始逐步发展比喻的复杂含意：在每一步上我们可以停下来说明已理解的意义，而每一步的含意都是贯通一气的。

在终极内涵和终极外延之间。我们沿着无限的线路在不同点上选择的意义，会依个人的"倾向"、"兴趣"或"方法"而有所不同：柏拉图主义者会倾向于十分靠近这条线路的终点，在这里外延，以及把事物简单抽象为一种共相是最容易的，因为他可能是道义上或某种工作上的狂热者，而他对这个线路进程上的内涵终点经常出现的可有各种理解的朦胧含义则坚持采取最短的捷径。柏拉图主义者（我并不是说他的对手是亚里士多德主义者）会断定马伏尔的《致羞怯的情人》（To His Coy Mistress）向年轻人推荐不道德的行为，为了他们的利益他就可能压下这首诗。这的确可能是《致羞怯的情人》的一种"真实"的意义，但这是这首诗的全部张力不允许我们这样孤立欣赏这样一种诗意。因为我们不能不对如此丰富的诗的内涵意义给以同等的重视。而这种理解又同情夫——情妇习俗的字面表述发生矛盾，因而把这种习俗提高到对人类困境某一方面的深刻认识——肉欲和禁欲主义的冲突。

现在我不引用马伏尔的诗，而是引述唐恩的一节诗，我希望能有助于对我所讲的意见的理解，并同以前的论述联系起来。

因此我们两个灵魂是一体，

虽然我必须离去，然而不能忍受

破裂，只能延展。

就像黄金被锤打成薄片。

这里唐恩把二十行诗发展成的意象凝聚在一个含蓄的命题下：一对情人的灵魂的统一是一个非空间的实体，因而是分不开的。我认为，这就是约翰·C. 兰色姆所说的诗节的逻辑；它是它的外延意义的抽象形式。现在有趣的特点是把整体的，非空间的灵魂容纳在一个空间形象里的逻辑上的矛盾：有延展性的黄金是一个平面，它的表面无疑地可以按数学上的二分之一方法无限延展下去；灵魂就是这种无限性。黄金的有限形象，在外延上是和这个形象所表示的内涵意义（无限性）在逻辑上相互矛盾的。但是这种矛盾并不会使这种内涵意义失去作用。我们已注意到考利迫使我们忽视明指的尿布，为了使我们重视紫罗兰。它假装作尿布来包裹。但是在唐恩的诗《告别词：节哀》中，这节诗的全部意义从内包上包括在明显的黄金外展中。如果我们舍弃黄金，我们就舍弃了诗意，因为诗意完全蕴蓄在黄金的形象中了。内包和外展在这里合二而一，而且相得益彰。

撇开这个美丽事物不谈之前，我愿先注意两个附带的特点以作为唐恩诗艺精湛的进一步证明。"扩展"——表明许多事物共有的一种抽象属性，在这里也可指一种气体的属性：它以可见的方式扩展金箔的性质。

　　……然而不能忍受

　　破裂……

但是如果情人的灵魂是我们已看到的可怕的无人性的实体，他们岂不是并不比偶然的破裂更优越么？是与否：两种回答都是真实的回答；因为借这个滑头的"然而"，唐恩巧妙地提防了我们的嘲笑，否则，这种嘲笑很快就会洞察这种极端的比喻。这对情人未曾经受破裂，但他们是单纯的、可悲的人类，而他们明天就可能吵翻。

所有这一切意义以及其他意义，都归结为一个意义，都蕴藏在这一节诗里：我说"其它意义"，因为我并未穷尽我有限的能力所能发现的微小的有意义的部分。例如我未讨论诗的韵律，它是属于诗的基本意义的；我粗暴地从整个一首诗的意义中孤立地取出四行来。然而，尽管它是一首好诗，我并不认为它是最伟大的诗篇；或许唐恩或其他任何人的诗作中只有极少一部分能达到伟大这个等级。唐恩在意象中提供了许多张力的例子，对评述者来说，比分析莎士比亚的更伟大的篇章要容易得多。

（［美］艾伦·退特：《论诗的张力（1937）》，《"新批评"文集》，
北京，中国社会科学出版社，1988）

二、汪曾祺论小说的语言

中国作家现在很重视语言。不少作家充分意识到语言的重要性。语言不只是一种形式，一种手段，应该提到内容的高度来认识。最初提到这个问题的是闻一多先生。

他在很年轻的时候，写过一篇《庄子》，说他的文字（即语言）已经不只是一种形式、一种手段，本身即是目的（大意）。我认为这是说得很对的。语言不是外部的东西。它是和内容（思想）同时存在，不可剥离的。语言不能像桔子皮一样，可以剥下来，扔掉。世界上没有没有语言的思想，也没有没有思想的语言。往往有这样的说法：这篇小说写得不错，就是语言差一点。我认为这种说法是不能成立的。我们不能说这首曲子不错，就是旋律和节奏差一点；这张画画得不错，就是色彩和线条差一点。我们也不能说：这篇小说不错，就是语言差一点。语言是小说的本体，不是附加的，可有可无的。从这个意义上说，写小说就是写语言。小说使读者受到感染，小说的魅力之所在，首先是小说的语言。小说的语言是浸透了内容的，浸透了作者的思想的。我们有时看一篇小说，看了三行，就看不下去了，因为语言太粗糙。语言的粗糙就是内容的粗糙。

……

语言的美，不在语言本身，不在字面上所表现的意思，而在语言暗示出多少东西，传达了多大的信息，即让读者感觉、"想见"的情景有多广阔。古人所谓"言外之意"、"弦外之音"，是有道理的。

国内有一位评论家评论我的作品，说汪曾祺的语言很怪，拆开来每一句都是平平常常的话，放在一起，就有点味道。我想任何人的语言都是这样。每句话都是警句，那是会叫人受不了的。语言不是一句一句写出来，"加"在一起的。语言不能像盖房子一样，一块砖一块砖，垒起来。那样就会成为"堆砌"。语言的美不在一句一句的话，而在话与话之间的关系。包世臣论王羲之的字，说单看一个一个的字，并不怎么好看，但是字的各部分，字与字之间"如老翁携带幼孙，顾盼有情，痛痒相关"。中国人写字讲究"行气"。语言是处处相通，有内在的联系的。语言像树，枝干树叶，汁液流转，一枝动，百枝摇；它是"活"的。

（汪曾祺：《中国文学的语言问题》，《汪曾祺文集·文论卷》，

南京，江苏文艺出版社，1993）

三、伊格尔顿论文学与基础、上层建筑和意识形态的关系

基础与上层建筑

对历史的革命理解，最早出现在马克思和恩格斯的《德意志意识形态》（1845—1846）的著名章节中：

思想、观念、意识的生产最初是直接与人们的物质交往，与现实生活的语言交织在一起的。观念、思维、人们的精神交往在这里还是人们物质关系的直接产物。……我们

不是从人们所说的、所想象的、所设想的东西出发，也不是从描述出来的、思考出来的、想象出来的、设想出来的人出发，去理解真正的人。我们的出发点是从事实际活动的人。……不是意识决定生活，而是生活决定意识。

在《〈政治经济学批判〉序言》(1859)中，对这段话的含义有更充分的阐述：

人们在自己生活的社会生产中发生一定的、必然的、不以他们的意志为转移的关系，即同他们的物质生产力的一定发展阶段相适合的生产关系。这些生产关系的总和构成社会的经济结构，即有法律的和政治的上层建筑竖立其上并有一定的社会意识形态与之相适应的现实基础。物质生活的生产方式制约着整个社会生活、政治生活和精神生活的过程。不是人们的意识决定人们的存在，相反，是人们的社会存在决定人们的意识。

换言之，人们之间的社会关系与他们自己的物质生活的生产方式有密切联系。一定的"生产力"，譬如说，中世纪的劳动组织，涉及我们称为封建主义的佃农与地主的社会关系。在后一个阶段，新的生产组织方式的发展建立在一套变化了的社会关系上，这一次是占有生产资料的资产阶级与向追求利润的资本家出卖劳动力的工人阶级之间的关系。这些"生产力"和"生产关系"合在一起，形成马克思所说的"社会经济结构"，亦即马克思主义更为通常所说的经济"基础"或"基础结构"。每一时期，从这种经济基础出现一种"上层建筑"——一定形式的法律和政治，一定种类的国家，其基本职能是使占有经济生产资料的社会阶级的权力合法化。但是，上层建筑的内容不止这些，它还包括"特定形式的社会意识"（政治的、宗教的、伦理的、美学的等等），即马克思主义称之为意识形态的东西。意识形态的职能也是使社会统治阶级的权力合法化；归根结蒂，一个社会的统治意识即是那个社会的统治阶级的意识。

因而，对于马克思主义来说，艺术是社会"上层建筑"的一部分。它是（我们将在后面加以限定）社会意识形态的一部分，即复杂的社会知觉结构中的一部分；这种知觉结构确保某一社会阶级统治其他阶级的状况或者被绝大多数社会成员视之为"当然"，或者根本就视而不见。所以，理解文学就等于理解整个社会过程，因为文学是其中的一部分。正如俄国马克思主义批评家普列汉诺夫所指出的："一个时代的社会精神取决于那个时代的社会关系。这一点再没有比在艺术和文学的历史中表现得更明显的了。"文学作品不是神秘的灵感的产物，也不是简单地按照作者的心理状态就能说明的。它们是知觉的形式，是观察世界的特殊方式。因此，它们与观察世界的主导方式即一个时代的"社会精神"或意识形态有关。而那种意识形态又是人们在特定的时间和地点发生的具体的社会关系的产物；它是体验那些社会关系并使之合法化和永久化的方式。而且，人们不能任意选择他们的社会关系，物质的必然性即他们的经济生产方式发展的性质和阶段迫使他们进入一定的社会关系。

......

文学与上层建筑

如果认为马克思主义的批评方法就是机械地从"作品"到"意识形态"，到"社会关系"，再到"生产力"，那是错误的。马克思主义批评着眼的却是这些社会"方面"的统一体。文学可以是上层建筑的一部分，但它不仅仅是被动地反映经济基础。恩格斯在一八九〇年致约瑟夫·布洛赫的信中将这一点说得很清楚：

根据唯物史观，历史过程中的决定因素归根到底是现实生活的生产和再生产。无论马克思或我都从来没有肯定过比这更多的东西。如果有人在这里加以歪曲，说经济因素是唯一决定性的因素，那么他就是把这个命题变成毫无内容的、抽象的、荒诞无稽的空话。经济状况是基础，但是对历史斗争的进程发生影响并且在许多情况下主要是决定着这一斗争的形式的，还有上层建筑的各种因素：阶级斗争的各种政治形式和这个斗争的成果——由胜利了的阶级在获胜以后建立的宪法等等，各种法权形式以及所有这些实际斗争在参加者头脑中的反映，政治的、法律的和哲学的理论，宗教的观点以及它们向教义体系的进一步发展。

恩格斯想要否定在基础和上层建筑之间存在任何机械的、一对一的相应关系。上层建筑的各种因素不断产生反作用，影响经济基础。唯物史观否认艺术本身能改变历史进程，但它强调艺术在改变历史进程中是一种积极的因素。确实，马克思在考察基础和上层建筑之间的关系时，他以艺术为例来说明这种关系的曲折复杂：

关于艺术，大家知道，它的一定的繁盛时期绝不是同社会的一般发展成比例的，因而也绝不是同仿佛是社会组织的骨骼的物质基础的一般发展成比例的。例如，拿希腊人或莎士比亚同现代人相比。就某些艺术形式，例如史诗来说，甚至谁都承认：当艺术生产一旦作为艺术生产出现，它们就再不能以那种在世界史上划时代的、古典的形式创造出来；因此，在艺术本身的领域内，某些有重大意义的艺术形式只有在艺术发展的不发达阶段上才是可能的。如果说在艺术本身的领域内部的不同艺术种类的关系中有这种情形，那么，在整个艺术领域同社会一般发展的关系上有这种情形，就不足为奇了。困难只在于对这些矛盾作一般的表述。一旦它们的特殊性被确定了，它们也就被解释明白了。

马克思在这里考虑他所说的"物质生产的发展……与艺术生产的不平衡关系。"最伟大的艺术成就未必依赖最高度发展的生产力，希腊人的例子就是明证：他们在一个经济不发达的社会里产生出第一流的艺术。像史诗这类重要的艺术形式只有在一个不发达的社会中才可能产生。马克思继续问道：既然我们与它们之间隔着历史的距离，我们为什么仍然会对这些形式发生感应呢？

但是，困难不在于理解希腊艺术和史诗同一定社会发展形式结合在一起。困难的是，它们何以仍然能够给我们以艺术享受，而且就某方面说还是一种规范和高不可及的范本。

希腊艺术为什么仍然能够给我们以艺术享受呢？马克思接着作了回答，但这个答案却被怀有敌意的评论家们普遍地斥为蹩脚透顶：

一个成人不能再变成儿童，否则就变得稚气了。但是，儿童的天真不使他感到愉快吗？他自己不该努力在一个更高的阶梯上把自己的真实再现出来吗？在每一个时代，它的固有的性格不是在儿童的天性中纯真地复活着吗？为什么历史上的人类童年时代，在它发展得最完美的地方，不该作为永不复返的阶段而显示出永久的魅力呢？有粗野的儿童，有早熟的儿童。古代民族中有许多是属于这一类的。希腊人是正常的儿童。他们的艺术对我们所产生的魅力，同它在其中生长的那个不发达的社会阶段并不矛盾。它倒是这个社会阶段的结果，并且是同它在其中产生而且只能在其中产生的那些未成熟的社会条件永远不能复返这一点分不开的。

这样，我们喜欢希腊艺术是因为缅怀童年，怀有敌意的批评家们兴高采烈地抓住这一点非唯物主义的感伤主义不放。这段话见于现在称之为《导言》的一八五七年手稿，他们割裂了它的上下文，才能这样粗暴地对待这段话。一旦通观上下文，意思立刻就明白了。马克思论证说，希腊人能够产生第一流的艺术，并不是不顾他们所处社会的不发达状态，而正是由于这个不发达状态。古代社会还没有经历资本主义所有的过细的"分工"，没有产生由商品生产和生产力的无休止发展而引起的"数量"压倒"质量"的现象。那时候，人与自然之间还能保持一定的"尺寸"，达到某种协调，即一种完全取决于希腊社会的有限性质的协调。"童年般的"希腊世界是迷人的，因为它是在某些适当的限度之内繁荣起来的，而这些限度被无限度地要求生产和消费的资产阶级社会粗暴地践踏了。从历史上说，当生产力的发展超过了社会所能容纳的限度时，这个社会就必然崩溃。但是，当马克思说到"努力在一个更高的阶梯上把自己的真实再现出来"时，他显然指的是将来的共产主义社会；在那里，无限的资源将为无限地发展的人服务。

······

文学与意识形态

恩格斯在《路德维希·费尔巴哈和德国古典哲学的终结》(1888)中说，艺术远比政治、经济理论丰富和"隐晦"，因为比较来说，它不是纯意识形态的东西。在这里，理解马克思主义关于"意识形态"的精确含义是重要的。首先，意识形态不是一套教义，而是指人们在阶级社会中完成自己的角色的方式，即把他们束缚在他们的社会职能上并因此阻碍他们真正地理解整个社会的那些价值、观念和形象。在这种意义上，《荒原》是意识形态的：它显示一个人按照那些阻止他真正理解他的社会的方式，也就是说，按照那些虚假的方式解释他的经验。一切艺术都产生于某种关于世界的意识形态观念。普列汉诺夫说，没有一部完全缺乏思想内容的艺术作品。但是，恩格斯的评论指出：比起更为明显地体现统治阶级利益的法律和政治理论来，艺术与意识形态有着更为复杂的关系。问题在于，艺术与意识形态是什么样的关系。

这不是一个容易回答的问题，可能会出现两种极端的、对立的观点。一种认为文学仅仅是具有一定艺术形式的意识形态，即文学作品只是那个时代意识形态的表现形式。它们是"虚假意识"的囚徒，不可能超越它而获得真理。这种观点代表"庸俗马克思主义"的批评，倾向于把文学作品看作仅仅是占统治地位的意识形态的反映。这样，就不能解释譬如何以有这样大量的文学作品实际上都向当时的意识形态臆说提出了挑战。与此对立的观点抓住许多文学作品对其所面临的意识形态提出挑战这一事实，并以此作为文学艺术本身的定义。如恩斯特·费歇尔在他的题为《对抗意识形态的艺术》（1969）的论著中说，真实的艺术常常超越它所处时代的意识形态界限，使我们看到意识形态掩盖下的现实。

我看这两种观点都过于简单。法国马克思主义理论家路易斯·阿尔修塞提出了一种关于文学与意识形态之间关系的更为细致（虽然仍不完全）的说明。阿尔修塞说，艺术不能被简化成意识形态，可以说，它与意识形态有一种特殊的关系。意识形态表示人们借以体验现实世界的那种想象的方式，这当然也是文学提供给我们的那种经验，让人感到在特殊条件下的生活是什么样子，而不是对这些条件进行概念上的分析。然而，艺术不只是消极地反映那种经验，它包含在意识形态之中，但又尽量使自己与意识形态保持距离，使得我们"感觉"或"察觉"到产生它的意识形态。在这样做的时候，艺术并不能使我们认识意识形态所掩盖的真理，因为，在阿尔修塞看来，"知识"在严格意义上意味科学知识，譬如像马克思的《资本论》而不是狄更斯的《艰难时世》所提供给我们的那种关于资本主义的知识。科学与艺术之间的区别并不是它们处理的对象不同，而是它们处理同一对象的方法不同。科学给予我们有关一种状况的概念知识；而艺术给予我们那种状况的经验，这一点与意识形态相同。但是，艺术通过这种方法让我们"看到"那种意识形态的性质，由此逐渐使我们充分地理解意识形态，即达到科学的知识。

文学何以能做到这一点，阿尔修塞的一位同行皮埃尔·马舍雷阐述得更充分。马舍雷在他的《文学创作理论》（1966）中，将他称之为"幻觉"（主要指意识形态）和称之为"虚构"的两个术语作了区分。幻觉——人们普通的意识形态经验——是作家创作依据的材料，但是，作家在进行创作时，把它改变成某种不同的东西，赋予它形状和结构。正是通过赋予意识形态某种确定的形式，将它固定在某种虚构的界限内，艺术才能使自己与它保持距离，由此向我们显示那种意识形态的界限。马舍雷认为，在这样做的时候，艺术有助于我们摆脱意识形态的幻觉。

我发现在一些关键的地方，阿尔修塞和马舍雷两人的说明是含混不清的，但是，他们所提出的文学与意识形态的关系具有深刻的启发性。在这两位批评家看来，意识形态不完全是一堆杂乱无章、飘忽不定的形象和观念；在任何社会中，它都具有一定的结构上的连贯性。正因为它具有这种相对的连贯性，它才能成为科学分析的对象。由于文学作品"属于"意识形态，它们也能成为这样的科学分析的对象。科学的批评应该力求依据意识形态的结构阐明文学作品；文学作品既是这种结构的一部分，又以它的艺术改变了这种结构。科学的批评应该寻找出使文学作品受制于意识形态而又与它保持距离的原则。最优秀的马克思主义批评已经做到的正是这一点，马舍雷的出发点就是列宁关于托尔斯泰的光辉分析。然而，要做到这一点，就意味着要将文学作品理解为一种形式结构。下面谈的就是这个问题。

（［英］特里·伊格尔顿：《马克思主义与文学批评》，北京，人民文学出版社，1980）

四、海德格尔论真理与艺术的关系

真理与艺术

艺术是艺术品和艺术家的本源。本源即存在者的存在现身于其中的本性来源。什么是艺术？我们在现实的作品中寻找其本性。艺术的现实性的规定根据那在作品中发挥作用所是，根据真理的发生。这种发生，我们认为是世界和大地之间冲突的抗争。宁静发生于抗争中所集中的激动不安。作品的独立或者自我镇静此处得到奠基。

……

然而，作品的被创造性，唯有根据创作过程才能被我们清楚地把握。因此在这一事实的强迫下，我们必须深入领会艺术家的活动，以便达到艺术品的本源。试图纯粹根据作品自身规定作品的作品存在，已证明是完全不可能的。

如果我们现在离开作品而跟踪创作过程的本性，我们将毫无疑问地记住早先农鞋之画和后来希腊神殿所说的。我们认为创造即显示。但是，器具的制作也是一种显示。手工（一值得注意的语言游戏）当然并非创造作品。甚至当我们将手工制作与工厂制品相比较时，它也并非创造作品。但是，什么区别创造的显示和制作的显示呢？按照字句来区别作品创造和器具制作是这样轻易，而探究显现的两种方式各自的基本特征却这样困难。伴随着第一种现象，我们在陶工和雕刻家、细木工人和画家的活动中发现了相同的步骤。一作品的创造需要技艺。伟大的艺术家给予技艺以极高的评价。基于其彻底的掌握，他们首先要求其辛勤的磨练，在所有其他之先他们始终力图教育他们自身获得新的技艺。

……

要确定物的物性，无论是特性的载体的考察，还是对其感觉的复合的分析都无济于事，至于考虑到那观念为自己设立的，由器具因素带来的质料——形式结构就更不用说了。为了求得一种对物的物因素正确而有分量的认识，我们必须看到物对大地的归属性，大地的天性就是它那无所迫促的承受和自我归闭，但是，大地仅仅嵌入一个世界中，在它与世界的相互作用中才将自己揭示出来。大地与世界的冲突在作品的形象中确定下来，并通过这一形象得以展现。我们只有通过作品本身才可能认识器具的器具因素，这一点不仅适用于器具，同时也适用于物的物的因素。我们绝对无法直接认识物的因素，即使有也是不确定的，这就需要作品的帮助。这一事实本身间接证明了，在作品的作品存在中，真理出现，它就是所是在作品中的敞开。

真理的产生在作品中发生作用，当然，按照作品的形态发生作用。相应地，艺术本性的一开始规定为真理的设入作品。但这一规定是有意地制造歧义。它一方面说，艺术在形象中固定于真理自我建立之地。它在创造中作为所是的敞开的显现而发生。然而，设入作品也意味着，作品存在进入运动和发生。这一发生作为保存。因而艺术是：真理的创造性保存于作品之中，艺术因而是真理的生成和发生。那么，真理难道是源于无之中？如果无仅仅是所是的没有，如果我们此处认为所是是以日常形式出现的对象，它因此进入光照和受到那设想为真理存在的作品生存的挑战时，那么这的确如此。真理从来不是现存和一般对象的聚集。不如说，它是敞开的敞开，是所是的澄明，是作为投射描划出的敞开的发生，它使它在投射中出现。

……

艺术是真理的设入作品。据此命题，隐藏了一个基本的悖论。在此之中，真理马上设立了主体和客体。但是此处主体和客体的命名是不适宜的。它阻止我们正好思考这种悖论的天性。这是不再属于这种思考的工作。艺术是历史的，作为历史，它是在作品中真理的创造性保存。艺术作为诗发生。诗作为发现有三种意义：赠予、基础、开端。艺术作为发现，本质上是历史的。此不仅意味着，艺术在外在意义上拥有历史，在历史进程中，艺术伴随着其它事物出现，并且在此进程中，艺术改变和终止以及为历史学提供变化的形象。艺术作为历史在根本意义上是奠定历史。

艺术让真理起源。作为发现的守护，艺术是作品中所是的真理跃出的源泉。凭借跃出而诞生某物，通过一发现的跃出使某物源于其本性的源泉而进入存在——此即语词起源（德语 Ursprung，字义即最初的跃出）的意义。

艺术作品的本源——这包括了创造者和守护者两者的起源，此即说，民众历史性的此在的本源是艺术。如此这般在于艺术的天性是一起源：它是真理进入存在的独特的方式，此即成为历史性。

我们探询艺术的本性。我们为何这样探询？我们这般探询，是为了更真实地询问，在我们历史性的生存中，艺术是否是本源，是否和在什么条件下，它能够和必须成为本源。

这种反思不能支配艺术及其进入存在。但是这一反思的知识是预备性的，因此是艺术生存必不可少的准备。唯有这种知识为艺术准备了空间，为创造者准备了道路，为保存者准备了地盘。

在这种只能很慢地增长的知识中，问题取决于艺术是否能成为起源并且然后必须成为领先，或者它是否仅仅保持为一附庸，然后作为例行的文化现象。

我们在我们存在的历史性之中处于本源的近处吗？我们是否知道即注意到起源的本性？或者，在我们对艺术的态度中，我们仍然仅仅援引过去的教养和知识。

对于这种或此或彼及其决定，这里有一确实可靠的指标牌。诗人荷尔多林（他的作品仍然被作为验检标准而面对德国）用言语指出：

Schwer Verlässt

Was nahe dem Ursprung Wohnet，den ort

那邻近其本源居住者

不愿意地离去。

——《旅行》18—19 行

（［德］海德格尔：《艺术作品的本源》，《现代西方批评理论》，

重庆，重庆大学出版社，2010）

后 记

  《文学概论》(第 2 版)就要和读者见面了，本次修订做了一定的细节性完善，但在体例上没有大规模的调整，依然沿用"概论＋经典"的基本框架，二者在篇幅上各占一半，这是我编写本教材的初衷：在一个所谓"后经典"时代，让老师和学生"还宗经诰"(《文心雕龙·通变》)，重温经典，并从经典再出发。即使是在"百年未有之大变局"的背景下，经典依然是我们这个时代变量中的"不动的动者"(亚里士多德)，正如刘勰在《文心雕龙·宗经》中所说，"经也者，恒久之至道，不刊之鸿教也"。经典的魅力正在于，任由历史流转，任由一代又一代的阐释者不断"想象"和"发明"，它依然存在，并是其所是。基于这种考量，本教材在文学本质论方面也力求通过对东西方经典文论的总结提炼来实现，这种类似于亚里士多德通过总结古希腊哲学先贤而提出"四因说"的方法论取径，被证明是经得起实践和逻辑检验的。形式、情感和形象的多重本质论及其可变的结构组合具有强大的阐释效力，它不仅有利于横向阐明不同的文类，而且在纵向上也揭示了文学和世界的深刻关联。这就是源自经典的惠赐和赠礼。德国浪漫主义诗人诺瓦里斯曾经说，"哲学就是怀着乡愁的冲动，到处寻找家园"。经典正是这样的一种哲学，它是人类文明的精神家园，也是不断追"新"逐"后"的文学理论永远抹不去的乡愁。

  本教材是我在文学理论领域多年来科研和教学成果的总结，由我的多位博士生共同完成，包括负责组织编写和统稿的两位副主编李金正和张莉莉，以及韩晓清、庄佩娜、林何、杜萍、蒋伟、唐雪、成蕾、黄丹青、秦岭等多位撰稿人，他们大都已经执教多年，有的已被评为教授、副教授或副院长。感谢这支蒸蒸日上的学术队伍为本书所做的努力，感谢同学们的参与和支持！

  本次修订工作主要由李金正负责执行，北京师范大学出版社的周劲含编辑提出了再版动议，在此向他们表示衷心的感谢！

  本书在体例和观念上具有较大的创新性，而且牵涉知识点较为深广，其中难免疏漏或不足，希望读者诸君和学界同仁不吝指正，以共勉进学！

曹顺庆

2022 年暮秋于成都锦丽园寓所